심청, 연꽃의 길

여지전도 목판본, 19세기 전반, 85.5×59cm, 숭실대 박물관 소장.

황석영 장편소설

심청, 연꽃의 길

문학동네

차례

1. 환생

몸이 천 길 아래로 끝없이 떨어져간다. 엷은 비단천 위에 누워서 그네를 타듯이 허공으로 흐느적거리며 날아 내려가는 것 같다.

아아, 살려줘!

청이의 부르짖음은 목구멍에서 미처 빠져나오지 못한 채 머릿속에서만 메아리치고 있는 느낌이다.

눈을 가늘게 떠보니 벽과 바닥이 온통 나무로 짜여진 방이었다. 그네는 누운 채로 양손을 더듬어 몸 아래 깔린 거칠거칠한 댓잎 돗자리를 매만져본다. 방바닥이 다시 기우뚱하면서 청이는 반대편으로 굴러가 벽에 부딪친다. 맞은편 벽에 문이 있는게 보였고, 문짝 위쪽의 길고 네모난 구멍이 뚫린 곳으로 바람이 몰려들어오고 있었다. 그네는 비스듬하게 기울어진 벽에 몸을 기대고 거의 기듯이 문 쪽으로 다가가 손잡이에 매달렸다.

손잡이는 동그랗게 깎은 막대기인데 각목에 단단히 박혀 있었다. 손잡이를 잡고 옆으로 밀자 문이 조금은 열렸지만 밖에서 다시 사슬에 매어 자물쇠를 채워둔 모양이다. 방이 다시 반대쪽으로 기우뚱하자 청이는 한 손으로 손잡이를 꼭 쥐고 다른 한 손은 길다란 구멍의 나무 간살을 움켜쥐었다.

그제서야 그네는 구멍을 통하여 바로 앞에 배의 난간을 보았고 뱃전에 부딪친 파도가 물보라를 일으키며 갑판에까지 넘쳐 흘러드는 것을 보았다. 주위는 아직 어두컴컴했지만 검은 구름으로 가득 찬 하늘 가운데 드문드문 좀더 밝은 곳이 보이고는 했다. 아마 새벽이 아니면 초저녁이리라. 방 바깥쪽은 갑판 통로라서 고개를 돌려 좌우를 둘러보아도 뱃전과 나무벽만 보일 뿐 사람의 모습은 보이질 않았다. 허공에서 부서진 파도가 물안개를 이루며 날아와 문 앞쪽은 축축하게 젖어 있었다.

통로 안쪽의 나무벽을 짚고 비틀거리며 두 사람이 다가오고 있었다. 청이는 쥐고 있던 창의 간살과 문 손잡이를 얼른 놓고 방바닥으로 주르르 미끄러졌다. 그리고는 기울어진 방의 구석으로 처박히면서 몸을 웅크렸다. 쇳소리를 내면서 덜컹대는 소리가 들리더니 문이 열리고 바닷바람이 사정없이 비좁은 방으로 몰아쳐들어왔다. 두 사람 중에 앞선 남자가 발등을 머리 위로 쳐들어 방 안을 비춰보더니 뭔가 알아들을 수 없는 말로 뒷사람에게 말했다. 그들은 안으로 들어와서 문을 닫고는 문가에 까치다리로 엉거주춤 쭈그리고 앉았다. 한 남자는 둥근 모자를 쓰고 소매가 좁고 목이 둥글게 파인 푸른 윗도리를 입었고 다른 하나는 그냥 맨상투에 흰 무명 두건을 두르고 있었는데 그가 나직하게 말을 걸었다.

"이제 정신이 좀 들었느냐?"

청이는 그냥 구석에서 말없이 웅크리고 앉아 있었다.

"애야. 나다. 널 데려온 아저씨다."

그네는 등불에 비추인 그의 얼굴을 찬찬히 살폈다. 황주 장터에서 만났던 조선 장사치였다. 옆에 있던 푸른 윗도리를 입은 중국 사람이 다시 뭐라고 중얼거리자 아저씨가 말했다.

"너 옷이 다 젖었구나. 이걸루 갈아입어야겠다."

아저씨가 보퉁이를 청이의 발치에다 던져주면서 말했다.

"우리는 나가 있을 테니 얼른 갈아입어라."

그들은 발등 등불을 문 손잡이에 걸어둔 채 밖으로 나갔다. 청이는 제 옷 주제를 잠시 살펴본다. 하얀 소복을 입었는데 옷이 아직도 축축하게 젖어 있었다. 그네는 옷고름을 풀어 저고리를 벗고 치마끈도 풀었다. 속고쟁이 바람이 되어 가슴은 무릎을 세워 가리고 얼른 보퉁이의 옷을 꺼내어 펼쳤다. 먼저 고쟁이 같은 검정색 바지를 입고 헝겊끈을 조였다. 목까지 깃이 올라온 품이 너른 비단 저고리를 입고 나서 헝겊단추를 채워내려갔다. 간살 사이로 아저씨의 얼굴이 반쯤 나타났다.

"뭘 꾸물거리냐. 얼른 갈아입지 못하고……"

청이가 벗어버린 조선옷을 차근차근 개어서 저고리와 치마를 네모반듯하게 만들고 있는데, 문이 다시 열리고 안으로 상반신을 성큼 굽힌 중국인이 빼앗듯이 옷을 가져갔다. 나가기 전에 아저씨가 물었다.

"네 이름이 뭐라고 그랬지?"

"청이요."

그네는 기어들어가는 목소리로 말했고 아저씨가 다시 물었다.

"성은?"

"심가예요."

"몇살이냐?"

"열다섯이요."

"명심해라. 네 이름은 지금부터 심청이가 아니니라."

청이는 그럼 나는 누구냐고 그에게 묻지 않았다. 아무 대꾸가 없는 그네를 등불을 쳐든 채로 잠시 내려다보던 아저씨가 말했다.

"새옷 입고 얼른 따라나서거라."

문이 열리고 바람이 한꺼번에 몰려들어왔다가 닫히면서 잠잠해졌고 방 안이 다시 어두워졌다. 발등도 그들을 따라가버렸다. 청이는 문에 매달려 등불 빛이 통로를 따라서 사라져가는 것을 간살 사이로 내다보았다. 그네는 잠깐 망설였다가 창 위에 걸쳐진 덧문 쇠고리를 발견하고 그것을 젖혀서 덧문을 아래로 내려 닫고는 다시 걸쇠를 단단히 걸었다. 이제는 희부염한 빛도 모두 사라졌다. 청이는 다시 명석 위에 앉아 이리저리 팔을 뻗쳐 더듬는다. 아까 몇 가지 물건을 눈여겨보아두었던 터였다. 댓가지로 짠 베개가 구석에 두어 개 있었고 다시 더듬으니 역시 아까 보았던 왕골 바구니가 손에 잡힌다. 바구니는 나무로 짠 틀 안에 고정되어 있는 것 같았다. 바구니를 더듬어보니 역시 뚜껑이 있고 그 안에 꽉 채워지게 뭔가 쇠붙이가 들어 있다. 그것에도 뚜껑이 있는데 청이는 저도 모르게 중얼거린다.

놋요강이야……

그네는 속곳의 끈을 풀고 바지를 내리고는 바구니 위에 올라앉았다. 깨어나서 여태 잊고 있다가 오줌을 누니까 마치 온몸의 물기가 빠져나가려는 듯이 점점 거세게 쏟아져나왔다. 치마를 입고 있을 적에는 가릴 수 있던 궁둥이가 그대로 드러나서 보는 이가 없는데도 청이는 두 손으로 궁둥이께를 감싸쥐었다.

청이는 움직일 때마다 바삭거리는 비단천 소리가 어쩐지 거북했지만 포근하고 따뜻해서 차츰 기분이 나아졌다.

내가 심청이 아니라면 그럼 나는 누구야?

오줌을 누고서 청이는 아저씨를 따라 벽을 짚으며 통로를 지나 선미 쪽으로 비틀거리며 걸어가 고물 쪽의 제법 넓은 선실로 들어섰다. 천장에 천갓을 씌운 등이 여러 개 밝혀져 있어 방 안은 무슨 잔칫집처럼 환했다. 비단포를 입고 원건을 쓰고 긴 변발을 드리운 중국 장사치 두 사람과 짧은 상의의 선원 셋이 그들을 맞았다. 방의 선수 쪽 벽가에는 작은 제상 비슷한 것이 차려져 있었다. 양쪽에 붉은 촛불을 꽂은 구리 촛대 한 쌍이 놓였고 간단한 제물이 나무그릇 위에 차려져 있는데 상 아래에 나지 막한 소반이 보였다. 소반 위에 쌀을 담은 향그릇이 있고 주둥 이가 **황새** 부리처럼 흰 자기 술주전자와 잔이 놓여 있었다. 그 들은 무엇을 해야 할지 다 알고 있는 사람들처럼 아무 말도 없 이 일을 진행했다. 조선 장사치와 함께 찾아왔던 중국인 뱃사람 이 청이의 흰옷을 내밀자 다른 선원이 그 옷을 받아 바닥에 펼 쳐놓았다. 그는 벽에 세워두었던 제웅을 펼친 옷 위에 눕혔다. 제웅은 짚으로 단단하게 팔과 다리를 엮었는데 머리는 큼직한 뒤웅박을 씌워놓고 눈썹과 눈, 코, 입을 그려두었다. 여자임을 표현하노라고 양뺨에는 붉은 연지를 찍었고 입술은 조그맣게 그려놓았다. 선원이 제웅의 팔에 저고리를 입히고 치마를 바로 아래에 붙들어매었다. 다리가 짧아서 치마 중간쯤에나 닿았지 만 옷을 입히고 눕혀놓으니 제법 사람 꼴이 나 보였다. 조선 사 람이 붓을 들어 제웅의 가슴께에서부터 치마에 이르기까지 아 래로 주욱 글을 써내려갔다.

海東國黃州某年某月某日某時生十五歲沈淸靈駕
해동국황주모년모월모일모시생십오세심청영가

'해동국 황주에서 아무 날 아무 시에 태어난 십오 세 심청의 넋'이라고 쓰고 그가 물러나자 기다리고 섰던 중국인 장사치가 누런 종이에 붉은 결명주사로 용을 그린 부적을 제웅의 얼굴에 붙였다.

請黃海龍王歆饗
청황해용왕흠향

부적에는 또한 붉은 글씨로 '바라옵건대 황해바다 용왕님 드
소서'라고 씌어 있었다. 그들은 청이의 옷을 입힌 허수아비를
제상 앞의 벽에 조심스럽게 반절로 접어서 사람을 앉힌 것처럼
해놓고는 제를 올리기 시작했다.

그맘때에 선장이 불려들어왔고 그는 무릎을 꿇어 세 번 절하
고 향을 몇 가닥 두 손에 쥐고 불을 붙여서는 이마 위로 쳐들기
를 삼세 번 하고 나서 향그릇에 꽂았다. 선원이 주전자의 술을
따르자 그것을 상 위에 올려놓고 다시 삼배를 했다. 그다음에는
장사치들이 차례로 했고 선원들은 한꺼번에 뒷전에서 따라했
다. 제를 마친 그들은 아직도 파도가 거친 갑판으로 나왔다. 선
원 하나가 허수아비를 옆구리에 끼고 선미 갑판의 고물 끝으로
걸어나가 머리 위로 쳐들었다. 모두들 두 손을 합장하고 빌면서
머리를 조아리는데 선원이 쳐들었던 허수아비를 어두운 바다로
내던졌다. 허수아비는 가파른 언덕처럼 솟아오른 파도 깊숙이
내리꽂혔다가 날름대는 물결 위로 치솟고는 다시 파도를 넘어
가 이내 사라져버렸다.

청이는 어둠 속에서 새벽닭 우는 소리를 들었다.

아, 이 배가 우리 동네 가까이 되돌아간 건 아닌가 몰라.

그러나 그네는 일어나서 덧문을 열고 바깥을 내다볼 엄두를 내지 못했다. 아마도 헛들린 게라고 고쳐 생각했다. 바람이 잦아들었는지 배는 좌우로 천천히 흔들릴 뿐이었다. 청이는 다시 가물가물 졸음이 몰려왔다.

그래 이제 집 떠난 지 사흘이 넘었구나. 우리 동네 복사골을 떠나왔대야 엊그제 일인데 왜 이리 아물거리기만 하고 뚜렷이 보이질 않는 걸까.

눈먼 아버지 심씨가 어두운 방 안에서 콜록콜록 기침하는 소리가 들린다. 그리고 저녁도 짓지 않고 한밤중이 되어서야 돌아온 계모 뺑덕이네가 마루에서 큰 댓자로 뻗은 채 코를 고는 소리도 들린다. 뺑덕이네는 굿하고 돌아온 차림새 그대로 색동옷이며 붉은 더그레를 벗지도 않고 신칼과 방울도 신방에 모셔두지 않고 아무렇게나 머리맡에 내던져두었다. 청이는 그네가 굿판에서 얻어온 식은 제물 가운데서 전붙이며 너비아니와 떡과 생선 따위를 가려내고 식은 밥 굳은 떡은 솥 안에 찌고 반찬붙이들은 화롯불에 데워서 아버지의 늦은 저녁 밥상을 차린다. 언제나 아궁이 앞에서 활활 타오르는 솔가지를 들여다보고 있노라면 청이는 저를 낳자마자 돌아가신 엄마 생각이 난다.

엄마는 내가 관음보살님이랬다. 아버지가 언제나 그 말씀만 하셨지.

청이는 자기가 안개 자욱한 하늘 위 구름바다 가운데 떠 있는 걸 본다. 멀리 여러 부처와 보살들이 산다는 궁전의 기와지붕과 높다란 성벽이 솟아 있고 구름바다 아래로는 아득하게 사람세상이 펼쳐져 있다. 그네는 지금 보궁으로부터 쫓겨나오는 참이다. 관음의 형상은 원래가 열한 가지의 얼굴을 지녔으니 석가부처께서 한 형상을 지목해주셨다.

지금 세상에 남녀상열지사가 심히 어지로우매 그것 또한 보살인 너의 죄이니라. 너는 가서 여자로 현신하여 세간을 깨우치라.

석가께서 손으로 한 곳을 가리키자 구름바다 가운데 빛의 길이 생겨난다.

청이는 그때에 나지막한 산 아래 옹기종기 모여 앉은 작은 동네의 구석자리에 있는 초가삼간 집을 향하여 빛의 다리가 놓인 것을 본다. 한 여인이 팔베개를 하고 다리는 웅크리고 잠에 빠져 있다. 그 다음은 청이가 하도 많이 머릿속에 떠올려서 병풍의 그림처럼 눈앞에 선명한 광경이다. 집 주위에 자미화 향내가 가득 차고 채색 구름이 집 주위에 연기처럼 감돌고 있다. 관음의 현신은 빛의 다리를 미끄러지듯 건너와서 잠든 여인의 앞에 나타난다. 그네는 눈부신 금실 은실의 하늘옷을 입고 옷띠를 날리며 머리에는 옥관을 쓴 형상이다. 돌아가신 어머니 곽씨가 삯바느질에 겨워 잠시 일거리를 밀어놓고 초저녁잠이 들었을 때였다. 청이 태어나기 이전의 관음 형상이 말한다.

소녀는 다른 사람이 아니오라 남해관음(南海觀音)입니다. 제가 죄를 짓고 인간으로 정배하여 댁으로 내려올 제 제불보살 석가님이 온몸을 던져 세상을 공양하라 하셨으니 부디 받아주옵시고 어여삐 여기소서.

이러한 태몽으로 청이는 엄마가 자기를 낳자마자 산후 불순으로 돌아가셔서 눈먼 아버지가 동네방네 안고 다니며 동냥젖을 얻어먹여가며 키워주셨다는 걸 들어서 안다. 엄마는 돌아가실 제 아마도 이리 말씀하셨을 게다.

여보, 우리 부부 늙기까지 백년을 같이 살쟀더니 명이 다한 것은 슬프지 않으나 당신 신세를 어이하나요. 당신은 의탁할 곳이 없어 지팡막대 걸쳐잡고 더듬더듬 다니다가 구렁에도 떨어지고 돌에 채여 넘어져서 신세 자탄하고 우는 모양이 눈에 선해요. 저는 사십 후에 낳은 자식을 젖 한 번도 못 먹이고 죽는다니요. 어미 없는 어린것을 뉘 젖을 먹여 길러내며 봄 여름 가을 겨울 사시절을 무엇 입혀 길러내겠어요. 아가 내 딸아, 하늘도 무심하고 귀신도 야속하구나. 네 진작에 생겼거나 내가 조금 더 살거나, 너 낳자 나 죽으니 죽은 어미 산 자식이 생사간에 무슨 죄더냐. 여보, 내가 잊을 뻔하였어요. 애 이름을 청이라 불러줘요. 애 주려고 틈틈이 만든 노리개를 농 속에 두었으니 이담에 크거들랑 낭군 만나 시집갈 제 저고리 앞자락에 달아주어요.

청이는 아장아장 걸음마를 뗄 무렵부터 아버지의 지팡이를 잡고 앞에서 걸으며 동냥을 다닌다. 그리고 열 살이 되어서는 건넛마을 무당 뺑덕이네가 초상집에 경 읽으러 갔다가 아버지 심씨를 만나 그대로 집까지 따라와 함께 살게 된다. 청이는 집에 들어앉은 새어미가 있어 읍내 장부자댁의 큰마님 하녀로 일을 다닌다. 그날도 굿하고 돌아와 마루에 뻗은 뺑덕이네를 청이는 힘겹게 부축하여 건넌방에다 자리를 깔고 눕혀주었다.

그러니까 엊그제던가 그그제던가, 청이가 일을 나가려고 안방에 가서 문안인사를 드리려는데 방문이 밖으로 열리면서 트레머리는 부스스한 채로 머릿댕기 풀어진 채로 뺑덕이네가 하품을 하면서 말한다.

오늘은 일 가지 마라. 우리는 초상집에 굿하러 나가니 너는 집을 봐야겠다.

아버지두 함께 모시구 가셔요?

그럼, 징 치고 경 읽어야지.

그러고는 두 양주가 평소처럼 굿하러 나간 뒤에 점심 무렵이나 되어서 뺑덕이네 혼자 핑하니 돌아왔다. 그네는 굿판에서 가져왔는지 어느 장 모퉁이에서 사왔는지 송홧가루며 쑥에 버무린 절편 떡을 내민다. 별일도 다 있지, 뺑덕이네가 부엌엘 다 들어가다니. 그네가 항아리의 물을 솥에다 가득 쏟아붓고는 마른 솔가지를 아궁이 가득 메워넣고 불을 땐다.

어머니, 물은 왜 데우셔요?

너 굿판 구경시켜줄라구 그런다.

저를요……?

뺑덕이네는 아무 소리도 없더니 물이 데워지자 함지에 쏟아

붓고는 청이를 부른다.

얼른 이리 와서 머리두 감구 좀 씻어야겠다.

머뭇거리며 부엌 문전에 섰던 청이를 뺑덕이네가 손목을 덥

석 잡아 이끌고 부엌 봉당으로 끌어들인다.

이것아 부정 타지 않을라문 정갈하게 씻어야 하는 게여.

청이는 두 팔로 가슴께를 가리고 어깨를 저었으나 뺑덕이네

가 손가락을 비틀어 팔을 젖히고 저고리도 억지로 벗기고 치마

끈도 풀었다. 뺑덕이네는 청이의 고개를 숙이게 하고는 외로 땋

았던 머리를 풀어 물에 담그고는 벅벅 문지르고, 바가지로 물을

떠서 어깨에서 등판까지 끼얹는다. 어디서 구했는지 부드러운

팥비누로 가슴께를 문지르며 뺑덕이네가 처음으로 좋은 소리를

한다.

살결 참 곱구나!

수건으로 몸을 닦아주고 나서 뺑덕이네는 청이의 등을 밀어

방 안으로 넣으며 말한다.

귀한 분을 만나러 갈 테니 새옷으로 갈아입어라.

청이는 농짝 문을 열고 아껴두었던 노랑저고리 다홍치마를

꺼낸다. 지난해에 장부자댁 마님이 추석빔으로 내려주신 옷인

데 아끼느라고 한 번도 입지 못했다. 코가 위로 올라온 새 버선

도 꺼낸다. 속곳을 꺼내려는데 무엇이 딸려나와 방바닥에 툭 떨

어진다. 은으로 만든 작은 원앙 한 쌍 장식에 색실 매듭이 달린

노리개다. 어쩐지 청이는 뜨거운 것이 가슴에 가득 차더니 곧 눈시울이 뜨거워지며 방바닥에 눈물이 몇 방울 떨어진다. 청이는 손에 노리개를 쥐고 만지작거리다가 속곳의 옷끈에 달아매 어둔다.

얼른 나오지 않구 무얼 하는 게야.

뺑덕이네가 참다 못하여 방문을 벌컥 열더니 방 한가운데 새 옷 차림으로 섰는 청이를 부신 듯이 눈 가늘게 뜨고 아래위를 훑어보며 혼잣말로 중얼거린다.

시집가두 되겠구나. 하긴…… 시집이 뭐 별거라든? 이게 시 집가는 게지.

그리고 뺑덕이네를 따라나선 길이 이렇듯 고향 마을과 이별하는 길이 되다니. 청이는 읍내 장터의 후미진 골목 안쪽에 있는 어느 집으로 갔다. 그곳 역시 새어머니 또래의 만신이 사는 집이라 울 안에는 긴 작대기에 기를 꽂아두었다.

이제 아버지하구 나하구 귀한 분을 모셔올 것이니 예서 기다리구 있거라.

청이를 방 안에 들여놓고 뺑덕이네는 어디로 가버렸는지 한 번 들여다보지도 않는다. 그 집 무당 아주머니와 낯선 사내가 문을 열고 두어 번 들여다본다.

청이는 가마를 타고 어디론가 길을 떠난다. 앞뒤로 장정이 어깨에 띠를 메고 가마 손잡이를 양손에 쥐고 성큼성큼 걷고 있다. 그래서 가마는 위아래로 끊임없이 흔들린다. 무릎 바로 앞

의 남는 자리에 푸르스름한 사기 요강이 있어 멀미를 느낀 청이
는 뚜껑을 열고 토한다. 앞뒤로 두런거리는 남자들 말소리가 들
리고 아낙의 대꾸하는 소리도 들려온다.

그리고 당도한 곳이 황혼녘의 어느 갯가 주막집이다. 가마
꾼들이 청이를 안채의 골방에 들이더니 바깥채로 나가버린다.
방문을 닫고 앉아 있지만 밖에서는 말방울 소리와 노새가 툴
툴거리며 입바람을 내는 소리에 왁자지껄한 사내들의 웃음소
리와 생선을 굽는지 비릿하고 고소한 냄새가 풍겨온다. 거기
까지 따라온 만신 무당이 방문을 열고 들어와 청이의 앞에 마
주 앉는다.

니가 이건 알아두어야겠다. 느이 아부지 심봉사 어른 고생이
얼마나 심하신지 너두 잘 알겠구나. 뺑덕네가 모신다구 하지만
촌구석 무당이 돈냥을 벌겠느냐 쌀말을 보태겠느냐. 그저 굿판
에서 식은 밥 얻어다가 한끼 두끼 때우는 게지. 생각다 못해 느
이 새어미랑 우리가 널 대국에다 시집보내기루 하였구나.

청이는 하도 놀라서 말도 잃고 옷고름을 물고 앉아 방바닥만
노려보는데 눈물이 똑똑 떨어져 거뭇하게 눌은 장판지에 떨어
진다. 다시 방문이 열리며 아까 읍내에서 얼핏 보았던 장사치
사내가 들어와 만신 아주머니 뒷전에 좀 떨어져 앉는다.

나는 청나라 남경에 장사 다니는 사람이다. 중국 선상들은 옛
날부터 뱃길이 험하여 달거리 전인 열다섯 먹은 처자를 사다가
용왕님께 제사를 드려 풍랑을 면하였다더라. 요즘 같은 개명천

지에 어찌 생사람을 희생으로 쓰겠느냐. 그저 형식으로만 굿과 제사를 지내고 나서 중국에 당도하여 부잣집에 시집을 가면 되느니라. 남경 상인들이 돈을 추렴하여 이미 네 아비에게 은자 삼백 냥을 주었으니, 딴맘일랑 아예 먹지 말고 우리가 이르는 대로 잘 따라야 한다.

아침 새벽부터 갯가에서 굿판이 벌어지는데 청이는 하얀 소복으로 갈아입고 만신이 정성 들여 얼굴에 화장을 해준다. 분 바르고 연지 곤지 찍고 오색 깃발을 앞세워 뱃사람들과 장사치들이 모두 노와 돛이 달린 조선 야거리배에 오른다. 포구 멀찍이 닻을 내리고 정박한 중국 배가 보이는데 멀리서 보아도 덩치가 우람하여 물에 기와집 여러 채가 떠 있는 것만 같다. 돛이 내려진 채 돛대가 앞뒤와 가운데에 높이 솟아 있다. 뭍에 올랐던 중국 상인들과 조선서 떠나는 상인들이며 무당 잡색들이 모두 함께 조선 배에 오르고 청이는 무당이 시키던 대로 배의 이물칸 널판자에 가서 얌전히 걸터앉아 있다. 여럿이 처연한 소리로 배따라기를 부른다.

　우리는 구태여 뱃놈이 되어
　타고 다니는 것은 칠성판이오
　먹고 다니는 것은 사자밥이라
　입고 다니는 것은 매장포로다
　요 내 일신 생각하면

불쌍코 가련치 않단 말이냐

배 띄워라 배 띄워라

만경창파에 배 띄워라

어그야디야 아하

어그야디야 아하

천남천북을 아하

오고가는 재물 아하

다 몰아들여라 아하

간다 간다 아하

배 떠나간다 아하

순풍이 분다 아하

돛 달아라 아하

어야어야 어그야디야

어그야디야 어야어야

야거리배에 돛을 반쯤 올려두고 노를 저으면서, 정박해 있는 본선 근처로 다가들어 주위를 크게 맴돌면서 굿이 시작된다. 무당의 사설과 노랫소리와 잡색들의 제금 치고 꽹쇠 때리고 북 장고 치는 소리에 온 바다가 떠들썩하다. 끝으로 온갖 부정한 귀신들인 짚과 탈바가지로 만든 제웅이며, 잡신들을 먹일 제물들을 짚으로 짠 배에 싣고 소복 입힌 청이의 가슴께에 동아줄을 동인 다음 그녀를 짚배에 내려준다. 배는 물 위에 떠 있건만 지푸라기와 새끼로 짠 것이라 이내 물이 스며들어오기 시작한다. 청이의 아랫도리는 차가운 바닷물에 흥건히 젖어온다. 타악기의 장단은 점점 빨라지면서 무당이 숨가쁘게 외친다.

용왕님전 비나이다
이 배에 든 부정
이 배서 나간 부정
모두 잡아 다스리시구
그저 조선 바다 나가실 적에
우리 애기씨 품에 안아
색시루 맞으시구 아낙으루 맞으시구
만경창파 대해중에
천리만리로 순풍을 돋우소사
어허 좋다 애기씨 보내주자
어허 좋다 애기씨 받으신다

짚배가 가라앉자 청이는 두 손을 허우적거리며 물 속으로 빠져든다. 물 속으로 들어가니 머리 위로는 부옇게 수면에 내려앉은 햇빛이 보이고 발장구질하는 다리 아래로는 시퍼런 바다의 끝없는 속이 내려다보인다. 줄을 당겼는지 청이의 몸이 위로 올랐다가 간신히 머리를 내밀어 숨을 내쉬는데 다시 줄이 풀려 아래로 가라앉는다. 바닷물을 몇 번 삼키다가 청이는 옷띠와 소매와 치맛자락을 너울거리며 맞은편 푸른 물 속에서 헤엄쳐오는 여인을 본다. 그네는 두 손을 허우적대며 여인에게로 가까이 가려고 몸부림을 친다.

엄마, 엄마 나 여깄어요!

삼세번을 물 속에 잠기게 하고 나서 줄이 축 늘어지자 굿하던 사람들은 혼절한 청이를 뱃전으로 끌어올린다. 그들은 굿이 아주 잘 되었다고 서로들 치하하면서 장사치들은 물에 흠뻑 젖은 청이를 들쳐업고 본선에 올라타고 무당 패거리는 야거리를 타고 갯가로 돌아간다.

이제 조선 바다 중국 바다의 굿과 제사를 다 마쳤으니 청이가 평화롭게 잠든다 한들 그 누구라서 깨울 수 있을까.

철커덕, 하는 소리에 청이는 눈을 떴다가 제풀에 놀라서 얼른 일어나 벽에 기대어 앉았다. 문이 열리고 누군가 들어섰지만 청이는 밖에서 쏟아져들어온 햇빛 때문에 그의 검은 몸집만 보일 뿐이었다.

"잘 잤느냐? 이리 좀 나오너라."

청이는 목소리를 듣고 그가 누구인가를 짐작했다. 밖으로 나오자 배는 별로 흔들리지 않았고 하늘에는 뭉게구름 사이로 푸른 하늘이 보였다. 소금기 어린 싱그러운 바람을 깊게 들이마시며 청이는 이제 좋은 일만 일어날 듯한 느낌이 들었다. 갑판 위에서는 선원들이 곳곳에서 작업중이었다. 조선 상인은 그를 데리고 어제 제를 지냈던 고물 쪽의 큰 방으로 데리고 들어갔다. 방 안에는 긴 탁자와 의자가 있고 세 사람이 둘러앉아 차를 마시고 있었다. 왼편에 혼자 앉은 이는 배의 선장으로 붉은 테에 술이 달린 모자를 쓰고 소매가 좁은 윗옷에 조끼 차림이었다. 그 앞에 나란히 앉은 두 사람은 중국 상인들이었다. 하나는 원건 뒤로 땋아 늘인 변발이 회색이고 길게 기른 수염도 회색인데다 소매가 넓고 자락이 긴 비단포를 입고 있어서 더욱 나이가 들어 보였다. 다른 하나는 뻣뻣하고 짧은 수염에 검은 윗옷과 홑바지 차림으로 청이가 어제 갯가 주막에서 얼핏 보았던 사내였다. 청이가 들어서자 그들은 저희끼리의 말을 멈추고 일제히 돌아보았다. 조선 상인이 청이에게 말했다.

"얼른 인사를 올려라."

청이는 얼결에 두 손을 모으고 큰절을 올리려고 다리를 굽혀 주저앉기 시작했다. 조선 아저씨가 그네의 어깨를 잡으며 다시 말했다.

"큰절 말고 반절만 하면 되느니라."

그런 모양을 지켜보던 중국 사람들이 큰 소리로 껄껄 웃더니 저희끼리 한두 마디씩 주고받았다.

"대인, 이번 화물 중에선 인삼보다두 저 아이가 제일 귀한 물건이겠소."

선장이 말하자 늙은이 대신에 중년의 상인이 받는다.

"우리가 난징에서 특별히 부탁받은 일입니다. 그러니 이문을 많이 남겨야겠지요."

늙은 상인이 웃는 얼굴로 대답했다.

"그래 아주 참하게 생겼구나. 용왕제도 치렀으니 새 이름을 지어줘야겠지."

조선 상인이 말했다.

"대인께서 지어주십시오."

"그래, 뭐라고 할까……?"

늙은이가 찻잔을 입에 갖다대며 생각해보더니 고개를 끄덕인다.

"롄화(蓮花), 롄화라구 하지."

선장이 웃으면서 말했다.

"홍련이오, 백련이오? 붉은 꽃과 흰 꽃은 보기에도 아주 다릅니다."

"그 둘 다요. 그냥 롄화라구 하지. 자네 치부책 물목에다 그렇게 올리게."

늙은이가 곁에 앉은 상인에게 말하자 모두 고개를 끄덕였다. 청이는 그들이 무슨 얘기로 저렇게 웃고 떠드는지 알아들을 수는 없었으나 자기를 두고 하는 말인 것은 눈치로 알았다. 아버지 연배의 어른들이었지만 남정네들 앞에서 이렇듯 오래 마주 서 있기는 처음이라 얼굴이 발갛게 달아올랐다.

"이만 물러가겠습니다."

조선 상인이 말하자 늙은이는 가보라며 꺾은 손목을 밖으로 밀어내는 시늉을 해 보였다.

"좋아 좋아, 이서방이 잘 돌봐주도록 해라."

조선 상인이 눈짓을 하여 청이도 함께 인사를 하고는 그 방에서 나왔다.

"날 따라오너라."

아저씨가 청이를 데리고 통로의 반대쪽으로 돌아 중간쯤에 있는 방으로 갔는데 안에는 긴 널판자를 잇댄 상에 둘러앉아 몇 사람이 밥을 먹고 있었다. 안쪽은 부엌인지 풍로와 그릇이며 솥이 보이고 큰 물동이가 보인다. 식당 안의 사람들은 거의 중국인이었지만 상투 머리에 두건을 쓴 사람과 패랭이 쓴 사람도 보여서 청이는 그들이 조선 사람인 줄 알아보았다. 그들은 젓가락질을 하다 말고 모두 청이 쪽을 돌아보았다. 패랭이 쓴 사람이 옆으로 좁혀앉으며 자리를 내고는 손짓하여 그네를 불렀다.

"이리 와서 앉아라."

상인은 문 앞에 그대로 선 채 말했다.

"얘는 렌화라구 하네. 멀미로 속이 안 좋을 터이니 죽을 먹였으면 좋겠는데."

그는 청이의 등을 가볍게 밀면서 턱짓을 했다. 청이가 빈자리에 가서 앉고는 뒤를 돌아다보니 그 조선 상인은 사라졌다. 그래도 낯익은 얼굴이 없어지니 다시 거북해졌다. 상 가운데 찬그릇을 모아놓고 모두늘 밥공기를 손에 들고 길다란 젓가락으로 입 안에 퍼넣고 있었다. 어찌나 빠른지 청이가 기다리고 앉은 사이에도 중국 선원 두 사람이 나가고 다시 셋이 들어와서 밥을 먹기 시작했다. 먼저 청이를 불러 옆자리에 앉혔던 패랭이 아저씨가 말을 걸었다.

"나는 마태오라구 한다. 장연 주막집에서부터 너를 봤지."

청이는 수염이 듬성하고 턱이 갸름한 그 아저씨가 어쩐지 착해 보여서 얼른 숫기 좋게 되물었다.

"아저씨두 배에서 이름을 주었어요?"

"아니…… 내 이름은 천주님이 주신 이름이다."

청이는 알아듣지 못했지만 무슨 뜻이냐고 묻지는 않았다. 숙수 선원이 뭐라고 큰 소리로 말하면서 죽그릇과 야채 한 접시를 상 위에 놓아주었고 마태오 아저씨가 말해주었다.

"먹고 모자라면 더 청하라는구나."

청이는 그냥 고개를 숙여 보이고는 잠깐 망설인다. 숟가락도 없이 묽은 죽을 젓가락으로 먹나, 해서였는데 그네는 곧 그릇을 쳐들고 저를 휘저어 한 모금씩 천천히 마셨다. 식당에서 나오자 마태오 아저씨가 두건 차림의 사내에게 말했다.

"구경일랑 내가 시킬 터이니 자넨 일 보게나."

"그럼 방에 넣는 것두 자네가 하게."

마태오 아저씨가 앞장을 서서 선수 쪽으로 가다가 통로 옆의 또다른 널찍한 통로로 꼬부라졌다. 아래층으로 내려가는 계단이 있었다. 계단을 다 내려가니 너른 공간은 칸막이가 되어 있고 천장에는 우물에 쓰이는 도르래와 밧줄이 즐비하게 걸려 있다. 칸막이마다 잘 포장된 화물이 물목별로 빼곡히 쌓여 있었다.

"저쪽 천장을 보아라. 거긴 이물 갑판인데 널문으로 여닫게 되어 있지. 짐을 그리로 싣고 내린다. 중국 배는 모두 네 층이나 된다. 맨 위층에 장대 다락이 있고 그 다음에 갑판과 사람이 기거하는 방들이 있고, 여기가 화물칸이고 이 아래가 선복이라구 한단다."

층계를 따라 아래로 내려가니 파와 채소를 심어둔 나무틀이 빼곡히 있고 그 곁의 울타리 안에는 닭이며 오리와 양 서너 마리에 돼지도 두 마리나 먹이고 있다. 청이는 간밤 잠결에 뭍에서 새벽닭이 우는 소리를 들었는데 이제야 그 소리가 어디서 온 것인지 짐작하겠다. 그리고 주전자 꼭지처럼 생긴 물 나오는 주둥이에 나무마개를 막은 네모난 물항아리가 줄지어 놓였다. 큰 나무 함지와 역시 나무의 속을 파낸 바가지 크기의 그릇들이 몇 개 보였다.

"바다에서는 단물이 귀하니라. 여기에 식수를 저장해두고 길어다 먹는다. 우리야 그냥 두레박을 뱃전에서 떨구어 바닷물로 세수 양치를 하지만 널랑은 예서 세수를 하려무나."

마태오 아저씨가 나무마개를 뽑아주자 물이 함지로 쏟아져나온다. 청이는 작은 나무대야에 물을 떠서 손과 얼굴을 씻고 입에 머금어 양치질도 했다. 청이가 젖은 얼굴로 두리번거리는데 아저씨가 소매에서 무명 자락을 꺼내어 건네주었다.

"이거 너 써라. 나는 봇짐에 여분이 많이 있단다."

청이는 얼굴을 닦고 나서 돌려주지도 못하고 엉거주춤 인사를 했다.

"아저씨 고맙습니다."

선복의 가녘에는 양식이며 배에서 쓸 물건들이 용도별로 구분되어 쌓여 있었다. 마태오 아저씨를 따라서 배의 이곳 저곳을 둘러보고 나서 그들은 상갑판으로 올라갔다. 바람을 한껏 받은 세 개의 돛은 앞을 향하여 잔뜩 부풀어 있었고 배는 선수를 치켜들었다 내려갔다가 하면서 파도를 가르며 달리는 중이었다. 청이는 뱃전에서 갑판 난간에 기대어 바다의 먼 곳을 내다보았다. 저 멀리 뾰족한 산봉우리 두엇이 보이는데 작은 섬인 듯하다. 마태오 아저씨가 곁에서 팔꿈치를 뱃전에 얹고 함께 바라보며 말했다.

"저 섬이 보이는 걸루 봐선 낼 아침쯤엔 중국에 닿을 모양이다."

혼잣말처럼 중얼거린 아저씨가 덧붙인다.

"작년 겨울에 갔을 때에도 너만한 조선 처녀가 셋이나 배에 타구 있었다."

"그애들은 다 어디루 갔는데요?"

청이가 묻자 아저씨는 말없이 이마와 가슴 세 군데를 손가락 끝으로 찍고는 두 손을 합장하며 눈을 내리감는 시늉을 했다. 천주교도의 성호를 긋는 동작을 알 리 없는 청이는 잠자코 있었다.

"중국은 아주 큰 나라다. 사람두 많구 저잣거리가 도처마다 있단다. 서쪽에는 더 많은 고장과 나라들이 있다더라. 어떤 어려운 일이 있더라두 천주님을 모시면 살아날 길이 열리게 될 게다."

마태오 아저씨가 하늘에 계신 천주님께 기도하는 법을 가르쳐주었는데 그것은 고향집 뒤뜰의 싸리울 앞에서 물 떠놓고 합장하던 모양과 다르지 않았다.

날이 새자 먼 바다의 수평선 너머로 부옇게 안개가 낀 듯하고 허공에 산봉우리들이 떠 있는 게 보였다. 크고 작은 돛배가 지나가는 것도 눈에 띄었는데 갑자기 빠른 속도로 엄청나게 큰 배가 선수 쪽을 가로질러 지나갔다. 그 배는 여러 조각으로 나뉜 돛을 달고 날개를 활짝 펼친 새처럼 보였고 높다란 뱃전에는 대포의 포구가 수십 개 뚫려 있었다. 선수에는 여신의 상체가 새겨져 있고 높다란 돛대 위에는 여러 색깔의 깃발이 펄럭였다. 그 배가 서양 나라의 상선이라고 누군가 말했지만 청이는 무슨 소리인지 머릿속에 담아두지는 않았다.

아주 가까운 곳에 육지가 있는 듯이 보였지만 한낮이 되어서야 배는 장강의 하구가 시작되는 상하이 어촌에 당도했다. 여러 사람이 노를 젓는 용선들이 다가왔고 배는 잠시 해안에 머물러서 짐을 내리고는 내처 장강으로 접어들어 거슬러올라갔다. 배가 진장(鎭江)에 닿은 것은 하루 종일이 걸려 해가 넘어갈 즈음이었다. 강이 길게 반달 모양으로 휘어져 돌아드는 안쪽에 제법 큰 대처가 보였다. 배가 축대와 나무판자로 이루어진 부두에 대지 못하여 강변에 들어와 돛과 닻을 내리고 정박했다. 포구는 집집마다 저녁 짓는 연기로 구름이 골짜기에 내려앉은 듯했고 작은 거룻배나 용선이나 돛배들은 거의 강변에 묶여 찰랑대고 있었다. 강이라고는 하지만 하구에서 진장까지는 바다가 연이어져 만처럼 너른 곳이라 맞은편 산자락이 아득하게 건너다보였다. 갈매기들은 포구에서 강으로 다시 하구를 향하여 어지러이 날아다녔다.

진장에서는 일부의 짐과 사람들이 내렸고 조선 장사치들도 모두 내렸다. 청이는 강변에 정박한 배에서 하룻밤을 더 묵었다. 이튿날 이른 아침에 배가 다시 출발하여 난징(南京)에 이른 것은 거의 저녁때가 다 되어서였다. 배에서 보았던 중국 상인들은 청이에게 웃는 얼굴로 대했고 좋은 방에 들게 해주었다. 시중 드는 소녀가 차와 음식을 날라다주어서 청이는 불안한 중에도 며칠 만에 뭍에서의 잠을 푹 잘 수가 있었다. 침상에 누워서도 어쩐지 등뒤가 출렁이는 듯한 느낌이었다.

여각(旅閣)은 강이 내려다보이는 언덕 위에 있었다. 강변의 부두에서 창고가 늘어선 곳을 지나면 큰길 양쪽으로 음식점이며 주루(酒樓)와 상점들이 이어지고, 길이 차츰 오르막이 되면서부터 주택과 여각들이 시작되었다.

방 안에는 탁자와 나무의자가 둘이 놓였고 벽가에 휘장을 드리운 침상이 있었다. 벽에 그림이 걸려 있었는데 비파를 치는 미녀의 채색화였다. 천을 바른 창을 옆으로 밀면 작은 뜰이 보이고 건너편에 바깥채가 보였다. 침상 옆의 둥근 창을 밖으로 열자 아랫집의 지붕 너머로 강변이 내다보였다. 그네가 타고 왔던 낯익은 범선은 다른 배들 사이에 돛을 내리고 쉬는 중이었다.

점심을 먹고 나서야 청이를 데려갈 가마가 당도했다. 배에서 보았던 좁은 소매 윗옷에 마고자만 걸친 중년의 상인이 소녀를 앞세우고 뜰을 건너와서 문을 열고는 말했다.

"롄화, 이제 가야겠다."

청이는 사내의 중국말을 알아들을 수는 없었지만 그가 손짓으로 바깥을 가리키는 것으로 곧 눈치를 챘다.

그네는 방 안을 한 바퀴 둘러보고는 들어올 때처럼 빈손으로 나선다. 여관의 앞채로 들어서자 음식 냄새며 새소리가 요란하게 들려왔다. 남자들 여럿이 차를 마시며 떠들고 있었는데 창가의 천장에 늘어뜨린 쇠고리에 새장이 여러 개 걸려 있었다. 새들은 푸른 날개에 붉은 털을 가진 놈도 있고, 흰색에 부리만 붉은 놈에, 노란 털과 머리 장식이 모자처럼 치솟은 것도 보였다. 새들이 제각기의 목소리로 노래했다. 상인이 칸막이가 된 자리로 청이를 데려가자 그 자리에는 배에서 보았던 늙은 상인과 다른 장사치 두엇과 역시 길다란 포를 위에 걸치고 원건을 쓴 노인이 보였다. 그들은 말없이 청이를 찬찬히 살펴보았다. 그리고는 제각기 한마디씩 지껄였고 노인이 청이에게 나가자는 시늉으로 손바닥을 펴서 앞으로 내밀어 보였다. 그리고 그네는 여관 앞에 기다리고 있던 가마에 올랐다. 노인이 가마 앞쪽의 발을 내리자, 앞뒤에서 어깨에 멘 사내들의 걸음걸이에 따라 가마가 우쭐거리며 움직여가기 시작했다.

2. 잠

가마는 붉은 기둥과 도금한 현판이 걸린 높다란 대문 앞에 잠시 멎었다. 간편한 옷에 붉은 장식 술이 달린 병사의 모자를 쓴 문지기 둘이 섰다가 가마 앞에 선 집사 노인을 보자 얼른 대문을 열었다. 그 큰 대문이 소리도 없이 열렸다. 문 안에 일렬로 길게 늘어선 벽돌집이 보이고 가운데에 중문이 있었다. 가마는 중문을 지나 왼쪽 길로 돌아서 담장을 두른 본채의 마당으로 들어갔다. 늙은 여자들과 하녀 두 사람이 작은 대문 안쪽에 섰다가 가마를 맞아들였다. 그네들이 가마의 발을 걷어올려 청이의 손을 양쪽에서 잡고 내리도록 도왔다.

청이는 앞서 들어가는 집사 노인을 따라서 본채로 들어갔는데 정면의 안락의자에 머리가 하얗게 센 노부인이 앉았고 머리가 희끗한 남자가 쪽빛 겹저고리에 비단 바지를 입고 곁에 앉아 있었다. 그리고는 할멈들과 하녀들이 주위에 둘러섰다. 집사 노인이 뭐라고 아뢰는 중에 연신 렌화, 렌화라는 말이 들렸다. 방 안의 사람들도 제각기 렌화, 라고 중얼거리는 소리가 입마다 퍼져나갔다. 남자가 물었다.

"수령서는 받아왔느냐?"

"예, 큰서방님. 인삼과 저 아이 값으로 어음을 내주었습니다."

집사는 소매 속에서 종이쪽지를 꺼내어 그에게 올렸다. 큰서방님이 종이를 받아들고 훑어보다가 노부인에게 말했다.

"어머니, 열다섯 살이랍니다. 건강해 보이는데요."

노부인은 부채로 얼굴을 가리고 찌푸린 눈으로 청이를 자세히 살폈다.

"저 커다란 발 좀 봐라. 흉측하게 전족을 하지 않았구나!"

"아버님 보신용으로 쓸 터이니 발이야 무슨 상관이겠습니까."

노부인이 부채를 활활 부치면서 하녀들에게 일렀다.

"어서 렌화를 데려다 목간을 시키고 옷도 갈아입히도록 해라."

곁에 앉았던 큰아들도 한마디 거들었다.

"나이는 어리지만 아버님의 시첩으로 들어온 분이다. 상하 구분하여 잘 돌봐드리도록 해라."

청이는 그들이 주고받는 소리의 높낮이만 느꼈을 뿐이었다. 처음에 그네를 맞아주었던 할멈과 하녀가 양쪽에서 부축하고 긴 회랑을 지나 본채의 뒤편으로 갔다. 아름드리의 자귀나무가 우거진 모퉁이에 나무마루가 연결된 목욕칸이 있었다. 화덕에 불을 넣던 여자가 그들을 맞이했다. 탈의실로 청이를 데려온 여자들은 스스럼없이 그네의 헝겊단추를 풀고 상의와 바지를 벗겼다. 청이 바지춤을 잡아당겼지만 할멈은 부드럽게 손가락을 비틀고는 바지를 끌어내렸다. 속곳까지 벗기자 할멈은 옷가지들을 바깥에 섰던 여자에게 내주며 말했다.

"이거 태워버리게."

청은 하녀의 손을 잡고 목욕실의 계단을 내려갔다. 젖은 마루와 김이 서린 벽의 대나무가 미끄러웠다. 화덕에서 데운 물이 도자기의 관으로 해서 쏟아져나와 나무판자로 둥글게 짠 나무 물통에 떨어지고 있었다. 욕실 안은 온통 뿌연 김으로 가득 차서 벗은 몸이 부끄러워 상체를 잔뜩 숙이고 있던 청이는 저도 모르게 가슴에서 두 손을 내렸다. 하녀가 손가락을 통 속에 담가보고는 물이 나오는 꼭지의 위쪽에 매달려 있던 나무쐐기를 위에서 아래로 박아넣자 물줄기가 끊겼다. 할멈이 작은 병을 기울여 물통에다 흘려넣자 욕실 안은 재스민 향기로 숨이 막힐 지경이었다. 두 여자는 청이 가마에서 내릴 때처럼 양쪽 겨드랑이를 잡고 번쩍 치켜들어 따뜻한 물 속에 천천히 잠기게 했다.

"청주 가져오너라."

할멈이 말하자 하녀가 밖으로 나가더니 목이 길다란 거위 병을 가지고 돌아왔다. 청은 두 무릎을 세워 쪼그리고 앉아 있었다. 할멈이 도자기의 마개를 열고 물 속에다 부었다. 그리고는 두 팔을 넣고 청의 몸 주위를 휘휘 저었는데 재스민 꽃향내와 술냄새가 서로 어우러졌다. 청은 저절로 다리가 벌어지고 서로 엇갈려 가슴을 가리고 양쪽 어깨를 붙안고 있던 두 팔도 스르르 풀어져서 물 속으로 떨어졌다. 목을 젖히니 물통에 닿았고 그네는 천장을 향하여 고개를 든 채로 눈을 감았다. 몸뚱어리가 연못에 떨어진 수건처럼 흐느적이며 아래로 가라앉았다. 저절로 입이 열렸고 이마와 머리카락 속에서 땀이 솟아 흘러내리기 시작했다. 두 여자는 부드러운 명주수건으로 청의 등과 가슴이며 물에 잠긴 허벅지를 문질러주었다.

얼마나 잤을까. 탈의실에서 잠시 기다리고 있던 두 여자들이 계단을 내려오는 기척이 들렸다. 그들은 벽 가에 세워두었던 등나무 평상을 다리가 아래로 가도록 펼쳐두었다. 두 여자가 축 늘어진 청이를 통 속에서 건져내어 상반신과 다리를 들어 평상 위에 눕혔고, 그네는 몽롱한 속에서도 다시 가슴에 두 손을 올렸다. 할멈이 가볍게 투덜대면서 청이의 손을 잡아 옆으로 젖혀서 평상 위에 가지런히 올려놓았다. 두 여자는 머리 쪽과 다리 쪽에서 청의 몸을 잠깐 내려다보았다.

희부염한 수증기 속에서 청의 열다섯 살 된 몸은 비 오는 날 나뭇가지 사이로 얼핏 뵈는 복숭아 같았다. 한 줄 외태로 땋아 늘였던 머리는 댕기가 풀어지자 이마 뒤로 넘어간 채 흐트러지고 뺨에는 열기로 홍조가 피었다. 얼굴과 목덜미와 온몸에 맺힌 물방울들이 물고기의 비늘처럼 반사되어 반짝인다. 어깨는 작고 동그스름한데 가슴께에서 솟아오른 젖가슴이 아직은 채 부풀지 않아서 거무스레한 젖꽃판이 거의 평평하고 꼭지는 분홍색이 선명하다. 사발을 엎어놓은 듯 봉긋하여 앙가슴이 조금 들어간 것처럼 보일 뿐이다. 허리는 가늘지만 배 언저리는 어린 티가 남아 있어서 통통하게 부풀어 있다. 아마 자라면서 키가 늘어나고 옆구리의 골반이 뚜렷하게 튀어나올 것이다. 아랫배에서 두덩이 시작되는 부근에 돋기 시작한 거웃이 몇 오라기 보인다. 그네의 허벅지는 팽팽하고 무릎으로 내려가면서 어린 닭의 다리처럼 바깥쪽에 살이 덜 올라 움푹 팬 듯하다. 매끄러운 정강이와 도톰한 발등이며 짧은 발가락들이 가지런하다.

할멈이 수건으로 청이 몸의 물기를 닦고는 향유를 손에 조금씩 흘려 두 손바닥을 부비고 나서 목덜미에서부터 찬찬히 문질렀고, 하녀는 작은 줄로 손톱에서 발톱까지 다듬었다. 할멈은 청이의 가슴을 문지르고 드러난 갈비뼈와 아랫배를 문지르고는 저절로 주름이 잡힌 두덩 아래의 가랑이 사이로 거침없이 손을 넣었다. 할멈이 손길을 멈추고 하녀에게 손을 내밀자 그네가 뭔가 쥐어준다. 엷게 엿을 바른 고운 모시수건을 건네받은 할멈은 한 손으로 청의 가랑이를 벌리고는 불두덩 위에 수건을 대었다가 재빨리 떼어낸다. 청이 가늘게 비명을 지르면서 다리를 오므렸지만 할멈은 다시 한번 아래쪽으로 수건을 들이밀고 거웃을 떼어냈다. 할멈은 그 자리에 향유를 듬뿍 발라 부벼주었다. 허벅지에 향유를 바르고 발등과 발바닥 발가락에까지 모두 바른 다음, 청의 한쪽 팔을 잡아당겨 돌아눕도록 하고 등줄기에서 볼기와 엉넝이로 문질러내려갔다. 샘에 떠 있는 쪽박같이 위로 처들린 엉덩이에서 할멈은 잠시 손을 멈추었다. 작은 엉덩판 안쪽이 딴딴하게 경직되어 있었기 때문이다. 할멈은 곧 청이가 밑살에 힘을 주고 있음을 알았다. 아랫도리로 내려가며 무릎 오금의 부드러운 부분을 문질러주고 종아리를 지그시 움켜쥐며 풀어주었다. 발뒤꿈치의 거친 부분은 하녀가 부석으로 문질러 부드럽게 만들어두었다. 할멈이 골고루 향유를 바르면서 발허리를 꾹꾹 눌러주며 발가락 사이사이를 매만져주고 나자 모든 신체검사가 끝났다.

심청이 비로소 제 몸을 본 것은 자기 방에 돌아와서였다. 앞자락을 여미고 띠로 묶는 비단포를 그네에게 입혀 하녀가 등에 업고 왔다. 목욕칸에서 바로 뒤의 중문을 지나 후원의 서북쪽에 있는 별당이 청의 거처로 정해진 곳이었다. 후원에는 중앙에 너른 연못이 있고 연못을 가로지르는 반월교가 걸려 있는데 숲 사이로 다른 한 채의 별당이 건너다보였다. 두 여자는 문을 열어주며 청이를 집 안으로 들어가게 하고는 밖에서 문을 닫았다. 그네는 어지러워져 문에 등을 기대고 서서 현기증이 지나가기를 기다리며 안을 둘러보았다. 아직 해가 저물지 않았는데도 사방에 붉은 월등이 켜져 있었다. 검은 옻칠을 한 장식장과 의자와 탁자 등속이 모두 새와 화초 문양으로 정교하게 깎은 것들이었다. 벽에는 서화가 빼곡히 걸려 있고 장식장 위에 도자기들과 함께 젓대며 피리며 비파가 세워져 있었다.

오른쪽으로 한 단쯤 높은 곳에 윤이 반들거리는 툇마루와 그 위에 침상이 보였다. 침상은 사방에 붉고 둥근 기둥이 있어 휘장을 둘러쳤는데, 붉은 옻칠 바탕에 오색의 자개가 박히고 당초무늬를 아로새긴 난간이 있으며, 터진 출입구 쪽에는 비단 휘장이 양편에 가지런히 묶여 있었다. 청이는 비틀거리며 툇마루 앞에까지 다가섰다. 침상 안의 맞은편 벽에는 괴석과 꿈틀거리는 소나무와 빨갛게 만개한 모란이 그려진 벽화가 보였다. 두툼한 보료와 자잘한 국화를 수놓은 비단 이불과 붉고 푸른 천을 씌운 두동달이 베개가 놓였다. 침상은 하나의 방과 같았다. 머리맡에 흰 도자기 타구며, 손수건, 과일 접시, 그리고 이상한 모양의 곰방대와 접시받침 아래 기름이 든 병이 붙은 촛대 비슷한 물건이 있고, 침상 옆에는 의자로도 쓰이는 방석 씌운 도자기 항아리 위에 쟁반이 놓였다. 발치에는 제법 너른 공간이 있어 역시 자기로 장식한 붉은색 옷장과 산수화를 그린 두 폭짜리 가리개가 세워져 있고 용의 머리가 달린 향로가 놓였다. 옷장 문을 여니 비단옷이 가득 걸려 있는데 속곳은 서랍을 아무리 열어보아도 보이질 않는다. 그때 심청은 어깨 높이의 가리개 너머로 사람의 얼굴을 얼핏 보고는 소스라쳤다.

넌 누구야?

넌 누구야, 라고 바로 면전의 얼굴이 되물었다. 청이가 가리개를 밀치고 벽에 다가서자 그녀는 선명하고 빛나는 물체에 부딪칠 뻔했다. 청이는 양거울을 처음 보았다. 거울은 작은 상만 한 크기였는데 그 속에 낯익은 얼굴이 떠올라 있었다. 물동이 속에서, 하늘거리는 냇물의 수면 위에서, 반질반질 닦은 놋뚜껑의 앞면 뒷면에서, 똑바로, 일그러지게, 길쭉하게, 넓적하게 보이던 바로 그 얼굴은 자기였다. 청이는 두 손으로 볼을 감싸안았다. 맞은편의 렌화도 볼을 감싸안는다.

아, 그래 내가 원래 청이였지……

심청은 멀뚱히 렌화를 바라보다 허리띠를 풀고 비단 홑옷을 벗어 발 아래 떨구었다. 그네는 태어나서 처음으로 자신의 벌거벗은 몸을 남의 것처럼 바라보았다. 거울 속의 렌화가 말했다.

너는 내가 아니야.

할멈이 청이의 머리를 양갈래로 땋아 뒤로 엮어주었다. 그네는 할멈과 하녀가 가져온 저녁을 먹고 이어서 차와 과일을 들었다. 그 동안에 할멈은 침상을 정돈했다. 향로의 향을 피우고 자리끼로 마실 냉차를 준비해두고 흡연할 곰방대를 채워두는 일이며 유황 성냥도 빠뜨리지 않았다. 방 안의 월등 가운데 하나만 남기고는 모두 끄고 침상 안에 사방등을 켜두었다. 너른 실내가 어둠침침해지자 침상 안은 더욱 아늑해 보인다.

"잠옷으로 갈아입으셔요."

하녀가 잠옷을 두 손에 받쳐들고 청에게 내밀었다. 붉은 공단에 꽃무늬 수를 놓은 잠옷을 펼치자 팔도 끼워주고 허리띠도 매어준다. 또한 수를 놓은 주머니처럼 생긴 각반을 발에 씌우고 발목을 묶은 다음에 비단신을 신겨주었다. 할멈이 뚜껑을 덮은 자기 찻잔을 쟁반에 받쳐들고 침상 가까이 왔다.

"이건 버섯차요. 몸에 좋으니 어서 마셔요."

두 여자는 청이 한 모금씩 차를 다 마실 때까지 참을성 있게 지켜보다가 조용히 물러갔다.

청이는 침상 안의 요 위에 앉아서 머리맡에 놓인 물건들을 이 것저것 만지고 집어보았다. 접시 위에 놓인 실에 꿴 말린 대추 몇 알을 살펴보기도 하고 곰방대와 등처럼 생긴 접시 위에 놓인 새카만 환약 같은 것을 집어 냄새를 맡아보기도 했다. 차츰 온 몸이 나른해져서 청이는 그냥 이불을 들쳐놓은 채로 누웠다. 발 치에서 은은하게 타고 있는 향냄새 때문에 꽃이 만발한 여름날 의 화단에 앉아 있는 듯했다. 차를 마셔서인지 정신은 말짱한데 몸만 나른하고 소리와 색깔에는 예민해졌다. 벽화에 그려진 모 란의 붉은색이 어찌나 선명하고 또렷한지 눈이 아플 지경이었 다. 소나무의 푸르름은 당장이라도 벽에서 솔가지가 튀어나올 것만 같다.

숨소리가 머릿속에서 폭풍처럼 들끓고 있었다. 눈을 감으면 저 멀리 어둠 속에 길다란 회랑이 보인다. 숨을 들이쉬자 앞쪽 에서부터 회랑 양편으로 등불이 차례로 켜지면서 저어 먼 끝까 지 한없이 밝아지다가 들숨의 마지막 고비에서 팍, 하면서 커다 란 불꽃으로 합쳐지며 터진다. 숨을 내쉬자 불꽃이 사라지고 아 득한 저 끝에서부터 타타타타, 하는 소리가 나면서 차례로 등불 이 줄을 지어 꺼져오더니 일시에 암흑이다. 아랫배가 뜨거워지며 마치 박하라도 올려놓은 것처럼 싸아하면서 배꼽이 점점 크게 열린다. 등불은 먼 앞쪽의 어둠 속에서부터 몸 안에까지 연이어 켜지고 꺼지기를 되풀이한다.

다시 눈을 뜬다. 붉은 기둥이며 분홍색 휘장이며 난간의 자개 무늬들이 흐느적 흐느적 구불거리며 물처럼 흘러다닌다. 색의 경계는 분명한 대로 모든 선들은 구부러지고 휘어져서 녹아내리는 것만 같다. 그런데 머리도 들 수 없을 만큼 기운이 한 줌도 남아 있질 않다. 손가락을 꼼지락거려본다. 아주 미세하게 움직였을 뿐인데도 엄청나게 길다란 장대처럼 늘어난 손가락이 허공을 가르며 요 위에 떨어진 느낌이다. 격렬하고 예민하게 뒤흔들리던 감각이 팽이가 거칠게 돌다가 일정한 힘으로 곧추서듯이 차츰 평정을 되찾기 시작한다. 숨이 고르게 쉬어지면서 몸은 물 위에 떠가는 배가 된 것만 같다. 찰싹거리는 잔 파도가 뱃전을 흔들 때마다 몸이 가늘게 건들거리며 망망한 바다를 떠가고 있다.

할멈과 하녀의 처소는 별당 옆에 별도로 붙어 있는데 부엌과 찬방과 침소로 나뉘어져 있었다. 전실에서 설렁줄을 당기면 처소의 입구에 매달린 동종이 딸그랑거리고 그들 중의 하나는 얼른 가서 뵈어야 했다. 두 여자는 아직 처소로 들어가지 않고 전실 앞에 나란히 서서 누군가를 기다렸다. 본채의 뒤뜰 쪽에 불빛이 나타나고 별당으로 들어오는 왼쪽 중문이 훤해진다. 하인의 발등을 앞세우고 누군가 천천히 별당 앞 정원을 건너왔다.

풀 속에 박힌 넓적한 징검돌 위로 지팡이 짚는 소리가 들려온
다. 이 집의 제일 어른인 첸(陳) 대인이 다가오고 있었다. 그는
문 앞에 읍하고 섰는 하녀들을 보고 헛기침을 한다. 하녀들이
문을 열어주자 노인은 아무 말 없이 안으로 들어선다.

그는 마른 체격인데 배는 좀 나온 편이다. 변발한 머리는 백
발이고 살결도 흰 편이며 입술이 노인답지 않게 붉다. 팔순이
넘어 허리가 약간 굽었다고는 하지만 지팡이를 짚을 뿐 느리게
걸을 수 있으며 귀와 눈은 아직 어두워지지 않았다. 그는 칠순
이 지나면서부터 양생술로 회춘하는 법을 배워 시행해오고 있
었다. 첸 대인은 잠시 안락의자에 앉아 탁자에 차려둔 마른 과
일을 안주로 약주 한잔을 들었다.

청이는 누군가 집 안으로 들어온 기척을 알고 있었지만 일어
날 수가 없었다. 그건 마치 선잠에서 깨어나기 직전의 몽롱한
상태와도 같았다. 노인이 천천히 침상으로 다가와서 툇마루에
두 손을 짚고 요 위에 반듯이 누워 있는 그네를 내려다보았다.
청의 눈에는 상대가 또렷하게 보이질 않는다. 녹아내린 촛농이
나 햇볕을 받은 눈사람처럼 흐물흐물한 물체가 얼굴 위에 떠 있
는 듯하다.

첸 대인이 청의 옆에 앉아 옷의 허리띠를 풀고 옷자락을 젖혔
다. 청이의 알몸은 펼쳐진 붉은 공단을 배경으로 밝은 분홍빛으
로 보였다. 첸 대인은 청의 소매를 차례로 당겨 팔을 빼내고 몸
아래 깔린 옷자락을 서두르지 않고 조심스럽게 뽑아낸다. 칭은

게슴츠레한 눈으로 천장 위의 어느 곳을 바라볼 뿐 눈동자에는 초점이 없다. 첸 대인이 청의 알몸을 내려다보다가 자기도 옷을 벗는다. 그의 살은 이미 구겨진 채로 말라붙은 벽지처럼 보이고 뺨에서 목 아래로 가슴팍에까지 검버섯이 피어 있다. 아랫배가 늘어져 배와 허리를 가르는 깊은 주름이 잡히고 음경이 축 늘어진 채 귀두는 이미 오래 전에 익사한 시신의 입술처럼 검푸르게 죽어 있다. 오므라든 가죽의 끝에 간신히 매달린 음낭은 초겨울 바람에 말라붙은 머루알 같다.

노인의 검버섯으로 거뭇거뭇한 주름살투성이의 손이 청의 목덜미에 닿았다가 가슴으로 스쳐내려간다. 그는 그저 쓰다듬어볼 뿐이다. 물처럼 가녀린 허리와 그보다는 탱탱하지만 진흙처럼 부드러운 허벅지 안쪽 살을 만진다. 그리고 하녀들이 거웃을 제거하여 청결하게 만들어놓은 매끄러운 불두덩에 손가락을 댄다. 그의 손가락이 가늘게 떨린다. 노인의 손가락은 곤충이 걸어가듯이 넓적다리를 지나 무릎으로 내려가 잠깐 어루만지고 종아리를 쓰다듬으며 발싸개와 꽃신으로 가려진 발에 이른다. 비단 꽃신을 벗긴다. 전족하지 않은 발이지만 도톰하고 아담하다. 그는 한참이나 주머니 같은 발싸개 위로 소녀의 발을 주무른다.

청이의 몸을 만지는 동안에도 첸 대인의 음경은 꿈쩍도 하지 않았다. 다만 그의 눈 주위가 조금 불그레해졌을 뿐이다. 그리고 손발도 따뜻해졌다. 노인은 이제 무릎을 굽혀 양쪽으로 벌리고 청의 몸 위에 닿지 않도록 두 팔로 버티고는 엎드린다. 그는 숨을 가라앉히고 머리를 숙여 청이의 몸에 입술을 갖다대고는 흡, 하는 소리가 나도록 기를 빨아들이기 시작한다. 노인의 입술이 청의 목덜미에서 뺨으로 입술로 턱으로 가슴으로 내려간다. 입술은 봉긋한 젖가슴 주위를 맴돌다가 젖꽃판으로 올라간다. 숨 들이마시기를 그치고 혀가 조금만 나와 꽃판과 꼭지를 더듬는다. 혀끝의 돌기와 젖꼭지 부근의 돌기가 서로 만난다. 청이 가늘게 한숨을 내쉰다. 노인은 다시 오른쪽 젖가슴으로 옮겨간다. 그는 빨고 들이마시기를 번갈아 하면서 꽃판을 좌우로 옮겨다닌다. 젖꼭지에 핏기가 돌아오며 단단하게 올라선다. 첸 대인의 마른 입술은 청이의 배꼽 주위로 내려간다. 배꼽에서 노인의 입술은 원을 그리며 맴돈다. 그리고 배꼽에 입을 갖다대고 숨을 길게 길게 들이마신다. 양쪽 허리에 이르자 이번에는 혀가 나와서 맛을 본다. 혀는 그대로 불두덩 위에 얹힌다. 길고 가늘어진 혀의 끝이 떨린다. 타액이 매끈한 불두덩에 바른 향유와 만난다. 노인은 청이의 다리를 벌리고 머리를 숙여 입술을 음문에 갖다댄다. 혀는 아직도 떨면서 음문 주위에 부풀어오른 살갗의 맛을 보고 있다. 그의 혀가 금 그어진 중앙에 이르러 음핵의 끝에 닿는다. 이미 물기가 보인다. 그는 입술을 대고 깊은 숨을 여러 번 들이마신다. 청의 온몸은 뜨거워지고 밑살은 흥건하게 젖었다. 노인이 허리를 펴고 머리맡으로 손을 뻗어 접시 위에서 실에 꿰인 마른 대추를 세 알 집어다가 입 속에 넣었다. 그는 청이의 두 다리를 위로 치켜들고 다시 엎드려 혀끝으로 대추를 한 알씩 음문 안으로 밀어넣는다. 세 알을 집어넣고는 이제 손가락으로 마무리를 한다.

첸 대인은 롄화의 두 다리를 내리고 가지런하게 모아주고는 몸 위에 엎드려 이불을 덮는다. 노인은 그네의 배에다 자기 배를 꼭 갖다대고 좌우로 조금씩 부빈다. 그의 몸도 차츰 뜨거워지고 마른 삭정이 같던 살갗에 부드럽게 땀이 밴다. 그는 이제 움직이지 않고 한참 동안 그 자세로 엎드려 있었다.

첸 대인은 일어나 잠옷을 걸치고 차가운 차를 한 잔 마시고 나서 접시 화로에 불을 붙이고 환약처럼 조그맣게 뭉친 아편을 얹어 데운다. 데워진 아편을 곰방대에 담고는 옆으로 눕는다. 노인은 천천히 아편을 태우며 기를 가라앉혔다. 나른한 피로감과 평화로운 잠이 완만한 해변으로 물이 들어오듯 발끝에서부터 차츰 차츰 올라온다. 그는 사방등의 등피를 들치고 불을 껐다. 주위가 어두워졌다.

심청은 자고 있던 게 아니었다. 찰랑대는 파도를 타고 흘러가는 배 위에 누웠던 느낌이더니 구름 한 덩이가 내려와 그네를 감싸고 돌았다. 상대가 만지기 시작했을 때 살갗의 솜털들이 초여름의 부드러운 바람에 흔들리는 보리처럼 출렁이다가 나중에는 거센 바람에 미친 듯이 눕고 일어서기를 반복했다. 들판의 먼 끝에서부터 보리 물결이 일어나 가까이 다가왔다가 뒤로 멀어져가곤 했다. 구름이 몸을 덮더니 그 끝자락이 줄처럼 늘어져서 젖가슴을 간질이자 청이의 가슴은 위로 부풀어 하늘로 솟구쳐올라가는 듯했다. 견딜 수 없는 안달에 허리가 반월교처럼 휘어져오르고 청은 매끄러운 구멍 속으로 한없이 빨려들어갔다. 이제 아랫도리가 열리기 시작했다. 사타구니가 새큰하고 철렁, 하면서 궁둥이가 한없이 부풀더니 일시에 터지면서 뜨거운 기운이 몸 안으로 들어와 가득 차며 허벅지를 타고 발가락 끝에까지 뻗쳐내려갔다. 그런 느낌이 계속해서 아랫배와 허벅지를 타고 몇 번이나 되풀이해서 흘러나갔다.

다시 어둠 속에서 눈을 뜬다. 휘장 사이로 전실의 월등 불빛이 새어들어 침상 안이 희미하게 보인다. 그네의 목구멍 깊숙한 속에서 비명이 들려온다. 서로 다른 목소리의 계집아이들이 제각기 말을 건다.

넌 나가란 말야. 여긴 내 몸이야.

아니 이건 내 꺼야.

자세히 들어보면 계집아이들의 목소리는 낮고 높은 것이 서로 섞여 있을 뿐 같은 소리로 들린다.

나는 청이야. 넌 누구니?

나는 렌화라니까. 넌 이미 귀신이야.

누구 귀신?

예전에 벌써 죽은 귀신.

청이의 감긴 눈꺼풀 안쪽 부연 어둠 속에서 벌거숭이 두 계집아이의 모습이 뚜렷하게 떠올랐다. 한쪽은 외로 땋은 머리를 늘어뜨리고 다른 하나는 양갈래로 땋은 머리를 엮어서 뒤통수 위로 틀어올렸다. 둘은 서로 뒤엉키더니 그림자가 합쳐지듯 흐릿하게 하나가 되었다. 벌거숭이 계집아이의 사타구니가 점점 커지면서 거대한 음문이 나타났다. 두 다리는 양쪽으로 벌어져서 주름이 사라지고 삼각형의 모습도 없어져 다만 벌어진 살갗 사이로 음핵이 팽팽해진 채로 빼꼼히 솟아나와 있었다. 상처 자국 같은 입구가 벌어지며 그 어둠 속으로 빨려들어갔다. 사방은 그저 아무것도 없는 어둠인데 가쁜 숨소리만이 주위에 가득 차 있었다. 청이는 잠시 까무룩한 어둠 속에 빠졌다가 서서히 되살아났다. 사지가 녹아버린 것처럼 꼼짝할 수도 없이 몸통만 남은 듯했다.

곁에서는 노인의 나직하게 코 고는 소리가 들려왔다. 그의 숨은 가늘게 드나들다가 가끔씩 끊기고는 했고 그럴 때마다 몇 번씩 끅끅거리는 소리와 함께 목구멍 속에서 숨이 길게 터져나오곤 했다. 청이는 손가락을 꼼지락거려본다. 바로 곁에 누운 사람의 살을 손가락으로 더듬는다. 살은 무르고 부드러운 가죽처럼 늘어난다. 그네의 손가락은 더 안쪽으로 움직였고 노인의 다리 사이에 멈추었다. 손가락은 옴칠했다가 다시 움직인다. 그네가 엄지와 검지로 살짝 잡았던 살덩이는 너무 부드러워서 조금만 힘을 주면 물큰하면서 뭉개질 것 같았다.

날이 밝아 잠을 깬 첸 대인이 침상에서 일어났을 때 청이는 아주 깊은 잠에 빠져 있었다. 노인은 상반신을 일으켜 모로 누운 계집아이의 얼굴을 내려다보았다. 머리는 베개에 눌려 흐트러졌고 뺨에는 홍조가 퍼져 있었으며 입술은 조금 벌어져 있었다. 그는 이불을 들치고 나뭇가지처럼 구부러진 손으로 아이의 봉긋한 젖가슴과 꽃판 주위와 젖꼭지를 만져보았다. 문득 항문 주위에 찌릿하는 느낌이 들었지만 노인의 음경은 그대로 맥없이 매달려 있었다. 그는 청의 도톰한 음문을 쓰다듬다가 손가락을 안으로 천천히 밀어넣었다. 그리고는 실을 잡아당겨 매끄러운 질 속에서 대추를 꺼냈다. 딱딱하고 쭈글쭈글하던 대추의 껍질은 불어서 표면이 팽팽해졌고 부드러워졌다. 노인은 대추를 차례로 실에서 빼내어 하나씩 입 안에 넣고 씹었다. 청이는 다시 다리를 오므리고 돌아누웠다. 노인은 침상에서 나와 잠깐 안락의자에 앉았다가 별당을 나섰다.

청이 일어난 것은 해가 높직하니 떠올라 연못의 수면을 빛조각으로 가득 채웠을 즈음이었다. 그네는 젖혀진 이불자락 사이로 자신의 벗은 몸을 내려다보고는 얼른 이불을 목까지 끌어올렸다. 가리개 뒤로 가서 옷을 입으면서도 양거울을 똑바로 쳐다보지 못했다. 햇빛은 종이를 바른 창문마다 환하게 들어와서 실내의 먼지까지도 보일 정도였다. 청이는 침상에서 내려와 멍하니 탁자 앞에 앉아 있었다. 문이 조금 열리더니 누군가가 안을 들여다보는 듯했다. 그네는 혼잣말처럼 중얼거렸다.

"누구세요……?"

문이 열리고 한 사내가 천천히 안으로 들어섰다. 그는 휘장이
젖혀진 침상 쪽을 한 번 힐끗 보더니 실내 중간쯤에 와서 멈추
고는 청이를 찬찬히 살펴보았다. 그는 소매 좁은 비단 겉옷을
맵시 있게 걸치고 옆으로 트인 포의 한쪽 자락을 허리띠에 걸쳤
다. 변발은 어깨 앞쪽으로 넘겼는데 땋은 머리 끝에 금장식을
달고 있었다. 허리띠 왼쪽에 반짝이는 금고리에 걸린 짧은 칼이
보였다. 사내는 팔짱을 끼고 빙긋이 웃음을 지은 채로 청이를
바라보고 서 있었다. 몸은 마른 편이었지만 어깨가 단단해 보였
고 목덜미에서 등까지 곧게 일직선으로 펴진 체격이 다부지고
힘찬 모습이었다. 그는 눈꼬리가 길고 볼에 살이 없으며 턱이
갸름하여 나이보다는 훨씬 젊어 보였다. 청이는 저도 모르게 벌
어진 옷깃을 가다듬었다. 사내가 벽에 걸린 비파를 보더니 서슴
지 않고 떼어내어 가슴에 안고는 침상 앞 툇마루에 걸터앉았다.
그는 몇 번 줄을 다듬어보다가 손가락 끝으로 뜯기 시작했다.
영롱한 이슬이 물 위에 무수하게 떨어지는 듯한 소리가 들린다.
그가 말없이 비파 줄을 뜯고만 있더니 굵고 잔잔한 음성으로 노
래를 부르기 시작했다.

밖에서 신 끄는 소리가 들리더니 문이 열리고 할멈이 들어섰
다. 그네는 보를 덮은 쟁반을 들고 있었다. 할멈은 사내를 보자
깜짝 놀라서 하마터면 쟁반을 떨어뜨릴 뻔했다.

"작은서방님, 여기가 어디라구 들어오셨습니까?"

사내는 비파를 자르릉, 하는 소리가 나게 손가락 전체로 긁어

가락을 파하고는 얼른 옆으로 밀쳐놓는다.

"왜, 이 집에서 내가 못 올 데가 따루 있나?"

"여기는 대인 어르신 외에는 아무도 드나들 수 없습니다."

"아버지가 시첩을 들였다길래 한번 구경하러 왔다."

"어서 나가셔요. 큰서방님 아시면 경을 칠 겝니다."

작은서방님은 비파를 가져다 걸렸던 자리에 얌전히 다시 걸어두고는 청이를 바라보며 웃고 말했다.

"여자가 되려면 앞으로 석삼 년은 더 있어야 되겠구나."

할멈이 혀를 찼다.

"말씀을 함부로 하시니 제가 부부인 마님께 이르겠어요."

"아아 걱정 말게. 내야 진장으로 나가면 어머니를 자주 뵐 일두 없을 테니."

청이는 그들이 무슨 말을 하는지는 알아들을 수 없었지만 사내의 거침없는 행동으로 보아 그가 할멈보다는 윗사람인 것만 알 수 있었다. 사내는 다시 노래를 흥얼거리며 밖으로 나갔다. 할멈은 나가는 그의 뒤통수를 노려보며 혼잣말로 투덜거렸다.

"저런 몹쓸 무뢰배 같으니……"

할멈이 탁자에 갖다놓은 쟁반의 보를 젖히니 야채죽과 과일과 차였다. 곧이어서 대야와 물병을 가진 하녀가 들어섰다. 하녀가 얼굴이 상기된 채로 허둥지둥 들어서더니 들고 온 물건들을 내려놓자마자 할멈에게 물었다.

"방금 막내서방님이 나가시던데 별일 없었어요?"

"무슨 별일이 있겠냐."

"또 무슨 일을 저지를지 몰라요."

할멈은 청이를 돌아다보더니 하녀를 꾸짖었다.

"네나 조심해. 여기 왔었단 말은 입 밖에도 내지 말고……"

두 하녀는 조용히 서서 청이의 조반이 끝나기를 기다리고 있었다. 이렇게 하루가 시작되었다.

3. 저자

차는 일 년에 네 번 수확했다. 매화가 지고 나서 봄비가 내린 뒤인 사월이 첫 수확철인데 이 무렵의 찻잎은 어린 새의 혓바닥처럼 연하고 순하여 가장 상등품이 되었다. 두번째는 유월이었는데 이때에는 수확한 양도 많고 잎새도 좀더 자라서 진하고 발효에 좋은 차가 된다. 세번째는 팔월에 따니 여름의 왕성한 햇빛과 풍우에 자라 잘 건조시키면 반대로 음기 왕성한 추운 겨울에 마실 만한 차가 될 수 있었다. 그리고 마지막으로 네번째는 시월에 수확했다. 이때에는 대개 질도 떨어지고 양은 많지 않았지만 싱싱한 찻잎이 귀해질 철이라 일 년 중 끝물 차라 하여 저무는 가을 볕에 살짝 말린 것을 별미로 쳐주었다.

심청은 이듬해 첫물 차가 나올 무렵이 되기 전에 말문이 트였다. 그네는 앞서 겨울을 지내면서 하녀들과 짤막한 말을 나누기 시작하더니 점점 늘어서 봄이 되자 더 복잡한 말도 이해하게 되었다.

청이의 몸도 변하고 있었다. 우선 키가 한 뼘이나 자라났고 봉긋하던 가슴도 밥공기를 엎어놓은 듯이 부풀었다. 청이는 처음에는 첸 대인과 사나흘에 한 번씩 잠자리를 같이했는데 봄이 되면서부터 열흘 또는 보름에 한 번씩으로 뜸해지고 있었다. 노인의 기력이 전보다 좋아지기는커녕 날로 쇠잔해가고 있었기 때문이다. 팔순이 넘은 첸 대인은 양생술로 청이와 동침한다고는 하여도 교접을 할 능력은 이미 없었는데 기력이 쇠잔해진 것은 오히려 아편을 끊지 못한 탓이었다. 아랫것들에게는 아편의 흡연을 엄중히 금했지만 실상 대인네 가족들은 제각기 정도의 차이는 있을지언정 거의 아편을 흡연하고 있었다.

첸 대인은 선대로부터 너른 밭과 산을 물려받았지만 전에는 그리 큰 부자는 아니었고 그저 밥술이나 먹고사는 정도였다. 그는 젊어서부터 배를 타고 장사를 다니더니 아버지가 죽자마자 고향에 돌아와 너른 밀 보리 밭을 갈아엎어 차를 심었고 산을 개간하여 광대한 차밭을 만들었다. 서양인들이 연해 지역에서 차를 엄청나게 사들인다는 것을 알았던 것이다. 첸 대인은 아들과 함께 소작인들을 부려 차농사를 지으면서 차를 닦고 발효시키는 거대한 건조창까지 지어 공푸차와 우롱차를 생산했다.

대인의 장남인 유안(元)은 사철 차나무를 돌보고 잎을 따서 불가마에 닦아 말리거나 발효시켜 상등품의 차를 만드는 전 과정을 통달했다.

둘째인 춘(準)은 난징 부두에 정크선을 수십 척 거느리고 장강을 오르내리며 가까이는 닝보와 멀리 푸저우에까지 드나들며 가문의 사업인 차를 무역했다. 춘이 관리하는 창고는 진장에 수십 채가 있었다.

그리고는 배다른 셋째 구앙(光)이 있었는데 그는 어려서부터 집안의 말썽꾸러기였다. 그는 서당에도 몇 달 다니다가 그만두었고 열대여섯 살이 되면서부터 난징 장거리의 무뢰배들과 어울리며 싸움질과 잡기에만 능했다. 첸 대인이 그를 내치지 못한 것은 구앙의 어미인 첩실이 마음이 착하고 평생 본처를 떠받들었기 때문이다. 하인들은 그네들을 대부인, 부부인으로 불렀다. 구앙은 서른 살이 되도록 진장에 있는 둘째 춘이의 행상에서 일을 돕는다고 속이나 썩이고 있더니 패거리들을 모아 큰 오락장을 내었다.

구앙은 처음의 밑천을 둘째형 춘에게서 빌렸다. 진장 부둣가에 있던 버려진 소금창고를 세내어 대충 수리해서 도박장을 열었고, 몇 해 안 가서 그 자리에 번듯하게 여러 채의 큰 집들을 지었다. 길가에 있는 큰 집은 도박장이었는데 골패나 주사위 판이 오십여 자리나 차려져 있었고 노름을 하면서 음식을 시켜먹거나 술을 마실 수도 있었다. 뜰을 건너 안쪽으로 들어가면 너른 전실이 있는 주점이었는데 주점의 이층에는 칸막이가 쳐진 여러 개의 방이 있었다. 방마다 아편을 데우는 작은 화로와 곰방대가 준비되어 있었으며 물론 시중 드는 아가씨들과 재미를 볼 수도 있었다. 아편 흡연소는 여러 곳에 있었지만 난징을 빼놓고는 그곳이 가장 붐비고 장사가 잘 되었다. 구앙의 집은 가끔 관원의 수색을 받았지만 중앙에서 관리가 내려올 때마다 미리 알려주고 형식적으로 하는 조사에 불과했다. 그는 정기적으로 관리들에게 뇌물을 상납하고 있었다. 난징과 진장에는 수백 군데에 이르는 주점 겸 흡연소가 장사를 하고 있던 형편이었다.

구앙은 두 형들에 못지않게 돈을 벌었고 난징의 높은 관리들에게도 힘이 있는 편이었지만 집안에서는 도무지 인정을 받지 못했다. 첸 대인이야 이제는 노쇠하여 모든 일에서 손을 놓고 쾌적한 말년을 하루라도 더 연장하는 일만 남았지만, 가업을 이어갈 맏아들 유안은 달랐다. 오늘과 같은 가문의 번영은 사실 첸 대인이 이루어냈다기보다는 유안의 경영에 의한 것이었다. 첸 대인이 선대와는 달리 시골 부자 소리나 들을 만큼의 곡물밭을 갈아엎어 차를 심기 시작한 공은 있었다. 그러나 소작인들을 모두 일꾼으로 바꾸어 수확철의 작료 대신에 품삯을 지불하기 시작했다거나, 수확한 차를 직접 가공하고 물건을 마이판(買辦)이나 창싱(商行) 같은 중개상에게 넘기지 않고 막바로 서양 무역상들과 거래를 튼 것이며, 정크선을 건조하여 연해 지역의 다른 지방으로 나아간 일 등은 모두 유안의 적극적인 경영에 의한 것이었다. 둘째인 춘은 어디까지나 맏형의 충실한 보조자로서 그의 지시에 따라 관리를 하고 있었다. 유안은 수확철이 오면 성 북쪽의 차밭에 가서 며칠씩 지내다가 돌아왔고 물건이 나갈 때만 춘이 관리하는 창싱에 나와 잠깐 머물곤 했다. 유안은 육십이 다 되었으니 집안을 일으킨 자신의 업적에 대하여 자족하고 있는 편이었다. 그러나 계절이 변하듯이 시대는 차츰 바뀌고 있었다. 차의 대금은 보통 은자로 받게 마련이었는데 은덩이가 무겁기도 하고 불편하여 서양 은화로 받게 되었고 그맘때에는 멕시코 은화를 가장 쳐주고 있었다. 연해를 드나들던 서양인들 중에도 동인도회사의 직원들은, 이러다가는 유럽인들이 중국 차를 사다먹느라고 서양의 은이 바닥이 날 것이라고 농담을 했다. 그러나 그것은 농담이 아니라 거의 사실이 되어가고 있었다. 서양 무역상들은 인도의 아편을 들여다 팔기 시작했는데 겨우 양귀비의 진액으로 배앓이나 달래던 중국인들 사이에 무섭게 퍼져나가기 시작했다. 이제는 은화가 아니라 모든 물건의 대금을 아편으로 지불하는 형편이었다. 첸 대인네 차장사에 어려움이 닥친 것은 막내인 구앙의 말에 의하면 유안 형님의 완고한 고집 때문이었다. 유안은 대금으로 받은 아편을 오직 은으로 다시 환전하는 데에 골몰했다. 그는 공식적으로 나라에서 금하는 물품을 재산이라고 여길 수는 없었던 까닭이다.

"차라리 아편을 팝시다."

구앙이 춘에게 권유했지만 그는 머뭇거리면서 딱부러지게 결정을 내리지 못했다. 맏형이 창고에 쌓아둔 차의 대금으로 받아온 아편을 점검했다가 기어이 말굽 은으로 바꾸어 난징으로 가져가곤 했기 때문이었다.

"우리가 직접 아편을 거래하면 이문이 배가 남아요. 아니 그보다 더할 게요."

말굽 은이란 일본에서 들어온 백은을 은괴로 만들어 창싱의 인을 찍은 것이었다. 서양인들도 아편을 중국인들에게 팔면서 대금으로 말굽 은을 받아가고 있었다. 그러면서도 생사나 면화나 차를 사갈 때에는 아편으로 그 대금을 지불했다. 구앙의 의견은 차의 대금으로 받은 아편을 직접 중국인들에게 소매가로 팔자는 것이었다.

"쌀밥을 먹든 만두를 먹든 새기구 나면 그게 한 가지로 똥이 되는 게요. 지금 온 세상이 아편 태우는 연기로 자욱하오. 재물만 만들면 되지 않소?"

춘이는 창고에 쟁인 아편의 일부를 조금씩 구앙에게 내주기 시작했고, 정말 그의 말대로 이문은 서너 곱절이 되었다. 그렇게 구앙은 불과 몇 년 사이에 진장에서 가장 번성한 오락장의 주인이 될 수 있었다.

봄이 되면서 청이의 몸에 변화가 있었다. 어쩐지 온몸이 나른하고 아랫배가 살살 아파서 그네는 아침 먹은 것이 잘못되었나 싶어 청심환을 따뜻한 물에 개어 먹었다. 그런데도 어쩐지 몸이 찌뿌듯하여 침상에 누웠다가 잠깐 오침에 들었는데, 아랫도리가 축축해지더니 뭔가 흘러나오는 것 같았다. 청이는 겉옷과 치마를 들추고 들여다보았는데 속곳이 빨갛게 젖어 있는 게 아닌

가. 새어나온 빨간 물기가 요 위에도 한 점 묻어 있었다. 그네는 어쩔 줄을 몰라하다가 설렁줄을 당겼다. 별당 하인 처소에서 초우(周) 할멈이 달려왔다.

"할머니, 나 아파요. 큰일났어요."

청이 치마를 걷어 보이자 의외로 할멈은 손으로 입을 가리며 깔깔 웃었다.

"아이구, 아씨가 이제야 어른이 되는구먼."

"그게 무슨 소리요?"

초우 할멈은 웃는 얼굴인 채로 말했다.

"여인이 한 달에 한 번씩 겪는 일이라오. 달거리도 몰라요? 고향에서 어머니가 얘기 안 해줍디까?"

청이는 어머니가 저를 낳자마자 돌아가셨다는 말은 하지 못했다. 할멈이 그네의 손을 잡아일으켜서는 별당 건너편의 본채 옆에 붙은 욕실로 데려갔다. 목욕을 하고 옷을 입혀주기 전에 할멈은 깨끗한 무명수건을 아이들 기저귀처럼 청이의 사타구니 사이에 채워주며 말했다.

"대인께서 잠자리에 찾아오시면 꼭 말씀드리세요."

청이는 할멈이 일러준 대로 이튿날 별당에 동침하러 온 첸 대인에게 말했다.

"저 달거리가 보였어요."

첸 대인은 청이 그렇게 말하자마자 눈을 감듯이 가늘게 뜨고 웃으면서 후둘거리는 손짓으로 그네의 허리끈을 풀고 옷을 혜

쳐 사타구니 사이로 메마른 손을 집어넣었다. 그는 청이 서답을
차고 있는 것을 확인하고는 위아래로 쓰다듬으며 중얼거렸다.

"이제 아침 대추는 그만 먹어야겠다. 그 대신 네 정기는 더욱
왕성해지겠구나."

오랜만에 비가 가슬가슬 뿌리는 봄 저녁이었다. 복사꽃이 만
발하여 바람에 불린 붉은 꽃잎이 연못 위에 물감을 뿌린 것처럼
가득하게 내려앉았다. 활짝 핀 꽃이 어쩌나 요염한지 부연 안개
비 속에서 눈을 곱게 흘기는 것 같았다. 물기를 머금은 바람은
포근하게 목덜미를 쓰다듬고 옷깃 사이로 가슴속에 스며들어
어루만지는 느낌이었다. 청이는 한 번도 몸 속에 사내의 물건을
넣은 적은 없었지만 지난 한 해 동안 노인이지만 남자의 손길에
무수하게 닿았다. 몸의 구석구석이 언제부턴가 깨어나고 있었
다. 그건 가벼운 감기가 들었을 때에 살갗의 솜털이 곤두서서
스치면 조금씩 시거워지는 듯한 느낌이었다. 살이 생생하게 살
아나 미세한 바람결과 빗방울에도 화들짝 반응하고 있었다. 그
러면서 정말 감기처럼 나른한 미열이 사타구니와 아랫배와 가
슴에 번져 있었다.

청이는 반월교 위에서 색색의 나비를 그린 지우산을 받쳐들
고 물 위에 떨어진 복사꽃을 내려다보고 있었다. 잉어떼가 수면
에 돋는 물방울을 따라 뻐끔거리면서 싱싱한 공기를 따먹는 중
이었다. 신 끄는 소리가 들리면서 본채 쪽에서 나뭇가지 사이로

하녀 지지(芰季)가 나타났다.

"렌화 아씨야, 대인께서 오늘 별당에 납신단다."

지지는 청이보다 세 살이 더 많았고 둘은 함께 있는 시간이 많아지면서 어느 결에 동무처럼 되어버렸다. 주위에 사람이 없을 적이면 청이는 지지를 언니라고 불렀고, 지지는 그냥 렌화야, 라고 불렀다. 그럴 수밖에 없는 것이 지지가 청이에게 자기네 말을 가르쳐준 장본인이었던 것이다.

첸 대인이 별당으로 온다는 것은 그만큼 청이도 준비할 일이 많다는 것을 의미했다. 우선 몸을 정결하게 하기 위해서 향탕에 목욕을 해야 하고 침상 언저리에 구비한 물건들도 빠진 것이 없나 살펴야 하며 대인과 함께 먹을 음식도 그가 평소에 좋아하는 것들로 장만을 해두어야 하는 것이다.

첸 대인은 그날도 어둑어둑해졌을 무렵에 지팡이를 짚고 초우 할멈이 받쳐주는 우산을 따라 정원을 건너왔다. 몸단장을 하던 청이는 지팡 막대가 섬돌 위에 떨어지는 소리를 듣자마자 얼른 손거울을 던지고 일어나 문 앞에 나가섰다.

"어서 오셔요."

청이 소매 속에 모은 두 손을 감추고 조아려 인사를 하자 하녀들이 있는데도 노인은 그네의 뺨을 손등으로 쓸어내리며 말했다.

"그래 그래, 렌화가 오늘 더욱 예쁘구나."

전실 안은 며칠 만에 온통 밝힌 붉은 등불 빛으로 뒤뜰의 복사꽃 빛이 발갛게 물든 것처럼 보였다. 지지와 초우 할멈이 식탁에 차려준 음식으로 청이와 첸 대인은 저녁을 먹었고 반주도 한 잔씩 나누었다. 먼 데서 울던 두견이 풍후장(豊厚莊) 담장 안으로 날아들었는지 가까운 곳에서 울었다.

"두견새는 먼 데서 울어야 듣기가 좋고, 렌화는 지척에서 웃어야 더욱 좋구나."

노인이 노래하듯이 중얼거렸다.

"어르신, 오늘 기분이 좋으신 모양이에요."

청이의 말에 노인은 식탁 너머로 손을 뻗어 그네의 손가락을 찾아 잡으면서 말했다.

"요즈음은 나두 회춘이 되는 모양이구나. 바람이 어찌나 상쾌하고 입맛도 좋은지 모르겠다."

청이는 첸 대인의 지시대로 전실의 홍등을 차례로 끄고 침상의 사방등만 켜놓았다. 두 사람은 함께 침상에 들었다. 청이는 속곳은 입지 않고 공단의 긴 겉옷만 걸치고 있다가 자리에 들자 허리띠를 풀고 벗어버렸다. 그네는 언제나처럼 곧 알몸이 되었다. 이제는 예전의 수줍음이 없어져서 스스로 노인의 옷을 벗겨주기 시작했다. 윤기와 기름기가 빠져서 메마른 가죽이 나뭇가지 같은 뼈에 찰싹 달라붙어 있는 것 같은 첸 대인의 팔과 갈비가 드러난 가슴팍이 드러난다. 그의 바지를 벗겨내리자 주름진 배와 앙상한 궁둥이가 나오고 다시 속곳마저 내리니 듬성하게 센 음모와 옆으로 기울어진 채 늘어진 음경이 보였다. 청이는 아무렇지도 않게 노인의 몸 위에 자기 몸을 포개어 엎드렸다. 그리고 천천히 위와 아래를 엇바꾸어가며 온몸으로 부드럽게 문지른다. 차갑고 뻣뻣하던 노인의 몸이 차츰 따뜻해지기 시작한다. 청이의 이마에 송글송글 땀이 돋는다. 그네는 숨을 고르다가 노인의 옆에 나란히 눕고 만다.

첸 대인이 엉금엉금 기듯이 일어나 반듯이 누운 청이의 몸 위로 상체를 기울여 먼저 그네의 작고 보드라운 입술을 빨고 혀를 물었다. 노인은 그네의 침을 천천히 빨다가 잠시 쉬고는 한다. 다음은 겨드랑이를 빨고 가슴으로 옮긴다. 노인의 혀가 젖꽃판 주위를 맴돌다가 젖꼭지를 입에 문다. 빨아먹으면서 흡입하여 젖통 전체를 입 안에 넣고 입술로 오물오물 눌러댄다. 이제는 크게 도드라진 청이의 젖꼭지가 팽팽해진다. 그는 살갗에 어린 청이의 정기를 흡입하려는 것처럼 빨았다가 들이쉬기를 되풀이하면서 배로 내려갔다가 허리 주위를 맴돌고 이내 음문에 당도한다. 그는 두 손가락으로 음문을 좌우로 당겨 벌리고는 혀를 음핵에 대고 빨았다. 전보다는 훨씬 많아진 물기가 흥건해지자 노인은 조금씩 빨아먹는다. 청이가 사타구니를 더욱 벌리면서 가늘게 신음하며 허리를 조금씩 들었다 내리기를 반복한다. 노인은 청이에게서 거꾸로 상체를 돌려 무릎을 지나 발을 만지기 시작한다. 발목에 끈을 감은 비단 발싸개를 끄르자 맨발이 나왔고 노인은 렌화의 발바닥에서 발가락에 이르기까지 혀끝으로 핥는다. 발가락 사이의 부드러운 살 속을 노인의 혀가 파고든다. 청이가 조금 더 높은 목소리로 신음을 내지른다. 청이는 누가 가르쳐주지 않았어도 윗몸을 일으켜 노인의 궁둥이 쪽을 보고 앉아 다리 사이에 마른 열매처럼 조그맣게 늘어진 음낭을 입술에 가볍게 물었다. 빨고 뱉고 물고 혀끝으로 이리저리 휘감아준다.

그때에 놀랄 만한 일이 일어난다. 노인의 허벅지 안쪽 괄약근이 뻣뻣해지면서 찌릿 하고는 음경에 힘이 생겨났다. 이런 일은 아주 드물었지만 지난 한 해 동안에 서너 차례인가 있었다. 그러나 미처 청이의 몸 속에 넣기도 전에 아주 짧은 사이에 노인의 양물은 이내 축 늘어지고 말았다. 청이도 노인의 그런 변화를 알아차렸다. 청이는 뒤로 누웠고 첸 대인은 그네의 두 다리를 위로 젖히고는 힘이 들어 있는 음경을 질 속으로 넣었다. 구불거리기는 했지만 그것은 겨우 끝까지 들어갔다. 노인은 그대로 가만히 있었다. 청이 다리를 내리면 그릇에 담긴 것이 쏟아지듯 밖으로 빠져나올지도 몰랐다. 노인은 청의 다리를 제 어깨에 얹고 불두덩을 그네의 음문에 꼭 붙인 채 두 팔로 버티고 있었다. 이내 팔이 후둘거리며 힘이 빠졌다. 노인은 조금씩 왕복동작을 시도했다.

아랫도리에 힘이 더 생겨나는 것 같았다. 그는 자신 있게 연속동작을 해나갔다. 갑자기 심장을 쥐어뜯는 것 같은 통증이 치받치면서 숨이 콱 막혔다. 첸 대인의 팔이 툭 꺾였다. 그는 청이의 가슴에 머리를 처박으면서 엎어졌다. 힘을 잃은 양물이 청이의 몸에서 빠져나와 요 바닥에 눌렸다. 청이는 쳐들었던 다리를 곧게 뻗고 천장을 향한 채 누워 있었다. 그의 몸 위에 엎어진 노인은 몇 번 몸을 꿈틀거리더니 이내 축 늘어져버리고 만다.

청이는 가슴에 기댄 채 움직이지 않는 노인의 머리를 두 손으로 잡아 가볍게 흔들었다.

"어르신 괜찮으세요, 어디 아픈 거예요?"

그러나 그네를 누르는 노인의 몸이 어딘가 이전과는 달리 뻣뻣하고 무게가 엄청나게 느껴졌다. 청이는 그를 가까스로 밀쳐내면서 간신히 몸 옆으로 빠져나왔다. 노인은 엎어진 자세 그대로였다. 청이 노인의 어깨를 당겨 그의 몸을 정면으로 돌렸다. 노인은 눈을 뜬 채로 허공을 멍하니 바라보고 있었다. 입가에 거품이 조금 흘러나와 턱 아래로 흘러내렸다. 청이는 무서워서 거의 까무러칠 지경이었지만 주먹을 입 속에 틀어넣으며 비명을 내지르려는 자신을 억제했다. 그렇지만 그네는 이미 장연 뱃머리에서 제물 노릇을 한 뒤로 세상에 무서울 것은 없다고 스스로 생각해왔던 터였다. 청이는 우선 떨리는 손목을 다른 손으로 부여잡고 노인의 크게 뜬 눈꺼풀을 쓸어내려주었다.

이 사람은 죽은 게 분명해.

청이는 그렇게 생각하면서 수건으로 그의 입가를 닦아주고 팔을 양쪽에 가지런히 해주었으며 두 다리를 모아주었다. 다리 사이에 방금 그네의 몸 속에서 빠져나간 음경이 보였다. 음경 끝에 물기가 약간 번져 있는 것을 본 청이는 수건으로 찍어서 닦아주고는 머리에서부터 발끝까지 이불을 씌워놓았다.

그네는 우선 숨을 돌리느라고 냉차를 마시고 공단 잠옷을 입고는 두 무릎을 세우고 앉아 생각에 잠겼다.

첸 대인은 내 남편이었어. 나는 여기 시집온 거잖아.

그렇지만 자세히 따져보면 자신은 이 노인의 보약에 지나지 않았다는 생각이 들었다. 그래도 지지나 초우 같은 하녀들보다는 자기 신세가 낫다고 생각하고 있었지만 팔려온 사정으로 보면 그들보다 나을 것도 없었다. 아니 오히려 그네들은 일품이나 팔았지만 자기는 몸과 잠자리를 팔았다. 노인이 죽었으니 렌화의 역할도 끝나버린 것이다.

하지만 청이로 돌아갈 수는 없어.

청이의 몸 속에 함께 살게 된 렌화가 속삭였다. 그건 저 컴컴하고 물보라치던 높은 파도의 바다로 가로막힌 아득한 저승처럼 이미 떠나온 세상이었다. 할 일이 끝나버린 그네에게 이 가족들은 무엇을 원하게 될 것인가를 청이는 도무지 짐작할 수가 없었다.

그네는 이불이 씌워진 첸 대인의 시신 옆에 누웠다. 날이 밝기를 기다렸지만 이제 겨우 자정쯤이나 되었을까.

청이는 어렴풋이 노인의 죽음으로부터 세월을 본다. 세월은 시간이며 세상은 모든 시간의 차이로 빚어진 것들이다.

심청은 노인이 어머니의 탯줄을 달고 처음 태어나던 때로 돌아간다. 산파의 손바닥이 아이의 통통한 엉덩이를 찰싹 때리자 아이는 힘차게 울어대기 시작한다. 아이가 그네의 젖을 물더니 힘차게 빨아댄다. 아이는 기어다니기 시작하고 뒤뚱거리며 걷는다. 꼬까옷을 입고 이마와 관자놀이께에 듬성듬성 머리카락을 남긴 동자 머리 모양의 아기가 돌상을 받고 있다. 아기는 소년이 되었다. 그는 마당에서 지렁이에 대고 오줌줄기를 내쏜다. 깔깔대는 아이의 웃음소리가 들린다. 아이가 돌아서는데 쳐다보니 어느덧 청년이다. 머리카락은 새카맣고 뺨에는 건강한 홍조가 보이고 웃음지은 입술 사이로 하얀 이가 가지런하게 반짝인다. 그의 육신이 빠르게 이지러지면서 변하기 시작한다. 몸집이 점점 살찌고 둥근 모습으로 변했다가 물기가 빠지는 것처럼 홀쭉해지면서 머리카락은 낡은 실타래같이 진회색에서 회색으로, 다시 백발로 변해간다.

저쪽 먼 길모퉁이에 어린것을 업은 남자가 비틀거리며 걸어온다. 벌레가 더듬이를 움직이듯이 지팡이를 땅으로 뻗어 끊임없이 좌우로 움직이면서 발걸음의 간격은 겨우 반보씩 떼어놓으며 오고 있다. 앞 못 보는 아버지 심봉사가 갓 낳은 청이를 업고 동냥젖을 먹이려고 마을 나들이를 하고 있다. 그는 동이에 물 쏟는 소리와 재깔대는 부녀자들의 웃음소리로 어디인가를 짐작하고 더듬더듬 다가간다.

우물에 오신 부인 뉘신 줄은 모르오나, 칠일 만에 어미 잃고 젖 못 먹어 죽게 된 이 아기 젖 좀 먹여주오.

나는 지금 젖이 끊겼소마는 젖 나오는 여인네가 이 동네 많사오니 아기 안고 찾아가서 젖 좀 달라하면 뉘가 괄시하오리까.

아비는 다시 지팡이를 더듬거리며 어느 삽짝 안으로 들어서며 애걸복걸을 한다.

우리 아내 인심으로 생각하나 눈 어둔 나를 본들 어미 없는 어린것이 이 아니 불쌍하오. 댁집 귀한 아기 먹고 남은 젖 있거든 이애 젖 좀 먹여주오.

여름 땡볕에 지심 매다 쉬는 느티나무 그늘 아래서 여인네를 찾아 이애 젖 좀 먹여주오, 하얀 바위 맑은 시냇가에 빨래하다 쉬는 여자 이애 젖 좀 먹여주오, 아버지는 동냥하며 돌아다닌다. 아기의 배가 불렀다 싶으니 심봉사가 아기를 어르며 혼자 중얼댄다.

어려서 고생하면 부귀다남하느니라. 이제 겨우 네 배를 채웠으니 아비도 먹고살아야지.

요를 덮어 아기 청이는 뉘어놓고 지팡이 둘러짚고 허리를 구붓하고 이 집 저 집 다니면서 사철 없이 동냥하여, 한 편에 쌀을 넣고 한 편에는 벼를 얻어 주는 대로 모아두고 어린아이 암죽거리 건어 홍합 사서 들고 더듬더듬 돌아온다.

어느덧 청이는 육칠 세가 되어 동냥 다니는 아비의 손을 잡고 아장아장 걷는다. 하루 종일 걷느라고 지친 아비가 잠드니 어린 청이는 그 곁에 누워 있다. 밤중에 소피라도 마려워 마당에 나갈라치면 깊이 잠든 아비의 코 고는 소리만 야속하다. 그 어둠 속에서 아비의 삭정이 같은 손가락을 몇 번 흔들다가 어린 청이는 그대로 다시 잠이 든다.

렌화가 되어 있는 청이의 볼에 물기가 번져 베개 위로 흘러내렸다. 그네는 손으로 닦지도 않고 그냥 어둠을 향하여 반듯이 누운 채로 숨소리마저 들리지 않도록 입을 꼭 다물었다. 창문이 허옇게 밝아왔다.

날이 밝자 청이는 설렁줄을 당겨 하녀들을 불렀다. 첸 대인의 사망이 곧 온 집 안에 알려졌지만 별로 놀라는 사람은 없었다. 복스러운 호상이라고 모두들 빙긋거리면서 초상 준비를 했다. 장례가 이레나 계속되었지만 청이에게는 참례가 금지되었고 모든 일은 대부인 부부인을 비롯한 안채의 사람들이 주관했다.

첸 대인을 묻고 온 사흘 뒤에 집사가 와서 시첩 렌화의 거처가 바뀌었다는 것을 알려주었다. 그네의 거처는 건너편에 보이던 다른 별당의 뒤뜰을 지나 중문간을 나서면 이 집의 가장 깊은 곳인 후원이 나오는데, 거기 있는 집 세 채 가운데 한 채를 쓰도록 되어 있었다. 풍후장의 조상님 위패를 모셔둔 사당을 중심으로 좌우에 있는 두 집은 아주 작은 방이 두 칸씩 딸린 별채인데 먼 데서 오는 여자 친척이나 손님에게 내주는 거소였다.

"하녀는 한 사람 보내주겠소."

오랫동안 쓰지 않아서 먼지가 하얗게 앉은 마룻바닥을 둘러보며 집사가 말하자 청이는 거침없이 대답했다.

"지지 언니만 있으면 돼요."

"할 일이 별로 없을 테니 할멈을 보내려고 하는데요."

청이는 고개를 쳐들고 대꾸했다.

"그럼 혼자 지내겠어요. 여기서 죽든 말든 상관할 사람두 없겠지요."

지지가 청이를 따라 후원 별채로 오게 되었다. 지지는 청이에게 앞으로 석삼 년은 여기서 첸 대인의 신위를 보살펴드려야 한다고 했다. 그리고 대부인께서 한 달에 한 번씩 문안인사를 드리러 올 적에 수발을 들면 된다고도 했다. 청이는 아침마다 후원 옹달샘에서 받은 깨끗한 물을 떠다가 위패 앞에 바치고 향을 피워 문안인사를 올려야 했다. 살림거리는 지지가 본채에서 며칠분씩 타왔는데 전보다 훨씬 간소해졌다. 아무도 와서 들여다보는 이가 없을 정도였다.

그렇게 두어 달이 지난 어느 여름날 오후였다. 청이는 창문마다 들창을 걷어올려두고 집의 문을 활짝 열고는 발도 걷어두고 나무의자가 달랑 두 개뿐인 탁자 앞에 앉아서 바람을 쐬던 중이었다. 요즈음 본채에도 사람이 줄어서인지 풍후장 전체가 텅 비어 있는 느낌이었다. 맏아들이며 이 집의 큰 어른이 된 유안은 여름 차를 따러 지방에 내려가 있었고 그의 처와 첩실까지도 피서 겸하여 차밭이 있는 장원으로 따라 내려갔다. 둘째 춘은 워낙에 진장에 머물고 있었으니 그의 처와 첩실이 번갈아 포구로 나들이를 다니던 중이었다. 본채에 언제나 남아 있는 것은 대부인이고, 부부인은 바로 청이 쓰던 별당으로 옮겨와 말년을 보내

고 있었다. 여덟 명 남짓한 하인과 열두 명의 하녀들 중에 남아
있는 사람은 고작 다섯 사람쯤 되었다. 지지도 본채의 하녀들과
잡담하러 갔는지 후원 뜰에는 아무 인기척도 없었다. 후원의 느
티나무에선 매미가 울었는데 가끔씩 매미가 나무를 옮겨다니는
지 울음을 그치면 갑작스런 정적 때문에 귀에서 다른 소리가 남
아 맴돌았다. 문의 네모난 틀 안에 푸른 옷을 입은 사람이 갑자
기 나타났다. 청이는 깜짝 놀라 벌떡 일어섰고 그네의 엉덩이
아래로 기울어진 나무의자가 종아리에 밀리면서 요란하게 넘어
졌다.

"안녕하신가……"

그는 언젠가 별당에 불쑥 들어와 비파를 뜯으며 노래를 흥얼
거리던 작은서방님짜리였다. 막내아들 구앙은 비좁은 전실에
들어와 서성대며 침상이 놓인 위칸과 지지가 쓰는 작은 구들을
둘러보았다. 청이는 침착하게 넘어진 의자를 집어 제대로 놓고
다시 자리에 앉았다.

"누구세요?"

청이 말하자 구앙은 좀 놀란 모양이었다. 그는 어깨 위로 늘
어뜨린 변발 가닥을 한 손으로 쓸어내리면서 청이를 찬찬히 훑
어보았다.

"구관조보다는 낫구먼. 그사이에 말을 배웠나?"

"누군지 모르지만 좀 앉으세요."

청이 권했지만 구앙은 한쪽 발을 맞은편 의자 위에 올려놓고

상체를 구부려 그네를 향하여 고개를 숙였다.

"이름이 뭔가?"

"롄화. 당신은요?"

"하녀들이 나를 작은서방님이라고 부른다."

구양은 손가락으로 청의 얼굴을 정면으로 가리키며 말했다.

"그대는 이제 아버지의 시첩이 아니다."

"그건 나두 알아요."

청이는 전혀 기죽지 않고 대꾸했다.

"여긴 비파가 없어 노래를 못 듣겠네요."

구양이 껄껄 웃었다.

"잘두 기억하고 있구나. 하지만 오늘은 술을 먹지 않았거든. 예전 같으면 너 같은 계집아이는 함께 파묻었다. 어쨌든 아버지가 죽어서 네게는 다행스런 일이겠지."

"그건 왜요?"

"아버지는 시첩을 한 해 이상 집에 두어둔 적이 없거든. 아마 가을이 오기 전에 너를 되팔았을 게다."

구양은 슬그머니 청이의 맞은편 의자에 걸터앉았다.

"얘야, 세상은 넓단다. 여기서 사당지기나 하다가 시골로 팔려갈 테냐?"

청이는 대꾸하지 않았다. 그에게서 어떤 열기가 느껴졌기 때문이었다. 그는 말하면서도 몇 번이나 입술을 핥았고 콧방울이 부풀어올랐다. 그렇지만 청이는 두려워하지 않았다. 잠깐 침묵을 지키던 구앙이 갑자기 두 손을 뻗더니 그네의 얼굴을 감싸쥐었다. 청이는 놀라지 않고 고개를 뒤로 빼어 그의 손아귀에서 부드럽게 벗어난다. 오히려 그네의 침착함에 구앙이 놀란 모양이었다. 그는 두 손을 벌린 채로 고개를 가로저으며 쳐다보았다.

"어린아이가 아니로구나!"

청이는 머리 뒤로 손을 올려 똬리를 튼 양갈래 머리를 풀어내리며 의자에서 일어섰다.

"수만 리 밖에서 왔으니 아이가 아니지요."

구앙은 고개를 끄덕이며 탁자에서 비켜나 청이에게 달려들었다. 청이는 잽싸게 몸을 틀어 전실의 안쪽으로 갔지만 구앙의 큰 걸음걸이에 대번 잡히고 만다. 그는 청이의 허리를 뒤에서 꽉 잡아끌어 두 팔로 안았다. 그네의 엉덩이가 자신의 사타구니 안에 들어오자 구앙의 물건은 대번에 용솟음친다. 그는 한 팔을 렌화의 두 다리 오금에 넣어 가뿐하게 안아올렸다. 그리고 두어 걸음 안쪽에 있는 침상으로 들어가 요 위에 내려놓으면서 그대로 덮쳤다. 청이는 별당에서 처음 보았을 때부터 그가 자기를 원하고 있다는 것을 잘 알고 있었다. 그리고 그가 이 집안 사람들을 별로 좋아하지 않는다는 점도 느낄 수 있었다. 그는 형들은 물론 아버지를 욕보이고 싶어 안달이 난 듯한 태도였다. 청이는 그가 이 집의 바깥세상으로부터 왔다는 걸 처음부터 눈치채고 있었다.

작은서방님 구앙은 청이의 몸을 덮쳐누르면서 옆으로 젖힌 그네의 뺨에서부터 목덜미를 훑으면서 한 손은 부지런히 치마를 걷어올리고 있었다. 청은 두 다리를 꼭 오므린 채로 머리로는 도리질을 하다가 두 팔로 그의 얼굴을 떠밀었다. 사내는 숨을 거칠게 몰아쉬고 있었다. 청이 조용히 말했다.

"한 가지 물어볼 게 있어요."

구앙은 멍해진 얼굴로 상반신을 조금 일으키더니 그네를 내려다보았다.

"나를 데려갈 거예요?"

구앙이 말을 더듬었다.

"어……어디로……?"

"어디든지요. 이 집에서 나가고 싶어요."

"좋아, 그렇게 하지."

청이는 오므렸던 다리를 풀었고 두 팔을 얼굴 양옆으로 떨구었다. 구앙은 청이의 치마를 걷어올렸고, 그가 머리 위로 벗겨낼 수 있도록 그네는 허리를 들었다가 상반신을 좌우로 틀어주기도 했다. 겉옷을 벗겨내자 속저고리가 나왔다. 구앙이 청이의 저고리 헝겊단추들을 위에서부터 천천히 풀어서는 좌우로 헤쳤다. 청이 어깨를 들썩이며 그가 저고리 벗기는 것을 도와주었다. 저고리 안의 속옷 끈을 풀어젖히자 뽀얀 젖통이 드러난다. 구앙은 손바닥으로 움켜쥐었다가 얼른 손을 떼고 손가락 끝으로 젖꼭지를 건드린다. 다른 한 손으로는 허리끈을 풀고 속바지를 끌어내린다. 청이는 눈을 감고 누웠고 구앙은 서두르며 마고자와 포를 벗고 바지를 벗는다. 침상 아래 두 사람의 벗어버린 옷가지가 무더기를 이루어 쌓여 있다.

구앙은 이제는 별로 서두르지 않는다. 그는 입술을 청이의 작고 팽팽한 입술 위에 얹는다. 그리고 혀로 윗입술의 안쪽을 더듬는데, 그네의 혀끝이 살짝 오므라들었다가 그의 혀 아래로 미끄러지듯 들어온다. 그의 혀는 청이의 잇몸을 한 바퀴 휘둘러보고 나서 안으로 들어간다. 청의 혀가 그의 혀끝을 떨듯이 건드리고 있다. 구앙의 혀는 가슴으로 내려가 젖꽃판을 건드리고 전체를 입 안에 넣어 거세게 빨아들인다. 청이 가늘게 신음 소리를 내기 시작한다. 그의 한 손은 청의 가랑이 안쪽을 쓰다듬다가 지그시 힘주어 허벅지의 살집을 잡고는 한다. 구앙의 손가락이 그네의 음문에 닿았고 축축한 물기가 느껴졌다. 그는 검지손가락 끝으로 음핵의 끝을 부드럽게 문지른다. 청의 다리가 조금씩 벌어진다. 구앙의 아랫도리는 팽창해서 거의 터져버릴 것만 같았다. 그는 청의 두 다리를 위로 젖히고 그대로 밀어넣는다. 매끄럽고 뜨거운 작은 손이 음경을 꼭 잡는 것 같은 느낌이었다. 청이 상을 약간 찌푸리며 처음보다는 좀더 큰 신음 소리를 냈다. 그는 동작을 시작했다. 아랫배와 항문께에 벌써 새큰한 느낌이 번져왔다. 너무 서두르면 안 되지. 그는 잠시 항문을 오므려 힘을 주고는 간격을 두었다가 천천히 동작을 하고는 다시 멈춘다.

청이는 그의 물건이 몸 속으로 들어올 적에 쓰라린 아픔이 느

껴졌지만 잠깐이었다. 아랫배가 뜨거운 것으로 꽉 차오르는 듯
했다. 그네는 첸 대인에게서 육신이 깨어나는 과정을 배웠지만
노인이 잠들고 나면 어쩐지 아무 일도 벌어지지 않은 것처럼 허
전했다. 그렇지만 지금 아랫도리를 가득 채운 힘찬 느낌은 쓰리
고 아린 것은 잠깐이고 얼얼하면서도 저 깊은 곳에서 어찌할 수
없는 안달 같은 간지러움이 솟아오르고 있었다. 그것은 모양으
로 보면 물이 끓기 시작하는 것과 같았다. 처음엔 작은 물방울
이 하나둘씩 오르다가 물방울은 점점 많아지고 커져서 군데군
데 수면 위로 솟아오른다. 어느 결에 수면 위는 들끓는 물방울
로 가득 차고 물 전체가 요동치기 시작한다.

구앙은 능숙하게 얕은 여울목을 오르는 장어처럼 꿈틀거리며
들어갔다가 좌우로 밀착시키면서 천천히 나오곤 했다. 그는 두
팔을 뻗쳐 상체를 쳐들고 청이를 내려다보았다. 청이는 그냥 두
팔을 양쪽으로 던지고 다리는 벌린 채로 죽은 듯이 누워 있었
다. 구앙이 숨을 고르고 천천히 움직이는 채로 아래에서 눈을
감고 있는 청이에게 말했다.

"내가 너를 여자로 만들어줄 테다. 너는 소질이 아주 많아."

청이 눈을 떴다. 그네는 눈을 가늘게 뜨고 그를 흘기듯이 올
려다보았다.

"나를 어린애로 여기지 말아요."

구앙이 동작을 잠시 멈추고 뭐라고 대꾸하려는데 청은 힘껏
그를 밀치며 옆으로 몸을 빼냈고 다리를 오므리고 일어나 앉았

다. 구앙은 아직 뻣뻣한 채로 곤두선 자신의 양물에 묻은 혈흔을 내려다보았다. 그는 침상에서 내려와 바지를 걸치면서 중얼거렸다.

"아직 길두 나지 않았잖아. 도대체 영감태기는 그 동안 뭘 한 거야?"

청이는 머리맡에 놓였던 무명수건으로 아랫도리를 닦고는 속곳을 걸치기 시작했다. 속바지와 치마를 걸치고 청이 야무지게 말했다.

"아버지를 따라가려면 당신은 아직두 멀었어."

구앙은 어이가 없는지 고개를 흔들었다.

"첨부터 이랬나, 대단한 아이로구나."

청은 침상 위의 흐트러진 요와 이부자리를 정돈하며 그의 얼굴을 피하려는 듯했다. 구앙이 허리띠를 고쳐매고 작은 칼을 질러넣어 매무새 고치기를 끝내자 청이 다가서더니 그의 등을 잡아 돌려세웠다.

"얼른 나가요. 그리고 나를 데려가겠단 약속을 잊지 말아요."

"뭐야…… 좋다 말았잖아."

청은 투덜대는 구앙을 밀어내면서 그의 변발 끝에 꿰인 금장식을 떼어냈다.

"이건 내가 맡아두겠어요."

어리둥절하여 서 있는 구앙의 코앞에서 나무문짝이 요란한 소리를 내면서 닫혔다. 구앙은 잠시 그러고 섰다가 한번 호탕하게 껄껄 웃고는 후원의 중문으로 나갔다. 그는 어머니가 있는 별당에도 들르지 않고 곧장 집사와 하인들이 거처하는 맨 앞쪽의 행랑채 건물 쪽으로 가면서 몇 번이나 감탄을 했다.

대단한 아이가 아닌가. 이는 과연 예라이샹(夜來香)이 될 만한 계집이로다!

그는 곧장 풍후장의 대문 앞쪽에 있는 행랑채 쪽으로 나갔다. 행랑채에는 대문 바로 옆으로 수레며 가마와 마구간과 광이 있고 방문객이 찾아와 안으로 들이기를 기다리는 술래청이 있으며 하인들의 거처가 붙어 있었다. 구앙은 술래청으로 들어갔다. 풍후장의 주인이 된 맏아들 유안이 지방 출장중이라 찾아온 사람도 별로 없어 늙은 집사는 한적하게 차를 마시고 있던 중이었다. 구앙이 들어서는 것을 본 집사는 일어나지는 않고 자세만 고치는 시늉을 해 보였다.

"작은서방님 오셨습니까?"

"자네 나하구 잠깐 의논 좀 하세."

구앙은 다짜고짜로 말을 꺼냈다.

"렌화 말일세…… 장차 저애를 어찌할 겐가?"

"어찌하다뇨?"

집사에게는 그런 질문이 마치 벽에 걸린 그림이나 장식장을 어찌하겠냐는 소리로밖에 들리지 않았다. 구앙이 다시 물었다.

"렌화가 이 집안에 무슨 소용인가 말이야."

집사는 눈을 껌벅이며 잠깐 생각했다.

"돌아가신 대인 어른 위패라도 지켜드려야겠지요."

"그런 일은 하녀들 누구든지 할 수가 있겠지."

"그야…… 저두 모르지요. 대부인 마님의 뜻에 달린 게 아닙니까?"

구앙은 고개를 끄덕였다.

"큰어머님은 사당에 한 달에 한 번쯤이나 들르시겠지. 자네가 날 좀 도와줘야겠네."

그는 허리춤에서 주머니를 끌러 그대로 탁자 위에 내던졌다. 그리곤 머리를 숙여 집사의 귓전에 대고 무엇인가 은밀히 부탁했다. 집사가 다 듣고 나서 되물었다.

"당장 오늘밤에 말인가요?"

"그래 오늘밤에. 나는 부두의 배에서 기다리지."

집사가 여러 가지 생각을 해보는 눈치더니 몇 마디 덧붙였다.

"어차피 여러 사람들 입을 막아야 할 겝니다. 그리고 렌화는 비싼 돈을 주고 사들였던 집안의 재물이랍니다."

구앙이 고개를 끄덕였다.

"좋아, 내가 나중에 너희들 앞으로 은자를 더 내겠다. 큰형님 한테는 내가 춘이 형님을 통해서 잘 설득을 하마. 큰어머님께는 렌화가 약을 먹고 죽어버렸다구 이르도록 하여라."

"좋습니다. 주인 어른만 아무 말씀이 없으시다면 저희야 무슨 다른 말이 있겠습니까?"

그날 밤에 청이는 옷을 입은 채로 침상에 누워 있었다. 낮에 집사가 전에 없이 후원으로까지 찾아와서 작은서방님이 강가에서 기다린다는 것이며 하녀 지지를 다른 처소에서 자게 한다는 말을 이르고 갔다. 풍후장의 모든 불이 꺼지고 성내에서 자정을 알리는 북소리가 들린 뒤에 집사가 사다리를 짊어진 건장한 하인 한 사람을 데리고 후원으로 왔다. 문을 두드리는 소리에 청이는 얼른 일어나 밖으로 나왔고 바로 집 뒤의 담장에 사다리를 걸치고는 하인과 함께 담장 위로 올라갔다. 하인이 담장 위에서 사다리를 걷어다 바깥쪽으로 돌려세우고는 먼저 내려가 청이 담장 아래로 탈없이 내려오도록 도와주었다. 하인은 사다리를 다시 담 너머로 넘겨주고 나서 아무 말 없이 청이의 상반신에 홑이불을 둘러씌우더니 그대로 등에 업었다. 사내의 등에서는 땀냄새가 진하게 풍겼고 풀벌레 우는 소리가 주위에 가득 찼다.

어느 만큼 가다가 청이는 가마꾼들에게 넘겨졌다. 가마는 혼들거리며 잽싸게 주택가 거리를 내려가 아직도 술꾼들의 시끄러운 주정 소리며 노랫소리가 한창인 부둣가로 내려갔다. 그네는 뜸지붕을 올린 작은 배 위에 올랐다. 사공 두 사람과 구앙이 기다리고 있었다. 청이 배 위의 뜸 안에 들어가 앉자마자 사공은 삿대를 밀어 힘차게 노를 저어 강심으로 나아갔고 곧 두 폭의 돛을 활짝 펴니 배는 살같이 하류를 향하여 내달았다. 뜸의 벽은 부들로 짜서 세웠고 안은 말끔하게 돗자리가 깔려 있었다. 술과 안주를 차린 작은 소반이 놓였는데 구앙은 비파를 안고 느긋하게 노래를 부르고 있었다.

진장에는 도박장이나 술집이 난징에 못지않게 즐비했다. 강의 상류에 있는 한커우(漢口)에서 시작하여 그 중간 지점인 주장(九江)을 지나 우후(蕪湖)를 거쳐서 난징에 이르는 물길은 차와 생사와 면화의 길이었으며, 진장에서부터 강폭이 넓어져 거의 바다와 같은 깊이와 큰 물이 되어 상하이 만에 당도하게 되었다. 따라서 예로부터 남으로는 광저우(廣州)의 광둥(廣東) 마카오(澳門) 샤먼(厦門) 푸저우(福州) 닝보(寧波)에서 북으로는 산둥(山東)의 칭다오(靑島)와 베이징(北京)의 톈진(天津)에 이르는 남지나해와 황해의 모든 장삿배는 상하이 만으로 들어와 진장을 거쳐서 내륙의 물자를 실어나르던 것이다. 명목상으로는 나라에서 광저우 한 곳만을 무역항으로 인정하고 십삼의 상행(商行)에게만 서양인들과 거래하도록 허가했다. 그러나 통제는 제대로 이루어지지 않아서 서양의 무역선들은 원하는 물건을 생산지로부터 수집해오는 여러 지방의 퓨하오(鋪號)와 직접 거래하기를 더 원했다.

구앙은 둘째형 춘에게 이런 흐름을 귀띔해주었고, 자신이 능력이 생긴 뒤로는 오히려 춘의 정크선에 신세를 지지 않고 배를 몇 척 사들여 닝보에까지 나아가 아편을 사들여왔다. 그는 지난해부터 광저우 쪽에서 서양인들과 정부 사이에 마찰이 일어났다는 소문을 듣고 있었다. 그리고 친한 관리의 말에 의하면 아편 금연령이 엄하게 내려져서 각 성의 대처마다 단속이 심해질 거라고 했다. 과연 일 년에 한 두 번이나 나올까 말까 하던 단속이 한 달에도 서너 번씩 실시되었다. 뿐만 아니라 닝보에 와서 늘 정박해 있던 아편을 실은 목선은 언제부터인지 텅텅 비어 있었다. 영국과 미국의 기선들이 물건을 싣고 미리 끌어다가 정박시켜둔 연안의 배에 옮겨두면 내륙에서 몰려든 중국 배들이 직접 다가가서 시세를 흥정하고 은자를 지불하여 실어오던 것이다. 큰형 유안이 차의 생산자였다면, 둘째형 춘은 이를테면 차를 직접 내다파는 퓨하오인 셈이었다. 그러나 구앙은 무뢰배의 습성에 따라 아편이 돈이 되며 사람들의 쾌락을 거머쥐면 부자가 될 수 있다는 점을 알았다. 바깥 문물이 드나들면서 바닷가 연안의 지방과 강을 따라 늘어선 대처들은 지난 수십 년 사이에 엄청나게 달라지고 있었다.

청이는 진장을 거쳐간 적이 있었지만 배에서 내리지 못하고 하룻밤을 강상에서 묵고는 난징으로 떠나갔기 때문에 먼발치에서 구경이나 했을 뿐이었다. 진장은 너른 강변의 부두를 따라서 대처가 이루어져 있었다. 강에 가까운 곳은 거의 창고나 선구를 취급하는 점포와 허드레 음식을 파는 가게들이 있었고 뭍으로 조금 올라가면 역시 크고 작은 여각들이 즐비했다. 여각 거리의 안쪽으로 들어가면 큰 주루와 오락장이며 홍등가들이 나왔다. 구앙이 경영하는 오락장은 소금창고가 있던 자리에 회(回)자 모양으로 지은 이층 목조가옥이었다. 거리를 향하고 정문이 있었는데 붉은 칠을 한 반월문이 있었고 붉은 바탕에 금박 글씨로

새긴 복락루(福樂樓)라는 간판이 대문 위에 걸렸다. 문 양쪽에는 돌사자 두 마리가 입을 크게 벌리고 앉아 있고, 손님을 부르는 동자들이 계단 앞에 나와 서성댔다. 계단 아래 길가에는 취객을 업어 나르는 일꾼들이며 가마꾼들이 수십 명이나 대기하고 있었다. 이들을 상대로 떡과 국수를 말아주는 노점도 있었는데, 지게 두 대를 맞붙이고 그 위에 널판자를 얹은 간이반점이었다.

복락루의 월문 안으로 들어서자마자 대형 객청인데 노름판이 오십여 판이나 되는 도박장이 벌여 있다. 그러니 의자는 아마도 이백여 자리가 넘을 것이다. 서른두 개의 골패로 끗수를 재어먹는 골패 노름과 주사위 두 개를 사발에 넣고 흔들어 점수를 따지는 주사위 노름이며 서른여섯 가지 꽃 이름을 적은 딱지 중에서 한 장을 뽑아 돈을 걸고 알아맞히면 태운 돈의 서른여섯 배를 주는 화회(花會) 노름 등이 있었다. 안에는 담배연기가 자욱한데, 간식과 차를 나르고 물담배를 팔러 다니는 장사꾼이 디안토우(店頭)의 허락을 받고 들어와 노름판 사이를 어슬렁거리고 다녔다. 물담배 장수는 뱀처럼 길다란 호스가 달린 작은 항아리를 좌우 어깨에 주렁주렁 메고 있었다. 연기가 박하물을 통과하기 때문에 쓴 담뱃진이 나오지 않고 연하고 목이 시원해서 노름판의 어디에서나 피우고 있었다. 물론 아편은 도박장에서는 엄하게 금지되었다. 가끔씩 대박이 터진 자리에서 와아, 하는 함성과 탄식이 일어나곤 했다. 노름판에서는 어음이나 은화

라든가 귀금속 따위는 판돈으로 쓸 수가 없었으며 경리에게 가
서 조개껍질을 동그랗게 갈아 만든 밑천으로 바꿔야 했다. 지방
에 따라서는 도박장의 인이 찍힌 딱지를 쓰기도 했다. 그러나
밑천을 다 털린 자는 지니고 있던 귀물을 내놓고 상대방에게서
밑천을 바꾸거나 가격을 쳐서 막바로 걸 수는 있었다. 선상들은
바로 물품의 송증을 걸기도 하고 상행의 어음을 걸기도 했다.

　도박장의 안쪽 끝에 문과 이층으로 오르는 계단이 있었는데,
이층은 모두 기녀들이 있는 크고 작은 방들이 있었다. 뒤로 나
가면 가운데 네모난 너른 뜰이 있는데, 빙 둘러서 등나무가 자
라고 모퉁이에는 잎이 넓적한 오동나무가 서 있었다. 나무 그늘
아래 시원한 회랑이 맞은편 뒤채에 연결되어 있다. 안뜰은 삼백
여 평 정도 되어 보이는 왕모래가 깔린 너른 마당에 닭싸움이며
메추리싸움을 붙이는 놀이장으로 한쪽에 망을 친 우리가 보였
다. 닭싸움은 주로 오후 느지막하게 시작해서 해 질 무렵까지
계속되었고 특별한 일이 아니면 저녁 도박장 개장시간 전에 끝
내게 되어 있었다. 사실 진장의 어느 공터에서나 젊은 불량배들
이 닭싸움을 벌이러 몰려들었지만 판돈이나 닭의 훈련 정도라
든가 싸움의 기술면에서 본다면 보잘것이 없었다. 점잖은 한량
들이라면 복락루에 와서 전문 투계꾼들이 겨루는 판에 돈을 걸
어야 멋이었다. 손님들은 직접 자기가 훈련시킨 닭이나 메추리
를 가져오기도 했지만 도박장에서 비싼 돈을 주고 구해들인 명
물을 사서 맡겨두고 솜씨 있는 투계꾼을 고용하여 노름에 나서

는 것이었다.

마당을 지나면 뒤채인데 이층에서 앞채와 연결되어 있다. 뒤채의 아래층은 너르게 탁 트인 주점이었다. 뒤쪽에 또한 이층으로 오르는 계단이 좌우로 있고 오른쪽에는 야트막한 무대가 있어서 음악을 연주하거나 잡극을 공연하기도 했다. 앞채의 도박장이 비교적 잠잠한 데 비해서 이곳은 언제나 떠들썩한 웃음소리며 때때로 싸우는 소리도 들려서 제법 시끄러웠다.

이곳의 이층은 칸막이를 세운 방이 여럿 있었는데 바로 아편 흡연소였다. 앞채로 연결된 복도 안쪽도 모두 방이었지만 뒤채의 이층에는 복도가 넷이나 되어서 어디로 나가든 서로 통하게 되어 있었다. 만약 단속이 뜨면 앞채에서 관리들을 막고 시간을 끄는 동안에 손님들을 깨워 복도의 끝까지 나가 뒷문을 열면 발코니 비슷한 난간이 나왔다. 난간 아래는 뒷골목인데 건너편에 이층집이 있었다. 거기서 널판자로 만든 다리를 내밀면 모두들 골목 위를 지나 뒷집으로 건너가게 되어 있었다. 뒷집도 역시 복락루의 부속 건물이었다. 원래 있었던 여염집 두 채를 사서 수리한 것이었다. 한 채만 이층집이고 마당의 건너편에 있는 집은 단층 일자 집이었다. 이층집은 복락루의 남녀 일꾼들이 기거했는데 광대패들이 공연하러 오면 며칠씩 아래층을 내주어야 했다. 이층은 기녀들이 일이 끝난 뒤에 돌아와 쉬는 거처였다.

단층의 일자 집은 구앙이 혼자 쓰고 있었는데 그는 아내와 자식들을 난징의 큰집에 살도록 했다. 가엾게도 그의 아내는 열여덟에 시집와서 스물너덧 살이 되면서부터 십여 년이 넘도록 거의 과부처럼 혼자 지낸 것과 다름이 없었다. 구앙이 외지로 떠돌아다녔기 때문이다. 진장에서 대가를 이루었음에도 그는 아내를 데려오지 않고 혼자 지냈다. 그의 성미가 워낙에 무엇에 매이는 것을 싫어하여 첩도 들이지 않았고, 실은 여자 생각이 나면 집 안에서 부리는 기녀들 중에 아무나 숙소에 불러들이기만 하면 되었던 것이다. 그런 사람이 난징 본가에 갔다가 느닷없이 청이를 데리고 돌아오자 일꾼들은 모두 의외의 일로 여겼다.

구앙의 숙소는 방 셋에 부엌이 한 칸 있는 작은 민가였다. 그렇지만 방들은 제법 널찍했고, 부엌이 필요 없으니 움푹한 봉당을 메꾸어 마루를 깔아 욕실을 만들었다. 안방으로 쓰는 공간에다 이런 집에는 어울리지도 않을 꽃무늬 장식이 화려한 침상을 들여놓았고, 탁자며 의자를 전실로 쓰는 방에 두어 차도 마시고 손님도 만났다.

구앙이 꾸민 솜씨는 아니고 기생어미 일을 보는 링지아(領家)가 세심하게 손을 보아준 탓이었다. 남자 일꾼들은 그네를 대접하여 링지아라고 불렀지만 기녀들은 모두들 그네의 성씨를 붙여 키우(秋) 마마라고 불렀다. 키우의 나이는 서른다섯으로 난징의 기루에서 청춘을 보냈고 쑤저우에서 은퇴한 무뢰한에게 시집갔다가 그가 관가에 체포되어 집안이 망한 뒤에 다시 이 길로 되돌아온 여자였다. 구앙이 청이를 데리고 와서 숙소로 키우를 불러다가 인사를 시켰다. 처음에 그네는 냉랭한 표정으로 청이의 아래위를 찬찬히 훑어보았다.

"먀오족(苗族)인가…… 혹시 귀주에서 사왔나요?"

"아니, 꺼우리(高麗)야. 우리말도 좀 하지. 링지아가 잘 가르쳐봐."

"뭐예요, 영업을 시킬 거예요?"

"아직 모르겠어. 나중에 봐서……"

구앙의 말에 키우는 입을 손으로 가리고 깔깔대며 웃었다.

"장토우(莊頭)께서 반하셨군요."

구앙은 쑥스러웠는지 집을 나가면서 한마디 남겨두었다.

"여간내기가 아냐. 또 알아? 자네처럼 링지아가 될지."

둘이 남게 된 뒤에 키우는 청이에게 이름을 묻고 나서 말했다.

"나는 그냥 자네를 렌화 소저라고 부르겠어. 그렇다고 자네가 나를 마마라고 부를 필요는 없어. 그냥 링지아라구 부르면 되겠지."

그녀만큼 중요한 사람이 또하나 있었다. 며칠 지나서 청이는 기녀들의 거처인 량팡(良房)으로 쓰는 이층집 앞에서 처마에 줄지어 걸린 새장을 구경하고 있었다. 집 앞에 구멍을 낸 각목이 가로로 설치되어 있었는데, 구멍마다 장대를 꽂고 장대 끝에 새장을 달아두었다. 새장 안에는 십자매 방울새 앵무새와 구관조 여러 마리가 있었다. 그중에서도 구관조가 제일 많았다. 어느 놈이 그랬는지 안녕합쇼! 라고 굵다란 남자 목소리를 내는 녀석도 있었다.

"넌 누구냐?"

탁하게 쉰 목소리의 남자 음성이 등뒤에서 들려왔지만 청이는 그것도 구관조 중의 어느 녀석이 장난말을 거는 줄로 착각했다. 다시 한번 남자 목소리가 들려서 청이는 그제사 돌아보았다. 그 사내는 매끈거리게 삭발한 앞머리에 굵은 변발을 가슴 앞으로 드리우고 소매 좁고 꼭 끼는 마고자를 입었는데 단추를 목까지 잠갔다. 비단 허리띠를 매고 구앙이 그랬듯이 작은 칼 한 자루를 배 앞에 비스듬히 질러두었다. 바지 아래로 흰 모직 양말에 검은 가죽신을 신은 차림새였다. 왼쪽 관자놀이에서 거무튀튀하게 그을은 광대뼈와 뺨을 지나 길다란 칼자국 흉터가 보였고, 눈썹은 짙고 긴 터럭이 위로 뻗쳐 있었다. 그는 매처럼 날카롭게 째진 눈으로 그네를 바라보았다. 목이 굵고 어깨가 탄탄해 보이는 남자였다. 청이는 숨을 한 번 삼키고 나서 맹랑하게 되물었다.

"당신은 누구신데요?"

"내가 먼저 물었다."

사내의 표정은 여전히 풀리지 않은 채였다.

"저는…… 렌화 소저라구 합니다."

사내는 그네를 바라보더니 피식 하고 웃음소리를 냈다.

"새로 온 링지아의 딸인가?"

"그렇지 않아요."

청이의 기죽지 않은 대꾸에 사내는 잠깐 생각해보았다가 말없이 고개만 끄덕이고 돌아섰다. 그는 자기가 누구라는 것도 밝히지 않고 이층집으로 들어갔는데, 그가 쉰 목소리로 사람을 찾는 소리가 들려왔다. 그는 복락루의 디안토우(店頭)로, 주인인 구앙을 대신하여 영업장을 총괄하는 팽싼(方三)이라는 사내였다.

도박장이 처음 개설되면 주인이 곳곳에서 주먹깨나 쓸 만한 무뢰배들을 모아오고 그중에서도 디안토우 노릇을 할 만한 자를 돈 주고 데려오게 마련이었다. 그렇다고는 해도 스스로 나타나서 기세를 보이고 디안토우 자리를 차지하는 경우도 있었다.

팽싼이 바로 그러한 인물이었다. 팽가는 상하이 사람이고 소금꾼 패에 들어 잔뼈가 굵었다. 원래가 소금은 나라에서 전매하게 되어 있었으나 무뢰배들이 사사로이 염전을 만들어 소금을 배로 실어다 팔았다. 소금꾼들은 거의가 지방 무뢰배들이었고 맨손으로 큰돈을 만들 수가 있었다. 그들은 때로는 진장 상류의 강폭이 좁은 곳을 택하여 멋대로 세관을 만들고 드나드는 장삿배를 상대로 통관증을 팔기도 했다. 팽가가 나이 서른에 수십 명의 패거리를 이루었다고 하여 복락루를 열게 된 구앙을 감히 넘보았던 것은 아니다. 구앙은 대갓집 서방님으로 대도회인 난징에서 소싯적부터 놀았던 왈짜이고 무엇보다도 관리들과 가까운 사이였다. 팽가에게는 구앙은 기댈 만한 큰형님이었던 셈이다. 그러나 팽싼의 불만은 구앙이 자기 구역인 진장에서 새로운 일을 꾸미면서 한 번도 자신을 알아주지 않았다는 데에 있었다.

그러던 무렵에 팽가는 부하 두 명을 데리고 신장개업을 한 복락루로 찾아갔다. 벌써 인근의 장사꾼들과 외지에서 온 뱃사람들이며 노름하러 온 손님들이 객청을 가득 메우고 있었다. 팽싼은 주사위 노름판에 가서 부하 한 사람과 끼어앉고 다른 한 녀석은 골패 노름판에 끼도록 했다. 시비를 걸어 판을 깨는 것이 목적이라 끗발에는 애초부터 관심이 없었다. 도박장측의 물주가 사기그릇 안에 주사위 두 알을 넣고 한 손바닥으로 막고는 허공에서 흔들어대다가 판에 딱 엎고 기다렸다. 이때에 자리에 모여든 사람들이 각자 맞춤한 숫자에 돈을 태고 나면 그릇을 젖혀 끗수를 보여주게 마련이었다. 물주는 저보다 끗수가 센 자에게는 돈을 내주고 저보다 약한 자의 것은 자기 앞으로 그러모았다. 한두어 번 잃어주고 나서 팽가 일행은 판을 깨기 시작했다. 물주가 그릇을 흔들다가 판에 엎고 돈을 태고 그릇을 들치자마자 숫자가 이미 나와 있는 주사위를 헝클어뜨리며 시비를 걸었다.

뭐야 이거, 야바위를 하는구나.

손님, 왜 그러시우?

네놈이 손가락을 넣어 주사위를 잡고 있는 걸 보았다. 당장에 따간 돈 모두 내놓아라.

그들은 다짜고짜 먹살잡이를 하며 온 도박장 안이 떠들썩하게 소란을 피웠다. 한편 골패 노름판에 끼었던 자가 갑자기 돈을 다 잃었다며 노름판 위에 다리를 올려놓고 바지춤을 걷었다. 노름꾼들은 이 난처한 지경에 영문을 몰라 서로 얼굴만 쳐다보왔다.

내 이 판에서 밑천을 다 잃었으니 고기나 한 점 잘라서 걸겠소.

그가 칼을 빼어 허벅지를 푹 찌르니 판 위에 피가 낭자했다. 구앙이 개업을 하면서 난징과 진장의 무뢰배들을 도박장 호위로 몇 사람 고용을 해놓았지만 그런 소동이 벌어지자 뭇사람들이 보는 데서 함부로 싸움을 벌일 수도 없었다. 구앙은 조용히 아랫사람을 시켜 팽가를 부르게 했다. 이층 계단 옆에 아래층이 훤히 내려다보이는 곳에 그가 나와서 손님도 만나고 일도 보는 방이 있었다. 그는 작은 미닫이창을 열어놓고 이런 광경을 내려다보다가 팽가를 발견했던 터였다.

저희 어르신께서 손님을 좀 뵙자고 하십니다.

팽가는 부하들에게 눈짓을 하고는 이층으로 올라갔다. 기다리던 구앙이 그가 자리에 앉자마자 비단 주머니를 끌르지도 않고 던져주었다.

이게 뭐요?

팽싼의 말에 구앙이 빙긋이 웃으며 대꾸했다.

개평이야. 매일은 안 되구 한 닷새에 한 번쯤 오라구.

팽가는 주머니를 거들떠보지도 않고 눈가에 빳빳이 힘을 주고 말했다.

개평꾼이나 하러 온 게 아니오. 차나 한잔 주슈.

구앙은 대뜸 알아듣고 고개를 끄덕였다.

난 자네가 누군지 모르겠는데? 강변에 자갈처럼 아이들이 많아서 말이야. 만약 자네가 여기 디안토우로 온 아이를 꺾으면 나두 물갈이를 할 거야. 그때는 차가 아니라 술 한잔 크게 내지.

인사를 하고 나가려는 팽가의 뒤통수에 대고 구앙이 다시 오금을 박았다.

키재기는 밖에서 조용하게…… 여긴 즐겁게 놀자는 자리니까.

어떻게 처리했는지 과연 사흘이 못 가서 디안토우로 왔던 자는 다시는 복락루에 얼씬거리지 않았고 그의 패거리도 자취를 감추었다. 팽가가 다시 구앙의 방에 찾아오자 그는 물었다.

죽었나 살았나, 어쨌든 소리 소문 없어 좋군.

타관으로 보냈습니다.

오늘부터 자네가 디안토우야.

팽싼에게 영업장을 총관리하도록 시킨 뒤에 구앙은 비로소 마음을 놓았다. 팽싼은 주인의 마음을 족집게처럼 잘 집어내어 미리 알아서 해주었다.

그뒤에는 이런 일도 있었다. 저녁때에 일을 끝낸 사람들이 도박장을 메우기 시작하여 간단한 음식이나 차를 시켜놓고 먹으며 노름을 할 시간인데 한 사내가 들어와 화회(花會) 판에 가서 앉았다. 비단 두루마기를 입고 원건을 쓰고 윗단추는 넉넉히 끌러두고 가슴에는 호박 장식 달고 변발에도 금박 댕기를 묶었다. 한눈에 보기에도 점잖은 부자 상인의 차림새요 잘 다듬은 콧수염도 깔끔했다. 처음에 그가 차를 시키고 호기 있게 판 위에 주머니를 끌러놓을 적에는 아무도 그자에게 눈길을 돌리는 사람이 없었다. 그는 급사를 불러 돈을 밑천 전표로 바꿔오도록 했다. 거금을 바꾸는 자는 곧 도박장의 건달들 눈에 띄게 마련이라 팽가는 은자 한 덩이를 전표로 바꾼 자의 자리를 이층에서 관찰하고 있었다. 곧 솜씨 좋은 자가 화회 자리로 나아가 물주를 잡았다. 콧수염쟁이는 첫 판과 둘째 판까지는 흔쾌히 잃었는데, 세번째 판에 가서 모란꽃을 짚더니 바꿔왔던 전표를 몽땅 걸었다. 주위의 손님들이 술렁대기 시작했다. 서른여섯 개의 꽃이름 중에 하나의 패만이 맞는 법이고 맞히면 태운 돈의 서른여섯 배를 물어주게 되어 있었다. 물주가 마지막 남은 패를 까니 영락없이 모란꽃이 그려진 패였다. 패를 맞히면 물주가 객장 안의 손님들이 듣도록 큰 소리로 외치게 되어 있었다.

"낙점이오!"

물주는 판 위에 얹힌 사내의 밑천을 헤아리고 그 위에 금박의 나무패를 얹어주었다. 삼천전이 넘는 돈이었다. 콧수염 사내는 그 다음 판에도 정확하게 매화꽃을 짚어 패를 맞혔고, 세번째 판이 되자 주변에서 골패를 놀던 다른 손님들까지 저희 노름을 집어치우고 사내의 주위로 몰려들었다. 바보가 아니라면 모두들 사내가 거는 패에 함께 밑천을 걸어볼 생각이었다. 사내가 도화꽃에 밑천을 태자 사람들은 기다렸다는 듯이 우르르 몰려서 그 밑에 전표를 모두 내질렀다. 물주는 차마 패를 까지 못하고 객장 안의 곳곳에서 이곳을 주시하는 자기네 종업원들을 두리번거릴 뿐이었다.

"어찌하겠나?"

이층에서 미닫이를 열고 내려다보던 구앙이 당황하여 팽싼에게 묻자 그는 고개를 저으며 말했다.

"일단 판이 시작되었으니 그대루 따게 해야 됩니다. 안 그러면 우리 객장의 신용이 떨어지겠지요."

구앙은 탁자를 주먹으로 내리치며 화를 벌컥 냈다.

"저놈이 매일 오면 우리는 장사 망하겠구나. 지금 저 판에서 나갈 돈이 어림짐작하여도 은자 백냥은 되겠는데……"

"제게두 생각이 있습니다."

팽싼이 그렇게 말하고 객장으로 내려가는데 벌써 속수무책으로 판이 끝나서 낙점을 알리는 소리가 들리고 이어서 와아, 하는 여러 사람들의 환성이 요란했다. 돈을 딴 사람들이 각자 금패를 받아들고 환전하러 일어서는데 그런 소란이 없었다. 구경을 하려는 손님들까지 뒤섞여서 도박장 안은 제대로 자리에 앉아 있는 사람이 없을 정도인데 팽싼은 노름판에 점잖게 앉아 있는 콧수염 사내에게 다가갔다. 그는 따낸 판돈을 정리해서 소매 속에서 꺼낸 보자기에다 싸는 중이었다. 팽싼이 그에게 조용히 청했다.

"손님, 잠깐 보십시다."

"댁은 누구시오?"

팽싼이 두 손을 마주 잡고 가슴 위로 올리며 예를 차렸다.

"저는 이 집의 디안토우로 있는 팽싼이라고 합니다."

사내가 천천히 일어나 못 이기는 체 예를 갖추며 말했다.

"나는 웬(文)가요. 한 발 늦었구려."

팽가는 전혀 내색하지 않고 끝까지 정중하게 말했다.

"저희 주인께서 저녁식사나 대접하려고 하오니 사양치 마십시오."

그는 다시 주위에 섰던 객장 종업원에게 턱짓으로 지시했다.

"손님을 이층 내실로 모실 것이니 전표는 돈으로 계산하여 가지고 오너라."

웬가가 웃는 얼굴로 팽싼을 까실르며 자기도 따라 일어섰다.

"내게는 아직 초저녁이라 주사위 판에서 몇 판 더 놀아야 되겠는데요."

"허허, 저녁을 든든히 드시구 나서 천천히 밤새도록 노시다 가시지요."

팽싼이 연신 손을 올려 길을 가리키며 앞장서서 그를 이층 사무실로 끌고 올라갔다. 웬가는 아무 거리낌도 없이 방으로 들어섰고, 잔뜩 화가 난 얼굴의 구앙이 맞은편 탁자 앞에 앉아 있었다. 그는 하는 수 없이 점잖게 일렀다.

"좀 앉으시오."

웬가가 앉자 방문을 닫고 나서 팽싼이 태도를 돌변하여 말했다.

"너 죽고 싶냐, 우리가 누군지 아나?"

웬가는 태연하게 팽가를 돌아보다 구앙을 바라보다 하더니 껄껄 웃었다.

"난징의 첸 구앙 서방님을 모를 리가 있겠소. 당신은 사염패 소두령이던 팽싼 아니오."

두 사람은 서로 시선을 주고받았고, 팽싼이 허리에 질렀던 단 검을 빼들었다. 웬가는 전혀 놀라는 기색 없이 천천히 비단 두 루마기 자락을 젖히고 푸른 남색 저고리까지 벗었다. 그리고 앞 가슴을 내밀어 보이는데, 가슴팍에서 배에 이르기까지 구렁이 가 휘감고 지나간 자국처럼 칼로 난자한 상처가 가득했다. 그는 자기 배를 툭툭 치면서 다시 말했다.

"내 배때기는 칼맛을 여러 번 봤수다. 어디를 쑤시려우?"

뒤에서 방문이 열리며 팽싼의 수하 일꾼 두 사람이 들어섰지 만 팽싼이 손을 들어 그들을 제지하며 웬가의 옆자리에 앉았다.

"자네 어디서 놀다 왔나?"

"물론 난징에서 놀았지요. 푸저우에두 나가 있었소."

구앙이 말했다.

"솜씨가 좋더군."

"배운 게 그뿐이라 부끄럽습니다."

팽싼이 구앙에게 눈짓을 하더니 말을 꺼냈다.

"이제부터 우리 객장에서는 자네가 출입하는 걸 금한다. 그 대신 날마다 용돈을 줄 수도 없구……"

"나두 그건 바라지 않소."

팽싼이 피식 웃음을 터뜨렸다.

"우리 식구가 될 텐가?"

웬가는 다시 저고리와 두루마기를 걸치면서 말했다.

"디안토우의 말씀이니 믿어두 되겠지요."

구앙이 곧 눈치를 채고 말했다.

"자네 수하가 몇이나 되나?"

"독수리가 떼지어 다닙디까?"

구앙은 만족했는지 고개를 끄덕였다.

"오늘 자네가 딴 돈은 상급이야. 앞으로 우리 도박장 일을 좀 봐주게."

팽싼이 뒷전에서 기다리고 섰던 부하들에게 일렀다.

"어음으로 바꿔드려라."

세 사람은 함께 저녁을 먹고 술도 한잔 거나하게 마셨다. 팽싼이 그에게 술잔을 권하며 말했다.

"앞으로 우리 물주 보는 아이들 솜씨나 기술두 좀 가르쳐주게나."

"여부가 있겠습니까."

구앙의 오락장은 개업한 지 반년이 못 되어 그렇게 자리를 잡아갔던 것이다. 복락루는 도박장과 주점과 기루와 아편 흡연소가 함께 어우러진 곳이었다. 이런 오락장은 난징에도 몇 군데 없었다. 돈을 따면 흥이 나서 잃으면 화가 치밀어서 술 한잔 안 할 수가 없고, 취기가 오르면 술 따를 창기 생각이 나게 마련이며, 계집을 사고 나면 아편 한 대를 빨아보지 않을 수가 없었다.

그래서 난징과 진장 일대의 장사꾼들은, 복락루가 놀기에는 좋지만 한번 발을 들이면 껍데기를 벗기운다고 농을 했다. 각각의 객장이 모두 영업시간이 달라서, 이를테면 도박장은 오후부터 저녁 무렵까지 사람이 버글대다가 한참 인적이 뚝 끊겼다가는 자정이 되어서야 단골 꾼들이 자리를 채우고 새벽까지 앉아들 있었다. 그리고 주점은 저녁 먹을 시간부터 자정 무렵까지 사람들이 들끓었으며, 이층의 별실들은 자정이 넘어서야 손님과 아가씨들로 술렁거렸고, 흡연소도 깊은 밤이 되어서야 장사가 시작되곤 했다.

청이는 복락루에 온 지 며칠이 안 되어 링지아를 맡아보는 키우와 가까운 사이가 되었다. 일이 없는 낮시간이면 키우는 구앙의 숙소를 혼자 지키고 있던 청이에게 왔고, 청이는 마당 건너편의 기녀들 거처인 이층 량팡으로 놀러가곤 했다. 키우는 붙임성 많고 영리한 청이가 점점 마음에 들었다. 청이 가끔씩 영업장으로 놀러 나오곤 했는데 이런 일도 키우가 구앙에게 말하여 겨우 허락되었다. 청이는 주점에 몰려든 손님들의 행색을 이층 회랑의 난간에 기대어 내려다보는 게 재미있었다. 어떤 때는 이층의 별실에서 손님들 앞에서 풍악을 울리고 춤도 추는 창기들의 모습을 휘장자락 사이로 엿보거나, 노름판이 훤히 내다보이는 앞채의 이층 사무실로 구앙을 찾아가 미닫이를 살짝 열어놓고 내려다보며 시간 가는 줄 몰랐다. 주점의 무대에서는 광대들이 며칠에 한 번씩 재간을 부리거나 잡극을 공연했는데, 기녀들과 함께 앉아서 구경도 했다. 그렇게 시간이 흐르는 동안 복락루에서 일하는 모든 일꾼들과 기녀들은 렌화 소저가 누구인지 다 알게 되었다.

청이가 복락루로 온 뒤에 달포가 되던 어느 날 키우와 구앙은 주점 이층의 별실에서 저녁을 함께 먹고 있었다. 구앙은 청이에게 점점 빠져들고 있었다. 나이도 어리고 말도 서툴렀지만 구앙이 보기에도 청이는 매사에 적극적이고 기가 죽질 않았다. 무엇보다도 청이는 가끔씩 아주 어른스런 태도와 행동을 보여서 구앙을 꼼짝 못 하게 했다. 구앙의 아편 흡연이 잦아지자 청이는 감히 주인의 허락도 없이 흡연도구들을 없애고 문갑 안에 있던 아편도 모두 치워버렸다. 대신에 인삼을 달여서 마시게 했다. 인삼은 아편을 끊는 데 도움이 되는 강장제로 알려져 있어서 부잣집마다 조선 인삼을 들여다 약으로 썼다. 인삼은 상등품 찻값의 스무 배가 넘도록 비싸고 구하기도 힘들었다.

"렌화 네가 웬 돈이 있어 이걸 구했더냐?"

구앙이 물음에 청이가 대답했다.

"키우에게 부탁하여 구했습니다. 제게 주신 금나비잠을 주고 샀지요. 아편을 끊지 않으면 피가 다 말라서 곧 죽게 된다지요."

구앙은 그로부터 청이 키우와 함께 객장을 돌아다녀도 마음을 놓았다.

"흥, 저 사내가 오늘 또 왔네."

이층 계단을 오르는 인기척에 휘장 사이를 내다보던 키우가 말했다. 푸른 비단 두루마기를 입은 남자가 앞장서고 뒤에 낯익은 포리들이 따라오고 있었다. 맞은편에서 음식을 먹고 있던 구앙이 물었다.

"누가 왔다는 게냐?"

"누구긴 누구예요. 형부(刑部) 아문의 랑중(郞中)이라는 사람이지요."

구앙은 얼른 자리에서 일어나 휘장을 들치고 밖을 내다보았다. 랑중이라면 치안을 담당하는 관리로 그도 조금은 아는 사람이었다. 몇 번 술자리를 함께 했던 적이 있었고 명절 때에는 선사품도 보낸 바가 있었다. 그는 중앙에서 순무사(巡撫使)를 따라 내려왔다가 진장 아문에서 랑중으로 자리를 잡았으니 타관 사람이었다. 그는 포졸들을 거느린 포리들을 감독하는 자리라 이러한 영업장은 그와 직결된 장소였다. 원래가 관원들은 자기 직무와 관계된 장소에는 오기를 꺼리는 법인데 별 이상한 노릇이 다 있다고 구앙은 고개를 갸웃거렸다.

"거 참 별일이다. 저자가 벌써 몇 번째 우리집 출입을 하네."

구앙이 자리로 돌아와 앉으며 중얼거리자 키우가 깔깔 웃어댔다.

"바람난 수캐가 가시덤불을 가리겠습니까."

구앙이 술을 마시려다 잔을 든 채로 물었다.

"우리집 창기 아이와 눈이라도 맞았단 말이냐?"

키우는 아직도 웃음소리를 내며 구앙의 잔에 술주전자를 들어 따라주었다.

"저게 다 렌화 소저 때문이지요."

"그게 무슨 소리야……?"

키우가 구앙에게 그간의 일을 말했다.

며칠 전에 키우와 청이는 뒤편의 숙소에서 나와 골목길로 내려오다가 낯익은 포리 일행을 만났다. 키우는 직무가 끝난 아문의 장교들을 가끔씩 별실로 불러다 대접을 했던 터였다. 그들은 어쩐지 쭈뼛거리는데 그제서야 일행 가운데 랑중이란 관원이 섰는 게 보였다. 그는 공손한 키우의 인사를 받는 둥 마는 둥 하면서 청이에게서 눈을 떼지 못했다. 청이는 그날 따라 목욕을 하여 얼굴이 보얗고 홍조가 볼에 가득했는데 분홍색의 비단포를 발끝까지 걸치고 흰 비단 쓰개를 어깨 위에 늘어뜨렸으며 머리는 틀어올려 모란잠을 꽂고 있었다. 앳되고 수줍은 모양이며 어딘가 이국적으로 보였던 모양이었다. 랑중은 심청에게 어느 곳에서 왔느냐고 물었고, 키우가 대신 꺼우리에서 온 소저라고 대답해주었던 것이다.

"그뒤부터 이틀이 멀다 하고 저녁마다 찾아와서는 렌화 소저만을 불러달라지 뭐예요."

구앙은 짜증을 부리지는 않았지만 벌써 기분이 별로 좋지 않은 얼굴이 되어 젓가락을 상 위에 소리나게 내려놓았다.

"그래서 링지아는 저 아이를 술자리에 들였단 말인가."

"왜요, 장토우께서 렌화 소저를 아껴두었다가 시집이라두 보내주시려구요?"

키우가 구앙의 속을 다 알고 약을 올리는 투였다.

"요즘처럼 시국이 엄중한 때에 저 친구가 바람이 단단히 났구먼."

구앙은 작년 겨울부터 해안 지역에서 서양 군함이 중국 배를 공격했다는 소문을 들어 알고 있었고, 광저우에서 아편을 태우고 난리가 났다는 것도 관리들에게서 들었다. 그래서인지 단속이 전보다 심해져서 단골이 아니면 흡연실에도 사람을 함부로 들이지 않았다. 아편은 평상시 가격이 한 대에 삼십전이었는데 장강 어구의 중개 선박이 사라진 뒤에는 물건이 딸려서 가격이 몇 배나 뛰었다. 나라에서는 예전부터 아편을 금하고 있었지만 관리들도 아편을 피우는 자가 많아서 단속은 언제나 형식적이었다. 그러나 어쨌든 분위기는 별로 좋지 않았다.

"헌데 요새는 화륜선도 올라오지 않고 양귀들도 통 볼 수가 없네요."

키우의 말에 구앙이 받았다.

"광저우의 개항장에서 난리가 났다는 게야. 당분간 그러다 말겠지."

"양귀들은 씀씀이가 커서 기루 영업에는 제일가는 손님이었는데요."

청이는 그사이에 딱 한 번 성화에 못 이겨서 별실에 들어가 랑중에게 술을 쳐준 적이 있었다. 구앙이 딱히 뭐라고 야단을 칠 수도 없어서 상을 잔뜩 찌푸리고만 있는데 청은 배시시 웃으며 말했다.

"저두 주인 어른을 돕고 싶어요."

구앙은 무슨 소린가 하여 청이를 바라보았다.

"저분이 높은 사람이라면 우리 장사에두 도움이 되겠지요."

저녁을 마칠 때가 되었는데 식사 시중을 들던 종업원이 들어와 알렸다.

"창씽(商行)에서 사람을 보냈습니다. 급한 일이라고 장토우 어른을 뵙겠답니다."

구앙이 아래로 내려가니 둘째형 춘의 하인이 기다리고 서 있었다.

"저희 어르신께서 서방님을 급히 모셔오랍니다."

"무슨 일이라더냐?"

하인이 목소리를 낮추어 말했다.

"큰일났습니다. 지금 포졸들이 몰려와 포호와 창고를 뒤지고 있습니다."

"감히 우리를 건드리다니. 아문에서 나온 것들이냐?"

"글쎄, 그러니 답답한 노릇이지요. 장교들을 보니 전혀 낯선 사람들이었습니다."

구앙은 객장을 어슬렁거리고 있던 팽싼을 불러 뒤채 이층의 흡연실에 손님을 받지 말라고 단단히 이르고는 급히 하인을 따라나섰다.

부두에 이르니 벌써 춘이 형님네에 무슨 사단이 났다는 걸 알수가 있었다. 횃불 빛이 사방에서 일렁이고 군복 더그레에 삼각모자와 붉은 수실을 늘어뜨린 군사들이 창검을 번쩍이며 분주하게 왕래하는 꼴을 볼 수가 있었다. 포호의 문은 활짝 열어젖혀졌고 창고에서 들어낸 짐짝들이 질척한 길가에 모두 나와 있었으며 군사들은 짐을 뜯어보고 있었다. 그가 포호 안으로 들어서니 춘과 그의 상단 사람 몇이 전실 바닥에 무릎을 꿇고 앉은 것이 보였다. 주인의 자리에는 낯선 군관이 관복 차림으로 칼을 짚고 앉아 있었다. 구앙이 결기 있게 앞으로 나서며 그에게 물었다.

"이게 다 무슨 일입니까?"

군관이 그에게 손가락질로 가리키며 되물었다.

"너는 웬 놈이냐?"

구앙은 속으로 허, 이놈이 내가 누군 줄을 모르다니, 하는 생각이 들었다.

"예, 저는 이 집주인 아우 되는 사람입니다만……"

"그럼 너두 한통속이겠구나. 저자도 꿇어앉혀라."

군사들이 우르르 달려들어 다짜고짜로 구앙의 어깨를 윽박질러 꿇어앉혔다. 구앙이 힘을 쓰며 부르짖었다.

"이거 왜 이러시오. 나는 이 집에 사는 사람이 아니오. 저 위 여각 거리에서 다른 장사를 해먹고 사는 사람이외다."

"너도 아편을 사고파는 자가 분명하겠구나!"

군관이 소리를 질렀지만 구앙은 어깨를 뿌리치며 마주 외쳤다.

"나도 요로에 알 만한 사람들이 있고 현령과도 자별한 사이거늘 이렇듯이 무지막지하게 한단 말요?"

장교는 수염을 쓸어내리며 말했다.

"우리는 조정에서 특별히 아편 매매의 단속을 나온 안찰사(按察使)의 군대다. 죄가 있는지 없는지는 영문에 들어가 조사해보면 밝혀지겠지."

군사들이 달려들어 구앙을 포박했다. 그는 별수 없이 춘과 함께 포박되어 끌려갔다. 뒤에서는 압수한 아편상자를 실은 수레가 따라왔다.

첸가네 형제가 잡혀들어가자 팽싼이며 키우 등은 곧 줄을 넣어 어떻게 된 일인지 관가에 알아보았고, 역시 소문대로 난징에 온 안찰사의 단속에 의한 것이었다. 이러한 단속은 장강과 해안의 지방마다 불 번지듯 퍼지고 있는 노릇이라 하였다. 며칠 안가서 구앙은 나왔지만 춘은 그대로 아문에 하옥되어 있었다. 옥에서 구앙은 외지 상인들에게서 더욱 자세한 소문을 들을 수 있었다. 지난해 십일월에 영국의 군함 기선들이 중국 배를 대포로 모두 격침시켰다는 얘기며, 얼마 전 홍콩 구룽포에서 모인 군함들이 바닷가를 오르내리며 각 항구의 성벽을 함포로 공격했다는 얘기 등이었다. 작년에 아편을 바다에 처넣고 수백 명의 아편 밀매꾼들을 사형시킨 대신은 양귀들을 달래기 위해 귀양을 보내고 다른 대신이 서양인들과 협상중이라고 했다. 조정에서는 양귀들에게는 유화책을 써서 난리를 진정시키되 아편 밀매자들이 서양인들에게 내응할지도 모르니 철저히 단속하라 지시했다고 한다. 춘이 형네 포호 창고에서 아편상자와 이미 팔아치운 등나무로 짠 빈 상자들이 무더기로 나왔으니 꼼짝없이 걸려든 것이다.

구앙은 절대로 모른 척할 수가 없는 처지였다. 그 물건들은 반 이상이 구앙이 거래해와서 맡겨둔 것들이었고, 춘도 차의 대금으로 어쩔 수 없이 받아와 아우를 통하여 소매로 이득을 남겨 먹던 처지였다. 구앙이 사무실에서 시름에 빠져 앉았는데 키우가 계단을 올라왔다.

"장토우 어른, 돈을 좀 쓰시지요."

"글쎄, 여기 관차들이라면 무슨 걱정이겠느냐. 손쓸 길이 없어 답답하구나."

키우가 말했다.

"대저 끼리끼리 통하는 법이랍니다. 그 랑중이라는 관리가 일찍이 중앙에서 왔다고 하니 안찰사의 수하들과 잘 아는 사이겠지요."

구앙은 머리가 번쩍, 하는 느낌이었다. 돈이야 유안 큰형님도 걱정이 태산이니 삼형제가 골고루 나누어 보태면 큰돈을 만들 수도 있었다. 관리들도 저희가 우리 없으면 어찌 살랴 하는 생각이 드니까 춘을 빼낼 방도가 보이는 듯했다.

"당장 사람을 보내어 그 벼슬아치를 초청하지."

구앙이 이르자 키우가 말했다.

"아니 그러실 필요 없어요. 랑중은 오늘이나 내일이면 틀림없이 여기 찾아올 거예요. 그보다는 렌화에게 미리 이르면 좋겠군요."

구앙은 랑중이 렌화에게 마음을 두고 있다는 소리를 키우에게 들어서 알고 있었던 터라 처음처럼 못 들은 체할 수도 없었다.

"그 아이에게 술시중이나 들어주라지 뭐."

키우가 이번에는 웃어대지 않고 조용히 물었다.

"장토우께서는 정말로 렌화를 첩실로 들이신 거예요?"

"그럴 순 없지만……"

구앙은 렌화가 아버지 첸 대인이 사들인 시첩이었다는 것을 키우도 알고 있으리라 생각했다. 난징 큰집의 하인들이 춘의 포호와 구앙의 가게에도 자주 왕래하고 있었기 때문이다. 어쨌든 구앙은 정말 렌화를 좋아했다. 그네가 음식을 먹을 때 도톰한 입술이 오물거리는 모양이며 목덜미의 솜털이며 목욕하고 난 뒤의 볼에 피어난 홍조와 이제 벙글어지기 시작한 몸 구석구석의 팽팽한 활기가 그를 못 견디게 했다. 구앙은 키우가 자기 대답을 기다리고 있다는 것을 표정으로 알아보았다. 키우가 입가에 미소를 머금고 똑바로 구앙을 바라보고 있었다. 키우가 먼저 말을 꺼냈다.

"어디 훌쩍 다녀오시지요. 그 동안 제가 다 알아서 해놓겠어요."

구앙은 드디어 한숨을 길게 내쉬더니 고개를 끄덕였다.

"좋아, 큰형님 차밭에나 다녀오지."

이튿날 날이 밝자마자 구앙은 자리에서 일어났다. 옆에서 곤히 자는 청이가 깨지 않도록 살그머니 침상을 빠져나와 옷을 주섬주섬 입는데 뒤에서 잔뜩 졸린 목소리로 청이가 말했다.

"벌써 일어났어요?"

"응, 내 며칠간 어디 다녀올 데가 있어서……"

청은 부스스한 눈을 뜨고 일어나 앉았다. 잠옷 사이로 그네의 가슴이 들여다보인다. 구앙은 청의 그런 모습에도 아랫배에 불끈하는 기운이 솟아올랐다. 어젯밤에 그는 두 번이나 연거푸 청이를 안았다.

"더 자, 아직 이른 새벽이다."

청이는 그 말에 베개를 안고 엎어지면서 중얼거렸다.

"오시는 길에 뭐 하나 사다줘요."

"뭘 사다줄까?"

"비파요. 소리 좋은 걸루."

구앙은 대꾸 없이 숙소를 나오면서 의외라고 생각했다. 청이는 평소에 구앙이 술 마시고 흥이 나서 비파를 뜯으며 노래를 부르면 잠자코 듣기만 했을 뿐 소리가 좋다거나 배우고 싶다거나 하는 아무런 얘기도 없었던 것이다. 자신의 비파 소리가 좋았던 모양이라고 구앙은 생각했다.

청이는 보통때처럼 해가 높게 뜬 정오 무렵에야 잠자리에서 일어났다. 하녀가 데워놓은 목욕물은 알맞게 미지근해져 있었고 회벽에는 물방울이 가득 앉았다. 그네는 몸을 나무물통에 푹 잠그고 눈을 감았다. 위에 열어젖혀둔 들창문으로 산들바람이 들어와 내놓은 이마와 목덜미를 차갑게 식혀준다. 밖에서 미닫이 여는 소리가 들리고 낯익은 키우의 목소리가 들려왔다.

"렌화 소저, 일어났어?"

"나 여기 목욕해요."

욕실의 나무문이 열리며 키우가 서슴지 않고 안으로 들어섰다. 키우는 수건으로 청이의 등을 문질러주었다.

"장토우 어른은?"

"몰라, 어디 며칠간 다녀온대요."

둘은 거실로 들어가 하녀가 준비해준 차를 마셨다. 키우는 목욕 속곳을 입고 있는 청이의 옷자락을 살짝 들쳐보며 말을 건넸다.

"렌화 소저의 어디를 장토우께서 그리 좋아하시는가 몰라."

청이는 웃으며 옷자락을 여미고 다리를 꼬아 앉는다.

"링지아 마마께서 가르쳐준 덕분이지요."

링지아인 키우는 평소에도 어린 창기들의 몸 검사를 하거나 방중술을 일러주었고, 손님들의 반응을 세심히 살폈다. 그리고 어느 손님에게 누가 맞겠는가 하는 것도 꼭 알아맞히고는 했다. 키우가 낮에 놀러 와서는 청이에게 잠자리에서의 몸가짐에 대하여 일러주곤 했다. 남자들이 좋아하는 말과 몸짓, 그리고 그들의 화를 돋우지는 않고서 애를 태우는 방법, 남녀가 교접할 때의 체위와 남자 성기를 몸 속에서 자극하는 기술, 빨리 끝내기와 오래 끌기며, 상대방을 쾌락의 깊은 곳에까지 이르게 하는 자극법 등등이었다. 키우는 청이에게서 다른 창기들과는 남다른 것을 느끼고 있었다. 이 아이에게는 어떤 긍지와 목적이 있는 듯했다. 그네는 다른 창기들의 영업에 대해서도 곱다거나 추하다든가 하는 느낌은 없었고 강렬한 호기심을 보이고 있었다. 청이는 세상에 벌어진 남자와 여자의 서로 다른 관계에 대해서 눈치를 채고 있는 것처럼 보였다. 청은 키우에게 속마음을 보이듯이 말하곤 했다.

나는 힘이 좋아. 힘을 가지고 싶어요.

힘은 여자 것이 아냐.

키우의 애매한 말에 대해서 청이는 분명하게 표현했다.

힘 있는 것을 꾀어서 가지면 되잖아요.

키우는 잠시 어두운 얼굴이 되었다.

그럼 평생 남자를 사랑할 수는 없지.

청이 결연한 태도로 중얼거렸다.

나는 유혹할 거예요. 그러다가 내 맘대루 그만두면 지들이 어쩔 거야.

키우는 청이에게 단 한 가지 가르쳐주지 않은 것이 있었다. 남자와 여자가 때로는 자신을 던져버릴 정도로 사랑하게 되는 때가 있다는 것을. 그러나 키우는 장토우 구앙이 그네에게 빠져

버렸을 뿐 사랑을 하는 것은 아닐 것이라고 믿었다. 빠진다는
것은 욕망이지 어쩔 줄 모르게 애틋한 정은 아닐 테니까.

"렌화 소저에게 부탁이 있어서 왔어."

키우가 말을 꺼냈다.

"오늘 랑중이 오면 소저가 좀 모셨으면 해서."

"장토우의 부탁인가요?"

청이 총명한 눈을 깜박이며 묻자 키우는 대답했다.

"그냥…… 나 혼자 결정한 거야. 둘째 형님을 옥에서 빼내드
리면 장토우께서두 기뻐하시겠지."

오후 늦게 렌화가 이층집으로 가니 모두들 영업하러 나갈 시
간이라 분주했다. 이층의 넓은 방에는 기녀들이 속옷 바람으로
앉아서 화장을 하고 머리를 다듬었다. 기녀들은 청이가 올라오
자 모두 고개를 까딱여 아는 체를 했다. 키우가 부채를 손바닥
에 탁탁 두드려대면서 외쳤다.

"어서 서둘러. 뭣들 하는 거야. 홍등을 켤 시간이 다 됐어."

단장을 끝낸 기녀들이 차례로 방 한가운데 앉기 시작했고 키
우는 그들을 세심하게 살피다가 주의를 주곤 했다.

"그런 화장은 너에게 맞지 않아. 오히려 화장기를 연하게 해
야 나이가 어려 보이지. 곧 고치도록 해. 그리고 너는 왜 밝은색
의 옷을 입었어. 짙은 남색이 있잖아. 그래야 얼굴이 환해 보이
지. 너 연지 좀 칠해. 무늬가 화려한 옷으루 바꿔입어."

그리고 그네는 미리 큰방과 작은방에 들일 기녀들을 구분해

주었다. 큰방은 돈 많은 패가 들어오는 방이고 작은방은 돈은 적지만 단골을 들이는 방이었다. 그리고 특실은 귀한 손님을 모시는 방인 셈이다. 잠자리까지 가는 경우는 미리 정해지는 때도 있었고 대개는 그날의 술자리를 보아 나중에 마련을 했다. 창기가 몸을 파는 방은 뒤채의 아편 흡연소 옆에 붙어 있는 조용한 곳이었다. 키우가 그중에서 두 명을 골라냈다.

"너희들은 남고 나머지는 객청에 나가 대기해."

기녀들이 서로 재깔거리며 숙소를 나갔다. 이럴 때는 노대 쪽에 사다리를 걸치고 건너가는 게 아니라 골목으로 나서서 영업장의 뒤채와 연결된 쪽문을 열고 주방 옆의 좁고 길다란 통로로 해서 주점으로 들어가던 것이다. 몇몇은 주점에서 일꾼들과 더불어 손님을 맞고 대부분은 조용히 이층 계단을 올라 칸막이의 방에서 대기하게 마련이었다. 이때에 기녀들은 일부러 주점의 탁자 사이를 천천히 지나 이층으로 오르는 계단에 나란히 서서 손님들에게 선을 보이고는 차례로 이층의 난간에 빙 둘러섰다가 안으로 사라졌다. 그때에 주점 안의 손님들은 마음에 맞는 기녀들을 점찍어두는 것이었다. 키우가 골라둔 기녀들은 청이보다는 나이가 서너 살 많은 아이들이었고 악기를 다룰 줄 알았다. 키우는 기녀들에게 미리 일러두는 것을 잊지 않았다.

"처음에 손님들 분위기는 너희들이 올려놓도록 해. 술이 얼마간 들어가면 렌화 소저가 들어갈 거야. 그리고 적당한 때에 렌화 소저는 빠져나올 거야. 침실까지는 너희 둘이 모신다. 알겠어? 완전히 녹여놓아. 그리구 내가 차를 들여 나오라구 할 때에 너희는 빠져나온다. 너희들 꽃값은 평소의 두 배로 내가 낸다. 특별한 손님이니까 잘 모시도록 해."

키우는 아래층 기생어미가 머무는 방으로 청이를 데려갔다. 전실처럼 넓은 두 개의 방을 아래칸 위칸으로 나누어 쓰고 있었는데 위칸에 의자며 탁자와 가구들이 놓였고 아래칸에는 침상과 옷장과 경대가 놓여 있었다. 키우가 호리병에 담긴 술을 작은 잔에 따라주었다.

"서양 술이야. 광둥에선 남녀가 다 이 술을 기분 전환할 때에 마신다누."

독하지만 향그러운 갈색의 술을 키우와 청이는 사이좋게 마셨다.

"일테면 포도로 담근 소주야."

키우가 잔 밑바닥에 깔리게 또 한 잔을 따라주며 말했다. 청이는 얼굴을 찌푸리지 않고 또 마셨다. 과연 아랫배에 열기가 퍼지며 목덜미에서 뺨에까지 천천히 퍼져올랐다. 객청에서 사람이 와서 알린다.

"아문의 손님들이 오셨습니다."

키우는 청이에게 눈웃음을 치고는 얼른 일어났다. 두 사람이 주점으로 나가니 이미 객청 안은 활기에 가득 차 있었다. 키우는 링지아답게 부채를 펼치고 얼굴을 가렸다가 아는 손님이 보이면 부채를 내리고 고개를 숙여 아는 체를 해 보였다. 그네의 뒤에는 분홍색 비단 겉옷에 머리를 틀어올리고 화려한 머리꽂이와 비녀와 잠을 꽂고 안에는 초록색을 댄 진홍의 포를 입고 붉은 띠를 나비처럼 두른 청이가 따르고 있었다. 손님들은 두 여자가 층계를 올라 난간 사이로 사라질 때까지 넋을 잃고 올려다보았다.

키우는 청이를 데리고 이층의 자기 방으로 데려갔다. 그곳은 도박장 위에 있는 구앙과 팽싼의 방처럼 계단 옆의 난간 위에 자리잡은 방이었다. 거기서도 작은 미닫이창을 열면 주점이 한눈에 내려다보였다. 키우가 골패 상자를 내주며 말했다.

"내가 방에 들어가서 분위기를 보고 올 테니까, 렌화 소저는 패나 떼보구 앉아 있어."

키우는 이층 낭하를 지나 안쪽으로 깊숙이 들어간 곳에 있는 특실로 갔다. 방문을 여니 이미 주안상은 차려져 있었고 첫 병째의 술을 따르는 중이었다. 사내들 일행은 모두 셋이었다. 얼굴을 아는 장교가 먼저 반색을 하며 키우에게 말을 걸었다.

"우리를 초청하다니 무슨 꿍꿍이가 있는 게야?"

"물론 있습지요."

키우는 부채로 입을 가리며 자그맣게 웃음소리를 냈다.

"어르신께 인사 올립니다. 저는 이 집의 링지아를 맡고 있는 키우라고 합니다."

소매 속에 두 손을 모아쥐고 허리를 굽히면서 키우가 랑중을 향하여 말했고, 그는 무인답게 잘 다듬은 수염을 쓸어내리며 점

짙게 농담을 던졌다.

"지난번에 자넬 보았지. 마마가 이렇게 뛰어난 미인이니 렌화 같은 절색두 있는 모양일세."

랑중의 왼편에 앉았던 장교가 술잔을 쳐들어 보이며 말했다.

"헌데 어찌 사내는 셋인데 술 쳐줄 아이들은 둘 뿐인고?"

"저희 같은 도화가 먼저 봄 우레와 빗발을 겪고 나서야 아리 따운 연꽃이 만개를 하는 법이지요."

키우가 술잔에 술을 따라주며 이르자 랑중은 그 손에서 병을 빼앗아 키우의 잔을 채워주며 말했다.

"허어, 링지아가 도화라니 말이 안 되는 소리다. 자네가 모란 이 아니라면 어찌 나를 불렀을꼬."

이렇듯 시시한 농과 술잔이 오고가는 중에 기녀들은 차례로 상 앞에 나서서 비파와 생황을 연주하고 노래를 불렀다. 키우는 술이 세 병째 비워지자 슬그머니 자리에서 일어났다. 기다리고 있던 청이가 키우와 바꾸어 방으로 들어갔다. 청은 방에 들어서 자 곱게 큰절을 올리며 인사를 한다.

"렌화 인사 올립니다. 제가 이 집의 기녀는 아니오나 어르신의 분부가 있어 특별히 단장하고 나왔으니 부디 곱게 보아주셔요."

랑중은 얼른 자기 옆자리를 가리키며 앉아달라고 성화였다. 청이가 술자리에 앉으니 과연 옷빛도 환하고 이목구비도 꽃과 같아서 홍등을 하나 더 밝힌 것만 같았다. 술과 노래가 어우러 지는 중에 자리가 무르익으니 청이 랑중의 허벅지를 살짝 꼬집으며 속삭였다.

"어르신, 소녀를 따라 나오시지요."

청이는 복도를 돌아서 흡연소로 들어가는 문 옆에 있는 다른 문을 밀고 들어갔다. 그곳에 침실들이 연이어 있었는데 가장 안쪽 후미진 곳에 방이 준비되어 있었다. 청은 랑중이 들어서자마자 그의 허리띠를 끄르고 두루마기를 벗겼다. 마고자를 벗기자 속저고리가 나왔고 목에 걸고 있던 구리쇠로 된 번표를 떼어냈다. 그것은 그의 직급을 표시한 패와 같은 것이었다. 가볍게 손뼉을 치자 하인들이 놋대야에 소세할 물과 수건이며 새로운 주안을 차려들고 들어와 읍한다. 랑중은 어안이 벙벙하여 이게 무슨 일인가 두리번거리는데 청이 서슴지 않고 무릎을 꿇어 그의 가죽신을 벗기며 말했다.

"오늘 제가 어르신을 모시겠습니다. 어서 발부터 씻으셔야죠."

청이 랑중의 발을 끌어다가 대야에 담그고 향수를 붓고 팥비누로 매끈하게 닦아서 수건으로 감싸고는 한참이나 문질러준다. 랑중은 취기가 오르면서 온몸이 녹작지근하게 무너져내리는 듯했다. 하인들을 시켜 그를 침상에 뉘어놓고 나서 모두 나가게 한 뒤에 청이는 그의 바지를 벗겼다. 바지를 벗기면서 속곳에 손을 스치니 이미 그곳이 불뚝 솟아올라 있다. 청이는 사내의 벗은 옷들을 곱게 개어 침상머리의 의자 위에 올려두고 번표는 슬쩍 옷깃에 흘려넣어두었다. 사내는 손을 대충 위로 뻗어 허우적대면서 중얼거렸다.

"어서 어서, 이리 누워라."

"아이, 너무 서두르시면 체합니다."

청이 그의 발에서부터 허벅지로 올라오면서 찬찬히 주무르고 쓸어주니 랑중은 눈을 지그시 감은 채 신음을 참으면서 다리를 좌우로 흔들었다. 청이 불을 끄고는 뜨거운 입술을 그의 가슴에 대고 부비듯이 하면서 소곤거렸다.

"어르신, 잠깐 다녀올 때까지 주무시지 마옵소서."

청은 방에서 나오는 대로 키우의 방으로 갔고 기다리던 두 기녀들이 랑중이 있는 침실로 들어갔다. 청이 구리쇠 번표를 키우에게 획 던져주며 말했다.

"이걸 떼어왔지요."

키우는 번표를 들고 들여다보더니 깔깔 웃었다.

"어쩌면…… 가르쳐주지 않았는데도, 렌화 소저는 참으로 예라이샹이로구나."

키우가 번표를 챙겨넣으면서 고개를 끄덕였다.

"이제 저 사내는 우리 손에 들어온 거나 마찬가지야."

랑중이 누워 있던 침실로 들어간 기녀들은 차례로 옷을 벗고 알몸이 되어 침상으로 기어들었다. 그는 처음에는 그의 오른쪽에 와서 눕는 여자가 렌화인 줄 알고 한 손으로는 얼굴을 더듬고 한 손으로는 허리를 휘감아안으면서 말을 더듬었다.

"렌, 렌후아…… 우선 한 번만 하자꾸나."

그때에 다른 기녀가 왼쪽 뒤로부터 침상에 올라 랑중을 끌어안는다.

"너는 또 누구냐?"

"우리 중에 누가 렌화인지 알아맞혀보셔요."

기녀들이 깔깔대며 랑중의 몸을 쓸고 안고 휘감았다. 랑중은
이미 몸과 정신이 따로 노는 듯하여 사지를 맡기고 누웠고 기녀
들은 익숙한 손길로 사내의 구석구석을 어루만졌다.

4. 첫사랑

구앙은 난징의 풍후장에 들르지 않고 내쳐서 유안의 차밭이 있는 도성 북쪽으로 갔다.

인근에 조상에게서 물려받은 논밭과 산들이 있었는데 첸 대인은 주인 없는 황무지를 지방 현청으로부터 임대하여 개간하고는 헐값에 사들였던 것이다. 따라서 밭에는 예전처럼 아직도 씨를 뿌려 곡식을 거두었지만 둘레의 드넓은 산자락에는 차를 심었다. 차밭 주위는 일하러 찾아온 샨농(山農)들로 일대 도회지를 이루고 있었다.

버젓하게 지은 집들은 다만 차밭을 관리하는 장원과 차를 고르고 닦고 말리는 작업장과 창고들뿐이었고 일꾼들은 제각기 무리를 지어 간이숙소를 지었다. 나뭇가지로 뼈대를 세워 흙벽을 치고 지붕은 짚이나 풀을 이은 집들이 며칠 사이에 줄지어 들어서곤 했다. 그저 네 기둥에 지붕 대신 하늘을 가릴 차일을 친 상점과 음식점들도 언덕 아래 가득 차 있었다. 수레가 바퀴를 부딪칠 정도로 분주하게 오르내렸고 사람들은 서로 어깨를 스칠 만큼 붐볐다.

"춘이 아편 거래로 옥에 갇혔다던데, 너희는 어째서 내 말을 듣지 않느냐?"

유안은 소식을 들어 알고 있었는지 장원 관리소로 들어서는 구앙을 보자마자 꾸짖었다. 구앙이 볼멘 소리로 받는다.

"요즘 세상에 장사꾼치고 아편 한두 상자 거래하지 않는 자가 어디 있습니까. 양귀들이 은냥 대신 아편으로 지불하게 된 지 오랜 일입니다."

"그러게 대금으로 받고 나면 즉시로 마이판들에게 넘겨 어음 처리를 해두라 하지 않았더냐."

"글쎄 그런 식으로 거래하면 절반 값도 못 받으면서 형님 말대루 했습니다. 어쩌다가 하루나 이틀 늦어져서 창고에 보관해둘 때도 있겠지요. 바로 그런 때에 안찰사의 포리들이 들이닥친 겁니다."

유안은 더이상 추궁하지 않고 힘없는 목소리로 물었다.

"그래 어쩔 작정이냐?"

"돈을 써서 빼내야지요. 뻔하지 않습니까? 아마 저러다가 말겠지요. 나라에서 아편 흡연을 금한 지 백년이 넘었습니다. 높은 벼슬아치들도 열에 한두 명은 아편쟁이라는 말이 나돌 정도예요."

"돌아갈 때에 내게 말해라. 돈을 마련해줄 테니……"

구앙이 돌아서서 나오려는데 유안은 다시 한마디를 덧붙인다.

"너두 떳떳하게 먹구살아야 한다. 차라리 내 일이나 돕든가."

구앙은 건성으로 대꾸하고 자리를 떴다. 사실은 유안 형의 면전을 피하여 언덕 아래 술과 먹을거리와 놀이판이 벌어진 저자마당의 활기 속으로 얼른 섞이고 싶었던 것이다.

그는 저자의 곳곳에 인파가 둥그렇게 모여선 곳을 어슬렁거리며 구경을 다녔다. 어느 곳에서는 봉술을 하는 자들이 팔랑개비처럼 막대기를 휘두르고 맞부딪치며 대련을 해 보이고 있었고, 또 어느 마당에서는 닭싸움을 시켜놓고 돈을 걸고 환호하며 아우성이었다. 악기 연주하는 소리와 노랫소리가 들려와서 구앙은 저도 모르게 그리로 발길을 돌렸다. 악사 여섯 사람이 중앙에 앉아 연주를 하고 있었다. 그중에 비파는 남녀 한 쌍이라 서로 대련을 주고받으며 노래했고 젓대와 생황과 칠현금 호궁이 어우러졌다. 구앙은 자신이 소싯적부터 풍류를 알아 술자리와 기방에서 비파를 배웠으므로 악사가 어느 정도의 솜씨를 가졌는지 가늠할 수가 있었다. 구앙이 듣기에 이들 광대의 가락과 소리는 가히 일류라고 할 만했다.

베짱이 슬피 우는 우물가의 가을밤
쌀쌀한 첫 서리에 대자리 차갑구나

희미한 등불 외로워 그리움만 끝없어

휘장 걷고 달을 보며 한숨짓노라

남녀 광대가 서로 주고받는 음률과 노랫소리는 맑고 서늘하고 쓸쓸했다. 시절은 바야흐로 매미 우는 여름인데도 벌써 헤어진 이를 그리워하는 가을이 성큼 다가온 듯하였다. 구앙은 한마당이 모두 끝날 때까지 두어 식경이나 둥그렇게 모인 인파 속에 서서 연주를 들었다.

여섯 사람 가운데 둘은 늙은 부부로 보였고 다른 두 사람은 얼굴이 검게 그을은 산농 차림의 중년이었으며 노래를 부르며 연주한 남녀는 해사하게 생긴 이십대의 젊은이와 귀엽게 생긴 소저였다. 소저가 원을 그려 모여든 사람들 앞으로 바구니를 들고 돌아다니며 인정전을 모았다. 바구니가 구앙의 앞에 왔을 때 그는 일부러 돈을 넣지 않았고 소저는 그를 바라보며 잠시 기다렸다가 다른 손님을 찾아서 돌아섰다. 사람들이 흩어지고 광대들은 자리를 뜨려는지 악기를 챙기고 있었다. 구앙은 그제서야 소저에게로 가서 은화 다섯 닢을 꺼내어 내밀었다. 저자에서 서양 은화 다섯 닢이면 큰돈이다. 소저는 깜짝 놀라 두 손으로 받으면서 절을 한다. 그리고는 돌아서서 크게 외쳤다.

"할아버지, 은화예요!"

광대들은 모두들 소저의 손바닥 안에 든 것을 들여다보고 돌아서서 제각기 구앙에게 인사를 했다.

"좋은 가락이다. 오늘은 더 타지 않는가?"

구앙이 아쉬워하며 묻자 젊은이가 말했다.

"아니오, 저녁을 먹고 어두워지면 밤늦게까지 놀 거예요."

구앙이 이번에는 노인에게 물었다.

"어디에서 왔소?"

거문고를 길쭉한 주머니에 싸넣으면서 노인이 대답했다.

"바로 전에는 주장에 있었고 또 그전엔 한커우에 있었지요."

구앙은 해가 저물자마자 장터로 내려가 노점 주막을 찾아가 안주와 술로 저녁을 때우고 거나한 기분으로 다시 그들이 놀고 있는 판으로 찾아갔다. 어두워지자 광대들은 장대 끝에 기름 적신 솜뭉치를 달아 횃불을 밝히고 연주를 했다.

나중에 알고 보니 그들은 거의 가족이나 다름없었다. 역시 할 멈과 할아범은 부부였고 사십대의 사내는 그 아들이었으며 처녀는 그들의 손녀였다. 다른 중년 사내는 아들의 친구고 이십대의 젊은이는 그들 가족과 고향이 같았다. 이들은 잡극을 공연하는 패거리에 소속되어 떠돌아다니면서 어떤 계절에는 큰 무리에 합류하기도 하고 따로 떨어져서 가벼운 행장으로 차밭이나 광산이나 강변 저자와 갯가 대처를 돌며 공연을 했다. 구앙은 유안의 장원에서 사나흘 빈둥거리면서 저녁마다 그들의 놀이판을 찾아다니더니 드디어 그들을 자신의 영업장으로 데려갈 생각을 하게 되었다.

"당신들 진장에 가볼 생각이 있나?"

구앙이 아들 되는 사람에게 물었고, 그가 대답했다.

"좋은 일감이 있다면 어디에라두 갑니다."

"내가 진장에서 복락루라는 오락장을 크게 열어놓고 있는데 한 철만 놀다 가게."

광대들이 말했다.

"복락루라면 소문을 들어 잘 압니다."

"다른 패거리들이 더러 공연을 했다길래 저희들도 한번 찾아가볼까 하던 참이었습니다."

"한 철이면 석 달인데 한 사람에 열냥씩은 주셔야겠습니다."

구앙은 흔쾌히 말했다.

"좋아, 한 사람 앞에 열냥씩 주지. 그리고 숙식을 제공하겠다."

그들은 행장을 수습하여 사나흘 뒤에 진장의 복락루로 찾아올 것을 약속했다.

구앙이 진장에 돌아오니 키우가 기다리고 있다가 알린다.

"장토우 어른, 마침 오늘 오셨군요. 일이 잘 풀릴 것 같습니다."

"형님 일은 어떻게 되었나?"

키우는 그 동안 있었던 일을 구앙에게 말해주었다. 랑중을 꾀어 렌화가 먼저 애를 태워놓고 두 기녀들이 들어가서 녹여놓았다는 얘기며 렌화가 랑중의 번표를 떼어내 손에 넣었다는 것까지 얘기했다.

"글쎄 이튿날 이른 아침에 제가 등청을 하시라고 찾아보았더니 그 랑중인가 하는 자가 화를 벌컥 내더라구요. 렌화는 어디로 빼돌렸냐구요. 그래서 제가 렌화 소저는 저희 장토우 어르신의 첩실이라구 말했어요. 술시중은 들어드릴 수 있으나 잠자리 시중까지는 세간의 법도로 보더라도 안 될 일이라구 했지요."

키우의 자세한 설명을 듣고 구앙은 안도가 되었지만 형님 일이 못내 걱정이었다.

"허어, 그렇다면 그자가 더욱 감정을 품지 않겠는가?"

"그건 그렇지 않습니다. 랑중이란 자가 어제 사람을 보내어 저희 집에서 번표를 잃은 듯하니 찾아달라고 기별이 왔습니다. 하여튼 오늘은 그자가 올 테지요. 장토우께서는 형님 일을 부탁하면서 돈냥을 주십시오. 그리고 이건 좀 어렵겠지만 눈을 질끈 감으셔야 할 일이 있습니다."

"그게 무슨 일이야?"

키우는 잠시 주인의 안색을 살피더니 입을 뗀다.

"렌화 소저가 한 번만 랑중의 수청을 들어야겠습니다."

구앙은 옥구슬 목걸이를 손가락에 걸고 빙빙 돌리면서 아무 대답이 없었다. 키우가 다시 말했다.

"렌화 소저는 가히 장부를 움직일 만한 재간이 있습니다. 장차 기루에서 크게 일어날 거예요. 한 사내의 첩실로 들어앉아 살림이나 하고 있을 계집이 아니어요. 렌화 소저는 자기를 거두어준 주인을 위해 무엇을 해야 하는지 다 알고 있습디다."

구앙은 이런 일이야 뒷골목 건달의 세계에서는 형과 아우 사이에 서로 권커니 자커니 하면서 일상으로 일어나는 일임을 잘 알고 있었다. 그러나 정분이란 맑은 이슬처럼 덧없는 것이어서 일단 남자끼리 주거니 받거니 하고 나면 여자 편에서 양쪽을 다 우습게 여기게 되는 법이었다. 하지만 어쩌랴, 만약 구앙이 오락장의 장토우로서 링지아인 키우의 제안을 거절한다면 그는 여염의 좁쌀 같은 서생이 되어버릴지언정 다시는 무뢰배 동네의 장토우 행세를 못 하게 될 것이다. 그건 체면 문제이기도 했다.

"좋아, 그렇다면 형님 일뿐만 아니라 그 관리를 아예 우리 손에 넣어야겠구나."

구앙이 그렇게 결심을 말하자 키우는 고개를 끄덕였다.

"과연 장토우십니다. 제게두 다 생각이 있지요."

구앙이 숙소로 돌아가니 청이는 벌써 마당 건너편 이층집 량팡에 가 있었다. 구앙은 하녀를 보내 그녀를 불러놓고 목욕을 했다. 그가 목욕통 안에 들어앉아 머리에 수건을 얹고 늘어져 있는데 인기척이 나며 판자문이 열렸다.

"어머, 언제 오셨어요?"

"옷 벗고 이리 들어오너라."

청이는 구앙의 어깨에 두 손을 얹고 부드럽게 문지르며 말했다.

"나 목욕했어요."

구앙은 어깨 위에 얹힌 청의 손목을 잡아 휘돌리며 벌떡 일어났다. 그리고 한 팔로는 그네의 상반신을 끌어잡아 번쩍 들어올리며 물통의 턱에 걸린 청이의 다리를 다른 한 팔로 안아올려 물 속에 처넣었다. 청은 물 속에 텀벙 잠겼다가 얼굴을 두 손으로 씻어내리면서 고개를 들었다.

"이게 뭐야. 옷 입은 채로……"

구앙은 물 속에서 거칠게 청이의 옷을 풀어헤치기 시작했고 그네는 몸을 돌리면서 도와주었다. 겉옷과 저고리를 함께 풀어헤치자 매끈한 청이의 어깨가 드러났다. 구앙이 청이의 입술을 물었다가 목덜미로 하여 젖은 어깨로 내려와 가볍게 깨무는 동안에 청이는 스스로 바지와 속곳을 풀어내렸다. 물을 머금은 옷가지들이 수면 위에 부풀어올라 두 사람 사이를 가득 채웠고 구앙은 귀찮다는 듯이 그것들을 물 밖으로 걷어내면서 한 손으로는 청이의 부드러운 알몸을 쓸어내렸다. 청이 두 다리로 구앙의 허리를 감고 그의 무릎 위에 올라앉았다. 구앙은 목덜미까지 물에 잠겼지만 청이의 상반신은 물 위로 드러난 자세가 되었다. 구앙은 불그레한 청이의 젖꼭지를 물고 혀끝으로 빠르게 건드렸다. 물 속에서는 청이 한 손으로 구앙의 곤두선 음경을 잡아 자기 몸 속으로 넣었고, 그는 짧게 신음 소리를 냈다. 청이 아래위로 천천히 움직이자 두 몸 사이를 채운 물이 가슴에 부딪쳐 찰싹대는 소리를 냈으며 서로 합쳐진 몸 속에서도 물의 마찰이 부드럽고 따스하게 느껴졌다. 물 속이어서 동작은 유연하고 거칠지 않게 진행되었다. 청이 고개를 숙이자 머리카락의 향내가 스미면서 구앙의 얼굴을 덮었다. 청이 구앙의 입술에 입맞춤을 하자 그는 한 손으로는 물통의 가장자리를 쥐고 다른 손으로 그네의 턱을 받치고는 혀를 깊숙이 집어넣었다. 청이는 구앙의 혀를 빨면서 천천히 엉덩이를 들었다가 내리기를 반복하면서 물 속에서 두 팔로 구앙의 등과 허리와 허벅지를 쓸어주었다.

구앙은 얼굴을 떼고 목욕통 밖에 두었던 술병을 집어 입에 한 모금 머금고는 청이에게 입맞춤을 했다. 혀와 혀 사이로 술이 흘러들며 청이 조금씩 술을 빨아마셨다. 구앙의 이마와 얼굴에 땀이 흘러내리자 청이는 그의 물건을 제 몸 속에 넣은 채로 좌우로 엉덩이를 조금씩만 돌려서 아기를 잠재우듯이 달래고 수건을 집어 구앙의 얼굴을 닦아주었다. 구앙은 두 손을 물 속에 넣고 청의 궁둥이를 받쳐주며 스스로 아래에서 조금씩 위로 치받쳐 동작에 힘을 넣었다. 청은 구앙의 뺨을 토닥이며 그의 허리를 감았던 두 다리를 느슨하게 풀고는 말했다.

"갑자기 왜 이래요?"

"뭐가……"

"너무 딱딱해요."

구앙은 술병을 집어다 한 모금 마시고 또 머금고는 청이에게 쫑긋 입술을 내밀어 보였다. 청이는 고개를 흔들었다.

"아아 그만요. 그만 해요. 정기를 놓아버리면 빨리 늙는대요."

구앙은 꿀꺽 술을 삼키고는 말했다.

"너 오늘…… 손님 받아야겠다."

"그게 무슨 말씀?"

구앙은 다시 물 속으로 두 팔을 넣어 청이의 엉덩이를 억세게 끌어안고는 물통에서 벌떡 일어났다. 그네는 가볍게 비명을 내지르며 저도 모르게 두 팔은 구앙의 목덜미를 끌어안고 두 다리를 다시 조여서 그의 허리를 감았다. 구앙은 그렇게 청이를 들어올린 채로 거센 동작을 시작했다. 청이의 입술 사이로 신음 소리가 새어나오다가 차츰 높아지고 그네의 머리가 아래위로 거칠게 흔들렸다. 구앙은 숨을 가쁘게 몰아쉬며 마루턱을 오르고 있었다. 두 사람의 높낮이가 다른 숨소리와 비명이 달리면서 부르는 노랫소리처럼 바쁘게 높아졌다가 일시에 끊기면서 다시 낮고 길게 이어진다. 그들은 처음처럼 다시 물 속에 고요히 잠긴 채로 끌어안고 파도가 지나가기를 기다렸다. 구앙의 남근을 물고 있던 청이의 몸 속에서 짧은 경련이 지속되다가 차츰 멎으면서 그네는 물통의 턱에 목덜미를 기대고 입을 조금 벌렸다.

여행에서 돌아온 구앙을 재워놓고 청이는 옷을 갈아입고 량팡에 가서 다시 머리와 얼굴 단장을 하고는 영업장으로 나갔다. 주점에는 벌써 저녁 손님이 한 차례 지나가고 술판이 시작되고 있었다. 청이는 이층 회랑 초입에 있는 키우의 방으로 갔다. 패를 떼어보고 있던 키우가 방으로 들어서는 청이를 보더니 잠시 멍한 표정이다가 탄식을 했다.

"하아, 예뻐. 젊은 건 좋은 거야."

청이는 키우가 손님 방을 둘러보러 나갈 때마다 기웃거리는 문 옆에 걸린 손바닥만한 양거울을 들여다보았다. 키우가 다시 말했다.

"아기를 갓 낳은 엄마하구 사내와 심신이 꼭 맞는 교접을 한 뒤의 여자는, 서로 다르지만 둘 다 제일 예뻐. 나는 보면 금방 알아. 렌화 소저, 장토우와 놀다 왔지?"

청이는 수줍게 웃으면서 고개를 끄덕였다.

"오늘은 그이가 이상해요. 내게 손님을 받으라나."

"그랬군, 사내들은 샘이 나면 원기백배하니까."

키우가 소리를 내어 웃으며 말하자 청이도 빙긋 웃었다.

"그쯤은 나두 알아요. 그런데 정말 좋던데……"

"몸이 깨어나는 거야. 하지만 기녀가 몸 가는 대루 따라가다간 망한다누."

"그럼 어떡해요?"

키우는 손수건으로 청이의 이마에 돋은 땀을 찍어주면서 속삭였다.

"정인은 단 한 명만…… 영업할 제는 잡극 노는 광대처럼 겉으로만 하는 거야."

그 말에 청이는 혼잣말하듯이 허공으로 얼굴을 쳐들고 말했다.

"정인 따윈 쓸데없어……"

일꾼이 와서 랑중이 왔다고 전하자 키우가 일렀다.

"장토우 어른 방으로 안내해드려라. 그리고 두 분 말씀이 끝나면 곧 특실로 모시도록 해."

돌아서는 일꾼에게 키우가 다시 물었다.

"일행이 있더냐?"

"아뇨, 혼자 왔습니다."

키우와 청은 서로 눈을 맞추며 웃었다.

"렌화 소저, 오늘밤 그 관리를 녹여놓아."

"그게 장토우 어른의 부탁인가요?"

"나의 부탁이기두 해."

청이는 거울 앞에서 머리를 매만지며 종알거렸다.

"그럼 두 분은 내게 뭘 해주실 건데?"

"나를 돕는 화지아(花家)를 맡길 거야. 장토우께 말씀드려서 특실과 큰방의 수입을 나누도록 해보자."

키우 입장에서는 구앙으로부터 받는 배당이 정해져 있었으므로 청이에 대한 지출은 어차피 자기와는 아무런 상관이 없었다. 또한 키우는 그렇게 해서 그네를 장토우의 첩실이 아닌 자기 수하의 동료로 만들고 싶었을 것이다. 키우는 그만큼 청이의 자질과 성격을 파악했다고나 할까.

"좋아요. 그럼 나는 누구의 것두 아니게 되겠네."

도박장 이층의 사무실에서 구앙은 랑중을 만나고 있었다. 팽싼이 일부러 와서 뒤에 지켜서 있었다. 남의 눈을 피하여 주색질을 하러 왔던 랑중은 조금 어색하고 어리둥절한 표정이었다. 구앙이 손을 들어 그에게 차를 권했다.

"어서 드십시오."

랑중은 두 손으로 뜨거운 찻잔을 감싸쥐고 한 모금 머금어보고 나서 괜한 소리로 인사치레를 했다.

"차 맛이 매우 좋군."

"물론이지요. 상등품 보이차입니다. 저희가 원래 차 장사를 대를 이어 해온 집안이올시다."

랑중은 고개를 끄덕이더니 한마디 덧붙인다.

"요즈음 차 장사꾼들은 아편 때문에 혼쭐이 난다면서?"

"그야…… 양귀들 때문입니다. 그놈들이 모든 무역 대금을 은 대신 아편으로 지불해온 지 오래되었습죠. 실은 저희 가형께서도 그 일로 애매하게 안찰사의 포리들에게 걸려 지금 하옥되어 있습니다."

랑중이 처음 들었다는 듯이 찻잔을 내려놓으며 놀란 시늉을 해 보였다.

"허어 그렇다면 큰일이로군. 지금 조정 안팎이 아편 때문에 큰 난리가 났소. 아마 그냥 넘어가지는 못할 게요. 광둥에서는 이미 수백 명을 처형했지."

"그래서 걱정이올시다. 나으리께서도 잘 아시다시피 아편 흡연소가 난징과 진장에만도 수백 곳이 됩니다. 나라에서 어떤 때에는 어르다가 다시 때리다가 하며 일관성이 없으니 근절이 안

되는 형편이지요. 저희 중형은 그저 차 대금으로 받아서 창고에 보관하고 있던 죄밖엔 없습니다."

"그렇겠지. 하지만 시간이 좀 걸릴 게요. 흠차 대신이 바뀌고 양귀들과 협상중이라니까 조정의 조치도 변할 게요. 헌데 안찰사 아래 있는 천총(千總)을 모르시던가?"

랑중의 여유 있는 질문에 구앙은 안타까운 얼굴이 되어 두 손을 벌려 보이며 하소연했다.

"그분들이야 중앙의 영을 받고 잠시 내려온 사람들이니 알아봤자 무슨 소용이 있겠습니까?"

랑중이 고개를 끄덕이며 잠시 생각하는 척하더니 손을 올리고 손가락을 움직여 보였다. 구앙은 그가 자기에게 가까이 오라는 뜻인 줄을 알고서 상반신을 탁자 위로 기울이고 고개를 숙였다. 랑중이 그의 귓전에 함께 고개를 숙이더니 가만히 말했다.

"내가 천총과 잘 아는 사인데 한번 줄을 대어보리다. 하지만 인정전이 좀 들겠군."

"얼마나요……"

"이천냥은 되어야 체면이 서지 않겠나?"

"동전이 아니라 은자로 그만큼 쳐서 드리지요."

랑중은 웃음을 지으며 허리를 펴고 다시 탁자 맞은편에 제자리를 잡았다. 구앙은 뒷전에 서 있던 팽싼에게 말했다.

"말굽 은으로 이천냥을 가져오너라."

팽싼이 다시 물었다.

"불편하실 텐데 어음으로 끊어올까요?"

"아니다. 어음을 환전하려면 여러 손을 거쳐야 하지 않나……"

팽싼이 나가자 랑중은 다시 상반신을 굽히면서 은근히 말했다.

"내가 진장에 있는 한은 복락루에 관폐가 없도록 하겠소."

구앙이 두 손을 쥐어 보이며 간곡하게 말했다.

"제발 덕분 그렇게 해주십시오. 저는 진장 현령 이하 아문 장교들과도 잘 아는 사이올시다. 난징 성청에서도 저희 집안에 대해서는 모두 잘 알고 있습지요."

"그렇다더군. 헌데 내가 장토우에게 청이 한 가지 있소."

랑중이 손가락 하나를 세워 흔들면서 말하자 구앙은 그 한 가지가 무엇인지를 알고 있으면서도 묻지 않고 기다렸다.

"그 저…… 렌화라는 아이가 그대의 첩실이오?"

"예, 부끄럽지만 그렇습니다."

"링지아 말로는 꺼우리에서 사왔다면서?"

구앙이 빙긋이 웃으면서 랑중에게 되물었다.

"나으리 마음에 드십니까?"

랑중은 두 손바닥을 부비면서 황급하게 받는다.

"그야, 아주…… 새봄에 피어난 꽃망울 같다고나 할지."

구앙은 서슴지 않고 말했다.

"염려 마십시오. 그 아이가 오늘 나으리의 잠자리 시중을 들도록 준비를 시켜놓겠습니다."

랑중이 갑자기 너털웃음을 터뜨리며 구앙의 어깨를 치고 어쩔 줄을 몰라했다.

"허어 참으로 장토우는 호걸에다 대장부요."

팽싼이 은자를 담은 작은 상자를 들고 와서 탁자 위에 놓고 뚜껑을 열어 보이니 붉은 천을 바탕으로 말굽 은 이십 개가 쟁여져 있었다. 구앙은 일부러 우리 두 사람 외에도 이 사람이 알고 있다는 식으로 팽싼을 랑중에게 소개했다.

"우리 객장의 디안토우로 있는 사람입니다."

팽싼이 두 손 모아 허리를 굽히고 인사했다.

"팽싼이라고 합니다. 언제든지 놀러 오십시오. 성심껏 모시겠습니다."

"고맙소."

구앙은 방 밖으로 안내를 하면서 손으로 회랑 쪽을 가리켰다.

"나으리, 가시지요. 이제부터는 우리집 링지아가 모실 겝니다."

구앙이 관리를 뒤에 달고 앞장서서 회랑을 걸어가는데 벌써 기다리던 키우가 마주 걸어오다가 공손히 인사를 한다.

"나으리께서 오신다는 전갈이 왔길래 너무 기뻤어요."

구앙이 거기서 멈추더니 랑중에게 속삭였다.

"렌화도 나으리를 기다리고 있답니다. 즐겁게 지내십시오."

랑중은 얼결에 구앙과 헤어져서 종종걸음을 치는 키우의 뒤를 따라갔다. 랑중이 안내를 받은 방은 흡연소로 가는 복도의 맨 끝에 있는 후미진 방이었다. 방문을 열자 피워놓은 향내음으로 봄의 화원에 들어선 듯했다. 방에는 전과는 달리 붉은 휘장을 치고 꽃꽂이로 탁자와 침상 부근을 장식했고 은은한 홍등에 불을 밝혔다. 천장에 달린 부채는 바깥의 하인이 당번을 정하여 쉬임없이 줄을 당겨 선선한 바람을 일으키고 있었다. 들창문이 아래를 향하여 열렸는데 집 밖의 등나무 꽃이 한창이라 또한 꽃향기가 바람에 묻어 들어왔다. 키우가 자리를 권하여 랑중이 안쪽의 안락의자에 가서 앉으니 그네는 손뼉을 쳐서 사람을 불렀다. 일꾼들이 술과 안주를 들여오고 나서 두 사람의 기녀가 호궁과 비파를 안고 들어와 공손히 인사를 하더니 맞은편에 자리를 잡았다. 키우가 랑중에게 술을 따랐다.

"오늘은 특별한 날이오니 흠뻑 취하소서."

"자네두 한잔 들게나."

랑중이 또한 키우에게 술을 따른다. 두 사람은 서로 목례하고 술을 마셨다. 잔이 비워지자마자 키우가 랑중의 잔을 채웠다. 두 기녀들이 연주하며 노래하고 나서 키우가 의자에서 일어서며 부채를 펼쳐 너울거리며 다시 노래를 불렀다. 호궁 켜는 소리는 물처럼 흐느적이며 흘러가고 비파 뜯는 소리는 물결이 일어나며 수면 위에 빛나는 햇살의 파편들과도 같았다. 문이 살그머니 열리면서 살랑대는 비단 홑옷차림에 가슴을 드러내고 윗머리는 틀어올리고 뒷머리는 풀어 늘어뜨린 청이가 양손에 선녀처럼 버들부채를 쥐고 들어섰다. 청이는 량팡에서 배워 며칠 동안 연습한 대로 춤을 추기 시작했다. 키우는 다시 자리에 앉으며 청이의 춤을 위하여 노래를 불렀다.

랑중이 자기도 모르게 앞으로 걸어나와 청의 주위를 싸고 돌며 마주 춤을 춘다. 청이는 그의 가슴에 안길 듯하다가 살짝 뒤로 빠져나오고 다시 몸을 돌려 그의 품에 기대었다가 멀어지며 애를 태웠다. 노래와 춤이 한바탕 끝나자 기녀들은 계속 연주를 하는 가운데 키우와 청이가 관리를 가운데 두고 서로 다투어 술을 권하니 사내는 벌써 취흥이 도도해졌다.

"이제 밤이 이슥하였으니 너희들은 물러가거라."

키우가 가볍게 손뼉을 치며 이르자 음악을 연주하던 기녀들이 절하고 방을 빠져나갔다. 키우는 방 안쪽에 쳐진 휘장을 들쳐주면서 은근히 말했다.

"렌화 소저, 안에 잠자리가 마련되었으니 나으리를 어서 모셔요."

청이가 한 손으로는 얼굴을 가리고 부끄러움을 이기지 못하는 듯하며 다른 한 손으로 랑중의 손을 잡아 이끌었다. 관리는 비틀거리며 일어나 렌화를 따라 들어간다. 키우는 휘장을 내리고 바깥의 홍등을 불어 끄고는 조용히 물러나왔다.

렌화는 알몸으로 침상에 누워 어두운 천장에 비친 빛의 얼룩을 바라보았다. 그것은 창문으로 스며든 바깥 처마에 걸린 등불의 남은 빛이었다. 곁에서는 낯선 사내의 코 고는 소리가 요란했다.

이제 나는 누구의 것두 아니야. 나는 화지아가 되는 거야.

청이는 그렇게 속삭여보았지만 어쩐지 첸 노인의 곁에 처음 누웠던 밤과는 또 달리 제 몸이 자기를 완전히 떠나버린 것 같았다. 제 가슴속 계집아이의 음성은 아예 들리지도 않는다. 그때는 두렵고 낯설고 저승에 온 것만 같아서 아직도 물에 빠진 뒤의 어두운 세계에 넋이 갇혀 있는 듯이 느껴졌다. 그네는 방금 속으로 중얼거린 누군가의 혼이 천장 위에 떠서 벌거벗은 채 침상에 남겨진 몸을 내려다보고 있는 듯한 착각에 빠졌다. 그네는 손을 베개 밑에 넣어 더듬어보았다. 랑중이 자기를 안기 전에 호기 있게 내밀어준 은자 한 덩이가 미지근한 체온을 머금고 파묻혀 있었다. 렌화는 은덩이를 손에 꼭 쥐고 중얼거렸다.

나를 팔았어!

그네는 조용히 이불을 걷고 일어나 침상 아래로 내려갔다. 그리고 물항아리를 들어 대야에 붓고는 쪼그리고 앉아 아랫도리를 씻었다.

과연 구앙의 둘째형 춘은 사흘이 못 가서 풀려났다. 키우가 그날 이후로 청이의 기루 출입이며 화지아를 맡길 일을 구앙에게 의논했고, 그는 청이에게 묻겠다고만 해두었다. 어느 날 오전에 구앙이 늦잠을 자고 일어나니 청이는 보이질 않고 숙소 일을 돌보는 중년의 하녀만이 차와 과일을 들고 나타났다.

"렌화는 어디 갔나?"

구앙이 무심하게 묻자 하녀가 말했다.

"랑팡에 간다고 하던데요."

구앙은 자신이 일어나기도 전에 청이 숙소에서 나가버린 게 못마땅했다.

"가서 당장 불러와."

하녀가 마당을 건너갔다가 돌아와서 하는 말이 이랬다.

"오늘부터 화지아 일을 본다고 바쁘답니다."

구앙은 건너편 이층집으로 가서 들어서자마자 눈을 부라리며 청이를 찾았다. 키우와 청이가 함께 있다가 별로 놀라지도 않고서 그를 공손하게 방으로 들였다. 청이와 키우를 세워둔 채 구앙은 의자에 가서 앉으며 외쳤다.

"너희들 누구 맘대로 화지아를 맡느니 어쩌니 하는 게야?"

"그야 장토우께서 약조하신 일입니다."

키우가 웃음을 지으며 대답했고 청이도 지지 않고 말했다.

"제가 주인님의 뜻에 따라 관리의 수청도 들지 않았나요?"

구앙이 대답을 못 하고 입을 꾹 다물고는 노려보기만 하자 청이 다시 말했다.

"저는 당신의 첩실이 아니어요. 이제부터 장토우 님과 계약을 할 거예요. 링지아 님 의견대로 큰방들과 특실의 수입을 나누어 주셔요."

구앙은 키우에게 사나운 눈길을 보냈지만 키우는 아직도 웃는 얼굴을 지우지 않고서 고개를 끄덕여 보였다. 구앙이 한숨을 길게 내쉬고는 처음보다 풀이 죽은 목소리로 물었다.

"그러면 렌화는 량팡에서 지내겠다는 게냐?"

키우가 두 손을 모아 보이면서 진심 어린 표정으로 말했다.

"전혀 그렇지가 않습니다. 렌화 화지아는 장토우께서 부르시면 언제든지 숙소로 달려가서 모셔드린답니다."

그때 밖에서 주점의 일꾼이 들어와 알렸다.

"광대들이 찾아왔습니다. 장토우께서 부르셨다구요."

구앙은 어색한 자리에서 빠져나가려던 참이라 얼른 일어났다. 구앙이 주점으로 나가보니 과연 차밭의 장원에서 만났던 여섯 사람의 광대패가 기다리고 있었다. 그들은 여행에 지쳤는지 탁자 위에 머리를 박기도 하고 아예 바닥에 쪼그리고 앉아 있기도 했다. 구앙이 일꾼들에게 지시했다.

"우선 이 사람들 배불리 먹이고 새옷을 맞춰주도록 해라."

구앙은 처음부터 흥정을 했던 광대 청년에게 말했다.

"오늘 하루 푹 쉬고 일은 내일부터 해두 좋다."

광대들이 복락루 뒷집인 량팡으로 안내된 것은 오후 늦게였고, 기녀들이 일을 나올 준비에 분주하던 무렵이었다. 먼저 주점 일꾼이 와서 키우에게 광대들이 기거할 방을 내라고 하여 그네는 아래층 문간방과 작은 방 하나를 치우도록 했다. 곡식이며 채소거리 등속을 놓아두던 부엌 옆 찬방을 노인 부부와 소녀가 쓰게 하고 문간방에 중년의 악사와 젊은이가 기거하도록 했다. 광대들이 들어서자 호기심에 가득 찬 기녀들은 이층으로 오르는 계단 위에 조르르 늘어서고, 키우는 당당하게 전실 앞에, 청이는 키우의 방문 턱에 서서 내다보았다.

"어서들 와요. 나는 링지아를 맡은 마마예요."

노인이 허리를 굽혀 절하고 나서 자신과 식구들을 소개했다.

"링지아 님에게 인사 올립니다. 나는 성이 쑤(徐)요. 평생 호궁을 탔소이다. 여기는 내 아내 샨웨(善月)인데 생황을 불고, 우리 아들 푸시(福石)는 칠현금을 탑니다. 그리고 얘는 손녀 샤오바오(小寶)로 비파를 뜯습니다."

노인이 소개를 할 때마다 할멈과 중년 사내와 소녀가 차례로 키우에게 인사를 올렸다. 이어서 쑤 노인의 아들 푸시가 제 친구를 소개한다.

"이 사람은 저와 함께 음률을 배운 샹자오(相交)입니다."

푸시와 비슷한 또래로 보이는 사내가 인사를 올리자 맨 뒤에 섰던 젊은이가 앞으로 나서며 밝고 쾌활한 목소리로 인사를 올렸다.

"저는 성은 리(李)요, 이름은 동유(東雨)입니다. 이분들은 모두 창사(長沙) 사람으로 저와 한 고향이지요. 저는 여섯 살 때부터 비파를 연주했습니다."

동유는 몸매가 호리호리하고 눈은 크게 빛났으며 얼굴이 희고 이마가 훤칠했다. 그리고 총명해 보였다. 나이는 스무 살쯤 되었을까. 그들이 안내되어 들어가자 키우는 방으로 돌아왔다.

"장토우께서 저 패를 데려온 걸 보면 솜씨가 훌륭한 광대들인

가봐."

키우의 말에 청이는 저도 모르게 중얼거렸다.

"동유라는 사람 참 잘생겼네!"

키우가 청이를 힐끗 돌아보며 말했다.

"광대란 힘도 없고 돈도 없지. 이리저리 팔려다니니까 우리보다두 못한 신세야."

청이는 이리저리 팔려다닌다는 말에 어쩐지 가슴이 아릿해졌다.

이튿날은 장강 상류와 바다의 연안에서 진장으로 배가 많이 들어오는 날이라 아침부터 부둣가에는 사람들이 들끓었다. 주점과 도박장에도 빈자리가 없을 정도였다. 저녁이 되어 홍등에 불이 밝혀지자 기녀들은 다른 날처럼 주루에 나갔다. 광대패들은 모처럼 첫 공연이라 모두들 복락루에서 맞춰준 화려한 색의 비단옷을 차려입고 주점의 모퉁이 쪽에 있는 무대 위에 올라가 앉았다. 이때에는 기녀들도 이층 난간 위에 의자를 놓고 앉아서 구경을 했다. 구앙도 객장 이층의 사무실에서 나와 주점 이층 난간 위에 기녀들과 함께 자리를 잡고 앉았다. 먼저 긴 악곡들을 노래 없이 연주하기 시작했다. 식사가 끝나고 술이 시작되는 시간이라 손님들은 술잔을 기울이며 음악을 듣고 있었다. 바람이 불고 가랑비가 내리는 것 같더니 우레와 폭풍우가 휩쓸다가 다시 비가 그치며 물 흐르는 소리와 물방울 떨어지는 소리 그리고는 새가 울고 달과 별이 떠오른다.

　　향수의 눈물을 객지에서 흘리며
　　하늘가 외딴 돛배 멀리 바라보노라
　　나루터를 못 찾아 뱃길을 물으려나
　　기슭에 찬 물결 석양 아래 도도하네

　다른 악기가 모두 연주를 멈춘 가운데 동유가 가운데로 나서며 비파를 뜯으면서 노래를 불렀다. 그의 목소리는 청아하고도 고왔다. 이층 난간에서 내려다보던 구앙은 팔에 턱을 괴고 앉았다가 탄복했다.

　"재간이 대단하군. 아마 큰 예인이 될 게야."
　키우가 그에게 속삭였다.
　"장토우께서도 비파라면 잘하시잖아요?"
　"내야 어깨너머루 배운 정도지."
　청이는 탁자 위에 올려둔 자기 손등에 뭔가 똑 떨어져서 무심결에 다른 손으로 닦아내다가 그게 눈물임을 깨달았다.
　바다 멀리 집을 떠나와 처음으로 어린 날의 동네 고샅길이며 뒷산과 고개를 넘어 이웃 마을까지 동냥밥을 빌러 다니던 일들이 생각났다. 청이는 눈을 감았다. 먼산에 해 비치고 앞마을 연기 나면 청이는 눈먼 아비를 홀로 남겨두고 집을 나선다. 베 중의에 웃대님 매고 깃만 남은 헌 저고리 자락 없는 무명 휘양을 숙여 쓰고, 뒤축 없는 짚신짝에 버선 없이 발을 벗고 헌 바가지 손에 들고 건넛마을을 바라본다. 산마루턱마다 새떼는 깃을 찾아 날아가버려 흔적이 끊기고 사람들도 들일 마치고 제각기 저녁 먹으러 집 찾아 들어갔다. 북풍에 모진 바람 살 쏘듯이 불어오고 눈 뿌리는 숲속에 옆걸음쳐 손을 불며 마을의 집집으로 찾아든다. 청이가 삯바느질 다니던 읍내 거리 부잣집 안채에서 아낙네들이 바느질하며 부르던 노랫가락이 귓전을 스치며 지나갔다.

> 황해 바다 한가운데 노송나무 한 그루의
> 동켠 가지 죽은 후에 해오라기 앉았구나
> 짝저고리 말아내어 동켠 가지 걸어놓고
> 동네방네 돌아댕겨 들면 날면 보니까니
> 섶이 없어 못 하겠다 깃이 없어 못 하겠다
> 지초 자주 얻어다가 짝저고리 물을 들여
> 진자주로 고름 달어 해오라기 입혀보니
> 훨훨 날아 시집가네 훨훨 날아 장개가네

얼마 안 가서 진장에는 상하이와 닝보에서 서양 화륜선에 패하여 쫓겨온 부서진 정크선들과 수군의 보잘것없는 배들이 몰려들기 시작했다. 서늘한 바람이 불기 시작하는 구월에 장강 어구의 상하이 만 앞에 있는 저우산(舟山) 섬을 영국 병정들이 점령했다. 영국의 철갑 화륜선들이 북쪽의 베이징을 바라고 톈진까지 올라가 있던 것도 그 무렵이었다. 그러나 장사치들과 일반백성들은 별로 동요하지 않았다. 영국군은 민간 정크선들이나소형 선박들의 왕래는 내버려두었고 예전처럼 장강 어구에서의무역이 재개되었던 것이다. 복락루는 다시 활기를 띠기 시작했다. 관 아문의 간섭이 아예 없어진 셈이었다. 아편 흡연소들도날마다 손님들로 만원이었다.

청이는 벌써 한 달째 비파를 배우고 있었다. 처음에는 쑤 노인의 손녀 샤오바오에게 손 짚는 법과 줄을 골라 발목으로 뜯는법을 배웠다. 줄이 넷이라 엄지로 지탱하고 나머지 네 손가락으로 짚는데, 발목으로 긁을 때에는 한두 줄씩 고르거나 전체를함께 뜯기도 했다. 손으로 뜯으려면 엄지와 식지와 장지 세 손가락 손톱 위에 뿔을 얇게 갈아 만든 골무를 끼우고 줄을 퉁겨냈다. 한 줄씩 퉁기면 맑고 가냘픈 소리가 줄을 한꺼번에 퉁기면서 대를 잡아주면 화려한 화음이 생겨난다. 청이와 샤오바오는 거의 같은 나이라 금방 친해졌는데, 청이가 보기에 그네는아직도 어린 계집아이에 지나지 않았다. 비파를 배우려니 자연히 동유와도 친해지게 되었다. 셋은 문간방에 둘러앉아 비파를뜯거나 이야기를 하면서 낮시간을 보냈다. 어쩌다 구앙이 슬며시 들여다볼 때도 있었다. 비파를 배우는 것은 그 자신도 원했기 때문에 청이에게 준 자신의 비파를 뜯어 보이면서 음률이 틀린 곳을 바로잡아달라고 동유에게 부탁하기도 했다.

구앙은 추석 명절을 맞아 묘회(廟會)를 추진하고 있었다. 그는 젊어서 건달패들과 어울려 난징 저자에 나가 놀 때부터 명절의 묘회를 기획하고 주관하기를 좋아했다. 상인들에게서 돈을 걷어 축제를 여는 것인데, 무리의 힘도 과시할 뿐만 아니라 관아에도 줄을 대어 관계를 돈독히 할 수가 있었다. 구앙이 복락루를 통하여 진장에서 유지가 되었고 인근 무뢰배들도 거의 장악하였으니 묘회를 주관하는 것은 당연한 일이었다. 설과 대보름 그리고 추석이 가장 큰 명절이었는데, 묘회를 크게 열 수 있는 날은 정월 대보름날과 추석이었다. 구앙은 이미 복락루에 전속 악사를 고용하고 있었지만 여기에다 노래와 연주를 할 수 있는 기루의 기녀들과 난징에서 활동중인 극단을 데려와 가무희(歌舞戲)를 공연하고 진장 부둣가 거리에 큰 장을 열 생각이었다. 구앙은 팽싼과 웬을 시켜 진장의 여러 곳에 있는 주점 음식점 흡연소 도박장 등지에서 묘회를 위한 기부금을 걷도록 했다. 이런 기회에 진장 홍등가의 우두머리는 누구인가 하는 것을 보여주자는 셈이었다.

추석 사흘 전이 되자 배우들이 난징에서 도착했고 량팡 숙소는 남녀 광대들로 북적거리게 되었다. 구앙의 숙소와 량팡 이층집 사이의 너른 마당에서 악사와 배우들과 기녀들이 어우러져 공연 연습이 계속되었다. 극단의 행수를 맡은 사람은 연주와 공연으로 평생을 보낸 노인이라 묘회를 어떻게 짜야 하는지 잘 알고 있었지만 회주 노릇을 하는 구앙의 의견을 무시할 수는 없었다.

"장토우 님은 어떤 생각이신지 알려주십시오."

행수가 말하자 구앙이 미리 써가지고 나온 쪽지를 보여주었다.

"저 아래 부둣가 빈터에 무대를 만들 걸세. 그 주위로 장을 벌이게 하고 공연은 아무래도 날이 저물어야 흥이 도도해질 테지. 먼저 음악을 연주하다가 가무로 들어가야겠지. 그리고 연극 공연을 하던 중에 전부를 끝마치고 후부로 들어가기 전에 다시 중간에 가무를 넣어 흥을 돋우고 나서 후부를 마치는 순서로 하게."

"맨 앞에 길놀이는 어떻게 하지요?"

"그야 길놀이를 빼놓을 수는 없겠지. 풍악을 울리면서 거리와 골목을 돌아서 장터로 내려가야지. 그 길을 따라 등불을 화려하게 내다걸어야지."

행수는 악단의 쑤 노인을 불러 공연 순서를 알려주고 극중에 음악과 노래가 나올 대목을 논의했다. 쑤 노인도 잡극을 훤히 알고 있어서 몇 차례 맞추어보기만 하면 연극 공연은 별문제가 없을 듯했다.

그러나 이번에 함께 노래하고 연주할 기녀들과 악사들이 호흡을 맞추는 것이 무엇보다도 먼저 해결할 일이었다. 기녀들은 눈요기로 술자리에서 춤추고 노래하던 터여서 아무래도 전문적으로 연주하는 악사들과는 실력 차이가 많이 났기 때문이다. 쑤 노인은 연주를 맡은 기녀들에게 한 곡목을 지정하여 그것만 연

습시키기로 하고 춤도 독춤과 무리춤을 구분하여 연습시키기로
하였다.

청이는 비파를 연주하며 노래하는 것을 맡았다. 춤도 추고
싶었지만 구앙이 별로 내키지 않아하는 눈치라 연주만 하기로
했던 터였다. 누구나 제가 하고 싶어하는 짓을 하면 다 잘하게
되어 있듯이 청이의 비파 재간은 다른 기녀들은 물론 제법 솜씨
가 좋은 구앙도 칭찬을 할 정도였다. 청이는 샤오바오와 동유에
게서 두 곡을 배웠는데, 이제는 눈을 감고도 줄을 뜯고 짚을 만
했다.

극단의 광대들은 행수가 지켜보는 가운데 마당에서 대사와
동작을 연습했고 쑤 노인의 아내 샨웨와 손녀 샤오바오가 기녀
들의 춤과 연주를 맡아 연습을 시켰다.

청이는 동유와 함께 비파를 연습하다가 연주를 멈추고 말했다.

"여기선 다른 이들 소리가 하도 요란해서 내 비파 소리는 들
리지도 않는군요. 우리 다른 데로 가서 연습해요."

청이가 비파를 옆에 끼고 돌아서서 숙소로 걷다가 돌아보니
동유는 우두커니 서 있었다.

"왜 따라오지 않아요?"

"저어…… 우리는 남의 집에 함부로 들어갈 수 없어요."

청이가 동유에게 다가서서 그의 소매를 잡아 이끌었다.

"우리는 벌써 같은 집에 살구 있잖아요."

그들은 장토우 구앙의 숙소로 들어갔는데, 동유는 비파를 안

고 문 앞에 엉거주춤 서 있었다. 청이가 전실의 탁자 앞 의자를 끌어내며 말했다.

"어서 여기 앉아요. 여긴 내 집이에요."

청이는 화로에 불을 당기고 작은 풍구를 몇 번 돌려주고 나서 찻주전자를 올려놓았다. 동유는 의자에 앉아서도 못내 불안한 지 자꾸만 문 쪽을 돌아보았다. 물 끓는 소리가 먼 계곡의 바람 소리처럼 들리기 시작하자마자 청이 주전자를 내려놓고 찻잎을 떨군 그릇에 물을 부어 잠깐 우려내어 찻잔에 따랐다. 청이는 동유의 앞에 찻잔을 내밀어주고 자기도 잔을 잡아 코에 갖다대고 향을 맡았다.

"어린 녹차라 맛과 향이 신선해요. 마치 비파 소리처럼요."

그러나 동유는 잔을 잡다 말고 물끄러미 청이를 바라보며 물었다.

"렌화 소저는 장토우 님의 첩실이 아니신가요?"

청이는 고개를 흔들며 대답했다.

"절대루 그렇지 않아요. 나는 링지아 키우 님과 함께 기루의 화지아예요."

동유가 옆의 의자에 놓았던 비파를 집더니 자르릉 하면서 줄을 훑고는 몇 소절을 조용히 연주해 보였다.

"자 이제 시작해볼까요?"

청이는 비파를 안고 한 손에 발목(撥木)을 쥐고는 하조(下調)를 뜯기 시작했다. 잠깐 듣고 있던 동유가 손을 들어 멈추게 했다.

"음이 흐트러졌어요. 아까는 잘하더니……"

청이 비파를 안고 동유의 의자 옆에 다가서며 말했다.

"어느 괘를 짚어야 할지 까먹었어요. 좀 짚어주어요."

동유가 청의 등뒤로 돌아가 두 팔을 내밀어 그네의 발목 잡은
손을 쥐고 다른 손으로는 비파의 괘를 짚은 그네의 손에 얹으니
둘은 자연스럽게 껴안게 되었다. 청이는 마음먹었던 대로 동유
의 가슴에 기대며 자기 둔부를 찰싹 붙였다. 동유의 허벅지 사
이로 청이의 궁둥이가 파고들어 지그시 누르니 얇은 비단포의
매끄러운 감촉과 그네의 팽팽한 몸이 그대로 전해졌다. 동유는
손가락이 떨려서 어느 괘를 짚을지 알 수가 없어졌다. 청이는
슬며시 비파를 탁자 위에 내려놓고는 몸을 돌려 동유의 가슴속
으로 파고들었다.

"절 안아줘요."

동유는 저도 모르게 청이의 허리를 꽉 끌어안았다. 동유의 바
짓가랑이 사이가 불뚝 솟아올랐고 그네의 아랫배에 그 뜨거운
것이 닿았다. 청이는 능숙하게 동유의 뺨을 어루만지며 입술을
그에게로 가까이 올려붙였다. 동유가 숨결이 거칠어지면서 청
이의 입술을 물고 빨기 시작했다. 그리고는 한 손을 청이의 옷
깃 사이로 손을 넣어 젖가슴을 움켜쥐었다. 그들은 미처 침상으
로 자리를 옮길 여유도 없었다. 청이 뒤로 무너져내리며 마룻바
닥에 누웠고 동유는 그네의 머리를 한 팔로 감아 받쳐주면서 따

라서 무릎을 꿇었다. 동유는 어찌할 바를 모르고 청이의 몸 위에서 가슴과 사타구니를 만졌다. 청이는 동유의 얼굴을 두 손으로 감싸쥐고 입술을 물기도 하고 혀를 빨았다. 문가에서 인기척이 들렸고 청이는 동유를 살짝 떠밀면서 일어나 앉았다. 그제서야 동유도 당황하여 얼른 일어나 의자에 앉았다. 청이 마룻바닥에서 완전히 일어났을 때에 문이 열리면서 들어선 사람은 키우였다. 키우는 문을 열고 재빠르게 두 사람을 살피더니 부채로 입을 가리고 웃었다.

"어머, 내가 잘못 왔나봐!"

동유는 얼굴이 벌겋게 상기되어 있었고 청이의 옷깃은 벌어졌으며 머리카락도 흐트러진 채였다. 동유가 허둥지둥 자기 비파를 집더니 키우에게 고개를 숙여 보이고는 재빨리 나가버렸다. 청이는 옷매무새를 고치고 머리를 손으로 쓸어넘겼다. 키우가 의자에 앉으면서 중얼거렸다.

"큰일이 났군……"

청이는 새침한 얼굴로 그네에게 물었다.

"무슨 일 있어요?"

"무슨 일은…… 모두 모여서 추석 달떡(月餅)을 빚는데 화지아가 안 보여서 데리러 왔지."

청이 탁자 맞은편에 앉으며 키우에게 배시시 웃어 보였다.

"비파 연습을 하구 있었어요. 묘회에서 잘 연주해야죠."

키우는 청이의 머리에서 빠져나올 듯이 처진 꽃잠을 바로 세우고 고쳐서 질러주었다.

"내가 가르쳐주기를 한 가지 빠뜨린 게 있어. 기녀가 사랑에 빠지면 그날부터 고생길이야. 하지만 누가 말리겠어. 자신이 겪어봐야 그런 줄 알지."

"마마는 정인이 없었나요?"

청이의 물음에 키우는 픽 하면서 스스로 냉소하는 표정이었다.

"잊어버렸어, 하도 오래 전이라."

두 사람이 달떡 빚는 일에 참례하러 밖으로 나서는데 키우가 지나가는 말처럼 아무렇지도 않게 중얼거렸다.

"장토우께서 아시면 큰 탈이 날 텐데."

청이는 다시 새초롬하게 말했다.

"괜찮아요. 나는 복락루의 화지아라니까."

"화지아는 돈을 벌라는 게야. 그리구 자네는 이미 기둥서방이 있잖아?"

키우의 말에 청이가 발끈했다.

"그게 누구예요?"

"누구긴, 장토우 님이 자네 기둥서방 후화(護花)라구."

청이는 키우의 팔에 매달리며 다정하게 말했다.

"나는 기둥서방이 없다구요. 마마 말처럼 예라이샹이 될 테니까."

추석날 아침에 량팡에서는 키우가 주동이 되어 고향을 떠나온 기녀들이 제사를 지냈다. 간밤에 빚어놓은 달떡을 둥근 쇠판에 구웠다. 달떡은 돼지기름에 갠 밀가루로 빚었는데 속에다 팥소를 넣거나 설탕에 조린 마른 과일을 넣기도 했다. 제상에 올릴 적에는 붉은 종이로 싸서 밑에서부터 큰 것을 깔고 위로 오를수록 차츰 작은 것으로 쌓아올렸다. 설과 정월 대보름과 추석은 예로부터 단원절(團圓節)이라고 하여, 흩어졌던 가족들이 단란하게 한데 모이는 철이라는 뜻이었다. 추석에는 시집 나간 딸도 집에 돌아온다고 하였으니 타관으로 팔려온 기녀들은 누구나 문 닫힌 기루에 삼삼오오 모여 앉아서 눈물을 찍어내게 마련이었다. 둥그런 제상에 달떡과 둥근 과일들을 함께 올려 슬픔이며 이별이며 외로움이 사라지고 둥근 달처럼 원만하게 식구들과 재회할 날을 기원하려는 것이었다. 기녀들은 제상 앞에 향을 피워 소원을 빌고 나서 둘러앉아 차를 마시는 대신에 술을 몇 잔씩 마셨다. 광대들도 문간방에 작은 상을 차려주어 저희끼리 소원을 빌도록 해주었다.

복락루의 일꾼들은 부두로 내려가 말뚝과 널판자로 무대를 만들었고 저녁이 되기도 전에 여러 주루와 반점에서 휘장을 치고 좌판을 만들어 가가를 열었다. 하늘 색이 검푸른 초저녁이 되자마자 달이 둥실 떠올랐다. 지상에 가까이 있는 달은 더욱 커 보여서 마치 손으로 잡을 만한 높이에 월등을 내다 건 것처럼 보였다. 달은 창공에 높이 떠야 맑고 하얀 얼굴을 드러내는지라 아직은 벌겋게 낮술에 취한 영감님 얼굴이었다. 길놀이가 출발할 시각이 된 것이다.

먼저 악사들이 출발하고 뒤이어 화려하게 여러 가지 색의 치포(旆袍)를 걸친 기녀들이 따랐고, 배우들은 등장인물의 배역에 맞춘 원색 분장이나 가면을 쓴 채로 춤도 추고 동작도 해 보이면서 걸었다. 부두에는 진장 사람들은 물론이고 타관에서 배를 타고 온 상인들과 뱃사람들이며 관문을 지키는 군졸들까지 모여들어 북새통을 이루고 있었다. 행렬은 일부러 큰길과 작은 골목을 이리저리 휘돌아 뒤따르는 조무래기들과 각 거리의 사람들을 더욱 끌어모아서 부둣가로 내려왔다. 설날처럼 폭죽은 없었지만 대보름과 추석에는 제각기 만든 등으로 재간 자랑을 다투는 등놀이가 위주라 사방이 대낮처럼 휘황했다. 큰길가는 물론이고 부두의 장이 열린 빈터에는 장대에 각양각색의 등불들이 줄줄이 내걸렸다. 용등 고기등 봉황등에 월등 반달등 초생달등 별등도 떠 있었다. 그중에서도 하늘에 점점 오르고 있는 추석 달이 가장 큰 등인 셈이었다.

먼저 음악 연주가 시작되었고 모여든 군중들은 가운데 길을 내고 늘어선 길가 좌판으로 몰려가 술 한잔씩 걸치는 것으로 놀이를 시작했다. 타악기인 북과 바라와 징 때리는 소리가 질펀한 가운데, 가냘프고 여린 현금이며 비파, 드높게 떨리는 생황과 젓대, 간드러진 호궁 소리가 어우러졌다. 청이는 무대 좌우에 임시로 둘러친 휘장 안에서 가무의 순서를 기다리고 있었다. 음악이 세 곡 연주되고 나서 기녀들이 무대에 올라 춤을 추었고 다시 춤이 끝나자 노래가 이어졌으며, 청이는 혼자 나가서 비파로 능숙하게 연습해두었던 곡목을 연주했다. 악사들 틈에서 샤오바오가 한두 소절씩 노래를 불러 악곡의 분위기를 돋우었다. 관중들은 청이의 연주가 끝나자 잘했다고 소리를 지르기도 하고 한 곡조 더 하라고 외치기도 했다.

연극이 시작되자 기녀들도 무대 앞쪽에 자리를 잡고 앉았다. 키우와 기녀들은 복락루에서 내다놓은 길다란 간이의자에 줄지어 앉아서 양산백전(梁山佰傳)을 구경했다. 청이는 처음부터 구경할 마음이 없었다. 그네는 자기 순서가 끝나자 비파를 타는 사이에 어쩐지 제 시름에 겨워서 살며시 묘회장을 빠져나왔다. 부둣가의 모래밭과 판자를 이은 작은 징검다리를 건너면서 물가로 내려갔던 것이다.

달빛이 너른 강물에 비쳐 잔물결 위에 부서지고 있었다. 그리고 빛조각들의 중심에 둥근 달이 어려 이지러지기도 하고 원래의 모양이 되기도 하면서 물을 따라 흘러갔다. 강의 한가운데에는 큰 범선들이 돛대를 누이고 떠 있었으며 강변에는 크고 작은 거룻배와 정크선과 살림배들이 말린 생선 두릅처럼 서로 밧줄로 엮여 있었다. 배와 배 사이에서 부딪치며 찰싹대는 물결 소리가 고즈넉하게 들려왔다. 청이는 바로 가까이에 떠 있는 배의 옆구리에 걸쳐진 판자를 딛고 올라갔다. 그 끝의 뱃머리로 나아가 더욱 시야가 넓어진 강물과 운하를 내다보고 싶었던 것이다. 판자는 휘청거렸지만 층계처럼 디딤목을 촘촘히 박아놓아서 미끄럽지는 않았다. 그 배는 널판자 위에 대나무 지붕을 이은 살림배로 방이 두 칸인 것처럼 보였고 벽 대신에 대나무 발이 반쯤 말려올라가 있었다. 아래는 자질구레한 식기 나부랭이와 작은 상이 붙박여 있고 구석에는 향그릇과 제단이 보였다. 위쪽에 선반이 보였는데 아이들의 잠자리인 듯 작은 침구가 펼쳐졌다. 청이는 뱃전의 좁은 통로를 따라서 이물 쪽으로 나아갔다. 뱃머리가 높직하게 들린 채로 물결에 조금씩 흔들렸다. 그네는 다리를 뱃전 너머로 떨구고 쪼그려 앉았다. 아마 이 집 식구들도 오랜만에 단원절 묘회 구경을 하러 가족 나들이를 나갔을 게라고 그네는 생각했다. 바라를 부비며 때리는 장쾌한 소리와 사람들의 환성이 가끔씩 꿈속에서처럼 들려온다.

복사골은 그 어디쯤이던가. 낮은 산이 두 겹 담처럼 나란히 구불거리며 내려오다 넓어지는 곳의 한 등성이에 초가집들이 나무 등걸 아래 버섯 모양으로 옹기종기 모여 있다. 동네 앞으로 나오는 큰길을 따라 시내가 흐르고 시내 가운데에 놓인 징검돌은 자라처럼 엎드려 있다. 아버지가 내민 지팡이를 잡고 해진 몽당치마를 입은 계집아이가 조심조심 징검다리를 건너간다. 한 발 딛고는 돌아보고 또 한 발 딛어 징검돌을 건너서 뒤쫓아 발을 천천히 내미는 아버지를 조마조마 돌아본다. 동구의 나무 밑에 매어둔 황소와 새끼 소가 서로 다른 목소리로 부른다. 어디서 장끼가 껑껑 울더니 푸드득 하면서 뒷산으로 날아 넘어간다. 가지가 부러지도록 감이 다닥다닥 열린 감나무가 팔을 벌린 돌담가에서 아이들이 장대로 감을 딴다. 또는 터지기 시작한 밤

송이에서 알밤을 털기도 한다. 어디서 산비둘기가 해금을 켜듯이 잔망스럽게 운다. 그래 함지만한 보름달이 뒷산 마루로 올라오면 마을 전체가 그림이 되어 흐릿하게 번진 먹처럼 아련해졌다. 아이들이 어울려 부르는 노랫소리가 먼 데서 들려온다. 청이는 그 소리를 따라 아직 잊지 않은 제 나라 말로 흥얼흥얼 노래를 부른다.

달아 달아 밝은 달아
낮이며는 어디 갔다
밤이며는 돌아오니
달아 달아 밝은 달아
너의 집이 어디메냐
내일 모레 놀러 가게

뱃전이 흔들리면서 기우뚱하더니 찰싹이는 물소리가 커졌다. 청이는 놀라서 얼른 뒤를 돌아보는데 누군가가 통로를 성큼 건너뛰어 왔다.

"여기 있었군요."

달빛이 밝아 동유의 하얀 이마 가운데 짙은 눈썹이 붓으로 그린 것처럼 선명했다. 그는 깃이 올라온 흰 저고리에 검은 바지 차림이었다. 청이 옆으로 옮겨앉으며 말했다.

"이리 앉아요."

동유는 그네에 앉듯이 뱃전에 다리를 내놓고 걸터앉았다.

"갯가로 내려오는 걸 보고 따라왔는데 어디로 사라져서 놀랐어요."

"어째서요……?"

"혹시나 물에 빠졌을까봐요."

청이가 동유의 땋아 늘인 변발 가닥을 잡아 손가락에 휘감으면서 말했다.

"한번 빠졌기 때문에 다신 물에 들어가고 싶지 않아요."

동유는 청이가 동쪽 나라에서 팔려왔다는 것과 배에서 수장제를 당한 일을 얼마 전에 들었다. 그는 돌아다니면서 귀주 지방에서 팔려온 묘족의 어린 계집아이들을 여러 차례 만난 적이 있었고, 해안 지방에는 멀리 남만에서 팔려온 얼굴이 가무잡잡하고 발가락이 긴 남방소녀들도 많았다.

"노랫소리를 듣고 안심했어요. 그건 무슨 노래지요?"

"우리네 고향의 달노래요."

그네는 다시 렌화 아닌 청이가 되어 노래를 흥얼거린다.

달아 달아 밝은 달아
이태백이 노던 달아
저기 저기 저 달 속에
계수나무 박혔으니
산도 좋고 물 좋은데

초가삼간 집을 짓고
양친부모 모셔다가
천년만년 살고지고

　동유가 청이의 손을 잡아 은근히 이끄는데 그네는 못 이기는
체 따라 일어선다. 두 사람이 뱃전에 서자 배가 한쪽으로 기우
뚱했고 청이는 넘어질 듯이 비틀거렸다. 동유가 청이를 억세게
잡아 발이 반쯤 늘어진 지붕 아래로 당기니 두 사람은 부들자리
가 깔린 지붕 아래로 비스듬하게 넘어졌다. 동유가 성급하게 그
네를 안으면서 한 손으로 옷자락을 걷어올리자 청이가 그의 가
슴팍을 살그머니 밀어내며 일어나 앉았다.
　"내 이름은…… 렌화가 아니라, 청이에요."
　동유가 청이의 말을 따라서 몇 번 되뇌어본다. 청이는 앉은뱅
이걸음으로 돌아앉아 제단 앞으로 가서 향로와 사기그릇 하나
를 집었다. 다시 붙박이 상 앞으로 와서 향로를 놓고 뱃전 밖으
로 상반신을 기울여 그릇에 강물을 떠다 상 한가운데에 놓았다.
어리둥절해진 동유가 청이의 하는 양을 지켜보다가 물었다.
　"뭘 하는 거요?"
　청이는 상 앞에 가서 단정히 앉더니 말했다.
　"우리 혼례를 올려요."
　"난 가진 거라고는 비파밖에 없어요. 부모님도 고향도 없구
요……"

동유가 중얼거리자 청이는 고개를 끄덕였다.

"나두 내 몸뚱이밖엔 없답니다. 이 너른 세상에 나 혼자예요."

심청이 두 손을 이마에 모으며 일어서자 동유도 진지해진 얼굴로 따라 일어선다. 청이와 동유는 작수성례라는 혼례 방법을 듣고는 있어서 장강의 물을 떠놓고 천지신명께 알리려는 것이었다. 두 사람은 잠시 섰다가 누가 먼저였는지도 모르게 마주보며 천천히 엎드려 절을 했다. 그렇게 삼세 번을 하고 나서 두 사람은 다시 말없이 상 앞에 마주 앉았다. 청이가 옷 속으로 손을 넣어 속곳에 매어두었던 노리개를 떼어 상 위에 올려놓았다. 은으로 만든 작은 원앙 한 쌍에 빨강 파랑 노랑의 명주실 매듭을 늘어뜨린 노리개였다.

"이건 우리 돌아가신 어머니가 나 시집갈 제 허리에 매달라고 만들어주신 거예요. 이건 나의 정표이니 받으셔요."

동유가 노리개를 집어다 이리저리 살펴보더니 자기도 조끼 주머니 속을 더듬었다. 그것은 손톱만한 크기의 옥돌 거북 형상이었다. 거북의 머리에 작은 구멍이 뚫려 있었다.

"아버지가 살아생전에 쓰시던 부채의 손잡이 끈에 매었던 장식이라오. 부채는 다 헐어서 없어지고 이것만 남았소. 어려서부터 늘 몸에 지니고 다녔어요."

그들은 각자의 것을 바꾸어 소중하게 간직했다. 청이가 배의 널판에 박혔던 상다리를 뽑아 접더니 옷을 벗기 시작했다. 달은 중천에 떠올랐고 멀리서 들리는 풍악 소리도 여전했다. 청은 알몸이 되어 부들자리 위에 반듯이 누웠다. 동유도 조심스럽게 옷을 벗는다. 벌거벗은 두 사람은 나란히 누워 있다가 거의 동시에 옆으로 돌아눕는다. 동유가 떨리는 손으로 청의 몸을 만지기 시작하고 그네는 동유의 어깨에 한 팔을 얹고 파고들어 그의 안쪽 팔을 벤다.

동유의 것인 듯 비파가 차르릉 울린다. 몇 번 퉁기다가 물을 흩뿌리는 것처럼 여러 줄이 울리고 음률과 가락이 점점 빠르게 이어졌다. 거기에 반응하여 청이는 호궁처럼 가냘프게 울며 흐느적거렸다가는 미끄러진다. 비파와 호궁의 음률은 앞서거니 뒤서거니 하면서 흐른다. 배가 가볍게 출렁거린다. 그들의 몸 아래에서 뱃바닥에 부딪는 물소리가 찰싹거리고 있다. 청이의 몸 속으로 동유의 남근이 들어갔을 때에 호궁 소리는 저음에서부터 차례로 줄을 바꾸어가며 길게 높은 자리로 옮겨간다. 비파는 소나기라도 퍼붓는 것처럼 거칠고 빠르게 연주된다. 뱃전이 좌우로 흔들리고 배는 아래위로 출렁거린다. 지붕에서 늘어진 발이 흔들리면서 그 사이로 달님의 하얀 얼굴이 언뜻언뜻 넘겨다보고 있었다.

그들은 떨어져서 잠시 그대로 누워 있었다. 강바람이 제법 서늘하게 불어와 온몸에 번진 땀을 식혀주었다. 청이는 알몸인 채로 뱃전에서 몸을 돌려 다리에서부터 천천히 강물 속으로 내려갔고 동유는 그대로 풍덩 뛰어들었다. 청이가 뱃전을 잡고 매달려서 다리만 흐느적이고 있는데 동유는 배 주위를 헤엄쳐서 몇 번 돌아다녔다. 그는 청이에게로 다가와서 그네를 꼭 껴안았다.

다시 배 위로 올라와 옷을 입고 나서 두 사람은 손을 잡고 강변으로 올라갔다. 동유가 말했다.

"당신은 이제 내 아내요."

"그래요."

청이 대답했다.

"이제 추석 묘회도 끝냈으니 우리는 아마 떠나게 될 거요."

"알구 있어요."

동유가 걸음을 멈추고 말했다.

"당신두 우리와 같이 달아나요."

청이는 말했다.

"아직은 당신 짐이 되긴 싫어요. 나는 여기서 화지아루 돈을 벌 거예요. 당신은 몇 달에 한 번씩 여기루 돌아올 수 있잖아요?"

동유는 청이의 손을 놓았다.

"우리 일행은 이번에 푸저우를 거쳐서 샤먼과 광둥으로 내려갈 거요. 우리는 겨울을 남방에서 보내거든. 당신이 보고 싶으면 정월 대보름 놀이 때에 식구들에게 청하여 다시 오리다."

묘회가 끝나고 며칠 뒤에 쑤 노인의 식구들은 진장에서 떠나갔다. 동유와 청이는 서로 옷자락 속에서 나누어 지닌 정표인 노리개와 옥거북을 만지작거리며 눈빛만 나누었을 뿐이었다.

량팡과 복락루는 다시 조용해졌고 주루의 일상은 전보다 더욱 한산해졌다. 어느 날 구왕이 청이와 자려고 손길을 뻗치자

그네는 천천히 그러나 단호하게 밀어냈다. 구앙은 습관적으로
그네의 가슴에 손을 댔다가 그 냉랭한 서슬에 상처를 입은 셈이
었다.

5. 물 흐르는 대로

동유는 한 해에 두세 차례 진장에 들렀다. 정월 대보름과 추석에는 반드시 등롱제다 묘회다 하여 한 달 또는 석 달씩 복락루에서 공연을 하다가 갔고 봄철에 차밭을 순회하러 장강 상류로 오르는 길에는 한 열흘씩 들렀다 갔다.

그렇게 두 해가 지나도록 키우는 청이에게 남편이 생겼다는 사실은 모르고 있었지만 동유가 정인이라는 것쯤은 그네도 눈치채고 있었다. 청이는 화지아로서 중년의 키우를 대신하여 손님 방에 다른 기녀들을 데리고 출입했다. 그리고 아주 가끔씩 다른 지역에서 온 세력가나 상행의 행수라든가 높은 관리 등은 특별한 경우에만 잠자리 시중을 들었다.

장토우인 구앙은 그런 일도 키우와 청이의 판단에 맡기고 있었다. 구앙은 렌화가 다른 사내와 동침하는 일에 대해서는 영업상의 일이라 모른 척했다. 구앙 자신이 건달이었고 그런 일에 일일이 아는 척하는 짓은 무뢰배 세계에서 쩨쩨한 노릇이었기 때문이다. 그러나 그는 장토우로서 거느리고 있는 기루의 기녀들은 물론 화지아인 렌화가 자신의 영향권에서 벗어나는 짓은 절대로 용납할 수가 없었다. 청이가 수청을 드는 밤이면 링지아키우가 장토우인 구앙에게 통고를 해주었고 그는 만취할 때까지 마시고 나서 다른 새로 팔려온 어린 기녀를 데리고 잠들었다.

바깥세상의 풍문은 그야말로 물을 따라서 흘러들어왔다. 뱃사람들과 장사치들이 새로운 소문을 지니고 진장에 끊임없이 드나들었으며 내륙에서는 군대를 가득 태운 범선들이 쉴새없이 만을 향하여 나아갔다.

청이가 진장에 와서 두번째의 추석 단원절을 지내고 나서 남방을 향하여 길을 떠났던 동유의 악사 일행이 되돌아온 적이 있었다. 전쟁이 났다는 것이다. 추운 바람이 불기 시작한 때였는데 영국 군대가 철갑 증기선에 군대를 수천 명씩 싣고 나타나 장강 어구에서 중국의 범선들을 포격했다. 상하이와 닝보의 중국 포대와 요새는 불과 몇 시간 만에 무너지고 깨어졌으며 저우산(舟山) 열도와 닝보의 연안에 영국 군대가 상륙했다. 그들은 민간 선박은 그대로 통행하도록 방임했지만 군기를 달거나 포가 장착된 범선들을 보면 대번에 포격하여 격침시켰다. 장강 어구에서 쫓겨들어온 관군의 병선들이 진장에 모여들었고, 그들은 시골에서처럼 내놓고 저자의 상점들을 약탈하지는 못했지만 상인들은 알아서 밥에 술에 돈을 걷어서 접대해야 했다. 복락루도 도박장과 기루와 흡연소는 임시로 폐업하고 주점에서 음식과 간단한 술을 팔 뿐이었다. 그 동안 청이와 기녀들은 량팡에 꼭 박혀서 외출도 삼가고 화장도 않고 지냈다. 구앙은 부지런히 부둣가를 오르내리며 장교와 지휘관들을 사귀러 찾아다녔다.

관군은 각처의 수비대나 작은 성루나 강변 관문에서 모아온 오합지졸들이었다. 나이가 어린 소년에서부터 육십에 가까운 직업군인들까지 천차만별이었으며 하급 장교들은 거의 무뢰배나 다름없었다. 배급이 언제나 모자라서 관아의 행정을 맡은 아전들은 미리 할당된, 기부받을 식량의 수치를 지역 유지들에게 제시하던 것이다. 그러나 군대는 거의 절반 이상이 장부에만 올라 있어서 천총이라 하여도 오백여 명 미만의 군사를 가지고 있는 경우가 흔한 일이었다. 장교들은 배급을 타먹으려고 유령 인구를 올려놓고 지휘검열이 있을 때면 다른 동료 부대에서 군사들을 꾸어다가 머릿수를 맞춰놓을 정도였다. 군대는 겉치레와 단병접전의 기술만을 고집하여 광대들 놀이처럼 칼을 마주치고 창과 봉을 휘두르는 짓으로 모양을 냈다. 서양의 장거리 포와 장총으로 한 번만 쏘면 이러한 모양뿐인 동작들은 일시에 무너졌다. 지상군은 화승총도 쏠 줄 몰랐으며 적의 소총 소리에도 겁을 먹었다. 수군은 배를 전후좌우로 부리지도 못하고 느릿느릿 항해하며 기동전을 하기에는 너무 육중한 돛배와 정크선들은 대개가 폐선 직전의 낡은 것들이었다. 대포는 성곽에서 쓰는 것과 똑같이 크기만 하고 무거운데다 붙박이로 고정되어 있어서 방향을 자유자재로 바꾸어 사격할 수도 없었다. 나무판자로 만든 배에 포탄이 날아와 조금만 부서져도 수군들은 모조리 뱃전에서 무기를 버리고 물로 뛰어들어 살길을 찾아 헤엄쳐 달아났다. 군사들은 장강에 갇힌 채로 상하이 만의 어구로 나가지도 못하고 진장과 난징에 모여 있었다.

봄이 되어 동유 일행이 다시 진장에 들렀을 때 그곳은 거의 시골처럼 변해 있었다. 부둣가의 웬만한 상점들과 창고마다 군대가 버글거렸고 안쪽의 상점들이며 식당과 여각 주점들은 모두 문을 닫았다. 날이 저물어도 민간 지역에는 겨우 창문 하나 둘씩 희미한 등불이 비칠 뿐이었다.

영국 군대는 상하이와 닝보에 남겨두었던 수비대와 인도에서 온 증원군으로 대함대를 편성하여 만과 운하가 만나는 요충지인 진장으로 쳐들어왔다. 중국 관군은 진장 앞의 너른 만을 향하여 병선을 늘어세우고 육지에도 목책과 흙벽과 사슬 등으로 올라오기 어렵도록 방어선을 치고 궁수와 화승총을 지닌 군사들을 배치했다. 구앙은 둘째형 춘이며 팽싼 등의 다른 진장 사람들과 함께 바다가 내려다보이는 언덕에 올라가 구경을 했는데, 서양 전함들이 만 안으로 몰려오는 광경은 일대 장관이었다. 앞뒤로 돛을 달고 가운데 거대한 물레방아 같은 화륜을 돌리는 기선이 경적을 올리며 미끄러져들어왔다. 배 전체가 철갑으로 만들어져 화살이나 포탄도 뚫지 못할 것 같았다. 전함들은 배 밑바닥이 평평하고 얕으며 위와 아래의 이층으로 줄을 지어 배 양쪽에 대포가 장착되어 있었다. 서너 척이 먼저 앞장을 서서 차례로 열지어 들어오고, 뒤에 군대를 실은 보다 선체가 높다란 묵직한 증기선들이 뒤를 따랐다. 일렬로 늘어선 네 척의 전함들은 간격을 두고 중국 병선들이 늘어선 한복판으로 돌진했다. 그들은 좌우로 물러선 중국 배들의 가운데로 비집고 들어오며 일시에 포를 사격했다. 중국 배들은 모두가 목선이라 포탄에 맞자마자 돛대가 부러지고 선체가 갈라지며 기울어져 곧 침몰하기 시작했다. 전함 한 척이 휩쓸고 들어오면 뒤이어 다른 전함이 포를 쏘면서 돌진했고, 네 척이 그렇게 휩쓸자마자 중국 배들은 거의가 움직일 수도 없을 정도로 파괴되어 서서히 가라앉고 있었다. 그것은 실로 한 시간도 못 되는 사이였다.

서양 전함과 병선들은 유유히 만을 제압하고 늘어서서 이번에는 육지를 향하여 포격했다. 전함은 물 위에 떠서 움직이는 요새와도 같았다. 처음에는 먼저 해안 방어선을 향하여 쏘았는데, 몇 발에 벌써 벽이 무너지고 목책들은 사방으로 부서져 날아가버렸다. 연이은 전함의 포격이 해안을 물결처럼 휩쓸었다. 무기라고는 고작해야 창칼과 활에 쓸모도 없는 화승총이 고작인 관군은 우박처럼 쏟아지는 포탄에 거의 궤멸되었다. 방어선이 뚫리고 그나마 몸이 성한 군사들은 앞뒤를 다투어 해변에서 부둣가를 향하여 정신없이 달아났다. 그러나 포격은 사정없이 진장의 강변에서부터 차츰 부두와 더 위쪽의 거리를 향하여 날아왔다. 귀청을 찢는 듯한 폭음에 이어 화약이 폭발하면서 사방에서 불길이 일어났고 진장은 온통 불길과 연기에 휩싸였다.

전함의 포격이 멎으면서 보트가 내려지고 영국군이 수십 명씩 타고 상륙했다. 해변에서 대오를 갖춘 군대가 총검을 꽂은 장총을 앞세우고 방어선을 뛰어넘었다. 영국군을 태운 보트들은 끊임없이 몰려오고 있었다. 영국군은 별 저항도 받지 않고 부두를 완전히 장악했고, 중국군은 어디로 흩어졌는지 길가에 남은 시체와 부상병들뿐이었다.

언덕에서 그런 광경을 내려다보던 진장 상인들은 몰려 올라오는 관군들이며 식구들과 함께 황급히 인근 시골로 피난을 떠났다. 구앙이 연기로 가득 찬 거리로 뛰어내려가자 이미 골목마다 사방에서 뛰쳐나온 사람들로 혼잡을 이루고 있었다. 그는 복락루 앞에 이르러 불길과 연기에 휩싸인 채 반쯤 무너져내린 앞채의 꼴을 보고는 넋이 나가버렸다. 팽싼이 넘어지려는 구앙을 옆에서 부축했다. 그들은 바로 옆집인 량팡으로 건너갔는데, 그곳도 불길에 휩싸여 있었다. 남자 일꾼 하나가 봇짐을 메고 무너진 담장 사이로 뛰쳐나오다가 구앙과 팽싼을 보자 뒷걸음질을 쳤다. 구앙이 외쳤다.

"달아나지 마라!"

팽싼이 날쌔게 달려들어 그 녀석을 잡아 딴죽을 걸면서 쓰러뜨렸다. 팽싼이 옆에 떨어진 봇짐을 헤치니 여자들의 패물이며 옷가지 등속이 나왔다. 구앙이 그의 멱살을 잡아 흔들며 물었다.

"모두 어디로 갔느냐?"

"각자 알아서 달아나고 있습니다."

"키우와 여자들은 어디 있느냐?"

일꾼은 허우적거리며 대답했다.

"링지아 님이 양귀들이 오면 여자를 먼저 겁간한다고 하여 포를 쏘자마자 피난을 떠났습니다."

사내는 뒤도 돌아보지 않고 달아나버렸다. 구앙과 팽싼은 불길이 오르고 있는 오락장 건물에는 들어가볼 엄두도 내지 못하고 량팡의 무너진 담장 안으로 들어갔다. 불이 붙은 것은 이층의 량팡뿐이고 건너편 구앙의 숙소는 그대로 있었다. 팽싼이 물었다.

"장토우, 어떻게 하시렵니까?"

구앙은 링지아가 기녀들을 어디로 데려갔는지도 대강 알 수 있었다.

"키우는 여기가 안정이 되면 돌아올 것이니 일꾼들이나 모아오너라."

영국군은 진장을 점령하고 부두에 머문 채 군영을 차렸다. 영국군은 내륙으로 진군하는 대신 진장 연안의 가로를 수색하여 남아 있던 민간인들을 모았다. 군대를 따라온 중국인 통사들이 있었는데, 이들은 기독교인들이거나 마이판의 장사꾼들이었다. 통사들은 진장의 장사꾼들에게 식량과 각종 물자를 팔게 했다. 영국의 전함들은 다시 장강을 거슬러올라가 난징 외곽에 이르러 포격을 개시했다.

진장과 쑤저우 사이의 작은 지류에는 거룻배와 용선들이 수십 척 떠가고 있었다. 거의가 피난 나온 사람들로, 잠시 시골로 내려가는 진장의 민간인들이었다. 키우는 거룻배 두 척에 기녀들이며 주점과 기루에서 일하는 일꾼들을 태워 샤오해(小河)로 향했다. 샤오해 촌은 키우의 고향이었고, 그네의 어머니와 친척들이 농사를 지으며 살고 있었다. 키우는 일 년에 한두 번씩 구앙의 허락을 받아 고향에 다녀오곤 했다. 구앙도 따라갔다온 적이 있었지만 샤오해 마을은 앞에 물을 바라보고 뒤로는 산을 등진 아늑한 마을이었다. 인근 일대의 야산을 개간한 차밭이 있었는데 외지의 샨농(山農)들이 품을 팔러 몰려올 정도의 대장원들은 아니었지만 마을 주민들이 힘을 합하여 짓는 작은 규모의 차농원이라 오히려 주민들에게는 더욱 살기 좋은 동네였다. 구앙도 키우를 따라갔다가 그 아늑함과 포실함에 반하여 작은 텃밭을 사고 강이 내려다뵈는 언덕에 집을 지었다. 물론 맏형 유안의 장원처럼 거창한 별장은 아니었지만 나무와 대나무와 왕골로 시원하고 널찍하게 지은 집이었다.

"그래, 산천경개가 어떠냐. 장토우 님 별장에서 며칠 푹 쉬었다가 돌아가면 양귀들도 다 물러갈 게야."

키우는 뱃전에 앉아 기녀들을 달래주었다. 기녀들도 원래 산전수전 겪은 아이들이라 모처럼 강바람을 쐬는 게 즐거운지 재깔거리며 떠들었다. 샤오해에 당도하여 키우는 일꾼들에게 일

행을 데리고 차밭 뒤쪽에 있는 장토우의 별장으로 가도록 했고,
자기는 어머니와 친척들을 만난다고 일꾼들에게 선물 짐을 들
려 마을로 들어갔다.

일행들 가운데 청이와 동유도 있었다. 동유는 원래 쑤 노인의
가족들과 진작에 장강을 빠져나가야 했건만 청이 때문에 며칠
더 머문다고 미적거리다가 난리를 맞게 되었던 터였다. 일행들
은 별장으로 올라가 우물가에서 쌀과 채소를 씻어 저녁 준비를
하고 제각기 전실이나 노대에 나가 널브러져서 쉬는 중이었다.
바람이 서늘하게 불어오는 노대에서 청이와 동유는 잠시 말없
이 앉아 있었다. 동유가 말했다.

"복락루는 이젠 망했어. 포탄이 몇 발이나 떨어졌으니 다 타
버렸을걸."

청이가 갑자기 눈을 빛내며 말했다.

"당신 이제 어디루 갈 거예요?"

"글쎄, 우리 식구들은 지금쯤 쑤저우에 가 있을 거요."

"여기서 가는 길을 잘 알아요?"

동유가 무슨 소린지 눈치를 채고 목소리를 낮추어 대답했다.

"그야 여기서 배삯만 내면 얼마든지 쑤저우로 나갈 수가 있
지. 항저우까지는 운하로 내려가면 바로 지척이야."

청이가 동유처럼 목소리를 낮추어 속삭였다.

"우리 달아나요. 그럴 줄 알구 내가 바꾸어두었던 패물을 꾸
려가지구 나왔거든."

저녁을 먹고 나서 기녀들은 제각기 마땅한 곳을 찾아 잠자리를 준비했고 키우는 아직 돌아오지 않았다. 눈치로 보아서는 오랜만에 집에 돌아왔으니 어머니며 친척들과 이야기꽃을 피우다가 내일 아침에야 마을에서 돌아올 모양이었다. 동유와 청이는 짐을 찾아 옆구리에 끼고 차밭을 빠져나와 강변으로 내려갔다. 가끔씩 살림배나 거룻배가 지나가곤 했는데, 강이라고 해야 강심을 지나는 배에서 저희끼리 도란거리는 말소리가 똑똑히 들릴 정도로 폭이 좁았다. 위에서 등불을 달고 오는 배 한 척이 보여서 동유가 입에 손나팔을 대고 불렀다.

　"여보시우, 배 좀 탑시다."

　배가 비스듬하게 방향을 바꾸더니 천천히 갈대를 가르며 다가왔다. 그것은 강과 수로에서 흔히 만나는 대나무 지붕을 올린 살림배였다. 배 중앙에 접었다 폈다 할 수 있는 돛대가 있었고 선미에 키가 달려 있었다. 보통은 돛을 올리고 바람의 방향에 따라 조정하면서 항행하지만 강의 흐름이 바뀌거나 좁은 수로에서는 온 가족이 배의 앞뒤에서 교대하면서 노를 저어야 했다. 배가 기슭에 닿자 사내가 등불을 쳐들고 물었다.

　"쑤저우까지 가는데 어디로 가려우?"

　"우리도 그곳으로 갑니다."

　"한 사람 앞에 삼십전만 내시우. 식량이 따로 없으면 한 끼에 오전이오."

　두 사람은 배에 올랐다. 배 안은 다른 살림배들처럼 앞쪽에 손님들의 공간이 있었으며 뒤에는 가족들이 기거했다. 아이들 둘이 배 앞쪽의 선반에서 잠들어 있고 아내는 맨 뒤에 앉아 키의 손잡이를 겨드랑이에 끼우고 이리저리 움직이면서 배의 방향을 조정했다. 사내는 삿대를 쥐고 서서 가끔씩 물 속에 질러 넣었다. 배가 좁은 데서 너른 수로 쪽으로 나아가자 돛대를 올리고 아내는 여기저기 기운 누더기 이불을 덮고 먼저 잠들었으며 남편이 대신 키를 잡았다. 동유와 청이도 돗자리 위에 누워서 잠을 청했다. 배는 잔잔한 수면 위로 천천히 흘러갔다.

아침에 배는 낮은 수로에서 좀더 높은 수로로 나아가기 위해 수문 앞에서 대기중이었다. 수로 입구에서부터 배가 밀려서 배들은 줄지어 섰거나 아예 양안에 배를 대어놓고 취사를 준비하고 있었다. 벌써 일어난 아내가 풍로에 불을 피워 밥을 지었다. 남편은 목침을 베고 아직 잠들어 있었으며 아이들은 깨어나 선반에서 내려왔다. 아이들이 발치에서 나뭇조각으로 만든 공기를 하느라고 꼼지락대는 바람에 동유와 청이도 깨어났던 것이다.

아침식사가 모두 준비되자 아내가 남편을 깨웠다. 그들은 배안에 마련된 제단에 향을 피우고 먼저 밥 한 그릇을 퍼서 올려놓고는 온 식구들이 엎드려 절을 했다. 그리고는 아침식사를 시작했다. 음식이라야 콩과 조를 섞은 남방 쌀로 지은 밥에 물고기와 감자를 조린 것이며 짠지가 전부였지만 식구들은 말도 않고 게눈 감추듯이 재빨리 먹어치웠다. 배들이 느릿느릿 수로를 빠져나가기 시작했고 두 부부는 각자 담배를 곰방대에 담아 느

굿하게 한 대씩 피우고는 수문 앞에 가서 줄을 섰다. 배가 수문 안으로 들어서면 수문이 닫히고 보다 높은 수면 쪽의 수문을 열어 물이 같은 높이로 차오를 때까지 기다렸다. 일단 물이 차면 수문을 열고 반대쪽의 수로로 나가는데, 수면이 높낮이의 차이가 많이 날 때에는 선미에 밧줄을 매어 양쪽에 세운 기둥의 꼭대기에 도르래를 매단 기중기로 배를 천천히 내려주었다. 일꾼들이 기중기의 밧줄을 잡고 힘을 쓸 적에 함께 지르는 고함 소리가 노랫소리처럼 경쾌했다. 배가 반쯤 경사를 내려가면 밧줄을 풀어버리는데, 뱃머리가 미끄러져 물 속으로 떨어지면서 다음 수로에 들어서게 되는 것이다.

수로 양편으로 마을과 거대한 뽕나무밭들이 계속해서 지나갔다. 쑤저우에서 항저우 일대는 비단의 집산지라 지나는 고을마다 뽕나무밭이 많이 보였다. 현성을 지날 때면 수많은 다리와 반월교의 아래를 지나가게 되었는데, 절간이며 묘당들의 높은 누각과 기와지붕들이 보였다. 강변에는 수양버들이 줄지어 서 있었다. 항저우와 톈진을 잇는 대운하의 수로에 들어서면서 배는 강에서보다는 속도를 내지 못했다. 그만큼 항행하는 배들이 많았기 때문이다. 큰 정크선들도 느릿느릿 지나갔다.

며칠 지나서 쑤저우의 성 밖에 당도했는데, 성내로 들어가는 물길과 항저우로 나가는 물길이 갈리는 곳이었다. 동유와 청이는 일단 내렸다가 야채를 실은 작은 배로 갈아타고 성내로 들어갔다. 주인은 야채를 팔러 가는 농부로, 배 꽁무니에서 노를 저으면서 나아갔다. 좁은 수로들은 성내 사방으로 연결되고 있었다. 양쪽에 민가의 담벼락이 붙어 있었고 가끔씩 골목으로 나가는 계단이 물과 이어졌다. 동유가 가는 곳도 장터 거리여서 배가 닿자 그들은 노인의 야채 내리는 작업을 도와주고 나서 골목으로 나갔다.

큰 광장을 가운데 두고 차양을 친 노점들이 빈틈없이 늘어섰고 노대가 달린 드높은 이층집들이 광장 주위를 빙 두르고 서 있었다. 그 뒤로도 수많은 골목과 마차나 수레가 다닐 만한 돌길이 이어져 있었다. 동유는 어느 주점 앞에서 잠깐 청이를 남겨두고 들어갔다가 나오더니 곧 환한 얼굴이 되어 나왔다.

"찾았어! 식구들이 요 근처에서 묵고 있다는군."

동유가 청이를 데리고 간 곳은 등나무가 높다랗게 건물 위로 뻗어올라간 낡은 하숙이었다. 앞에는 수레와 가마꾼들이 모여 있는데 하숙은 안마당을 가운데 두고 입 구(口)자로 지어진 이층집이었다. 복락루와 같은 꼴이었지만 규모는 훨씬 작고 건물도 낡고 퇴락했다. 이층의 난간 위에는 빨래가 널렸고 더러운 이불이 난간 위에 여기저기 걸쳐져 있었다. 후덥지근한 날씨 때문인지 이층의 방문은 활짝 열려 있었고 속옷 바람의 젊은 여자들이 허벅지를 허옇게 드러내놓고 난간에 매달려 바람을 쐬고 있었다.

동유와 청이는 이층을 힐끗대면서 아래층의 어두운 통로를 향해 들어갔다. 양쪽에는 작은 방의 문짝들이 계속되고 있었는데 열려진 방문 안으로 벌거숭이의 사람들이 보였다. 청이는 무심코 안을 기웃거리다가 흠칫 놀랐다. 얼굴의 반쯤이 화상으로 일그러진 어린 계집아이가 콩물에 담근 묵을 떠먹고 있는데 그 발치에는 양쪽 다리가 이지러진 앉은뱅이의 갓난아기가 기어다니고 있었다. 더욱 끔찍한 것은 원숭이처럼 목에 줄이 매어진 채 의자 다리에 감아놓은 것이었다. 청이의 놀란 눈이 방 안에서 노려보던 험상궂은 사내의 가늘게 째려보는 눈과 마주쳤다. 웃통을 벗고 상반신의 앞뒤가 가득 차게 귀면의 문신을 새긴 사내였다. 그는 밖으로 아무렇게나 침을 내깔기며 청이를 향하여 으르렁거렸다.

"뭘 봐, 이년아. 한 코 쑤셔줄까?"

동유가 억지로 웃는 얼굴을 지어 보이면서 얼른 청이의 등을 통로 안쪽으로 밀었다. 깊숙한 안쪽 방은 더욱 어두컴컴했는데 통로에 나와 앉았던 사람들 중 하나가 동유를 발견하고는 마주 달려나왔다. 청이 바라보니 그는 쑤 노인의 아들 푸시였다. 푸시는 상의 헝겊 단추를 끄르고 맨가슴을 풀어헤친 채 옷자락으로 활활 부채를 부치듯 하면서 다가왔다.

"어떻게 된 거야. 식구들 모두 걱정하구 있었지."

푸시의 말에 동유가 청이의 어깨를 감싸안으며 대답했다.

"이렇게 함께 오느라구 늦었지요."

방 안에서 떠들썩한 소리를 듣고 샤오바오가 내다보다가 반색을 하며 뛰쳐나왔다.

"렌화 언니야, 무사했구나!"

그들은 방 안으로 들어섰는데 안쪽의 방은 어두컴컴하기는 했어도 다른 방들보다는 제법 넓었다. 그렇지만 침상은 없었고 방 두 칸 사이에 끼웠던 판자문을 떼어 아래 윗방으로 함께 쓰게 해놓았다. 그 안에 쑤 노인 부부와 샹자오 아저씨도 있었으니 악사 여섯 식구가 다 모여 있는 셈이었다. 이제 청이까지 식구는 모두 일곱 명이 된 셈이다. 쑤 노인이 이맛살을 찌푸리며 동유에게 물었다.

"진장에선 난리가 났다면서?"

"글쎄 말예요. 양귀들이 철갑 화륜선을 몰고 쳐들어왔지 뭐예요. 진장 부둣가와 거리는 온통 불바다가 되었습니다."

"복락루는 어찌되었나?"

"말두 마세요. 오락장은 포탄이 몇 발이나 떨어져서 불타버리고 량팡 집도 모두 타버렸어요."

동유의 말에 샤오바오가 새된 소리를 지르면서 놀랐다.

"어머, 그럼 링지아 마마님이랑 기녀 언니들은 어찌되었나요?"

동유가 피난 나오던 일이며 청이를 데리고 샤오해 마을에서 빠져나오던 일까지 자세히 얘기했다. 쑤 노인의 아내인 샨웨 할멈이 손뼉을 쳤다.

"참 잘되었구나. 사람이 살다보면 나쁜 일 중에도 길한 일두 생기는 법이라니까."

그러나 샹자오 아저씨가 곰방대를 뻐끔대면서 중얼거렸다.

"허, 이제 진장엔 다 갔군. 복락루 장토우란 작자가 우릴 벼르지 않겠나."

푸시가 그의 말을 가로막았다.

"까짓, 온 남방 천지가 우리 놀이판인데 난리 터진 데는 왜 찾아간단 말인가. 그리구 복락루도 불타서 다 망했다잖아."

그들은 서로 여기까지 온 여정을 다시 얘기하느라고 한참이나 떠들었다. 샨웨 할멈이 물었다.

"너희들 배고프겠구나. 누가 나가서 먹을 것 좀 사오너라."

"천천히 하지요, 뭐."

동유가 그러자 푸시가 말했다.

"아니야, 우리도 아직 안 먹었어."

샨웨 할멈이 다시 즐거운 목소리로 떠들었다.

"얘 얘, 저 장터 모퉁이에 가면 해황탕(蟹黃湯) 만두집이 있던데 지켜섰다가 한 솥 찌거든 그대루 몰아오너라."

청이는 그 말에 귀가 번쩍 띄었다.

"아니, 진장 만두가 여기두 있나요?"

"그럼, 닝보에두 있구 항저우에두 있더라."

동유가 호기 있게 허리춤에서 돈을 꺼내어 내밀자 샤오바오가 얼른 받고는 청이에게 말했다.

"렌화 언니, 우리 함께 만두 사러 가자."

푸시가 딸인 샤오바오의 팔을 잡아 돈을 빼앗으며 일렀다.

"곧 어두워질 텐데 너희끼리 어딜 가겠다는 게냐. 여기가 어딘 줄이나 아니? 지안토우(薦頭) 가게가 모여 있는 골목이다."

청이 어리둥절한 얼굴로 동유에게 눈짓을 하니 그는 부드럽게 웃으며 그녀의 손을 쥐었다.

"지안토우는 일꾼을 소개하는 가게야. 당신은 내가 곁에 있으니 염려 말아요."

쑤 노인이 청이를 향하여 말했다.

"네가 놀랄까봐 자세한 얘기를 않는 모양이다만 여긴 진장하고는 달리 도회지란다. 이제부터 우리는 이런 큰 대처로만 돌아다닐 터인데 조심해야 할 것이 한두 가지가 아니다. 특히 샤오바오나 롄화 같은 젊은 소저들은 유괴한이 노리니까 밤에는 나다니지 말거라."

그리고 쑤 노인은 청이에게 찬찬히 설명을 했다. 지안토우 가게는 겉으로는 직업소개소지만 부녀자를 유괴해다가 팔아먹는 곳이라는데 이 장터 거리에도 몇 집이나 있다고 했다. 그리고 쑤저우에는 예전부터 슈마지아(瘦馬家)라는 젊은 여자를 파는 곳이 있었는데, 술집이나 기루나 또는 밥술깨나 먹을 만한 부자가 첩실로 삼을 여자를 구하면 중개인이 나서는데, 이들을 흰개미라고 불렀다. 지안토우에서는 남녀를 가리지 않고 외지에서 유괴해다가 팔았고 어린아이들도 많았다. 어린아이들은 힘줄을 자르거나 눈을 찔러 소경을 만들고 또는 끓는 물을 뒤집어씌워 흉악한 몰골을 만들어 구걸을 시키거나 구경거리로 삼아 돈을 벌게 했다. 그래도 청이를 안심시키려는지 샹자오 아저씨는 곰방대를 탈탈 털면서 여유 있게 한마디했다.

"우리네야 저자 건달패와도 안면이 있는 광대들이니 누가 함부로 하겠나. 다만 혼자 나다니지는 말게."

샨웨 할멈이 말했다.

"그러니 공연 때 말고는 화려한 색의 치포를 입지 않도록 하렴. 여기 이층은 창녀들이 장사하는 곳이니까."

청이가 동유에게 물었다.

"아까 들어오면서 보았던 사람들은 다 뭐예요?"

"여긴 값이 싼 숙소이니 별의별 인생들이 다 많지. 저들은 이미 지안토우나 슈마지아를 거쳐서 올 데까지 온 사람들이라구."

얘기를 나누는 중에 밖에 나갔던 푸시가 큼직한 소쿠리에 만두를 하나 가득 사가지고 돌아왔다. 샨웨 할멈이 물었다.

"생강이랑 초장도 받아왔느냐?"

"예, 어머니 말씀대로 지켜섰다가 쪄낸 것을 그대로 가지고 왔습니다."

렌화도 진장 량팡에서 기녀들과 함께 내기 골패를 하고 나서 곧잘 해황탕 만두를 사먹어서 그 맛을 잘 알고 있었다. 먼저 돼지 가죽을 오랜 시간 푹 끓여서 식히면 기름기와 찐득한 점액이 굳어 묵이 되었다. 여기에 다진 돼지고기와 게살을 섞어서 만두 속을 넣는다. 만두를 쪄내면 속에서 육즙이 녹으면서 탕국물이 생긴다. 만두를 빚을 때 주둥이를 잉어의 입처럼 주름을 잡아

한데로 모아서 싼다. 먹을 때 잘못 다루면 만두가 터져서 뜨거운 국물이 흘러내려 옷을 버리거나 입을 데는 수도 있었다. 식구들은 둘러앉아 부채를 활활 부쳐대면서 만두 주둥이를 조금 찢고 조심스럽게 국물을 빨아 먹었다. 먼저 진국의 탕을 먹고 다음에 만두를 생강 넣은 초장에 찍어 먹었다. 준비해두었던 우롱차로 입가심을 하고 나니 저녁식사가 끝이 났다.

"여기선 며칠이나 더 있을 작정이세요?"

동유가 물으니 푸시가 대답했다.

"공연이 세 군데나 남았네. 마치면 곧장 항저우로 떠나야지."

"쑤저우에선 늘 같아. 얀후이(宴會)야."

식구들은 그래서 기분이 좋은지 동유를 바라보며 고개를 끄덕여 보였다. 부잣집 잔치에 불려가면 배불리 먹고 마시고 공연이 끝나자마자 음식 보따리와 수고비를 후하게 받아가지고 돌아올 수가 있었다. 대개는 도회지에 있는 흥행 물주가 주루나 오락장의 주문을 받아서 순회하는 극단이나 악사들을 중개하게 마련인데 돈을 받으면 수수료를 떼어주던 것이다. 쑤 노인의 패거리는 비록 사람 수는 적었지만 음률이 품위가 있고 연주 실력이 뛰어나다고 알려져서 점잖은 자리에도 많이 불려다녔다.

쑤 노인네 악사들은 이튿날 오후 내내 쉬다가 잔칫집으로 찾아갔다. 쑤저우는 항저우와 함께 물길이 사방으로 통하고 경치가 아름다워서 예로부터 은퇴한 거상들이나 관리들이 만년의 거처를 마련하는 고장이었다. 웅장한 대문에서부터 몇 겹의 대문과 하얗게 회칠한 담장이 있고, 화목이 울창한 정원과 연못가에 정자가 있으며, 궁궐과 같은 객청과 긴 회랑을 지나면 건물마다 정갈한 대청이 나오곤 했다. 길 위에는 붉은 돌이 깔리고 회랑과 객청 바닥은 모란 무늬의 대리석으로 덮여 있었다. 이들 대인들은 난징의 첸 대인처럼 거의가 차와 비단으로 거부가 된 사람들이었다.

그날은 아마도 늙은 부부의 회갑연인 듯했다. 각 객청에는 구름 같은 손님들이 각자의 흑단 탁자 앞에 음식과 술을 놓고 앉아 있었으며 하인들은 개미들처럼 부지런하게 드나들며 시중을 들었다. 잔치 자리는 두 개의 객청을 터놓고 맨 안쪽에 주인 부부의 상을 놓았으며 좌우로 자손들과 직계 가족들이 앉았다. 악사들의 자리는 그들의 왼쪽에 조금 높직한 대를 만들어놓은 곳이었다. 그들은 먼저 장중한 악곡을 연주하기 시작했다. 사람들의 소음은 일시에 잦아들고 자리가 정돈되는 느낌이 들었다. 청이도 샤오바오와 더불어 비파를 뜯었다. 동유는 자신의 비파를 청이에게 내주고 자신은 피리를 불었다. 노래 순서에는 청이와 샤오바오가 일어서서 축수가(祝壽歌)를 불렀고, 노래 중간에 서로 엇갈려서 춤을 추었다. 그들은 이틀을 쉬고 나서 중년 관리의 생일잔치에 불려갔으며 또한 며칠을 쉬고는 결혼식에 불려가서 연주할 참이었다.

그러한 어느 날 황혼 녘이었다. 이맘때에는 하숙의 숙박자들이 일터나 저잣거리에서 모두 집으로 돌아오는 때였고, 밤에 일하는 창녀들은 하루 일과를 시작하는 때이기도 했다. 마당 가운데 등나무가 타고 올라간 곳에 큰 우물이 있어 돌아온 사람들이 취사를 하려거나 씻을 물을 긷느라고 어수선하게 마련이었다. 곳곳에서 풍로를 피워 밥을 짓기도 하고 우물가에서 그냥 물을 길어 끼얹기도 했다. 이러한 소란이 지나가면 술에 취한 손님들이 몰려드는데 창녀들은 포를 걸치고 분단장을 하고서 이층 난간에 나와 앉았고 뚜쟁이들은 각자 문 밖에 나가 손님들을 끌어다 창녀들에게 안내했다. 포주가 돈을 받으면 창녀들은 줄지어 붙은 작은 방으로 들어가 몸을 팔았다. 청이는 그날 따라 낮에 장을 보아다가 식구들을 위한 저녁을 준비하던 중이었다. 풍로 위에서 밥이 끓고 있었고 다른 풍로에는 야채와 돼지고기를 볶았다.

"너 새로 온 년이냐?"

하는 소리가 들려서 청이가 뒤를 돌아보니 소매와 품이 좁은 상의에 목 단추는 풀어헤치고 목걸이까지 한 건장한 사내가 서 있었다. 청이는 무슨 영문인지를 몰라 그냥 풍로 앞에 쪼그리고 앉아 있었다. 갑자기 사내가 발을 들어 풍로를 걷어찼고 냄비가 날아가 음식이 땅바닥에 쏟아져버렸다.

"왜 대답이 없는 거야, 이 건방진 년아!"

사내가 다짜고짜로 청이의 머리채를 잡아 일으켜세웠다. 그의 입에서 싸구려 고량주의 냄새가 푹푹 풍겼다. 청이는 가까스로 머리를 틀어서 사내의 손목을 물었다. 그러나 그는 아무렇지도 않게 다른 손으로 청이의 면상을 호되게 내갈겼다. 청이는 눈앞에서 불이 번쩍하면서 주저앉았다. 사내가 그네를 옆구리에 끼더니 질질 끌고 이층 계단을 올라갔다. 그는 두리번거리다가 문을 열어보고는 빈방에 청이를 집어던졌다. 그는 기웃이 넘겨다보던 어느 중년의 여자 뚜쟁이에게 물었다.

"이년의 후화가 어떤 놈이야?"

"모르겠는데…… 새로 왔나?"

"주인한테 이년은 오늘부터 내가 후화를 맡겠다구 전해."

청이는 그제서야 어렴풋이 정신이 들었다. 맞은 눈두덩이 부풀기 시작해서 한쪽 눈이 잘 보이지 않았다. 계집이 꿈지럭거리자 사내는 잽싸게 올라타고 무릎으로 상체를 누르면서 치맛자락을 위로 힘껏 걷어올렸다. 얇은 천이 부욱 찢어지면서 청이의 아랫도리가 드러났다. 청이는 발버둥을 쳤지만 사내는 이런 일에는 이골이 난 것처럼 보였다. 다시 두 손으로 그네의 상의 깃을 잡고 좌우로 벌리며 찢어버린다. 청이는 거의 알몸이나 다름없었다. 사내가 한쪽 다리를 넣어 가랑이를 벌리면서 제 바지를 내리는데 뒤에서 문이 벌컥 열리며 동유가 뛰어들어왔다. 동유는 한 손에 넓적한 부엌칼을 들고 있었다.

"이 개 같은 놈아!"

외마디 소리를 지르며 동유는 사내를 향해 내리찍었다. 사내가 뭐라고 비명을 지르면서 옆으로 쓰러졌고 동유는 겨우 가슴을 찢어진 옷으로 감싸쥐고 벌벌 떨고 있는 청이를 안아올렸다.

사내는 어깨를 찔렸는지 피를 철철 흘리면서 버둥거렸다. 동유는 그 꼬락서니를 보자 새로운 분기가 뻗쳐서 다시 칼을 높이 쳐들었다.

"아, 안 돼요!"

청이 동유의 손목을 잡고 늘어졌다. 뒤이어 포주와 푸시가 동시에 방 안으로 뛰어들어왔다. 그들은 동유에게서 먼저 칼을 빼앗았고 청이를 수습해서 방을 나왔다. 포주는 창가의 기둥서방들 가운데 하나인 사내를 끌고 부근에 있는 의원으로 데려갔다.

저희 방으로 돌아온 쑤 노인네 식구들은 걱정이 이만저만이 아니었다. 이곳이 낯선 타처인데다 상대는 쑤저우 뒷골목의 무뢰배가 아닌가. 더구나 크게 상처까지 입혔으니 보복도 두렵지만 무엇보다도 얼마나 배상을 요구해올지 알 수 없었다. 그렇다고 그날 밤 안으로 달아날 수도 없는 형편이었다. 이 많은 식구들이 배를 타러 몰려가는 사이에 얼마 못 가서 잡힐 것이 뻔했기 때문이었다.

푸시가 잠시 생각해보더니 입을 떼었다.

"내가 한번 포주와 상의를 해보지."

"그놈이 먼저 유부녀를 겁간하려 했다구요."

동유가 부르짖었다. 청이는 찬 물수건을 얼굴에 대고 소리없이 눈물을 흘렸다.

쑤 노인이 한숨을 내쉬면서 말했다.

"하는 수 없다. 동유는 렌화를 데리고 오늘밤에라도 먼저 항저우로 떠나거라. 우리가 남아 있다가 수습을 해보지."

"안 됩니다. 우리가 떠나고 나면 저놈들이 남은 식구들을 더 괴롭힐 텐데 어쩌시려구요?"

동유가 그렇게 말하니 쑤 노인은 고개를 끄덕인다.

"못살게 굴겠지. 하지만 저들이 바라는 건 돈일 게야. 우리 같은 광대들에게 더 무엇을 바라겠느냐."

뒷전에서 청이가 부시럭거리더니 자기 봇짐에서 은덩이 하나를 꺼냈다. 언젠가 랑중이란 관리가 특별 화대로 내놓았던 말굽은이었다. 모두들 은덩이를 보고 놀라서 만져라도 보려고 손을 내밀자 쑤 노인이 뿌리쳤다.

"저리 비켜라. 이건 너희들 살림에 필요할 테니 그냥 간직하고 무슨 다른 패물이라도 있으면 내놓아보아라."

청이는 되돌려받은 은덩이를 쥐고 망설이더니 이번에는 봇짐에서 푸른색의 옥팔찌 한 쌍을 꺼내어놓는다. 샤오바오가 새된 소리를 내지르며 얼른 옥팔찌를 집었다. 샨웨 할멈이 손녀에게서 팔찌를 얼른 빼앗아 남편인 쑤 노인에게 건넸다.

"자아, 어서 떠나거라. 너희들이 떠난 뒤에 내가 직접 포주를 불러다가 얘기를 해보겠다."

하고 나서 쑤 노인이 걱정스럽게 말했다.

"저 아이들을 배터까지 바래다주어야 할 텐데……"

쑤 노인의 말에 아들 푸시가 나섰다.

"제가 다녀오지요."

"아니다, 너는 포주와 안면이 있고 싸움을 말렸으니 화해를 시켜줘야지. 샹자오 자네가 갔다 오게."

샹자오는 동유에게 눈짓을 해 보이고는 밖으로 나가 안마당에 인적이 없는 것을 보고 돌아왔다.

"집 앞이 한적해졌으니 얼른 이틈에 빠져나가세."

동유는 청이의 손목을 꼭 잡고 샹자오의 뒤를 따라 여숙을 빠져나왔다. 그는 달음박질을 못 하고 비틀거리는 청이가 걱정이 되었는지 거리에 나서자마자 샹자오에게 물었다.

"수레나 가마를 타는 게 낫지 않겠어요?"

"그러면 가마꾼들이 어디로 갔는지 알려줄 게야. 그보다는 샛길로 접어들어 배터로 나가세."

세 사람은 큰길을 피하여 좁은 골목길로 들어가 천천히 담벼락을 짚으며 어둠 속을 걸어갔다. 조금 너른 길로 나왔다가 다시 주택가 사이의 비좁은 골목을 지나 내리막길로 들어서니 안개가 허옇게 피어올라 스물거리며 집들 사이로 스며드는 중이었다. 가까운 곳에 물이 있는 게 틀림없었다. 역시 골목을 나서자마자 돌계단이 보이고 그 아래가 수로였다. 수로의 한가운데 쪽은 벌써 물안개로 완전히 뒤덮여 흐름이 어디로 가는지 분간이 되지 않을 정도였다. 배가 지나가는 것은 겨우 등불의 희미한 불빛으로 알아볼 수가 있었다. 그곳이 배터는 아니었지만 배를 대고 내리거나 짐을 싣기도 하는 거리의 한 모퉁이여서 지나치는 배를 불러세울 만은 하였다. 동유가 말했다.

"일단 여기서 배를 얻어타고 배터까지 나아가 항저우로 가는 객선을 타고 가는 게 낫겠습니다."

"그게 좋겠네. 우리도 사흘 뒤에는 항저우로 떠날 거야."

샹자오가 말하자 동유는 물었다.

"헌데 이번에는 어디 묵을 건가요?"

"아직 정하진 않았네. 나흘 뒤에 비단 상방 거리의 찻집에서 만나도록 하세. 새 많이 기르던 집 기억나지?"

"아, 생각납니다. 우리가 전에 공연한 적이 있지요."

"그래, 거기야. 저녁 먹을 때쯤 식구들하고 거기서 보세."

동유는 샤오해에서처럼 등불 빛이 흘러가는 것을 보고 소리를 질러 배를 불렀다. 역시 여기서는 살림배는 아니고 작은 거룻배가 야채나 곡물 같은 잡다한 화물을 싣고 가다가 삿대를 물속에 지르며 다가왔다. 동유가 뱃삯을 흥정하고서 청이를 데리고 배에 올랐다. 샹자오가 물가의 계단에 서서 다짐을 주었다.

"나흘 밤 자고 그 찻집에서 만나자구."

거룻배는 안개 속으로 흘러내려갔다. 수로를 따라서 가다가 더 넓은 수로가 흐르는 곳으로 굽어지고 도시 외곽으로 나가더니 먼 곳에 등불을 수십 개나 훤하게 매단 배터가 보였다. 배터에는 정박한 배들이 보이지 않았고, 거의가 이른 새벽에 인근 촌락에서 땔감이나 반찬거리를 싣고 도착한 작은 배들뿐이었다. 동유와 청이는 날이 밝을 때까지 기다렸다가 상류에서 오던 객선에 올랐다. 그것은 바다로 나가서는 앞뒤에 작은 돛과 가운데 높직하고 커다란 돛을 펼치고 항해하는 정크선이었는데, 운하에서는 가운데의 큰 돛을 내리고 작은 두 돛만 올리고는 노꾼이 배의 양옆에서 노를 젓고 있었다. 객선은 갑판이 이층으로 되어 있어서 위층에 여객들이 타고 아래층에서 노꾼들이 노를 저었다. 노는 규칙적으로 천천히 움직였고 바람이 불면 노질을 멈추고 쉬었다가 다시 젓고는 했다.

이틀 동안 운하를 내려가 저녁 녘에 배가 항저우 현성 교외에 이르렀다. 물길 좌우로는 쑤저우보다도 더 많은 뽕나무밭이 끝없이 이어지고 있었다. 마을 근처의 농장은 물론이고 들판에서 멀리 떨어진 산등성이에까지 뽕나무가 울창하게 자라고 있었다. 항저우는 비단의 고장이라 현성의 부자들은 물론이요 누에를 치고 비단을 짜는 일반 농민과 직공에 이르기까지 가난한 사람이 없다는 고장이었다. 집들도 깨끗해 보이고 골목에는 쓰레기를 볼 수 없고 길가의 행인들도 모두 제철에 맞는 무늬가 화사한 비단옷을 입고 있었다. 수로의 양편에 보이는 가옥의 담장마다 갖가지의 꽃들이 탐스럽게 피었고 천에 염색을 하는지 높다랗게 매어단 장대마다 붉고 푸르고 노란 색의 천들이 길다란 깃발처럼 바람에 한들거렸다. 항저우는 물의 도회지라서 수로가 그물망처럼 연결되어 있었으며 남쪽으로는 바다가 내다보이고 서쪽에는 시후(西湖) 호수가 펼쳐져 있고 물 맑은 첸탕장(錢塘江)이 백사장을 끼고 흘러내렸다.

동유와 청이는 성내로 들어가 도심지의 상가 거리로 들어갔다. 해가 저물었는데도 문 밖에 내건 등불들이 대낮처럼 거리를 밝히고 있었는데, 이런 거리가 이십 리가 넘게 계속되고 있었다. 중심가의 큰길 말고도 사방으로 뻗어나간 작은 골목과 거리마다 등불은 끝도 없는 것 같았다. 난징이 대도회라 하였지만 항저우의 말끔한 주택과 돌이 깔린 사치스런 중심가에는 미치지 못하는 듯했다. 그들은 상가 거리의 샛길에 있는 여숙을 찾아갔다. 그곳은 지방에서 온 장사꾼들이 묵는 곳으로 제법 깨끗하고 안전한 곳이었다. 청이는 쑤저우에서의 일 때문에 여숙에 가는 것을 불안해하였지만 동유는 여기는 쑤저우의 여숙과는 다른 곳이라고 겨우 안심을 시켰다. 동유도 번듯한 반점을 찾아들까 하였으나 사실 그는 평생에 그런 곳에서는 잠자고 먹은 적이 한 번도 없어서 오히려 낯설고 불안하게 생각되었다.

작은 지붕을 얹은 대나무 문이 있고 입구에는 넓적한 돌을 깐 오솔길이 있었으며 길이 끝나는 곳에 너른 마당이 있었다. 마당을 빙 둘러 등불을 내걸었는데 앞쪽은 창고와 마방이요, 다시 건물을 돌아 들어가면 역시 가운데에 정원과 연못이 있고 그 주위에 난간 달린 이층집이 있었다. 그 아래위가 모두 객실이고 돈을 더 내면 방 하나 또는 둘에 전실이 달린 특실도 있었다. 하인이나 아내를 거느린 장사치가 묵을 만한 곳이었다.

동유는 놀란 청이를 안심시킨다고 특실에 들었다. 청이는 여숙에 있는 목욕간에 가서 더운물 목욕도 했다. 밥을 시키니 하인이 직접 나무상자에 날라다가 국과 반찬과 밥을 전실의 탁자

에 차려주었다. 그들은 정말로 누구의 방해도 받지 않고 단둘이
서만 사는 맛을 보게 된 셈이다. 밥을 먹던 청이가 고개를 숙이
더니 소매를 들어 눈가를 훔쳐냈다. 동유가 젓가락을 내려놓고
그네에게 물었다.

"왜 그러오?"

"아니 그냥…… 이렇게 한 군데서 살구 싶어요."

눈이 젖은 채로 똑바로 바라보면서 청이 말하자 동유는 어물
어물 중얼거렸다.

"나두…… 광대로…… 떠돌아다니며 살고 싶진 않아."

"내게 돈이 될 만한 게 좀 있어요."

"나두 알아."

"배 타고 오면서 혼자 여러 가지 궁리를 해봤어요. 우리 여기
서 장사해요."

청이의 말에 동유는 다시 더듬는다.

"무, 무슨 장사를……"

"아무거나. 우리 저 해황탕 만두집을 내요. 나 그것 만들 수
있어."

청이는 자기 봇짐을 탁자 위에 올려놓고 풀어헤쳤다. 작은 주
머니들과 종이갑들이 나온다. 그네는 주머니에서 진주알이며
금붙이며 옥 호박 등속의 장신구들을 차례로 꺼내고 종이갑에
서는 동물 모양의 금은붙이며 서양 은화와 말굽 은 두 덩이를
벌여놓았다. 동유가 벌린 입을 다물지 못하고 차마 물건에 손도

대지 못한 채 할말을 잊었다.

"이, 이게 다 웬 보물이오?"

"내가 그 동안 복락루에서 화지아를 하면서 모은 거예요. 장
토우가 준 것두 있구요."

"이게 모두 돈으루 치면 얼마나 될까……"

청이가 자신만만하게 말했다.

"아마 천냥은 되지 않겠어요?"

"처……천냥……"

동유가 겁이 나는지 두리번거리더니 제가 먼저 물건들을 그
러모아 보자기 안에 털어넣고 재빨리 매듭을 묶었다. 청이가 젓
가락으로 음식을 집어 동유의 입에 넣어주었다.

"이제 쑤 노인네 식구들과 헤어져요. 그리구 작은 집을 한 채
장만해서 장사를 시작하는 거예요."

"집을 장만한다니…… 나는 태어나서 여태껏 집이 없었소."

"그래요, 아이두 기르구 착실하게 일하면서 사는 거예요."

그들은 저녁을 끝내고 밤늦게까지 앞으로 살아갈 일들을 얘
기하면서 잠들지 못했다. 누웠다가도 좋은 생각이 떠오르면 제
각기 일어나 의견을 꺼내고는 했다. 그들의 얘기는 계속해서 앞
으로 나아갔다. 동유와 청이는 벌써 태어날 아이들의 이름자를
가지고 다투기까지 했다. 그 사흘 동안 두 사람은 수십 리나 되
는 항저우 번화가를 돌아다니며 모퉁이나 샛길에 있는 아담하
고 끼끗한 단층집들을 기웃거리며 돌아다녔다.

약속한 날 저녁이 되어 동유와 청이는 비단 상방이 즐비하게 늘어선 중심가의 찻집으로 갔다. 찻집 앞에는 위에 등나무 넝쿨을 올린 노대가 널찍한데 허공에 여러 모양의 새장이 걸려 있었다. 어떤 것은 그냥 둥근 종 모양이고, 어떤 것은 궁전처럼 처마가 올라간 큰 새장도 있고, 달처럼 동그란 것에 네모난 것 등 각양각색이었다. 입구에 너른 공간을 두고 그냥 울타리만 쳐놓은 곳에는 학이며 남양군도에서 왔다는 공작에다 꽃닭까지 있었다. 새장의 새도 흔한 구관조에다 앵무에다 십자매 각종 참새며 딱따구리 때까치 그리고 올빼미도 있었다. 이들 새가 시도 때도 없이 서로 울어대어 찻집은 마치 깊은 숲속이나 산중에 들어온 듯했다. 찻집 안에는 또한 갖가지 난과 남방의 기화요초를 분에 심어 늘어놓았다. 동유와 청이는 벽가에 자리를 잡고 앉아서 샹자오 아저씨를 기다렸다.

과연 한 식경이나 지나서 샹자오가 허름한 차림새로 들어와 두리번거리며 좌석 사이로 돌아다니는 게 보였다. 청이가 먼저 발견하고 반가워하며 그를 불렀다. 동유와 렌화는 그를 위해서 다시 차 한 주전자를 시켜서 마셨다. 차동(茶童)이 주둥이가 학의 부리처럼 긴 구리 주전자를 들고 와서 뻣뻣이 선 채로 재간을 보이면서, 작은 찻잔에 이 지방의 특산인 룽징차(龍井茶)를 따라주었다. 샹자오가 말했다.

"자네가 가고 나서 온 식구가 아주 호된 경을 치렀네. 푸시가 포주와 안면이라도 없었다면 아마 우리가 놈들에게 맞아 죽었을 게야. 간신히 옥팔찌로 배상을 해주었네."

"지금 어디들 묵고 계신지요?"

동유가 물으니 샹자오가 말했다.

"바로 여기서 가까운 곳이야. 어르신이 오래 전부터 그 주인과 잘 아는 반점에 들었네. 모두들 걱정이 태산이지."

동유와 청이는 샹자오를 따라 상가 거리를 이리저리 돌아서 한참이나 걸었다. 청이가 지니고 다니던 봇짐은 동유의 소지품과 한데 묶어서 그가 어깨에다 엇갈려 질끈 동이고 있었다. 반점은 번화가의 길가에 있었는데 항저우의 집들이 모두 그렇듯이 난간이 달린 이층집이었다. 붉은 월문에 문지기도 있고 앞의 객청은 너른 주점이며 이층으로 오르면 칸막이의 특실이 있고 안쪽에 너른 방들이 있는 화려한 반점이었다. 그가 하인에게 물으니 사내는 굽신거리며 일행을 칸막이의 특실에 안내했다. 안에 들어서니 너른 실내에 회전 원탁이 있고 자리도 열 자리나 있는데 수저와 술잔이며 빈 접시도 이미 차려져 있었다. 그들이 두리번거리며 둘러앉자 웬 사내가 웃으면서 들어섰다.

"아이구, 모두들 걱정하더니 이제야 오셨구먼."

샹자오가 일어나 두 손을 모아 인사를 하여 동유와 청이도 그를 따라 자리에서 일어섰다.

"저희 식구들은 모두 어디 가셨습니까?"

사내가 앉으라고 손을 쳐들어 보이고는 자기도 맞은편에 앉왔다.

"내일부터 우리 가게에서 연주를 좀 해달라고 쑤 노인께 부탁하였지. 모두들 짐을 가지러 간다고 잠깐 나갔다네."

사내는 굵은 무늬의 공단 마고자에 역시 검정 비단 원건을 쓰고 이마에는 호박의 탕건 장식을 달았다. 검은 수염을 보기 좋게 길렀으며 서양 안경까지 쓰고 있었다. 샹자오가 동유에게 사내를 소개했는데 그는 이 반점의 주인 아래 있는 디안토우라고 하였다. 샹자오는 또한 동유와 청이를 사내에게 인사시켰다. 그가 가볍게 손뼉을 두드리자 남녀 하인들이 차례로 들락거리며 술과 안주를 내왔다.

"자아, 샤오훙주가 제법 맛이 있으니 한 잔씩 드십시다."

사내가 권하여 일배 이배 삼배를 연달아 마시고 나서 요리를 드는 동안에 사내는 잠깐 볼일이 있다며 휘장을 들치고 밖으로 나갔다. 얼마나 지났을까, 청이와 동유는 갑자기 눈꺼풀이 내려앉고 몸이 천근같이 무거워져서 두 손을 올려 턱에 괴고 버티다가 까무룩하고 원탁 위에 무너져버렸다.

샹자오는 아까부터 두 사람의 태도를 살피고 있더니 동유의 옆으로 가서 의자에 놓은 봇짐을 챙겼다. 동유는 탁자 위에 두 팔을 올려놓고 머리를 파묻고 있었으며, 청이는 의자 등받이에 기댄 채로 한쪽으로 상반신을 비스듬히 기울인 채 고개는 뒤로 젖히고 늘어져 있었다. 샹자오는 얼굴에 기쁜 빛이 가득 차서 가슴에 봇짐을 갖다대고 부벼대며 어쩔 줄을 몰라했다.

"몽혼약을 너무 많이 탔나?"

껄껄 웃으면서 들어선 자는 아까의 디안토우라던 사내였다. 그는 늘어져 있는 청이의 턱을 손으로 치켜올려 들여다보고는 말했다.

"이 정도면 미색이 대단하군. 비싸게 팔 수 있는 첸샹(沈香)이로다."

샹자오가 자리에서 일어났다.

"값을 괜찮게 받을 겁니다. 둘 다 하시렵니까?"

"아니, 저런 말라깽이는 필요 없네. 계집으로 충분해."

사내가 말하자 샹자오는 손을 내밀었다.

"소개비를 주셔얍지요."

"자네는 보따리를 챙긴 모양인데 나에게 소개비를 달라고 하는가?"

"시, 싫으면 관두쇼."

샹자오가 휘장을 들치고 나가려는데 건장한 남자 두 사람이 입구에 섰다가 가로막으며 방 안으로 들어섰다. 샹자오는 뒷걸음질을 치면서 안으로 도로 밀려들어왔다. 사내가 뒤에서 그의 어깨를 짚으며 말했다.

"보따리를 풀어보구 나서 의논을 좀 해보세나."

사내는 샹자오가 가슴에 끌어안고 있는 봇짐을 빼앗아다 원탁 위에 펼쳤다. 지키고 섰던 두 젊은이도 함께 와서 들여다본다. 그들은 잠시 말이 없더니 사내가 말굽 은 한 덩이를 샹자오 앞으로 밀어냈다.

"그래, 이걸루 여비나 해라. 자네 같은 밑바닥 광대가 그거면 당분간 호강하겠지."

상자오는 떨리는 손으로 은괴를 집더니 뒤도 돌아보지 않고 밖으로 달아났다. 사내는 휘장을 들치고 잠시 반점 안을 살피더니 젊은이들에게 눈짓을 했다. 사내가 앞장을 서고 두 사람은 양쪽에서 청이를 끼고 천천히 계단을 내려갔다. 누가 보기에도 점잖은 사람이 술에 취한 정인을 집에 데려가는 것쯤으로나 여길 것이었다. 사내는 입구에서 요리 값을 치르고 수레를 불러 청이를 태우고는 자기도 옆에 올라앉았다. 돌길에 부딪는 말굽의 편자 소리와 함께 수레는 중심가를 벗어나 달려갔다.

수레가 골목길로 들어서서 몇 번 좌우로 돌아 들어가더니 어둠침침한 길가에 섰다. 뒷골목에 흔히 있는 벽돌 단층집이었는데, 대문이 굳게 닫혀 있고 길가의 창문은 모두 판자로 막혀 있었다. 그는 투덜대며 마부에게 돈을 치르고 청이를 옆구리에 끼고 문을 두드렸다. 문이 열리고 그는 조용히 안으로 들어갔다.

문을 열어준 것은 잠옷 차림의 노파였다. 촛대를 쥔 손목이 뼈가 앙상할 정도로 깡마르고 광대뼈가 도드라진 얼굴이었지만 눈매는 꽤나 매서워 보였다. 문 안의 전실에는 투박한 나무의자 하나와 널판을 얹은 긴 간이의자 외에는 아무런 가구도 보이질 않는다. 안으로 들어가는 복도 앞에 또 두꺼운 판자 문이 있었다. 안에서 문이 열리며 덩치 큰 사내가 구부정한 모습을 나타냈다. 노파가 재빨리 말했다.

"애야, 어서 안에 들여다두어라."

키 큰 사내는 청이를 무슨 가벼운 포대 자루처럼 답삭 옆구리에 끼고는 안쪽 문으로 사라졌다. 사내가 노파에게 중얼거렸다.

"아주 좋은 물건이우. 그야말로 첸샹이라니까. 나이 젊지, 양귀비 같은 미인이지, 그리구 노래와 춤도 썩 잘하는 기녀 출신이랍디다."

노파가 냉정하게 한마디했다.

"우리 슈마지아에선 그런 것 안 따져. 창가에 팔려가면 다들제 할 나름이지. 얼마 받을 거야?"

"글쎄, 오백은 받아야겠는데."

"이거 왜 이래, 흰개미가 당신 하나뿐인 줄 알어?"

"그럼 좋소, 나두 아이들 일당 줘야 하니까 절반은 받아야 돼."

노파는 바지춤을 내리고 속옷 위에 차고 있던 전대를 풀어헤치며 투덜거렸다.

"잘 알잖아, 낡은 데서는 장사 못 시킨다는 걸. 우리두 배에넘길 거야."

노파가 은화 몇 냥을 조심스럽게 헤아리고 또 헤아려보더니사내에게 내밀었다.

"우린 거간꾼 노릇이나 하구 몇 푼 먹는 것두 없다구."

노파가 내민 돈을 사내가 군소리 없이 받아가지고 나갔다. 노파는 그가 나가자마자 문을 잠그는데 걸쇠가 세 군데나 되었다.

그네는 쇠를 지르고서도 다시 한번 당겨보았다가 손으로 단도리를 하듯이 꼭 붙잡았다가 놓고는 했다. 그리고 안쪽의 문을 열고 복도로 들어가니 한쪽으로 감방처럼 창살이 쳐진 문이 연이어 있는데 그 안은 비좁은 방이었다. 그런 방이 여섯 개나 되었다. 문마다 주먹만한 주석 자물쇠가 달려 있었다. 그리고 다시 안쪽에 또 문이 있고 문을 지나면 여숙의 방과 같은 방들이 셋이나 죽 돌아가며 있었다. 노파는 가운데 방으로 들어갔다. 침상 위에 청이가 시체처럼 팔을 좌우로 늘어뜨린 채 누워 있는데, 덩치 큰 사내가 그네의 치포 목단추를 끌러놓고서 풀어헤쳐진 가슴을 만지작거리고 있었다. 노파가 짜증스런 목소리로 아들을 꾸짖었다.

"뭘 하는 게야? 그냥 좀 놔둬라. 제 값을 받으려면 조심해서 다뤄야지."

아들은 아직 욕망이 가라앉지 않았는지 자꾸만 고개를 돌려 침상 쪽을 돌아보며 일어났다.

"부끄럼을 없애도록 여럿이서 손을 봐줘야 하잖아요?"

노파가 말했다.

"우리가 장사 시키는 게 아니니까 물주가 알아서 미에치(滅恥)시킬 거야. 괜히 설 건드렸다가 지금 깨어나면 잠두 못 자구 귀찮아."

잔소리로부터 달아나려는 아들을 노파가 불러세웠다.

"손발을 좀 묶어놔. 해 뜨기 전에 깨면 또 와서 들여다봐야 하잖아."

그곳은 쑤저우와 항저우에서 흔한 슈마지아였다. 그보다는 좀더 급수가 낮은 소개업소인 지안토우에서는 남녀를 가리지 않고 사들였다. 가난한 남자들에게 일거리를 소개한다고 꾀어다가 강제로 감금해두고는 저항하지 못하도록 죽으로 끼니를 때우게 했다가 무리를 모아 루손이나 싱가포르 같은 남방에 팔아먹었다. 아이들에게 마취약을 섞은 빵을 먹여 유괴하여 구걸용으로 또는 몸을 망가뜨려 흥행용으로 팔기도 했다. 시골의 부녀자들은 창가와 도회지의 하녀로 팔았다. 그에 비하면 슈마지아는 주로 젊은 여자를 취급하여 남의 첩이나 창녀로 팔았다.

청이가 몽혼주의 마취에서 깨어난 것은 늦은 아침 무렵이었다. 방에 창문이 없으니 해가 떴는지 아직 밤인지도 알 수 없었지만 방 바깥쪽에서 부산하게 왕래하는 인기척으로 짐작할 뿐이었다. 팔을 앞으로 모은 채로 팔뚝과 손목이 함께 묶여 있었고 두 다리도 발목에서부터 무릎에 이르도록 명주 밧줄이 친친 감겨 있었다. 머릿속은 깨어질 듯이 아프고 목이 말라서 혀가 뻣뻣하고 깔깔했다. 청이는 어깨만을 좌우로 흔들어대다가 소리를 지르기 시작했다. 문이 빼꼼히 열리는 것 같더니 다시 문이 닫히고 잠시 후에 두 남자가 들어왔다. 그 뒤로 검정색 저고리와 비단 바지를 입고 전족한 발 때문에 걸음이 되똥거리는 노파가 들어왔다. 깡마르고 광대뼈가 솟은 얼굴이며 이빨이 검은 것이 평생 아편깨나 태웠을 듯한 몰골이었다. 노파가 말했다.

"나는 네가 누군지도 모르고 또 알 바도 없다. 우린 너를 비싼 돈을 주고 샀으니까. 네게 돈이 있으면 갚고 나서 가고 싶은 데루 가두 좋아. 하지만 돈도 갚지 않고 달아나려구 하면 혼찌검이 날 게야. 얌전하게 있겠다면 결박도 풀어주고 음식도 주겠다. 어찌할 테냐?"

청이는 비록 재갈을 물린 건 아니었지만 아무 말도 나오지 않아서 그냥 고개만 끄덕여 보였다. 노파가 눈짓을 하자 남자들이 달려들어 일시에 줄을 풀어버린다. 청이는 주위를 새삼스럽게 두리번거리고 손목을 부비기도 하면서 노파에게 애원했다.

"저는 남편이 있는 유부녀입니다. 제게는 돈도 패물도 있답니다. 저를 놓아주시면 돈이 얼마가 되는지는 모르지만 꼭 갚도록 하겠습니다."

노파는 대번에 그네가 변방 사람인 줄을 눈치챘다.

"너 어디서 왔느냐, 먀오족이냐 아니면 창족이냐?"

"꺼우리에요."

노파가 차갑게 웃는다.

"오랑캐들이 인물은 곱더라니까."

"정말입니다. 남편이 돈을 낼 수 있어요."

청이의 말에 노파는 입가에 비웃음을 가득 띠고 말했다.

"네 남편이라면 후화일 텐데 그까짓 기둥서방 놈이 무슨 돈이 있겠느냐?"

청이 간곡하게 사정을 한다.

"제 남편은 예인이랍니다. 우리는 나쁜 놈의 함정에 빠진 것뿐이니 할머니 돈을 물어내겠어요."

노파는 다시 코웃음을 쳤다.

"네 남편이 광대란 말이지? 바로 그런 놈들이 마누라를 팔아먹더라."

청이의 애원을 한마디로 자르고 나가려는 노파의 등뒤에다 대고 아들이 말했다.

"손을 좀 봐줘야 된다니까요."

노파는 찢어진 눈을 더욱 매섭게 뜨고 아들을 돌아보더니 중얼거렸다.

"말이 너무 많아. 입 좀 다물게 해줘야겠다."

노파가 문 앞에서 누군가를 큰 소리로 부르더니 소매가 좁은 저고리와 조끼 차림의 젊은 남자 둘이 뒤뜰 쪽에서 들어왔다. 노파가 턱짓으로 방 안을 가리키며 말했다.

"첸샹이니까 살살 다뤄야 해."

두 남자가 방으로 들어가자 노파는 바깥으로 나가버렸다. 방 안에는 네 명의 남자들이 청이가 쪼그리고 앉은 침상 주위에 서 있었다. 그들은 이제부터 잡아온 여자의 부끄러움을 없애고 무력하게 만들기 위해서 미에치를 하려는 참이었다. 그들은 서두르지 않았다. 노파의 아들이 먼저 침상 위에 오르더니 벽 쪽으로 물러나는 청이에게 무릎걸음으로 다가갔다. 그는 청이의 옷깃을 두 손에 쥐고 서슴없이 찢어내렸고 그네는 비명을 내지르며 가슴을 가리고 돌아앉았다. 다른 사내들이 제각기 손을 내밀어 찢어진 옷가지를 걷어버리거나 속곳마저 아무렇게나 벗겨버렸다. 알몸의 청이는 네 남자들이 내려다보는 침상에서 몸을 새우처럼 웅크리고 있었다. 한 사내가 먼저 청이의 두 팔을 잡아쳐들고 다른 사내는 그네의 버둥대는 두 다리를 잡고 가랑이를 벌렸다. 노파의 아들과 또다른 사내는 청이의 몸 좌우에 무릎을 꿇고 앉아 그네의 몸 구석구석을 만지면서 서로 아무렇지도 않게 떠들었다.

"이것 봐, 벌써 젖어 있잖아."

"아래는 내가 먼저 맡았다구."

"가슴이 뭐 요렇게 작으냐."

"누가 먼저 할 거야."

청이는 눈을 꼭 감고 몸을 비틀면서 빠져나오려고 했지만 제풀에 지쳐서 늘어졌다. 그러나 사내들은 서로 다투어 손을 뻗쳐어루만질 뿐 얼른 시작하려고 하지는 않았다. 청이의 기운이 완전히 빠진 것처럼 보이자 그들은 침상 위에 사지를 늘어뜨리고누워 있는 그네를 그냥 내버려두고 둘러서서 각자 옷을 벗었다. 노파의 아들이 먼저 청이의 가랑이 사이로 몸을 집어넣으며 누르자 그네는 그제서야 두 손으로 밀쳐내면서 상반신을 옆으로돌린다.

"이래가지구 언제 제대로 남자 상대를 할 거야."

다른 사내가 청이의 팔을 잡아 위로 젖혀주었고 다른 녀석은 발목을 잡아 좌우로 벌렸다. 청이는 눈을 감았다. 그러나 의식은 처음보다는 또렷해졌다. 자신의 질 속으로 남자의 뭉툭한 물건이 들어온 것은 아주 낯선 느낌은 아니었지만, 팔다리가 사내들에 의해 잡혀 있었기 때문에 아랫도리만이 더욱 생생해진 듯했다. 제 몸은 사라지고 오직 질의 은밀한 피부만이 저 아래에 있고 그 속에 이물질이 들어와 있었다. 그것은 차라리 한통속으로 서로의 일부분이기도 했다. 그것이 거칠게 움직이기 시작했고 처음에는 쓰리고 아픈 통증이 왔다가 차츰 부드러워졌다. 뒤로 치켜진 팔 때문에 그네의 가슴은 평평해져서 젖꼭지만이 작은 단추처럼 매달려 있었다. 팔목을 그러모아 한 손아귀에 잡고 있던 사내는 그나마 내버려두지 않고 다른 손을 뻗어 젖가슴을 우악스럽게 움켜쥐고 주물럭거렸다. 다른 사내들은 지금 동작을 해대는 자의 등뒤에서 그네의 다리 하나씩을 잡고 허벅지를 쓰다듬고 주무르거나 입에 물기도 하고 아래위로 오르내리며 빨기도 했다. 청이는 그 각각의 동작과 감촉들을 더욱 분명하게 느끼려고 정신을 집중했다. 그리고 온몸에서 힘을 빼어 마음 깊은 곳에서 용솟음쳐 버둥대고 저항하려는 의지를 버리려고 노력했다. 그네는 그냥 스스로를 내버려두기로 작심하고 있었다. 그저 받아들인다, 네 멋대로 해보려무나. 사타구니에 움푹하게 가죽으로 기워넣은 정액받이를 달고 널브러진 홀아비들의 비단인형처럼 그네는 자신을 던지고 맡겨버린다.

어느 순간엔가 청이는 눈을 떴다. 그것은 자신의 얼굴에 무엇인가 물기가 줄지어 떨어졌기 때문이었다. 바로 코앞에서 사내는 숨이 턱에 차오르며 동작이 빨라지고 마치 절벽을 향하여 치달리는 놀란 말처럼 열중하고 있었다. 그의 얼굴에 가득 찬 땀이 턱으로 흘러내려 그네의 뺨에 떨어졌다. 사내는 입술을 깨물고 눈은 질끈 감고서 콧구멍은 크게 벌어져 있었다. 벌거숭이의 다른 사내들은 청이의 몸에 달라붙은 채 열중한 사내의 빨라지는 동작과 두 사람의 은밀한 곳을 놓치지 않고 보아두려는 것처럼 제각기 고개를 숙이고 들여다보는 중이었다. 사내가 주춤하면서 동작을 멈추었다가 부르르 떨더니 일시에 그네의 상반신을 짓누르며 무너져내렸다. 그의 헐떡이는 숨소리가 청이의 귓전으로 뿜어져나왔다. 청이는 저 아래 혼자 존재하는 질 속에서 무참하게 쪼그라지고 움츠러든 이물질이 소멸해가는 과정을 또렷하게 느끼고 있었다. 풍후장에서 첸 대인이 자신의 배 위에서 숨이 끊겼을 때, 처음에 두려워했던 청이는 그의 시체를 곁에 두고 탄생에서 죽음까지를 꿈처럼 보고 나서 다시는 사내들을 무서워하지 않게 되었던 것이다.

내가 저들을 다 삼켜버릴 거야. 그래, 조금만 참자. 저들을 차례차례 쓰러뜨릴 테니까.

사내는 시체처럼 늘어져 있다가 등뒤에서 다른 자가 어깨를 잡아당기자 흐느적하고 그네의 다리 사이로 빠져나갔다. 이제 그들은 청이의 팔다리를 잡을 필요도 없었다. 청이는 그저 팔다리를 내던지고 멍한 얼굴로 누워 있었기 때문이다. 다음 사내가 들어섰다. 처음보다는 통증이 훨씬 나아졌지만 이자는 입에서 시궁창이 썩는 것 같은 악취가 진동했다. 청이는 고개를 옆으로 돌리고 입을 반쯤 벌려 숨을 내뿜고 있었지만 절대로 눈은 감지 않았다.

차례로 일을 끝낸 네 사내들은 서로 남근을 건드리고 손가락질을 하기도 하며 킬킬거렸다. 그들이 각자 돌아서서 옷을 주워 입는데 청이는 침상 위에 일어나 앉으면서 말했다.

"흥, 별것두 아닌 놈들이 꼴값하네…… 너희들두 사내냐?"

청이의 빈정대는 말에 그들은 돌아보며 멀뚱히 서 있었다.

"나두 전에는 화지아였어. 어서 내놓아!"

사내들은 영문을 몰라 서로 얼굴을 마주 보고는 다시 옷을 입는데 노파의 아들이 나섰다.

"재미를 봤으면 좋다구 그래야지, 웬 앙탈이냐?"

청이는 알몸인 채로 일어나 달려들더니 그자의 양물을 꽉 잡았다.

"이까짓 것에 무슨 재미야. 난 아직 멀었어. 세상에 공짜가 어딨냐구."

노파의 아들은 비명을 지르며 주저앉는데 청이가 손을 탁 놓으며 손을 벌렸다.

"너희들 모두 화대 내란 말이야."

둘러섰던 사내들이 어이가 없는지 실실 웃음을 짓더니 허리춤에서 제각기 푼돈을 꺼내어 침상 위에 던져주었다. 청이는 주저앉은 노파의 아들에게 달려들어 조끼 주머니에서 돈주머니를 꺼내어 끈을 풀었다. 그자가 분이 나서 주머니를 빼앗고는 청이의 뺨을 후려쳤다. 청이 침상에 넘어지자 다른 자들이 밖으로 나가면서 한마디씩 던진다.

"너두 몇 푼 줘라."

"첸상이라더니 아주 닳아빠졌잖아."

"에이, 기분 잡쳤네."

노파의 아들은 동료들의 말에 화가 풀렸는지 저도 실실 웃으면서 뒷걸음질을 쳤다. 청이는 침상에 사지를 던지고 누운 채로 소리를 바락 질렀다.

"돈 내구 나가!"

그자는 주머니를 끌러 몇 푼을 꺼내어 청이에게 던져주며 말했다.

"나중에 더 해주지."

문이 닫히고 밖에서 잠그는 소리가 들렸다. 그제서야 청이는 옷을 끌어다가 얼굴과 가슴을 덮으며 울음을 터뜨렸다. 아랫도리에서는 사내들이 남긴 정액이 흘러나와 허벅지를 적셨다. 그네는 침상 아래 구겨진 홑이불을 잡아 아랫도리를 훔쳐냈다. 숨을 죽이고 울었지만 흐느낌이 입 밖으로 새어나왔다. 청이는 이를 악물었다. 그리고 다시 애벌레처럼 다리와 허리를 구부린 채 모로 넘어졌다. 또 어떤 낯선 고장의 어려운 나날이 기다리고 있을지 몰랐다. 다시 아무도 모르는 세상 속에 내던져질 것이다.

청이는 사흘 뒤에 항저우의 슈마지아에서 팔려갔다. 그네는 밤중에 배에 올랐는데, 이제는 기억도 나지 않을 만큼 아득한 먼 옛적에 고향 바다를 떠나왔던 배와 똑같이 생긴 세 폭 돛을 단 정크선이었다. 배 밑바닥의 화물칸에 내려가자 젊은 여자들이 수십 명이나 쪼그리고 앉아 있었다. 선상들은 연안의 항포구를 거치며 슈마지아나 지안토우에서 여자들을 사다가 먼 고장으로 넘기는 뢰마이(略賣)꾼들이었다.

배가 남쪽으로 내려갈수록 바닷바람은 숨이 막힐 정도로 습하고 무더워졌다. 하루에 두어 차례씩 바람을 쐬라고 갑판에 나와 앉아 있도록 해주었는데 청이는 말로만 듣던 서양의 철갑 화륜선을 처음으로 가까운 데서 보았다. 배의 선수와 선미에 높다란 돛대가 있고 가운데 굴뚝에서 석탄 때는 연기가 올라왔다. 배의 양편 옆구리에 달린 거대한 물레방아 같은 바퀴가 끊임없이 돌면서 물살을 헤치고 지나갔다.

6. 용 머리 위의 관음

청이가 타고 온 배는 푸저우에 일단 머물렀다. 뢰마이 상인들은 멀리 톈진에서부터 칭다오와 상하이 닝보 항저우를 거치면서 젊은 남녀를 구매하여 푸저우와 샤먼에 집합시켰다가 외국에 쿠리(苦力)와 매춘부로 팔아넘겼다. 푸저우에서는 타이완과 루손으로 나가는 인력을 수송했고 보다 남쪽인 샤먼에서는 바타비아와 싱가포르 등지의 남양으로 보내는 자들을 집합시키던 것이다.

청이는 밤중에 다른 젊은 남녀와 함께 배에서 끌려 내려왔다. 부두에서 남자들은 다른 곳으로 끌려가고 여자들은 항구의 깊숙한 안쪽에 있는 싸구려 여숙 비슷한 집으로 끌려갔다. 청이는 그 집이 쑤저우나 항저우의 여숙과 슈마지아보다 규모가 훨씬 크고 사람도 많은 데 놀랐다.

도착하자마자 건장한 남자들이 둘러서서 줄을 세우고는 모두에게 옷을 벗으라고 명했고, 두리번거리며 망설이자 가차없이 낭창한 댓가지로 후려쳤다. 몇 대를 맞은 여인의 팔과 등에 핏자국이 선명했다. 여자들은 출발지에서부터 부끄럼 없애는 단련을 받은 터여서 서슴없이 옷을 벗었다. 상인들이 중간 뢰마이로부터 물건을 인수받기 전에 하자가 없는지 꼼꼼히 살피려는 것처럼 보였다. 그들은 우선 겉보기에 나이가 많은 여자부터 골라냈고, 팔다리가 성한지 그리고 병은 없는지를 살피는 모양이었다. 입을 벌리게 하여 이빨이 성한지도 보았다. 검사를 마치고는 여자들에게 검정이나 군청색의 치포 한 장씩을 나눠주며 그것만을 입고 벗은 옷과 소지품 따위는 모두 놓고 가게 했다.

청이는 수십 명의 젊은 여자들에 섞여서 안으로 들어갔다. 집은 천장이 제법 높다란 벽돌 건물이었다. 복도를 따라서 튼튼한 나무 문짝과 창살 달린 창문이 있는 방이 연이어 있었다. 마루가 깔린 방은 큰 집의 전실처럼 넓어서 한 방에 십여 명은 족히 누워 지낼 만했다. 사내들은 비어 있던 방을 열고 방금 배에서 내린 여자들을 몰아넣었다. 각 방의 창문 앞에 희미한 사방등이 하나씩 매달려 있었다. 조금 있다가 사내들이 저녁밥을 담은 나무통을 양손에 들고 들어왔다. 대나무 잎에 싼 밥덩이와 절인 야채였다. 청이도 줄을 서서 기다렸다가 밥과 반찬을 두 손에 받아다가 구석자리로 가서 벽을 보고 돌아앉아 조금씩 먹었다. 남방 쌀이라 손가락으로 뭉쳐도 모아지질 않아서 흘리지 않으려고 애를 쓰면서 입가에 대고 손가락 끝으로 쓸어담듯이 하며

먹었다. 청이는 절인 야채를 소금기가 다 가시고 지푸라기처럼
아무 맛도 없어질 때까지 오래오래 씹었다. 어디선가 흐느끼는
소리가 들렸지만 그네는 절대로 울지 않았다.

모두들 목침을 베고 맨마룻바닥에 누웠는데, 남쪽 지방이라
고는 하여도 밤공기가 싸늘해서 홑겹 치포만 걸친 온몸이 덜덜
떨리도록 추웠다. 곁에 누웠던 여자가 슬그머니 팔을 얹었더니 뒤
에서 청이를 껴안았다. 그리고는 저도 쑥스러웠는지 조그맣게
중얼거렸다.

"너무 추워서 그래."

청이 그애를 향하여 마주 돌아누우며 말했다.

"우리 안구 자자. 그럼 훨씬 나을 거야."

그네는 작은 계집아이처럼 청이 두른 팔 안으로 파고들며 속
삭였다.

"너무 무서워."

"괜찮아. 밥을 주는 걸 보면 죽이지는 않을 거야."

청이 그네의 등을 토닥이며 물었다.

"넌 누구니?"

"나 링링(玲玲)이야."

"내 이름은…… 청이야."

그네는 처음으로 잊었던 자기의 이름을 말했다. 그건 두려움
에 휩싸인 어린 계집아이 같은 링링의 모습을 보며 옛날 일이
생각났기 때문이다. 링링의 앙상한 어깻죽지에 손을 얹고서 청

이는 저도 모르게 뜨거운 눈물이 볼을 타고 흘러내리는 것을 느꼈다.

"쳉…… 총, 무슨 이름이 그래?"

링링이 중얼거리자 청이는 흐르는 눈물을 손등으로 쓱 훔쳐내고는 옛날로 돌아가서 헤매려던 마음을 입으로 훅 불어 날려보내듯이 큰 숨을 한 번 내쉬었다.

"그건 어릴 제 이름이야. 아버지가 지어주신…… 나는 동방에서 왔어. 여기선 모두들 렌화라고 부른단다."

"나는 사오싱의 산골 마을에서 왔어. 우리 엄마는 내가 이렇게 된 줄을 모를 거야. 닝보에 하녀 자리가 있다구 그래서 따라나섰어. 우린 동생들이 여섯이나 되거든. 입 하나 덜구 돈두 번다구 그랬어."

링링은 들어주는 사람이 있다고 생각했는지 갑자기 흐느끼기시작했다. 청이 링링의 어깨를 잡고 흔들면서 말했다.

"그만 해, 너 봤지? 젊은 남자들도 쿠리로 팔려가는 걸 봤잖아. 우리를 사다가 뭐에 쓰겠어. 지나가구 나면 다 별게 아니야. 무서워할 거 없단다. 지옥엘 가더라도 살아내야지. 불구덩이 물구덩이를 헤치구 가다보면 꽃동산도 나올 거야."

링링은 기어들어가는 목소리로 속삭였다.

"사내들이…… 너무 무서워."

청이는 자기 자신에게 말하는 느낌으로 타이르듯이 말했다.

"사내들, 양물밖엔 믿을 게 없는 것들이야. 저것들도 무서워하구 있다구. 나는 기루에서 화지아를 해보아서 잘 알아. 제대로 힘을 쓰지 못하면 얼마나 두려워하는지 아니? 호기 있게 힘을 쓰고 큰소리를 치다가도 단둘이 되면 녀석들은 더욱 움츠러들지."

가늘게 코를 고는 소리가 들렸다. 청이는 희미한 사방등 빛에 링링의 얼굴을 살펴보다가 혼잣말을 계속했다.

"저것들 모두 여자들 속에서 나온 것들이야. 힘 가지구 다툴 필요두 없다구. 나는 언제든 녀석들을 후릴 수 있어. 어디서든 살아낼 거야!"

청이가 뢰마이의 인력 수집소에서 며칠을 지내는 동안에 비어 있는 방들이 가득 차도록 여자들이 끌려왔고, 가끔씩 상인들이 여자를 사러 왔다. 지키는 사내들은 각 방마다 여자들을 일렬로 늘어서게 했고 상인들은 창 앞에 서서 둘러보다가 손가락으로 찍어서 데리고 나갔다. 상인들의 행색은 각양각색으로, 머리에 두건을 쓰고 얼굴이 검은 서역 사람도 있었고 아랫도리에 바지 대신 여자들의 치마와 같은 천을 두른 남방인이며, 가끔씩은 서양 배에서 통역을 하는 자들이 양복 차림으로 찾아오기도 했다.

어느 날 이상한 몰골의 사내가 여자들을 사러 왔다. 그가 이상하다는 것은, 변발을 하고 깃이 올라온 저고리를 입었는데도 마치 천주교를 퍼뜨리는 양인 신부처럼 생겨먹었기 때문이었다. 눈이 움푹 꺼지고 코가 크고 수염이 갈색이었다. 그렇지만 자세히 보면 서양인과 꼭 같지는 않았다. 인상은 그런데도 말하는 소리를 들으면 분명히 중국 사람이었다. 그가 방 앞에 서서 날카로운 눈으로 일렬로 늘어선 여자들을 살폈다.

"너, 앞으로 나와."

청이를 손가락질하며 그가 말했을 때 그녀는 쭈뼛거리지 않고 문 앞으로 나서며 링링에게 말했다.

"링링 너두 나오렴."

문을 열어주던 뢰마이 사내가 참견을 했다.

"너만 나오라구 하잖아?"

청이 기죽지 않고 외쳤다.

"얘는 내 동생이에요. 우린 함께 돈을 벌어야 해요."

청이를 지목했던 서양인 몰골의 상인이 복도로 나온 그녀에게 물었다.

"네 이름이 뭐냐?"

"렌화라구 합니다."

상인이 냉소하듯이 입술을 빙긋이 올리면서 물었다.

"돈을 벌겠다구 그랬나?"

"가진 거라고는 몸에 걸친 치포 한 장뿐인데 돈을 벌어야지요."

청이가 외로 땋은 머리카락을 뒤로 젖히고 당당하게 말하자 상인이 물었다.

"네 동생이 누구냐?"

"저기요……"

그네는 창 안에 늘어선 여자들 중에서 몸집이 작은 링링을 지목했다. 상인이 한마디했다.

"어린 것 같긴 하지만, 너두 나오너라."

그렇게 각 방에서 골라낸 여자가 열두 명이었는데, 상인은 그들을 끌고 복도를 지나 첫날에 와서 신체검사를 받았던 바깥쪽의 큰 방으로 데려갔다. 상인이 뒷짐을 지고 서서 기다리자 수집소의 사내가 여자들을 두 줄로 세워놓고 첫날처럼 간단하게 말했다.

"모두 옷 벗어."

여자들은 다리 아래에서부터 치포를 걷어올려 마지막으로 머리를 빼내는 식으로 허물을 벗듯이 단번에 벗어버렸다. 상인은 여자들의 앞으로 다가와 몸 구석구석을 살폈다. 그는 앞줄을 돌아 여자들의 뒤를 살피고는 다시 뒷줄을 살펴보았다. 그가 여자들에게 옷을 다시 입도록 하고는 책상 앞에 가서 앉더니 차례로 불러 이름과 나이와 고향을 묻고 대장에 적어나갔다. 청이의 차례가 되었다.

"이름은?"

"렌화요."

"몇살이야?"

청이는 잠깐 망설였다가 말했다.

"스무 살이요."

"고향?"

"꺼우리에서 왔어요."

"꺼우리가 어디야?"

"동방의 나라요."

"이국인인가?"

"그래요, 진장 기루에 있었어요."

상인이 청이를 힐끗 올려다보았다.

"난리통에 끌려왔겠군."

"잘 아시잖아요. 전 화지아를 했어요."

상인이 수염을 만지작거리면서 고개를 끄덕였다.

"좋아, 넌 다시 화지아를 하는 거다."

상인이 신체검사를 마치자 열두 사람 중에서 둘이 제외되었다. 하나는 너무 마른 여자였고 다른 하나는 이빨이 썩었는지 입냄새가 심한 아이였다.

뢰마이 사내가 상인이 지켜보는 가운데 골라낸 여자들의 팔뚝을 걷고 큼직한 도장을 찍었다. 예전에는 전족을 확인하고 문신을 새겼다지만 다른 곳으로 옮기면서 흔적을 지운다고 자해를 하거나 상처를 내는 일이 많아져서 그만두었다고 한다. 사창의 점주들도 흉터가 생기는 일은 상품에 흠집을 내는 일이라 별로 좋아하지 않게 되었다. 그러나 매춘부 스스로 노련해지고 손님이 많아지면 그럴듯한 무늬의 문신을 새겨서 자기를 알리려고 하였다. 전족은 창가의 여자들 사이에서는 그것이 한족의 규범 있는 향촌이나 식구들 사이에서 자라난 징표로서 일종의 자랑이기도 했지만 외방에서는 오히려 그 반대였다. 이민족들이 많이 드나드는 항구에서는 그 뒤뚱거리는 걸음걸이나 언제나 발싸개와 장식된 꽃버선을 신고 있어서 위생상 혐오증을 불러일으킬 만했다. 양인처럼 생긴 그 상인이 청이에게 나직하게 말했다.

"내일 새벽에 출발한다. 성문을 여는 종소리가 들리자마자 아이들을 깨워서 인원 점검을 하고 기다리고 있도록 해라."

"알겠습니다, 주인 어른."

청이도 그를 흉내내어 조용히 대답했다.

상인이 돌아가자 뢰마이 사내가 이미 팔린 여자들을 출입구 쪽에 있는 첫번째 방에 집어넣었다.

맹그로브 숲이 울창하게 뒤덮인 해변이 보인다. 바다는 여러 갈래의 하천들과 곳곳에서 연결되고 있다. 바다에 이르는 강의 마지막 지류들은 모두 하얗게 물거품을 일으키고 있다. 물살이 거칠고 빠르기 때문이다. 맞은편의 바위 절벽 사이로 동굴이 보인다. 자신의 몸은 보이지 않고 목소리만 들리는데 그건 자기 머릿속에서 웅얼웅얼대는 렌화의 목소리이다. 나는 꿈을 꾸고 있다, 라고 렌화가 말한다. 지금 시선은 굴 입구에 고정되어 머물러 있다. 저 안쪽 어둠 속에서 여러 개의 눈들이 이쪽을 노려보고 있는 듯하다. 시선은 확대되면서 굴 안으로 들어간다. 무엇인가 스르륵거리며 바닥에 스치는 것 같은 소리가 들리고 갑자기 거대한 구렁이들 여러 마리가 나타나 온몸을 휘감는다. 그것들이 내다보고 있던 눈구멍으로 또는 아랫도리를 쑤시고 들어와 몸 속에 가득 찬다. 아, 답답해라, 이건 내 몸이 아니야, 라고 렌화는 말한다. 아무것도 보이지 않는 가운데 온몸이 부풀어오른다. 물이 가득 찬 가죽부대처럼 몸이 터져버릴 것만 같다. 어둠 가운데서 허우적거린다. 평! 하고 갑자기 터져나가면서 뭔가 비처럼 쏟아진다. 끈적끈적한 것들이 일시에 바깥으로 밀려나간다. 바닥에 즐비하게 널린 뱀의 허물이 보인다. 그리고 피가 강물처럼 발치에 흘러내려간다.

이번에는 알몸의 청이가 보인다. 내가 그년을 보고 있네, 라고 렌화가 말한다. 벌거벗은 청이년 앞에 역시 벌거숭이의 사내가 보인다. 그의 자지가 엄청나게 크고 시커멓다. 고향 집 뒷산 사당에 나무로 깎아놓았던 놈보다 훨씬 크고 대가리가 뭉툭하게 솟아올라 있다. 청이가 달려들어 남근을 붙잡고 힘을 쓴다. 양쪽은 지지 않으려고 서로 몸을 한껏 뒤로 빼고 장딴지에 알통이 나오도록 당긴다. 청이가 남근을 방망이처럼 두 손에 움켜쥔 채로 뒤로 벌러덩 자빠진다. 얼굴이 보이지 않는 사내는 뒤로 넘어져서 꼼짝도 하지 않는다. 청이가 가까이 다가가서 죽었나 살았나 가만히 흔들어본다. 넘어진 남자가 눈을 번쩍 뜨는데 눈꺼풀 안에 동자는 없고 흰자위만 보인다. 사내가 입술을 천천히 움직여 청, 이, 야…… 하고 맥없이 중얼거린다. 청이는 뜨거운 것에 손을 덴 것처럼 얼른 뒤로 물러서더니 죽자사자 달아난다.

아버지잖아. 그런데 왜 이렇게 빨리 뛰어지지 않는 걸까.

그네는 어느 결에 진장의 부둣가 추석맞이 묘회 터에 옮겨가 있다. 청이는 꿈속에서 흐느적이며 움직이고 있는 군중 속을 헤치고 들어간다. 사람들이 손가락질을 하고, 놀라서 소리지르며 피하고, 미친 듯이 낄낄대며 웃는다.

어머나! 이것 봐. 내가 벌거벗었잖아.

그런데 이게 웬일인가. 그네의 다리 사이에서 걸리적거리고 있는 게 죽은 짐승처럼 늘어져버린 자지가 아닌가. 사람들 틈에는 첸 대인도 흐물흐물하는 걸음걸이로 살아 있고, 복락루의 구앙이 놀라서 뒷걸음을 치고, 동유가 외마디 소리를 지르며 쫓아온다.

렌화, 렌화야. 너는 내 꺼야!

청이는 사람들을 피하고 팔을 휘둘러 뿌리치며 달아난다. 멀리서 종소리가 들려오고 링링이 손짓하여 부른다.

"언니, 언니야……"

청이는 얼굴을 좌우로 흔들면서 눈을 떴다. 얼굴이 땀으로 젖었고 먼 데서 성문 여는 시각을 알리는 종소리가 들려온다.

"나쁜 꿈을 꾸었어?"

링링이 걱정스러운 듯이 들여다보고 있었다. 계속되던 종소리가 타종의 마지막을 알리며 세 번을 치고 나서 멎었다. 청이는 진저리를 하면서 아직도 소름이 돋은 두 팔을 붙잡고 부르르 떨었다. 그리고 머리도 두어번 거세게 흔들었다. 아아, 오늘도 살아내야지. 그네는 기지개를 켜고 일어나 힘차게 몇 번 팔다리를 휘둘러보고는 방 안의 여자들을 깨웠다. 문을 두드려서 복도 끝에서 졸고 있던 뢰마이 사내를 불러 문을 열게 하고 차례로 용변과 세수를 하고는 두 줄로 얌전히 앉아 있었다. 아직 날이 새지 않는데 상인이 데리러 와서 맨 먼저 팔뚝의 검인을 확인했다. 렌화와 여자들은 슈마지아 밖으로 나왔다. 새벽 안개가 부옇게 낀 부두 쪽에서 소금기 밴 바닷바람이 불어왔다. 그들은 노새가 끄는 수레에 타고 방울 소리를 내며 출발했다. 상인과 다른 두 사내가 천천히 가는 수레의 곁에 바짝 따라서 걸어왔다.

배는 언제나 똑같은 돛 세 폭짜리의 정크선이었다. 여자들은 처음 탈 때처럼 신체검사를 받고 갑판 아래 화물칸으로 내려갔다. 선원이 계단을 내려오더니 물었다.

"여기 화지아가 누구야?"

"저예요."

청이가 앞으로 나서자 선원이 말했다.

"두 사람 데리구 올라와."

"무슨 일인데요?"

웃통을 벗고 무명수건만 목에 걸친 선원은 씩 웃으면서 말했다.

"밥 타가야지."

청이는 링링과 그 뒤에 섰던 키 큰 아이를 손짓해 불러냈다.

선원의 뒤를 따라서 갑판 위의 선실 가운데쯤에 있는 식당칸으로 갔다. 선원들 몇 명이 차례로 밥을 먹고 있었고 상인도 탁자 끝에 앉아서 먹고 있다가 무뚝뚝하게 말했다.

"얘들 밥 좀 많이 줘. 그동안 고생 많았을 게야."

주방장은 머리가 희끗한 초로의 아저씨였는데 원건을 쓴 이마에 땀이 번져 있었다. 그가 바구니에다 밥을 하나 가득 퍼주었고 나무 양푼에는 야채와 생선조림을 담아주었다. 그리고 따로 큰 채반에 사기그릇이며 젓가락 등을 올려놓아주었다. 그리고는 주방장이 선원에게 일렀다.

"자네, 한번 더 다녀와야겠어. 국통을 날라다줘야지."

청이네 주인 되는 상인이 밥을 먹으면서 말참견을 했다.

"그럼 그럼, 아침에는 국이 있어야 속이 편하지."

청이 등은 밥과 반찬이며 그릇을 챙겨들었고, 그들을 안내했던 선원은 나무통에 담긴 국을 들고 선복으로 내려왔다. 그들이 반찬을 나누어담고 밥을 퍼주는 것을 잠시 보고 있던 선원이 일러주었다.

"저 뒤에 펌프가 있다. 바닷물을 퍼올려 쓸 수 있으니 설거지도 하고 씻기도 해라. 식수는 저기 물통의 꼭지를 비틀면 나온다. 아껴서 써야 한다."

청이는 공손하게 말했다.

"고맙습니다. 그런데 아저씨, 이 배는 어디로 가요?"

선원이 서슴지 않고 말해주었다.

"타이완(臺灣)의 지룽(鷄籠)으로 간다. 그리고 단수이(淡水)를 거쳐서 타이난(臺南)까지 가면 이번 항해는 끝이로구나."

선원이 청이를 잠시 바라보더니 말했다.

"너희들은 지룽에서 내리게 될 게다."

청이 물었다.

"타이완은 광저우 부근이 아닌가요?"

"허허, 거기는 육지와는 떨어진 섬나라다. 여자가 귀해서 곳곳마다 사내들뿐이란다. 너희는 아마 돈두 많이 벌 게야."

선원은 말을 마치고 계단으로 올라가버렸다. 배에 타고 보니 이곳 선원들은 역시 일해서 먹고사는 이들이라 슈마지아의 뢰마이 사내들과는 달리 순박해 보였다. 엄해 보이던 주인마저 제 식구를 돌보려는 것처럼 태도가 달라져 있었다. 청이는 식사를 마치고 자청해서 나서는 다른 두 여자아이들을 데리고 식당칸으로 가서, 바닷물로 초벌 설거지를 했던 그릇 등속을 민물로 깨끗이 닦았다. 그뿐 아니라 청이는 선원들이 먹고 놓아둔 그릇들을 모아다가 물 받아 놓은 함지에 넣고 설거지를 했다. 주방장은 기분이 좋아졌다.

"네가 화지아라더니 역시 철이 들었구나. 아무렴 그래야지."

청이는 일하는 중에 주방장이 다른 선원 하나와 식탁에서 차를 마시며 주고받는 이야기를 귀담아들었다.

"요즈음에 남자 일꾼들은 모두 남방으로 간다네. 여자들이 많이 오는 걸 보면 이제야 개간농장들이나 광산에서도 홀아비 신세 한탄이 줄어들겠구먼."

"지룽 단수이 타이난 일대의 주점과 창가마다 돈 많이 벌었다던데. 지룽과 단수이에서는 서양 배가 부두로 들어오진 못하고 내항 가까이 머물며 장사를 하다 떠나는데요, 양귀들도 여자를 많이 찾는답디다."

"그러니 저 튀기가 대인 노릇을 하지 않나……"

"아저씨는 저 포주를 잘 아세요?"

"아다마다, 타이난 항구의 마이판 밑에서 통역 다니던 친구 아닌가."

"원래 타이난에 헤란(荷蘭) 튀기들이 많지요."

정크선은 해협을 건너갔다. 물살이 빠르고 무역풍이 불어와 배는 동쪽으로 곧장 나아가다가 먼바다에서 남쪽 방향으로 우회했다. 해협의 물살과 풍향을 직접 받지 않기 위해서였다. 남쪽으로 항해하여 아득한 곳에 섬의 자취가 보이기 시작할 때부터 배가 높은 파도를 타며 요동을 쳤다. 선수가 치켜올라갔다가 아래로 떨어지면서 동시에 좌우로 끊임없이 흔들렸다. 파도에 익숙한 선원들도 뱃전의 줄을 잡고 움직이면서 간신히 한 걸음씩 떼어놓을 정도였다. 선복에 있던 청이와 여자들은 모두 사지를 뻗고 누워 신음 소리만 낼 뿐이었다. 머리맡의 이곳 저곳에 토사물이 늘어갔다. 거의 혼절한 상태에서 몸이 이리저리로 굴러다녔고 서로 붙안고 소리를 지르던 아이들도 엎치락뒤치락하면서 쥐죽은듯 널브러져 있었다.

이튿날 아침에 떠오르는 해를 왼쪽으로 받으면서 정크선은 지룽을 향하여 나아갔다. 멀리 삼각형의 삐죽삐죽한 바위섬이 보이는데, 그게 바로 닭의 벼슬처럼 생긴 지룽 섬이었고 그래서 항구의 이름이 되었다. 섬을 지나면 다시 좁은 만의 입구를 자연의 방파제처럼 막고 있는 헤핑(和平) 섬을 지나서 물결이 잔잔한 호수 같은 내항으로 진입하게 되어 있었다. 양쪽으로 팔을 벌린 것 같은 언덕들이 있고 정면에는 드높은 시구링(獅球嶺)이 북쪽을 향하여 솟아 있었다. 이들 언덕과 산 위에는 옛적 스페인과 네덜란드의 포대며 요새들이 있었는데 청군이 타이완에 들어온 뒤에는 제대로 항만의 관리가 되지 않았고 군사의 수도 백여 명이 채 못 되었다. 그러나 상행은 여기에도 있어서 푸저우와 샤먼과 광저우의 항로가 열려 있었으며 일본의 무역선은 한 해에 수백 척씩 왕래했다. 개항이 정식으로 이루어지지는 않았지만 서양 각국의 상선들은 헤핑 섬 바로 앞의 외항에 정박하여 거룻배를 갈아타고 무시로 부두에까지 드나들었다.

정크선은 외항을 지나 수로가 좁아지는 내항 안으로 깊숙이 들어와 왼쪽에 배를 대었다. 화물을 내리기 전에 갑판 위쪽 선실의 상인과 여객들이 먼저 내리고 선복 안에 있던 청이와 여자들은 간신히 기력을 차려서 갑판으로 올라왔다. 양인처럼 생긴 상인은 여자들에게 잠깐 기다리도록 하고는 갑판 난간에 가서 아래를 두리번거리며 살폈다.

"아퉁, 여기예요!"

외치는 소리가 들리고 남녀 몇 사람이 손을 흔들어 보였다. 그는 여자들을 앞세워 배에서 내렸다. 아직도 뱃멀미에서 완전히 벗어나지 못한 아이들은 갑판에서 아래로 걸쳐진 나무다리를 내려오면서 비틀거렸다. 청이도 땅 위에 내려섰지만 아직도 발 아래가 휘청거리며 출렁이는 듯한 느낌이었다. 짐을 지고 왕래하던 쿠리들이며 부두의 남자들이 일시에 모여들어 여자들을 쳐다보고 있었다. 아퉁(阿同)은 길 위에 여자들을 늘어세우고 부두에서 기다리던 다른 창가의 주인들에게 선을 보여주었다. 아퉁이 여자들 열 명을 모두 매입한 게 아닌 모양이었다. 그는 먼저 청이와 링링과 미리 찍어두었던 여자 두 사람을 자기 뒤에 섰도록 하고는 나머지 여섯 여자를 손가락질하면서 말했다.

"알아서들 데리구 가시오."

뚱뚱한 여자가 가까이 다가서서 여자들을 살피고는 말했다.

"늘 하던 대로 제비를 뽑아야지."

"그건 마음대루 해요. 나는 애들을 먼저 골랐으니까."

다른 남자가 부채를 가슴에 대고 활활 부치며 말했다.

"뭐야, 첸샹은 먼저 고르구, 우린 타다 남은 재나 차지하라는 게야?"

아퉁이 짜증을 냈다.

"그럼 왜 나보구 푸저우에 나가라구 했나? 고생한 사람에게 선취권이 있어야지."

뚱뚱한 여자가 말했다.

"그건 아퉁 말이 맞아요. 다음에두 차례가 오면 아저씨가 나가면 되잖아요."

아퉁은 더이상 대꾸하지 않고 자기가 고른 아이들에게 말했다.

"자아, 우린 집으로 가자."

요(凹)자 모양으로 들어온 내항의 만을 따라서 부두와 집들이 있었다. 가운데가 시장이었고 좌측은 동향인데 주로 화물 창고들이 늘어섰고 우측에 상가와 주택들이 이어져 시장 뒤편의 시구렁 중턱에까지 작은 집들이 올라앉았다. 아퉁은 네 여자들을 데리고 상가를 지나 맨 뒤편 골목에 있는 주점과 여숙이 늘어선 골목으로 데리고 갔다.

이곳은 덥고 습한 지방이라 붉은 벽돌집들을 서로 붙여서 지어놓았다. 그래서 대여섯 집들이 모두 틈새도 없이 길을 향하여 늘어서 있었다. 앞에서 보면 작은 집처럼 보였지만 집 한 채가 뒷골목으로 이어져 지붕의 굴곡은 두 번 세 번 굽이쳐서 좁고 길다란 집을 이루었다. 어떤 집은 두 채의 집을 앞 골목과 뒷골목을 향하여 따로 떼어서 짓고 가운데에 작은 마당을 만들어두기도 했다. 지붕은 붉은 기와에 벽체는 벽돌이고 모든 집들을 붙여서 지었으므로 울도 담도 없었다.

등을 내다 거는 쇳대가 달린 네모난 작은 나무판이 집 앞에 걸려 있었다. 간판에는 붉은 글씨로 남풍(南風)이라는 옥호가 씌어 있다. 이 집도 세 겹의 지붕이 연달아 붙어 있었고 맨 뒤에는 곡선 없는 일자 지붕이 하나 더 붙어 있다. 오른쪽에 큰 창이 있고 가운데에 현관문이 있었다. 비슷한 집들이 서로 다른 간판을 달고 있었다. 여숙이거나 주점이거나 사창가였다. 문을 열고 들어서자 창이 있는 한쪽 방에서 미닫이를 열어둔 채 내다보던 중년의 여자가 반기며 일어섰다. 제법 널찍한 현관 앞에는 나무로 만든 길다란 간이의자가 벽을 따라 놓여 있고 안쪽으로 들어가는 통로에는 그림을 그린 주렴이 늘어져 있어서 안이 잘 보이지 않았다. 중년 여자가 말했다.

"보름이나 지나도록 소식이 없어서 얼마나 걱정했는지 몰라요."

아퉁의 아내는 수수하게 검은 바지에 반소매의 깃 올린 흰색 상의를 입고 있었다. 아퉁이 의자에 털석 앉으면서 말했다.

"별일 없었지?"

"남들은 모두 돈 버느라고 바빴는데, 우리집은 애들이 둘밖에 없어서 밤장사는 못 했지 뭐예요."

청이는 열린 미닫이 사이로 아퉁의 아내가 앉았던 방 안을 넘겨다보았다. 나무의자가 두 개에 긴 판자로 만든 간이의자가 있고 가운데에 탁자가 있었으며 가운데 정면에 불단이 보였다.

"어 참 거기들 앉거라."

아퉁이 두리번거리며 섰던 여자들에게 말했다. 그의 아내는 여자아이들을 찬찬히 살폈다. 청이가 일어나서 절하며 쾌활한 목소리로 말했다.

"저는 렌화입니다. 잘 부탁드립니다."

아퉁이 아내를 보고 자랑하듯이 말했다.

"기루에서 화지아를 했다는군."

아퉁의 아내는 고개를 끄덕였고 링링도 청이를 본받아 인사를 했다. 샤오웨(小月)와 슈티안(黍田)도 이름을 말했는데 부인이 갑자기 웃음을 터뜨렸다.

"너는 아마 산골에서 왔나보구나."

"네, 우이산에서 왔어요. 엄마가 밭에서 김을 매다 저를 낳았대요."

"나에게 마마라고 해도 좋다. 씨아란(夏蘭)이 내 이름이야."

안에서 주렴을 들치고 어떤 여자가 현관 쪽으로 나왔다.

"아저씨 돌아오셨네요."

"그래, 카오는 무얼 하니?"

"제 방에서 자요."

마마가 새로 온 아이들을 하나씩 소개했고 안에서 나온 여자가 말했다.

"내 이름은 유메이(玉梅)야."

"뭐 과일 있으면 좀 내오고 차두 한 잔씩 줘봐라."

마마가 유메이에게 부탁했고 아퉁은 의자에서 일어났다.

"아아 피곤해. 난 좀 씻어야겠어."

"너희들 모두 잠깐 방으로 들어가자."

여자들이 방으로 들어가자 마마는 불단 앞에 가서 서더니 선향에 불을 붙여 작은 구리 향로에 꽂았다.

"너희들 오늘부터 모두 우리집 식구가 됐으니 매일 아침마다
예를 올려야 한다. 모두 건강하고 손님 많이 들어서 돈 벌게 해
달라구 빌어야지."

마마가 앞에 서서 합장을 하고 고개를 숙였다. 청이와 링링
샤오웨 슈티안 모두 마마가 하는 대로 합장하고 절했다. 유메이
가 쟁반에 찻주전자와 과일을 담아가지고 나왔다. 리쯔라고 하
는 처음 보는 남방 과일인데 동그란 초록색 껍질 위에 부드러운
가시 같은 털이 돋아 있었다. 마마와 유메이가 하는 대로 껍질
을 벗기니 물 많고 하얀 속살이 나온다. 링링이 차를 마시다가
불단을 가리키며 마마에게 물었다.

"저분은 무슨 신이에요?"

"관음보살님이란다. 내가 젊어서부터 모셨지. 너희 같은 아이
들 지켜주는 분이시다."

슈티안이 어눌한 말투로 다시 물었다.

"떨어지면 어쩌려구…… 용을 타구 있어요?"

청이가 말했다.

"저건 타구 있는 게 아니야. 대가리를 밟구 서 있는 거지."

청이의 말에 마마는 소리를 내어 웃었다.

"참 그런가보다. 난 여태껏 그걸 몰랐네!"

마마가 다시 덧붙여 말했다.

"나는 이제까지 용을 타고 날아가는 줄만 알았어. 저 대가리

232

가 꼭 사내들 그것 같지 않니?"

새로 온 아이들은 배를 타고 아득한 이방에까지 끌려온 피로와 근심이 어느 결에 사라졌는지 재깔거리며 마마와 떠들었다.

유메이가 앞장을 서서 집의 곳곳을 보여주었다. 현관에서 안으로 들어가는 주렴이 있는 곳에 사다리가 있는데, 위에는 로우징(樓井)이라고 하여 물건을 간수하는 다락이 있었다. 주렴을 들치고 들어가면 통로를 가운데 두고 양쪽으로 여섯 개의 방이 있었고 안으로 더 들어가면 통로의 왼쪽에만 방 둘이 있고 오른쪽으로는 앞마당이 보였다. 마당에는 작은 화단이 있고 제법 둥치가 굵은 나무들이 몇 그루 그늘을 만들고 있었다. 통로 안쪽으로 더 들어가면 주인네 살림 공간이라 방과 부엌이 있는데 그 앞은 뒷마당이었다. 뒷마당에는 부엌에 이어서 세탁간과 측간이 있고 마당 한가운데에 우물이 있었다. 집의 벽체는 벽돌로 세우고 천장과 기둥과 각 방의 칸막이는 나무로 되어 있었다.

뒷마당이 보이는 부엌에서부터 현관 앞쪽으로 나오면서 주인 마마 씨아란이 꼼꼼하게 설명을 해주었다.

"자아, 여기서 음식을 만들고 식사도 한단다. 부엌일을 보는 아줌마가 아침에 왔다가 저녁에 돌아가지. 요새는 우리집 장사가 시들해서 쉬고 있었는데 내일부터 오시라구 해야지."

부엌은 부뚜막과 아궁이가 있고 풍로도 세 개나 놓여 있다. 부엌의 문은 커다란 나무판자 문인데 지금은 활짝 열어젖혀져 바깥의 걸쇠 고리에 고정되어 있었다. 부엌 한쪽에 나무식탁과

긴 나무의자가 놓여 있고, 부뚜막 위에는 나무로 짠 붙박이 찬
장이 붙어 있다. 바닥은 회로 바른 벽돌이었다. 주인네 방은 앞
쪽에 있던 장사하는 방보다는 넓었지만 모양은 비슷했다. 다만
바닥에 두툼한 돗자리 멍석이 깔렸고 창문이 크고 뒷마당과 바
로 이어지는 통로가 있는 게 달랐다. 이곳의 집들은 모두 창에
종이를 바르지 않고 굵은 각목으로 간살만을 짜놓은 모양이었
다. 통로에도 문을 달지 않고 주렴이나 갈라진 헝겊 가리개를
늘어뜨렸을 뿐이었다. 문은 꼭 한 군데인 안의 살림집으로 통하
는 곳에 판자 문이 달려 있을 뿐이었다. 뒷마당과 앞마당 사이
에도 역시 담을 쳐서 막아두었다. 벽은 두껍고 실내는 어두웠다.

앞마당 앞에 있는 방 두 개는 긴밤을 잘 때에 쓰는 특실로 손
님이 없을 때에는 비번인 여자들이 모여서 잡담을 하거나 쉬기
도 했다. 옷을 거는 횃대와 농이 있고 벽에 세울 수 있는 평상
모양의 낮은 잠자리가 있었다. 바깥쪽의 어두컴컴한 통로 양쪽
에 있는 방 여섯 개가 장사하는 공간이었다.

마마 씨아란이 가리개를 들치자 벽을 향하여 돌아누워 잠든
카오(草)가 보였다. 뒤로 꼬부린 채 드러난 그네의 발바닥이 까
맣게 보이는 것이 어쩐지 안쓰러워서 청이는 얼른 고개를 돌렸
다. 마마가 카오를 깨우지 않고 돌아섰다.

"이게 너희들이 쓸 방이다."

청이는 방 안으로 들어섰다. 방의 한쪽 벽에 작은 침상이 있
었는데, 두 사람이 꼭 붙어서 누워 잘 만했다. 침상 위에는 대나

무로 엮은 베개가 놓여 있었다. 맞은편 벽에 간살 달린 창이 있고 창 밖으로 이웃집의 벽돌담이 보였다. 창 아래 등나무로 짠 옷상자가 있고 벽에 옷을 거는 대나무 횟대가 걸렸다. 이 방을 쓰다가 떠난 여자의 것인지 길쭉한 호리병이 놓였는데 주둥이에는 꽃 비슷한 것이 늘어져 있었다. 그건 아마 들꽃일 텐데 시든 지도 오래되어 말라붙어버렸다. 원래 보라색이었을까, 마른 꽃은 거의 회색으로 보였다.

모두들 씻고 각자가 쓰게 될 방을 청소했다. 다른 아이들은 멀미에 시달린 피로 때문인지 저녁밥을 먹자마자 흩어져 잠이 들었지만 청이는 살그머니 일어나 앞마당이 보이는 특실 쪽으로 들어갔다. 아니나다를까 카오와 유메이가 차를 마시며 노닥거리고 있었다.

"여태 안 잤어? 피곤할 텐데……"

유메이가 아는 체를 하더니 카오에게 말했다.

"얘는 오늘 온 렌화야."

"난 카오야."

서로 나이와 고향을 말하고 가보았던 다른 지방에 대해서 얘기를 나누었다. 그애들은 둘다 푸젠 성 출신이었다. 나이는 유메이가 렌화보다 세 살 위였고 카오는 링링처럼 두 살 아래였다.

"렌화는 화지아를 했다던데 여긴 뭐 하러 온 거야?"

유메이가 묻자 렌화는 하는 수 없이 진장에서 살던 얘기를 해주었다.

"우린 운이 나빠."

카오가 시큰둥하게 말했다.

"하필이면 제일 밑바닥으로 팔려올 건 뭐람."

"여기 사정이 그렇게 나빠?"

청이의 물음에 유메이가 대답했다.

"여기 오는 손님들은 우리처럼 개간지나 광산에 팔려온 사람들이 대부분이야. 가끔 무역하는 배가 들어오면 선원이나 양인들이 올 때두 있지만."

"우린 아직두 빚을 다 못 갚았어."

카오가 한숨을 내쉬면서 말했다. 청이는 그들에게서 마마 씨아란 부인이 예전에는 자기네처럼 몸을 팔던 창녀였다는 걸 알았다. 주인인 아퉁은 타이난의 사창가에서 태어났다는데, 그의 어머니도 창녀였다. 날마다 여러 명의 사내를 상대하던 그네는 배가 불러오자 아홉 달째까지 장사를 하다 아기를 낳았다는데, 눈과 머리털 색깔이 다른 튀기였다. 타이난에는 청의 관리가 들어오기 전에 백여 년 이상이나 네덜란드가 통치를 한 뒤끝이라 혼혈이 많았다. 아마 아퉁은 타이난 부두의 사창가에 놀러 왔던 선원의 씨였을 것이다. 아퉁은 제 어미가 죽은 뒤에도 사창가를 떠나지 못하고 뚜쟁이를 하며 자라났다. 그러다가 씨아란의 후화(護花)를 하다가 돈을 좀 모아서 지룽으로 온 지 십 년째라는 것이다. 여기서 그들은 성공을 한 셈이었다. 유메이가 말했다.

"주인 부부를 너무 믿지는 마라. 씨아란은 우리네와 같은 출

236

신이라 이해를 많이 해주는 편이지만 아퉁 아저씨는 무서운 사람이란다."

카오가 중얼거렸다.

"여길 떠나는 길은 두 가지밖에 없어. 일꾼들 가운데서 몸값을 갚아줄 남편감을 고르던가, 아니면 스스로 빚을 갚고 떠나든가. 그런데 그 두 가지는 하늘에 별을 따는 것보다 더 어려워."

카오와 유메이는 오래 전에 여기서 남편을 만나 개간지의 농장으로 가서 아들딸 낳아 살고 있는 어느 동료의 경우를 이야기했다. 남자가 돈을 착실하게 모아서 이곳의 여자 몸값을 준비했기에 가능한 일이었다.

"그럼 여기 있던 여자들은 모두 어디루 간 거야?"

렌화의 말에 카오와 유메이는 서로 얼굴을 마주 보며 시선을 맞추었다.

"여기서 나이들고 장사가 신통찮게 되면 헐값에 팔려간단다."

카오가 돌아앉더니 손등으로 눈물을 씻어냈다.

아퉁은 아이들에게 장사를 시키기 전에 먼저 옷장수를 불러다 영업할 때 입을 옷가지를 맞추도록 하고 수건이며 대야며 지분과 화장품 등속을 내주며 말했다.

"여기 이 장부를 봐라. 푸저우 슈마지아에서 너희들 하나 앞에 오백냥씩 주고 사왔다. 거기다 여비 백냥에 옷값 밥값 화장품값까지 따지면 천냥이나 된다. 이제부터 너희는 장사를 해서

부지런히 빚을 갚아야 한다. 수입의 절반은 너희가 가져두 되지만 빚의 이자는 여기선 어디서나 이 할이다. 전포(錢鋪)에서는 삼 할씩을 받는다. 그리고 날마다 아줌마 수고비와 밥값, 방세는 따로 내야 한다. 화대는 잠깐이 닷냥이고 긴밤은 열냥부터다. 우리집에서 돈 벌어서 따로 색시집 차려서 나간 애들도 많다. 다 저 할 나름인 게야."

밥은 안방과 부엌 사이에 붙은 방에서 온 식구가 모여서 먹었고 긴밤 자고 늦게 일어난 애들은 따로 아줌마에게 부탁하여 국수를 끓여 먹거나 만두를 사다먹었다. 남풍 집에는 색시가 여섯이었으니 먼저 남아 있던 카오와 유메이 그리고 청이와 링링 샤오웨 슈티안이었다. 그중에 제일 연장자가 유메이였고 가장 어린 것은 링링과 카오였다. 유메이는 누구에게나 언니라고 불렸지만 링링과 카오는 반대로 모두에게 언니라고 불러야 했다. 그렇지만 지내는 동안 서로간에 동기간 같은 정이 생기게 마련이어서 손님과 말썽이 나면 모두 한 동아리가 되어 악을 썼다. 아퉁은 장사를 하기 전에 청이를 따로 불러서 일렀다.

"렌화 네가 화지아를 지냈다고 하니 우리는 기대를 많이 하고 있다. 너에게는 좋은 손님들을 대줄 터이니 한번 잘 해보아라. 화대 이외에 생기는 돈은 삼칠제로 나눌 수 있으니까. 한 두어 달 일해보고 나서 성과가 좋으면 너를 아예 화지아로 정하여 단수이에 출장도 내보낼 작정이다."

청이는 무슨 소리인지 잘 알 수는 없었지만 첫날 유메이와 카오에게서 들어서 지룽에 오래 머물러 있어서는 절대로 안 되겠다는 생각을 해왔던 터였다. 길어야 한두 해 사이에 이곳을 빠져나가지 않으면 안 된다. 그리고 이제 와서 분명해진 생각이지만 청이는 아무리 나쁜 형편에 놓이더라도 힘 있는 남자를 잡으면 벗어날 수 있다는 점을 잊지 않았다. 청이는 또한 유메이에게 들어서 알게 되었지만 이곳을 찾는 남자들 사이에서 좋은 평판을 얻을 필요가 있음도 눈치챘다. 여기 드나드는 이들은 부근 개간지에서 일하는 사람들과, 산 너머 지룽 강에서 사금 건지는 사람들이며, 지룽 동쪽에서 석탄 캐는 광부들, 그리고 해협을 오가는 정크선의 뱃사람들과 상인들이었다. 그리고 한 달에 두어 차례씩 일본 무역 배가 들어오는 때나 서양 배가 외항에 정박할 때가 대목이라고 했다. 이를테면 제일 밑바닥 사람들은 개간지에서 일하는 원주민 여러 부족 사람들이며 탄광의 광부들이었고, 그 다음이 금 캐는 이들과 뱃사람, 보통때에 가장 괜찮은 쪽이 육지를 오가는 상인들이었으며, 가장 윗길이 일본 배의 사람들과 외항에 머무는 서양 사람들인 셈이었다. 그렇지만 대개 그렇다는 소리고, 밑바닥이라는 원주민 부족 사람의 경우에도 괄시하지 않고 따뜻하게 대해주면 어디서 녹나무 숲을 찾아내어 장뇌를 잔뜩 고아가지고 한 짐 짊어지고 오기도 한다는 것이다. 어떤 창녀는 지룽 강에서 건진 호두알만한 사금을 화대로 받아 팔자를 고쳤다는 소문도 있었다. 그러니까 정말 유능한 창녀란 남자들 누구에게나 진심으로 따뜻하게 대해주면 단골 손님들을 확보할 수가 있다는 얘기였고, 어느 때인가 운이 좋으면 한 밑천을 잡게 된다는 것이 아퉁의 설명이었다.

청이와 새로 온 아이들이 지룽에 와서 받은 첫번째 손님은 공짜꾼들이었다. 아퉁은 화장하고 새옷으로 갈아입은 아이들을 현관 옆의 불단 있는 방에 모아놓고 말했다.

"오늘 오실 손님들은 따거(大哥)와 그 밑에 키자오(旗脚)들이다. 여기선 후화라든가 뚜쟁이나 기둥서방 따위는 없다. 지룽 부근에는 시구렁 너머 사금터와 탄광에 다른 패거리가 있지만 이곳과는 구역이 다르다. 항구에서 따거의 눈 밖에 났다가는 우리는 물론이고 너희들도 장사는 이미 그른 일이다. 우리집에서도 다달이 세금을 바치니까. 정성스럽게 새서방님 모시듯이 잘 해주기 바란다."

골목 쪽으로 트인 창에 쳐진 발을 걷지 않은 채로 청이와 샤오웨 슈티안 링링 등은 긴 나무의자에 일렬로 앉아서 첫 손님을 기다렸다. 그사이에 몇몇 손님이 기웃거렸지만 아퉁은 유메이와 카오에게만 손님을 들여주고 새로 온 아이들은 아직 영업을 하지 않는다고 말했다. 밤이 이슥해서야 바깥 골목에 두런두런거리는 말소리가 들리더니 도회지에서 흔히 보던 대로 꼭 끼는 저고리에 허리띠를 매고 작은 칼을 지른 사내가 먼저 현관으로 들어섰다. 그는 여자들이 있는 현관 옆방을 힐끗 넘겨다보고는 미닫이를 열어놓고 앉아 있던 아퉁에게 말했다.

"주인장, 이 집에 봄꽃이 새로 피었다길래 왔소."

"네, 어서 오십시오. 저렇게 기다리고들 있습니다."

아퉁이 자신 있게 가슴을 내밀고 한 손을 방 쪽으로 펼쳐 보이며 말하자 먼저 들어온 사내가 문 밖에 대고 외쳤다.

"따거, 들어오시지요."

헛기침을 하면서 현관으로 들어선 자는 사십대 초반의 사내였는데 콧수염을 짧게 기르고 변발한 머리에 호박 장식의 원건을 썼다. 흰 명주 저고리를 입고 남색 바지에 가죽신을 신었으며 서양식의 물소뿔 손잡이가 달린 단장을 짚고 있었다. 그의 뒤로 두 명의 키자오들이 따라 들어왔다. 그들도 비슷한 차림새로 어깨가 벌어지고 키는 우두머리보다도 훨씬 커서 구부정하게 머리를 숙이며 현관으로 들어설 정도였다. 어느 틈에 주렴을 들치고 나왔는지 씨아란이 아퉁의 옆에 나란히 서서 공손히 그들 일행에게 인사를 올린다.

"어르신, 오랜만에 오셨습니다. 어서 안으로 드시지요."

"별일 없는가. 아이들이 새로 왔다면서?"

따거가 한마디하니 아퉁은 현관 옆의 선뵈는 방에 일렬로 앉았던 아이들을 손으로 가리키며 말했다.

"저렇게 어르신을 기다리고 있습니다."

청이 등은 아퉁이 일러준 대로 공손히 읍하면서 입을 모아 종알거린다.

"따거 어른께 인사 올립니다."

따거는 고개를 끄덕이며 아이들을 하나씩 살펴보고 건성으로 칭찬했다.

"음 그래, 나이도 어리고 인물도 절색이로구나."

씨아란이 곁에서 은근히 재촉했다.

"안에 주안상이 준비되어 있습니다."

씨아란은 손님들을 앞마당이 보이는 특실로 안내했다. 방의 입구에 문 대신 걸쳐둔 발을 걷고 좁은 복도 마루 쪽에 앞마당으로 나가는 출구의 발도 걷어놓아서 밤바람이 제법 서늘하게 불어들어왔다. 방 안쪽 벽의 간살이 쳐진 창문에 아래위로 여닫는 판자가 작은 지붕처럼 나무막대에 받쳐져 있었다. 평상은 벽쪽에 세워져 있고 방에는 마루 위에 돗자리가 깔렸으며 술상이 차려져 있었다. 천장에 걸린 붉은 월등 두 개가 방 안을 은은하게 밝혔다. 창문 아래 상석에 따거가 앉고 그 좌우에 씨아란이 정해준 대로 청이와 링링이 앉았다. 슈티안과 샤오웨는 옆방에 따로 마련된 방에서 따거를 모시고 온 키자오들을 상대했다. 씨아란은 술과 안주를 쟁반에 받쳐들고 복도를 오가면서 시중을 들었다. 그네가 안주 접시를 내려놓고 나가려 하자 따거가 방금 마신 술잔을 내밀어주며 말했다.

"마마두 한잔 받게나."

"제가 감히 어르신의 술잔을 어찌 받겠습니까?"

"아퉁 때문에 그러는가?"

마마는 두 손으로 그가 내민 술잔을 받아들었고, 청이가 눈치 빠르게 술을 따랐다. 마마는 술잔을 들기 전에 한마디했다.

"창가에서 내외가 있겠나요. 저두 얼마 전까지 손님을 받았습니다."

따거가 고개를 젖히고 껄껄 웃었다.

"내가 걸리지 않은 게 천만다행이로군."

술을 단숨에 마시고 나서 씨아란이 말했다.

"웬걸요, 저는 카지아(客家) 촌의 숫총각들만 상대하지요."

이렇듯 농지거리가 질펀하게 이어지는데 먼 데서 우레 소리가 들리더니 후드득거리며 앞마당의 파초 잎에 빗방울 떨어지는 소리가 들렸다. 습기 머금은 바람이 창문을 통하여 불어들어왔다. 홍등은 천장에서 천천히 흔들리기 시작했다. 번갯불이 번쩍, 하면서 지붕 위에 벼락이 내리꽂힐 듯이 요란한 천둥소리가 들리더니 굵은 빗발이 마당과 지붕을 때리는 소리가 들렸다. 마른 흙이 젖어가는 냄새가 싱그럽게 풍겨왔다. 청이는 저도 모르게 작은 소리로 흥얼거린다.

"향수의 눈물을 객지에서 흘리며 하늘가 외딴 돛배 멀리 바라보노라……"

따거가 고개를 돌려 청이를 바라보았다.

"너 어디서 왔느냐?"

씨아란이 먼저 알은체를 했다.

"렌화는 진장 기루에서 화지아를 했답니다."

"나는 광둥에서 왔지. 이제 곧 십이월이니 고향 생각 나는 철이 왔구나."

따거의 말에 씨아란이 받는다.

"진작에 우계가 왔을 터인데 올해는 좀 늦습니다."

처마 끝에서 줄지어 떨어지는 빗물이 벌써 내를 이루어 마당으로 흘러가는 소리가 들리고 매달린 월등은 아까보다 더욱 흔들리고 있었다. 씨아란이 따거에게 말했다.

"어르신, 앞으로도 저희 집을 잘 돌보아주셔요. 저는 이만 일어서겠습니다. 아이들이 아직 서툴러서 실수를 할지두 모르니 아무 때나 손뼉을 쳐서 저를 부르십시오."

씨아란은 그에게 공손히 절을 하고 물러갔다. 옆방에서는 두 여자와 키자오들이 나직하게 키득거리는 소리가 들려왔지만 조심들을 하는 눈치였다.

술상을 물리자 옆방의 키자오들은 바깥방으로 자러 나가고 청이와 링링은 평상을 벽에서 내리고 자리를 깔았다. 청이 따거를 부축하며 말했다.

"누우시지요."

"그래 천천히 놀아볼까나……"

청이 그의 저고리에 달린 헝겊단추를 끄르면서 말했다.

"먼저 몸을 풀어드리겠어요."

그의 웃통을 벗기고 바지를 벗기기 전에 청이는 자기도 스스럼없이 옷을 머리 위로 끌어올려 벗어버린다. 창가에서는 누구나 그렇듯이 속곳은 입지 않는다. 겉에 걸친 비단포가 전부였다. 링링에게 눈짓을 했지만 사내 앞이라 그네는 주저하면서 평

244

상 가녁에 걸터앉아 있을 뿐이었다. 다시 눈짓을 보내면서 사내의 다리 쪽을 턱짓으로 가리키니 링링은 마지못해 옷을 벗고 우물쭈물 그의 발치에 가서 쭈그리고 앉았다. 청이는 알몸을 따거의 몸에 밀착시키며 한 손으로 그의 어깨를 밀어냈다.

"돌아누우셔요."

그가 등을 보이고 엎드리자 청이는 사내의 허리에 올라타고 두 손으로 어깨를 부드럽게 주물렀다. 따거가 머리를 옆으로 돌리고 한숨을 길게 내쉬었다. 링링은 그의 발을 무릎 사이에 올려놓고 발바닥부터 손가락으로 누르기 시작했다. 그네들은 아까 따거 일행이 오기 전에 씨아란으로부터 몇 차례나 귀한 손님 모시는 법을 배워두었던 터였다. 청이 평상 아래 두었던 물새 주둥이의 도자기 병을 집어 손에 조금 따라내어 맞부비고는 따거의 어깨와 등에 바르고 근육을 문질러서 풀어주었다. 시원하고 향긋한 냄새가 나는 개솔새의 향유는 후덥지근한 여름에 찬물로 목욕을 한 뒤에나 오늘처럼 습기 찬 바람이 불어오는 우계의 밤과 걸맞았다. 링링은 따거의 종아리를 주무르고 있었다. 청이는 그의 등을 문지르고 나서 이제는 병을 들어 자기 가슴과 배와 아랫도리에 방울방울 떨구고는 두 손으로 고루 문질렀다. 향유로 매끈거리는 몸을 그대로 따거의 등 위에 얹고 상반신을 움직이면서 문질렀다. 그네는 몸을 밀착시킨 채로 그의 등에서 허리로 다시 궁둥이에까지 몸으로 문지르며 흘러내려갔다. 몇 번을 오르내리고 나서 청이 따거의 축 늘어진 팔을 잡아젖히면서 소곤거렸다.

"돌아누우셔요."

사내가 몸을 모로 세웠다가 돌아누웠다. 그의 사타구니 사이에 눌려 있던 남근이 위로 불쑥 솟아올랐다. 청이는 빙긋 웃는다.

이제부터 너를 반쯤 죽여놓을 거야. 나는 절대로 달아오르지 않을 테다. 그렇지만 겉으로는 얼이 나간 것처럼 꾸며야겠지.

청이는 그의 몸 위에 상반신을 숙이고 뒤에서 그랬던 것처럼 몸으로 문지르며 아래로 내려간다. 그의 양물이 저절로 아래로 꺾이며 젖무덤 사이로 들어갔다. 거기서 몇 번이나 오르내리며 머물렀다가 청이는 다시 위로 올라간다. 따거가 끄응, 하면서 허리를 들더니 청이의 궁둥이를 두 손아귀에 움켜쥐었다. 청이 위에서 팔을 훑어내리며 가볍게 뿌리치는데 링링은 이제 그의 허벅지 위에 올라앉아 있다. 청이는 다시 빙긋 웃더니 아래로 미끄러져 내려가다가 아까처럼 가슴 사이에 양물을 넣고 움직이다가 허리를 꼿꼿이 펴며 상반신을 일으켰다. 따거는 눈을 감고 사지를 던진 채로 누워 있는데 남근은 위로 치솟아 거의 터져버릴 것 같다. 청이는 턱을 쳐들고 당당하게 사내를 굽어보았다. 죽고 못살겠지. 청은 허벅지를 조금 벌리면서 궁둥이를 위로 쳐들었다가 따거의 남근을 느끼면서 지그시 눌러넣었다. 몸 속이 가득 찬 듯한 느낌이다. 그네는 앞뒤로 천천히 움직이다가 위아래로 몸을 조금씩 일으키기를 되풀이한다. 따거가 스스로 하반신을 좌우로 움직이기도 하고 밑에서 붙어올라오기도 한다. 청은 그 동작을 오래 끌지 않고 가차없이 중간에 몸을 빼어버린다. 그네가 옆으로 비스듬히 누워서 사내의 입술에 제 입을 가져가는 동안에 링링이 그의 몸 위로 올라간다. 그의 콧수염이 렌화의 입술과 턱 주위에 닿아서 따끔거리고 쓰렸다. 사내는 이제 숨결이 가빠지고 신음이 아니라 앓는 소리를 낸다.

링링과 청이 번갈아 오르내리기를 몇 차례 하고 나서 평상의 위와 아래로 헤어져 지친 것처럼 널브러지자 따거는 이제부터 자기가 주도하려고 먼저 청의 위로 오른다. 청이는 고개를 옆으로 돌려 벽 위에서 날벌레의 그림자가 팔랑대는 꼴을 유심히 보고 있었다. 아마 월등 안에 갇혀 있는 나방이겠지. 사내의 동작이 거세고 빨라진다. 청은 그제사 소스라쳐서 입을 벌리는 시늉을 한다. 소리를 질러줘야지. 그네는 다리를 쳐들기도 하고 상반신을 올리기도 했다가 베개 위로 머리를 내던지기도 하면서 코 먹은 소리를 내고는 다시 드높게 비명을 질러댄다. 그러다가 팔을 올려 그를 안는 시늉을 하며 손톱을 세워서 사내의 등을 찍어누르기도 했다.

따거는 바로 그때에 얼른 몸을 빼고는 잠시 간격을 두고 자신의 흥분이 가라앉기를 기다렸다가 평상 아래쪽으로 내려가 링링의 위로 오른다. 링링은 슈마지아에서 수치를 없애는 단련을 받았다고는 하지만, 이것이 폭력의 연속인 셈이라 몇 번의 동작이 시작되었을 뿐인데도 울음을 터뜨린다. 청은 벽의 날벌레 그림자를 보면서 링링이 슬픔과 치욕 때문에 울고 있다는 걸 대번에 느낄 수가 있었다. 따거는 링링이 좋아서 울음소리를 내는 줄로 알았는지 더욱 격렬하게 동작을 하고 있었다. 청이는 무릎걸음으로 일어나 따거의 등뒤로 다가가서 그의 어깨를 쓸어안고 평상 위에 자빠뜨렸다.

"나에게 더 해줘요……"

따거는 청의 몸 속으로 다시 들어온다. 청이는 소리를 지르기 시작한다. 그리고 다리를 올려 그의 허리를 휘감는다. 사내는 스스로의 동작에 몰두해서 머리를 청의 흐트러진 머리카락 속에 파묻고 한 손은 그네의 목 아래를 받치고 다른 한 손은 그네의 엉덩이 아래로 넣어 끌어당기면서 마지막 힘을 쓰고 있었다. 청이는 소리를 지르다가 고개를 옆으로 돌리며 픽 웃는다.

그렇게 좋으냐? 하지만 넌 이제 곧 죽을 거야. 허전함이 밀물처럼 밀려오겠지. 그럼 아편이나 한 대 빨고 꿈도 없는 잠이나 자거라.

그가 갑자기 동작을 그치면서 근육이 딱딱하게 뭉치는 것 같더니 일시에 쏟아내면서 온몸이 풀려버리는 것을 청이는 몸 속으로 느끼고 있었다. 사내가 사지를 늘어뜨린 채 청의 몸 위에 엎어져 있었다.

이제 두려움도 모두 지나가버렸다. 창문으로 물기를 머금은 바람이 불어들어왔다. 가늘어진 비는 쉬임없이 내려서 처마 끝에서 떨어지는 빗소리와 너푼너푼한 파초 잎사귀에 떨어지는 빗소리가 엇박자로 들려왔다. 이런 정도라면 살아낼 수 있을 거야. 렌화는 평상 아래 구석에 두 다리를 세우고 무릎 사이에 고개를 처박고 있는 링링의 머리를 흔들면서 속삭였다.

"링링, 우리 이젠 나가두 돼."

링링은 청이의 손을 더듬더니 꼭 쥐고 통로로 따라 나왔다.

지룽은 십이월에서 이월까지 겨울 동안 줄기차게 비가 내렸다. 그래서 선원과 장사치들은 이곳을 비 내리는 항구라 하여 유강(雨港)이라고 불렀다. 비가 폭풍과 함께 거세게 내리는 날도 있었고, 가랑비가 밤이나 낮이나 줄기차게 내리기도 하며, 안개보다는 짙고 축축한 는개가 흩뿌리는 날도 있었다. 비가 그쳐도 하늘에는 언제나 낮은 구름이 층층이 내려앉아 있어서 바다는 언제나 회색빛이었다. 내항을 조금만 벗어나도 회색 물결이 물 위에 피어오른 안개와 낮은 구름에 가리워져서 바로 지척에 있는 혜핑 섬도 보이질 않았다.

일 년에 우계와 건계의 두 철밖에 없었지만 여름에는 태풍이 또 찾아오니까 이곳 사내들은 맑은 날에 번 돈을 궂은 날에다 까먹는다고 얘기했다. 아퉁은 지금부터가 우리 장사는 대목이라고 큰소리를 쳤다. 사내들뿐인 사금터의 광부들도 오두막에 모여서 투전을 벌이든가 쓸데없이 싸움이나 하다가 항구로 몰려나오곤 했다. 광주는 그들을 달래기 위해서라도 전표를 미리 주고 항구 나들이를 시켜야 했다. 인근의 개간농장들도 형편은 비슷하여 원주민이 아닌 푸젠 성과 광저우의 이민

자들은 대부분이 가족도 없이 흘러온 청장년의 남자들뿐이었다. 시구링을 넘어 중산간의 차농원이 있는 어느 카지아 촌에는 집이 팔십여 호에 삼백여 명의 주민 중에서 여자는 노파 한 사람뿐이었다.

나라에서는 예전부터 차오단(照單)이라고 하는 도항 허가증이 없이는 함부로 타이완에 이민하지 못하게 했고, 더구나 가족 동반은 금지였다. 그것은 오래 전부터 스페인과 네덜란드와 일본이 멋대로 항만을 점령하여 사용했으며 대륙 연해의 해적들도 소굴로 썼기 때문이다. 오랫동안 반청(反淸) 활동을 하던 무리들이 몇 차례 토벌되고 나서 허가를 받은 자가 사람을 모아 땅을 개간하거나 세금을 내고 경제활동을 하는 경우에만 일정한 수의 일꾼들을 입도시켜주었다. 어느 시기에는 가족 동반을 허가해주었으나 두 해 걸러 한 번씩 일어나는 소요와 민란을 염려하여 다시 금지되어버렸다. 농한기에는 이들 주변 마을과 일터의 홀아비 사내들 수만 명이 삭막한 일터의 오두막에서 복닥거리며 음주와 도박과 싸움으로 나날을 보냈다. 근처에서 젊은 여자는 고산지대의 원주민 마을 말고는 지룽 항구로 나와야 얼굴이라도 구경할 수가 있었던 셈이다.

타이완에는 푸젠 성 수사제독(水使提督)의 지휘를 받는 타이완 도원(都員)과 총병(總兵) 한 사람씩이 파견나와 있었다. 북부에는 단수이에 분방천총(分防千總)이 나와 있었는데, 그 아래 병력이라야 백이십 명에 불과했다. 지룽 분부(分府)의 순검서에는 한 명의 동지(同知)가 단수이 병력의 일대를 분여받은 오십 명의 병사를 거느리고 나와 있었다. 그러나 항구 안에 십여 명이 상주하고 나머지는 십여 명씩 분대를 이루어 항구 주위의 언덕에 있는 포대와 봉화대를 지키기도 어려운 형편이었다. 그러므로 지룽 분부의 동지라는 자는 지룽 일대의 따거와 그 부하들 눈치를 살펴야 했다. 이곳의 실질적인 세력가는 항구의 따거와 사금터의 광주와 개간농장의 십장들인 셈이었다. 그리고 큰 상인들은 대개 남쪽의 타이난이나 바로 이웃 항구인 단수이에 머물고 있었다. 그들도 육지를 내왕하며 계절별로 살았을 뿐 대부분 광저우나 푸저우에 집이 있었다. 단수이는 지룽보다는 치안이 안정된 곳이며 돈과 물산도 훨씬 풍요로운 곳이었다.

아퉁은 색시 장사를 하기에는 지룽이 훨씬 낫다고 말했다. 돈많고 점잖은 대인들이 단수이에 많이 머물기는 하지만 기본 투자비가 많이 들고 손님이 끊겨 장사를 못 하게 되는 날도 많아서 실속이 없다는 것이다. 지룽의 손님은 비록 쿠리와 선원 따위들이었지만 욕정에 굶주린 사내들이 푼돈을 들고 일 년 내내 몰려들었다.

"여자의 손목을 잡아보기는커녕 냄새도 못 맡은 홀아비들이 북도영(北道營) 관내에만 수만 명이다. 너희야말로 사내들에게는 지옥의 관음보살님이 아니고 무엇이냐."

하루 종일 가는 비가 오다 말다 하더니 저녁밥 때가 되기도 전에 곧 날이 저물었고 빗발은 굵어졌다. 부두 뒷골목 사창가의 집집마다 홍등에 불이 켜졌다. 비가 추적추적 내리는 가운데 부연 등불이 바람에 흔들리며 유지로 싼 등피 위의 남풍(南風)이라고 휘갈겨 쓴 글씨는 빗물에 씻겨 흘러가버릴 것만 같았다.

여자들은 낮에는 한 사람씩 현관 옆의 선뵈는 방에 교대로 앉았다가 밤이 되자 분단장을 하고서 긴 의자에 일렬로 앉아 있었다. 어디선가 호궁을 켜는지 가냘프게 떨며 흐느끼는 듯한 소리가 들려왔다. 주점가는 골목을 나가서 내항을 따라 앞줄에 자리 잡고 있었는데, 싸구려 독주를 마시는 사내들이 있게 마련이었다. 초저녁에 그쪽이 시끄러우면 곧이어서 손님들이 들이닥치게 되어 있었다. 조용한 밤이라서 아퉁은 시큰둥한 표정으로 현관 앞을 서성대고 있던 중이었다. 왁자지껄하는 소리가 바깥에서 들려오자 유메이가 먼저 창 밖으로 고개를 내밀고 내다보았고 씨아란이 현관문을 열고 골목으로 나가보았다. 무슨 군대의 행렬처럼 거뭇거뭇한 사내들의 그림자가 떼를 지어 골목으로 들어서고 있었다. 그들은 등이 걸린 집 앞에서 무리를 나누어 들어가는 중이었다. 현관 앞에다 탁자와 의자를 놓고 앉았던 아퉁도 아내를 따라서 문 밖으로 몸을 내밀고 내다보다가 아이들에게 말했다.

"노다지꾼들이 온다. 너희들 모두 안으로 들어가거라."

아퉁의 말에 새로 온 아이들이 머뭇거리자 유메이가 말했다.

"오늘밤 잠자기는 다 글렀네."

여자들이 주렴을 들치고 안쪽 통로로 들어서는데 벌써 사내들이 현관 안으로 밀려들어오기 시작했다. 아퉁은 얼른 탁자 앞의 의자에 가 앉았고 씨아란은 주렴 앞을 막고 섰다. 낯익은 십장이 아퉁의 앞으로 나섰다.

"주인장, 새로 온 꾸냥들이 있다면서?"

"있다마다. 오늘은 모두 몇명이오?"

"우리 광구 애들만 내려왔소. 한 이백 명쯤 왔나…… 이 집에는 지금 팔십 명을 배당했는데 당해내겠소?"

"물론이죠. 이 골목에서 난펑이 제일 큰 집이오. 인물도 절색이고 몸도 깨끗한 꾸냥들이지."

십장이 고함을 질렀다.

"안으로 모두 들어올 수는 없으니까 밖에서 줄을 서도록 해. 그리구 질서를 지켜서 차례로 들어오란 말야."

밖에서 들어오지 못한 사내들 사이에 일대 소란이 일어났다. 서로들 먼저 문 가까이 서려고 앞 사람의 어깨를 부여잡고 착달라붙기 시작했던 것이다. 개중에는 짚으로 만든 도롱이를 걸친 자도 있었지만 대부분이 홑저고리 바람이라 들쥐처럼 비에 흠뻑 젖어 있었다.

여자들 여섯은 모두 복도 좌우에 있는 잠깐방으로 들어가서 장사 채비를 했다. 그 동안 한둘씩 지나가는 손님을 몇 차례 받은 적은 있어도 오늘 같은 대목은 처음 당해보는 일이었다. 씨아란이 방마다 다니면서 주의를 주었다.

"오래 끌지 마라. 지친다. 내가 가르쳐준 대로 그게 들어오면 허벅지로 조여라. 그래야 빨리 싸고 나가지. 절대로 말대꾸하지 마라. 얼른 나가지 않고 집적거리면 차라리 싸워서라도 쫓아내라."

씨아란은 아이들에게 무명수건 몇 장과 기이한 물건 하나씩을 건네주었다. 그것은 실을 꿰맨 해면 조각이었다.

"얘들아, 언제 나와서 뒷물 치구 하겠니. 이걸 안에다 깊숙이 박아넣구 받아라. 끝나구 나면 실을 잡아당겨. 해면 조각만 대야의 물에 씻으면 되고 아랫도리는 수건에 물 축여서 닦아내도록 해라."

현관 안에는 나선형으로 줄을 선 사람들이 가득 차 있었고 활짝 열린 현관 문 밖에도 빗속에 사내들이 줄지어 차례를 기다리고 있었다. 십장이 아퉁의 옆자리에 앉아서 전표를 발행하고 있었다. 아퉁이 십장에게 나직하게 속삭였다.

"기가 막힌 첸상이 새로 왔는데 선참으로 하시지요."

"나중에 언제 한가할 때 오겠소."

십장은 여자보다는 전표 떼기에 더 관심이 있는 것 같았다. 광산이나 개간농장같이 사내들이 무리를 이룬 단체손님의 경우에는 먼저 외상 전표를 떼어주면 노임이 나오는 월말에 일괄 계산하기로 되어 있었고, 창가에서는 미리 한 사람당 얼마씩의 사례비를 계산하여 인솔자에게 떼어주게 되어 있었다. 십장은 탁자 앞에 선 사내의 얼굴을 확인하고 전표의 절반을 찢어서 아퉁과 사내에게 나누어주었다. 아퉁이 사내에게 말했다.

"하기 전에 반드시 전표를 꾸냥에게 주어야 하네."

누군가 술병을 가진 자가 있으면 아퉁이 주의를 주었다.

"여기서 술은 안 돼. 끝나구 나가서 마셔."

십장이 그의 술병을 빼앗아 탁자 아래 내려놓았다. 씨아란이 주렴 밖으로 나와 손뼉을 치면서 외쳤다.

"자아, 입장하세요."

줄 앞에 섰던 여섯 사람이 차례로 들어가자 씨아란이 팔을 들어 통로를 가로막았다.

"이번엔 여기까지만…… 뒷사람은 기다려요."

색시가 여섯이니 끝날 때까지 기다려야 한다는 의미였다. 씨아란은 사람들을 일단 세워놓고 안으로 들어선 여섯 사람을 이끌고 통로로 들어갔다. 현관 안에 빽빽하게 늘어서 있던 사내들 틈에서 누군가 새치기라도 했는지 멱살잡이가 벌어졌다.

"야 이자식아, 밖에 섰던 놈이 왜 벌써 들어와서 끼어드는 게야?"

"야야, 나는 하지 않을 테니 구경이라두 먼저 하자."

"정 급하면 저 구석에 가서 손으로 처리하지 그래."

십장이 소리를 꽥 지른다.

"조용해, 여긴 식당이나 매한가지야. 질서와 예의를 지켜가며 처먹어야지."

모두들 잠잠해졌지만 사내들의 젖은 눈은 벌써 번들거리며 흥분이 달아오르는 분위기였다.

청이는 침상머리에 앉아서 기다렸다. 휘장을 들치고 씨아란의 머리가 들여다보더니 사내의 등을 밀어넣었다.

"얼른 놀고 나와요. 기다리는 사람들이 많으니까……"

비에 흠뻑 젖은 사내가 한 손에는 구겨진 전표를 쥐고 입구에 들어섰다. 청이는 침상에 몸을 눕히며 말했다.

"옷 벗구 올라와요."

사내는 무엇이 급한지 젖은 바지끈이 잘 풀어지지 않자 손으로 쥐어뜯었다. 그는 저고리를 벗어던지고 남루한 속곳 바람으로 침상 위로 더듬거리며 올라왔다. 청이는 옷을 벗지 않고 치포의 아래 자락만 위로 걷어올렸다. 사내에게서는 땀내에 섞인 파냄새와 고량주 냄새가 심하게 풍겨왔다. 그는 청이의 다리 사이로 하반신을 비집고 들어오더니 그네의 옷깃을 헤치고 젖가슴을 움켜쥐었다. 우악스런 사내의 손길을 뿌리치며 청이 말했다.

"거긴 만지지 말구, 빨리 해요."

사내는 전혀 말이 없었다. 그는 두 팔로 청이의 어깻죽지를 잡고 매달린 것 같은 자세로 동작을 시작했다. 그의 거친 숨결이 청이의 귓바퀴에 부딪쳐 요란한 소리를 내고 있었다. 사내는 너무 흥분했던지 얼마 못 가서 움찔거리며 쏟아내고는 늘어져버린다. 사내는 청의 몸 위에 그대로 엎어져서 일어날 줄을 몰랐다. 청이 그의 가슴팍을 밀어내면서 옆으로 몸을 빼내자 사내가 다시 허리를 끌어안으며 사정을 했다.

"하, 한 번만…… 더 하자."

그럴 수밖에 없는 것이, 날마다 고된 노동에 시달리다 독한 술을 먹고 오랜만에 여자의 살에 닿았으니 제대로 될 리가 없었던 것이다. 청이 순간적으로 망설였다가 재빨리 물었다.

"돈 있어요?"

사내는 남방 억양으로 더듬거리며 말했다.

"돈 없어. 나중에…… 금덩이 건지면…… 갖다준다."

청이는 밖에다 대고 외쳤다.

"여기 끝났어요!"

씨아란이 얼른 휘장을 들치고 나타나더니 벌거숭이의 사내 꼴은 아랑곳하지 않고 야멸차게 외쳤다.

"끝났으면 어서 나가야지. 뒷사람이 기다리고 있는데."

사내가 옷을 입고 통로로 나갈 때까지 씨아란은 팔짱을 끼고 입구 앞에 서서 기다렸다. 사내가 나가자마자 청이는 돌아앉아서 안에 박아두었던 해면을 뽑아 처리를 하고 씻었다. 치맛자락을 내리는데 다시 사내가 들어선다. 청은 침상에 털썩 넘어지면서 아까처럼 치포자락을 들쳐올리고 다리를 벌려주었다.

"빨리 하지 않구, 뭘 보구 있어요?"

사내는 그냥 침상 앞에 서서 우물쭈물하더니 신발을 벗고 그 안에서 무엇인가를 꺼낸다. 종이를 풀어헤치고 청이에게 내밀며 사내가 말했다.

"내 이름은 쑨리인데 잘 해다오."

청이는 사내가 내민 손바닥 위를 들여다보았다. 손톱보다 조금 작은 돌덩이가 불빛에 반짝였다. 그네는 그런 경우도 유메이에게 들어서 알고는 있었지만 처음 일이라 어찌할지 몰라서 잠깐 망설였다. 사내가 말했다.

"옷을 다 벗구 하자."

청이는 잽싸게 종이에 싼 채로 돌을 집어 손아귀에 움켜쥐고는 베개 아래로 쑤셔넣었다. 청이 치포의 윗단추를 모두 끄르고 치마를 끌어올려 머리 위로 벗어버릴 때까지 사내는 느긋하게 기다리며 그네의 몸을 살펴보았다.

"뭘 기다려요?"

알몸의 청이가 위를 향하여 말하자 사내는 옷을 벗고는 역시 서두르지 않고 옆에 누웠다. 그가 청이의 몸을 손으로 쓸어내리면서 중얼거렸다.

"너는 참으로 첸샹이로구나……"

그도 처음 사내보다는 조금 더 시간을 끌었지만 급하기는 거의 마찬가지였다. 청이는 씨아란의 말처럼 허벅지에 힘을 주지도 않았고 밑에서 둔부를 움직이지도 않았다. 그저 나무토막처럼 사지에서 힘을 빼고 누워서 눈을 감고 있었다. 창 밖에서 쉬임없이 내리는 빗물 소리를 듣고 있었다. 어느 결에 끝낸 남자가 그의 몸 위에 엎어진 채로 가만히 엎드려 있었는데 그래서 빗소리는 더욱 고즈넉하게 들려왔다. 그의 가슴에서 퉁퉁거리는 심장의 박동이 전해져왔는데 처마 끝에서 떨어지는 빗물 소리와 더불어 이 작은 방이 어디론가 떠서 흘러내려가는 듯했다.

"아직 안 끝났나?"

통로를 오가며 각 방마다 재촉을 하는 씨아란의 목소리가 들리자 청이는 얼른 사내를 밀어냈다. 그는 식탁 위에서 끈적이는 음식물이 미끄러져 떨어지듯이 땀과 빗물에 젖은 몸을 떼어냈다. 청은 그가 보는 데서 뒤처리를 하느라고 침상 아래로 내려가 쭈그리고 앉았다. 사내가 뒷전에서 옷을 입으며 중얼거렸다.

"이름이 뭔가?"

그네는 못 들은 척했다. 씨아란이 휘장을 들치고는 사내를 다시 재촉했다.

"여긴 왜 이렇게 오래 끄는 거야. 다른 방은 다 나갔는데."

사내가 휘장 밖으로 나가기 전에 청이를 다시 한번 돌아보았다. 그네는 걸레처럼 내던졌던 옷을 다시 주워입고는 사내의 뒤통수에 대고 말했다.

"나중에 혼자 오면 이름 가르쳐줄게."

이미 다음 차례의 사내가 들어서고 있었다. 그는 비에 젖은 상의를 꼭 짜서 수건처럼 목에 두르고 웃통을 벗은 채로 들어와 전표를 던지고는 막바로 덤벼들었다. 청이는 다시 치마를 걷어올렸다.

남풍의 여섯 여자들이 팔십 명의 광부들을 모두 상대하는 데는 두어 식경이 채 걸리지 않았다. 그러나 보통날에는 이런 정도의 손님이라면 대낮부터 하루 종일 쉬엄쉬엄 받아가며 해치울 수 있는 노동이었지만 휴식도 없이 단번에 줄을 달아 해내자니 모두들 지쳐버렸다.

이튿날 아침은커녕 점심밥 때가 가까워지도록 여자들은 아무도 일어나지 못하고 각자의 방에 늘어져 있었다. 씨아란이 안쪽 살림집으로 통하는 문을 열고 소리를 질렀지만 대꾸하며 내다보는 아이들은 하나도 없었다. 씨아란은 방마다 다니며 아이들을 깨웠다.

"지금 일어나서 밥 먹지 않으면 오늘 하루 망친다!"

유메이가 부스스한 몰골로 나왔고 카오는 홑이불을 머리 위로 뒤집어쓰며 돌아누워버렸다. 키가 크고 손발도 큰 슈티안은 발가벗고 자다가 옷을 머리 위로 둘러쓰며 휘장 밖으로 나왔고, 청이는 아직도 잠이 덜 깬 퉁퉁 부은 눈으로 비틀거리며 나왔다. 안쪽 긴밤 자는 특실 앞을 지나면서 앞마당을 내다보니 비가 그쳤고 종려와 파초가 아직도 빗방울을 흠뻑 뒤집어쓰고 서 있는 게 보였다. 살림채의 방에서는 발을 걷어둔 채로 아퉁이 홑이불을 아랫도리에만 둘둘 감고 곯아떨어져 있었다. 세 아이들은 앞에 가는 씨아란의 걸음걸이를 흉내내어 발끝을 세우고 조심해서 지나갔다. 부엌의 식탁에는 벌써 음식이 차려져 있었고 아주머니가 공기를 겹쳐 쌓아두고 부뚜막에서 밥을 푸고 있었다. 슈티안이 식탁을 넘겨다보며 굵은 목소리로 탄성을 내질렀다.

"아, 나 좋아하는 돼지고기 볶음이 있구나."

슈티안의 식욕은 언제나 왕성했지만 유메이와 청이는 젓가락을 집을 생각도 없는지 그저 멍하니 의자에 앉아 있을 뿐이었다. 씨아란이 아줌마에게 물었다.

"뭐 개운한 야채국 없나?"

"그럴 줄 알구 청채에 대합 넣고 끓였수. 나는 슈티안이 제일 맘에 들더라. 밥 잘 먹는 게 가장 큰 복이야."

청이와 유메이는 젓가락을 집어들고 번갈아 하품을 했다. 아줌마가 공기 위에 소복이 올라오게 푼 밥을 각자의 앞에 돌리고 국은 냄비째로 국자를 꽂은 채 식탁에 올려주었다. 씨아란이 자기 국을 먼저 푸고는 세 사람에게 차례로 국을 퍼주었다. 청이는 국그릇째로 들고 한 모금 마시다가 둘러보고는 씨아란에게 물었다.

"링링은 안 일어났어요?"

"카오와 링링은 아무리 불러도 일어나지 않는구나."

씨아란의 말에 유메이가 다시 물었다.

"샤오웨는요?"

"좀 이따 나타나겠지 뭐. 그앤 언제나 동작이 느리지 않니?"

색시 장사의 대목을 치른 이튿날이라 반찬도 가짓수가 많아서 생선은 맛있고 비싼 참돔찜과 새우와 게 튀김이며 돼지고기와 야채들이 식탁에 올라 있었다. 해물을 못 먹는 슈티안 같은 산골 출신 아이들을 위해서 돼지고기와 오리고기도 따로 놓았다. 씨아란이 말했다.

"아무래도 링링이 걱정이다."

"카오는요?"

유메이가 물으니 씨아란이 흥, 하는 콧소리를 냈다.

"카오란 년 장사에 싫증이 나서 그런 줄 내가 다 알아. 링링은 몸이 못 견디는 것 같고."

청이 반쯤 남은 밥공기를 내려놓고 젓가락도 그 옆에 가지런히 놓았다.

"한 사람에 열세 명은 너무했어요."

"뭐가 너무해?"

씨아란이 청이를 빤히 쳐다보며 되묻고는 화는 내지 않고 그냥 아무렇지도 않게 중얼거렸다.

"유메이와 슈티안은 열다섯을 상대했어. 얘, 유메이 너희들 작년 연말에 일본 배 들어왔을 때 몇 명을 상대했는지 말해봐."

"몇이었더라…… 서른두울……"

유메이는 튀긴 게 다리를 아삭아삭 씹어 먹으며 천천히 말했다. 샤오웨가 반소매 아래 드러난 두 팔을 엇갈려서 잔뜩 그러쥐고 움츠린 자세로 부엌으로 들어섰다.

"아유 추워. 아줌마 나 뜨거운 국물 좀 줘요."

"춥긴 뭐가 춥다구 그래. 벌거벗구 자니까 그렇지. 밤에는 축축하니까 꼭 홑이불을 덮구 자야 해."

아줌마가 정이 담긴 소리로 말했고, 씨아란은 청이를 향하여 말했다.

"나는 잔소리를 많이 하지 않겠다만, 아저씨는 달라. 이제 벌이가 시원치 않으면 빚 독촉이 심해질 거야."

청이는 일어서며 아줌마에게 부탁했다.

"국 한 그릇 퍼주세요. 링링 갖다주게요."

"늦으면 자기가 나와서 차려 먹도록 해야 돼. 버릇 들어. 각기 저 살아갈 생각을 하지 않으면 이 골목에서 못 빠져나가."

아줌마의 말에 청이는 부뚜막 앞에 멍하니 서 있었다.

"국이라두 한 사발 먹으면 잠이 깨겠지. 링링 갖다준다며?"

말은 그렇게 해놓고도 안 되었던지 아줌마가 국을 퍼서 청이에게 내밀어주었다. 청이는 사기 숟가락을 국그릇에 담가서 바깥방으로 갔다. 링링이 잠들어 있던 게 아니었는지 홑이불을 아랫도리에 감고 벽을 향해 돌아누워 있다가 고개를 돌렸다.

"깨어 있었으면 밥이나 먹으러 나올 것이지."

청이의 말에 링링은 다시 벽 쪽으로 고개를 돌리면서 말했다.

"어젯밤 그 일을 치르고도 씩씩거리며 밥 먹기가 너무 뻔뻔해."

청이는 국그릇을 든 채로 잠자코 기다렸다. 링링이 다시 말했다.

"다시는 그 짓을 못 할 거 같애. 아랫도리가 너무 아파. 차라리 밤이 오기 전에 잠자다 죽었으면 좋겠어."

"그래, 죽을 땐 죽더라도 먼저 국이나 한 그릇 먹어둬라."

링링의 등뒤에 국그릇을 가까이 대주니까 먹음직한 냄새가 났던지 그네는 고개를 돌려 국을 들여다보았다. 링링은 눈물이

번진 얼굴을 쳐들고 그릇을 받아들더니 숟가락으로 퍼먹기 시작했다. 청이 말했다.

"내가 너한테 약속하마. 우리 부지런히 빚을 갚구 여길 빠져나가는 거야. 내가 널 고향에 꼭 데려다주겠다구 약속할게."

링링이 바닥에 남은 국을 단숨에 마시고 나서 그릇을 내려놓았다.

"언니야, 슈티안두 그러더라. 나는 여기 와서 쌀밥을 처음 먹어보았어. 사오싱 우리 동네는 산골이라 쌀밥은 명절 때 노인들에게나 드려. 난 동생들이 여섯이나 된다구. 엄마와 나는 그것들 치다꺼리하느라구 수수나 밀 전병두 제대루 차례가 안 왔어."

링링은 뒤늦게 젖은 뺨을 손등으로 닦았다.

"기왕 이렇게 된 김에 돈 벌지 않구는 절대루 고향에 못 가."

청이 링링의 머리카락을 두 손으로 쓸어주었다.

"잘 하면 두 해 안에 빚은 갚는다더라."

링링이 갑자기 눈을 빛내더니 목소리를 낮추어 말했다.

"나에게두 좋은 사람이 생길까? 이런 데서두 말이야."

청이는 쓸쓸하게 대답했다.

"좋은 사람 따위는…… 없어. 온 세상이 돈에 미쳐 있다구."

링링이 베개 밑으로 손을 넣더니 양은화 두 닢을 꺼내어 청이에게 보여주었다.

"이것 봐. 내가 자꾸 우니까 어떤 사내가 이걸 주고 갔어."

청이는 방 안을 두리번거리다가 깔려 있는 돗자리 자락을 들쳤다. 쥐며느리 새끼들이 부리나케 사방으로 흩어진다. 그네는 침상 아래쪽의 끝자락을 들쳐주며 링링에게 말했다.

"너 그거 여기다 감춰둬라. 아퉁 아저씨가 보면 빚 제한다고 빼앗을 거야. 나두 감춰두었어."

청이는 링링의 은화를 자리 밑에 감춰두었다. 링링이 턱을 괴고 침상 위에 앉아서 중얼거렸다.

"그런데 사내들이 하두 많아서 누가 주었는지 생각이 안 나. 간밤의 남자들 아무도 생각이 안 나는 거야."

"우리는 꿈을 꾼 거야. 그 남자들 모두 꿈에 찾아온 허깨비나 마찬가지였어."

우항(雨港)에 오늘도 비가 내리네
바다 위에 내리는 비는 안개가 되어
님 떠난 뱃길을 지워버리네
처마 끝에 떨어지는 빗물이여
마셔버린 빈 술병을 채우네

그것은 유메이가 취하면 언제나 부르는 지룽의 수야오(俗謠)였다. 청이는 남풍 여자들 중에 가장 나이가 많은 유메이와 속마음이 맞는다고 생각했다. 그네는 지룽에서 어떻게 처신해야 살아남기에 유리한가를 잘 알고 있었지만 자신은 그것을 실천하려 하지 않았다. 손님이 들어서 가욋돈이 생기면 자기가 가르쳐준 대로 감춰두지 않고 술을 받아다 먹든지 아편을 태웠다. 아통의 잔소리가 심해지면 부수입에서 얼마를 뱉어놓기도 하고 술과 안주를 받아다 상납하기도 했다.

"삼 년 전에 내가 여기 왔을 때 씨아란까지 합해서 네 사람이 손님을 받았다. 둘이 죽어 나갔어. 카오는 나중에 왔지. 우리가 번 돈으로 집을 늘리고 너희를 사온 거야."

둘 중에 한 여자는 이런 생활을 못 견디고 달아나려고 했다. 지룽 창가의 여자들은 몇 해가 지나도 이자 때문에 빚을 갚을 가망이 없어지면, 바깥세계에서 들어오는 배를 동경하게 된다. 여기서 나가려면 배를 타고 바다를 건너는 길밖에 없기 때문이다. 하지만 도항증인 차오단이 없기 때문에 분부 순검서의 병사들이 지키는 부두를 빠져나가 배를 탈 수가 없다. 그렇다면 두 가지 방법밖에는 없었다. 하나는 선원을 잘 사귀어서 돈푼이라도 주고 배에 몰래 숨어 타든가 아니면 그의 정인이 되는 방법이 있었다. 또다른 하나는 지룽 항구의 이웃인 단수이나 더욱 멀리는 타이난으로 달아나는 길도 있었다. 그렇지만 배를 타고 바다로 나가는 길에 비해 다른 고장으로 달아나는 일은 더욱 위험했다. 단수이나 타이난의 항구에도 창가가 있고 포주들과 따거의 조직은 서로 연결되어 있어서, 통문을 보내면 잡아다주고 보상금을 받아내던 것이다. 아니, 마지막 하나의 길이 더 있기는 했다. 그것은 사내들만 있는 개간농장을 피하여 원주민 부락으로 달아나는 길이었지만, 흙집에서 살며 척박한 산지를 화전 같이해서 겨우 굶주림을 면하는 생활을 창녀는 그 누구도 감당해내지 못했다.

"일단 잡혀오면 따거의 부하들인 키자오들에게 죽지 않을 정도로 맞고 나서 창녀를 잡아온 사람들에게 지불한 보상금은 다시 빚이 되는 거야. 팔려오던 날로 되돌아가 처음부터 다시 시작이지."

외롭고 희망이 없으니까 팔려오던 첫해에 누구나 정인을 만든다. 여기서는 육지와 달리 기둥서방 후화가 따로 없으니 정인은 곧 단골손님인 셈이라 포주 쪽에서도 모르는 척 눈감아준다.

"그런데 여기 오는 사내들이 누구더냐. 우리보다 형편이 나을 게 없는 선원이나 농장 인부들하구 광부 같은 사람들이야. 그치들 노임 받아서 술 마시고 오입질하고 노름하고 그러다가 병 들면 일도 못 하고 굶어 죽든지 뭍으로 돌아가든지 하겠지."

이야기 도중에 유메이는 술에 취한 눈동자가 젖어가더니 희미하게 미소를 떠올렸다.

"오늘같이 비 내리는 밤에…… 남편처럼 만두를 사가지고 찾아온 손님을 어떻게 잊겠니?"

유메이와 함께 일하던 여자 중의 하나는 어떻게 정인을 삼아 타이난까지 달아났다가 잡혀왔다. 그네는 죽도록 얻어맞고 나서 타이난 뒷골목에서 헤어진 정인이 그리웠는지 다시는 일도 못 하고 시름시름 앓더니 독주를 억병으로 마시고 바다에 뛰어들었다. 선창에 엎어진 채로 둥둥 떠다니던 시체를 순검서의 병사들이 건졌더니 방파제의 돌게떼들이 얼굴과 가슴을 거의 다 뜯어먹었더란다.

또다른 여자는 성병에 걸렸다. 성병은 대개 외국 배가 들어왔다 나간 뒤에 퍼지곤 했는데, 지룽에 의원이 두 군데나 있기는 했지만 탕약이나 달여 먹어서는 잘 낫지를 않았다. 농이 나오고 오줌을 눌 때마다 아픈 린빙(淋病)은 소독수로 세척하고 약을 꾸준히 달여 먹으면 떨어졌지만 메이두(梅毒)는 무서운 병이었다. 가래톳과 부스럼이 돋았다가 머리카락이 빠지고, 심해지면 코나 손가락이 떨어지고 온몸이 썩어들어가며 오랫동안 잠복해서 겉으로는 멀쩡해 보이기도 했다. 어느 날 돌연 머릿속이나 몸의 급소 부분에 침투하면 얼이 빠지고 전신이 마비되어 죽는다고 했다. 메이두는 그 무렵에 이미 광저우와 마카오의 기루에서 종종 발견되곤 했다. 서양 배에서 들어온 소독약과 한방 세척제를 번갈아 사용했는데 가장 좋은 예방은 창녀 스스로 손님을 받을 때마다 점검을 하는 수밖에 없었다. 창녀들은 경험 많은 동료나 포주들로부터 상대가 병이 있는지 없는지를 가려내는 방법을 배웠다. 먼저 상대의 남근을 넣기 전에 두 손으로 잡아 훑어내리는 것으로 린빙의 유무를 판단할 수가 있었고, 메이두는 남자의 알몸을 눈으로 직접 살피고 미심쩍으면 세척제로 닦게 하면 병에 걸린 자는 고통 때문에 비명을 지르게 마련이었다. 그래도 여러 명을 한꺼번에 상대하다보면 소홀해지게 마련이고 운이 나쁘면 병에 걸릴 수밖에 없었다. 대륙에서도 유곽에 병이 돌면 관문에서 의원을 직접 보내어 검진한 뒤에 성병에 걸린 기녀는 축출했다. 메이두는 무서운 병이었지만 린빙은 한 보름만 열심히 치료를 받으면 나을 수가 있었다. 남풍에서 죽어나간 두번째의 창녀는 메이두에 걸린 사실이 발각되어 순검서에서 끌고 갔는데 그뒤로는 아무도 그네를 만날 수가 없었다. 물론 세척하고 약을 복용하며 치료를 하면 악화되지는 않고 여러 해를 끌 수가 있었지만 그 동안에 아무도 그네를 먹여살리고 치료해줄 사람은 없었을 것이다. 시구릿을 넘어가면 양지바른 남향받이 언덕에 공동묘지가 있었고 그곳에는 팻말도 없는 작은 무덤들도 많았다. 혈육 없이 죽은 쿠리 인부들이나 항구의 창녀 같은 이들이 그런 곳에 묻혔다. 유메이는 말했다.

"그래두 인기가 오르면 서로 정인이 되려고 사내들이 먹살잡이를 하며 다투지. 하지만 그건 아주 잠깐이야……"

사내와 일을 끝내고 떨어지자마자 질 속에 박아두었던 끈 달린 해면을 뽑아내면 피임을 할 수가 있었다. 그러고도 안심이 안 되면 명반을 물에 타서 꼼꼼히 씻어냈다. 그러나 사랑하는 사람에게는 그의 모든 것이 소중해져서 결국은 자신의 몸이 무의식중에 받아들이고 만다. 월경이 끊기고 헛구역질이 생기면 포주는 완강하게 낙태할 것을 요구하고 독한 한방약을 달여 마시도록 한다. 그러나 정인의 아기를 밴 창녀는 어떻게 해서든 육 개월을 넘기려 하며 그맘때에 배가 불러오면 포주도 차마 낙태를 권고할 수가 없게 된다. 자칫하면 생명이 위태롭기 때문이었다. 유메이는 그런 식으로 자신의 아기에 대해서 처음으로 얘기를 꺼냈다.

"그이는 뱃사람이었어. 요즘 같은 우계에 찾아왔지."

바타비아를 오가는 남방 무역선의 선원이었던 남자는 아둥처럼 네덜란드인 혼혈의 짜중(雜種)이었다. 그는 차와 흑설탕을 배에 싣는 동안 사나흘씩을 지룽에 머물다가 갔고 한 철에 한 번씩은 자바의 바타비아와 지룽 단수이를 내왕했다. 그의 이름은 서양인 아버지의 이름을 따서 카론이라 했는데, 부두의 사람들은 키가 크다고 하여 모두 중국 이름으로 씨가오(細高)라고 불렀다. 유메이와 씨가오는 처음 만나서 하룻밤을 지내자마자 서로 눈이 맞았다. 사창에서는 일정 기간의 화대 매상을 지불하면 지목된 창녀에게는 다른 손님을 받지 않게 해주었는데 이를 바오쭈(包租)라 했다. 씨가오는 지룽에 올 때마다 사나흘이건 열흘이건 유메이가 다른 손님을 받지 않고 둘이서만 지낼 수 있도록 바오쭈를 물어냈다. 지룽의 창녀는 보통날에도 하루에 대여섯의 손님은 받아야 일당을 계산할 수가 있었는데 할당량에 모자라면 그것은 빚이 되었다. 대개는 빚이 늘어가다가 단체손님이 한꺼번에 몰려와야 간신히 탕감이 되곤 했다.

"바오쭈 덕분에 우리는 헤핑 섬에도 놀러가고 시구링 너머 지룽 강에두 가보았어. 아, 장사 안 하구 밤늦게까지 부두의 주루에 가서 맛있는 안주에 곡주를 마시는 기분이 얼마나 좋은지. 우리를 방해할 사람은 지룽에 아무도 없었지."

유메이의 몸에 이상이 생긴 것은 그들이 만난 지 두 계절이나 지난 뒤였다. 입덧이 나고 배가 불러올 때까지 유메이는 설마 하면서 살이 찌는 줄로만 알고 끼니도 거르고 하면서 대수롭지 않게 여겼다는 것이다. 드디어 씨아란이 먼저 눈치를 채고 아퉁도 알게 되자 아기를 낙태시키라고 날마다 성화였다. 유메이는 나중에 씨가오가 와서 바오쭈를 물어낼 것이니 한 번만 봐주십사고 애원했지만 낙태는 안 하더라도 장사는 계속해야 된다는 선에서 임신은 묵인이 되었다. 그네는 부른 배를 천으로 감싸고 아홉 달째가 되도록 장사를 계속했지만 씨가오가 탄 배는 입항하지 않았다. 유메이는 드디어 아이를 낳았는데, 딸이었다. 제 아비를 닮아 갈색 머리에 따스한 갈색 눈에 다리가 날씬한 계집아이였다. 그뒤 네덜란드의 동인도회사측과 푸젠 성 관부 사이에 말썽이 벌어져서 바타비아와의 교역이 수년간 끊겼고, 씨가오는 다시 지롱에 돌아오지 못했다. 유메이는 장사를 시작했고 아기는 비번인 창녀들이 서로 돌아가며 보살폈다. 관례대로 반년이 지났을 즈음에 씨아란이 달래어 아기를 다른 고장에 보내기로 했다. 그래도 사내아이보다는 계집아이가 수양자식으로 보내기에 훨씬 수월했다. 걷기 시작하자마자 잔심부름을 곧잘 해낼 수 있었고 조금 더 장성하면 팔아먹을 수도 있었기 때문이다. 유메이는 그뒤로 돈 벌어서 이곳을 빠져나가겠다던 생각을 아예 접고 말았다. 아퉁은 빚 독촉을 심하게 하지도 않았는데, 유메이가 아편을 피우고 널브러져 있거나 술에 취해 있을 때만 욕지거리를 몇 번 하다가 그만두었다. 그만큼 유메이는 이 집에 오래 있었으며 한 식구나 매한가지였다.

청이는 힘 있는 자가 아니면 절대로 정인을 삼지 않으리라 벌써부터 작정하고 있었다. 아니 오히려 자기 쪽에서 지룽 사창가 포주들의 엄격한 관리를 벗어나게 해줄 수 있는 상대를 찾아야만 한다고 생각했다.

그네는 진장 복락루의 마마 키우에게서 배운 기녀의 품격을 지키는 것이 생존에 도움이 되리라는 걸 알았다. 청이는 유메이에게 부탁하여 소리통이 좋은 호금(胡琴)을 샀다. 호금은 대륙에서는 비파라고 하는 그것이었는데, 연주하는 법은 비파와 거의 같았고 뱀가죽으로 씌운 소리통이 비파보다는 훨씬 작았다. 지룽의 따거를 렌화가 한 번 모신 적이 있었지만 이는 포주가 창가에 처음 나온 꾸냥을 장사시키기 전에 상납하던 관례에 의한 것이었다. 따거는 청이를 한 번 지나갔을 뿐 수많은 부두의 창녀들을 일일이 기억하지 못했을 것이다. 그에게는 살림집에 처자식과 첩까지 있었고 내키면 아무 여자나 자기의 것으로 할 수가 있었다.

청이는 손님이 끊긴 한가한 날 저녁이면 선뵈는 방의 창가에 앉아 호금을 뜯었다. 부두의 중개상인들 사이에는 남풍 집에 절색의 기녀가 창녀로 팔려왔다는 소문이 돌았고, 아퉁은 좋은 단골을 확보하려고 렌화가 한때는 난징에서 날리던 예기라고 떠들어냈다. 청이는 사내들의 술자리에 가끔 불려나가 호금을 연주하며 노래를 했다. 아통도 청이에게 질 좋은 단골이 생겨나자 자연스럽게 남풍의 화지아라고 내세워주었다.

우계가 끝날 무렵이 되자 습기 먹은 무더운 바람이 불어오기 시작했는데, 이 골목에서 낯익은 키자오 사내 하나가 남풍에 찾아왔다. 그는 대뜸 현관을 지키고 앉아 있던 아통에게 물었다.

"이 집에 렌화란 아이가 있다며?"

"있는데…… 웬일인가."

"우리 구토우(股頭)께서 그애를 데려오라네."

아통이 불평을 했다.

"아무리 따거라지만, 요즘 장사두 잘 안 되는데 초저녁부터 우리집 화지아를 데려가면 어떡하나?"

키자오는 이 골목을 맡은 자라, 육지에서라면 후화 기둥서방의 조장쯤 되는 격이어서 아통의 엄살을 간단히 묵살했다.

"아예 당분간 장사를 못 하도록 깃대를 꽂아줄까?"

깃대는 따거 패들이 지역의 다른 사람들에게 경고하는 의미로 세우는 것이라서, 일단 기가 집 앞에 꽂히면 모두들 피해버리니 장사는 저절로 망해버렸다. 아통의 불만스런 침묵에 키자오가 달래면서 말했다.

"이봐, 특별히 렌화라는 아이를 지목하셨으니 체면상 바오쭈를 내지 않겠나. 오늘 단수이에서 온 손님들과 연회 자리가 있는데, 그애가 호금을 잘 탄다고 하여 특별히 부르시는 걸세."

그들의 주고받는 소리를 듣고 벌써 청이는 안에서 주렴을 들치고 나와 인사를 공손히 올렸다.

"잠시 틈을 주시면 단장하고 옷 갈아입고 곧 나오겠습니다."

아퉁은 바오쭈를 내겠다는 소리에 두말하지 않고 고개를 끄덕이더니 키자오에게 은근히 권한다.

"렌화 하나 가지구 되겠나. 다른 아이들도 두엇 데려가지."

키자오는 손을 내저었다.

"글쎄, 내가 받은 전갈은 렌화를 데려오란 얘기뿐이여."

잠시 후에 청이가 치포 대신 분홍색 명주 바지저고리에 하늘하늘한 소매 없는 배자를 걸치고 분단장에 연지 곱게 바르고 나타났고, 그 뒤에 치포에다 남색 마고자를 걸친 유메이가 따라나섰다. 키자오가 모처럼 단장을 한 나들이 차림의 두 창녀를 보더니 조금 놀란 모양이었다.

"허, 유메이두 그렇게 차리구 나서니 몰라보겠구나. 그렇지만 렌화만 부르던데……"

"음악이 있으면 노래가 따라야지. 유메이의 노래는 지룽에서 다 알아준다네."

아퉁의 말에 키자오는 자기도 생각이 같다는 듯이 고개를 끄덕이고는 두 여자를 데리고 밖으로 나섰다. 그들은 뒷골목을 벗어나 항구의 정면 쪽에 있는 상행의 상가들 가까이로 돌아나갔다. 그곳은 시장과 음식점이며 번듯한 주루가 모여 있는 거리였다. 바다가 훤히 내다보이는 언덕바지에 돌축대를 쌓고 그 위에 하얗게 회칠을 올린 돌집이 서 있었다. 황혼 무렵이라 이미 땅거미가 내려앉아 주위는 어둑어둑한데 먼바다는 컴컴하고 하늘도 진보라색으로 어두워지고 수평선 끝에 가느다란 노을의 띠만 겹겹으로 번져 있었다. 계단을 오르니 잎이 무성한 종려와 소철이며 대나무와 모란꽃에 난초들이 무리지어 피었다. 화원이 있는 가운데에 등을 줄지어 매달아 밝혀놓은 방의 앞은 누각 같은 마루였고 안쪽에 육지의 대갓집에서나 보던 객청이 있었다.

객청 가운데 원탁에는 술과 음식이 차려져 있는데, 중앙에 낯익은 지룽의 따거 롱싼(龍三)이 앉았고 주위로 잘 차려입은 사내들이 둘러앉았다. 롱싼이 단수이 상행에서 온 무역상들과 지룽 분부의 순검서 동지를 초청하여 체면을 세우는 자리였다. 방 두 칸 사이에 병풍처럼 접고 펴는 칸막이가 있었지만 지금은 우계가 끝난 철이라 모든 문을 활짝 열어두었다. 지대가 높아서 시원한 저녁바람이 불어들어왔다. 연회가 벌어진 객청에 붙은 바깥방이 이를테면 청이와 유메이에게 허락된 공간이었다. 그네들을 데려간 키자오가 공수를 올리며 아뢰었다.

"구토우 어른, 연주하는 아이와 노래하는 아이를 데려왔습니다."

따거 롱싼이 술잔을 쳐들어 보이며 말했다.

"좋다 좋아. 너는 물러가고 어디 한번 놀아보아라."

키자오가 물러가자 청이는 호금을 안은 채, 유메이는 두 손을 모으고 공손히 서서 절하며 문안인사를 올렸다. 그리고 각자 렌화, 유메이라고 이름을 밝혀올리고는 서로 눈을 한 번 마주치고 나서 잔잔하게 호금 뜯는 소리와 함께 유메이의 노래가 먼저 나온다.

구름 걷힌 저녁하늘 청까치 날아가고
어제 없던 달님은 다시금 그 자리에
이지러지고 차오르고 어제 오늘 일이던가
오늘도 또 하루 월등을 밝히는데
님 소식 담긴 편지 하마 벌써 바래었네

유메이의 낮고 굵직한 음성에 실린 수야오와 렌화의 화려한 호금 소리는 좌중을 대번에 조용하게 만들었다. 노래가 후렴에 이르니 어떤 사람은 눈을 감고 손바닥으로 무릎을 가볍게 두드린다. 노래가 끝나자 따거 롱싼이 손을 들어 청이와 유메이를 불렀다.

"너희들 이리 와서 내 술잔을 받아라."

청이는 따거 롱싼이 내밀어준 잔을 받아들고 고개를 숙인 채 기다렸다. 유메이도 잇달아 잔을 받고서 청의 곁에 서 있었다. 롱싼이 청이에게 다시 술을 따라주었고 옆자리의 상인은 유메이의 술잔을 또 채워준다. 기울였던 주전자를 내려놓으며 롱싼은 청이에게 물었다.

"너를 본 듯한데······"

청이는 죽엽주를 단숨에 마시고 나서 고개를 들어 사내의 눈을 똑바로 응시하면서 말했다.

"제가 지롱에 처음 오던 날, 어르신을 하룻밤 모신 적이 있습니다."

"허, 그랬던가!"

롱싼이 당황하여 그렇게 대꾸하는데 관복 차림의 동지가 끼어든다.

"봄동산의 나비가 날아앉았던 꽃을 일일이 기억할 수야 있나."

둘러앉았던 상인들이 모두 소리를 내어 웃었다. 따거 롱싼은 뒤늦게 빙긋 웃음을 머금는다.

"렌화가 누구인가 했더니 자네였구먼. 부두에 소문이 났길래 내 한번 불러보았다. 어느 집이던가?"

유메이가 얼른 대답했다.

"예, 난펑(南風)입니다."

롱싼이 말했다.

"오늘은 즐거운 날이다. 너희 두 사람은 바오쭈를 낼 것이니 염려 말고 놀도록 하여라."

밤이 이슥하도록 따거 롱싼의 연회는 계속되었다. 유메이는 단수이에서 온 상인 한 사람을 모셨고, 청이는 시장 거리에 있는 롱싼의 팡차오(幫巢)에 가서 그와 다시 하룻밤을 보냈다. 팡차오는 따거와 그의 부하 키자오들이 모여 있는 사무실이었는데, 아래층은 객청이고 위층에 그와 부하들의 숙소가 있었다.

롱싼의 살림집은 시구링 언덕의 주택가에 있었다. 아래층에서 숙직을 하던 키자오 몇 명이 마작을 놀다가 밤늦게 여자와 함께 찾아온 따거의 출현에 몹시 당황한 듯했다. 그의 방은 이층 맨 구석에 있었는데, 바다를 향한 곳에 탁자와 의자가 있고 안쪽 구석에 여기에는 어울리지 않게 화려한 휘장을 두르고 붉은색 옻칠을 올린 아늑한 침상이 있었다. 아마도 어느 여각이나 반점에서 옮겨온 물건 같았다. 키자오 사내 둘이서 쟁반에다 차와 과일과 아편을 담은 작은 종지와 곰방대 두 대를 받쳐들고 들어왔다. 또 한 사내는 나무물통에 더운물이며 대야를 들고 커다란 수건을 가지고 있었다. 그들은 탁자에 그것들을 차려놓고 대야에 물을 담아 침상 아래 내려놓고 기다렸다.

"따거, 발 씻어드리겠습니다."

롱싼이 침상머리에 앉아 가죽신을 벗으려는데 청이가 얼른 나선다.

"제가 하겠습니다."

키자오들이 롱싼의 얼굴을 살피니 그는 손을 들어 나가라는 시늉으로 흔들어 보였다. 청이 그의 신을 벗기고 버선마저 벗기고는 차례로 대야의 물 속에 담갔다. 손으로 발등과 발바닥을 문질러주니 롱싼은 눈을 지그시 감고 흡족해한다. 다시 새 물로 얼굴과 손을 차례로 씻은 뒤에 청이도 세수를 하고 나서 두 사람은 뜨거운 차를 마셨다. 롱싼이 새삼 취기가 오르는지 게슴츠레해진 얼굴로 청이에게 물었다.

"너 같은 아이가 어쩌다가 이 골에 빠지게 되었는고?"

"항저우에서 뢰마이꾼들의 속임수에 걸려 슈마지아로 팔려왔습니다."

청이의 말에 따거는 고개를 끄덕였다.

"그렇겠지. 여기 꾸냥들 사연은 모두 비슷하니까. 네가 원하는 것이 무어냐?"

청이는 재빠르게 자기가 할말을 몇 가지 생각했고, 그중에 한 가지만 고르기로 한다.

"저는 다른 소원은 별로 없습니다. 구토우 어른만 모시게 해주셔요."

롱싼이 청이의 말에 어느 정도 감동을 받은 눈치였지만 받아주지는 않는다.

"허허, 나는 식구가 많단다."

"적적하실 때마다 불러주시면 됩니다."

청이 아편을 구리접시에 담아 기름 램프에 불을 붙여 데우고는 알맞춤할 때에 젓가락으로 집어서 곰방대에 담아 두 손으로 올렸다. 그네는 예전에 첸 대인의 흡연 시중을 들어서 잘 알고 있었다. 그는 곰방대를 들고 두어 번 빨더니 흡족한 표정이 되어 청이에게 말했다.

"너도 한 대 하려무나. 아이들이 다 알아서 두 대를 준비해오지 않았느냐."

청이는 진장 시절에 구앙과 함께 목욕 뒤에 몇 번 빨아본 적이 있어서 자기도 한 대를 담아 피웠다. 온몸이 녹아내리는 것 같더니 사지에서 힘이 빠져나간다. 두 사람은 침상에 들었다. 그들은 옆으로 누워서 곰방대를 빨다가 어느 결에 서로의 옷자락을 벗겨내린다. 따거가 청이와 한 차례 어울리는데 서두르지 않고 천천히 진행한다. 청이는 일부러 소리를 지르고 다리와 둔부를 움직여 그를 자극했다.

롱싼과 청이는 이튿날 늦게서야 잠이 깼는데 아래층에 모여든 키자오들의 인기척 때문이었다. 청이 먼저 침상에서 빠져나와 옷을 걸치는데 롱싼이 비스듬히 누운 채로 휘장 너머로 그네를 바라보면서 말했다.

"거기 저고리 좀 가져오너라."

청이 의자 위에 걸린 그의 상의를 갖다주자 그가 마고자를 뒤지더니 끈 달린 가죽 주머니를 꺼냈다. 롱싼은 주머니째로 청이에게 내주며 말했다.

"이거면 한 열흘치 바오쭈는 되겠구나."

청이 화대를 받고 돌아서서 나오려는데 롱싼이 다시 불러세웠다.

"너 창기를 면하고 싶으냐?"

청이의 눈에서는 기다렸다는 듯이 눈물이 뚝뚝 흘러내린다. 롱싼이 말했다.

"내가 너희들 맘을 잘 아느니라. 허나 나는 따거로서 이 지역의 장사치나 포주 모두를 보호해주어야 한다. 내가 너에게 기회를 줄 수는 있겠구나."

롱싼은 문 앞에 섰는 청이를 바라보며 잠시 생각하더니 말을 이었다.

"너에게 단수이 출장을 자주 시켜주마. 그뒤는 네가 알아서 할 일이지."

청이는 허리를 깊숙이 숙여 절하고는 이층 계단을 내려왔다. 따거의 팡차오를 나서니 이미 때가 점심 무렵이었다.

청이 남풍에 돌아가자 아퉁은 현관 앞에서 기다리고 있다가 화를 버럭 냈다.

"아니 유메이는 벌써 와서 단장을 끝내고 장사할 준비를 마쳤는데, 넌 뭘 하다가 인제사 기어오는 게야?"

청이 소매 속에서 따거의 돈주머니를 꺼내어 탁자 위에 소리가 나도록 내던졌다.

"따거가 열흘치 바오쭈를 주었어요. 너무 들볶지 말아요."

아퉁이 돈주머니를 열어 은화를 세어보는데 씨아란도 나와서 들여다보고는 청이에게 한마디했다.

"어쩌면, 따거가 네 후화 노릇을 하시려나보다."

아퉁이 볼멘 소리로 받았다.

"계산은 나중에 다시 하지. 어서 장사 준비나 하란 말야. 오늘 루손에서 배가 들어왔다구."

청이는 주렴을 들치고 안으로 들어가면서 말했다.

"바오쭈를 받아왔으니까 오늘은 장사 안 할 거예요."

그네가 자기 방으로 들어가 겉옷인 배자를 벗고 바지와 상의까지 벗고는 속옷을 갈아입는데, 아퉁이 휘장을 확 들치며 들어섰다. 그는 다짜고짜로 소리를 버럭 질렀다.

"오늘 장사를 안 한다구? 누구 맘대루 그따위 소리를 하는 거야. 너희들 몸값으루 진 빚이 얼만 줄이나 알아? 네까짓 것들 당장에 남방으루 팔아버릴 수도 있다. 산 설구 물 설은 데 끌려가서 메이두에 걸려 썩어지구 싶으냐, 내가 그렇게 못 할 것 같아?"

청이는 아랫도리에만 짧은 속곳을 걸치고 위는 젖가슴을 내놓은 채로 아퉁에게 돌아섰다.

"몸값? 누가 누구에게 준 몸값인데 그 돈이…… 나는 강제루 잡혀왔어. 슈마지아에서 당신들끼리 얼마를 주고받았는지 내가 알 게 뭐야. 나는 따거에게서 열흘치의 바오쭈를 받아왔다구. 그렇게 우격다짐으로 장사를 시키면 나는 절대루 안 할 거야. 다시 말해두지만 나는 산골에서 철 모르고 끌려온 애들과는 달라. 요따위 밑바닥 사창가에서 짓밟혀 살 줄 알아?"

두 손을 내저어 흔들며 소리를 바락바락 질러대는 청이를 멍하니 보고 섰더니 아퉁은 갑자기 기침을 터뜨리며 뒷걸음질로 물러섰다. 그네는 침상 위에 무너지듯 주저앉으며 스스로의 분통을 주체하지 못하고 울음을 터뜨렸다. 누군가 들어오더니 상의를 집어 그네의 등에 씌워준다.

"그만 해…… 아퉁이 잘못한 거야. 링링두 바오쭈 받았다구

282

쥐꼬리만큼 내놓고 장사 안 하겠다잖아. 그래서 화가 났던 거야. 바쁠 때에는 주인 사정을 좀 봐줘야 하지 않니?"

씨아란이 청이의 어깨를 토닥이면서 말했다. 청이는 금방 울음을 그쳤다. 오래 울어봤자 눈이나 퉁퉁 붓고 상한 가슴이 진정되려면 며칠 동안 밥맛도 없게 마련이었다. 이래봤자 내 손해지. 그네는 한숨을 길게 내쉬어 답답했던 가슴속을 확 비워내고는 저고리를 대충 걸치고 빨랫감을 싸들고 일어섰다.

"아저씨한테 미안하다구 그래요. 내 성질 잘 아실 테니까……"

아퉁이 현관 앞에서 터뜨리는 기침 소리가 아직도 들려오고 있었다. 씨아란은 우선 그쪽이 염려되었는지 바쁜 걸음으로 주렴 바깥으로 나갔고, 청이는 안마당 쪽으로 나가려다가 링링의 방을 기웃이 들여다보았다. 링링은 언제나 그랬듯이 몸을 꼬부리고 벽을 향하여 돌아누워 있었다.

"링링……"

부르는 청이의 목소리에 그네가 천천히 돌아누웠다.

"렌화 언니 왔구나."

청이 그네의 옆에 가서 앉자 링링은 누운 채로 물었다.

"언니, 아퉁 아저씨랑 싸웠어?"

"아니, 소리를 좀 질렀지. 너 장사를 안 하겠다구 그랬다며?"

"응, 사흘짜리 바오쭈를 받았거든."

링링은 작은 입을 조금 벌려 행복한 웃음을 웃었다. 그네가 그런 웃음을 보인 것은 정말 흔치 않은 일이었다. 푸저우에서 지룽에 온 이래로 하루에 한 번씩은 눈물 바람이었고 늘 홍역에 걸린 강아지처럼 보였다. 청이 링링에게 물었다.

"누구야…… 네게 바오쭈를 낸 사람은?"

링링은 눈에 눈물이 고이면서도 웃는 얼굴로 대답했다.

"언니, 나 좋은 사람 생겼어."

링링은 며칠 전에 카지아 춘에서 왔던 여러 명의 인부들 가운데 하나라고 말했고, 청이는 그를 어렴풋이 기억할 수가 있었다. 변발을 하지 않고 기른 머리를 뒤로 넘겨 묶고는 머리에 무명끈을 동이고 있던 청년이었다. 몸집이 크고 손발이 모두 큼직해서 곰 같다고 생각했다. 웃을 때에는 작은 눈이 더욱 작아져서 가죽에 금을 그어놓은 주름살처럼 보였다.

"카지아 춘의 인부가 무슨 돈이 생긴다구 바오쭈를 냈을까?"

"그이는 차밭 농원의 십장조야. 힘으론 당할 사람이 없다나. 인부들보다는 많이 받는대."

"너두 그 사람 좋아?"

청이의 물음에 링링은 대답 대신 고개를 여러 번 끄덕였다.

"아까 와서 잠깐 놀다 갔어. 저녁때 부둣가 시장에서 다시 만나기루 했는데 아저씨가 오늘은 안 된다는 거야."

청이는 빨랫감을 들고 일어서며 말했다.

"걱정 마라. 언니가 너 외출하도록 해줄게."

청이는 부엌 옆의 세탁간으로 가서 먼저 빨래를 하고는 옷을 홀홀 벗고 물통의 찬물을 끼얹었다. 그네는 방으로 돌아와 알몸에 속곳을 입지 않은 채 새 치포로 갈아입고 화장을 했다. 현관으로 나오니 아퉁은 아직도 화가 풀리지 않았는지 잔뜩 부어서 바깥을 내다보는 척했다. 선뵈는 방에 앉았던 씨아란이 기웃이 넘겨다보더니 호들갑을 떨며 말했다.

"저 고운 자태를 좀 봐. 손님 받을 준비를 하구 나왔잖아요."

청이는 아퉁에게 공손하게 말했다.

"저 오늘 장사 할 거예요. 그 대신에 링링은 바오쭈를 냈다니까 외출하게 해주셔요."

아퉁이 청이의 차림새를 아래위로 한번 쓱 훑어보더니 못마땅하다는 듯 입맛을 몇 번 다시고는 말했다.

"맘대루 해. 돈 벌기 싫은 것들은 빚만 늘어날 테니까. 이 집에서 공짜 밥은 못 먹여준다."

낮에는 후덥지근하더니 밤이 되자 열기가 식고 시원한 바닷바람이 불어왔다. 링링은 다른 여염집 꾸냥처럼 상의와 바지 차림으로 외출을 했고, 다른 아이들은 모두 화장을 하고 현관 옆 방으로 나와서 앉아 있었다.

아퉁이 오늘 장사를 기대하고 있는 것은 서양인 선원들이 상륙할 예정이기 때문이었다. 대륙에서는 난징조약 이후에 개항장이 열리고 영국 군대가 지키는 조차지도 생겼지만, 타이완은 오래 전부터 포르투갈과 스페인과 네덜란드가 차례로 점령했던 적이 있어서 아직 개항이 허락되지 않고 있었다. 그러나 지룽과 단수이에서는 충돌을 피하기도 하고 상업적 이익이 있는 만큼 외항에서 거룻배를 이용한 무역은 허용하고 있었다. 짐을 싣고 내리는 동안에 선원들은 밤에만 상륙이 허락되었고 그것은 순검서 동지의 재량권에 속한 일이기도 했다. 서양인들은 뭍에 올라 창가에 오면 긴밤 화대로 열 배의 돈을 냈다.

"온다, 와!"

밖을 내다보고 있던 아퉁이 얼른 골목길로 나갔다. 씨아란은 아이들에게 선뵈는 방의 너른 창을 향하여 나란히 앉도록 하고 자신도 그들의 곁에 앉았다. 청이 곁에 앉은 유메이에게 속삭였다.

"마마도 손님을 받을 모양이지?"

"양귀들은 나이가 많구 적은 건 알아보지두 못하구 따지지두 않아. 서양 배가 들어오면 저 여잔 신이 나서 장사를 해."

사창가가 있는 골목으로 선원들이 몰려오고 있었다. 아퉁이 골목길에 서서 그들에게 알아들을 수 없는 서양 말로 떠들어댔다. 그들은 각자 창 안을 들여다보며 걸어왔다. 남풍 집에도 다섯 명이 들어섰다. 씨아란은 그들에게 서양 말로 뭐라고 말을 걸었다. 그들은 백인이었지만 햇볕에 그을려 검붉은 얼굴이었고 콧수염이나 턱수염을 기르고 있었다. 풀어헤친 상의 안으로 가슴 털이 시커멓게 보였고 어떤 사람은 귀고리를 하고 있었다. 머리카락과 턱수염이 붉은 사내가 청이에게 뭐라고 말을 걸었지만 그네는 알아듣지 못했다.

"네가 좋대."

유메이가 말해주었다. 청이는 그 사내를 향하여 웃어 보였다. 다른 사내들도 각자 마음에 드는 아이들을 지목했는데 씨아란은 말이 통해서였는지 두 명이 서로 다투는 눈치였다. 아퉁은 그들에게 잠깐도 되고 긴밤은 한 사람만 된다고 말해주었다. 세 사람이 더 들어왔지만 남풍 집에 씨아란까지 여섯 여자밖에 없어서 나머지는 다른 집에 빼앗길 수밖에 없었다. 어쨌든 아퉁은 그들이 한 여자씩 지목해서 안으로 들어가기 전에 미리 화대를 받았다. 어떤 자는 은화로 냈고 또 어떤 녀석은 유지에 싼 아편을 내밀기도 했다. 사실 아편으로 받는 것이 훨씬 이문이 많이 남아서 포주들은 그쪽을 더 좋아했다. 진작부터 아편은 대륙에서도 현찰이나 마찬가지였다. 그들이 배에 싣고 온 화물도 대부분 아편이나 면직물이었다.

청이는 붉은 머리털의 사내를 데리고 자기 방으로 들어갔다. 그들은 열 배의 화대를 내고 긴밤을 샀으므로 서두를 필요가 없었지만 유메이가 미리 주의를 주기로는 잘못 걸리면 밤새도록 괴롭히는 자도 있다는 것이다. 사내가 침상에 털썩 주저앉더니 뭔가 마시는 시늉을 하면서 은화를 내밀었다. 청이는 은화를 받아쥐고 밖으로 나와 두리번거렸다. 그네는 주렴 사이로 혼자 현관의 탁자 앞에 앉아 있는 아퉁의 어딘가 외로운 얼굴을 훔쳐보았다. 안에서는 사내와 여자들의 웃음소리며 벌써 일을 벌이기 시작했는지 고양이 울음 같은 소리도 들려왔다.

"술을 달라는 것 같아요."

아퉁이 잠깐 멍하니 청이를 올려다보다가 얼른 손을 들어 안쪽을 가리키며 말했다.

"그럴 줄 알구 부엌에다 술과 안주를 준비해두었다. 지룽 사람들에게는 창가에서 술을 파는 건 금지되어 있지만 양인들에게야 누가 뭐랄 사람이 있나."

청이는 돌아서서 안으로 들어가려다가 아퉁에게 약을 올리는 투로 말했다.

"돈두 좋지만, 마마한테까지 장사를 시켜요?"

아퉁은 청이를 힐끗 바라보고는 간단히 대답했다.

"그게 이 바닥 법도야. 네 걱정이나 해라."

청이는 부엌에 가서 죽엽주와 안주 두 접시를 쟁반에 받쳐들고 방으로 돌아갔다. 서양 사내는 잔 두 개에 술을 따르고는 청이에게도 권했다. 선원이 자기 가슴을 두드리며 베크, 베크, 라고 말했다. 청이는 이내 눈치채고 자기 가슴을 손가락으로 찌르며 중얼거렸다.

"내 이름 렌화, 렌화."

베크라는 선원은 방 안이 후덥지근해서였는지 마직 셔츠를 벗어버렸다. 그의 등판에 이제는 드물어진 돛대 네 개가 달린 중형 범선의 문신이 붉고 푸른 물감으로 새겨져 있었고, 울퉁불퉁한 팔뚝에는 날이 휜 아랍식 단도가 그려져 있었다. 가슴팍은 온통 붉은 털로 뒤덮였는데 땀내와 섞여서 비 맞은 개 비린내와

288

흡사한 노린내가 났다. 그는 청이의 외로 땋아 틀어올린 머리를 손으로 흐트러뜨렸다. 청이가 눈치를 채고 머리끈을 풀어 흔들자 긴 머리가 어깨를 덮고 흘러내렸다. 사내는 그 머리카락을 쥐고 두툼한 손가락으로 만지작거리며 뭐라고 끊임없이 중얼거렸다. 청이는 그의 말을 알아들을 수는 없어서 건성으로 고개를 끄덕여주었다. 그는 몸에 꼭 끼는 밝은 색 바지를 입고 둥근 버클이 달린 넓적한 허리띠를 매고 군인처럼 정강이에 올라온 헐렁한 장화를 신고 있었다. 청이 무릎을 구부리고 사내의 발치에 앉아 장화를 잡고 말했다.

"신발을 벗어요."

사내가 껄껄 웃더니 침상 위로 넘어져서 한쪽 다리를 쳐들어주었다. 청이는 장화를 두 손으로 잡고 당겼는데 잘 빠지질 않는다. 그가 발을 움직여주자 청이는 뽑혀나온 장화를 안고 궁둥방아를 찧으며 뒤로 벌러덩 자빠졌다. 얼결에 울상을 짓고 주저앉아 있는 청이를 손가락질하면서 사내가 웃자 그네도 덩달아 웃음을 터뜨렸다. 사내가 뭐라고 지껄이면서 다시 다른 한쪽 다리를 쳐들어준다. 청이는 이번에는 뒤로 돌아서서 사내의 장화를 옆구리에 단단히 끼우고 앞으로 달려나갈 듯 힘을 주어 잡아뽑았다. 이번에는 앞으로 몇 발짝 헛디뎠을 뿐 넘어지지는 않았다. 그는 면직 양말을 신고 있었는데 고약한 냄새가 났다. 청이양말까지 벗겨서는 구석에 내동댕이치고 일어서자 서양 사내가그네에게 술잔을 건네주며 웃어댔다. 그들은 술 한 병을 다 비우고 나서 사이좋게 옷을 벗었다. 청이는 옷이라야 치포를 알몸 위에 입고 있었던지라 늘 하던 대로 아래에서부터 머리 위로 벗겨올렸다. 사내는 침상 위에 앉아서 그네를 달랑 안아올려 자기 무릎 위에 올려놓았다. 그는 털도 많고 냄새가 고약해서 짐승처럼 보였지만 의외로 손길은 거칠지 않았다. 청이는 유메이에게서 주의를 받았으므로 슬며시 가녀린 손을 꼼지락거리며 사내의 무릎 위에 이미 성이 나서 불끈 솟아올라 있는 남근을 잡아보았다. 손으로 꽉 움켜쥐고는 잡아당겨보는데 사내가 다시 큰소리로 웃더니 자기의 그것을 아래 위로 흔들어 보이면서 뭐라고 떠들었다. 아마도 괜찮다는 소리겠지. 청이는 그가 하는 대로 맡기면서 몸을 스르르 침상 위에 던져버린다. 어찌나 물건이 큰지 마치 팔뚝이 온몸을 찢을 것처럼 몸 속으로 들어오는 것만 같았다.

몇 차례나 그런 고통이 지나가고 나서 사내가 곯아떨어진 뒤에 청이는 몸을 씻으러 치포를 걸치고 밖으로 나왔다. 통로에서 누군가가 쪼그리고 앉아 숨죽여 흐느끼는 소리가 들려왔다. 청이는 다른 방에 들릴까봐 발돋움으로 걸어서 가까이 가보았다. 그것은 언제나 우울한 카오였다. 청이 그네 옆에 함께 쪼그리고 앉아서 늘어뜨린 머리카락을 올려주며 물었다.

"카오, 왜 그러니, 무슨 일 있었어?"

"하아, 너무 아파서 더이상 못 하겠는데 저 자식이 잠두 안 자구 괴롭혀."

과연 안에서 취한 목소리로 뭐라고 중얼대는 서양 말 소리가 들려왔다. 다른 방에서 휘장을 들치며 씨아란이 나타났다.

"뭣 때문에 또 청승이야?"

"카오가 너무 아프대요."

씨아란이 콧방귀를 뀌었다.

"아파두 조금 참으면 잠깐이야. 내일 세척제루 씻구 푹 쉬면 붓기가 금방 가라앉아."

갑자기 고함 소리가 들리더니 취한 사내가 벌거벗은 채로 휘장을 들치고 나왔다. 그는 알 수 없는 말로 소리를 지르면서 카오의 머리끄덩이를 잡고 질질 끌어가려고 했다. 카오가 비명을 지르자 사내가 그네의 얼굴과 몸을 함부로 때렸다. 카오는 소리를 지르며 옆으로 또는 앞으로 버둥거렸다. 방에서 유메이와 슈티안이며 샤오웨까지도 우르르 몰려나왔다. 청이는 카오의 머리카락을 움켜쥔 사내의 손목을 힘껏 물어뜯었는데 씨아란이 말릴 틈도 없었다. 유메이가 서양 말로 욕지거리를 내뱉으며 달려들어 사내의 물건을 두 손으로 움켜쥐었고, 슈티안과 샤오웨는 사내의 목과 다른 한쪽 팔을 붙잡고 늘어졌다. 사내는 버둥거리며 뒤로 넘어졌지만 여자들은 찰거머리처럼 달라붙어 떨어지지를 않는다. 드디어 어느 방에선가 서양인 동료 선원이 나와 여자들을 떼어냈다. 유메이는 분이 풀리지 않았는지 계속해서 손가락질을 하며 떠들었다. 동료의 만류로 행패를 부렸던 사내는 풀이 죽어서 휘장 안으로 비칠비칠 들어가버린다. 여자들은 가쁜 숨을 헐떡이며 통로에 주저앉아 있는데 유메이가 먼저 말했다.

"이것 봐, 카오가 맞아 죽을 뻔했잖아. 오늘 장사 이걸루 끝이야. 전부 날 따라와라."

여자들은 우르르 몰려서 특실 앞을 지나고 살림방 앞을 지나서 부엌으로 몰려갔다. 씨아란이 다급하게 불러대어 아퉁도 안으로 들어왔다. 여자들은 모두 식탁 앞에 둘러앉았고, 청이 입술과 코에서 피를 흘리고 있는 카오를 보살폈다. 그네는 물에 축인 수건으로 카오의 상처 주위를 닦아주었다. 유메이가 말했다.

"너희들 다들 몇 번씩 해주었지?"

여자들은 고개를 끄덕였고 유메이가 다시 말했다.

"카오에게 보상비를 주지 않으면 방으로 돌아가지 않을 거야."

씨아란과 아퉁이 식탁 주위에 앉지도 못하고 여자들의 주위를 맴돌면서 차례로 달렸다.

"술 취한 놈 개라고 그러잖아. 이제 다신 난폭하게 굴지 못할 거야."

"이봐 너희들, 긴밤 돈 받고 모두 나와버리면 어떡해."

유메이가 아퉁 부부에게 소리를 바락 질렀다.

"아저씨가 말이 통하니까 직접 가서 알려요. 그 자식, 카오를 때렸으니 긴밤 값을 다시 물어내지 않으면 들어갈 수 없다구요."

아퉁은 유메이의 기세에 아무 말도 못 하고 물러났다. 그가 바깥으로 나가보니 각 방에서 나온 선원들이 통로에 웅성거리며 모여 있었다. 아퉁은 그들에게 여자들의 말을 그대로 전했다. 선원들은 술에 취한 자기들 동료에게 욕지거리를 퍼부었다. 그들은 이미 만취한 사내를 살피고는 제각기 돈을 추렴하여 아퉁에게 주고는 다시 투덜거리며 제각기 방으로 흩어져 들어간다. 아퉁이 빠른 걸음으로 부엌으로 돌아가보니 이미 씨아란을 빼고는 모두가 술잔을 들고 한 잔씩 하고 있었다.

"어서 손님들한테 돌아가. 이럴 줄 알았으면 겹치기 장사를 하는 건데…… 공연히 딴집에 손님들 뺏겼잖아."

아퉁이 투덜거려보았지만 여자들은 핑계 김에 아예 오늘밤 장사를 폐할 모양이었다. 청이 술잔을 높이 들어 보이며 아퉁에게 조잘거렸다.

"아저씨두 이리 와서 한잔해요. 오늘밤 돈 많이 벌었으니까."

그때에 누군가 부엌으로 들어오는 휘장 사이로 머리만 살짝 내밀었다가 사라졌다. 씨아란이 입을 비죽거렸다.

"링링, 거기 있는 거 다 안다. 어디서 싸돌아댕기다가 이제사 들어오는 거야."

아퉁은 화가 잔뜩 나서 휘장을 들치며 나가다가 고개를 숙이고 섰던 링링을 잠시 노려보고는 발을 크게 구르며 현관 쪽으로 나갔다. 청이는 얼른 식탁에서 일어나 링링의 손을 잡고 비어 있는 특실 방으로 들어갔다. 둘은 발을 걷고 앞마당 쪽을 향하여 나란히 앉았다.

"재미있었어?"

청이 묻자 링링은 가슴에 두 손을 얹으며 행복하게 말했다.

"응, 저녁도 함께 먹고 시장 구경도 하고 원숭이 놀리는 것까지 구경했어."

"왜 같이 데려오지 그랬니?"

"주인 아저씨가 싫어할까봐 못 데려왔어. 자기는 부둣가 빈 배에 가서 자겠대. 낼 아침에 데리러 온다구 그랬어."

청이는 링링의 손을 잡아주며 말했다.

"넌 사흘치 바오쭈를 냈다구. 그 사람은 사흘 동안 네 남편이나 한 가지야. 내일은 꼭 집으루 데려와서 같이 자거라."

링링은 시무룩해졌다.

"사흘만 남편은 싫어. 그이가 내 몸값을 내주고 데려가면 어디든 가서 같이 살 거야."

며칠 동안 지룽 사창가 골목은 밤마다 서양 선원들로 성황을 이루었다. 날씨는 차츰 무덥다 못해서 찜통 속처럼 숨이 콱콱 막힐 정도였다. 서양 배들은 차와 사탕을 싣고 나서 모두 떠났다.

남풍의 창기들은 하루에도 몇 번씩 물을 끼얹고 오히려 열기가 덜한 방구석에 처박혀서 헐떡거리다가는 지쳐서 잠들곤 했다. 이런 철은 낮에는 아무도 나다니질 않아서 골목 안은 쥐죽은듯했고 저녁나절이 되어서야 술꾼들이나 몇 명 나타났다. 밤이 깊어지면 동네 남자들은 의자를 들고 바닷가 쪽으로 나아가 마작판을 벌이거나 술을 마셨다. 그맘때면 저녁마다 열기가 식으면서 끈끈한 바람이 불어왔다. 열대야의 끈끈한 바람이 이상하게 그 짓을 하고 싶도록 자극하는 모양이었다. 남자들은 밤늦게야 찾아와 헐떡이고 철벅거리며 두 몸을 땀으로 먹감게 만들고는 혀를 길게 뺀 수캐들처럼 지쳐서 돌아갔다.

청이는 남자와 자기의 땀이 뒤섞여서 흥건해진 알몸에 물을 끼얹었다가 아랫배에 찰싹 달라붙어 있는 꼬부라진 낯선 음모를 손가락 끝으로 집어내곤 했다.

아아, 그이는 어디 가서 무얼 하며 살까.

그네는 이제 윤곽조차 희미해진 동유의 얼굴을 떠올리다가 손가락으로 수면을 흩뜨려 달 그림자를 지우듯 마음속에 가라앉혀버리곤 했다.

링링과 카지아 청년은 한 달에 사나흘씩은 바오쭈를 물어내며 함께 지냈다. 그는 이젠 다른 꾸냥들과도 이물이 없어져서 버젓하게 부엌으로 따라 나와 밥까지 먹게 되었다. 청년이 아퉁의 잔소리에서 벗어난 것은 중산간 마을에서 돼지보다도 흔하다는 사슴을 덫을 놓아 잡아왔기 때문이었다. 그가 올 때마다 송아지만한 사슴을 어깨에 걸어메고 나타났던 것이다. 사슴고기를 먹다가 남으면 소금에 절여 그늘에 말려서 포를 만들었다. 링링의 말에 의하면 청년은 그네의 몸값을 벌기 위해 녹피를 모으고 있다고 했다. 지룽의 녹피는 일본 무역선에서 가장 좋아하는 상품이기도 했다.

단수이 항구가 가장 붐비는 시월에 청이는 처음으로 출장을 나가게 되었다. 지룽 창가의 키자오가 아퉁과 다른 포주들에게 연락하여 열다섯 명의 창녀들을 지목했다. 아퉁의 남풍 집에서는 청이와 유메이와 링링이 가기로 정해졌다. 지룽의 따거 룽쌴과 단수이의 따거는 젊었을 적에 한 따거 아래에서 키자오 노릇을 하던 동무들로, 각자 분가하여 있었지만 서로 굳게 연결되어 있었다. 이들 따거의 조직은 타이난에까지 연결되어 서로의 이익을 위하여 협동하고 있었다. 특히 단수이와 지룽은 타이완 섬의 북쪽 끝에 나란히 이웃한 항구라 한 구역이나 마찬가지였다. 지룽과 단수이에는 무역품의 구입과 수출을 전담하는 상인 조합인 지아오(郊)가 있었는데 이들은 인부의 관리와 공급을 따거 조직에 의존하고 있었다. 따거 조직은 창가, 주점, 도박장, 흡연소, 항구의 지아오 등에 이권을 가지고 있었고 백여 명의 병력에 지나지 않는 분부의 관리들도 치안의 일정 부분을 그들에게 맡겨두는 형편이었다. 단수이의 상인 지아오와 따거 조직은 무역선들이 모여드는 차 수확기에 창가를 점검하고 부족한 여자들을 지룽에서 데려와 영업을 시키다가 바쁜 시기가 끝나면 돌려보내곤 했다.

지룽에서 단수이 항으로 넘어가는 길은 두 방향이 있었다. 부두에서 배를 타고 북쪽 곶을 돌아서 가는 길과, 지룽의 뒷산인 시구링을 넘어가 지룽 강에서 나룻배를 타고 내려가다가 광대한 차밭이 전개된 타이베이 들판을 지나서, 다시 단수이 강으로 하여 하류로 내려가는 길이었다. 대개 지룽에서 단수이로 갈 적

에는 먼저 육지의 수로를 통해서 갔다가 돌아올 때에는 바다로
오곤 했다. 바로 지척이라 한나절도 걸리지 않았다. 창가마다
손님을 끌 만한 예쁘고 능숙한 창녀들을 뽑아서 보냈는데 무역
선 상대의 장사는 개인 화대만 해도 열 배가 되었기 때문이다.
지룽 포주들은 기꺼이 자기네 창녀들을 단수이 출장에 내보냈
지만 수입은 단수이 포주측과 반분했다.

　단수이에서 온 키자오들이 여자들을 인수받아 시구렁을 넘어
가 배에 태웠는데, 여자들은 갑갑한 사창가의 방 안에서만 지내
다가 무슨 소풍이라도 가는 기분으로 들떠 있었다. 창녀들은 나
룻배의 뱃전에 열지어 앉아 서로 재깔거리고 웃으며 떠들었다.
청이는 호금을 가지고 갔다. 사창가에서 손님을 받기도 했지만
지난번 롱싼의 연회 자리에서처럼 술자리에 불려가 고급 손님
을 모시는 것이 더 유리했기 때문이다. 그런 사정은 유메이와
씨아란이 귀띔해준 것이기도 했다.

　배가 지룽 강에서 단수이 강으로 접어들어 바다로 나가는 어
구에 나루터가 있었고 무역선들의 부두는 조금 더 위쪽에 있었
다. 복우궁(福佑宮) 묘(廟) 근처에 부두가 형성되어 있었는데,
이곳을 묘 앞의 마토우(碼頭)라고 불렀다. 마토우의 광장에는
시장이 열려 있었고 광장을 중심으로 사방으로 좁은 골목이 뻗
어나갔는데 물가에서부터 뒤편 언덕에 이르기까지 붉은 벽돌집
들이 촘촘히 붙어 있었다. 물가에 붙어 있는 집들은 대개가 반
점이나 주점이며 상가들은 그 안쪽으로 있고 여숙과 창가들은

제일 안쪽의 골목에 있었다. 마토우 광장 앞의 배터에는 세 돛짜리 정크선들이 대어져 있고 작은 지붕을 올린 살림배나 거룻배가 드나들었다. 하구 쪽의 무역선 항구에는 범선과 증기선들이 섞여서 닻을 내리고 떠 있었다.

마토우에 배가 닿자 키자오들은 먼저 자기네 팡차오(幫巢)로 여자들을 데리고 갔다. 팡차오는 저자 골목 가운데에 있는 이층의 벽돌 건물이었다. 들어서자마자 다른 여염의 부잣집처럼 너른 객청과 난간을 두른 이층 계단이 보였다. 건장한 키자오들이 둘러선 가운데 따거는 포주들과 함께 정면 의자에 앉아서 차를 마시던 중이었다. 여자들을 지룽에서 인솔해온 키자오가 명단을 따거에게 올렸다. 따거는 포주들과 의논하고 나서 다시 자기 측 키자오에게 명단을 내주었다.

"한 집에 다섯 명씩 배치하면 되겠구나."

따거의 말에 키자오가 대답했다.

"이들 중에 몇몇은 반점의 연회를 위해서 뽑아두어야 합니다."

따거가 고개를 끄덕이며 말했다.

"집집마다 화지아가 있을 게 아닌가."

머리가 희끗한 초로의 부인이 앉았다가 참견했다.

"그럴 거 없어요. 화지아를 모두 보냈을 리두 없구요. 내가 직접 뽑겠어요."

부인이 의자에서 일어나 앞으로 나서더니 두 줄로 늘어선 여자들 사이로 다니면서 얼굴과 몸매를 살펴보았다. 그네는 모두 살펴보고 점을 찍어놓은 듯 다시 앞줄로 가더니 한 사람씩 지목하여 앞으로 나오게 했다. 그네는 모두 여섯 명을 골라냈다. 남풍 집에서는 청이 한 사람만이 뽑혔다. 부인이 청의 앞에 서자 다시 한번 찬찬히 살펴보고 나서 물었다.

"네가 호금을 가지고 왔는데 연주할 수 있느냐?"

청이는 고개를 숙여 절하고 명랑하게 대꾸했다.

"예, 난징에서 예기로 화지아를 지냈습니다."

따거가 의자에 앉아 뽑힌 아이들을 바라보다가 청이에게 물었다.

"네가 롱싼 아우를 아느냐?"

"예, 평소에 종종 연회에 가서 모시곤 합니다."

따거가 키자오에게 말했다.

"롱싼이 부탁한 아이가 저애인가?"

키자오가 말했다.

"그렇습니다. 난펑 집의 렌화입니다."

부인은 그들의 오가는 말을 들으며 청이를 똑바로 바라보았다. 부인이 비단 부채를 살랑거릴 때마다 시원한 솔새 향내가 풍겼다. 그네는 오십대 초반쯤으로 보였고 눈가에만 잔주름이 있을 뿐 젊었을 적에는 대단한 미인이었을 것 같았다. 저녁 바다와 같은 짙은 남색의 치포를 입고 연한 푸른색 눈화장에 입술에도 분홍빛 연지를 엷게 발랐다. 그네는 머리를 틀어올려 꽃모양으로 깎은 검은 물소뿔 빗으로 질러두고, 귓불에 옥이 달린 귀고리를 달고 있었다. 부인은 청이와 눈을 마주치더니 빙긋 웃음을 짓는다.

"난징에서 화지아를 지낸 예기란 말이지……"

부인은 청이 했던 말을 다시 되뇌고는 다정하게 물었다.

"그래, 어쩌다가 예까지 팔려왔는고?"

"정인이 생겨서 먼길을 떠났다가 뢰마이들의 속임수에 걸려서……"

청이 고개를 숙이자 부인은 고개를 끄덕인다.

"슈마지아를 거쳐 어쩔 수 없이 이리로 왔을 테지."

부인이 그네들 중에서 한 사람을 골라 돌려세우고 다섯만을 뽑아냈을 때 청이 용기를 내어 말을 꺼냈다.

"노래 잘하는 제 짝이 있습니다. 같이 가도록 해주셔요."

"노래를 잘한다면 내가 필요한 아이로구나. 그게 누구냐?"

여자들을 향하여 묻자 유메이가 앞으로 나섰다. 부인이 부채를 흔들어 유메이를 가까이 오게 하고는 물었다.

"나이가 좀 들었구먼. 노래 재간이 있다고?"

유메이가 고개를 숙여 인사를 올리고 말했다.

"손님들이 청하면 수야오를 불러드립니다."

부인은 뽑아놓은 다섯 중에서 다시 한 여자를 지목하여 열 가운데로 돌려보내고는 따거에게 목례를 했다.

"그럼 나는 볼일이 끝났으니 애들 데리고 가보겠어요. 종종 놀러들 오시고, 계산은 나중에 키자오 아이들 보내세요."

따거가 의자에서 일어나 인사를 하자, 부인은 받는 둥 마는 둥 하며 여자들에게 한마디했다.

"자, 너희는 날 따라오너라."

청이 일행을 따라가면서 돌아보니 링링이 안타까운 표정으로 손을 흔들었다. 청이는 눈짓과 손짓으로만 아쉬움을 전하고 돌아섰다. 부인은 창기들을 이끌고 골목을 나서서 마토우 광장의 저잣거리를 지나 물가에 이어진 너른 길로 들어섰다. 길바닥에도 수레나 마차가 다니기 좋게 전 벽돌이 끼끗하게 깔려 있고 좌우에는 옥호를 알리는 간판과 등이 걸려 있었다. 거의 모두가 이층인데 길 바깥쪽으로 난간이 달린 노대가 있고 위에서 차를 마시며 떠드는 남자들 목소리가 들려왔다. 그들은 부인과 창기의 일행이 거리에 나타나자 모두들 고개를 빼고 아래를 내려다보며 인물 선을 보았다. 여자들은 평소에 하던 대로 남정네들에게 추파를 던지거나 웃어주면서 거리를 지나갔다.

그녀들이 당도한 집도 노대에 난간이 달린 이층 벽돌집이었는데 죽원반관(竹園飯館)이라는 붉은색 간판이 걸려 있었다. 객청이 제법 넓은데 아래층은 식당 겸 주점이요 위층에 칸막이의 연회장과 숙박하는 방들이 붙어 있었다. 죽원반관은 진장의 복락루보다는 규모도 작고 일꾼도 별로 많지 않았지만 단수이 항구의 다른 집들처럼 양식을 본떠서 그런지 깨끗하고 밝아 보였다. 더운 지방이라 이층에도 바깥쪽은 노대를 따라서 처마가 높직하고 둥근 반원형의 툭 터진 창으로 하구가 내다보였다.

부인은 이층 북편에 있는 랑팡으로 여자들을 데리고 갔는데, 반점을 총괄하는 지배인격의 디안토우가 기다리고 있었다. 그는 흰 짧은 소매 상의에 검정색 비단 바지를 입은 중년 사내였다. 아래 윗방에 작은 미닫이가 있을 뿐 객청처럼 널찍한 방이었다. 옆방에서는 한창 옷을 갈아입고 분단장을 하던 여자들이 새로 온 동료들을 넘겨다보았다. 마룻방 위에 그들이 둘러앉자 디안토우가 한 사람 앞에 옷 세 벌씩을 나누어주었다. 그것은 화려한 색깔과 무늬의 치포와 비단 바지저고리와 예의를 갖출 때에 걸치는 자락이 길고 소매가 없는 더그레였다.

"샹유안(香原) 부인께서 디엔추(店主)이시니, 우리집에는 링지아도 화지아도 없다. 너희는 단장을 하고 기다리고 있다가 손님들이 접대하는 꾸냥을 찾으면 지목하는 대로 자리에 나가면 된다. 다만 손님 잠자리를 모실 경우에는 미리 알려줄 것이다. 화대는 출장 기간이 끝나면 지릉에서 오는 키자오를 통하여 한꺼번에 계산할 것이다. 손님에게서 따로 홍리(紅利)를 받을 경우에는 그 방을 담당한 일꾼들의 복무비를 제하고 본인이 가질 수 있다. 비싼 옷이니까 조심해서 입고 더러워지면 세탁을 맡기고 나중에 돌아갈 때에 반납하면 된다. 화장품 일습은 여기 랑팡에 구비되어 있으니 아껴 쓰도록 해라. 저 아래 뒤편 계단으로 내려가면 뒷간과 목욕실이 있는데 각자 알아서 몸을 청결히 간수하도록 하고 손님들에게 불쾌감을 주어서는 안 된다. 잠은 이 방과 옆방에서 자고 아래층 주방 뒤에 식구들의 식당도 따로 있으니 끼니마다 때를 맞추어 함께 먹도록 해라."

디안토우가 모두 이르자 부인이 고갯짓으로 나가보라는 시늉을 했다.

"나더러는 마마라고 부르지 말고 그저 샹 부인이라고 하면 된다. 오늘 저녁부터 당장 장사를 해야 할 판이다. 먼저 있던 아이들 일곱에 너희들이 와서 모두 열두 명이 되었으니 서로 합심해서 이 바쁜 철을 별 탈 없이 지내야 한다."

샹 부인이 옆방에서 이쪽을 넘겨다보던 여자들 쪽으로 고개를 돌렸다.

"잉후아(櫻花), 네가 새로 온 아이들 불편 없도록 이모저모 가르쳐주어라."

"예, 샹 부인."

유메이 또래로 보이는 얼굴이 동그랗고 눈도 커다란 작은 몸집의 여자가 방글방글 웃으면서 문지방을 넘어왔다.

"얘들 오늘 지룽에서 하루내 땀 흘리고 왔으니 목욕부터 시키고 밥을 먹여두어라. 저물자마자 손님들이 몰려올테니……"

"잘 알겠습니다."

모두들 잉후아를 따라나서려는데 부인이 청이를 불러세웠다.

"이름이 뭐라고 했지?"

"렌화입니다."

부인은 청이의 얼굴에 손을 뻗더니 볼을 쓸어내렸다.

"지금 한창때인데…… 아깝구나. 너를 보니 내 젊을 적 생각

이 나서 어찌 이 몹쓸 곳까지 끌려왔나 물었다. 예기로서 화지
아를 했다니 더 일러줄 말도 없겠지. 지아오항(郊行)의 부자 상
인들이 오는 자리에 네가 나가서 잘 해줘야겠다."

"열심히 하겠어요."

단수이는 지룽 강과 단수이 강이 합치는 하구에 있었으며 뒤
로 대둔산이 막고 있어 북동 계절풍을 막아주었고, 앞에는 관
음산이 막고 있어서 배를 대기에 적합했다. 하구 안은 수심이
깊고 넓어서 천연의 항구였다. 하구 안으로 들어오려면 길게
뻗은 관음산의 서북 자락을 옆에 끼고 들어와야 하는데 이곳
팔리(八里)에는 포대가 자리잡고 있었다. 옛적 스페인과 네덜
란드가 차례로 점령해서 쓰던 홍모성(紅毛城)은 정성공(鄭成
功) 이래 폐허가 되어 있더니 청조에 들어와서 중건하여 단수
이 분부의 분방천총(分防千總)을 두게 되었다. 이들 중에 지룽
분부까지 두 곳을 합쳐서 병력이 백이십 명이라. 지룽 분부로
나가 있는 동지 아래 오십 명을 제하고 나면 이곳은 한 명의 천
총과 함께 칠십 명에 지나지 않았다. 평원이 있고 땅이 비옥해
서 주변에는 많은 개간농장과 논이며 광활한 차밭이 있었다.
또한 우룽차 홍차와 흑사탕과 함께 화약의 원료가 되는 유황
광산이 있어서 주요 교역품의 하나였다. 배터가 있는 마토우
저자와 킹수이(淸水) 저자는 점포가 연이어 있는 번화가였고
총지안(重建) 거리와 뒷거리 아랫거리 등은 주택가와 큰 상회

가 모여 있는 곳이었다.

죽원반관에서 청이의 일상은 진장에서와 별 차이가 없었다. 손님이 들면 불려나가는데 청이는 다른 꾸냥들처럼 차례를 기다리지 않고 예약된 손님만을 기다렸다가 자리에 나갔다. 그래서 어떤 때에는 초저녁부터 연주와 노래와 술시중을 들기도 했고 어떤 날에는 밤늦게까지 량팡에서 예약 손님을 기다렸다가 나가기도 했다. 유메이는 이를테면 청이의 짝이라 덩달아 돈 많은 무역상들과 자리를 함께하여 홍리도 많이 받았다.

샹 부인은 다른 사창가의 포주들과는 달리 너그럽고 수완이 있는 디엔추여서 다른 반점들보다 손님들에게 인기가 더욱 많았다. 그네는 기녀들에게도 딸자식처럼 대하여 손님을 받지 않을 때에는 술을 마시거나 동료들끼리 투전도 못 하게 단속했다. 일이 없는 대낮에는 자유롭게 외출도 허락해주었다. 지난밤의 술이 덜 깨었거나 잠이 모자라서 저녁때의 영업에 지장을 주지만 않는다면 오후에는 저녁 먹기 전까지 나돌아다녀도 별로 참견지 않았다. 그러나 혼자서는 외출을 허락하지 않았는데, 무슨 일이 생기면 하나가 달려와서 알려야 한다는 것이었다. 청이는 샹 부인이 일러준 대로 놀란 토끼처럼 동그란 눈에 얼굴도 동그랗고 키도 작달막한 잉후아와 가까이 지내게 되었다. 잉후아는 생김새대로 어찌나 영리한지 샹 부인의 그날 기분을 목소리만 듣고도 알아챘다. 잉후아의 귀띔에 의하면, 샹 부인도 광저우에서 예기 노릇을 하다가 젊을 때 끌려와 타이난에서부터 창녀 노릇을 하다가 따거의 눈에 들어 돈 벌어 자립했다고 한다. 그네가 자립한 데에는 따거의 후원으로 바타비아에 양인 첩으로 십 년을 나가서 살았던 덕이라고도 했다. 양인이 본국으로 귀국하면서 돈과 집을 물려주었고, 샹 부인은 십오 년 전에 이곳에 돌아와 반점을 냈다고 한다. 샹 부인은 옛날 창기 시절을 생각해서인지 불쌍한 처지에 빠진 사람들을 보면 돈을 주고 음식을 주어 도와준다고 했다. 뒷골목의 남자 우두머리를 일컬어 따거라고 한다면 샹 부인은 창기들의 말대로 단수이의 예라이 샹이었다.

링링의 임신이 알려지게 된 것은 단수이 출장 기간이 절반쯤 남았을 무렵이었다. 그날 렌화는 잉후아와 함께 복우궁 묘를 돌아서 총지안 거리로 크게 찜을 먹으러 갔다. 둘은 줄을 뗀 나막신에 그냥 바지와 반소매 상의 차림이었고 화장도 하지 않아서 여염의 소저들과 같았다. 다리 하나가 팔뚝 길이만한 큰게 한 마리를 단둘이서 먹고 나니 배가 터질 것처럼 부르고 느끼해서 샹 부인께 야단맞을 생각도 잊고 죽엽주도 몇 잔 마셨다. 그리고는 묘의 뒷거리로 내려오다가 후미진 곳에서 무심결에 사창가 골목으로 들어서게 되었다. 잉후아가 제 또래의 여자아이들이 길가에 등 없는 동그란 나무의자를 내다놓고 앉아서 수야오를 흥얼거리는 모양을 보고 속삭였다.

"아이쿠, 잘못 들어왔다. 저애들 우리한테 시비 걸 텐데……"

두 사람이 고개를 숙이고 걸음을 빨리해서 지나려는데, 골목에 나와 앉아 있던 여자아이들 틈에서 누군가가 청이의 팔을 붙잡는다.

"너 롄화 아니니?"

청이가 불안한 얼굴로 돌아보니 그네는 지룽 창가의 바로 옆집에서 뽑혀 함께 출장 나온 아이였다.

"링링 소식을 듣고 왔어?"

청이는 그네에게 되물었다.

"링링이 왜…… 무슨 일이 생겼어?"

"그애가 애를 가졌대. 배에다 천을 친친 감구 있었지 뭐야. 자꾸 헛구역질을 하구 손님들두 얘기해서 알았대. 어제 키자오들이 데려갔어. 아마 애를 떼어서 지룽으로 돌려보낼 거래."

"알려줘서 고마워."

청이는 잉후아와 함께 죽원반관으로 돌아오자마자 샹 부인에게 사정을 이야기했다. 샹 부인은 차근차근 묻고 나서 침통하게 말했다.

"그건 여러 사람에게 손해를 끼친 짓이로구나. 약을 먹여서 애를 떼게 할 거다. 그게 벌인 셈이지. 애초에 속이지 말구 원포주에게 사정을 했어야지, 출장에까지 따라나서면 어쩌느냐?"

청이는 눈물을 글썽이며 말했다.

"링링은 사오싱 산촌에서 하녀 자리를 구하러 도회지로 나왔다가 슈마지아에 빠졌습니다. 저와 링링은 어려운 때에 만나서

서로 위로하며 지냈어요. 제 동생과도 같습니다. 저의 화대와
술자리에서 받는 홍리로 어떻게든 링링이 끼친 손해를 업주에
게 물어내겠습니다."

잠시 침묵하고 앉았던 샹 부인이 끙, 하면서 일어났다.

"따라나서거라. 내가 가서 한번 얘기해보자꾸나."

샹 부인이 청이를 데리고 찾아간 곳은 단수이에 도착한 첫날
선을 뵈러 갔던 따거의 팡차오였다. 객청을 지키고 있던 키자오
에게 이르니 두 여자에게 차를 한 잔씩 내주고는 기다리게 했
다. 한참 있다가 평상복 차림으로 헐렁한 포만 걸친 따거가 눈
자위가 풀린 표정으로 안에서 나왔다. 아마 흡연중이었던 모양
이다. 샹 부인이 청이에게 소곤댔다.

"잘됐구나, 한 대 피우구 있었나봐."

샹 부인이 링링에 대해서 말하고 자기가 배상을 하고 데려가
서 책임을 지겠다고 말했지만 그는 아직 보고받지 못한 듯했다.
그가 측근에 서 있던 키자오에게 물었다.

"이게 무슨 소리야?"

"예, 구토우께 보고드릴 일이 아니라서……"

따거가 잔잔하지만 약간의 짜증을 싣고서 내뱉는다.

"형수님께서 직접 오시지 않았는가. 어서 데려와!"

키자오들의 동작이 빨라지더니 바깥마당으로 돌아 나갔다가
머리가 헝클어지고 옷이 다 구겨진 링링을 데리고 객청으로 들
어왔다. 샹 부인은 링링을 힐끗 살피고 나서 청이를 돌아다보았

다. 청이 맞다고 고개를 한 번 끄덕이자 샹 부인이 작은 가죽 주머니를 다탁 위에다 가만히 내려놓는다.

"이건 배상금이에요. 팡차오 측과 포주 양편이 알아서 하세요."

청이 두 팔을 내밀자 링링은 무너지듯이 그네에게로 기대어 왔다. 청이는 링링을 옆구리에 끼고서 한 손으로 등을 토닥여주었다. 링링은 고개를 파묻고 울음을 터뜨렸다. 샹 부인과 청이는 링링을 데리고 마토우 저잣거리의 죽원반관으로 돌아왔다. 청이 링링을 목욕실로 데려가 씻게 하고는 샹 부인이 내준 치맛자락이 길고 헐렁한 포를 입게 했다. 창문도 없는 광에 갇혀 하룻밤내 땀을 흘리다가 목욕도 하고 새옷을 갈아입은 링링은 겨우 제정신이 돌아온 듯했다. 청이 말했다.

"아이를 가졌으면 내게 말해줬어야지…… 누구니?"

링링이 수줍게 웃으면서 말했다.

"언니들에겐 미안해서 말 못 했어. 아퉁 아저씨가 눈치채면 떼라고 할까봐 두려웠어."

"글쎄 누구냐니까, 애 아버지가?"

"누구긴, 란(藍)이지."

란이라면 한 달에 며칠씩 바오쭈를 내고 링링과 같이 지내던 카지아 청년이었다. 청이는 새삼스럽게 링링의 배에 손을 갖다 댔다. 정말 아랫배가 밥을 많이 먹었을 때처럼 탱탱했다.

"바오쭈 갖다바치고 사랑놀음 하더니 아기를 만들었구나. 얼마나 됐어?"

링링이 청이의 손을 밀치고 자기도 배를 매만져보더니 말했다.

"잘 몰라, 아마 다섯 달쯤 되었나?"

"란의 아기인지 어떻게 알아?"

링링은 청이 무심코 던진 소리에 표정이 변하더니 성큼 떨어져 앉았다.

"그게 무슨 소리야? 지난번 더위가 시작될 무렵이었으니까, 란이 세번째 바오쭈를 물고 나하구 같이 지낼 때 걸린 거야."

청이는 뒤늦게 자기가 말을 잘못 꺼냈다는 걸 알고는 링링을 달랬다.

"아, 미안해. 언니가 샘이 나서 그랬나봐. 여자는 누구 애인지 저절로 알게 된다구 키우가 말한 적이 있다."

"키우가 누구야?"

청이는 진장의 링지아였던 키우를 떠올렸다가 구앙과 복락루를 생각했고 헤어진 남편 동유 생각이 났다. 청이 멍한 시선이 되어 단수이 만을 내다보고 앉았는데 뒤에서 인기척이 들렸다.

"그렇지, 여자는 애 아버지가 누군지 저절로 안단다."

아마도 샹 부인은 이층 계단을 올라오며 두 여자가 주고받는 말을 들었던 모양이다. 그네가 링링의 앞에 앉더니 손을 배 위에 얹어보았다. 링링은 뿌리치지도 못하고 배를 맡기고는 고개만 돌리고 앉아 있었다. 두 손바닥으로 링링의 배를 어루만지며 가늠해보던 샹 부인이 고개를 끄덕이며 말했다.

"여섯 달 가까이 되었겠다. 앞으로는 정말 조심해야 돼."

"장사를 하면 안 되나요?"

링링이 샹 부인에게 물었고 그네는 희미하게 웃음을 지었다.

"그건 포주가 아니라 애 아버지에게 물어봐라. 그 사람이 몸값을 물어내고 너를 데려가면 되겠지."

링링은 그 말을 듣고 맥없이 고개를 숙였다.

"란은 이제 겨우 개간농장의 십장조인데…… 내 몸값은 무리예요."

샹 부인이 일어서면서 말했다.

"아무튼 출장 기간이 보름이나 남았구나. 링링은 주방일이나 도와주며 있다가 렌화와 유메이가 돌아갈 때 가거라."

청이와 링링은 두 손을 마룻바닥에 짚고 엎드려 절하면서 말했다.

"고맙습니다, 부인."

링링은 이제는 배에 헝겊을 친친 감고 지내지 않아도 되었고 손님을 받지도 않게 되어 살 판이 난 듯했다. 죽원반관의 색시들이 끼니 때마다 아래층 식당으로 내려가면 링링은 아주머니들과 함께 앞치마를 두르고 식기를 닦거나 음식을 나르며 콧노래를 부르고 있었다. 사실 주방일이란 게 고된 노동이었지만 링링은 배가 부른데다 이것저것 주워먹고 살이 올라서 두 볼과 팔뚝이 팽팽해졌다. 그래도 청이나 유메이는 창가가 아니라 기루에서 일하게 된 것이 운이 좋은 편이었다. 손님을 따라 술을 좀 마셔서 속이 불편해지긴 했지만, 자리에 나가면 책정되는 화대 이

외에 손님들 기분에 따라 받는 홍리로 돈을 제법 벌 수 있었다.

단수이 출장 기간이 끝나고 내일이면 지룽의 키자오들이 데리러 오기 바로 전날에, 샹 부인은 청이 유메이 링링과 지룽에서 함께 왔던 다른 두 아이들을 위해서 술자리를 마련해주었다. 반관에 있던 일곱 아가씨들도 모두 그날은 장사를 폐하고 자리를 함께했다. 돌아가며 수야오도 부르고 청이와 다른 아가씨가 호금과 생황을 연주하며 춤도 추고 놀았다. 그날 밤에 청이는 먼저 침실로 돌아간 샹 부인을 찾아갔다. 샹 부인은 술을 몇 잔 하지 않았는데도 노곤했던지 부채를 쥔 채로 창가의 침상에 비스듬히 누워서 잠들어 있었다. 청이 문을 살그머니 열고 들여다보았다가 다시 돌아서서 발끝 걸음으로 되돌아서는데 부인의 목소리가 등뒤에서 들렸다.

"렌화, 무슨 일이냐?"

"아, 내일이면 돌아가니까…… 인사 올리려구요."

"그렇구나. 이리 좀 앉거라."

샹 부인이 침상에서 일어나 벽에 기대면서 비켜주었다. 청이는 침상에 가서 앉았다.

"유메이 링링 저는요, 부인의 신세를 많이 졌습니다."

"너두 지룽에 가기 싫지?"

"그렇지만…… 아직은 몸값을 못 벌었어요."

샹 부인이 한참 생각해보다가 말했다.

"거기서 빠져나와야겠지. 반년만 참아라. 그때에 다시 출장 나올 기일이 되면 내가 너를 다시 부르마. 미리 단수이와 지룽의 따거들에게 얘기해두었다가, 너를 내 집에서 아주 일하게 해줄 테다."

청이는 더이상 말을 잇지 못했다. 이튿날 이른 아침에 지룽의 키자오들이 단수이의 마토우 배터로 정크선을 타고 왔다. 그들은 단수이 따거의 팡차오에서 인원 점검을 받고는 배에 올랐다.

7. 비의 아이

지룽은 다시 물과 비의 계절이 되었다.

농장과 탄광의 폐업기였으므로 화대는 적지만 사내들이 무리를 이루어 창가에 찾아오는 철이었다.

링링은 남풍 집의 천덕꾸러기가 되어 있었다. 단수이 출장에서 돌아오자마자 링링의 임신은 더이상 숨길 수 없는 사실이 되었다. 씨아란도 아퉁도 차마 여섯 달이 넘은 아기를 떼라고는 하지 못했다. 링링은 곧 카지아 마을에 소식을 보냈고 란 총각이 달려왔지만 그에게는 아직 링링을 자유롭게 해줄 몸값이 준비되어 있지 못했다. 그는 큰 덩치에 어울리지 않게 링링의 곁에 풀 죽은 모양으로 쪼그리고 앉아서 눈이 벌게지도록 소리없이 울었다. 남풍 집의 여자들은 일부러 못 본 척하며 통로를 쿵쾅거리고 지나다녔다. 아퉁은 자기 잘못은 아니라는 투로 란 총각에게 오금을 박았다.

"언제든지 몸값만 가져오면 자녠 색시를 데려갈 수가 있어. 지금은 빚이 더 늘어났다구. 나가서 길을 막구 물어봐라. 어느 창가에서 애 밴 창녀라고 장사 시키지 않는 집이 있나."

란은 어깨를 축 늘어뜨리고 빗속을 걸어나가더니 한동안 나타나지 못했다. 링링은 품이 헐렁한 무명포를 걸치고 선뵈는 방에 밤늦게까지 앉아 있곤 했다. 다들 손님이 들고 뒤늦게 찾아온 술꾼이나 나이 지긋한 사내가 링링을 지목하면 하는 수 없이 일어나 잠깐 손님을 받곤 했다. 임신한 여자와 그 짓을 하는 게 색다르고 자극적이었던지 오히려 링링만을 줄곧 찾아오는 사내도 있었다. 씨아란은 그런 꼴을 보고 키득거리며 말했다.

"그 왜 느끼한 것만 먹다가 집엣밥 먹구 싶은 때가 있잖아. 아마 그 녀석 남의 아내 후리는 기분으로 그럴 게야."

그사이에 란은 전처럼 간신히 바오쭈 값만 장만하여 링링을 쉬게 하러 찾아와 사나흘씩 묵다가 갔다. 청이가 손님을 받고 나서 뒤늦은 저녁밥을 얻어먹으려고 부엌에 갔더니 일하는 아줌마는 없고, 난데없이 란 총각이 혼자서 작은 고량주 병을 기울이고 있었다. 앞에는 삶은 땅콩 한 접시가 놓여 있었다. 청이 식탁에 마주 앉으며 한마디했다.

"링링은 어디 가구, 아줌마는?"

란이 반쯤 남은 잔을 들어 홀짝 입 안에 털어넣더니 느릿느릿 대답했다.

"링링이 저어…… 피가 나온다구 아줌마가 저자에…… 의원

뵈러 갔어요."

청이는 속으로 좀 놀랐지만 란에게 명랑한 어조로 말했다.

"힘내요, 별일 아닐 거야. 이젠 손님 받을 때가 아니란 신호를 보내는 거예요. 내가 아저씨와 마마한테 따져야겠어."

란이 술잔을 식탁에 슬그머니 내려놓더니 팔뚝을 들어 눈가를 훔쳤다.

"내가…… 두 해는 더 일해야…… 몸값을 갚을 텐데. 또 아기는 누가 어디서…… 키우나요."

"염려 말아요. 다들 그러는데 여기서 색시들이 번갈아 키워준대. 그 동안 당신은 열심히 돈 벌어서 링링을 풀어주면 되잖아."

청이 다시 목소리를 낮추어 란에게 말했다.

"아니면 애를 낳자마자 데리구 도망가든지."

란이 가느다란 눈을 번쩍 떠 보이면서 청이에게 물었다.

"어디루요?"

"그야 내가 알 게 뭐야. 댁이 생각해내야지."

란의 눈알이 좌우로 열심히 움직이는데 아마도 어디로 데리고 달아날 것인가를 바삐 생각해보는 것 같더니, 이내 눈이 다시 작아지며 고개를 숙였다.

"갈 데가 없어요. 우리 마을은 개간농장이라 남정네들뿐이고 여자는 하나두 없어요. 거기선 살림두 못 하게 되어 있지요. 아니면 산 속으루……"

하다가 그의 눈이 다시 커졌다.

"아아, 원주민 부락으루 가면 되겠지요."

"거기선 먹구살기가 힘들다구 하던데. 집도 풀로 지은 오두막뿐이고."

청이 걱정하는 말을 했지만 란은 큰 소리로 대꾸했다.

"링링과 나는 사람 사는 데라면 어디서나 살 수 있소."

청이는 입가에 손가락을 대고 다시 속삭였다.

"쉿, 누가 들을라. 도망가두 지금은 안 돼요."

"그럼 언제요?"

"아이를 낳구 나서 한 달쯤 있다가……"

아줌마의 큰 목소리가 현관 쪽에서 들려왔다.

"씨아란, 이리 좀 나와봐."

청이와 란은 부엌에서 뛰어나와 통로로 나갔다. 뒤에서 씨아란도 빠른 걸음으로 현관 앞으로 쫓아나왔다. 아줌마는 유지 우산을 펼쳐든 채로 옆구리에는 축 늘어진 링링을 껴안고 있었다. 란과 청이가 얼른 다가가서 링링을 양쪽에서 부축했다. 청이 아줌마에게 물었다.

"어떻게 됐대요, 아기는 괜찮대요?"

아줌마가 고개를 끄덕이며 씩 웃어 보이고는 주렴을 들치고 섰던 씨아란에게 소리를 질렀다.

"이제 애한테 장사는 더 못 시켜. 손님을 받으면 아기와 어미 둘 다 죽인대. 참 자네들 인정머리하군…… 옛날 생각을 해봐."

씨아란이 팔짱을 끼고 서서 못마땅한 얼굴로 말했다.

"애 뺐다구 장사 안 하는 데가 어딨어. 걔가 워낙 몸이 약골이라 그런 거야."

란이 가느다란 눈을 더욱 찡그리며 씨아란을 노려보았고, 아줌마가 젖은 치맛자락을 쥐어짜면서 말했다.

"하여튼 죽이나 쑤어 먹이고 푹 쉬게 해야겠어. 한 달 사이에 곧 아기가 나올 모양이래. 아퉁 주인장께는 자네가 잘 얘기해."

씨아란은 그들이 링링을 방에 데려다 눕힌다, 뜨거운 차를 끓여서 갖다준다, 하는 소란을 팔짱 끼고 건너다보다가, 부엌으로 가는 아줌마를 따라갔다. 아줌마가 화로에 불을 피우다가 말없이 식탁 앞에 앉아 있는 씨아란을 돌아보고 한마디 던진다.

"어찌 오늘은 하루 종일 주인장이 안 보이네?"

씨아란이 한숨을 폭 내쉬더니 얼굴을 두 손으로 감싸며 말했다.

"아프다구 누워 있어. 언니두 잘 알잖아, 저 사람 가슴이 안 좋다는걸. 아마 얼마 못 살 거야."

아줌마가 부채질을 멈추고 씨아란에게 물었다.

"아니 그게 무슨 소리야?"

"어젯밤에두 입에서 피가 많이 나왔어. 오래된 병이야."

씨아란은 말했다.

"저이가 죽으면 나두 이 장사 때려치울 거야."

의원을 보이고 온 뒤부터 씨아란은 링링에게 장사를 시키지 않았다. 비는 계속해서 굵어졌다 가늘어졌다를 반복하며 줄기차게 내렸고, 어쩌다가 비가 그치는 날에도 안개가 온 항구를 뒤덮어 오후 늦게서야 외항에 정박한 배들이 희미하게 보일 지경이었다. 그래도 날씨가 무덥지는 않아서 색시 장사에는 우계가 훨씬 낫다고들 했다. 술집에는 뱃사람들과 상인들이 언제나 가득했고 술자리가 파하면 취한 사내들은 곧이어서 창가를 찾곤 했기 때문이다. 낮 손님도 제법 많았는데 실내에는 언제나 촛불이나 남포를 켜두어야 할 정도로 어둠침침했다. 흡연소에서도 아편의 깊은 잠에서 깨어난 이들이 차를 한잔 마시고는 사창가를 찾아왔다.

언제나 태풍은 우계의 마무리와도 같았다. 비가 추적추적 내리다가 하늘의 구름이 짙어지고 검은색이 되면서 먼저 우레와 번개가 지룽 항구 전체를 찢어발길 것처럼 하늘에서 난리를 쳤다. 빗발이 굵어지고 바람이 불어오기 시작하면 사람들은 간판과 등을 떼고 현관도 굳게 걸쇠를 질러두고 덧창도 내리고는 바람의 신이 지나가기를 기다렸다. 그리고 아무 탈이 없이 무사히 지나가도록 집집마다 모셔둔 불단에 향을 피웠다. 지붕이 들썩이고 집의 모든 기둥과 서까래와 창문 틀이 괴롭다는 듯이 삐걱대고 바깥바람이 주전자의 물 끓는 소리를 내면서 새어들었다. 나무판자가 들떠서 우웅 하는 묵직하고 음산한 소리도 들렸다. 앞마당의 종려나무는 거의 부러질 것처럼 휘어져서 아래위로 춤을 추었고 파초는 이미 두터운 잎사귀가 찢겨져 걸레쪽처럼 나부꼈다.

링링은 입을 악물고 진통을 참다가 간간이 거세고 강렬한 통증이 밀려오면 하는 수 없이 입을 벌리고 소리를 지르곤 했다. 링링의 곁에서 아줌마와 청이 붙어앉아 아기가 나올 때를 기다렸다. 양수가 비치자 링링의 아랫도리를 맡은 아줌마가 다리를 벌려주고는 무명수건을 청이에게 건넸다.

"이거 물구 있으라구 그래."

청이는 땀으로 젖은 링링의 얼굴을 닦아주며 침상 곁에 쪼그리고 앉아 그네의 손을 꼭 쥐고 있었다. 청이 무명수건을 링링의 입에 물려주자 그네는 앞니로 꼭 물고는 비명을 목구멍 속으로 삼켰다.

"그래 그래 나온다. 힘을 줘, 숨을 내쉬었다가 가득 들이마시고 멈춰서 힘을 주라구."

아줌마가 아래에서 연신 소리를 질러댔다. 드디어 못 견디겠는지 링링이 입을 크게 벌리며 비명을 마음껏 질러댔다. 통로에서 쿵쾅대는 발자국 소리가 들리더니 남풍 집 여자들과 씨아란이 휘장을 젖히며 고개를 들이밀었다. 씨아란 혼자 안으로 들어섰다. 모두들 굳게 입을 다물고 그 순간이 마치 각자의 것이기라도 한 듯이 상을 찌푸렸다가 입을 벌렸다가 하면서 지켜보았다. 유메이는 차마 들여다보지 못하고 통로의 벽에 기대서서 소리없이 울었다. 옛날 일이 생각나서였을까. 유메이는 한참을 그러고 섰더니 안에서 갑자기 터지는 아기의 울음소리와 와아, 하

고 일어나는 여자들의 환성을 듣고는 그대로 자기 방으로 뛰어
가버렸다. 청이는 자기 손 안에서 링링의 삭정이 같은 손가락들
이 맥없이 빠져나가버린 것을 보았다. 링링은 입을 벌린 채 머
리를 옆으로 돌리고 늘어져 있었다. 베개는 그네가 흘린 땀과
침으로 흥건하게 젖어 있었다. 아줌마가 아가의 태를 끊어냈다.
그네는 피에 젖은 두 손으로 발가숭이의 작은 살덩이를 쳐들고
뒷전에 섰던 씨아란과 여자들에게 보여주었다.

"이것 봐, 얼마나 예쁜가."

아기가 눈을 꼭 감은 채 가녀린 팔과 다리를 꼬무락거리며 울
어대고 있었다. 아기는 딸이었다. 청이 링링의 손을 잡고 흔들
며 말했다.

"링링, 정신 차려!"

링링은 간신히 실눈을 뜨더니 청이를 향하여 맥없이 웃어 보
이고는 눈동자를 천천히 움직였다. 아기를 찾는 것이 분명한지
라 청이는 아줌마를 불렀다.

"아줌마, 링링에게 아기를 보여줘요."

아줌마가 여전히 팔다리를 움직이며 울어대는 아기를 두 손
에 쳐들고는 링링의 얼굴 위로 가져갔다. 샤오웨 슈티안 카오
등도 문 앞에 섰다가 안으로 몰려들어와 누워 있는 링링을 에워
쌌다. 아줌마는 아기를 내려놓지는 않고 링링의 머리 옆에 숙여
보였다.

"딸이다 딸. 깨끗이 씻겨갖구 데려올 테니까 그때 자세히

봐라."

청이 링링의 손가락을 잡아 가볍게 몇 번 흔들어주며 말했다.

"내가 아기 목욕시켜서 데려올게."

돌아서는 청이의 등뒤에서 제각기 위로의 말들을 해주는 소리들이 들렸다.

"고생했다, 링링!"

"아기가 정말 예뻐."

"발가락에 발톱도 있더라구."

아줌마는 부엌에 들어서자 불기가 남은 화로 위에 엎어둔 쇠솥의 뚜껑을 열어보고 서두르기 시작했다.

"가만있어, 내가 세탁실에서 함지를 들여올 테니 너는 가서 수건이랑 포대깃감이랑 찾아와봐."

청이는 아줌마가 넘겨주는 아기를 조심스럽게 안아보았다. 아기의 연한 살갗이며 오르내리는 아랫배와 맥박 뛰는 느낌까지 손바닥에 전해져서 그녀는 저도 모르게 눈물이 핑 돌았다. 씨아란이 들여다보다가 얼른 살림방으로 돌아가더니 곧 수건이며 포대깃감의 헌 옷가지들을 찾아가지고 나타났다. 아줌마가 뒷마당으로 나갔다가 비를 흠씬 맞고는 함지를 들고 부엌으로 들어왔다. 그네는 더운물을 붓는다 찬물을 섞어 온도를 맞춘다 법석댔다. 아줌마가 굵은 빗발에 흠빡 젖은 머리카락을 쓸어넘기며 중얼거렸다.

"에이 이년…… 누가 창기 새끼 아니랄까봐, 궂은 날 기어나와서 이 고생을 시킨담."

"애 듣겠네. 부모가 뻔히 눈뜨구 살아 있는데 뭐가 걱정이우."

목욕을 대충 끝내려는데 유메이가 아기 옷 몇 벌을 들고 부엌 출입구 쪽에 고개를 내민다.

"이거 입혀요."

부드러운 무명으로 만든 아기 옷이 세 벌이나 되었다. 청이는 수건으로 아기를 닦아주고 헌 옷 위에 눕혀놓고는 앙증맞지만 버젓한 아기 옷을 입혀주다가 감탄을 했다.

"이거 새옷이나 마찬가지네."

유메이가 기분이 조금 나아졌는지 아기의 손가락을 쥐고 가볍게 흔들며 말했다.

"버리지 않기를 정말 잘 했네. 우리 애기가 입던 거야."

청이는 유메이의 아기가 태어난 지 몇 달 만에 남의 수양자식으로 보내졌다는 걸 알고 있어서 아무런 대꾸도 하지 않았다. 갑자기 바깥채 쪽에서 여자들이 크게 떠드는 소리가 들려왔다.

"어서 이리 좀 와봐요."

"큰일났어요!"

씨아란과 유메이가 먼저 통로로 달려가고 뒤따라 청이와 아줌마도 달려갔다. 링링의 방 앞에서 슈티안과 카오가 그들을 찾고 있었다. 씨아란이 달려들며 물었다.

"뭐야, 무슨 일이야?"

침상 옆에 붙어앉아 있던 샤오웨가 링링의 다리 사이에 처박아두었던 이불자락을 펼쳐 보였다.

"하혈이 너무 심해요. 링링이 방금 까무러쳤어요."

여자들은 침상에 둘러서서 이불이 피로 펑 젖어 있는 꼴을 내려다보았다. 씨아란이 중얼거렸다.

"어서 들쳐업구 의원에게 가야 해."

아줌마가 말했다.

"안 되겠다, 내가 얼른 가서 의원을 모셔올게."

아줌마는 두리번거리다가 유지 우산 대신에 띠풀로 엮은 도롱이를 걸치고 머리에는 대나무 삿갓을 쓰고 비바람 치는 골목으로 뛰어나갔다. 청이는 새옷에다 포대기까지 두른 아기를 안고 앞마당이 내다뵈는 안채의 통로에서 서성거렸다. 아기는 가끔 입술을 옴찔거리며 잠들어 있었다. 아직도 마당의 나무들은 바람에 휘청거렸고 빗줄기는 비스듬하게 날려서 벽을 때리며 쏟아지고 있었다. 아귀가 잘 맞지 않는 덧문짝이 끊임없이 덜컹거렸다.

의원이 왔지만 링링을 살려내지는 못했다. 가는 숨결이 남아 있던 링링은 한밤중에 바람이 잦은 뒤에 촛불이 사그라지듯 소리도 없이 숨이 끊어졌다. 아기는 아직도 깊은 잠에 떨어져 있었는데 이제 깨어나면 어미의 젖을 찾아 울어댈 것이다. 란에게는 기별도 못 했는데 그쪽에서는 아직도 출산 기일이 며칠 남았다고 생각하는지 낯도 보이지 않았다. 남방에서는 무더위와 습기로 시신이 대번에 부패하여 거의 화장을 하거나 풍장을 하는

324

데, 때가 우계라 남은 사람들이 골치를 앓게 되었다. 아퉁은 그
맘때에 아예 드러눕게 되어 바깥출입을 못 하고 있었고, 씨아란
이 사금터의 인부를 사서 곡물을 말리는 삼 멍석에 둘둘 말아
시구렁 너머 공동묘지에 갖다 묻게 했다. 비는 아직도 그치지
않고 있었다. 남풍 집 여자들은 따라가려 했지만 씨아란과 아줌
마가 반대를 했다. 아줌마는 말했다.

"팔자 센 년들이 그런 건 봐두었다가 뭘 할려구 그래. 꿈자
리나 사납지. 귀신 붙어서 따라오지 않게 아예 여기서 작별들
해여."

씨아란은 송장이 나간 뒤에 집 안 곳곳에다 소금을 뿌렸다.
아기에게는 암죽을 만들어 먹여보았지만 받질 않았던지 얼마
안 가서 모두 되뱉거나 토하고 말았다. 마침 저자에 양젖으로
타락죽을 만들어 파는 집이 있어서 양젖을 대어 먹이기로 했다.

란은 링링이 죽은 지 열흘이나 지나서 남풍에 얼굴을 내밀었
다. 그는 현관으로 들어서다가 마침 선뵈는 방에서 아기를 어르
며 앉았던 청이와 눈길이 마주쳤다. 청이도 아기를 안고 위아래
로 얼러주던 동작을 멈추었고, 란도 현관 문을 닫지 않은 채 멀
뚱히 섰다. 곁에 앉았던 유메이가 고개를 돌리며 혀를 찼다.

"뭘 하다가 인제사 나타나요……"

란은 마음이 급해졌는지 평소처럼 말을 더듬었다.

"저, 그…… 아기는 뉘…… 아기요?"

청이 아무 대답 없이 아기를 안고 란에게로 다가섰다. 란은

고개를 기웃이 빼어 청이와 함께 아기를 들여다보았다.

"아빠 왔네요."

청이 아기를 향하여 조그맣게 일러주는데 란은 벌써부터 입을 일그러뜨리며 웃을 준비를 했다.

"얘가 우, 우리…… 아기요? 링링은 어디…… 갔어요?"

란이 주렴을 들치고 안으로 들어서려는데 벌써 그의 목소리를 듣고 씨아란이 밖으로 나오다가 그와 정면으로 부딪칠 뻔했다.

"에그, 깜짝이야."

씨아란은 고개를 숙여 인사하는 란을 찬찬히 올려다보았다.

"덩치는 커가지구, 제 계집 하나 건사할 줄을 모른단 말야?"

"바오쭈…… 마련해…… 왔습니다."

씨아란이 야멸차게 대꾸했다.

"이젠 억만금의 바오쭈도 소용없어. 링링은 떠났다구!"

란이 깜짝 놀라 얼결에 씨아란의 두 손목을 움켜쥐며 물었다.

"링링이 팔려갔소?"

"애 낳다 죽었어. 장사 지낸 지가 열흘이 넘었단 말야."

란이 허둥지둥 링링의 방에 들어갔다가 허청거리며 현관 앞으로 걸어나왔다. 그는 두리번거리다가 청이의 곁에 와서 아기를 들여다보더니 소리를 죽여 흐느꼈다. 모두 아무 말이 없다. 한참 후에 란이 한숨을 길게 내쉬고는 천장을 한참이나 올려다보다가 씨아란에게 말했다.

"내 애기…… 데려가겠소."

씨아란은 콧소리를 세게 내질렀다.

"흥, 말 같잖은 소리 집어쳐. 링링의 몸값이며 남겨논 빚이 얼마지나 알아? 몸값은 그렇다 치구, 아기를 데려가려면 에미가 남긴 빚이라두 갚구 데려가."

란이 간이의자에 털썩 주저앉았다. 씨아란은 그를 흘겨보더니 주렴을 들치고 안으로 들어가버린다. 유메이가 란의 어깨를 토닥이며 말했다.

"개간농장에 아기를 데려가서 어떻게 기르겠다는 거예요. 카지아 촌에는 남정네들뿐이라던데."

청이 아기를 그에게 내밀어주니 그는 멍청히 내려다보다가 빼앗듯이 아기를 안았다. 청이도 옆에서 유메이의 말을 거들었다.

"거긴 돌봐줄 사람도 젖 먹여줄 사람도 없잖아요. 우리가 여기서 키우면 며칠에 한 번씩 딸을 보러 올 수 있겠지요."

란은 바오쭈로 마련해왔던 돈을 털어내고 나갔다. 그는 아마도 속을 달랠 술 한잔 마실 돈도 없었을 것이다.

그렇듯 지겹던 비도 철이 지나자 어쩔 수 없이 그쳤다. 남풍의 여자들은 일이 없는 오전나절에 모두들 모여 앉으면 아기를 가운데 두고 눈을 맞추거나 옹알이를 시키면서 왁자하게 웃고 떠들었다. 아퉁은 습기 가득 찬 철이 지나자 원기가 조금 회복되었는지 현관에 나와 앉아 있기도 했다. 그는 연신 기침을 하면서 아내 씨아란이 달여주는 약사발을 입에 달고 살았다. 아퉁이 통로를 지나다가 아기를 가운데 두고 떠들썩한 여자들을 바라보더니 말참견을 했다.

"그애 이름이 뭐냐?"

여자들은 그 말에 모두들 약속이나 한 듯이 바로 입을 다물었다. 아기 이름이 아직도 없었던 탓이었다. 청이 말했다.

"비 맞은 파초요. 태어난 날 그랬으니까."

아퉁은 잠깐 생각해보더니 아무렇게나 툭 던지듯 말한다.

"그럼 유자오(雨蕉)라구 해라."

아퉁이 지나간 뒤에 여자들은 제각기 유자오라고 발음을 해보고는 틀렸다는 둥 이름이 그럴듯하다는 둥 서로 엇갈린 의견으로 한참이나 말다툼을 했다. 끝내는 다른 이름도 떠오르지 않아 아기의 이름은 유자오로 정해졌다. 청이는 손님이 없을 때면 언제나 유자오를 데리고 갔다. 태어나서부터 어머니 얼굴도 모르고 눈먼 아버지에게서 동냥젖을 얻어먹으며 자라난 심청은 그애가 바로 자신의 어릴 적 모양인 것만 같았다.

아가 아가 우지 마라
햅쌀 범벅 해가지고
우리 엄마 마중 가자
산 높아서 못 간단다
산 높으면 기어가지
물 깊어서 못 간단다

물 깊으면 헴쳐가지

청이가 복사골 건넛마을에 애보기로 갔을 적이면 부르던 노
래가 신통하게 한 구절도 빠짐없이 떠올랐다. 노래 곡조는 두
소절이었는데, 안고 흔들며 서성이는 걸음걸이에 꼭 맞아떨어
졌다. 남풍 집 여자들은 알아들을 수 없는 말과 어쩐지 처량한
곡조에 처음에는 멍하니 듣고 있더니 렌화가 거듭해서 불러대
자 곡조를 대번에 외워버렸다. 수야오를 잘하는 유메이가 거기
다 제 말을 붙여서 따라 부르곤 했다.

우리 아기 이름은
비 맞은 파초래요
우리 엄마 이름은
안녕한 링링인데
엄마는 바람에 가고
아가는 비 따라 오고

어느 틈에 비의 계절이 끝나자마자 찻잎 따는 철이 돌아오고
무더위가 시작되었다. 다시 작년 이맘때의 단수이 출장 기일이
가까워오고 있었다. 날씨가 무더워지면서 아퉁이 쓰러졌다. 아
퉁은 이제는 소문이 다 나버렸지만 돌이킬 수 없는 폐병 말기라
고 알려져 있었다. 씨아란은 진작부터 사창가 골목의 키자오를

통하여 남풍이 문을 닫을 것이며 색시들도 빚 청산을 해야겠다는 결정을 지룽의 따거에게 알려두고 있었다. 아퉁이 머리맡에 피를 두어 사발이나 쏟아놓고 숨지던 날 밤에 청이는 지룽 따거의 팡차오로 찾아갔다. 청이 객청을 지키고 섰던 낯익은 키자오에게 말하니 그는 직접 그네를 데리고 이층으로 올라갔다. 따거는 마침 비스듬히 누워서 식후 흡연을 하던 중이었다. 청이는 공손히 두 손을 모으고 인사를 올렸다.

"렌화, 문안 올립니다."

따거는 게슴츠레한 눈으로 청이를 바라보더니 그제사 알아보았는지 손짓하여 불렀다.

"네가 여긴 웬일이냐. 이리 가까이 와서 다리 좀 주물러라."

청이가 침상에 걸터앉아 따거의 다리를 종아리에서 허벅지에 이르기까지 주무르고 토닥이고 하면서 말했다.

"구토우 어른, 저희 난펑 집이 빚 청산을 한답니다. 저와 유메이는 단수이 죽원반관의 샹 부인께서 기녀로 쓰신다고 하셨으니 옮겨가고 싶습니다."

따거는 나른한 목소리로 물었다.

"몸값은 준비되었느냐?"

"예, 저희가 모은 돈에서 모자란 것은 샹 부인께서 대납을 해주실 것입니다."

따거가 곰방대를 물고 몇 모금 깊이 빨았다가 받침대 위에 올려놓으며 손을 머리맡으로 뻗었다. 청이는 얼른 알아채고 차게 식힌 우룽차를 잔에 따라서 따거의 입술에 갖다대주었다. 따거는 냉차를 달게 마시고는 가보라는 시늉으로 손을 바깥쪽으로 흔들어 보였다.

"내 잘 알았다. 아침에 이리 오면 한 사람 붙여서 보내줄 터이다. 단수이로 갈 차비를 해오너라."

청이는 말이 떨어지자마자 얼른 일어나 절을 하고는 이층 계단을 내려왔다. 남풍 집에 돌아가니 이미 아퉁이 숨을 거두고 씨아란의 곡성이 낭자한 판이었다. 자정이 되기도 전에 시장 거리의 장의사에서 사람들이 몰려와 염습과 입관을 끝냈고, 사창가 골목의 포주들이며 낯익은 키자오 몇 사람도 찾아왔다. 대개 창가에서 초상이 나면 온 동네가 그날 밤은 의리상 모두 손님을 받지 않는다. 이웃집의 창녀들도 추렴들을 하여 술이나 음식을 장만하여 찾아와 여자들끼리의 조촐한 술자리를 벌였다. 바깥 채의 선뵈는 방에 불단도 있으니 관을 그 앞에 모시고 병풍으로 가려놓고는 매운 향을 무더기로 피웠다. 남자들은 현관 앞과 선뵈는 방에서 색시들 대신 의자에 나란히 앉아서 연신 부채질을 해대고 있었다. 그들은 탁자에 벌여놓은 술과 안주를 앉거나 서서 먹고 마시며 점잖게 담화를 나누었다. 여자들은 장사하는 방은 비워두고 안채의 긴밤 자는 방에 대여섯씩 모여서 쪼그리고 앉아 마음놓고 술잔을 돌렸다. 씨아란과 부엌 아줌마가 부지런히 오가며 남자들 치다꺼리를 할지언정 색시들은 내다보지도 않았다. 슈티안과 카오가 서로 술잔을 돌리면서 키득거렸다.

"저 말거머리 같은 아퉁이 저승 가서 우릴 빨아먹지두 못하게 되었네."

"아이구 잘코사니야. 씨아란 마마가 쫄쫄 짜는 꼴이라니."

청이는 그들에게 눈을 흘기는 유메이의 옆구리를 쿡 지르고는 방에서 나왔다. 유메이가 무슨 일인가 하여 두리번거리며 따라 나오자 청이는 두말 없이 통로를 지나 부엌으로 나갔다. 유메이가 눈을 휘둥그렇게 뜨며 물었다.

"렌화, 무슨 일이니?"

청이는 마음이 안 놓여서 뒷마당으로 나갔고 유메이 역시 따라 나왔다. 청이 작은 소리로 소곤거렸다.

"유메이 언니, 날이 밝으면 우리 단수이로 떠나자."

"뭐야, 도망가겠다는 거냐?"

청이는 고개를 끄덕였다.

"따거에게 가서 사정했지. 샹 부인이 우리 몸값의 나머지를 물어내는 조건이라면 허락을 하겠대. 우리가 돈만 갚는다면 씨아란이 무슨 할말이 있겠어."

유메이는 거의 울음을 터뜨릴 것 같은 얼굴이 되었다.

"아아, 이렇게 뒤늦게야 지룽을 빠져나갈 수 있게 되다니!"

청이는 유메이의 손을 마주 잡아주며 결연하게 중얼거렸다.

"언니, 나는 유자오를 꼭 데려갈 거야. 내 딸처럼 키울 거야."

청이와 유메이는 단단히 약속을 하고는 집 안으로 돌아갔다. 새벽녘이 되자 손님들은 거의 돌아갔고 이웃의 포주들도 아침에 화장터로 떠날 때 다시 올 것이라며 모두 자리를 떴다. 색시들도 씨아란과 아줌마를 도와 남은 음식이며 그릇들을 정리해주고는 모두들 제 방으로 흩어져 가서 곯아떨어졌다. 씨아란과 부엌 아줌마 둘만이 현관 옆의 선뵈는 방에서 아퉁의 관을 지키며 의자 위에서 졸고 앉아 있었다. 주위가 완전히 조용해진 뒤에 청이는 침상 아래에서 미리 꾸려놓았던 보퉁이를 꺼냈다. 침상 위에 쌔근대며 잠들어 있는 유자오를 가만히 안아올려 등뒤로 돌리고는 띠를 어깨 좌우로 엇갈려 매고 다시 한번 허리에 질끈 동였다. 청이는 허리를 약간 숙이고 발걸음 소리를 죽이며 통로를 지나다가 유메이의 방을 들여다보았다. 유메이는 침상에 앉아서 기다리다가 청이 휘장을 들치자 자기 봇짐을 가슴에 안고는 얼른 따라 나왔다.

상 부인은 뜻밖이었지만 청이와 다시 만나게 된 것을 몹시 기뻐했다. 유메이와 청이는 각자 보퉁이에서 지난달에 계산해두었던 남은 빚과 그네들이 까나간 화대의 내역이 적힌 종이쪽지를 내놓았다. 그리고 다시 각자가 훙리로 받은 돈이나 서양은화 사금 따위를 내놓았다. 청이는 손톱 크기의 흑진주 한 알을 저고리 솔기 틈에서 빼내기도 했다. 그것은 언젠가 남방 뱃사람에게서 훙리로 받았는데 상 부인에게 드리려고 깊숙이 감춰두던 것이다. 상 부인은 두 여자가 내놓은 돈과 물건들을 따지고 남은 빚을 계산하여 지룽에서 따라온 키자오에게 목돈을 내주었다. 어차피 지룽 팡차오에서는 구전을 떼고 남풍의 주인집에 몸값을 낼 판이라 돈을 받은 키자오는 곧 돌아갔다.

유메이와 청이는 낯익은 이층의 량팡으로 올라갔고 잉후아를 비롯한 기루의 여자들이 서로 반가워했다. 아기를 방 안에 풀어 놓자 여자들은 서로 안아보고 쳐들어보고 법석들이었다. 청이 샹부인을 돌아보며 말했다.

"링링은 죽었어요. 제가 이 아기의 엄마예요."

"그래, 링링이 죽었구나. 가엾기도 해라."

샹 부인은 금방 눈이 젖더니 손수건을 내어 코를 풀었다.

"렌화, 기루에서 아기를 낳으면 규칙이 있단다. 살림 나가는 동무가 데리고 가서 길러주거나 아마(乳母)에게 맡기는 거야. 너무 걱정하지 마라. 바로 이웃집에 맡길 테니까 틈틈이 데려다 보살필 수 있을 거야."

청이는 얼결에 샹 부인을 얼싸안으며 외쳤다.

"고마워요, 엄마!"

청이와 유메이는 죽원반관에서 대번 유명한 짝이 되었다. 지아오항의 상인들 사이에는 청이의 호금 솜씨와 유메이의 수야오가 널리 알려지기 시작했고 반관에서 크고 작은 술자리가 있을 적마다 자리에 불려나갔다. 청이는 잉후아가 춤사위를 몇 가지 알고 있는 것을 보고는 서로 연습하면서 춤까지 끼워넣기로 했다. 먼저 반관에 있던 기녀들 가운데 춤과 노래를 하고 악기를 다룰 줄 아는 창기는 잉후아 말고도 두어 명이 더 있었다. 다행히 그중에 피리를 제법 부는 창기가 있어 그애를 끼워넣기로 했다. 노래와 춤과 연주로 몇 곡의 연습이 진행되어 자리에 나가 제법 연주할 수 있게 되자 샹 부인은 뒤늦게 이들의 재간에 깜짝 놀라게 되었다. 청이 샹 부인과 디안토우를 앞에 앉히고 노래와 춤과 연주를 해내자 디안토우는 깊은 인상을 받은 모양이었다.

"단수이에 이런 예기들이 있다는 소리는 들어본 적이 없습니다. 우리 아이들 솜씨는 광저우의 예기들에 절대로 뒤지지 않겠습니다."

지배인 격인 디안토우가 말하자 샹 부인이 고개를 저었다.

"제법 비슷하게 할 뿐이지 아직 멀었다네. 나도 옛날엔 춤도 추고 노래도 했어. 이젠 다 잊어버렸지만 볼 줄은 알아. 내가 한 번 선생을 구해보겠네."

며칠 뒤에 샹 부인이 점심 무렵에 초라한 차림의 늙은 여자를 데리고 왔다. 모두들 간밤의 숙취 때문에 퉁퉁 부은 채로 늦잠에서 깨어날 무렵이었다. 청이는 바깥손님이 있어서 다른 여각에 가서 손님을 받고 막 돌아온 뒤였다. 샹 부인이 량팡으로 올라와 옷매무새와 얼굴이 엉망인 꾸냥들을 손뼉을 쳐서 불러모았다. 샹 부인보다 나이가 훨씬 위로 뵈는 반백의 여인은 무심한 표정으로 단정하게 무릎을 꿇고 앉아서 여자들을 하나씩 훑어보고 있었다. 샹 부인이 말했다.

"이분은 내 선배 되시는 웬지(文子) 부인이야. 타이난에서 내가 어렸을 적에 많이 도와주었지. 웬지 부인은 다루지 못하는 악기가 없고 춤도 남방과 대륙 춤까지 몇 가지나 아신단다."

웬지 부인은 두 손을 무릎 앞에 대고 머리를 숙여 절을 하면서 말했다.

"여러분, 잘 부탁합니다."

자기가 이방인인지라 청이는 대번에 그 할머니도 중국인이 아니라는 걸 눈치챘다. 그러나 어쩌랴. 타이완에는 온갖 잡색들이 모여들어와 살고 있는데. 단수이에는 양인들은 물론이고 혼혈들도 많았다. 웬지 부인은 먼저 창기들에게 각자의 재간을 보여달라고 일렀다. 연습해두었던 것들을 몇 가지 해 보이자 그네는 역시 무감동한 얼굴로 멀뚱히 바라보고 있더니 청이를 지목했다.

"색시는 언제 호금을 배웠누?"

"원래는 비파를 배웠지만 여기 호금과 줄이며 뜯는 법이 비슷해서 쉽게 익혔습니다."

유메이에게는 그네가 부르는 수야오의 가사가 누구의 것인가를 물었고, 그네가 노랫말을 직접 지어서 바꾼 것이라고 말하자 고개를 끄덕였다. 잉후아의 춤에 대해서는 몇 가지의 춤사위를 앉은 채 두 손짓으로만 해 보이며 아느냐고 묻자 잉후아는 모른다고 대답했다.

"그냥 술자리에서 손님들을 즐겁게 하려는 것만으로는 기예가 늘지 않아요. 무엇보다도 자기가 좋아해야 합니다. 춤추고 노래하며 연주를 하는 동안에 자기 피를 통해서 몸과 마음이 즐거워야 하지요."

타이난에서 왔다는 웬지 부인은 그날부터 죽원반관의 색시들에게 춤과 노래와 연주를 가르쳤다. 맨 처음에 대륙의 민요와 잡극에 나오는 유명한 대목을 수없이 따라 부르게 하면서 한 사람씩 음정과 박자를 잡아나갔다. 그리고 노래가 어지간히 되는가 싶자 발 떼기부터 시작하여 춤을 가르쳤다. 웬지 부인은 어쩌다가 손발의 놀림이 경쾌하고 몸동작이 유연한 낯선 춤을 보여준 적도 있었는데, 고향의 춤이라고만 말하고 지나갔다.

웬지 부인의 솜씨는 무엇보다도 호금 연주에 있었다. 물소뿔의 발목으로 긁으면서 가늘고 현란한 마찰음을 내거나 손가락 끝에 뿔손톱을 끼우고 줄을 일일이 뜯어 섬세하고 슬픈 소리를 내는 느낌이 서로 달랐다. 부인은 청이와 단둘이서 높낮이가 다른 음으로 합주를 할 때에 가장 즐거워했다. 웬지 부인은 아래층 식당 옆의 작은 방에서 혼자 지냈는데 일이 없을 적에 옆집에서 아마가 유자오를 데려오면 아기를 쫓아서 이층까지 올라왔다. 청이 아기를 눕혀놓고 발가락을 물거나 손가락을 빨아주면 웬지 부인은 이가 빠져서 호물대는 가느다란 입술을 일그러뜨리며 끝없이 웃어댔다. 샹 부인은 어쩌다가 곁에 사람들이 없을 때면 무심결에 웬지 부인에게 후미코 언니라고 불렀다. 청이는 그제서야 부인을 처음 보았을 때 중국인이 아닐 거라는 자기 느낌이 맞았다는 걸 알았다. 청이 유자오를 부인에게 넘겨주었고, 그네는 가슴에 꼭 붙안고 아기의 볼에 자기 볼을 조심스럽게 갖다대어보더니 갑자기 울컥, 하고는 울음을 터뜨렸다. 청이 아기를 얼른 받아안으며 물었다.

"왜 그러세요?"

"아, 아니야. 옛날 생각이 나서 그래. 우리네 나이쯤 되면 별의별 기억들이 많으니까……"

청이는 웬지 부인이 자기네와 같은 창기였다는 것을 처음부터 알고 있었다.

"고향이 어디세요? 저는 꺼우리에서 왔는데……"

"류큐(琉球)라구 아니?"

청이가 고개를 흔들자 웬지 부인이 말했다.

"저 바다 한가운데 있는 아름다운 나라야. 나는 열 살 때 대륙으로 팔려갔어."

샹 부인이 가끔씩 흘려준 얘기로는 후미코 부인은 푸저우의 류큐 상관(商館)에서 하녀 노릇을 했다고 한다. 청이처럼 잡극에 출연하던 광대와 만나 푸젠 성 일대와 광저우 일대를 떠돌다가 기루에 팔려 예기 노릇을 했다. 스무 살이 넘어서 타이난으로 왔고, 퇴기가 되는 스물여섯 나이에 창가의 화지아로 내려앉았는데, 거기서 나이가 아래인 샹 부인을 만났다고 했다. 청이는 세상이 얼마나 넓은지 거의 끝도 없겠다는 생각이 들었다. 별처럼 많은 고장에 티끌처럼 수많은 사람들이 살고 있지 않은가.

죽원반관의 색시들은 웬지 부인에게서 춤과 노래를 배워서 모두들 술자리에서 손님이 청하면 몇 가지씩의 기예를 보여줄 수가 있게 되었다. 호금의 렌화와 피리의 타오화, 춤의 잉후아, 그리고 노래의 유메이를 웬지 부인이 뽑아서 집중적으로 가르쳤다. 여섯 달쯤 지나자 이들은 누가 보더라도 훌륭한 예기가 되어 있었다. 죽원반관에는 단수이 지아오항의 점잖은 무역상들이 단골로 찾아왔다. 타이난에서도 거래차 단수이에 온 상인들은 으레 죽원반관에서 상담을 하고 연회를 가졌다. 지룽을 거쳐 온 일본 선상들도 단수이까지 와서 죽원반관에 들를 정도였다.

외항에 정박한 서양 배들은 바타비아와 루손과 싱가포르에서 대륙으로 가는 길에 들른 배들이 많았는데, 네덜란드와 미국 그리고 영국 배들이었다. 공식적인 상륙은 허가되지 않았지만 그들은 서투른 피진 잉글리시를 하는 통역이나 대륙에서 나온 마이판들을 태우고 다녔고, 그들과 함께 중국인 복장을 하고서 항구에 상륙했다. 서양 배들은 팔리 언덕의 포대가 보이는 단수이 강 하구에 멀찍이 닻을 내리고 거룻배를 통해서만 짐을 싣거나 하역했다. 단수이 분부에서도 양인들과의 교역을 비공식적으로 허락했기 때문에 서양 상인들의 상륙을 지룽에서처럼 모른 척했다. 다만 양인들의 상륙은 하루 이상 육지에 체류할 수 없다는 원칙만 적용되었다.

단수이는 우계에도 지룽에서처럼 비바람이 음산하거나 심하게 몰아치지는 않았다. 대둔산이 북동쪽을 가로막고 있으며 앞은 관음산이 감싸주고 있었기 때문이다. 초겨울이 되면 날씨도 선선해지고 구름이 산마루에 걸려 비를 조금씩 뿌리다가 안개로 변하여 바다로 흩어져갔다.

귀한 손님들이 오신다고 아침부터 지아오항에서 서기가 나와 연회가 열릴 방을 둘러보고 샹 부인에게 당부도 하고 갔다. 모두들 단수이 만이 한눈에 내려다보이는 노대가 달린 이층의 특실은 물론이고 계단과 아래층 객청까지 말끔하게 청소를 했다. 디안토우의 지휘 아래 화분의 나뭇잎에 앉은 먼지까지 일일이 닦아내고, 꽃을 피운 화분을 입구와 객청에 내놓아 분위기를 바꾸었다. 객청 가운데에 있는 대리석의 연못도 물을 갈아주고 수련과 옥잠 주위에 어린 물때도 말끔히 씻어냈다. 줄줄이 달린 월등에 전부 불을 붙여서 죽원반관은 마치 설날을 맞은 듯했다. 먼저 지아오항의 상인들이 탄 가마가 당도했고 연이어 말 두 마리가 끄는 마차가 왔다. 손님은 모두 여섯 사람이었다. 디안토우와 샹 부인이 객청에서 그들을 직접 맞이했는데, 네 사람은 단수이 지아오항의 낯익은 상인들이었고 다른 두 사람은 헐렁한 포를 걸친 서양 사람이었다. 그들은 집 안에 들어오자 치렁치렁한 포를 머리 위로 벗어서 그들을 안내했던 상인에게 내주었다. 두 사람은 안에다 서양 옷을 그대로 입고 있었던 것이다. 다리에 꼭 끼는 바지를 입었는데, 긴 바짓가랑이 끝으로 굽 높은 가죽구두가 보였다. 상의는 짧고 몸에 꼭 끼었으며 목에는 비단띠를 두르고 있었다. 자세히 보니 한 사람은 반백의 머리를 짧게 깎고 서양 복장을 입었을 뿐 중국 사람인 듯했고 한 사람만이 진짜 서양 사람이었다.

서양 남자는 구레나룻과 콧수염을 기르고 갈색 머리를 말끔하게 기름을 발라 뒤로 넘겼다. 수염을 기르고는 있었지만 반짝이는 눈과 마른 몸매가 젊은 사람이라는 것을 눈치챌 수 있었다. 그들은 이층의 남쪽에 있는 특실로 안내되었다. 반원형의 창이 있고 노대가 달린 방이었다. 노대 위에는 월등이 밝혀져 있었다. 노대 앞에 나가면 관음산 아랫녘 마을의 불빛들과 푸르스름한 어둠 가운데 바다 위의 배에서 비추는 등불이 점점이 떠 있는 게 보였다.

요리가 들어오고 술이 몇 순배 돌아가고 나서 웬지 부인의 자랑인 네 사람의 예기들이 자리에 나갔고, 다른 색시들은 교대로 손님들 옆자리에 앉기도 하고 들락거리며 시중을 들기도 했다. 네 사람의 예기들은 노대 쪽으로 나가 방을 향해 나란히 서더니 손님들에게 인사를 올렸다. 청이와 타오화가 호금과 피리를 불자 잉후아는 방 가운데서 춤을 추었고 유메이가 수야오를 불렀다. 노래가 몇 곡 지나가고 나서 청이와 타오화가 호금과 피리로 시냇물에서 호수의 물로 그리고 비 오는 고즈넉한 산천의 소리로 손님들을 이끌었다. 그들은 밤늦게까지 만취하도록 마셨고 청이는 손님을 모시라는 디안토우의 지시를 받았다. 청이 동쪽의 침실로 가서 침상머리에 향을 피워놓는다 물도 떠놓는다 준비를 하고 있었더니 문이 열리며 그 키 큰 서양 사내가 들어섰다. 청이는 침상에 앉았다가 일어나며 두 손을 모아 인사를 올렸다.

"나는, 렌화."

청이가 지룽에서 배웠던 몇 마디의 서양 말이 있어서 그렇게 말했다.

"나는 제임스야. 짐이라고 불러도 된다."

사내는 상의를 벗고 셔츠를 풀어헤치고는 궐련을 한 대 꺼내어 붙여물었다. 그가 다시 더듬거리며 말했다.

"나, 너 좋다."

청이 그의 구두를 벗기고 양말까지 벗기자 그는 익숙한 태도로 내맡기고 앉아 있었다. 청이 물통에서 물을 퍼서 대야에 담고는 그의 발을 씻겨주었다. 양인들은 이것이 동방 창가의 오랜 예의라는 걸 알게 되고는 집에 가서도 인종이 다른 하녀들에게 부탁을 했다고 한다. 청이는 또한 무명수건을 적셔서 사내의 얼굴과 목덜미를 말끔하게 닦아주었다. 청이는 서양 사내들이 동양인 여자의 풀어헤친 긴 머리를 좋아한다는 걸 알고 있어서 외로 땋아 틀어올렸던 머리에서 물소뿔 핀을 뽑고는 머리를 좌우로 흔들었다. 머리카락이 흐트러졌다. 그네는 치포의 목단추부터 가슴에 이르기까지 천천히 하나씩 풀었다. 치포 안은 맨살이었다. 미처 옷을 다 벗기도 전에 사내가 양손으로 청이의 좁은 어깨를 꽉 움켜쥐더니 그네의 가슴속으로 얼굴을 들이밀었다. 그는 봉긋한 청이의 젖을 입으로 물고는 으깰 것처럼 거칠게 부

342

벼대기도 하고 빨기도 했다. 청이는 짐짓 아아, 하는 신음 소리
를 내주면서 침상 위로 스르르 넘어졌다.

새벽 동이 터오를 무렵에 제임스는 청이의 입술과 목덜미 그
리고 손가락 사이에 입을 맞추고 일어섰다. 그는 서양 은화를
열 개나 주고 갔다. 제임스가 방문 앞에서 나가기 전에 청이를
손가락으로 가리키면서 말했다.

"나, 너 다시 본다."

그는 반관을 찾아올 때처럼 지아오항 상인들의 안내를 받아
날이 밝기 전에 거룻배를 타고 외항에 정박한 자기네 배로 돌아
갔다.

한 달이 성큼 지나가고 나서 어느 날 저녁때에 서양 옷을 입
은 중국인 마이판이 혼자서 반관을 찾아왔다. 그는 샹 부인과
청이에 대하여 한참을 얘기했다. 샹 부인이 량팡에서 기다리고
있던 청이를 찾아 이층으로 올라왔다.

"저 사람 주인이 자기를 보냈다는구나. 네게 남은 몸값이나
빚은 한꺼번에 모두 갚아준대. 그 서양인은 아직 혼인을 안 했
단다. 너를 아내와 똑같이 대해줄 뿐 아니라 다달이 월급을 주
겠다는구나. 물론 이런 곳에서의 화대와 홍리를 합친 돈의 열
배가 넘을 게다. 집에는 요리사와 하인들도 있대요."

샹 부인의 설명을 듣고 청이는 물었다.

"아이는요…… 데려가두 된대요?"

"그건 얘기 안 했어. 사내들은 아이까지 낳은 엄마보다는 꾸냥을 좋아할 테니까."

"저는 안 가겠어요. 엄마하구 웬지 이모하구 사는 게 훨씬 좋아요."

샹 부인이 청이의 손을 꼭 잡으며 말했다.

"넌 아직 젊다. 이건 네게 아주 좋은 기회란다. 네가 반년마다 배 편으로 유자오의 양육비를 보내주렴. 그럼 웬지 부인은 타이난으로 돌아가지 않구 여기서 유자오를 키우며 살 수 있을 게다. 또 너두 그래. 살기 싫으면 언제든지 배를 타구 단수이로 돌아오면 우리하구 유자오가 기다리구 있지 않겠어?"

청이는 웬지 부인과 얘기해보기로 했다. 샹 부인이 이층 계단에서 아래층을 향하여 불렀다.

"후미코, 후미코 언니!"

웬지 부인은 유자오를 안고 이층으로 올라왔고, 세 여자는 비어 있는 남쪽 노대의 등나무 의자로 몰려가서 둘러앉았다. 청이 먼저 얘기를 꺼냈다.

"웬지 이모, 저에게 엄마가 양인 첩으로 남방에 가지 않겠냐구 그러셔요. 우리 유자오를 제가 돌아올 때까지 키워주실 수 있겠어요?"

웬지 부인은 샹 부인에게서 미리 들어 알고 있는 듯한 눈치였다.

"샹 아우도 예전에 그랬으니까. 창기들에게 양인 첩은 자유를 얻을 수 있는 큰 기회야. 누가 마다하겠어. 나두 젊어서는 가구 싶었지만 인연이 닿질 않았다. 어떤 일이 있어도 렌화는 가야 해."

웬지 부인이 고개를 여러 번 끄덕이며 말했다.

"재간 많고 예쁘고 아직 젊은데…… 기루의 창기로는 너무 아깝잖아, 가라구! 돈 벌어서 자립할 수 있잖아. 유자오는 내가 길러줄게. 나두 여기서 샹과 살구 싶었지만 공밥 먹기가 싫었어."

청이는 두 늙은 여자를 번갈아 바라보며 말했다.

"그럼…… 가죠 뭐."

샹 부인은 청이를 끌어안았다. 그네는 얼결에 흘러나온 눈물을 훔치고 말했다.

"잘 생각했다. 나는 널 내 곁에 붙들어두고 싶었지만…… 옛날의 내 생각이 나서. 네 빚두 거의 다 까버려서 얼마 남지 않았단다. 여기 걱정은 마라. 우리가 유자오를 건강하게 키워놓을 테야."

청이는 웬지 부인의 팔에 안겨 있는 유자오 쪽으로 두 팔을 뻗었다.

"유자오 내 딸, 엄마가 좀 안아보자."

아기는 좋은지 키득거리며 청이의 품속에서 다리를 버둥거렸다. 웬지 부인이 말했다.

"그래, 몇 년이고 잘 지내다가 돌아오는 거야. 그때에는 유자오도 말하고 걷고 하겠지. 돌아와서 우리 류큐 고향으로 같이

가자."

샹 부인이 자리에서 일어났다.

"후미코 언니, 너무 먼 얘기는 그만둬요. 아기 넘겨드리고 너는 마이판을 만나러 가자."

샹 부인은 청이를 데리고 아래층 객청으로 내려갔다. 마이판 사내는 노대 앞의 창가에 앉아서 차를 마시고 있었다. 두 사람이 다가가자 마이판 사내는 일어나서 기다렸다가 그네들이 앉자 다시 맞은편에 앉았다. 그는 샹의 호주머니에서 금줄이 달린 동그랗고 작은 물건을 꺼내어 뚜껑을 열고는 슬쩍 곁눈질로 들여다보았다.

"나는 허푸(何福)라고 합니다. 이제 점심시간인데 식사를 안 했으면 같이 하십시다."

샹 부인이 말했다.

"아니, 저희들은 연회 자리가 아니면 손님과 사적인 식사는 하지 않습니다. 렌화 본인이 싱가포르에 가겠다고 응낙을 했어요."

허푸가 두 손을 부비면서 큰소리로 웃었다.

"허허, 참 잘된 일입니다. 우리 배는 짐을 싣고 사흘 뒤에 떠나니까 시간은 좀 있는 셈이지요. 뭐, 별로 준비할 건 없습니다. 거긴 여기보다 훨씬 문물이 개화된 대처라서 별의별 것이 다 있습니다."

8. 매달린 사내와 시계

청이는 출항 전날 밤에 마이판 허푸 아저씨를 따라서 마토우 배터에서 거룻배를 타고 홍모성 건너편에 멀찍이 대어놓은 증기선에 올랐다. 그리고 해뜰 무렵에야 배는 단수이 만을 떠났다.

증기선의 앞 돛과 선미의 작은 돛이 펼쳐지고 쿵쿵거리는 기관 소리가 들리면서 배 옆구리에 달린 물레방아 모양의 바퀴가 천천히 돌아가기 시작했다. 선원들은 중국인과 말레이인들이 대부분이었고 기관사, 항해사 그리고 선장만 백인이었다. 무역선이라 승객들은 십여 명밖에 되지 않았다. 아직 해는 뜨지 않았지만 새벽 노을이 수평선에 발갛게 번지고 있었다. 청이 상갑판의 난간에 기대어 멀어져가는 단수이의 관음산을 바라보고 있는데, 뒷전에서 허푸의 목소리가 들렸다.

"마님, 선실로 들어가십시다."

청이는 자기 주위에 다른 누가 서 있는가 하여 두리번거렸지만 아무도 보이질 않았다. 허푸 아저씨가 다시 말했다.

"마님, 아침이 준비되었으니 선실로 가시지요."

그제서야 청이는 마님으로 불린 사람이 자기라는 걸 알았다. 허푸는 더이상 권하지 않고 앞장서서 중갑판으로 걸어갔다. 그는 계단을 한 층 내려가서 어느 선실 문을 열고 들어갔고 청이도 뒤를 따랐다. 벽에는 바다 쪽을 향하여 동그란 창문이 뚫려 있었고 의자와 탁자며 옷장과 화장실이 있고 안쪽에는 침대가 보였다.

"좀 앉으시지요."

허푸가 권하여 의자에 앉은 청이는 식탁 위에 뚜껑을 덮은 접시와 찻주전자와 잔이 놓여 있는 것을 보았다. 허푸가 말했다.

"저는 이제부터 마님이라고 부르겠습니다만, 우리 말로 성함이……"

"렌화예요."

"그러면 로타스군요. 마님의 성함은 오늘부터 로터스입니다."

"그게 무슨 소리예요?"

"서양 말로 연꽃이라는 소리지요. 저를 부르실 적에는 허 징리(經理)라고 부르십시오. 저는 영국 동인도회사의 싱가포르 지사에서 일하고 있습니다. 미스터 제임스는 부지사장입니다."

허푸가 접시에 덮었던 도자기 뚜껑을 열었다.

"우선 아침을 드시지요. 그리고…… 침대 위에 양장이 있으니 갈아입으세요. 방에서 지내시기 답답하면 갑판 쪽에 살롱이 있으니까 올라가서 바람을 쐬도록 하십시오."

허푸가 혼자서 주욱 얘기하고 나가려 하자 청이는 그를 불러 세웠다.

"잠깐, 잠깐만요 아저씨. 이 옷은 아직 새거예요. 왜 갈아입어야 하죠? 그리고 살롱은 뭐 하는 곳인가요?"

"저를 징리라고 불러주십시오. 대륙과 달리 여기선 중국 옷을 입으면 천한 사람으로 취급받습니다. 서양 옷으로 갈아입으셔야 합니다. 살롱은 차 마시는 다실이나 주루 같은 장소입니다."

청이 머릿속으로 그의 말을 새기고 있는데 허푸는 정중하게 두 손을 마주 잡고 인사를 하더니 문 밖으로 사라졌다.

그네는 접시를 들여다보았다. 소금에 절인 듯한 얇게 저민 돼지고기 두어 점과 계란 부침에 빵과 타락처럼 보이는 기름덩이가 놓였다. 날카롭게 이빨을 드러낸 삼지창처럼 생긴 쇠붙이와 칼이 접시 옆에 나란히 놓여 있었다. 청이는 삼지창으로 먼저 돼지고기 한 점을 찍어 먹어본다. 짜고 느끼하다. 계란 부침을 다시 찍으려 했지만 자꾸만 미끄러져서 하는 수 없이 그네는 손으로 집어먹기 시작했다.

침대 위에 놓여 있는 옷은 거대해 보였다. 흰색의 술이 달린 치마와 바지는 속옷인 듯했고 겉옷은 연분홍색이었는데 침대를 거의 덮을 만큼 넓게 펼쳐져 있었다. 베갯머리에는 챙이 동그란 끈 달린 모자가 놓여 있었다. 다시 아래를 보니 금색 장식이 달린 구두와 흰 면직 양말이 있었다. 밖에서 무엇인가 두드리는 것 같은 소리를 얼핏 들었지만 청이는 먼저 치포를 머리 위로 벗어던졌다. 그리고는 속옷 두 가지를 살피며 무엇부터 입을까를 생각중이었는데, 바로 등뒤에서 낮은 헛기침 소리가 들렸다.

"에그머니……!"

청이가 깜짝 놀라서 뒤를 돌아보니 양장에 앞치마를 두른 여자가 두 손을 얌전히 앞에 모으고 서 있었다.

"저는 아마입니다. 마님을 도와드리려고 왔어요."

청이는 멍하니 중년 여자를 바라보았고 그네는 능숙한 솜씨로 청이의 무릎에까지 올라오는 양말을 신기고는 속바지를 입도록 했다. 양말을 덮을 만한 길이의 바지 아랫단에 단추를 채우고 속치마를 벌려 두 다리를 차례로 안으로 집어넣게 해주었다. 속치마는 얇지만 뻣뻣한 안감이어서 바깥쪽으로 둥글게 펼쳐지게 해주었다. 나중에 그것이 페티코트란 걸 알게 되었다. 그 위에 치마를 입혀주었는데 젖가리개가 달렸고 가슴이 패어서 젖무덤 사이의 오목하게 접힌 부분이 아슬아슬하게 노출되고 있었다. 아마가 뒤에서 허리끈을 바짝 당겨서 졸라맸다. 청이는 숨이 막힐 지경이었다. 그네가 쭈그려앉더니 청이의 발에 구두를 신겨주었다. 뒷굽이 높아서 청이는 저절로 가슴과 궁둥이가 긴장이 되었다. 아마는 머리에 모자를 씌우고 끈을 턱 밑에 묶어주었다.

아마가 청이의 손을 잡아 이끌어 바깥쪽의 옷장 앞으로 데리고 갔다. 옷장 문에는 머리부터 발끝까지 한눈에 볼 수 있는 전신거울이 붙어 있었다. 청이는 거울에 비친 낯선 여자의 모습을 물끄러미 건너다보았다. 아마가 풀어준 머리카락이 모자 아래로 흐트러져내려와 있고 목덜미에서 어깨로 이어진 쇄골이 선명하게 드러났다. 가슴은 한껏 부풀어 레이스가 달린 앞자락이 곧 터져버릴 것 같았다. 청이는 처음 렌화를 만났을 때처럼 낯선 이국의 이름을 읊조려보았다. 로터스…… 넌 이제 청이도 렌화도 아니야. 거울 속에서 로터스가 입을 벌리며 푸후후 웃고 있다.

뒤에서 다시 헛기침 소리가 들렸다. 청이는 거울 앞을 떠나 아마에게로 돌아섰다.

"식사 다 하셨으면 내가겠습니다."

청이는 먼저 식탁 앞에 가서 앉으며 아마에게도 앉으라고 권했다.

"알구 싶은 게 있어요. 싱가포르라는 나라는 양인들만 사나요?"

"아뇨, 중국 사람들이 제일 많이 삽니다."

"아마는 어디서 왔어요?"

중년의 아줌마는 대답했다.

"저는 지사의 사택에서 일합니다. 허 징리께서 뽑아주셔서 삼년째 일하고 있습니다."

"그럼 이 배는 왜 탔어요?"

"주인님이 가서 마님을 모셔오라구 해서요."

청이는 잠깐 좋은 꾀가 생각나서 빙긋이 웃으며 고개를 숙이고 있다가 불쑥 아마에게 물었다.

"내가 첫번째 마님인가요, 내 앞에 누가 있었죠?"

여인은 대답을 못 하고 우물쭈물했다. 청이는 얼굴에 노기를 띠며 목소리를 조금 더 높였다.

"허푸 아저씨에게서 모두 들었어요. 언제 떠났어요?"

"작년에 캘커타로 돌아갔지요."

"거긴 어디예요, 뭣 때문에 갔어요?"

아마는 앞치마를 자꾸만 비틀며 어쩔 줄을 몰라했다.

"저는 잘 모릅니다. 인도에 있는 도회지란 말은 들었지요."

청이가 다시 물었다.

"지난번 마님은 인도 여자인가요?"

"예, 저희와 말이 통하지 않았습니다. 전에 주인님이 캘커타에서 대리로 있을 때부터 함께 살았다고 합니다."

청이는 자기 짐 속에서 호박 장식이 달린 머리핀을 꺼내어 아마에게 내밀었다.

"이거 가져요."

아마가 얼결에 두 손을 뒤로 감추며 말했다.

"제가 이런 걸 받은 사실을 징리 나으리가 알면 저는 당장에 해고됩니다."

"괜찮아요. 아마는 오늘부터 내 편이 되어야 해요. 그래야 내가 아마의 편을 들어줄 수 있겠지요. 그 인도 여자는 왜 돌아갔나요?"

아마는 두 손에 머리핀을 쥔 채로 대답했다.

"병이 났다고 하는데 저희가 보기엔 다른 이유 같았습니다. 주인님의 명을 어겼기 때문이지요."

청이는 더이상 아마에게 묻지 않았다.

증기선은 무역풍과는 아무런 상관도 없이 갑판 한가운데의 굴뚝에서 검은 연기를 쉴새없이 내뿜으며 남지나해의 적도를 향하여 항해했다. 그 동안 청이는 작은 비단 양산을 받치고 갑판을 거닐거나 살롱에 올라가 차를 마시기도 했다. 가끔 갑판에서 양인들이 그네를 만나면 목례를 하며 비켜서거나 모자 챙에 손을 대며 정중하게 인사를 해 보였다. 청이는 몸을 옥죄는 양장에 익숙해지기 시작했고 아마는 양산이며 손수건이며 쥘부채에 챙 넓은 모자와 작은 손가방 따위의 물건들을 때맞추어 꺼내주었다. 선실의 옷장에는 연한 하늘색과 상아색의 양장이 걸려 있었으며 속옷도 여러 벌이 있었다. 청이는 그네 자신을 위한 가죽 가방도 준비되어 있는 것을 보았다. 열흘 남짓한 항해 기간중에 그네는 아마에게서 개화가 무엇인가를 교육받게 된 셈이었다.

허푸 아저씨는 배에 실린 회사의 화물을 책임지는 사람이라 서양인들도 함부로 대하지 못하는 듯했다. 배에 타고 며칠 지

나서 허푸가 청이에게 신기한 물건 하나를 선물했다. 그것은 허
푸가 언제나 조끼 주머니에서 꺼내 보던 동그란 은색의 금속 물
건과 비슷하게 생긴 것이었다. 청이가 받은 물건은 그것보다는
훨씬 작고 금색이었는데 긴 금줄이 달려 있어서 목걸이처럼 보
였다.

"마님, 이게 필요할 것 같은데요……"

청이는 허푸가 내미는 물건을 무심코 받아들었는데, 그가 장
미 장식이 새겨진 뚜껑을 열어 보이자 깜짝 놀라서 하마터면 바
닥에 떨어뜨릴 뻔했다. 투명한 유리 안에서 실처럼 가느다란 바
늘이 쉴새없이 돌아가고 있었던 것이다.

"이게 뭐죠, 살아 있잖아요?"

청이가 소리를 지르자 허푸는 근엄한 표정을 흐트러뜨리지도
않고 성실하게 가르쳐주었다.

"이건 시계라고 합니다. 위에 튀어나온 꼭지를 돌려서 밥을
주면 죽지 않고 움직입니다."

"뭐에 쓰는 물건이에요?"

"시간을 가르쳐줍니다. 이것은 서양인들에게 매우 중요한 물
건이지요."

청이는 움직이는 바늘을 들여다보며 다시 허푸에게 물었다.

"시간…… 그게 뭐죠?"

"하루를 잘게 쪼개서 어느 때가 되었는지를 알게 해줍니다.
시계를 보는 방법은 아마가 잘 가르쳐줄 테니 배워두십시오."

허푸는 설명을 마쳤다는 듯이 싱긋 웃어 보이고는 자리를 뜨면서 덧붙였다.

"시간은 돈이라고 한답니다."

아마는 시계 보는 법을 청이에게 가르쳐주었다. 시계에는 큰 눈금과 작은 눈금이 있고 크고 작은 바늘과 빨리 움직이는 긴 바늘이 있었다. 청이는 이렇게 지나쳐가버린 눈금은 그 자리에 다시 되돌아오긴 하지만 다시는 그전의 눈금이 아니라는 걸 배웠다. 잠이 깨어 일어나는 시간도 아침 점심 저녁을 먹는 시간이나 잠자는 시간도 시계에 의해서 정해진다는 것도 알았다. 아마가 시계 보는 법을 가르쳐주며 청이에게 말했다.

"저희는 시계가 없으면 아무 일도 못 합니다. 주인님이 식사하는 때와 회사에 나가는 때를 알아야 하고, 점심 자시러 집에 돌아올 때와 저녁에 귀가하실 때가 정해져 있거든요."

청이는 불안한 얼굴이 되어 아마에게 물었다.

"싱가포르에선 모두 그렇게들 살아요?"

아마는 진지하고 확실하게 고개를 힘껏 끄덕였다.

"중심가의 상점이나 부두에서나 시장에서까지 모두요."

드디어 배가 싱가포르에 도착했다. 한낮의 소나기가 한바탕 쏟아지고 나서 열대의 구름이 멀리 해협 맞은편 수마트라 섬의 산 그림자를 지우며 흘러가고 있었다. 싱가포르는 말레이 반도의 끝에 마치 용이 구슬을 입에 문 것 같은 형국으로 떠 있는 섬이었다. 섬 주위의 움푹 들어간 너른 만 안에는 화륜선과 범선들이며 정크선들이 정박해 있거나 천천히 움직이고 있었다. 배는 해변가의 물 속으로 내밀어서 건설된 나무 구조물과 다리와 석축으로 연결된 부두에 바짝 댈 수가 있었다. 너른 공터마다 화물이 산더미처럼 쌓였고 중국인 쿠리와 인도인들이 무리를 지어 하역작업중이었다. 배에서 부두로 이어놓은 구름다리로 사람들이 먼저 내렸다. 청이는 허푸 징리의 뒤를 따라 배에서 내렸다. 아마가 청이의 옷가방을 들고 따라 내렸는데 부두에는 말 두 마리가 끄는 마차가 벌써부터 와서 기다리고 있었다. 허푸가 청이와 아마를 마차에 태워주고는 하직인사를 했다.

"저희 지사의 마차니까 댁까지 안내를 해드릴 겝니다. 저는 아직 부두에서 볼일이 있어서…… 마담 로터스, 그럼 나중에 뵙겠습니다."

앞에 마부가 앉아서 말을 몰았고 청이는 아마와 뒷자리에 나란히 앉아서 지나치는 거리를 구경했다. 수많은 상점들과 식당들과 관청으로 보이는 석조건물들이 보였다. 길가에는 높다란 종려나무가 한바탕 내린 소나기의 물기를 머금고 젖은 채로 한들거렸다.

마차는 바다가 내려다보이는 그리 높지 않은 언덕의 목조집 앞에 당도했다. 입구에 나무들이 울창했고 길에는 반들거리는 돌을 깔았다. 집 앞은 노대였는데 평지보다 높직해서 난간과 나무계단이 있었다. 유리창은 활짝 열어젖혀졌고 흰 가리개가 바람에 한껏 부풀어서 창문 양쪽 가녘에서 나풀거렸다. 머리가 벗겨진 남자와 젊은이가 계단을 황급히 뛰어내려왔다. 그들은 여자들처럼 아래는 치마 같은 천을 두르고 위에만 소매와 품이 좁은 양식 상의를 입고 있었다. 아마가 청이의 곁에서 낮게 속삭였다.

"시쓰(西思)와 요리사입니다."

아마는 턱을 치켜들고 시쓰라고 지목한 젊은이에게 가방을 내주며 말했다.

"마님께 인사들 해요."

두 남자들은 서로 짐을 나누어 받아들고 청이에게 인사를 했다. 그들이 먼저 빠른 걸음으로 계단을 올라가고 아마의 뒤를 따라서 청이도 계단을 올라갔다. 노대 위에서 돌아다보니 정원수 너머로 바다가 보였다. 노대 위에는 탁자와 의자가 있었고 의자 다리에 썰매 같은 받침대가 달린 흔들의자가 따로 있었다. 아마가 그 의자를 앞뒤로 밀어 보이면서 말했다.

"주인님이 제일 좋아하시는 자리랍니다."

현관 문을 열고 들어서자 정원과 그 너머의 바다가 보이는 거실이었다. 안락의자와 탁자가 있고 서가에는 책들이 꽂혔다. 벽 가운데에 커다란 벽시계가 걸렸는데 길게 늘어진 추가 좌우로 쉴새없이 움직이고 있었다. 아마는 바로 거실 옆에 있는 식당으로 갔다. 길다란 식탁과 팔걸이 달린 나무의자들 여덟 개가 빙 둘러 놓여 있고 식탁 가운데에는 넓적한 화병에 노랑색 열대 수

선화가 탐스럽게 꽂혀 있었다. 식당에서도 거실과 같은 방향이어서 노대와 정원이 내려다보였다. 벽에 노을 진 항구의 그림이 붙어 있고 그 맞은편 벽에는 손바닥만한 이상한 물건이 걸려 있었다. 그것은 십자로 엇갈린 나무 위에 웬 벌거숭이의 사내가 양팔을 벌리고 매달려 있는 끔찍한 목각의 형상이었다.

"저건 뭐예요?"

청이가 걸음을 멈추고 들여다보다가 아마에게 묻자 그네는 두 손을 모으고 공손하게 대답했다.

"그분은…… 양인들의 신입니다."

"신이요? 그럼 관음보살님이나 부처님 같은 분이란 말예요?"

"천주의 아드님이라고 한답니다. 형틀에 못 박혀서 죽었대요."

아마가 역시 공손하게 말했지만 청이는 얼굴을 찡그리고 중얼거렸다.

"끔찍해라! 그러니까 못 박혀 매달린 사내를 믿는 건가요?"

이때에 장중한 종소리가 울리기 시작하자, 청이는 깜짝 놀라서 아마에게 물었다.

"어디 절이 있나요?"

"저건 시계가 시간을 알리는 종소리입니다. 몇 점을 치는지 속으로 헤아리면 시계를 보지 않고도 몇시인지 알 수 있답니다."

청이는 얼른 식당을 나와 거실로 나가서 벽시계가 종을 치는 것을 직접 확인했다. 그네는 하인들이 짐을 갖다놓은 침실로 가서 둘러보았다. 침상처럼 주위에 흰 모슬린 천의 휘장을 두르고 다시 그 위에는 접어올린 모기장이 보였다. 옷장과 벽장이 있고 의자들이 여러 개 있었으며 욕실이 옆에 붙어 있었다. 맞은편에는 조금 작은 침실들이며 손님 방들이 있었다. 아마가 말했다.

"주인님은 여섯시에 돌아오십니다. 먼저 목욕을 하시고 새옷으로 갈아입으세요. 모두 준비해놓겠습니다."

욕실에는 벌써 데운 물이 욕조에 가득했고 비누며 거품도 준비되어 있었다. 청이는 선실에서 서양 비누의 향기와 거품에 익숙해진 뒤여서 별로 놀라지 않았다. 목욕하고 새옷으로 갈아입고 아래층으로 내려오니 부엌에서는 저녁 준비가 시작되고 있었다. 아마도 어느 틈에 옷을 갈아입고 가슴에까지 가리는 앞치마와 둥근 수건 모양의 모자를 썼다.

시계가 여섯 번 울리고 나서 오 분쯤 지났을 때에 말발굽이 자갈길을 달리는 소리가 들렸다. 아마가 청이에게 말했다.

"주인님이 오셨습니다."

아마는 얼른 거실로 가더니 현관 문을 열어놓고 노대 앞에 가 섰고, 젊은 하인이 층계 아래까지 달려내려갔다. 청이는 아마의 뒷전에서 그네를 흉내내어 두 손을 치마 앞으로 모으고 서 있었다. 낮에 부두에서 청이를 태우고 왔던 마차가 정원을 가로질러오더니 축대 위에 지은 단층집의 높다란 나무계단 앞에 와서 섰다.

제임스는 실크해트를 쓰고 뒷자락이 긴 상의에 통 좁은 바지 차림이었다. 그는 작은 가방을 들고 마차에서 내렸다. 하인이 그의 가방을 받아들였고 제임스는 층계를 올라왔다. 아마가 먼저 다리를 굽히며 인사를 했다.

청이는 이내 제임스의 얼굴을 알아보았다. 사실은 하룻밤 자고 지나간 사내를 창기가 기억하기는 쉽지 않은 일이었다. 하지만 그는 구레나룻과 콧수염을 기른 서양인이었고 청이는 그가 자기를 첩으로 원한다고 했을 적부터 그의 모습을 떠올리려 애를 썼던 것이다. 기루의 침상이 아닌 자기 집에서 하인들의 영접을 받으며 돌아오는 제임스는 키가 훨씬 더 크고 당당해 보였다. 그러나 청이는 절대로 기죽지 않았다. 청이는 인사하지는 않고 대신에 그를 올려다보며 환하게 웃어 보였다.

제임스가 모자를 벗더니 거리낌없이 청이의 허리에 한 손을 감으면서 머리를 숙여 뺨에 키스를 했다. 그의 숨결에서는 시가 냄새가 났고 콧수염이 귓가를 간질였다. 그가 영어로 말했다.

"다시 만나서 반가워요. 먼 데서 잘 왔소."

청이는 중국 말로 말했다.

"집이 너무 좋아요."

그러나 서로는 상대가 무슨 말을 하는지 전혀 알아듣지 못했다. 아마가 원주민식 엉터리 영어인 피진 잉글리시로 제임스에게 말했다.

"그 여자 이름 로터스. 집 좋다고 말했다."

제임스는 거실에서 곧장 식당으로 들어가며 외쳤다.

"아 배고파. 찹찹을 다오."

아마가 고개를 흔들며 손가락까지 세워서 흔들어 보였다.

"당신 세수하고, 옷 바꾸고 와라, 찹찹 없다."

제임스가 두 손을 높이 들어 보였다.

"알았소. 손 씻고 옷 갈아입고 먹도록 하지."

청이는 아마가 손가락으로 가리킨 자리에 가서 앉았다. 그네는 자리에 앉으면서 양옆으로 줄지어 놓여 있는 빈자리들에 눈길을 주었다. 아마는 청이에게 길다란 식탁의 많은 의자들을 놓아두고 양쪽 끝에 서로 멀리 마주 보게 되어 있는 자리를 가리켜 보였던 것이다.

제임스는 편한 옷으로 갈아입고 머리도 다시 빗어서 말끔한 얼굴이 되어 나타났다. 그는 의자에 앉았더니 두 손을 식탁 위에 얹고 깍지를 끼어 쥐고는 머리를 숙이고 혼자 입속말로 한참이나 중얼거렸다. 청이는 제임스가 머리를 들자 아마에게 작은 소리로 물었다.

"저 사람 뭐라고 눈감고 중얼거리는 거예요?"

"서양 사람들은 음식을 주셔서 고맙다구 저희 신에게 말해요."

어리둥절한 제임스 쪽은 본 척도 않고 청이가 다시 아마에게 큰 소리로 물었다.

"저기 매달린 사내에게 고맙다구 그러는 거예요?"

"그래요, 마님두 나중엔 같이 해야 될 거예요."

아마와 젊은 하인이 번갈아 드나들며 식사 시중을 들었다. 청이는 배에서 배운 대로 칼과 삼지창으로 음식을 조심스럽게 먹기 시작했다. 제임스가 말했다.

"놀랐는걸. 그렇게 앉아 있으니 고향에 돌아온 것 같군. 나는 처음 볼 때부터 로터스 당신이 마음에 들었소."

청이는 그냥 웃는 얼굴로 제임스를 바라보면서 아무 말도 하지 않았다. 아마는 스튜가 들어 있는 법랑 냄비를 들고 들어오다가 청이에게 말을 건넸다.

"주인님은 마님을 처음 볼 때부터 반했대요."

"나는 좀 무서웠어요."

아마가 제임스에게 말했다.

"로터스 처음 당신 무서웠다."

"무서웠다고? 왜?"

아마는 국자로 스튜를 그의 접시에 떠주면서 말했다.

"당신 양귀즈(洋鬼子), 코 크다, 수염 많다, 무섭다."

제임스가 음식을 먹다 말고 웃음을 참으면서 아마에게 말했다.

"나도 처음엔 동양인이 웃어도 기분이 좋은지 나쁜지 몰랐소."

차를 마시고 나서 제임스는 두툼한 시가를 물고 불을 붙였다. 그는 청이의 손을 잡고 노대로 나가 흔들의자에 앉고 그녀를 옆의 의자에 앉도록 했다. 날이 저물면서 화단의 꽃냄새가 더욱 짙게 풍겨왔고 바람은 서늘해졌다. 그가 안에다 대고 시쓰를 찾으니 젊은이가 술 한 잔을 쟁반에 받쳐들고 나왔다. 그는 느긋하게 흔들거리며 의자에 앉아서 고깃배의 등불이 몇 점 떠 있는 바다를 내다보았다. 집 안 곳곳마다 램프에 불이 켜지고 요리사와 아마가 아래편 오두막으로 내려간 뒤에 마지막으로 시쓰가 노대로 나왔다. 제임스가 그에게 말했다.

"모기가 없겠지?"

"모두 잡았다. 모기장 쳤다."

제임스는 다시 청이의 손목을 잡고 거실을 지나 오른쪽의 문을 밀고 들어가 침실로 갔다. 그는 옷을 벗기 시작했고 청이는 옷을 받아서 옷장 안의 옷걸이에 차례로 걸어주었다. 방 안에 유리 등피를 씌운 램프가 놓여 있었다. 그는 청이를 돌아서게 하고는 원피스의 뒷단추를 풀어주었고, 허리 뒤에 조여맨 끈도 풀어주었다. 청이는 아마가 가르쳐준 대로 페티코트와 속바지를 벗었다. 그리고는 알몸 위에 레이스 달린 가운으로 갈아입었다. 제임스가 두리번거리더니 준비해둔 듯한 큼직한 스테인리스 병의 물을 대아에 부었다. 그리고는 불그스레한 액체가 들어 있는 작은 병을 기울여 소독약을 물 속에 떨구었다. 제임스가 말했다.

"이걸로 씻구 잔다."

청이는 알아듣지 못하고 제임스의 구두를 벗기려 했고 그가 웃으면서 뿌리쳤다.

"같이 자기 전에 너 먼저 씻고, 그리고 내가 나중에 씻는다."

제임스의 거듭되는 손짓에 청이는 비로소 그가 무얼 원하는지 알아들었다. 아, 이 사내는 병을 겁내고 있구나. 아직 나를 믿지 못하는 거야. 제임스가 다시 중얼거렸다.

"메이두, 메이두, 무섭다!"

청이는 자기가 다시 지롱의 사창가로 돌아온 느낌이 들었다. 그네는 쪼그려앉아서 가운 자락을 젖히고 아랫도리를 소독수로 씻어냈다. 제임스는 벌써 벌거벗고 모기장을 내려뜨린 침대 안으로 기어들어가 있었다. 소독약을 탄 물이 닿자 연약한 질 속이 따갑고 쓰라렸다. 지롱에서는 일이 끝난 다음에 달인 약재와 백반 섞인 물을 썼는데 냄새는 났어도 이렇게 따갑지는 않았다. 청이는 미리 준비해두었던 해면을 안으로 집어넣었다. 청이가 침대로 다가서자 제임스는 모기장을 조금 젖혀주면서 말했다.

"빨리 들어와. 모기 들어온다!"

청이는 얼른 모기장 안으로 들어가 제임스의 곁에 누웠다. 제임스는 모기장이 젖혀진 곳이 없나 살피면서 자락이 침대 아래로 완전히 늘어지도록 몇 번씩이나 팽팽하게 폈다. 그가 누우려다가 어디선가 앵 하는 모기의 날갯짓 소리가 들려오자 화를 내면서 투덜거렸다.

"게으른 시쓰 녀석, 내일 아침에 혼을 내야겠군."

그는 손바닥을 마주치며 모기의 날갯짓 소리를 쫓다가 드디어 잡았는지 비쳐드는 램프 불빛에 손바닥을 펴고 들여다보았다. 청이는 제임스의 모기에 대한 신경과민이 좀 우스꽝스러워 보였다. 이런 고장에서야 밖에 나가 서 있기만 하면 언제나 저도 모르는 사이에 모기가 물곤 하지 않는가. 밤에 지롱에서 사내와 그 짓을 하고 있던 때에도 모기가 허벅지며 어깨를 무는 순간을 수없이 느끼고는 했다. 청이는 일부러 그의 과민해진 기분을 풀어주느라고 손가락을 움직이며 모기가 나는 소리를 냈다. 그리고는 사정없이 그의 귀를 잡고 늘어졌다. 제임스가 킬킬거리며 그의 몸 위로 넘어지더니 그제서야 손길이 달라졌다.

청이는 서양 사람들이 양력이라는 달력을 쓰고 일곱 날 단위로 생활한다는 것을 알게 되었다. 제임스는 엿새 동안 지사에 나가서 일을 했고 틀림없이 저녁 여섯시에는 돌아와서 저녁을 먹었다. 토요일에는 오전에만 나갔다가 오후에는 집에 돌아오거나 같은 서양 사람들의 집을 방문하기도 하고 함께 운동 놀이를 하러 가기도 했다. 그리고 일요일은 늦게까지 늦잠을 자면서 뒹굴다가 새옷으로 갈아입고 교회에 갔다.

청이도 제임스를 따라서 아마가 말하듯이 서양 절이라는 교회에 가보고 싶었지만 제임스는 냉랭하게 한마디로 거절했다. 청이는 납작한 접시에 담아 먹는 물기 없는 음식과 껍질이 딱딱한 빵에 넌더리를 내고 있어서 드디어 좋은 꾀를 생각해냈다. 제임스가 일요일에는 교회에 갔다가 서양 친구들과 어울리다가 저녁에야 돌아온다는 걸 알고는 아마에게 제안을 했다.

"아마, 우리 함께 요리해 먹어요."

아마는 양인들처럼 눈을 찡긋 감아 보이며 말했다.

"안 그래두 우리는 토요일과 일요일에 아랫집에서 해먹어요."

"아, 그러면 나두 초대를 해주는 거예요?"

아마는 고개를 끄덕이더니 손을 내밀었다. 청이 어리둥절하여 그네의 내민 손을 내려다보며 물었다.

"이게 무슨 뜻이죠?"

"서양 사람들이 계약을 하면 이렇게 해요. 악수라구 합니다. 자아, 마님과 아마는 주인님 모르게 우리 음식을 함께 먹도록 하십시다."

"좋아요!"

청이는 아마의 손을 잡고 그네가 흔드는 대로 함께 흔들었다. 청이 아마가 불러서 아래채로 처음 내려가보니 요리인 아저씨와 시쓰 일을 맡은 하인이 와 있었고 온 집 안에 정다운 콤콤한 냄새가 가득했다. 콤콤한 냄새란 장유(醬油)나 해물 비린내였다. 집 안의 생김새도 제법 너른 전실에 식탁 겸 탁자가 있고 등나무 의자가 몇 개 주위에 놓여 있었다. 때가 긴 휘장을 쳐놓은 안쪽이 주방이고 전실 좌우에 방이 하나씩 있었다. 사방에서 퀴퀴한 냄새며 마늘 냄새가 나서 청이에게는 너무도 낯이 익었다.

"나에게 마님이라고 하지 말아요."

청이 아마에게 부탁했지만 그네는 고개를 저었다.

"안 됩니다, 절대루…… 징리를 맡고 있는 허푸 씨가 알면 우리는 당장 해고됩니다. 질서를 지켜야 되거든요."

청이는 부엌 쪽을 돌아보고 나서 아마에게 물었다.

"그 질서는 누가 만든 거예요?"

"물론 양인들이 만들었지요. 우리들 중에 양인들을 빼놓고 가장 높은 사람은 징리 일을 맡고 있는 허푸 씨입니다. 물론 마님은 제외하고 말입니다. 그리고 사무실에는 사무원들이며 잡역을 하는 시쓰들이 있지요. 사택의 하인들은 그들 밑이랍니다."

청이는 먼저 부엌 쪽으로 가서 넓적한 칼로 마늘을 다지고 섰던 요리인과 야채를 씻는 시쓰에게 말했다.

"내 이름은 서양 이름으로 로터스래요. 당신들 이름은 뭐예요?"

요리인이 습관이 된 듯이 잇몸을 발갛게 드러내고 웃어 보였다.

"해리입니다. 성은 쑹이구요."

젊은 시쓰가 말했다.

"자크요."

"오늘 우리 뭘 해먹죠?"

청이 묻자 요리인 해리 쑹은 킬킬 웃었다.

"돼지고기 장유에 마늘조림하구요 도미 된장찜이요."

청이도 킬킬 웃으며 말했다.

"냄새가 굉장하겠군요."

벌써 대바구니에서 밥 찌는 구수한 냄새가 올라오고 있었다. 아마가 말했다.

"집에서 나오시면 저를 그냥 리우라고 부르셔도 됩니다."

청이가 다시 킬킬 웃으면서 그네에게 물었다.

"서양 이름이 앞에 붙지 않아요?"

"매기라고 부르는데 거의 쓰지 않아요. 서양인들은 저희가 지어놓고도 금방 잊어먹지요. 저앤 자크라고 불러주면 원이 없겠지만 여전히 다른 보이들처럼 시쓰라고만 부르지요. 사무실에서 차 심부름을 맡은 차 시쓰(茶西思)나 음식점에서 시중을 드는 시칸 시쓰(侍餐西思)처럼 직업이 이름인 셈입니다."

드디어 음식이 식탁에 차려지고 요리인 해리부터, 시쓰 자크와, 아마 리우, 그리고 마님 로터스에 이르기까지 평등하게 공기에 밥을 담고 젓가락을 한 벌씩 들고 모여 앉았다. 청이는 푸근한 밥과 반찬이 입에 찰싹 달라붙는 듯했다.

"아아, 매일 여기서 밥 먹구 살았으면……"

아마가 눈을 휘둥그렇게 떠 보였다.

"주인님 아시면 큰일나요. 이런 것두 금지조항의 하나랍니다."

청이는 젓가락질을 멈추고 아마에게 물었다.

"내게 금지된 일이 전부 어떤 거예요?"

두 사내는 말없이 고개를 숙이고 공기를 쳐들어 밥만 퍼넣고 있었다.

"나두 잘 몰라요. 웬만한 건 주인님이 그냥 넘어가시는데 단단히 주의를 줄 때가 있지요. 그것만은 어기면 안 됩니다. 자주 어기게 되면 돌려보내시지요."

아마의 설명에 청이는 정말 철딱서니 없는 어린애처럼 깔깔대며 웃었다.

"고향으로 돌아가고 싶을 땐 제임스의 말을 어기면 되겠구나!"

"그건 그래요. 하지만 계약 위반이지요. 월급은 전부 몰수된 답니다."

"계약? 누가 맘대로 그걸 정했어요?"

청이가 분개해서 묻자 요리인 해리가 여전히 벙글대며 대답했다.

"여기 고용된 이들은 누구나 계약에 묶여 있습죠."

청이 아마를 돌아보니 그네는 평소처럼 눈을 동그랗게 뜨고 고개를 천천히 끄덕였다. 이건 아주 진지한 얘기라는 뜻이다.

"허푸 어른부터 마님까지…… 계약에 묶여 있는 셈입니다."

아마는 청이에게 다시 확인하듯 말했다.

"돈을 가진 회사가 우릴 고용했거든요."

어쨌든 음식은 너무 맛이 있었다. 청이는 아마와 함께 속삭이고 킬킬대면서 고량주까지 몇 잔을 마셨다. 갑자기 아마의 얼굴이 흐려지더니 다급하게 요리인에게 물었다.

"지금 몇시요?"

요리인은 식탁을 떠나 부엌의 휘장을 들쳐보더니 외쳤다.

"어이구 벌써 네시가 넘었어요."

아마가 잔을 내려놓고 일어섰다.

"늦었어요. 주인님이 교회 가셨다가 카드 놀이하구 다섯시쯤이면 돌아올 텐데…… 청소하구 저녁 준비해야지. 자 모두들 일어납시다."

아마가 손뼉을 치면서 수선을 떨었다. 청이는 그런 식으로 제임스가 없는 틈을 재미있게 보내는 방법을 알아가기 시작했다.

아침마다 청이는 제임스보다 먼저 눈을 뜨게 되었다. 머리맡
에 자명종이 놓여 있었기 때문이다. 그것은 사발만했는데 반짝
이는 은도금한 껍데기에 밥을 주는 태엽 꼭지와 시간을 맞추는
나사가 둘이나 붙어 있고 바늘 돌아가는 소리가 요란했다. 청이
는 처음에는 시계 소리 때문에 쉽게 잠들지 못하고 뒤척였지만
나중에는 잘 들리지 않게 되었다. 그렇다고는 해도 아침마다 귀
청이 떨어지게 종이 울리는 바람에 소스라치게 놀라 벌떡 일어
났다가 한참을 베개에 머리를 박고 뜸을 들여야 했다. 청이가
볼 적에 제임스는 거의 자명종의 노예라고 할 만했다. 그냥 내
버려두었더니 몸살을 하며 엎드렸던 그가 다시 깊이 잠이 들어
서 늦잠을 잤던 적이 있었다. 그는 허둥지둥 세수도 못 하고 나
가면서 청이에게 불같이 화를 냈다. 왜 깨우지 않았느냔 것이
다. 청이는 그의 잠을 방해할 생각이 전혀 없었으므로 제임스가
화를 내고 간 뒤에 분해서 울기까지 했다.

청이가 제임스에게 온 지 석 달이 여섯 달이 되고 열 달쯤 되
자 말이 통하게 되었다. 제임스가 허푸와 둘이서 장사와 회사에
관한 이야기를 할 때에는 잘 못 알아듣는 말이 많았지만 집 안에
서는 아마보다도 로터스가 더 말이 잘 통했다. 제임스가 집에 있
을 때면 몇 번이고 고쳐말하면서 그네를 가르쳤기 때문이었다.

아침에 일어나면 제임스는 청이가 늦잠을 자는 걸 허용하지

않았다. 그네도 반드시 옷을 입고 출근하려는 제임스와 마주 앉아 아침을 먹어야 했다. 커피를 마실 때까지 말이 없던 제임스가 입을 떼었다.

"오늘 손님들이 집에 올 텐데…… 당신은 별실에서 따로 저녁을 먹어야겠소."

"어떤 손님들이요?"

제임스가 청이를 빤히 쳐다보며 말했다.

"회사의 신사들."

청이는 아무 영문도 모르고 말했다.

"제가 저녁 시중을 들어야 되잖아요?"

제임스는 미간을 조금 찌푸리더니 간단하게 말했다.

"안 돼."

그는 노대로 배웅 나간 아마와 청이를 남겨두고 계단을 내려가다가 다시 돌아섰다. 뺨에 키스하는 것을 잊었던 것이다. 제임스가 고개를 내민 청이에게 입을 갖다대면서 말했다.

"만찬에 백인만 참석하는 건 그저 관습일 뿐이야."

그는 이렇게 대답하고 마차에 올라 출발했다. 청이는 제임스의 말을 다 알아듣지 못하였다. 그네는 멀어져가는 마차 꽁무니에 시선을 고정시킨 채로 함께 배웅하느라 뒤에 서 있는 아마에게 물었다.

"매너가 무슨 말이죠?"

아마는 눈을 동그랗게 뜨고 대답했다.

"양인과 우리가 다르다는 말입니다. 그들이 그런 말을 쓸 적엔 우리더러 빠지라는 소리예요."

"그럼 아마가 시중을 들어요?"

아마는 고개를 저었다.

"아뇨, 시쓰가 주로 할 겁니다. 요리인과 저는 뒷바라지를 해야죠."

요리인과 시쓰가 마차를 타고 나가서 장을 보아오더니 오후부터 요리 준비가 시작되었다. 수놓은 흰 식탁보를 새로 덮고 은촛대를 내오고 푸른 덩굴 무늬가 그려진 접시를 내고 포도주와 위스키를 준비했다. 시쓰 자크는 머리에 기름을 발라 뒤로 단정하게 넘기고 목단추를 끼운 셔츠에 하얀 마직 상의를 입고 바지를 입었다. 그는 그렇게 차려입고서 거만하게 턱을 쳐들고 오락가락하면서 아마와 청이 쪽은 거들떠보지도 않았다.

시계가 여섯시를 쳤을 때 아마가 청이에게 눈짓을 하면서 등을 밀었다.

"자 이젠 별실로 가십시다. 내가 거기다 저녁을 차려드릴게. 그리고 나하구 한잔해요."

청이가 내키지 않던 말을 꺼냈다.

"제임스가 중국인 첩을 들인 걸 부끄러워하는 거예요?"

"천만에…… 여기 다른 회사의 영국인들도 인도 여자, 안남 여자, 중국 여자와 살아요. 그걸 서로 뻔히 알지요. 제임스가 그랬잖아요? 만찬에 백인들만 참석하는 게 다만 이곳의 매너일 뿐이라고."

청이는 제임스와 동침하기 전에 소독수로 아랫도리를 닦을 때처럼 어떤 어처구니없는 섭섭함이 가슴에 가득 차올랐다. 그렇지만 규칙은 지켜야 한다지 않는가. 청이는 별실로 가지 않고 슬그머니 다락으로 오르는 사다리를 당겨서는 조심스럽게 올라갔다. 다락의 쪽창문에서는 노대 아래를 내려다볼 수가 있었다. 먼저 제임스의 이륜마차가 다가왔고 곧 뒤이어 말 두 마리의 사륜마차가 다가와 세 사람을 내려놓았다. 제임스는 계단 아래 서 있었고 남자 두 사람이 내리더니 마지막으로 머리카락이 잘 익은 보릿대처럼 노란 여자가 흰 원피스를 입고 마차에서 내렸고 다른 남자가 손을 내밀어 잡아주었다.

"이곳 풍경이 너무 맘에 들어요!"

여자가 높게 갈라지는 목소리로 외쳤다. 뒤이어서 다시 사륜마차가 들어서고 실크해트를 쓴 나이든 남자와 제임스 또래의 남자들이 내렸다. 그들은 거실 쪽으로 사라져서 보이지 않게 되었고, 청이는 우두커니 창가에 섰다가 다락방에서 내려왔다.

복도의 바깥쪽에서 그들의 재빠른 말소리가 들려왔지만 청이는 거의 한마디도 알아들을 수가 없었다. 거실에서 안쪽으로 누군가 들어오는 발소리가 들리자 그네는 얼른 별실 문을 열고 안으로 들어갔다. 별실에는 벽에 붙여서 침대가 있고 방 가운데 탁자와 의자 넷이 있었다. 손님이 온 적은 한 번도 없었는데 아마는 날마다 이 방의 마루를 쓸고 닦고 했다. 청이가 의자에 앉아서 창 밖의 뒤뜰을 내다보고 있는데 등뒤에서 문이 열렸다.

"나 돌아왔소."

제임스였다. 그는 사무실에 나갈 때 입었던 양복 차림 그대로였다.

"다락에 올라가서 손님들 오는 걸 봤어요. 서양 여자는 처음 봤어요."

청이 말하자 그는 마치 무대 뒤로 잠깐 빠져나온 광대처럼 안주머니에서 빗을 꺼내어 머리를 빗고 눈가를 두 손으로 부비기도 했다.

"그 여자는 다른 회사 대리인의 부인이야. 그들도 당신이 집에 있는 걸 알아."

제임스는 새삼스럽게 별실 안을 휘둘러보고는 문을 열고 나가기 전에 청이에게 말했다.

"저녁은 아마와 함께 여기서 먹도록 해. 손님들은 아홉시가 넘으면 돌아갈 거야."

삼십 분쯤 지나서 아마가 쟁반에 음식이 담긴 접시 몇 개를 받쳐들고 들어왔다. 그네는 식탁에 음식을 내려놓자마자 앞치마와 같은 색의 모자를 벗고 마주 앉았다. 청이는 시큰둥해져서 말했다.

"서양인들은 우리와 집에 함께 살면서도 창피한가봐요."

양상추를 젓가락으로 집어다 우적우적 먹고 있던 아마가 어

374

리둥절한 얼굴로 그네를 바라보더니 갑자기 웃음을 터뜨렸다.

"그건 창피해서가 아니랍니다. 개나 고양이를 기르는 거나 마찬가지죠. 우린 여자라 그러려니 하지만 남자들에겐 더해요."

아마는 신이 나서 말했다.

"서양 여자들 들판에서 크리켓 공놀이하다가 오줌 마려우면 주위에 누가 없나 둘러보지요. 백인 남자는 없고 하인들만 있으면 서슴없이 궁둥이 까고 풀밭에 오줌을 누지요. 그건 강아지 앞에서 아무 일이나 하는 거와 같잖아."

청이는 포도주 한 잔을 조금씩 쉬어가며 마셨다. 얼굴이 달아오르며 기분이 한결 나아졌다. 아마가 빈 접시들을 식탁 모서리로 치우고 자기도 한 잔을 따라 마시더니 청이에게 물었다.

"마님…… 정처가 되구 싶은 거예요?"

청이는 과연 자기 마음이 그러한지 잠깐 생각해보았다. 그네는 흘러간 몇 년 동안 기억에 남아 있던 사내들을 하나씩 떠올려보았지만 이제는 얼굴 윤곽조차도 희미했다. 잠깐 그리웠던 첫사랑 동유마저도 그의 음성조차 생각이 나질 않았다. 처음부터 어떤 사내의 아내가 되겠다는 생각조차 없었던 게 아닐까. 동유와 항저우의 상가 골목을 다니면서 자그만 가게를 사서 재미나게 살자고 했던 것도 단 며칠 동안의 막연한 꿈에 지나지 않았다.

나는 팔려와서 아직도 몸값에 매여 있는 거야. 청이는 다시 생각해보았다. 그러면 나는 지금 자유로워지고 싶은 걸까. 이

세상 천지 어느 곳에도 자유로운 사람은 누구도 없어. 나는 내가 누구인지도 모르는데 그리고 아무도 사랑한 적이 없는데. 그리고 무엇보다도 나는 아득한 세상의 끝에까지 와서 아무 데도 내 맘대로 돌아갈 수도 없잖아. 제임스 말대로 개화된 양인들은 이 넓은 세상을 모조리 저희들에 맞게 새로 만들 수 있을까. 그렇게 혼자 생각에 빠져서 손가락으로 식탁 위의 물 얼룩을 손가락으로 건드리고 앉았는데 아마가 청이의 빈 잔에 마지막 남은 포도주를 모두 따라주었다.

"양인의 정처가 되는 길이 있긴 있답니다. 아기를 낳으면 되죠. 지난번 인도 마님은 아기 갖기를 그렇게 원했는데 낙태했어요."

아마의 말에 청이는 언뜻 유자오에 대한 생각이 지나갔다.

"나 딸이 있어요."

"그럼 전에 시집갔어요?"

아마가 놀라서 묻자 청이는 배시시 웃었다.

"친구가 그앨 낳구 죽어서 내가 키웠어요. 단수이에다 떼어놓구 왔어요."

아마가 말했다.

"우리 고향은 광둥이라던데 너무 어려서 왔기 때문에 하나도 기억이 안 나요. 여기 중국 사람들은 거의가 광둥 사람들이랍니다."

청이는 아마에게서 싱가포르에 사는 양인 첩들이 오직 정처

가 되기를 바라고 있다는 걸 알았다. 정처가 되면 같이 남편의
고장으로 가서 살 수도 있고 따라가지는 못할지라도 적어도 그
가 현지에 남겨둔 집이며 토지며 돈을 물려받을 수가 있었다.
샹 부인의 경우에는 십 년간 매월 받은 동거비와 전별금만 받은
정도로도 단수이에 기루를 차리지 않았던가.

"단수이에 소식을 전하구 싶은데 어떻게 하면 되죠?"

청이가 묻자 아마가 대답했다.

"그건 아주 쉬워요. 회사의 판팡(瓣房) 사무실에 가서 허푸
징리께 부탁하면 편지도 써주고 보내는 물건도 챙겨준답니다.
타이완 들르는 배편에 부치면 됩니다."

아마가 술이 발갛게 올라서 기분이 좋았는지 청이에게 은근
히 말했다.

"마님두 갑갑하게 집에만 있지 말구 나가서 바람두 쐬구, 친
구두 사귀구 하세요."

"어디 갈 데가 있어야지……"

"마님 같은 분들이 나와서 모이는 데가 있어요. 이제 주인님
이 캘커타 아니면 홍콩 상하이에 출장을 나다닐 텐데, 어떤 철
에는 한 달씩 집을 비운답니다. 그런 때에는 친구들 불러다 노
는 거예요."

청이는 제임스가 손님을 초대했던 날 이후로 자기도 그를 빼
고 따로 친구들을 사귈 작정을 했다. 제임스가 말라카 해협의
훨씬 위쪽에 있는 페낭에 출장을 가자 청이는 아마와 같이 판팡

에 나가서 허푸 아저씨를 만났다. 청이는 허푸의 도움을 받아 샹 부인에게 보내는 편지를 만들 수가 있었다.

허푸의 판팡 사무실은 회사 건물이 있는 거리의 가까운 곳에 있는 이층 벽돌집이었다. 청이는 번쩍이는 책상과 서류 더미와 뻐꾸기가 드나들며 울어대는 벽시계가 걸린 허푸의 사무실에서 편지를 작성했다. 청이는 다른 중국 여자들처럼 글을 읽고 쓰지 못했기 때문에 더듬거리며 말해주면 허푸가 잠시 듣고 나서 글로 써주었다. 편지 작성이 끝나자 허푸 정리가 종이를 들고 내용이 맞는가 확인하라면서 읽어주었다.

보고 싶은 샹 유안 엄마, 저 렌화예요. 잉후아도 유메이 언니도 웬지 부인 모두 안녕한가요. 그리고 우리 유자오는 건강하게 잘 자라고 있겠지요. 어느새 일 년 가까이 되도록 소식 한번 보내지 못했어요. 편지 보내는 길을 몰라서 그랬지만 이제 겨우 알게 되었으니 자주 소식 드릴게요. 처음에는 단수이와 죽원반 관 식구들 생각이 나서 저녁마다 울었는데 지금은 서양 말도 좀 배우고 잘 지내고 있어요. 우리 주인 제임스는 저에게 잘 해준답니다. 유자오가 너무 보고 싶어요. 이제는 말을 할 때가 되지 않았나요. 제게 엄마, 라고 부르는 소리를 듣고 싶어요. 웬지 부인에게 일 년 동안의 유자오 양육비와 수고비를 보내겠어요. 그리고 물건두 좀 보내겠습니다. 여기서 얼마동안 살지는 모르지만 저는 꼭 돈 많이 벌어서 단수이로 돌아갈 거예요. 유자오 키우면서 엄마와 웬지 부인 이웃에 살고 싶어요. 편지를 받으시면 배 편에 답장을 써서 부치세요. 여기서 받아볼 수 있대요. 엄마, 모두에게 인사 전해주세요.

청이는 아마가 이끄는 대로 판팡 사무실 부근에 있는 잡화점 거리로 갔다. 그곳에는 배를 타고 들어온 물건들을 취급하는 양 행상점이 있었다. 의류 식품 철물에서부터 서양식 문구며 약에 이르기까지 거의 모든 세상 물건이 모여 있는 곳 같았다. 청이 는 유자오의 서양 아기옷을 두 벌 샀고 샹 부인과 웬지 부인 앞 으로 꽃무늬의 양산을 샀다. 기루의 색시들 앞으로도 장식이 예 쁜 서양식 머리핀이며 빗을 몇 개 샀다.

아마가 두리번거리다가 양행상점의 안쪽으로 들어가는 문을 빼꼼히 열고 들여다보았다. 그러고는 반색을 하며 청이를 향하 여 따라 들어오라고 손짓을 했다. 서양 집들과는 달리 중국 집 들이 어디나 그렇듯이 안쪽에는 어둡고 긴 통로가 있고 방들이 붙어 있었다. 이를테면 그 통로로 들어가는 전실이랄 수 있는 방에 너덧 명의 여자들이 모여 앉아 있었다. 모두 서양 옷차림 이었고 그중 나이든 여자 한 사람만 치포 차림이었다. 활짝 열 린 창문 밖으로는 바로 내항에 드나드는 크고 작은 배들이 빤히 내다뵈는 바다였다. 푸른 치포 차림의 여자가 말했다.

"리우 아줌마가 오랜만이네."

아마가 그네에게 공손하게 말했다.

"우리집에 여주인이 새로 오셨지요. 소개시켜드리려구요."

여자들은 골패를 일렬로 탁자 위에 늘어놓고 한창 마작에 열중하고 있었다. 청이 먼저 웃어 보이고는 고개를 숙여 인사했다.

"잘 부탁합니다. 로터스예요."

그네가 이름을 대자 여자들이 약속이라도 한 듯이 키득거리며 웃었다. 청이는 저절로 얼굴이 빨개졌다. 푸른 치포의 여인이 부드럽게 말했다.

"이리 앉아요. 여기선 그저 누구네 댁이라고 하거든. 당신은 미스터 제임스네 집에서 왔을 테니까 제임스 댁이라구 하면 돼요."

청이가 그들 사이에 앉자 아마가 말했다.

"그럼 인사들 나누시고 천천히 놀고 계셔요. 저는 집에도 들러보고 여섯시까지는 장을 보아서 올게요."

골패를 하고 있던 여자들 중에서 붉은 리본을 묶어서 머리를 시원하게 틀어올린 여자가 말했다.

"제임스가 또 출장 갔구먼. 새색시 두고 집 비우면 쓰나."

"그러게 말야. 타라가 그래서 바람났잖아."

아마는 못 들은 척하고 나가버렸다. 치포의 여인은 여기 주인인 듯했다. 그네는 여자들의 얘기가 못마땅한지 흘겨보다가 한마디했다.

"우리집에서 남의 말 하지 말라구 그랬지? 서루 인사나 해."

치포의 여자는 삼십대 중반쯤으로 보였는데 살집이 올라서 뚱뚱했지만 드러난 팔은 백인처럼 하얗게 보였다.

380

"나는 찰스 댁이오."

붉은 리본이 또 끼어들었다.

"우리들 중에 제일 부자야. 여기 주인이니까."

그들은 차례로 청이에게 눈길을 보내면서 자기 소개를 했고 간혹 말이 없으면 찰스 댁이 대신 말해주었다. 붉은 리본은 메디슨 회사의 헨리 댁이고, 제임스의 인도 첩을 말하던 여자는 덴트 사의 존슨 댁이고, 머리를 짧게 단발로 자른 여자는 러셀 사의 토마스 댁이며, 화장을 짙게 하고 머리를 지진 여자는 메디슨 사의 조지 댁이었다. 그들은 모두가 광둥의 사투리를 쓰고 있어서 청이가 지룽과 단수이를 거치지 않았다면 반도 못 알아들을 뻔했다. 찰스 댁은 양인 첩으로 싱가포르에 왔다가 정처가 되었다. 찰스는 동인도회사에서 여러 가지 실적을 올리고 퇴직했는데 본국으로 돌아가지 않고 현지에 주저앉았다. 내륙으로 아편을 무역하러 다니던 찰스는 중국어에 능통해서 마이판들보다도 중개에 능했다. 그는 안면이 있는 외국 회사에 선상 물품이나 식품과 잡화를 조달해서 납품하는 일로 돈을 벌었고 양행 상점은 그가 아내를 위해서 차려준 것이라 했다. 이런 사정은 모두 나중에 청이가 그들과 가까워지면서 알게 된 것들이다. 찰스 댁이 그들 중에 나이가 제일 많았지만 그래봤자 다른 여자들도 거의가 서른이 넘었거나 가깝거나 해서 서로 반말로 지내는 처지였다. 그중에서 청이는 그야말로 새댁이나 다름없었다. 찰스 댁이 손뼉을 치며 말했다.

"자 자, 벌써 네시야. 티타임이라구."

"그래 어쩐지 출출하더라."

여자들은 동거하는 남자들을 흉내내어 오후에 차 마시는 시간을 지켰다. 찰스 댁이 차와 과자를 내왔고 모두들 마작을 건어치우고 새로 온 청이에게 이것저것 묻기 시작했다. 한참 대답해주고 나서 이번에는 청이가 붙임성 있게 여자들에게 물었다.

"여기 있는 분들이 전부예요?"

"뭐가 전부야……"

머리 지진 조지 댁이 못 알아듣자 붉은 리본의 헨리 댁이 말했다.

"멍청아, 양인 첩들이 우리들뿐이냐구 묻는 거야."

조지 댁은 좀 느리지만 사람 좋게 웃으면서 대답했다.

"이 바닥에 쌔구 깔린 게 양인 첩이라니까. 여기 서양인들이 얼마나 많은데. 회사 사람 말고도 선원들도 많거든. 그러니까 판팡의 일꾼들부터 삼합회 건달들까지 무슨 수가 없나 양인 첩들한테 찝쩍거리지."

존슨 댁이 청이에게 말했다.

"제임스 댁 같은 젊은 신출내기들은 조심해야 돼."

단발머리의 토마스 댁도 한마디했다.

"자네들은 이제 조심할 나이두 지났네. 찰스 댁 언니처럼 들어앉지 못하면 쫓겨나기 전에 어디 가서 아마 자리라두 봐두어야 해. 저 리우 아줌마를 봐라."

찰스 댁이 헨리 댁에게 물었다.

"안 갈 거야? 애들 데리러 간다면서……"

그제서야 붉은 리본의 헨리 댁은 핸드백에서 시계를 꺼내어 들여다보았다.

"오, 내 정신 좀 봐! 삼십 분이나 늦었어. 나 가야 돼."

헨리 댁이 벌떡 일어서자 머리를 지진 조지 댁도 따라서 일어 났다.

"그러구 보니까 나두 일어서야 되겠어."

"야야 돈 주구 가야지. 니가 잃었잖아."

단발머리의 토마스 댁이 팔을 잡자 조지 댁은 팔을 뿌리치면 서 말했다.

"다음에 줄게."

"노름판에서 다음이 어딨어?"

두 여자가 허둥지둥 나가버리자 토마스 댁이 삐쭉거렸다.

"그러니까 왜 애들은 낳아가지구 저 고생들이람."

찰스 댁이 말했다.

"헨리 댁은 자기 애들두 아냐. 바타비아로 몸 팔러 가는 옛날 친구들한테서 떠맡은 거야."

청이는 나중에 찰스 댁에게서 주변에는 버려진 아이들이 많 다는 얘기를 들었다. 양인 첩들이야 청이처럼 어떻게 보면 운이 좋은 경우들이었고 부두의 뒷골목에는 상하이 푸저우 홍콩 등 지에서 팔려온 젊은 창녀들이 한 집에 십여 명씩 있었다. 그네들은 원주민 농부에서 하역 부두의 중국인 쿠리들이며 주석 광산의 광부들과 선원에 이르기까지 닥치는 대로 손님을 받았다. 싱가포르는 원주민 말레이 사람보다 중국 푸젠 성 광둥 성 사람들이 더욱 많은데 처음에는 타이완처럼 남자 열 사람에 여자가 한둘이 있을까 말까 했다고 한다. 그래서 남방 사업 중에 제일 유망했던 장사가 쿠리 인력 수출 장사였고, 곧이어 여자 인력 장사가 가장 수지를 맞추었다는 얘기였다.

창녀들이 아기를 낳으면 어디서나 그렇듯이 갓난애 때에는 사창가에서 창녀들이 돌아가며 키운다. 그러다가 너덧 살쯤 되면 남에게 맡기든가 주어버리는데 거의 절반은 열 살이 되기 전에 죽거나 집을 나와 떠돌게 된다. 이곳은 타이완의 따거와는 달리 대륙의 천지회나 삼합회 같은 건달패 조직이 지부를 두고 있어서 훨씬 광범위하게 주점과 도박장이며 흡연소와 매춘가를 장악하고 있었다. 사창가와 기루는 지룽 단수이는 물론이고 타이난보다 훨씬 컸다. 아이들은 버려진 채로 보다 큰 아이들의 부림을 받고 구걸이나 도적질 아니면 유아 노동에 혹사당했다.

이슬람 종장들이 요청하여 영국에서 행정관이 파견되어 말레이 반도 다른 지역의 치안을 담당한 것은 훨씬 나중의 일이다. 동인도회사는 싱가포르 말라카 페낭의 해협 식민지만을 인도 성 아래 두어 관할했다. 식민성 관할로 옮겨져 직할 식민지가 된 것도 나중의 일이다. 그때까지 싱가포르 상업회의소와 동인도회사의 관심은 무역 증진과 더 많은 경제적 이윤뿐이었다. 해협에는 수시로 해적선이 출몰해서 특별히 인도에서 영국 군함이 파견되어 해협을 정기적으로 순시했다. 싱가포르 상공회의소에서는 영국 하사관이 지휘하는 약간의 인도 병사를 치안 병력으로 유지하고 있었다. 그들은 원주민이나 현지 중국인들의 사회생활을 보살필 겨를도 관심도 없었다. 다른 무엇보다도 영국은 그맘때 난징조약 이후로 조차받게 된 중국 연안의 개항지들을 군사적으로 경영하는 데 힘을 기울이고 있었다. 버려진 혼혈아이들 중에 운이 좋은 애들은 선교사에게 맡겨졌다가 현지에서 서양인에게 입양이 되기도 하고 인도로 보내지기도 했다.

"그 아이들은 다 어디 있어요?"

청이가 묻자 찰스 댁이 혀를 차며 말했다.

"우리 같은 여자들이 돌려가며 키우거나 아니면 몇몇 교회에서 돌보구 있다던데."

청이가 링링의 남겨진 딸 유자오 이래 창녀의 아이들에게 관심을 갖게 된 것은 싱가포르의 그러한 사정 때문이었다. 그러나 그네의 싱가포르에서의 첫해는 그렇게 주위에 무엇이 있으며 어떻게들 살아가나 하는 모양을 배우고 살피는 동안에 후딱 지나갔다. 청이는 양행상점에서 알게 된 같은 처지의 양인 첩들을 제임스 집으로 초대해서 저녁 대접도 했고 술도 함께 마셨다. 그네들은 기루의 꾸냥들이 그렇듯이 떠들썩하고 수다쟁이에 게을렀지만 단순하고 인정도 많았다. 청이 친해진 것은 나이가 저보다 훨씬 위였던 찰스 댁과 붉은 리본의 헨리 댁이었다. 찰스 댁은 사려 깊고 도량이 있었으며 헨리 댁은 인정이 많고 성격이 활달했다. 청이는 곧 그네들을 언니라고 불렀다.

아마가 양인 첩 출신이었다는 걸 알게 된 것도 그네들 입을 통해서였다. 리우 아마는 젊어서 판팡 사무실의 하녀로 일하다가 서양인 대리인의 눈에 들어 같이 살았다. 그네는 아이를 둘이나 낳았지만 서양인은 귀국할 때에 리우에게 아무 말도 않고 있다가 출장을 간다며 배를 탔다. 리우는 한 달 가까이 사택에서 기다리다가 뒤늦게 판팡 징리가 주인이 귀국했다는 것을 알려주었다. 전별금 따위는 한푼도 못 받고 리우는 새 주인이 오기 전에 쫓겨났다. 리우는 혼혈의 두 아이를 데리고 노모와 함께 살았다. 이제는 아이들이 커서 모두 열 살이 넘었는데 큰 녀석은 선박수리소에서 일한다고 했다. 어느 날 청이가 얘기를 꺼냈다.

"뒷골목 여자들 애 낳으면 어떻게 해요?"

청이 막연하게 얘기를 하자 아마는 대수롭지 않게 대답했다.

"그야 어디나 마찬가지죠. 에미들이 키우다가 대가리가 좀 커지면 남에게 주어버리기도 하고, 아니면 돌아와서 막일을 하면서 에미와 함께 사는 녀석들두 있구요."

"큰 애들 말구요 작은 애들은요?"

"글쎄 아기들이라면 대부분 제 에미가 쩔쩔매며 키우기도 하고요, 길가 모퉁이에 내다버리는 수도 종종 있지요. 교회에서 선교사나 신부들이 모아다가 보살피기도 하는 모양이지요."

청이는 동료 양인 첩들에게서 들었던 아마의 집안 일에 대해서는 모른 척했다. 청이 다시 물었다.

"찰스 댁하구 얘기를 해봤는데 우리가 아기들 찾아서 돌봐줄려구 그래요."

아마가 말했다.

"그건 보통 일이 아니군요. 돈이 많이 들 거예요."

"돈은 우리가 한두 푼씩 모으면 돼요. 헨리 댁도 친구 애들을 맡아 키우는 모양인데 그런 애들 모아놓으면 돌보기도 쉽지 않겠어요?"

아마가 식탁을 치우고 있다가 갑자기 고개를 숙이더니 잠깐 걸레질을 멈추고 섰다. 그네의 눈에서 눈물이 떨어져 식탁이 얼룩지자 아마는 황급히 걸레로 닦았다.

"아마, 왜 그래요? 무슨…… 안 좋은 일 있나요?"

"나두 혼자서 애들 키워봤답니다."

아마는 젖은 눈가를 손등으로 훔치고는 얼른 표정을 고치고 말했다.

"차라리 태어나지 말구 죽는 게 낫다고 생각하는 에미들이 많습니다. 그런 일 겪은 여자들은 누구나 뼈저리게 고마워하겠지요."

청이는 진심으로 즐거운 얼굴이 되어서 말했다.

"나는 아기들이 좋아요. 나두 어려서 남의 젖 얻어먹고 자랐거든요. 그것두 앞 못 보는 아버지 혼자서 날 키웠대요."

아마가 망설이는 듯하더니 말을 꺼냈다.

"허푸 어른을 만나서 의논해보세요. 그 양반 생각이 깊은 분입니다. 돈두 서양인 못지않게 많지만 누구에게나 친절하고 겸손한 분이지요."

"허푸 아저씨는 찰스 댁하구두 잘 아는 사인가요?"

"그럼요, 서로 존중하지요."

청이는 제임스가 페낭에 다니러 간 어느 날 판팡 사무실로 허푸를 찾아갔다. 허푸는 양복 차림으로 회전의자에 앉아 서양 사람들처럼 파이프에 엽연초를 담아 피워물고는 한참이나 생각에 잠겼다가 청이에게 말했다.

"그건 참 좋은 생각입니다. 이 항구에 살고 있는 중국인들이 속으로는 모두 언짢게 생각하면서도 누구도 말을 꺼내지 않고 있었지요. 여기에는 선교부 소속의 양의가 하는 병원도 있습니다. 나는 개화된 서양에도 다녀왔지요. 그곳에서는 관에서 그런 문제를 처리합니다. 먼저 집을 구하고 돌볼 사람을 정하고 아기들을 모아놓으면 되겠군요."

허푸는 갑자기 생각이 났는지 청이에게 물었다.

"그런데…… 이런 생각을 미스터 제임스하고 의논을 하셨나요?"

"아뇨, 찰스 댁하구 헨리 댁하구만 얘기해봤어요. 그냥 저희끼리요."

허푸가 고개를 끄덕였다.

"나중에라도 미스터 제임스에게는 꼭 얘기를 해주시지요. 서양인들은 의논을 하면 신뢰하지만, 말없이 행동부터 하면 자기를 무시하는 줄 아니까요. 제가 마님들을 돕도록 해보겠습니다."

그로부터 한 달 동안 찰스 댁과 헨리 댁과 청이는 거의 날마다 만나서 집도 구하고 아기들을 돌보아줄 아줌마도 두 사람을 찾아냈다. 아마와 한 구역에 사는 여자들로 예전에 양인 첩이던 여자와 기루의 식당에서 일하던 여자였다.

헨리 댁과 로터스는 남편들을 출근시키고 나서 창가와 기루를 더듬고 다니며 아기들을 찾았다. 마침 기루에서 화지아를 하고 있는 걸직한 여자를 만났는데 그네 역시 창가를 거쳐온 여자라 부근의 사정에 대해 훤히 꿰뚫고 있었다. 화지아는 자기가 아기를 데리고 있는 창녀들을 만나서 보내주겠다고 나섰다. 대번에 창녀들이 맡긴 아기가 스무 명이 넘게 모였고 두 아줌마만으로는 일손이 모자라서 양인 첩들로 계를 모아 윤번을 정하여 하루씩 돌보기로 했다. 찰스가 양행상점을 드나드는 양인 첩들에게 제안을 하여 계에 들기를 원하는 여자들도 삼십여 명이 되었다. 허푸 아저씨는 몇몇 중국인 마이판들과 함께 기부금을 냈고, 서양인 남편들도 내키지 않아하면서도 동거 여자들에 대한 체면이 있어서 돈들을 내고 외출이 잦은 것에도 양해를 하게 되었다.

청이는 어느 날엔가 얘기를 꺼내리라 작정하고 기회를 보고 있었는데 제임스가 먼저 저녁식탁에서 말을 걸었다.

"당신, 무슨 일인가 벌인다면서?"

"말하려고 했어요. 아기 돌보는 일을 하려고 해요."

제임스가 어리둥절한 얼굴이 되었다.

"내가 매달 충분히 용돈을 주었을 텐데……"

"항구에는 몸 파는 여자들이 낳은 아기들이 많아요. 그래서 우리가 손을 모아 그 아기들을 돌보아주려고 해요."

제임스는 더욱 모르겠다는 듯이 두 팔을 양쪽으로 벌려 보이면서 물었다.

"무엇 때문에?"

청이는 어려운 세월을 거쳐온 여자의 본능으로 정면으로 부딪치지 않았다. 그녀는 생글생글 웃으면서 제임스의 두 손을 잡아 끌어내려 제 무릎에 얹어놓고는 말했다.

"몰라요. 나는 아기가 너무 예쁘고 좋아요. 내가 당신의 아기를 낳을지두 모르잖아요?"

제임스는 조금 미안한 생각이 들었는지 청이에게 말했다.

"우리가 아기를 가질 형편이 못 된다는 걸 당신도 잘 알 텐데……"

청이는 손가락으로 제임스의 머리카락과 구레나룻을 만지작거리면서 부드럽게 말했다.

"제임스, 당신이 만약 내게 아기를 낳게 하고 혼자 귀국해버린다면 그 아기는 누가 키우죠?"

"그런 일은 없을 거야."

청이는 제임스의 목소리가 낮게 가라앉은 걸 보고는 안심했다.

"당신이 내게 해줄 건, 내가 외출할 시간과 기부금을 조금 내면 돼요."

"메디슨 회사의 헨리라는 친구하구 점심을 먹었는데, 자기 아내가 당신하구 그런 일을 시작한다는 얘길 들었어."

"그래 미스터 헨리가 뭐라구 그래요?"

"헨리는 자기 아내를 좋아해. 귀찮기는 하지만 아내가 데려다 키우는 아이들이 예쁘다는군. 자기가 영어를 가르쳤더니 큰 녀석이 쫑알거리며 너무 말을 잘한대. 몰려다니며 술 마시고 마작이나 하는 것보다는 낫다고 하던데."

청이는 웃는 얼굴이었지만 단호하게 말했다.

"이건 당신네가 해야 할 일이에요. 소문이 나면 혼혈이나 중국 애들이 더 늘어날 거예요."

"선교부에 맡기고 회사들이 기부를 하는 게 나을 거야."

"어쨌든 시작은 우리가 할 거예요."

제임스는 더이상 화를 내지는 못했다. 그러나 마땅찮다는 표정은 지울 수가 없었다.

"아이들이 자라서 이교도가 되는 걸 서양 사람들은 반대할 거야."

청이는 제임스가 무심코 던지는 말을 놓치지 않았다.

"백인 중국인 원주민 모두 여기서 함께 살아요. 아기들도 그렇게 키울 거예요."

제임스는 청이의 뺨에 입을 맞추었다.

"좋아, 하고 싶은 대로 하라구. 나 며칠 있으면 캘커타에 다녀올 작정인데 그 동안 실컷 일을 벌이겠군."

"얼마나 있다가 올 건데요?"

"원산지 여행도 하고 물건을 모아서 배에 싣고 돌아올 거니까 한 달은 걸리겠지."

청이가 제임스의 허벅지를 손가락 끝으로 비틀었다. 제임스는 영문을 모르고 비명을 내질렀다.

"가서 타라를 다시 만나면 혼날 줄 알아요."

"타라…… 당신이 어떻게 아는 거야?"

청이는 제임스의 수염을 당겼다.

"다 아는 수가 있어요. 나하구 헤어지구 싶으면 언제든지 얘기해요. 당장 짐 싸가지구 단수이로 돌아갈 테니까."

제임스는 인도 산 백피토 아편을 수집하러 싱가포르에서 페낭을 거쳐 가는 캘커타 행 증기선을 타고 출발했다. 청이는 아마와 함께 날마다 소보원(小宝園)으로 나갔다. 집 이름을 지은 것은 허푸 징리였고, 그가 작은 간판에 글씨도 써주었다. 그 집은 전에 구시장 거리의 야채와 과일을 팔던 가게였는데, 부두 뒤편에 외국회사 지점들과 양행상점이며 잡화점 선상용구점 등이 번창하면서 시장이 옮겨가자 시들해진 길가에 남아 있던 남방식 단층집이었다. 중국 사람들은 어느 곳에서나 벽돌집을 좋아했는데, 남방식이란 말레이나 바타비아의 시골에서 높고 가파른 갈대와 야자잎 지붕에 나무와 대나무로 벽을 잇고, 바닥은 습기 찬 땅에서 떨어지도록 기둥을 세워서 누각처럼 지은 집을 말했다. 마루 아래로 바람이 지나다녀서 집 안은 언제나 시원했다.

여자들끼리 의논해서 아기들이 있는 방마다 부들로 촘촘히 짠 돗자리를 깔도록 했다. 그리고 집에서 쓰던 헌 모기장을 모아다가 서로 잇대어서 크게 만들어 온 방 안을 가릴 수 있도록 했다. 아기들의 옷이며 침구며 하는 것들은 에미들이 정성껏 마련하여 아기를 데려올 적에 보내왔고 낮에는 그네들도 번갈아 찾아와서 제 아기들과 놀다 갔다. 비번일 때에나 어떤 친절한 손님에게서 바오쭈를 얻었을 때에는 영업을 하지 않아도 되니까 아기를 데려가서 며칠 함께 지내다 돌려보낼 수도 있었다. 양인 첩들이 타락이나 야채죽 같은 아기 먹을 것들을 장만하여 두고 가기도 했다. 청이가 눈 부릅뜨고 혼뜨검을 내어서, 들렀다가 퍼질러앉아 포커 놀이도 하고 수다도 떨던 양인 첩 친구들이 나중에는 빨래도 도와주고 아기 기저귀도 갈곤 했다.

모처럼 만에 찰스 댁이 불러서 청이가 양행상점으로 갔더니 지사 패거리 친구들이 다 모여 있었다. 탁자에는 서양 케이크에 촛불이 꽂혀 있고 포도주와 중국 음식이 여러 접시 놓였다. 청이 그들을 둘러보며 말했다.

"웬 잔치야?"

찰스 댁이 말했다.

"오늘…… 내 생일이야. 찰스는 집에 없구 좀 싱거워서 너희들 부른 거야."

청이도 이런 자리에 몇 번 초대되어 주인 없는 집에 몰려가서 오랜만에 콤콤한 냄새 나는 음식을 배터지게 먹은 적이 있었다.

청이는 턱을 끄덕거리며 촛불을 세웠다. 붉고 긴 초가 셋, 가늘고 작은 초가 여섯 개였다.

"어머나 벌써 서른여섯이야 언니?"

청이가 호들갑을 떠니까 찰스 댁은 그네의 팔을 찰싹 소리나게 때렸다.

"시끄럿, 누가 그렇게 큰 소리로 남의 나이 얘길 하라구 그랬어."

여자들은 찰스 댁에게 어서 촛불을 끄라느니 술을 따르자느니 떠들었다. 찰스 댁이 촛불을 불어 끄자 모두 박수를 쳤다. 이번에는 술잔을 들고 서로 부딪치기 전에 헨리 댁이 외쳤다.

"생일 축하해. 그리구 조지 댁두 축하한다."

여자들은 찰스 댁을 향하여 잔을 쳐들어 보이며 제각기 축하한다고 해놓고는 조지 댁 축하는 또 뭐냐는 듯이 서로 시선을 주고받았다. 단발머리의 토마스 댁이 새침한 얼굴로 헨리 댁에게 물었다.

"조지 댁에게 좋은 일 있어?"

인두로 날마다 머리를 뽀글뽀글 지진 조지 댁은 당황하면 나

394

오는 버릇대로 머리카락을 손가락으로 비틀었다.

"좋은 일은 무슨…… 아직 얘기하지 말랬잖아."

"어때서 그래. 우리두 다 바라구 있는 일인데."

헨리 댁이 그렇게 말하자 존슨 댁이 실실 웃으며 말했다.

"뭐야 애인 생겼어?"

"넌 매일 기둥서방 만들 생각만 하지, 얘가 너 같은 줄 알아?"

헨리 댁이 존슨 댁에게 무안을 주고 나서 하는 수 없다는 듯이 말해버렸다.

"우리 헨리랑 얘네 조지가 같은 자던 메디슨 회사잖아. 얘 남편 인도로 발령났대. 그래서 조지가 얘를 정처로 들여서 데리구 간대."

"아직 정해진 건 아냐. 어떻게 될지 몰라."

단발머리의 토마스 댁이 다시 더욱 새침해진 얼굴로 중얼거렸다.

"아직 두고 봐야 해. 백인들 옮겨가면 그쪽 현지에서 새사람 들이는 거 몰라?"

"헨리가 나한테 그러던데. 조지가 술 한잔 하면서 그러더래."

"정말이야?"

장본인인 조지 댁이 두 손을 모으며 묻자 헨리 댁은 다시 술잔을 쳐들며 외쳤다.

"그렇다니까. 자아 축하하자."

여자들은 이번엔 자신만만하게 축하한다고 외쳤다. 찰스 댁이 말했다.

"참 잘됐다. 우리 주위에선 근년에 조지 댁이 처음이야."

토마스 댁이 아는 척했다.

"요즈음 중국 시장이 난리래. 모두 그리로 몰려가구 있대. 영국이 무역 항구를 여섯이나 여는 바람에 누구든지 마음대로 교역을 한다나. 토마스는 중국으로 나갈 것 같다던데."

찰스 댁이 말했다.

"그런 얘기를 나두 들었어. 이제부터 인도 다음이 중국이라던데. 그리구 우리는 피진 잉글리시 하는 항구 엉터리 통역들보다 말을 훨씬 잘하잖아. 기회가 많을 거야."

헨리 댁이 말했다.

"홍, 누가 여자를 무역 상대루 여긴대? 우리가 벌인다면 고작해야 물장사나 색시 장사야."

찰스 댁이 케이크를 잘라서 접시에 담아주면서 말했다.

"제임스 댁을 좀 봐라. 살기가 편해지면 남 좋은 일두 해야 되는 거야. 옛날에 이리루 팔려오던 생각두 해야지."

헨리 댁이 고개를 끄덕였다.

"그래 제임스 댁은 잘 풀릴 거야. 고생두 할 만큼 했구…… 무엇보다두 희망을 갖구 살잖아?"

청이는 케이크를 스푼으로 베어 입에 넣고는 생크림을 맛보면서 눈을 감았다.

"나는 자유로워지구 싶어. 아무도 나를 속박할 수 없는 곳으루 갈 거야."

조지 댁이 물었다.

"제임스 댁, 고향에 가구 싶다는 얘기야?"

청이는 고향이라는 말에 조금 놀랐다. 그곳이 어디인지 그네
는 벌써 까마득하게 잊어버렸던 것이다. 찰스 댁이 나이 많은
여자답게 넉넉하게 대꾸했다.

"여기 고향에 가구 싶지 않은 사람이 어디 있겠니? 하지만 바
다를 좀 보려무나. 날씨나 계절에 따라서 어제의 물결이 아니란
다. 우리는 어딘가에 제 집을 만들어야 해."

청이는 찰스 댁의 말을 듣자 가슴이 뭉클해졌다.

"그래 어디엔가 내 집을 만들 거예요."

제임스가 인도에 출장을 떠난 한 달 동안 여러 가지 일이 일
어났다. 자딘 메디슨 회사의 조지는 사실은 중국 시장에서 큰
손실을 입었다. 미리 차를 원산지에서 구입하여 푸저우에서 선
적하기로 하고 지불했던 현지 마이판의 어음 장표가 부도가 났
던 것이다. 당연히 회사의 은자는 나갔지만 차는 선적되지 않았
다. 그는 책임을 지고 인도로 가서 면화와 아편의 원산지를 관
리하게 되었는데, 기후도 그랬고 내륙의 원주민과 비슷한 생활
형편으로 보아 좌천이 분명했다. 조지는 여기서의 양인 첩을 데
리고 갈 처지가 아니었다. 그는 전별금마저 몇 푼 못 주고 배를
타야 했다. 조지 댁은 찰스 댁의 양행상점 뒷방에 틀어박혀서
며칠 동안을 울었다. 다른 서양인이 그를 원하지 않는다면 어느

집엔가 아마로 들어가서 하녀 노릇을 해야 할 처지였다. 그네가 누구의 동거녀였는지 알려져 있는 항구 거리에서 조지 댁을 인수할 서양인은 당분간 나타나지 않을 것이다. 다만 그네가 영어를 할 수 있다는 점은 새 여자보다 훨씬 유리한 점이었다. 찰스 댁의 남편과 헨리 댁의 남편이 그런 사정을 알고 싱가포르가 아닌 바타비아나 루손의 마닐라에 동거녀가 필요한 서양 사내를 찾아보기로 했다.

덴트 사의 존슨 댁은 애인을 사귀게 되었다. 그는 부두의 경비대에 있는 젊은 인도 병사였는데 허리가 여자처럼 날씬하고 키가 컸다. 턱수염을 보기 좋게 길렀고 몸에 딱 맞는 영국 군복에 머리에는 터번을 멋지게 두르고 있었다. 제일 먼저 눈치를 챈 것은 그네와 사이가 좋지 않은 러셀 사의 단발머리 토마스 댁이었다. 존슨 댁이 대낮에 뒷골목의 여숙에서 젊은 사내와 나오는 것을 보았던 것이다. 찰스 댁이 그런 말을 전해듣고 존슨 댁을 불러서 점잖게 충고를 했다. 존슨 댁은 처음에 시치미를 떼다가 찰스 댁이 인도인의 용모를 대며 따지자 하는 수 없이 사실이라고 대답했다. 존슨 댁은 제임스의 양인 첩이었던 인도 여자 타라와 함께 인도 병사들과 바람을 피웠던 것이다. 청이도 제임스가 인도 여자를 고향으로 쫓아냈던 이유를 자연스럽게 알게 되었다. 찰스 댁은 진지하게 존슨 댁에게 충고했다.

"조지 댁이 정처가 되지 못한 건 불가피한 일이었던 거야. 그러니 모두들 안쓰럽게 생각하고 도와주려 했지. 하지만 자네 경우는 달라. 아무리 동거하는 첩이라 할지라도 바람을 피우는 건 도리에 맞질 않아. 들켜서 쫓겨나면 우리는 모두 모른 척할 거야."

존슨 댁은 항의하듯이 찰스 댁에게 울면서 말했다.

"존슨 그 자식이 우릴 사람 취급 하는 줄 알아? 매번 잘 때마다 따거운 소독수로 아랫도리를 씻게 하고 그것두 어쩌다가 몇 달에 한 번이야. 제대로 남자 구실도 못 하면서 맨날 출장이라 구 나다니잖아."

찰스 댁은 한숨을 쉬었다.

"너만 그러니? 제임스 댁을 봐라. 그앤 아주 자립적이야. 절 대로 사내에게 기대지 않아. 제임스가 꼼짝 못 한다구. 그럴수 록 네가 떳떳해야 하는 거야."

아기들의 집인 소보원은 운영이 순조롭게 되어갔고 서양 회 사들에서도 관심을 갖게 되어 약품이나 식품을 많이 지원해주 었다. 아기들은 두 배로 늘어서 사십 명 가까이 되었고 선교부 에서도 사람을 지원해주기에 이르렀다.

어느새 세 해가 지나가고 제임스의 사업 실적도 커져서 그는 상하이로 지점을 내러 가기 전에 본국에 다녀오게 되었다. 그는 이번에 아예 회사를 옮길 작정이었다. 차보다는 생사를 원했던 메디슨 사에서는 제임스가 백피토의 원산지인 인도 사정에도 밝고 차를 구입하던 푸저우보다는 실크의 원산지인 쑤저우 항저우에 판로를 개척하기를 바랐다. 제임스는 영국으로 귀국했다가 반년 뒤에나 싱가포르로 돌아올 예정이었다.

"로터스, 돌아오면 나하구 같이 상하이로 가자. 내게는 너 같은 아내가 필요해. 정처를 원한다면 교회에 가서 결혼을 할 수도 있어."

그러나 청이는 대답하지 않았다. 그네에게는 오래 전부터 작정했던 생각이 따로 있었다. 청이는 그저 이렇게 대답했다.

"생각해볼게요. 급한 일은 아니잖아요? 돌아와서 의논해요. 고향에 잘 다녀오세요."

제임스는 다른 회사의 서양인들과 여러 차례의 파티를 벌였고, 판팡의 허푸 아저씨와 사무실에서 근무하는 중국인들이며 청이의 친구들인 양인 첩들을 위하여 따로 연회를 열어주기도 했다. 청이는 다른 서양인들끼리의 체면을 위해 부두에까지 나가지는 못하고 집의 계단에서 마차를 타는 그를 전송했다. 청이는 그가 고향에서 돌아오면 헤어질 생각이었다. 청이가 찰스 댁에게 자기 생각을 말하자 그네는 적잖이 놀란 모양이었다.

"어머나, 제임스 댁은 대단하구나! 남들은 정처가 되는 일을 천당에라도 올라가는 듯이 여기는데. 왜 그런 생각을 하는 거야?"

로터스는 진심으로 말했다.

"남편감은 내 자신이 고를 거예요. 마치 복이라도 내려주듯이 나를 뽑아주는 걸 참을 수가 없어요. 존슨 댁의 얘기 못 들었어

400

요? 저치들은 아직도 그 짓을 할 때마다 소독수로 우리 아랫도리를 씻게 한다구요. 요즈음 제임스는 안 그러지만 처음 두 해동안은 언제나 그랬어요. 그리고 아직두 우린 서양인들 앞에 나서질 못해요."

찰스 댁이 고개를 끄덕였다.

"처음엔 나두 그랬어. 서로 인종이 다르니까 서먹서먹해서 그러는 거야. 이제 찰스하구 나는 세상에서 흔한 부부지간이 되어 버렸대두."

청이는 다시 말했다.

"나는 노리개나 물건이 아니라구요."

"제임스와 헤어지면 그 다음엔 어떡할 거야?"

찰스 댁의 물음에 청이는 생각해볼 틈도 없이 재빠르게 대답했다.

"내 딸 유자오가 기다리는 단수이로 돌아갈 거예요."

청이는 제임스가 제 나라로 귀국한 뒤에 허푸 아저씨에게 사정을 말하고 자신의 월급이 그 동안 얼마나 저축되었는가를 알아보았다. 그네는 그 돈을 허푸 아저씨의 투자 지분에 넣어 인도 산 백피토를 사서 광저우에 내도록 했고 석 달 뒤에 돌아오는 배가 고급 보이차로 바꾸어 돌아왔다. 허푸 아저씨는 청이가 넣었던 투자 지분만큼의 이익금을 은화로 지불해주었다. 그네는 이제 새로운 길을 떠날 자신이 있었다. 허푸 아저씨는 청이를 조카처럼 대해주었는데 그는 소보원 일로 그네의 마음씨와 수완을 신뢰했던 것이다. 제임스가 약속대로 여섯 달 보름 만에 싱가포르에 돌아왔는데, 청이는 싱가포르에서 그를 처음 만났던 현관 앞 노대에서 얘기를 꺼냈다.

"나 당신과 헤어지겠어요."

제임스는 청이의 말을 처음에는 잘 알아듣지 못했다. 그는 시가를 피우며 흔들의자에 앉아 있다가 문득 흔들기를 멈추고 청이를 돌아보았다.

"그게 무슨…… 소리요?"

"단수이로 돌아가고 싶어요."

제임스가 갑자기 시가를 마당으로 내던지며 소리를 질렀다.

"이런 젠장할, 그걸 말이라구 하는 거야? 나는 시궁창에 빠진 너를 건져다가 숙녀를 만들어주었어. 그리고 결혼해서 정처 자리까지 주려고 했단 말야. 그런데 너는 지금 단수이의 창녀로 돌아가겠단 말이지?"

청이도 소리를 질렀다.

"이봐 제임스, 너는 장사꾼이야. 우린 계약을 했어. 당신은 내게 급여를 주고 나를 고용한 거야. 바오쭈도 몰라? 계약이 끝나면 당신이 다시 돈을 내고 재계약을 하든가 아니면 다른 여자를 찾는 거야."

제임스는 붉으락푸르락하면서도 금세 풀이 죽었다.

"그래 새로 계약하자는 거야? 얼마나 줄까?"

청이도 음성을 낮추었다.

"전별금이나 주면 돼요. 나는 돌아갈 거야."

제임스는 아무 말이 없더니 혼자서 안으로 들어가버렸다. 그날 밤 청이는 별실의 손님 침대에서 따로 잤는데 이튿날 아침에 조반을 함께 먹는 식탁에서 제임스가 말을 꺼냈다.

"언제 떠나려고……?"

"타이완으로 가는 배 편이 있는 날에요."

"허푸에게 준비를 해두라고 그러지."

그는 청이와 시선을 마주치지 않으려고 애쓰는 것처럼 보였다.

청이는 열흘 후 광저우로 향하는 메디슨 사의 배가 출발할 때에 떠나기로 했다. 그 배의 항로는 단수이를 경유하게 되어 있었다. 제임스는 아침저녁마다 함께 식사를 하면서 아무 말도 하지 않았다. 아마 리우도 그런 눈치를 채고 있는 듯했다. 제임스가 출근하고 나서 식탁 앞에 앉아 차를 마시던 청이는 리우에게 자기 사정을 얘기하기로 했다.

"리우 아줌마, 말할 게 있어요."

아마는 마룻바닥에 물걸레질을 하다가 막대기를 놓고 바라보았다.

"나 제임스와 헤어질 거예요. 배가 들어오면 단수이로 떠나요."

아마는 시선을 아래로 떨구면서 말했다.

"저도 알고 있었어요. 해리랑 자크가 수근대더군요. 지난번에 두 분이 말씀하시는 걸 들었다면서……"

"며칠 안 남았으니까 내일 우리집에서 언니들이랑 한나절 놀

거예요."

청이는 준비해두었던 은화를 넣은 조그만 비단 주머니 세 개를 탁자 위에 올려놓았다.

"나중에 드리려구 했지만 언니들이 와서 함께 떠들면 다들 알게 될 테니까. 이거 받으세요. 얼마 안 되지만 제 성의예요. 그리구 요리사 아저씨와 시쓰 총각에게두 아줌마가 전해줘요."

아마 리우는 비단 주머니를 받으면서 눈시울이 벌게졌다.

"섭섭합니다. 정말 마님 같은 분은 없을 거예요."

"나는 이젠 마님이 아니랍니다. 미세스 제임스나 로터스두 아니구요. 그냥 렌화라구 불러요."

아마는 걸레 자루를 내던지고 아예 청이의 맞은편에 앉았다.

"조지 댁이 버림을 받았다지요? 그런 여자는 아마 노릇도 못한답니다. 여기서 얼마나 행세를 했는데. 하지만 마님은 소보원도 만들고 아기들도 돌보고 부두에서 기루와 창가의 여자들치고 모르는 사람이 없어요. 모두들 진짜 예라이샹이라구 말하지요. 여기서 양인의 정처 자리를 마다한 건 당신뿐이랍니다."

청이 리우에게 말했다.

"나는 내 마음대로 하구 싶었던 것뿐예요."

청이는 다음날 찰스 댁이며 헨리 댁과 토마스 댁을 불러다 송별 자리를 가졌다. 그저 말없이 밥을 함께 먹었는데, 그날은 요리사 해리 아저씨와 시쓰 자크가 시장에 나가 온갖 야채와 해물을 사다가 동방식의 장과 향초를 넣은 점심을 마련해주었다. 존

404

슨 댁은 오지 않았는데, 찰스 댁의 말에 의하면 요즈음 남편과 매일 심하게 다툰다고 했다. 부두에 그네의 인도인 애인 소문이 파다하게 났다는 것이다. 헨리 댁이 말했다.

"그애는 버림받은 조지 댁보다는 낫다. 하긴 제일은 우리 동생 제임스 댁이지만……"

"넌 단수이에 돌아가서 뭘 할 거야?"

찰스 댁 언니가 묻자 청이는 갑자기 대답이 막연해졌다.

"우선 우리 딸 유자오를 안아줘야지. 그리구…… 다시 죽원 반관에서 사내들을 받을까?"

토마스 댁이 청이의 혼잣말을 듣고 있다가 진담으로 알아듣고 물었다.

"넌 사내들이 지긋지긋하지두 않니?"

"아니……"

청이가 웃고 나서 덧붙여 말했다.

"세상 모르는 철부지들 같애. 수염 기르구 옷 잘 입구 점잔을 빼지만 다들 불안한 돈벌이에 몰두하구, 그 짓밖에 모르잖아."

청이는 배가 떠날 날짜가 다가오자 준비를 했다. 소보원에 가서 아기들 돌보는 아마 출신의 여자들과도 인사를 나누었고 정들었던 몇몇 아가들과도 몇 시간씩 놀아주었다. 그네는 제임스가 허푸 아저씨를 통하여 내준 전별금에서 얼마를 떼어 선교부에서 나온 젊은 신부에게 내밀었다. 신부는 청이에게 성호를 그어주고 나서 그네를 위하여 천주께 기도를 올려주었다. 헤어지기 전에 묵주를 주었는데 구슬을 꿴 줄 끝에 십자가에 매달린 그리스도의 형상이 이어져 있었다.

청이는 허푸 아저씨도 따로 만났다. 그는 양행 사무실 거리 모퉁이에 있는 찻집 이층으로 그네를 데려갔다. 그는 안경 너머로 청이를 따뜻한 눈으로 바라보았다.

"기어이 단수이로 돌아가신다고…… 어차피 그곳이 고향도 아닐 텐데요?"

"정든 사람이 그곳에 많이 있어서예요."

청이가 말하자 허푸는 빙긋이 웃었다.

"미스터 제임스가 정을 주지 않던가요?"

청이는 그냥 대답하지 않았다. 허푸가 다시 말했다.

"그야…… 우리는 모두 장사꾼들이니까. 거짓말하지 않고 신용을 지키는 대신에 야박하지요. 서양 사람들은 그래서 돈도 벌고 발전했어요."

청이는 곧 알아들었다.

"저는 그전 세상이 훨씬 좋답니다."

허푸가 나직하게 웃었다.

"그건 나두 마찬가지요. 그렇지만 시간은 되돌릴 수 없어요."

허푸는 일어나기 전에 작은 벨벳함을 하나 청이의 손에 쥐어주었다.

"렌화 소저, 잘 가요. 어디서든 다시 만나게 되기를 바라오."

"허푸 아저씨 고마웠습니다."

그 순간부터 그네는 로터스가 아닌 렌화로 돌아와 있었다. 그네는 남방 처녀들처럼 두 손을 모으고 절을 올렸다. 허푸가 돌아서기 전에 잠깐 청이를 바라보다가 말했다.

"소보원을 만든 건, 참 좋은 일이었어요. 어디 가서나 잘사실 게요."

청이가 집에 돌아오니 요리사 해리와 시쓰 자크와 아마 리우가 식당에 모여 앉아 있다가 제각기 장만한 선물을 내밀었다. 해리는 설날도 아닌데 월병을 만들어두었고, 자크는 과일 색깔을 넣은 서양 알사탕 한 봉지를 색종이에 싸서 내밀었으며, 리우 아줌마는 하늘색의 치포 한 벌을 준비해두었다. 청이는 방에 들어가서 가방 하나에 짐을 쌌다. 그네는 서양 옷들을 벗어서 잘 개어두거나 옷장에 걸었다. 그리고 단수이에서 가져왔던 옷들을 다시 챙기고 찰스 댁이며 양인 첩 친구들이 준비해준 기념품들을 넣었다. 그네는 처음에 배에 탈 때 받았던 작은 숙녀용 목걸이 시계를 개어놓은 양장 위에 놓고 신부에게서 받은 십자의 형상도 놓았다. 그네는 이 세계에서 한 걸음이라도 더 멀리 벗어나려는 것처럼 보였다.

제임스는 청이가 출발하기 전날이어서 그랬는지 보통날보다 일찍 돌아왔다. 그는 몹시 침울해 보였고 청이에게 말도 걸지 않았다. 그리고 옷도 갈아입지 않고 거실 안락의자에 우두커니 앉아서 창 밖을 내다보고 있었다. 청이가 먼저 말을 걸었다.

"떠나기 전에 여러 가지로 준비해주셔서 고마워요."

제임스가 그제서야 청이를 돌아다보았다.

"좀더 기다렸다가 증기선을 타구 가지 그랬어. 내일 배는 정 크선이라던데……"

"괜찮아요. 전에 많이 타봤으니까."

다시 그들은 한참이나 말이 없었다. 리우가 식탁에서 저녁 준비를 하는 소리가 들려왔다. 제임스가 더듬거리며 말했다.

"그 동안 잘 지냈소. 당신은 내 아내와 같았는데……"

"그랬나요?"

하고 나서 청이는 말했다.

"상하이로 가면 그쪽 판팡에서 예쁘고 말 잘 듣는 양인 첩을 데려다줄 텐데요……"

제임스가 두 손을 들었다가 의자 팔걸이에 떨어뜨리는 시늉을 했다. 청이는 그의 그런 동작이 할 수 없다는 표현이라는 걸 알고 있었다. 제임스는 다시 중얼거렸다.

"내가 고향에 갔던 일은 왜 묻지 않는 거요?"

"식구들을 만났다고 그랬잖아요?"

청이는 제임스의 고향인 맨체스터를 지도책에서 본 적이 있었다. 누에처럼 생긴 섬나라를 제임스가 손가락으로 짚어 보였던 것이다. 그곳은 어느 바다 끝에 있을까. 제임스가 말했다.

"언제까지 이런 식으로 살 수는 없소. 나는 결혼을 하기로 결심했어."

"그럼 귀국하실 거예요?"

"아니, 상하이에는 우리가 살 수 있는 지역이 생겼지."

제임스가 먼저 식탁으로 옮겨 앉으면서 말했다.

"자아, 이별주라도 한잔 합시다. 로터스 당신이 내게 가족이 필요하다는 걸 가르쳐주었다구."

청이는 말했다.

"잘됐네요. 아내는 고향에서 데려오실 거예요?"

"상대방이 좋다고 하면…… 그럴 작정이오."

두 사람은 가끔 몇 마디씩 얘기를 나누면서 저녁을 먹었다. 그리고 제임스는 자기 방으로 청이는 별실로 갔다. 그네는 별실에서 잠들기 전에 마지막으로 양장 옷을 벗었다. 그리고는 속옷 위에 치포를 걸쳐보았다. 머리도 옛날식으로 한 줄로 땋아서 위로 틀어올리고 물소뿔 핀을 꼽았다. 그네는 거울 속의 자기에게 말했다. 나는 너와 만날 그때까지 아무에게도 매이지 않을 거야.

이튿날 늦잠을 자고 일어난 청이는 마차가 집 앞에 기다리고 있는 것을 보았다. 청이가 치포 차림으로 거실로 나오자 하인들은 모두 놀란 모양이었다. 요리사와 아마와 시쓰가 서로 다투며 그네의 짐을 마차에 실어주었다. 청이는 고개를 돌려 네 해나 살았던 목조의 단층집을 한번 휘둘러보고는 마차에 올랐다. 하인들이 손을 흔들었다.

부두에는 찰스 댁과 헨리 댁이 나와 있었다. 헨리 댁은 배에서 먹으라면서 음식을 잔뜩 해가지고 왔고 찰스 댁은 유자오에게 입히라고 양행상점에서 고른 아이 옷을 몇 점 가지고 나왔다.

정크선들은 증기선과 달리 부두에 직접 닿지 못하고 내항에 닻을 내리고 떠 있어서 거룻배를 타고 나가야 했다. 거룻배가 닿자 먼저 화물을 싣고 나중에 사람들이 탔다. 판팡에서 낯이 익은 중국인 사무원이 청이에게 손짓을 했다. 찰스 댁이 배에 오르려는 청이의 손을 잡고 말했다.

"잘 가라. 좋은 사람 만나서 행복하게 살아라."

헨리 댁도 말했다.

"우리는 널 잊지 못할 거야. 꼭 고향에 돌아갈 수 있길 바래."

두 여자는 손수건으로 코와 입을 틀어막고 서 있었다. 청이도 그네들을 차례로 안았다. 그러고는 얼른 돌아서서 기우뚱거리는 뱃전을 딛고 거룻배에 올라탔다. 두 사공이 차례로 커다란 노를 저었고 부두는 눈앞에서 흔들거리며 멀어졌다. 정크선의 사다리를 타고 올라 갑판에서 바라보니 두 여자는 아직도 부두에서 손수건을 펄럭이고 있었다. 청이도 손을 흔들었다. 뱃사람들은 먼저 바퀴를 돌려서 닻을 올리고 여럿이 매달려 밧줄을 당겨올려 돛을 펴기 시작했다. 선원이 갑판에 섰던 청이에게 안으로 들어가라고 소리를 지를 때에야 그네는 갑판 아래로 내려갔다.

배는 삼각 돛을 활짝 펴고 말레이 반도를 한나절에 돌아서 보르네오 해로 들어섰다. 정크선은 열흘 만에 남지나해로 들어섰고 무역풍을 받으며 북동쪽으로 계속 올라갔다. 두꺼운 천을 팽팽하게 허공에 걸어놓은 침대에서 청이는 하루 종일 잠만 잤다. 배가 어찌나 흔들리는지 하루에 한 끼도 제대로 먹을 수가 없을 정도였다.

9. 용궁

단수이에 도착한 것은 이른 아침이었다. 모두들 밖으로 뛰쳐나갔는지 선실에는 아무도 없었고, 갑판 쪽에서 시끌법석한 소리가 들려서 청이는 비틀거리며 계단을 올라갔다. 소금기 섞인 바다 냄새 가운데 문득 풀내음 비슷한 신선한 바람이 불어왔다. 갑판 난간에 매달려 왼편으로 고개를 돌리니 아침 햇살을 받고 푸르름이 더욱 짙어진 낯익은 산봉우리들이 수평선 위에 솟아올라 있었다. 오른편에 혼자 솟은 것이 관음산이며 왼쪽의 연봉은 대둔산이었다.

정크선은 천천히 단수이 만 안으로 들어갔고 청이는 강변에 다닥다닥 붙은 붉은 벽돌집들을 보자 울컥하면서 눈물이 쏟아졌다. 그 동안 저 지옥 같은 지롱 항구마저도 보고 싶어 못 견딜 지경이었다. 싱가포르에서의 양인 첩 생활은 밝고 깨끗하고 평화로운 나날이었지만 그네는 어쩐지 외롭고 낯설어서 못내 견딜 수가 없었던 것이다. 정크선이 만 안에서 닻을 내리고 거룻배들이 어미 오리 옆의 새끼들처럼 오글대며 헤엄쳐 뱃전에 닿자 이번에는 사람들이 먼저 내렸다. 거룻배가 뒤뚱대며 마토우 저자 앞의 배터에 닿았고 청이는 큰 가방과 작은 가방을 양손에 들고 마토우 광장으로 들어섰다. 그네는 이제 후끈한 열기와 음식 냄새며 시끄러운 장터 사람들의 말소리에 휩싸였다. 아무에게도 소식을 전하지 못했으니 반관 식구들은 청이가 돌아올 줄은 모르고 있을 것이다. 저잣거리에서 첫번째 거리로 들어서자 이층의 난간과 노대가 달린 집들이 좌우에 늘어섰고 찻집이며 식당이며 주점이 예전 그대로였다. 청이는 죽원반관의 붉은색 간판을 보자 가슴이 두근거렸다.

그네는 가방을 바꿔들기 위해 잠깐 길 위에서 숨을 골랐다. 지나는 사람들이 청이를 힐끔대며 돌아보았다. 누군가가 이층의 노대에 앉았다가 밖으로 몸을 내밀고 바라보더니 손을 내저으며 외쳤다.

"거기 렌화 언니 아니야?"

청이는 벌써 목소리만 듣고도 그 여자가 잉후아라는 걸 알았다. 청이는 마주 손을 흔들어주며 외쳤다.

"잉후아, 나야 나!"

잉후아의 동그란 얼굴이 사라지면서 안에서 그네가 기녀들과 여러 사람을 부르는 소리가 길에까지 들려왔다. 청이가 월문의 현관으로 들어서는데 벌써 주점의 안쪽에서 샹 부인이 달려나

오고 있었다. 청이는 오전에 차를 마시러 온 손님들이 여기저기
에 앉아 있었는데도 전혀 의식하지 못하고, 가방을 옆에 내려놓
고는 두 손을 벌리고 샹 부인에게 달려들며 외쳤다.

"엄마아, 나 왔어요!"

샹 부인이 다가서며 청이를 끌어안았다.

"어젯밤 꿈에 보이더니…… 잘 돌아왔다."

둘은 한참이나 머리를 엇갈린 채 꼭 끌어안고 섰다가 청이가
먼저 맥을 잃은 것처럼 두 손을 스르르 풀었다. 그네는 샹 부인
의 등뒤로 아장거리며 다가오고 있는 계집아이와 그 뒷전에서
웃고 섰는 웬지 부인을 보았던 것이다. 샹 부인도 몸을 돌리고
그들을 보더니 청이에게 말했다.

"그래, 누구겠니? 네 딸이지. 지금 다섯 살이란다."

청이는 조그맣게 아주 조심해서 불렀다.

"유자오, 유자오……"

아이가 낯이 설어서 두려웠는지 뒷전의 웬지 부인을 올려다
보았다. 청이 무릎을 굽혀 몸을 낮추고 두 손을 앞으로 뻗었다.

"유자오, 이리 온. 엄마 왔네요."

유자오가 몸을 돌려 웬지 부인에게로 돌아서려는데 청이 참
지 못하고 무릎걸음으로 다가들어 계집아이를 와락 껴안았다.
아이가 놀라서 불에 덴 듯이 울음을 터뜨렸다. 청이가 깜짝 놀
라서 아이를 웬지 부인에게 내밀자 뒤에서 샹 부인이 어깨를 토
닥이며 말했다.

"괜찮아, 아이들은 많이 울어야 목청이 고와지는 거야. 꼭 안 아줘라."

웬지 부인도 다가와서 우는 아이를 토닥이면서 청이에게 반갑게 말했다.

"롄화는 아직도 곱구나!"

기루의 색시들 중에 절반쯤이 아직 남아 있었다. 잉후아가 화지아를 하고 있는 모양이었다. 기녀들은 이층으로 오르는 계단에 층층이 몰려 서 있었다. 뒤에서 디안토우 아저씨와 일꾼들이 가방을 들고 따라왔다. 웬지 부인이 청이의 팔 안에서 몸을 돌리며 아직도 울고 있는 유자오가 안되었던지 얼결에 빼앗아 안으면서 물었다.

"우리 방으로 갈까?"

"아니 우선 량팡으로 올라가요."

청이가 말하자 모두들 안심하고 이층으로 올라갔다. 청이는 먼저 둘러선 기녀들을 두리번거리다가 잉후아에게 물었다.

"유메이 언니는······?"

샹 부인이 대신 대답했다.

"그앤 시집갔다."

"어디루요?"

"응 바로 이 근처야. 누굴 보내서 오라구 하면 금방 달려올 게다. 유메이가 유자오를 얼마나 이뻐한다고."

이튿날 청이가 유메이 사는 형편이라도 본다고 킹수이 저자

9. 용궁 415

로 찾아갔더니 뒷골목에 작은 식당을 열어놓고 있었다. 만두나 면 같은 가벼운 점심거리를 파는 아주 작은 집이었다. 골목 쪽으로 노천에 긴 나무의자를 내놓고 밖으로 향한 조리대를 빼면 실내는 비좁은 식탁이 서너 개 들어갈 만한 넓이였다. 맨 안쪽에 작은 방이 한 칸이었다. 청이는 잉후아와 함께 갔는데, 유메이가 앞치마를 두르고 머릿수건을 쓰고 조리대 옆에서 설거지를 하다가 젖은 손을 털면서 달려나왔다. 유메이는 렌화의 뺨에 얼굴을 부벼대고 눈이 빨개지면서 반가워했다.

유메이의 남편은 뚱뚱하고 너털웃음을 웃어대는 호인 형의 남자였다. 전에 기루의 주방에서 일을 했다고 한다. 유메이가 술자리에서 노래하는 일 외에는 손님들에게 별로 부름을 받지 못하게 되자 상 부인이 서로를 위하여 중신을 서게 되었다고 했다. 그들은 함께 살자마자 아들을 낳았다. 유메이의 아기는 안쪽의 방에서 칭얼대며 기어다니고 있었다. 유메이의 남편은 아내에게서 배웠는지 도마질을 하면서도 큰 소리로 수야오를 불렀다. 그런데 가락이 하나도 맞질 않아서 가사만 다를 뿐 어느 노래나 비슷하게 들렸다. 잉후아와 청이는 국수를 먹으면서 젓가락질을 하다가 면발을 입에 문 채로 킥킥거렸지만 유메이는 한 번도 웃지 않았다. 잉후아와 청이는 그런 모양이 더욱 우스워져서 참지 못하고 면발을 뱉어내며 킥킥 웃어댔다. 유메이는 일부러 새침한 얼굴로 되물었다.

"귀엽지 않니?"

"어머…… 귀엽대!"

잉후아가 놀라는 시늉으로 그렇지 않아도 큰 눈을 말똥하게 떠 보여서 이번에는 세 여자가 같이 웃었다.

청이가 단수이로 돌아온 지 한 달쯤 지나자 태풍의 계절이 왔고 비바람이 쉴새없이 몰아쳐 왔다.

며칠 동안 볕이 들고 고요한 날이 사나흘 찾아왔다가는 다시 새로운 태풍이 남지나 해에서 탄생하더니 동북쪽을 향하여 휩쓸어오고는 했다.

청이는 아래층 웬지 부인과 유자오가 쓰는 방에서 지냈는데 처음에는 어린것이 자꾸만 낯을 가려서 속이 상했다. 유자오는 청이와 일단 낯을 익히자 그녀가 없어지면 엄마를 찾으며 보챘다. 종알거리면서 어찌나 말을 잘 하는지 청이는 하루 종일 딸에게 말을 걸었다.

어느 날 청이는 웬지 부인과 함께 유자오를 데리고 홍모성 부근까지 놀러 갔다. 하구가 보이는 언덕에 올랐다가 축대 위에 집을 지은 찬청(餐廳) 겸 찻집이 있어서 안으로 들어가보았다. 손님이 아무도 없는데 일하는 사람마저 어디로 갔는지 보이지 않았다. 두리번거리다가 청이와 웬지 부인은 문이 활짝 열린 창가에 가서 하구를 내려다보며 자리를 잡았다. 유자오는 흥얼거리며 실내를 뛰어다녔다. 하구에서 바람이 불어들어와 천장에 매달아놓은 대나무 풍경을 끊임없이 흔들어대고 있었다. 두 사람은 잔잔한 바다를 말없이 한참이나 내다보고 있었다. 웬지 부인이 문득 말을 꺼냈다.

"이제 앞으로 어쩔 작정인구?"

"글쎄요, 뭔가 하긴 해야겠는데…… 어쩌죠?"

청이는 막연하게 대답했다. 그녀는 사람들이 그리워서 돌아오긴 했지만 예전처럼 기루에서 손님을 받을 수는 없을 것 같았다. 청이 원했다 할지라도 샹 부인이 시키지 않았을 것이다.

"자네가 돌아왔으니 내가 할 일도 이제는 다 끝났고……"

웬지 부인의 말에 청이는 아무런 계획도 없이 무턱대고 말을 꺼냈다.

"웬지 이모, 우리두 주점을 열어요."

말을 하고 보니까 청이는 그 일 외에는 자기가 할 만한 일거리도 딱히 없을 것 같았다. 웬지 부인이 말했다.

"샹 유안도 양인 첩을 하구 돌아와서 반관을 열었지만, 자네가 여기서 비슷한 집을 열면 서로 번거로워서 되겠어? 그리구 이곳 광샤오의 따거에게도 신고를 해서 허가를 받아야지. 샹 유안의 도움이 없으면 안 될 거야. 입장을 바꿔서 생각해보렴. 손님이 절반으로 줄어들 텐데…… 그런 자네를 샹 유안이 또 도와줘야 하니 말이야."

청이는 말이 막혔다. 웬지 부인의 말은 한 가지도 틀리는 점이 없었다.

"타이난은 어때요, 거긴 여기보다두 대처잖아요? 이모가 그곳에서 오래 사셨다니 저하구 함께 가면 어떻겠어요?"

웬지 부인은 하구의 오른편에 관음산 어깨를 지나 훤하게 트이기 시작하는 먼바다 쪽을 내다보고 있었다. 그네는 눈을 지그시 감고 입은 다물고 코로 깊은 숨을 들이마시면서 대기를 맛보는 듯했다. 웬지 부인이 눈을 감은 채로 말했다.

"나는 류큐로 돌아갈 거야……"

청이는 그네의 희끗한 머리카락이 이마 위로 흘러내려 바람에 나풀대는 모양을 보면서 뭔가 가슴을 찌르는 것처럼 아려왔다. 그래, 내가 싱가포르로 떠나던 날 웬지 이모는 유자오와 나를 류큐로 데려가 같이 살고 싶다고 했지.

"류큐는 여기서 먼가요?"

"아니 여기선 바로 이웃마을이야. 동쪽 이란(宜蘭)으루 가면 맑은 날에는 류큐의 새끼 섬들이 수평선에 또렷이 보인단다."

"언제 가보셨어요?"

"어릴 제 떠나고 다신 못 가봤어. 타이난에서 기녀 노릇을 할 제 마음 좋은 뱃사람이 바오쭈를 내는 바람에 이란까지 갔었지. 멀리서 바라보기만 했어."

청이는 웬지 부인의 팔을 잡아 흔들며 그네를 일깨웠다.

"우리 류큐로 가요. 유자오 데리고 거기 가서 살아요."

그날 이후로 청이는 웬지 부인의 고향인 류큐로 가볼 생각이 점점 강해졌다. 샹 부인에게 그런 말을 하자 그네는 빙긋 웃으며 별말이 없었다. 다만 며칠 지난 뒤에 이렇게 한마디했다.

"후미코 언니는 늙어서라두 고향에 돌아가니 좋겠구나."

"엄마두 고향에 가구 싶어요?"

샹 부인은 청이의 말에 그저 웃었다.

"누가 있어야 고향에 가고 싶지. 난 여기가 좋아. 이곳에 묻힐 거야."

청이도 샹 부인처럼 가볍게 웃고 말했다.

"내게는 세상 어디나 똑같아 보여요. 그저 류큐란 이름이 좋아서요."

샹 부인이 주의를 주었다.

"돈 가졌다구 허투루 쓰다간 다시 몸뚱이 팔려 나서야 한단다. 어디에 가든 집이나 땅을 장만해두면 사람 데리구 장사를 벌일 수는 있겠지."

류큐로 가는 배는 지룽에 가면 정기적으로 푸저우와 광저우를 오가는 일본 배를 탈 수가 있었고, 단수이에서는 류큐의 슈리(首里)에서 나온 동남아 무역선을 탈 수도 있었다. 편안한 뱃길을 가려면 태풍이 모두 잦아드는 구월이 지나야 했다. 웬지 부인은 옷감을 떠다가 유카타를 지었고 유자오의 옷도 만들었다.

샹 부인이 나서서 단수이 지아오항(郊行)에 교섭을 하여 류큐로 가는 배 편을 알아보았다. 샹 부인이 단수이 분부(分府)에다 웬지 부인은 고향 방문으로 렌화는 장사하러 간다고 신고하여 인정전을 조금 써서 도항허가증인 차오단(照單)을 받아냈다. 마침 지아오항에서 후추와 계피며 사탕을 내는 상인이 있어 그의 대리인을 따라가기로 했다. 류큐의 배는 루손에서 출발하여 단수이를 거쳐서 슈리 성이 있는 나하 항에 도착하게 되어 있었다.

청이는 싱가포르에서 가져온 은화와 백피토 아편을 모두 말굽 은으로 바꾸었다. 지아오항의 인이 찍힌 은괴는 무역 은으로 허가받은 재물이어서 어느 곳에서나 반출과 반입이 자유로웠다. 청이는 무역 은으로 바꾸면서 세금을 떼긴 했지만, 사 년 동안 모은 양인 첩의 급여와 전별금에다 다시 허푸 아저씨가 인도산 백피토를 구입해서 판팡의 무역에 투자하도록 해주었으므로, 젊은 여자로서는 제법 큰 재물을 장만하게 되었던 것이다.

청이는 웬지 부인과 틈만 나면 류큐의 이야기를 나누었다. 그네는 웬지 부인에게서 목청을 가늘고 높게 빼고 끝자락을 감추는 류큐의 노래를 몇 곡 배웠다. 이곳의 호금과 비슷한 산신(三線)이란 악기가 있다는 것도 알게 되었다.

"여기 바다는 거칠고 깊고 컴컴해서 정이 가질 않지만, 류큐의 바다는 옥빛이란다. 맹그로브 숲이며 흰 백사장과 야자나무가 한들대는 해변을 지나면 언덕을 등지고 낮은 집들이 정답게 옹기종기 모여 있다구. 고깃배들이 찰랑거리는 물가에 떠 있고 바람이 지나는 처마 밑에 누우면 대나무 베개 속으로 잔잔한 파도 소리가 스며들어. 그곳의 햇볕은 찬란하지만 따갑지가 않아. 바람이 햇볕을 식혀주기 때문이야."

샹 부인이 승선 날짜를 알아왔다.

"루손에서 오는 배가 이달 보름에 단수이에 도착한다는구나.

사흘 동안 짐 싣고 쉬었다가 떠난다니 배가 오면 그때 짐 싸고 준비해둘 충분한 여유가 있는 셈이다."

청이는 몇 년 전에 싱가포르로 떠날 적에는 다시 돌아온다는 기약이 있어서 별로 몰랐지만 이제 새로운 고장으로 가려니 뭔가 잃어버리는 것만 같았다. 샹 부인이며 유메이 언니는 혈육이나 마찬가지처럼 느껴졌다. 그렇지만 대륙을 떠나올 제 다시 돌아간다는 기약이나 약속도 없이 붙잡혀오자마자 거기서 맺었던 인연들은 물거품처럼 사라져버리지 않았는가. 그네는 구앙이나 동유의 얼굴 윤곽조차 이제는 기억도 나지 않았다. 바로 얼마 전에 작별한 제임스의 얼굴마저 콧수염과 구레나룻 외에는 별로 생각이 나질 않는다. 로터스…… 하고 거기서 부르던 자기 이름을 되뇌어보면 무슨 알록달록한 새나 괴상하게 생긴 동물의 명칭처럼 우스꽝스럽게 들렸다.

날짜는 가고 류큐의 배가 들어왔다. 청이와 웬지 부인은 대리인을 따라서 지아오항의 빈관에 가서 류큐 무역상들에게 인사를 했다. 웬지 부인이 고향 말을 잊지 않아서 류큐 사람들은 오히려 반가워했다. 그들은 눈썹이 짙고 눈동자가 새카맣고 피부도 건강하게 그을려 있었다. 출항하기 전날에 청이는 아래층의 식당 방에서 유메이 언니도 부르고 잉후아를 비롯한 기루의 색시들과 샹 부인 웬지 부인 모두 모여서 송별연을 가졌다. 손님 모시고 하던 대로 디안토우와 주방 아줌마들이 주안상을 차려주었다. 술도 마시고 오랜만에 청이는 호금을 뜯고 유메이는 수야오를 불렀다.

> 고향 가는 동무를 떠나보내려니
> 섭섭하단 말도 꺼내지 못하였네
> 식구들 달려나와 서로 안고 반기겠지
> 나 아는 노인들도 아직 살아 있을까

> 맑은 강물 빨래터에 여인들 웃음소리
> 홀로 돌아앉아 옷고름 떼어 보내노라
> 저 물 흘러가서 향촌 시냇가에 닿는다면
> 누군가 내 아잇적 이름 부를 이 있을거나

청이는 이젠 돌아온다는 말은 하지 않았다. 세월도 흐르는 강물도 다시는 거꾸로 되돌아오지 않는다는 걸 이제 잘 알고 있었다.

동이 트자마자 청이와 웬지 이모는 짐을 꾸려가지고 마토우 배터로 나갔다. 샹 부인과 잉후아 등이 두 사람의 짐을 들어주었고 유메이는 아직도 곤하게 잠들어 있는 유자오를 안고 있었다. 마토우 광장은 새벽시장을 여는 상인들이 길 위에 물건들을 펼쳐놓고 있었다. 배터에는 단수이 지아오항의 대리인이 나와서 기다리고 있었다. 어젯밤 작별인사를 나누었는데도 단수이 죽원반관 사람들은 다시 눈물 바람이었다. 청이가 유메이에게서 유자오를 넘겨받았다. 유자오가 잠이 깨어 부스스한 눈으로 주위를 둘러보았고 샹 부인과 유메이는 차례로 유자오에게 작별 인사를 했다.

"유자오 시집갈 때까지 내가 살아 있어야 하는데……"

샹 부인이 말했고 유메이도 유자오의 뺨에 입을 맞추었다.

"이모에게 꼭 찾아와야 한다."

웬지 이모와 청이는 거룻배에 올랐다. 거룻배를 타고 만에 닻을 내리고 정박한 커다란 목선까지 갔다. 류큐 상선은 정크선과는 달리 배의 앞뒤가 넓적하고 위로 치솟아올라가 있었다. 배의 한복판에 큰 돛대가 있으며 선두 쪽에 그보다는 짧은 돛대가 있었다. 배의 앞머리에는 입을 벌린 용 모양이 그려져 있었다. 위로 치켜올려진 선미에는 키와 물이 드나드는 수구가 보였는데 순풍상송(順風相送)이라는 글과 용무늬가 보였다. 청이는 배가 어쩐지 낯익어서 잠깐 생각해보니 그 옛날 조선에서 처음 난징으로 팔려오던 때에 탔던 배와 생김새와 구조가 같은 구식 목선이었다.

선원들은 누렇게 물들인 무명 바지저고리에 머리띠를 질끈 동였고 선장이나 갑판장이며 상인들은 점잖게 나가기(長着)나 하오리(羽織)를 걸치고 있었다. 청이와 유자오도 편하게 웬지 이모가 지어준 유카타를 입었다. 상인과 승객들은 갑판의 한 층 아래에 있는 선실로 들어갔다. 밤에 잠잘 때 이외에는 모두들 갑판으로 나가서 바람을 쏘이거나 지나가는 섬들을 구경했다.

하루 밤낮을 달리자 드디어 바다 위에 수많은 섬의 높고 낮은 산들이 다가오기 시작했다. 이미 그곳은 류큐 나라였다. 야에야마(八重山) 제도의 요나구니(與那國) 섬이 다가오고 뒤를 이어 이리오모테, 하테루마, 이시가키 섬들이 나타났다. 섬이 떠 있는 부근의 바다는 옥빛 초록빛 연하늘색 그리고 산호 때문인지 붉고 하얀 색으로 바다에 거대한 꽃밭이 가꾸어진 것 같았다. 한동안 너른 바다 한가운데 수평선만 보이더니 바위가 삐죽삐죽 솟은 작은 섬이 나타났고 웬지 이모가 가슴에 두 손을 얹으면서 중얼거렸다.

"저건 타라마 섬이야. 아버지를 따라 떼배를 타고 바다에 나오면 해 지는 쪽으로 저 섬이 보였지. 나를 부르는 아버지의 음성이 들리는 것 같아."

멀리로 파리똥만큼이나 작게 보이는 섬들이 수평선 위로 나타났다가는 사라져갔다. 웬지는 고향에 들어서자 어느새 후미코로 되돌아가 있었다. 그네는 한껏 상기된 음성으로 말했다.

"아, 여기서부터는 내 고향이다! 렌화도 여기 식으로 렌카라고 불러야 맞겠네."

"그래요…… 전 아무래도 상관없어요."

후미코의 고향인 미야코(宮古) 제도는 류큐 제도의 중간쯤에 있는 고장이었다. 미야코에서부터 이제까지 온 것만큼 가면 류큐의 슈리 성이 있는 우치나(沖繩)에 당도하게 되어 있었다. 배는 미야코 섬의 배터에 한나절 들러서 사람을 태우거나 내리고 짐을 싣고 저녁에 출발하게 되어 있었다. 후미코는 갑판에서 강 건너처럼 보이는 부둣가를 손가락질해 보였다.

"렌카, 저기 좀 봐, 저 성문 앞에 시장이 있었단다. 부모님들이 고기를 팔던 곳이야."

다시 이틀 밤낮을 더 항해하여 우치나의 나하에 당도한 것은 석양 무렵이었다. 뒤로는 해가 수평선으로 떨어지면서 엄청난 노을이 바다와 하늘 전체를 붉게 물들이고 있었다. 배와 돛과 사람의 옷이며 얼굴까지도 불그레하게 노을의 물이 들었다. 배 옆으로는 비슷한 모양의 목선들이 같은 방향으로 치달리고 있었고 항구로 돌아가는 고깃배의 깃발이 울긋불긋하게 나부꼈다. 배가 둥근 활처럼 품을 벌리고 있는 만으로 들어서기 시작하자 뱃머리에 용의 머리를 올린 뾰족하고 길다란 용선들이 재빠르게 다가왔다. 배에는 장정들 여럿이 두 줄로 뱃전에 앉아서 기다란 노를 저었다. 사공 혼자 선미에 서서 노를 젓는 나룻배도 느릿느릿 지나갔다. 항구 안으로 강처럼 길고 좁은 만이 이어졌고 부둣가의 번화한 거리에서는 아직 어두워지기도 전에 등불이 하나둘씩 켜지고 있었다. 위로 봉긋하게 솟은 언덕 위로 성과 궁전의 붉은 지붕들이 보였다.

"저곳이 임금님이 사시는 슈리 성이란다."

후미코의 말을 들으면서 청이는 아름다운 언덕과 숲이며 이제는 푸르른 박명이 드리워지고 있는 나하의 마을들을 바라보왔다. 지난날 낯선 곳으로 흘러다닐 때에 처음 당도하던 날의 불안한 느낌과는 달리 집으로 돌아온 듯한 푸근한 마음이 되었다. 저녁을 짓는 연기가 마을의 지붕들 위에 안개처럼 퍼져올라가고 있었다.

청이는 유자오를 안고 후미코는 짐을 들고 항구로 올라섰다. 축대가 쌓인 배터의 곳곳에 계단이 있었다. 돌담을 두른 집들과 골목이 사방으로 뻗어나갔는데 두 여자는 부두에서 다리를 건너 방파제 안쪽 가로에 들어섰다. 해변에서부터 안쪽으로 들어갈수록 비탈이 조금씩 높아지고 있었고 언덕길을 따라서 집들이 이어져 있었다. 생선 굽는 냄새와 사내들의 떠드는 소리며 여인네의 웃음소리와 산신의 음률도 흘러나왔다. 술집과 여관이 보였다. 네모난 나무 현판을 내건 집에는 유카타 차림의 유녀(遊女)들이 무릎을 꿇고 단정하게 앉아 있었다. 청이는 어쩐지 가슴이 두근거렸다.

후미코가 기다랗게 돌담을 두른 어느 집으로 먼저 들어섰다. 처마가 나직하고 바깥으로 기다랗게 툇마루가 달린 일자의 남방식 집이었다. 마당 가운데 우물이 보이고 종려나무가 담을 따라서 줄지어 서 있었다. 대문 옆의 정사각형 지붕을 올린 독채 마루에 앉았던 여자가 얼른 나막신을 꿰고 나왔다.

"어서 오십시오, 손님."

그네는 두 손을 배 아래로 모으고 깊숙이 절하며 말했다.

"며칠 묵어갈까 하는데요. 조용한 방이 있습니까?"

후미코가 말하자 그녀는 싹싹하게 웃으면서 한 손을 내밀며 안내했다. 집의 오른편으로 돌아가는데 길을 따라서 판판한 돌이 발 디딜 만큼의 간격으로 박혀 있었다. 방은 집의 동북쪽 뒤편에 있었다. 역시 툇마루가 달리고 북쪽과 동쪽으로 창호지를 바른 문이 열려 있고 발이 쳐져 있었다. 마룻방인데 가늘게 짠 부드러운 돗자리를 깔았다. 벽장이 있고 작은 상이 놓여 있었다. 여자가 저녁을 드셨느냐고 물었고 후미코가 겸상을 시켰다. 여자는 세수간이 집 뒤로 돌아가면 있다고 가르쳐주었다. 뒷간과 세수간과 욕실이 칸막이 된 채로 붙어 있었는데 작은 사방등이 걸려 있었다. 밥을 먹고 포근한 이부자리에 눕자 청이는 정말로 여기가 마음에 들었다. 그들은 여관에서 닷새쯤 더 묵었다.

처음에 사흘 동안을 후미코 이모 혼자 나돌아다니더니 드디어 맞춤한 집을 찾았다며 청이에게 함께 가보자고 했다. 후미코는 번잡한 거리의 색주가를 내려는 것이 아니었다. 음식이 정갈하고 분위기도 조용한 요정(料亭)을 해보자는 것이었다. 그래서는 기예가 있는 기녀들 두세 명만 두고 손님이 원할 때에만 흥을 돋우어준다는 얘기였다.

"처음엔 그저 밥만 먹고 살 정도면 된다. 단골 손님이 많이 생기면 돈은 자연히 벌게 되겠지 뭐."

청이는 후미코의 의견이 자기 마음에 너무나 꼭 들어맞는다고 생각했다. 후미코가 데리고 간 곳은 번잡한 저잣거리를 벗어난 언덕길에 있는 마당이 너른 집이었다. 거기서 얼마 떨어지지 않은 곳에 예전에 입도하여 정착했다는 중국 사람들이 모여 사는 구메무라(久米村)가 있었다. 언덕에서는 바로 건너편 집들의 지붕이 내려다보였고 그 너머로 바다에서부터 들어온 강 같은 좁은 만과 돌다리들이 보였다. 시원한 바닷바람에 종려와 소철의 잎사귀가 끊임없이 한들거렸다. 집은 사각형의 앞쪽을 떼어버린 것처럼 보였는데 본채가 제일 안쪽에 있고 좌우로 양팔처럼 별채가 앞으로 내밀어져 있었다. 그래서 마당 가운데 다시집 속의 안마당이 생겨난 모양이었다. 안마당에는 작은 연못과 파초가 여러 그루 자라고 있었다. 우치나의 집들은 대문을 달지 않고 돌담에 출입구를 내고는 안이 들여다보이지 않게 입구 바로 앞에 간격을 띄워서 돌담과 같은 높이의 칸막이 담을 세웠다. 그러니까 들고 날 때에는 맞은편의 칸막이 담을 비켜서 옆으로 돌아 들어가게 되어 있었다. 칸막이 담 위에 작은 석등 자리가 있어서 밤에는 그곳에 기름 등잔을 넣어두곤 했다. 이 집은 뒤꼍에 세수간이며 뒷간이 있고 서쪽 담 모퉁이에 빨래터와 깊은 우물이 있었다. 그곳은 기둥 위에 지붕만 올려두었다. 좌우 별채의 앞쪽은 툇마루보다 조금 높아서 안마당의 연못이 내려다보였다.

후미코가 나하 저자의 반쇼(番所)에 가서 세금을 내고 주점 허가를 얻었다. 부둣가에서부터 저자가 달팽이 껍질처럼 나선형으로 아래에서 위로 전개되었는데, 슈리 성이 있는 언덕을 중심으로 위로 오를수록 부자와 관리들이 사는 영역이 되었다. 강처럼 안으로 깊숙이 들어온 만의 끝에 배가 드나들 정도의 운하를 파서 슈리 성의 바로 밑에까지 이르게 되어 있었다. 위에서 흘러내리는 하천의 지류들은 구불거리며 만나기도 하고 마을의 구역을 가르기도 하면서 결국은 만의 바닷물에 닿았다. 작고 큰 나무 징검다리며 돌다리들이 길을 연결해주었다. 위로 둥글게 솟아오른 반월교 밑으로 나룻배들이 드나들었다.

처음에 한 달 남짓은 제대로 영업을 할 수가 없었는데 사람을 구하지 못했기 때문이었다. 후미코가 어려서 류큐를 떠났으므로 이 고장 사람들 입맛에 맞는 음식 준비도 할 수가 없었고 젊은 기녀가 적어도 세 사람은 필요했던 것이다. 그리고 시간제로 들러서 놀아줄 악사도 필요했다. 무엇보다도 오카미(女將) 노릇을 할 그럴듯한 기녀를 먼저 찾아야 했다.

청이는 후미코에게서 류큐 말을 몇 마디씩 배웠지만 그저 시장에 가서 반찬거리나 사올 정도였다. 어느 날 후미코 이모와 청이가 유자오를 데리고 항구 거리로 나갔다가 입구에 휘장을 늘어뜨린 작은 밥집에서 늦은 점심을 먹었다. 가게 안에 손님은 보이지 않고 주인 부부가 더운 메밀국수를 먹고 있다가 공연히 미안해하며 주문을 받았다. 후미코가 두부로 만든 찬푸루와 야채절임이며 돼지고기 라푸테를 주문했다. 그들이 밥을 먹으며 나직하게 얘기를 나누었는데도 여주인이 알아듣고는 후미코에게 물었다.

"화인(華人)들이슈?"

"아니요, 나는 미야코 출신인데 중국에서 오래 살다가 왔지요. 여긴 내 조카딸과 손녀라우."

후미코가 대답하자 여주인이 그들 앞에 부채를 부쳐 바람을 보내주면서 친절하게 말했다.

"여기 나하에는 그런 이들이 많아요. 우리두 예전엔 푸저우에 두 가봤구 타이완에두 가봤어요. 그래 오랜만에 돌아오니 좋지요, 고향이?"

"그럼요. 바람 냄새가 어찌나 좋은지……"

"그래 여기서 뭣 하구 사시려우?"

후미코 이모가 잠깐 망설이다가 그네에게 되물었다.

"어디서 솜씨 좋은 숙수(熟手)를 찾을 수 없을까요?"

"아, 우리처럼 밥집 하시게?"

"주점이나 하나 내보려구요."

여주인은 고개를 끄덕였다.

"저어기 아랫다리 부근 포구에 그릇 팔고 식료 파는 모퉁이가 있어요. 거기 아무 데나 선술집에 가면 일을 찾는 요리인들이 한둘씩은 앉아 있을 게유."

주방 안에서 바깥 통로 쪽으로 고개를 내밀며 남자 주인이 끼어들었다.

"맞춤한 사람이 있는데…… 소개해드려요?"

여자가 남편에게 말했다.

"주정뱅이 로쿠(六) 할아범 말하는 거죠?"

"왜 그 사람이 어때서……"

남주인이 아내의 맞은편에 나와 앉더니 그네의 말은 무시해 버리고 후미코에게 말했다.

"그 사람, 예전에는 아지(按司) 댁에서도 오래 있었고 집정부 (執政府)에도 있었지요. 중년에 아내를 잃고서는 상선의 주방장으로 남방에 나다니더니 요새는 일용으로 이곳 저곳 유곽에 일 다니는데, 늙어서 할 일이 아니지요."

후미코가 여주인에게 물었다.

"술을 많이 한다면서요?"

여주인은 남편의 눈치를 힐끗 보고 나서 말을 흐렸다.

"글쎄…… 솜씨야 어디 그이를 따를 사람이 있나요?"

후미코가 청이에게 지금까지 그들 사이에 오간 대화를 말해 주었고 청이는 얼른 고개를 끄덕여 보였다.

"소개를 좀 해주시지요."

후미코의 말에 남주인이 대뜸 말했다.

"급료를 몇 달분 미리 내야 할 게요. 로쿠 영감은 보통 숙수가 아니니까요."

"한 달치는 우선 낼 수가 있어요. 일하는 것 보아서 석 달치까지 미리 내지요."

여주인과 남주인이 서로 마주 보며 고개를 끄덕였다.

"아마 그 정도면 일을 잡으려고 할 겝니다. 내일 이맘때쯤 이리로 오세요. 우리가 로쿠 영감을 불러다놓을 테니."

이튿날 후미코 혼자서 다시 밥집에 들렀는데 역시 점심때가 다 지나서인지 손님 두어 명이 각자 떨어져 앉아서 식사중이었다. 문 쪽으로 등을 돌리고 앉은 사람이 보였는데 머리가 희끗한 것이 로쿠 영감인 모양이었다. 후미코가 들어서자 남자 주인이 얼른 아는 체를 하고는 그의 앞에 앉으면서 말했다.

"이리 앉으시지요."

후미코가 주인 옆에 가서 앉았다. 서로 인사를 나누고 후미코는 할말이 없어 묵묵히 앉아서 잠깐 로쿠를 관찰했다. 그는 낡고 색이 바랜 유카타를 입고 맨상투에 머리띠를 동여매고 있었다. 눈두덩이 부풀어올라서 눈동자가 거의 보이지 않았고 콧수염과 턱수염을 다듬지 않아 어부처럼 보였다. 뭉툭한 코끝에 주독이 올라 불그레했다. 그는 삶은 콩 한 접시를 놓고 소주를 마시던 중이었다.

"아주머니가 내게 일을 준다구 했소?"

"예, 주점을 개업하려고 하는데 요리할 사람을 찾구 있었지요."

"어디…… 남방에서 오셨나, 아니면 대륙에서?"

로쿠가 말씨를 듣고 후미코에게 물었다.

"타이완에서 오래 살았어요."

로쿠는 소주를 꼴깍 들이붓더니 한마디했다.

"고생 많았소. 이젠 고향에 돌아왔으니 조용하구 편안히 사시구려."

후미코도 지지 않고 말했다.

"나 미야코 사람이에요. 어디 가서든 씩씩하게 살지요. 헌데 그렇게 날마다 술을 마시면서 어떻게 일을 하실 거요?"

로쿠가 후미코의 질문에 말문이 막히는지 껄껄 웃어댔다.

"맘에 안 들면 쓰지 마오. 일 끝나구 마시는 거요. 흥이 없는 놈들은 아무짝에두 못 써. 노래 못하는 놈치구 생선 대가리 하나 제대로 처리하는 놈 못 봤소."

후미코는 나중에 두고두고 로쿠의 그 말이 썩 듣기 좋았다고 말했다.

"저희 집으로 가실까요? 좀더 상의할 일도 있고 하니……"

후미코가 일어서자 로쿠는 따라나서기 전에 잊지 않으려는 듯 말했다.

"그 저…… 급료를 미리 주겠다던데 지금 이 사람에게 주슈."

로쿠가 말하자 밥집의 남자가 여태껏 잠자코 있더니 후미코에게 손을 내밀었다.

"어제 선금을 주겠다구 하시길래…… 실은 영감님이 우리집에 외상값이 좀 밀려 있지요."

후미코는 밥집 주인이 로쿠 노인을 소개하려고 애쓴 이유를 알 것 같아서 아무 말 없이 돈을 내주었다. 후미코는 로쿠를 집으로 데리고 갔다. 청이가 집의 곳곳을 청소하고 있다가 반갑게 맞았다. 로쿠는 마당에 들어서서 집을 한번 휘둘러보더니 고개를 끄덕였다.

"좀 낡았지만 아주 좋은 집을 찾았구려."

"양켠으루 별채를 이어서 지은 것이 여기 집 같지 않지요?"

후미코가 묻자 로쿠가 말했다.

"보면 모르오? 여기 식의 집에다 나중에 잇달아 지었구먼. 아마 집정부에 있던 사츠마의 관리가 살았을 게요."

로쿠는 밖에서 활짝 열린 미닫이문으로 방 안을 들여다보며 돌아다녔다.

"조금만 고치면 그럴듯한 요정이 되겠군. 내일부터라두 목수를 몇 사람 불러다 일을 시킵시다."

로쿠 노인은 무역선을 타고 남방 각지를 돌아다녀서인지 중국어도 곧잘 했다. 그래서 아직은 류큐 말을 못 하는 청이와도 말이 잘 통하는 편이었다. 청이는 로쿠 노인이 마음에 들었다. 그는 저녁마다 소주를 마셨지만 유쾌하게 취하는 편이라 주정이 없는 대신 노래나 흥얼거리다가 모로 쓰러져서 금방 코 골고 잠에 떨어졌다.

로쿠가 오고 나서 며칠 사이에 집수리가 시작되었다. 안쪽의 원래 일자 집 칸에는 예전에 쓰던 부엌을 그대로 쓰기로 했고 동편 구석 뒷방과 앞방을 살림방으로 쓰기로 했다. 서북쪽 뒷방은 로쿠 영감과 다른 일꾼이 쓰고 그 앞방은 기녀들 방으로 쓰기로 했고 가운데 대청은 그네들의 대기실로 정했다. 좌우의 불쑥 튀어나온 상하방 두 곳을 손님을 받는 방으로 정하여 미닫이를 열면 아래윗방이 통하도록 했다. 꺼진 마루를 다시 깔고 그 위에 돗자리를 빈틈없이 깔았다. 미닫이와 창에 벽지와 창호지를 새로 발랐다. 발도 걸고 등도 달았다. 마당으로 들어서는 출구 앞 칸막이 담에는 사방등을 거는 자리 바로 아래 용궁(龍宮)이라고 흘려쓴 붓글씨에 불로 지진 목패를 달아놓았다. 그리고 담 모퉁이에 장대를 걸고 그 위에 붉은 월등을 매달았는데 등피에도 용궁이라고 써두었다. 이제 용궁의 주인 렌카를 비롯해서 후미코와 로쿠와 그리고 유자오는 한 가족이 되었다.

로쿠가 중년의 여자 악사를 데려왔는데 자신은 산신을 켜고 고큐(胡弓)와 피리와 북을 맡은 예인들을 데리고 있었다. 그들은 여러 집을 돌아 손님이 있건 없건 일정한 시간에 용궁에 와서 기다렸다가 술자리에서 놀아주고 돌아갈 때마다 수고비를 받기로 했다. 그 여자 예인은 나바라고 불렀다. 나바는 젊어서 신이 내려 무당 유타 노릇을 하다가 스스로 그만두고 섬을 떠나 나하로 와서 기녀가 되었다. 그네가 산신을 연주하게 된 것은 옛날의 청이처럼 예인과 부부가 되었던 때문이었다. 남편이 병으로 죽자 나바는 다시 밤거리로 나올 수밖에 없었다. 나바와 줄이 닿게 되니 기녀를 찾는 일은 아주 쉬워졌다. 나바가 용궁에 와서 일을 맡기로 약정하던 날 후미코가 그네에게 당부했다.

"나도 타이완의 수야오를 배웠고 류카(琉歌)도 부를 줄 알지만 악사는 서로 소리가 어울려야 해요. 내일이라두 모두들 와서 한번 술 먹구 놀아봐야지."

음률을 아는 후미코가 제안한 것은 약정하기 전에 네토리(音取)를 해보자는 뜻이었다. 나바가 후미코에게 물었다.

"이 집에도 기녀를 두어야 하겠네요?"

"많이는 필요 없구 두셋이면 적당할 텐데……"

후미코의 말에 나바가 안심했다는 듯이 말했다.

"제가 한 아이를 데려올게요. 목소리가 곱고 짱짱하지요. 아직 명인은 아니지만 지금 한창때인데 얼굴도 예쁘답니다."

이튿날 밤시간에는 모두 일을 나가야 하니까 오후에 오기로 되어서 로쿠가 간단한 술과 안주를 준비했다. 나바는 제 나이 또래의 고큐를 켜는 여자 예인과 피리와 북이며 다른 구리 타악기를 다루는 남자 악사 두 사람을 데려왔다. 그리고 유카타 위에 고운 무늬의 바쇼후(芭蕉布) 나가기를 걸치고, 이마가 시원하게 드러나도록 머리를 뒤로 넘긴 기녀도 따라왔다. 몸집은 작고 새카만 눈에 살결이 가무잡잡한데 마치 바다에서 펄떡거리는 생선을 갓 잡아온 것처럼 생기가 도는 아이였다. 후미코와 렌카가 아랫방에 앉고 로쿠 노인도 음식을 가지고 와서 뒷전에 앉았다. 나바가 자기 일행을 일일이 소개하는데 기녀의 이름은 세리였다. 후미코가 물었다.

"세리 나이가 몇이냐?"

"열아홉입니다."

"언제 나왔니?"

"열네 살에요."

"출신지는?"

"호쿠잔(北山)에서 왔어요."

후미코는 거기서 더이상 묻지 않는다. 나바의 말처럼 이제 벙
그러진 꽃 같은 한창때인 것이다. 나바의 눈짓으로 산신이 흐르
기 시작하면서 피리가 따라붙고 간간이 북을 울리면서 네토리
를 해 보였다. 산신 음악이 몇 곡 계속되고 나서 나바가 세리에
게 눈짓을 했고, 그네는 무릎걸음으로 앞으로 나와 앉았다.

"류카를 들려드리지요. 요시야 치루의 노래입니다."

후미코는 눈을 지그시 감았다. 그 노래는 너무도 유명해서 대
륙의 류큐 상관에 있을 적에 뱃사람들이 술에 취하면 부르던 노
래였다. 가난한 섬의 농사꾼 딸들이 모두 그랬듯이 요시야 치루
는 열 살도 못 된 나이에 나하의 유곽에 팔려와 가인이 되었다.
치루가 팔려오다가 나하로 오는 도중에 건너야 할 마지막 다리
에 이르러 불렀다는 '히자바시(比謝橋)'라는 노래는 류카를 아
는 사람이라면 누구나 부를 줄 알았다.

미워라 히자바시
무정한 사람이
너를 여기에 만들었지
나를 건너 보내려고

심청은 저도 모르게 가슴을 찌르는 것 같은 느낌이 들더니 눈

물이 눈 안에 가득히 고였다. 산신이 가늘게 떨면서 뒷전에 깔리고 세리의 소리는 높이 올라갔다가 떨면서 문득 멈추는 듯 숨을 삼킨다. 이 빈틈이 매우 절묘했다. 다시 아래로 처지는 듯하다가 맑은 소리는 올라갔다. 산신과 피리가 어우러지더니 세리는 다시 같은 노래를 반복해서 불렀다. 너를 여기에 만들었지, 하는 대목에서 높은 소리가 끊기면서 숨이 멎었다. 노래와 반주가 함께 딱 멈추고 다음 가락을 기다리는데 그 정지된 순간이 아름다웠다. 나를 건너 보내려고, 에서 소리가 반음으로 이어지면서 아래로 처지는 것이 아니라 높이 올라가면서 길게 여운을 남기듯이 마지막 구절이 끝나는 것이었다. 세리는 요시야 치루의 노래를 연이어 불렀다.

구바 잎이 산들산들
시골 산천 조용하네
밧줄에 묶인 소의
울음소리 들리는 고향

그 노래에는 어릴 적에 팔려온 모든 기녀들이 고향 마을을 그리는 마음이 담겨 있었다. 이 노래를 지어 부르고 죽은 요시야의 마음이면서 지금 노래를 부르는 세리의 그것이며 후미코와 나바와 누구보다도 심청이의 마음이었다. 소리와 가락은 앞의 노래와 비슷했지만 애조는 보다 잔잔하게 표현되었다.

"아아, 좋아……"

청이는 류큐 말로 중얼거렸다. 그네는 저도 모르게 세리의 노래에 끌려 윗목으로 가서 나바에게 손을 내밀었다.

"주세요."

나바가 잘 못 알아듣고 두리번거리자 후미코가 말했다.

"산신을 줘봐. 렌카도 자네만큼 한다구……"

나바는 그제야 웃으면서 산신을 청이에게 내주었다. 중국의 비파에서 타이완의 호금으로 그리고 류큐의 산신에 이르렀지만 음률은 거의 같았다. 청이는 차르릉 하고 현을 손톱 끝으로 긁어보고는 물 흐르듯이 연주했다.

우항(雨港)에 오늘도 비가 내리네
바다 위에 내리는 비는 안개가 되어
님 떠난 뱃길을 지워버리네
처마 끝에 떨어지는 빗물이여
마셔버린 빈 술병을 채우네

청이는 유메이에게서 배운 수야오를 불렀다. 이 노래만 부르면 청이는 지룽의 밤이 생각나서 마음에서도 비가 내렸다. 그러나 지옥 같은 나날이었는데도 남풍 집의 작은 방에서 덧문을 열고 내다보던 배의 등불 빛을 잊을 수가 없었다. 붓끝에서 떨어진 먹물이 번진 것처럼 안개비 속에서 내항에 정박한 배의 불빛들은 아련했다. 로쿠 노인이 박수를 먼저 치자 모두들 따라서 박수를 쳤다.

"어어 참, 수야오 오랜만에 듣는구나."

로쿠가 손등으로 눈시울을 씻으면서 말했고 후미코가 중국 말 가사를 한 줄씩 번역해주었다. 나바가 일행들을 돌아보며 말했다.

"이제 보니 렌카 님이 예인이네요. 우리와 주법이 조금 다르 긴 하지만 훨씬 화려하군요."

세리가 얼른 일어났다가 무릎 꿇고 공손히 절하고 말했다.

"잘 부탁드립니다. 저두 많이 배우겠습니다."

"자아 우선 목 좀 축이고 네토리를 다시 하자구."

로쿠의 제안에 모두들 상에 둘러앉아 우치나 전래의 명산 소주를 돌려 마셨다. 청이가 말하고 곁에서 후미코가 류큐 말로 통역하는 식으로 나바와 세리 등과의 대화가 계속되었다.

"나에게도 류카를 가르쳐줘요."

청이가 세리에게 말했고, 세리는 나바를 돌아보며 말했다.

"저도 수야오를 배우고 싶어요. 여기에도 수야오를 좋아하는 손님들이 많지요?"

나바도 고개를 끄덕였다.

"나하에도 예전부터 대륙에서 입도해온 화인들이 많아요. 이젠 류큐 사람이 다 되어버렸지만."

로쿠 노인의 말에 의하면 음식도 중국 것과 일본 것이 섞여서 우치나 요리가 되었다고도 했다.

"여기선 중국 말과 일본 말을 섞어서 쓸 줄 아는 이들이 많소. 무역 상인들 중엔 서양 말까지 할 줄 아는 이들도 많던데……"

"그런데…… 렌카 님을 우리는 어떻게 부르지요? 요정의 주인이신데요."

나바의 물음에 세리가 먼저 말했다.

"여기선 다들 마마라고 부르지요."

"마마? 나는 아직 젊어요. 그냥 렌카라든가 언니라구 부르면 되지 뭐."

청이가 쑥스러워하자 후미코가 말했다.

"아니, 렌카는 마마라구요. 나는 그냥 후미코 이모라구 불러주면 돼."

청이와 후미코는 그 자리에서 세리를 오카미로 정하여 세 사람의 기녀를 더 데려오기로 했다. 세리도 지금 일하는 곳에서 미리 받았던 급료를 물어주고 용궁으로 옮기기로 했다.

개업하기 전에 로쿠 노인이 제안하여 각 섬의 아지들 야쿠쇼 (役所)와, 부두의 반쇼, 무역 상관들과, 슈리 성의 모노시구치 (申口方) 아래에 소속된 하쿠치가시라(泊地頭) 등에 개업을 알리는 선사품을 돌리기로 했다. 용궁을 알리는 일이지만 과용을 할 수는 없는지라, 과자를 만들어 예쁘게 포장하여 로쿠와 후미코가 일일이 방문할 작정이었다. 팥소를 넣은 타우치차오는 모양은 다르지만 중국식 월병과 비슷했고 사타안다기는 백성들이

집에서 명절에 해먹는 튀김과자였다. 로쿠와 후미코는 설이라
도 만난 듯 나가기와 기모노를 깨끗이 차려 입고 로쿠가 등에다
포장한 과자상자를 짊어지고 후미코는 양산을 쓰고 나섰다.

개업하기 전날 저녁에 청이는 후미코 세리 나바 등과 함께 목
욕재개하고 뒤뜰에서 먼저 샘의 가미에게 치성을 드리고 부엌
으로 들어가 불의 신 하누칸에게 공을 드렸다. 나바가 모든 절
차를 잘 알고 있어서 그네들은 시키는 대로 따라 했다. 후미코
가 연장자라 향로에 불을 붙이고 손을 맞부비며 절할 적에 나바
가 잘 알아들을 수 없는 옛적 류큐 말로 나직하게 소리를 했다.

　　하늘님은 하늘을 붉게 물들이네
　　아침의 꽃은
　　활짝 피고요
　　저것 보아요
　　저 아름다움을
　　하늘님은 하늘과 땅을 붉게 물들이네

개업하는 날 땅거미 질 무렵에 청이는 후미코, 나바와 함께
담 밖으로 나가 집 앞을 대빗자루로 깨끗이 쓸고 물을 뿌렸다.
출구를 가로막은 칸막이 담 모퉁이에는 용궁이라고 흘려쓴 유
지를 바른 붉은 월등을 대나무 위에 높직이 내다걸었다. 집 안

곳곳에도 등을 밝히고 세리 등의 기녀들은 바쇼후나 가스리의 기모노를 빼어입고 곱게 화장하고 방석 위에 앉아 손님을 기다렸다. 두런두런하는 소리가 들리기 시작하더니 마당에 사내들이 나타나기 시작했다. 청이는 세리를 데리고 얼른 마당으로 내려가 인사를 하면서 손님들을 반갑게 맞아 들였다. 무역 상관의 점잖은 손님들 다섯이 맨 먼저 상방에 들었다. 나바는 손님이 들어서기 시작하자 악사들과 함께 은은하게 산신 음악을 연주했다. 세리가 먼저 자리로 가서 무릎 꿇고 엎드려 절을 올렸다.

"어서 오십시오. 저는 이 집의 오카미인 세리입니다."

상관에서 온 초로의 무역 상인이 고개를 끄덕여 인사를 받고 나서 말했다.

"자네는 다른 집에서 본 것 같은데…… 이 집의 주인이 되었나?"

"아닙니다. 전에는 아랫다리 근처에 있는 요정 차마에(茶前)에 있었습니다. 저희 마마를 소개해올릴게요."

세리가 뒤를 돌아보자 청이는 얼른 종종걸음으로 자리로 나아가 무릎 꿇어 인사를 올렸다.

"어서 오십시오. 렌카 인사드립니다."

청이의 말투와 이름에 대번 눈치를 채었는지 옆에 있던 사람이 물었다.

"렌카, 화인인가?"

"예 그렇습니다."

444

초로의 상인이 대뜸 중국어로 말했다.

"반갑구나. 어디서 왔는가?"

"난징 출신입니다."

청이도 중국어로 대답했다.

"우리 상관에는 중국측 거래인들이 많이 오는데 자네 같은 마마가 있어서 참 잘됐구먼."

청이 얼른 소주를 그의 작은 잔에 따라 올렸고 세리도 다른 손님들에게 술을 따랐다. 청이는 상인에게 인사를 올리고 말했다.

"즐겁게 드십시오. 우리 오카미는 가인이올시다. 노래를 청하시지요."

상인이 술잔을 들어 보이며 좋다고 말하자 세리는 청이와 더불어 뒷걸음으로 물러났다. 아랫방 쪽에 자리잡은 악사들 앞에 앉아서 세리가 먼저 류카를 불렀다.

데이고 꽃이 피누나
가스리 무늬 짜던
창문 너머로
손에서 흘린 피처럼 붉게

데이고 꽃이 지누나
옷소매에 연못 위에도
꽃이 새로 피어나면

님의 배가 돌아온다지

세리의 노래가 끝나자 청이가 이번에는 스스로 산신을 잡고 수야오를 한 차례 불렀다. 손님들 한 패가 다시 마당으로 들어서고 있었다. 그들은 하쿠치가시라의 관리들이었다. 관리들은 상관 사람들과는 나하 부두에서 함께 협력하는 관계라서 아무렇지도 않게 상방의 다른 자리에 앉아 서로 건너다보며 인사를 나누었다. 저녁때가 지나고 밤이 깊어가자 취흥도 올랐을 무렵인데 발등을 비춘 하인을 앞세운 일행이 마당으로 들어섰다. 먼저 알아챈 후미코가 나막신을 꿰어신고 얼른 마당으로 나가니, 앞선 하인이 말했다.

"귀하신 분께서 오셨소. 조용한 방이 있는가?"

후미코는 뒷전에 섰던 두 사내를 향하여 공손히 인사하며 말했다.

"어서 안으로 들어가시지요."

후미코가 오른쪽의 별채로 안내하는데 두 사람이 따라 들어왔다. 그들은 쪽빛 나가기 차림에 아래에는 점잖게 하카마까지 입고 머리에는 네모난 관을 쓰고 있었다. 후미코는 그들에게 방석을 올렸다.

"잠시 기다리시면 곧 자리를 준비하겠습니다."

기녀의 귀띔을 받고 청이와 세리는 차례로 먼저 손님의 방을 빠져나오고 다른 기녀들이 교대했다. 악사들도 수고비를 받고는 사례하며 물러나왔다. 후미코와 함께 로쿠가 술상을 들고 들어갔고 조금 뒤에 청이도 들어가서 인사를 올렸다.

"렌카, 어르신들을 뵙겠습니다."

"이 집의 초기(長妓)인가?"

한 사람은 부채로 얼굴을 반쯤 가리고 앉았고 그의 옆에 비스듬히 비켜서 앉은 사람이 먼저 물었다.

"저는 마마입니다."

렌카의 대답에 얼굴을 가리고 있던 사람이 천천히 부채를 부치면서 중국어로 물었다.

"대륙에서 왔는가, 아니면 타이완에서 왔나?"

"두 곳에서 다 왔습니다. 저는 원래 꺼우리 태생이랍니다."

"꺼우리…… 그럼 조선에서 왔단 말이냐?"

청이는 그 남자를 똑바로 바라보았다. 사십대 중반쯤으로 보이는 그 사람은 얼굴이 창백하고 짙은 눈썹 아래 눈이 빛났다. 붓 같은 수염이 단정하고 가지런해 보였다. 먼저 말을 걸었던 사람은 그보다 체격이 건장했고 살결도 그을려 있었다. 청이 자기도 모르게 말해버렸다.

"어려서 눈먼 아버지를 모시다가 그만 난징으로 팔려왔습니다."

아마도 그 사람이 조선이라는 나라 이름을 알고 있어서 반가웠던 것인지도 모른다. 그가 빙그레 웃더니 조용하게 말했다.

"반갑구나, 나는 가즈토시라고 한다."

"미야코의 우에즈(王子) 님이시다."

옆에 있던 사람이 덧붙였지만 처음에 청이는 그것이 무슨 말인지 알아듣지 못했다. 나중에야 로쿠 할아범에게서 그가 왕실 혈친 중의 한 사람이며 미야코(宮古) 지방의 우에즈인 도요미오야 가즈토시(豊見親和利)라는 것도 알게 되었다. 그와 동행한 사람은 우에즈의 동생이며 아지인 아키유시(明芳)라는 것도 나중에 알게 된 사실이다. 나바를 비롯한 악사들과 세리가 들어오자 음악 연주가 시작되었다. 청은 먼저 가즈토시에게 술을 따르고 나서 아키유시에게도 술을 따르면서 조심스럽게 물었다.

"저희 집의 개업은 어찌 아셨습니까?"

"음, 자네가 화인이라는 소문을 들었다. 산신 연주와 수야오를 썩 잘한다면서?"

"이제 걸음마를 겨우 뗄 정도입니다."

청이의 대답에 가즈토시는 그네를 뚫어지게 바라보며 부드럽게 말했다.

"노래란 사람이 고생을 많이 하면 잘하게 되는 법이다. 그래서 우리네 류큐 백성들은 누구나 노래를 잘하지."

청이는 공손히 절하고 말했다.

"청하시니 수야오 한 곡 부르겠습니다."

심청은 조용히 뒷걸음으로 물러나 악사들 곁에 앉았다. 나바가 자신의 산신을 건네주었고 청이는 이번에는 뿔골무를 손가락에 끼우지 않고 발목을 한 손에 쥐고 줄을 긁었다. 청이 산신

을 먼저 연주하며 음을 고르자 악사들은 곧 어우러지며 화음을
맞추었다.

들판 끝에 쓸쓸한 산촌
지붕 위 저녁 연기 오르고
길손은 처마 밑에 섰네
아이들 찾는 소리 그치니
저무는 하늘엔 새 한 마리

청이는 둘째 절을 부르지 않고 연주만을 계속했다. 나바가 눈
짓을 하자 세리가 나서면서 수야오 대신 류카로 받았다.

온나 산 너머가
님의 고향
숲을 밀어젖히고
이리 끌어당겼으면

음악이 연주되는 가운데 이번에는 후미코가 들어와 공손히
절하고는 부채를 양손에 쥐고 하오도리 중에서 누치바나(貫花)
를 추었다. 늙은 후미코의 춤은 요란하지 않고 절도에 맞지만
부드럽고 조용하여 연륜과 품격이 보였다. 후미코가 춤을 추는
사이에 세리와 렌카는 다시 자리로 돌아가서 두 사람의 술시중

을 들었다. 세리가 두 손님에게 뵙는 인사를 했다.

"저는 이 집의 오카미인 세리라고 합니다."

"네가 부른 류카가 나베의 것이냐?"

가즈토시가 세리에게 묻자 그네는 대답했다.

"온나의 나베가 불렀던 노래입니다."

가즈토시는 눈을 감고 그 가사를 입 속으로 조용히 읊어보다가 말했다.

"가인은 이미 죽고 없는데 어린 너에게 전해지다니. 수야오와 류카는 특징이 서로 다르지만 산신을 반주로 하니까 마치 사촌지간 같구나."

청이가 말했다.

"저도 류카를 배우고 싶습니다. 수야오의 곡조는 슬프고 처지는 소리가 많은데 류카는 높낮이가 다양하고 힘이 있습니다."

아키유시가 말했다.

"형님, 류카는 여럿이서 부르면 더 듣기가 좋지요?"

"너덧 사람이 목청을 각기 해서 부르면 더욱 좋거든."

그때에 후미코가 춤을 끝내고 상머리로 다가와서 정중하게 절을 올렸다.

"도요미오야 님, 후미코 인사 올립니다."

가즈토시는 그네를 건너다보며 부드럽게 웃었다.

"자네두 한잔 받게나."

"황공합니다. 저는 미야코 섬이 고향입니다."

"언제 나하로 왔는고?"

가즈토시의 말에 후미코는 망설이다가 대답했다.

"어릴 적에 대륙으로 나갔다가 얼마 전에 고향으로 돌아왔습니다."

"그건 모두 우리들의 잘못이다. 이제는 나가지 말고 류큐에서 살게나."

도요미오야 가즈토시 일행은 밤이 늦어서야 돌아가면서 청이에게 다음에 다시 오마고 약속했다.

심청의 요정 용궁은 차츰 나하의 상인들과 관리들에게 알려져서 명소가 되었다. 나바가 이끄는 예인들도 이제는 다른 집을 돌다가 들르는 게 아니라 아예 용궁에서만 연주하게 되었으니 그만큼 장사가 잘되었다는 뜻이다. 세리가 춤을 잘 추는 두 여자를 데려와서 용궁의 기녀들은 그네까지 합하여 모두 다섯 명이 되었다. 후미코를 모두들 이모라고 불렀고 로쿠 영감은 농담삼아 이모부라고 불렀는데 후미코나 로쿠나 별로 싫어하지 않는 눈치였다. 그들은 서로 비슷하게 작은 섬에서 자라나 일찍 타향으로 떠나갔다가 온갖 세상 풍파를 겪고는 혈육 한 점 없이 홀홀단신으로 제자리에 돌아온 셈이었다.

세리를 비롯한 나하의 기녀들도 요시야 치루처럼 모두가 어린 나이에 유곽과 술집으로 팔려와 몸도 팔고 재간도 배우게 되었다. 그래서 청이는 샹 부인이 그랬듯이 누구에게나 공평하게

대하고 터무니없는 빚을 떠넘기지 않았으며, 선불이 있어도 이
자 없이 봉사료나 급료에서 조금씩 떼어 갚도록 해주었다. 누군
가 손님에게서 술값 이외에 봉사료를 받으면 반드시 후미코와
로쿠 두 사람의 몫을 몇 푼이라도 떼어주도록 했다. 손님이 기
녀들 중에 누군가를 점찍어 동침하려고 할 적에는 처음에는 안
되지만 세 번쯤 용궁에 들른 손님이면 외박을 허용했다. 용궁에
서는 숙박이 절대로 안 되기 때문에 밖에서 기다리는 가마꾼들
이 두 사람을 아랫다리의 여숙(旅宿)으로 모시게 했다. 이것은
청이가 샹 부인의 죽원반관에서 배운 예절이었다.

용궁에서는 낮에는 손님을 받지 않을뿐더러 저녁때에도 해가
저물어 완전히 어두워지기 전에는 칸막이 담 앞에 무릎 높이로
가로질러놓은 통나무를 절대로 젖혀놓지 않았다. 후미코나 세
리가 출입구 옆의 담 모퉁이에 불을 켠 홍등을 걸기 전에는 아
직 장사를 안 한다는 표시였다. 청이는 오후에 한가할 적에 간
간이 오침을 잤을 뿐 늦잠을 자지는 않았다. 후미코와 로쿠도
일찍 일어났는데 그날 저녁에 쓸 물건들이 무엇인가를 따져보
고 부두의 시장에 내려가 장을 보아야겠기 때문이었다. 청이는
오른쪽의 동쪽 살림칸에서 유자오와 함께 잤는데 아이가 먼저
일어나 흥얼거리는 소리에 깨기도 하고 동창에 쳐놓은 발 사이
로 햇빛이 방 안 깊숙이 스며들기 시작할 때면 저절로 눈이 떠
졌다. 유자오는 점점 더 총명해져서 어느새 류큐 말을 종알거리
게 되었다. 청이도 이제는 제법 아는 말이 많아졌는데 여러 곳

452

을 거쳐오면서 남의 말을 배우는 데 익숙해서였다.

후미코와 로쿠가 시장에 가고 기녀들은 간밤의 숙취와 피로 때문에 늘어지게 늦잠을 자고 있을 무렵이면, 청이는 유자오와 마당에서 놀거나 아니면 운하가 보이는 다리까지 나가서 오가는 거룻배들을 구경하곤 했다. 하루는 다리 위에 나갔는데 마침 휘장을 늘어뜨린 가마가 다가왔다. 앞에 행렬을 안내하는 자의 복장을 보니 슈리 왕부 관원의 화려하고 자락이 긴 예포를 입고 있어서 청이는 주위를 둘러보았다. 지나던 사람들이 모두 허리를 굽신하고 제자리에 서 있었다. 청이도 얼른 두 손을 앞에 모으고 고개를 숙이면서 유자오에게 주의를 주었다.

"유자오, 가만 서 있어!"

유자오는 얌전하게 섰더니 가마가 가까이 다가오자 청이의 곁을 떠났다. 유자오의 눈길을 끌었던 것은 가마의 휘장 끝에 달린 붉은 매듭 장식이었을 것이다. 가마꾼은 앞에 두 명이고 뒤에도 두 명이었는데 뒤편의 왼쪽 가마꾼이 유자오를 가볍게 밀쳤다. 유자오가 뒤로 궁둥방아를 찧으며 넘어졌고 저도 얼결에 놀랐던지 울음을 터뜨렸다. 청이는 당황하여 얼른 유자오를 끌어올려 안는데 가마가 멈추었다. 휘장이 위로 올라가더니 남색의 도포를 걸치고 머리에도 관을 쓴 사람의 상반신이 나타났다.

"자네는 렌카가 아닌가?"

중국어로 묻는 그 사람은 도요미오야 가즈토시였다. 청이는 남의 눈이 있는지라 그저 고개를 떨구고 인사를 올렸다.

"우에즈 님, 안녕하셨습니까."

"장사는 잘되는가?"

"예, 덕분에…… 한번 들르시지요."

가즈토시는 고개만 끄덕여 보이고는 휘장을 내렸다. 가마가 다시 움직였다. 그가 처음 용궁에 들른 지 두 달이나 지나서였다.

류큐의 벚꽃은 정월에 피는데 육지처럼 희고 작은 꽃이 아니라 겹으로 된 큰 왕벚꽃으로 분홍색이었다. 언제나 날씨가 비슷하지만 그래도 겨울철에는 대륙 같으면 제법 썰렁한 가을 날씨였고 그래서인지 세밑이나 새해가 되어도 별반 명절 같은 느낌이 들지 않았다. 오히려 새해는 벚꽃이 피면서부터 슈리 성 주위와 나하가 온통 잔치를 만난 것처럼 술렁이는 것이었다. 그맘때에 꽃놀이는 열흘간이나 계속되었다. 용궁에도 마당에 고목이 다 된 벚꽃나무가 한 그루 있어서 벌써 손님들이 나무 아래 평상과 자리를 깔아놓고 몇 차례의 꽃놀이를 즐겼던 터였다.

청이는 유자오를 데리고 꽃그늘 아래 앉아 있던 중이었다. 밖에서 인기척이 들리더니 언젠가처럼 하인이 앞장서서 마당으로 들어섰다. 그가 읍하고 섰는데 곧 뒤이어 도요미오야 가즈토시가 출구를 가로막은 칸막이 담 뒤에서 슬며시 나타났다. 청이는 얼른 일어나 몇 걸음 앞으로 나서며 인사하고 마음 편히 중국어로 말했다.

"어머나! 우에즈 님, 어서 오십시오."

그는 빙긋이 웃으며 연못가를 돌아서 다가왔다.

"내가 이렇게 와도 되겠느냐?"

"그럼요, 저희는 날마다 기다렸습니다."

청이가 마당에서 놀고 있는 유자오를 그냥 두고 가즈토시를 왼쪽 별채로 안내했다. 청이 방석을 드리고 다시 문안인사를 올릴 때까지 가즈토시는 말이 없다가 마당에서 꽃가지를 들고 놀고 있는 유자오를 내다보고는 물었다.

"저 아이가 네 딸이냐?"

"예, 귀엽지요?"

가즈토시가 다시 물었다.

"그럼 혼인을 했단 뜻이로구나……"

청이는 저도 모르게 입을 손등으로 가리며 웃었다.

"아직 아이를 낳지 못했습니다. 세상을 떠난 동무가 남긴 딸인데 제가 거두어 기르고 있지요. 저 아이 때문에 많이 위안이 됩니다."

가즈토시는 방 안을 둘러보고 바깥을 살피더니 말했다.

"낮에는 손님이 없는 모양인가?"

"예, 저희는 밤에만 장사를 합니다. 참…… 점심 진지 올릴까요?"

"아니다, 술은 그렇고 차나 한잔 마시구 가지."

청이 다담상에 다과를 준비하여 왔다.

"어찌 그 동안 통 기별이 없으셨습니다."

"음, 세밑에는 사츠마 사람들 때문에 들볶이느라고 언제나 정
신이 없구나. 영지에 나가 있었다."

도요미오야 가즈토시는 연말부터 새해까지 미야코 섬의 세수
와 사츠마 번에 보내는 공납 때문에 바빴던 모양이었다. 청이도
그맘때에는 류큐가 일본 사츠마 번의 속국이라는 것을 들어서
알게 되었다.

류큐가 중국에는 예전부터 조공을 바쳐왔지만 직접 통치는
한 번도 받지 않았다. 사츠마 번에서는 나하에 집정부를 설치하
고 집정관과 관리들을 보내어 류큐에 부과한 세금을 걷게 하고
있었다. 나하에 있는 왕궁과 귀족들의 저택이 있는 슈리 부가
백성들을 다스리고 있었지만 실상은 사츠마에서 나온 집정관이
실권을 쥐고 있었다.

오래 전에 각 섬의 아지들을 우치나 본도로 불러다 슈리 부에
살게 한 것은 통치력을 중앙으로 집중시키고 섬의 백성과 아지
들을 떼어놓기 위해서였다. 슈리의 상씨 왕조에서는 아지들과
왕실 혈친들 사이에 혼인을 시켜서 인척관계를 만들었다. 각 섬
의 아지들은 직접 통치력을 잃은 대신에 왕족이 되었으며 그들
은 각자가 계절별로 영지의 섬으로 가서 관리를 하다가 보통때
에는 다이칸(代官)이 남아서 행정을 돌보았다. 가즈토시도 그런
아지 출신 집안의 왕자, 즉 우에즈였던 것이다. 실제로 그의 성
인 도요미오야(豊見親)는 지금은 바뀌었지만 미야코 섬의 영주
를 의미하는 관직이기도 했었다.

"세상 어디서나 백성들은 살기가 어려운 모양이다."

차를 마시다가 가즈토시는 그렇게 혼잣말 비슷하게 중얼거렸다.

"그럼요, 온갖 나라가 많지만 어려운 사람들은 어디서나 비슷하게 살아요."

청이도 말했다. 그때에 하늘이 어두워지는 것 같더니 멀리서 봄우레 소리가 들려왔다.

"비가 오려나……"

청이는 일어나 발을 들치고 마당을 내다보다가 유자오를 부르려는데 벌써 후드득거리며 빗방울이 떨어지기 시작했다.

"유자오, 어서 들어오너라. 비 맞을라."

유자오가 깡충거리며 들어오려다가 마당에 들어선 후미코와 로쿠를 보자 반기면서 그들에게로 뛰어갔다. 후미코는 그네가 들고 있던 망태기를 로쿠에게 건네고 유자오를 안아올렸다. 문 여닫는 소리가 들리고 그들이 뒤채의 부엌으로 들어가는 소리가 들렸다. 빗줄기는 벌써 소나기로 변해 있었다. 앞마당의 파초 잎사귀에 떨어지는 빗소리가 요란했다.

"허허 이거 낭패로구나. 이제는 곧 일어설 수 없게 되었는걸."

가즈토시가 말하자 렌카는 발을 반쯤 걷어올리며 말했다.

"하늘에서 제 마음을 알았나봅니다. 이제 곧 벚꽃이 다 지겠지요. 여기서 한잔 드시면서 꽃이 지는 풍류나 즐기시지요."

후미코가 별채의 미닫이를 빼꼼히 열어보다가 화들짝 놀라

문 앞에서 무릎을 꿇고 인사를 올렸다.

"우에즈 님, 문안인사 올립니다."

가즈토시는 누구에게나 그렇듯이 부드럽게 웃으면서 고개를 끄덕여주었다.

"그간 별일 없었는가?"

청이 말했다.

"이모, 술상 좀 보아오세요."

잠깐 뒤에 후미코가 술상을 차려서 들고 들어왔다. 차게 식힌 낙화생 두부에 양념을 끼얹은 것과, 방금 저자에서 사온 생선 저민 것이며, 오이와 쑥갓을 무친 야채 두어 가지가 놓인 조촐한 상이었다. 청이 상 위를 보니 사케 도쿠리가 놓여 있다. 후미코가 아뢴다.

"오늘 같은 날에는 따끈하게 데운 사케가 소주보다 낫겠습니다."

"그래 잘했네."

청이는 얼른 오시이레에서 산신을 꺼내다가 자리 옆에 놓고는 술병을 들어 가즈토시의 잔에 따랐다. 그가 한 잔을 입에 털어넣고는 웃으면서 말했다.

"나를 비가 잡아두었으니 오늘은 내가 대취할 모양이다."

"석 잔을 드시고 난 뒤에 제가 산신을 타겠습니다."

"렌카두 한잔 들어라."

청이 잔을 잡으니 가즈토시가 술을 따랐다. 청이는 얼른 고개를 돌려서 한 잔을 마시고 다시 그에게 따른다. 권커니 자커니 하면서 술잔이 오가고 나서 취기가 조금씩 오르기 시작했다.

"이렇게 제가 우에즈 님을 모셔두 괜찮겠습니까?"

"그게 무슨 말이냐?"

"공무에 바쁘실 터인데……"

"그까짓…… 공무가 내게 어디 있단 말인가. 나라 전체가 볼모로 잡혔으니, 내게는 세상 천지가 감옥이나 한가지로다!"

심청에게 빈 잔을 내밀면서 도요미오야 가즈토시가 말했다. 청은 그의 잔에 술을 채우고 산신을 끌어다 무릎 위에 얹으면서 물었다.

"귀하신 몸으로 그 무슨 말씀이신지요?"

"바다 멀리서 온 자들이 내 백성의 산물을 빼앗다시피 가져가고 있구나. 옛날에 우리 류큐는 너의 집 이름처럼 바다의 낙원 같은 용궁이었다."

"저도 세상을 돌아다녀서 좀 알지만 하늘에 별처럼 많은 나라와 고장이 있지요. 서양에는 별의별 문물들이 많습니다."

"류큐는 아마 없어지고 말 게다."

가즈토시는 젊어서 중국에 나가 공부도 했고 안남에도 가보았으며 루손이나 바타비아에도 갔던 사람이다. 일본인들이 오키나와라고 고쳐 불렀지만 우치나에서는 많은 사람들이 서양의 개화된 문물에 대하여 보고들은 사실이 많았다. 일반 백성들도 고기잡이나 무역 장삿길을 떠났다가 다른 항구나 뱃길에서 서양의 증기선을 본 사람도 많았고, 서양인들에게서 신기한 물건을 얻어가지고 온 사람들도 있었다.

"산신을 연주하렵니다."

청이 산신의 줄을 몇 번 고르다가 뜯기 시작했다. 빗소리는 여전했고 가끔씩 번갯불이 번쩍 하더니 우레 소리가 가까운 곳에서 들려왔다. 기녀들도 이제는 늦잠에서 일어났을 시각이건만 가즈토시 우에즈가 와서 렌카 마마와 술을 마신다는 소리를 들었는지 별채 부근에는 기척도 하지 않았다. 후미코가 새로 데운 술을 쟁반에 받쳐다가 상 위에 놓고 나갔는데, 그는 청이의 산신 연주를 들으면서 술을 몇 잔이고 연거푸 마셨다. 그는 술에 취할수록 말수가 적어지고 우울해 보였다. 청이는 어쩐지 이 중년의 사내에게 처음부터 끌렸었다. 창백하고 마른 체격이며 성깃한 수염이며가 마치 갯가에 홀로 섰는 따오기나 두루미를 보는 것 같았다. 그러나 눈빛이 강렬하여 나약하게 보이지는 않았다.

그가 자신의 영지인 미야코 섬 출신의 후미코에게 보이는 따뜻한 시선이며, 그네가 고향을 떠났던 것이 자기 잘못이라며 첫 대면에서 말했을 때부터 청이는 그이가 좋게 보였다. 곡절 많았던 청은 사내를 먼발치서만 보아도 그 성정을 대강 짐작할 수가 있었다. 그네의 나이는 스물다섯이 되었지만 이제까지 겪은 세월은 중년 여자보다 더했다. 그네는 산신을 연주하다가 가즈토시가 술잔을 너무 자주 비우는 것을 보고는 얼른 상머리로 다가 앉았다.

"나으리, 그렇게 급히 마시면 좋지 않습니다. 저에게두 잔을 좀 돌리셔요."

"오늘은 날도 궂으니 장사를 그만두지 그르느냐."

"우에즈 님 오셨는데 다른 손님을 받아 무엇 하겠습니까? 천천히 오래오래 드시다 가셔요."

가즈토시가 말했다.

"우리집 아이가 기다리고 있을 텐데 먼저 돌아가라고 일러라."

청이는 밖으로 나가 후미코에게 하인을 돌려보내라고 전하고 돌아왔다.

"댁에서 걱정하지 않으실까요?"

가즈토시는 잠시 말없이 청이를 바라보다가 중얼거렸다.

"안사람은 인사불성이 되어 누운 지 오래되었다."

나중에 알았지만 그의 아내 데이 마키(程眞希)는 처녓적부터 심장이 약하여 햇빛에 나서거나 조금만 놀라도 졸도하기 일쑤였다. 어느 날 문지방에서 넘어져 졸도를 한 뒤로 제정신이 돌아오지 않았고 식구들도 몰라볼 정도가 되었다. 가즈토시는 아내를 정성껏 보살폈고 구메무라의 화인 의원에게도 치료를 받도록 했으며, 우치나에는 없는 약재를 구하려고 대륙으로 가는 무역상들에게 부탁하기도 했었다. 그러나 오랜 병이라 데이 마키 부인의 병은 낫지 않았다. 가즈토시는 차츰 혼자서 술 마시는 날이 많아졌다.

오후가 되면서 비는 그쳤지만 바람이 거세게 불어왔다. 청이가 산신을 연주하다가 돌아보니 가즈토시는 술상 옆에서 조용하게 그대로 옆으로 넘어져 있었다. 청이는 그의 머리 아래 방석을 접어서 우선 받쳐드리고 창문을 닫았다. 닫힌 창문 앞에다 병풍을 펼쳐서 아늑하게 막아두었다. 후미코가 조용히 들어와 방을 치우고 술상을 내가고 빈 술병들을 치웠다.

"이모, 오늘은 폐문 패를 걸어 손님을 받지 마셔요."

"비 오는 날이라 술 손님들이 많을 텐데……"

청이는 그냥 아무 대답 없이 후미코를 바라보았다.

"알겠다. 저 아랫방까지 비워둘 것이니 우에즈 님을 잘 모셔다오."

청이는 이부자리를 깔고 가즈토시를 그 위에 눕히려고 애를 쓰는데 그가 몸을 뒤척이더니 그대로 요 위에 몸을 굴려 새우처럼 꼬부리고 누웠다. 청은 웃음이 나오려는 것을 억지로 참고 이불을 덮어주고는 방문을 닫고 나왔다.

가즈토시는 날이 완전히 어두워진 뒤에야 깨어났다. 그가 잠이 깨면 놀랄 것 같아서 청이 방바닥에 놓는 낮은 사방등 둘을 놓아두고 불을 켜두었다. 청이는 바로 아랫방에서 기다렸는데 그가 깨어났는지 마른기침 소리가 들렸다. 청은 준비해두었던 화로에서 끓인 물과 다구를 받쳐들고 들어갔다.

"일어나셨어요?"

그는 두리번거리더니 깜짝 놀랐다.

"허허 이게 웬일인가. 지금 시각이 얼마나 되었느냐?"

청이는 웃으면서 시치미를 떼었다.

"새벽닭이 울 즈음입니다. 목마르실 텐데 우선 차를 드셔요."

가즈토시는 이부자리에서 나와 앉아 옷깃을 가다듬고는 차를 마셨고 청이 말했다.

"오늘은 저희 집에서 주무시고 가셔요. 목욕물도 데워놓았어요."

"아직도 비가 오는가?"

"비는 그쳤습니다만 바람이 거세군요."

"바람이야…… 우리네 식구가 아니냐. 아기들도 바람 부는 날에는 마음을 놓고 잘 잘단다."

가즈토시는 바람결에 창문틀이 덜컹대는 소리며 집 주변을 맴돌며 지나가는 휘파람 비슷한 소리를 가만히 들어보다가 말했다.

"내가 네 집에서 자고 가도 괜찮겠느냐?"

"아까 불쑥 찾아오셨을 때에 저 혼자 속으로 생각했습니다. 오늘 밤 제 집에서 주무시고 갈 것 같았습니다."

그는 청이 처음 볼 때부터 마음이 끌렸던 그 부드러운 웃음을 지으면서 한참이나 말없이 지켜보더니 불쑥 말했다.

"처음부터 자네가…… 좋았다."

청이는 얼른 일어났다.

"목욕하시지요. 그러고 나면 술맛 또한 새로워집니다."

청은 가즈토시를 뒤채 쪽의 구석에 있는 목욕간으로 안내했다. 마루가 깔린 복도에서 기녀들이 오가다가 얼른 인사를 하고는 저희들 방으로 사라졌다. 안에서 킥킥거리는 기녀들의 웃음소리가 들렸다. 목욕간은 로쿠 할아범이 손을 보았는데 부엌에 잇대어 널판을 깔고 커다란 무쇠 항아리를 들여놓고 바깥쪽의 아궁이에다 장작불을 때도록 되어 있었다. 목욕간의 문을 열자 안은 뿌옇게 수증기가 가득 차 있었고 벽 모서리에 걸린 등잔 불빛이 희미했다. 청이 돌아서서 말했다.

"어서 옷을 벗으셔요. 제가 등을 밀어드리겠습니다."

가즈토시가 겉옷과 속옷까지 벗고는 널판자 위에 엉거주춤 앉자 청이는 저도 옷을 벗어서 두 사람의 옷을 바구니에 넣어 선반에 얹어두었다. 청이 나무물통으로 물을 퍼서 가즈토시의 등뒤에서부터 천천히 끼얹었다. 그의 몸은 마른 편이었지만 살결은 단단하고 힘도 있어 보였다. 청이는 재스민을 섞은 녹두비누를 그의 목덜미에서 등으로 칠하고 두 손으로 부벼서 매끄러운 거품을 내었다. 가즈토시는 얌전하게 앉아 있었다. 다시 그의 등뒤로 물을 천천히 흘려주는데 가즈토시가 말했다.

"자, 돌아앉거라. 너두 내가 씻어주마."

청이 말없이 돌아앉으니 가즈토시가 그네의 등에 비누질을 해주었다. 그리고는 물을 끼얹어주었고 청이는 가슴을 두 팔로 가리고 돌아보며 말했다.

"어서 탕 안에 들어가 앉으셔요. 그래야 몸이 풀린답니다."

"너두 함께 들어가자."

"아닙니다. 그러면 물이 넘쳐서요."

가즈토시가 탕 안에 들어가 앉았다. 무쇠 솥바닥은 널판자가 깔려 있어 괜찮았지만 주위는 아직 뜨거웠다.

"뜨겁습니다. 닿지 않게 조심하셔요."

청이는 마른 박하 잎을 띄운 목욕물을 그의 드러난 어깨 위로 흘려주었다.

"렌카, 들어오너라."

가즈토시가 손을 밖으로 내밀면서 말했고 청이는 가만히 그 손을 마주 잡았다. 그네는 발부터 조심스럽게 담그고는 탕 안에 가만히 상반신을 담갔다. 물이 한꺼번에 넘치면서 판자 위로 쏟아져내려서는 벌어진 틈새로 흘러 벽에 뚫은 하수구 속으로 요란한 소리를 내며 흘러들어갔다. 두 사람은 바짝 구부린 무릎을 맞대고 젖은 얼굴을 서로 바라보았다.

가즈토시가 청이의 젖은 머리를 뒤로 쓸어넘겨주었다. 청이는 일본인들과 달리 앞이마를 면도하지 않은 채 뒤로 넘겨 붙들어맨 가즈토시의 상투머리 동곳을 뽑고 매듭을 풀었다. 그의 긴 머리카락이 어깨 위로 흘러내렸다. 가즈토시가 물 속에서 청이의 가슴께를 어루만지고 무릎에서 허벅지 아래로 하여 둔부를 두 손으로 쓸어내리면서 얼굴을 기울여 청이의 입술을 가볍게 물었다. 그들은 서로의 몸을 어루만졌다. 청이가 말했다.

"방으로 가셔요. 너무 더워요."

청이 먼저 탕에서 나왔다. 그네는 새 유카타 두 벌을 바구니에서 꺼내어 내놓고 수건도 꺼내두었다. 청이가 몸을 닦고 알몸 위에 유카타만 걸치면서 말했다.

"여기 수건 있구요, 옷도 갈아입으셔요."

청이 먼저 방으로 돌아가자 후미코가 이미 주안상을 차려다두었다. 청이는 방 안에 병풍을 젖히고 창문을 조금 열었다. 바람도 비도 그치고 젖은 땅냄새와 더불어 벚꽃 향기가 스며들어왔다.

머리를 어깨 위로 풀어 늘어뜨린 도요미오야 가즈토시는 마치 어느 숲속에서 뛰어나온 토인처럼 젊고 기운차 보였다. 수건으로 닦은 얼굴에서 아직도 땀이 비 오듯이 흘러내렸다. 그는 어깨에 두른 수건으로 연신 얼굴과 가슴팍을 닦았다. 그가 상머리에 앉자 청이는 먼저 차갑게 식힌 차를 한 잔 따랐다. 그가 맛있게 마시고 다시 한 잔을 더 청해 마셨다. 청이는 유카타 앞섶을 여미고 일어나 꿇어앉으며 절을 올렸다.

"오늘 우에즈 님을 제가 모시겠습니다."

청이는 절을 하고 나서 술을 그의 잔에 따라주었다. 가즈토시는 이번에는 소주를 천천히 한 모금씩 마셨다. 청이가 안주를 집어 젓가락 아래 손을 받치고 그의 입에 넣어주었다. 가즈토시가 청의 팔목을 잡아당기더니 허리를 잡아 자기의 무릎 위에 얹었다. 두 사람의 유카타 자락은 아래로부터 젖혀져서 알몸의 하반신이 서로 닿았다. 청이는 의자에 거꾸로 올라앉은 것처럼 두

466

다리를 벌려 그의 허리를 둘러 감았다. 가즈토시의 남근이 몸속으로 미끄러져들어오는 게 느껴졌다. 청이는 하아, 큰 한숨을 내쉬며 머리를 뒤로 젖혔다. 가즈토시가 깍지를 꼈던 두 손을 풀어 상 위의 잔에 소주를 따라서 한 모금 머금고는 청이에게 내밀자 그네는 입을 맞추어 그가 넘겨주는 술을 한 모금씩 넘겼다. 혀에는 쓴맛이 감돌았고 목구멍을 태울 것 같은 열기가 가슴속으로 번져갔다. 가즈토시는 다시 한 모금 더 머금어서 그네에게 넘겨주었다. 그들은 음양이 하나가 된 채로 잠시 그러고 있었다. 가즈토시는 서두르지 않고 청이의 목덜미에서 가슴으로 입술을 옮기면서 천천히 애무했다. 청이가 아랫도리를 조금씩 움직이기 시작했다. 처음에는 허리를 좌우로 움직이다가 앞뒤로 흔들었다. 가즈토시는 그네의 젖꼭지를 입에 물고 혀끝으로 건드리다가 입 안 깊숙이 넣고 지그시 물어당겼다. 청이의 허리는 점점 거칠게 움직이고 있었다. 그리고 저절로 입이 벌어지면서 숨가쁜 소리가 새어나왔다. 가즈토시가 청의 궁둥이 밑에 두 손을 넣어 받쳐주었고 그네는 그의 목을 끌어안고는 아래위로 구르기 시작했다. 청이의 몸 속에서 가즈토시의 그것은 그네의 동작에 따라 꿈틀거리며 골짜기의 앞쪽이나 깊숙한 안쪽 혹은 양옆을 건드리고 때리고 빠져나갔다가 다시 돌아왔다. 청이는 큰 소리를 참느라고 입을 다물었지만 어느 모퉁이에서 저절로 비명이 새어나왔다. 가즈토시는 그럴 때마다 그네의 허리를 꼭 잡고 안정을 시켜주거나 천천히 위로 올려주면서 조절을 했다. 그가 다시 청이의 허리를 두 손으로 꽉 잡고 놓아주지를 않았다. 청이는 그의 어깨에 두 팔을 두르고 축 늘어져서 파도가 지나가기를 기다렸다.

가즈토시는 서로의 몸이 떨어지지 않도록 두 손으로 청의 둔부를 끌어안은 채로 일어났고 그네도 그의 목덜미에 매달렸다. 그는 비틀거리며 일어나 요 위에 가서 가만히 그 자세대로 청이를 눕혔다. 가즈토시는 다시 청이의 젖가슴에서 허리까지 땀에 젖은 살갗을 침착하게 매만졌다. 가즈토시가 편안하게 청이의 몸 위에 얹힌 채로 조금씩 아래를 움직였다. 그의 움직임은 묘해서 거칠지 않았지만 자극적이었다. 가즈토시는 몸을 약간 위쪽으로 끌어올리는 듯하면서 아래위로 조금씩만 움직였는데 그의 남근의 뿌리 끝이 청이의 꽃술을 민감하게 건드리고 있었다. 가즈토시는 동작을 하면서도 자신들의 짓거리를 내려다보는 것처럼 어쩐지 이 자리에서 동떨어져 있는 듯한 태도였다.

얼마나 지났을까. 열어젖혀둔 병풍 뒤의 창문에서 바람이 한 차례 몰려들어와 사방등 안의 촛불이 일렁였다. 비에 젖은 나뭇잎과 벚꽃 향기가 바람에 가득 스며들어 있었다. 도요미오야 가즈토시와 심청은 알몸으로 요 위에 나란히 누워 있었다. 청이는 온몸이 늘어진 채 누워 있다가 발치에 끌어내려진 홑이불을 끌어당겨 몸을 가렸다. 두 사람은 아무 말도 하지 않았다. 청이가 옆으로 돌아눕자 가즈토시도 모로 눕더니 그네를 껴안았다. 청이는 그의 품속으로 파고들었다. 가즈토시가 말했다.

468

"너 나를 따라가겠느냐?"

"슈리의 우에즈 님 댁에는 갈 수 없습니다."

"미야코 영지로 같이 가자."

청이는 바로 대답하지는 않았다.

용궁은 삼월이 되면서 더욱 바빠졌는데 무역 상관과 구메무라의 화인들이 무역선을 보내고 맞는 시기였기 때문이다. 가즈토시가 용궁에서 자고 간 지 두 달 가까이 지나서 그날은 왼쪽 별채의 상하방과 오른쪽 별채의 마룻방에까지 손님들이 가득차 있었는데 밤늦게 가즈토시가 아우 아키유시와 함께 나타났다. 청이는 손님들 방에서 세리와 함께 노래를 부르고 산신을 연주하고 있었다. 기녀 하나가 들어오더니 청이에게 귀띔을 해주었다.

지금 그네가 맞고 있는 손님들은 집정부의 사츠마 관리들로 기세가 등등한 자들이었다. 물론 겉으로는 점잖고 말투도 함부로 하지 않았지만 같은 방에 들인 다른 손님들과는 인사치레도 나누지 않았다. 사무라이의 체통 때문에 그들은 모두 하나같이 장검과 단검을 차고 다녔는데 술자리 옆에 장검은 풀어놓고 있었다. 류큐는 예의의 나라라 하여 무기를 슈리 왕부에서 모두 거두어 폐기해버린 뒤로 아무도 무장한 사내들이 없었다. 집정부 사람들은 모두 네 사람이었으며 하급 관원이었지만 류큐 사람들은 모두 그들을 존중했다. 그들은 야쿠쇼의 무사들이었기 때문이다. 청이는 방금 우에즈 님이 오셨다는 귀띔을 받고 갑자기 가슴이 방망이질치듯 두근거리기 시작했고 어서 자리에서 빠져나가겠다는 생각뿐이었다.

청이는 세리의 노래와 연주가 끝나자마자 뒷걸음으로 물러나앉은 자세로 방문을 열었다. 그네가 나가려고 하는 순간에 사무라이들 중의 하나가 말했다.

"어이, 마마는 물러가시나?"

청이는 머리를 숙이며 예의를 갖추어 대답했다.

"예, 다른 손님이 오셔서 인사를 드려야겠습니다."

"곧 돌아오길 바라오. 우리도 오랜만에 왔으니까……"

청이는 대답하지 않고 다시 고개 숙여 절했고, 세리가 말했다.

"마마와 오카미가 한 방에서 이렇듯 오래 모신 자리는 없습니다. 아이들을 모두 들어오라구 할까요?"

"그럼 이만…… 실례하겠습니다."

청이는 방을 나와 바쁜 걸음으로 대청마루를 지나 오른쪽 별채로 갔다. 마침 후미코가 술상을 보아 들여가던 참이었다. 청이가 방문을 열자 안에는 가즈토시와 아우 아키유시 그리고 화인 의복을 입은 늙수그레한 두 남자가 더 있었다. 청이 공손하게 방문 앞에 꿇어앉아 인사를 올렸다.

"우에즈 님 아지 님 오셨습니까?"

도요미오야 가즈토시가 말했다.

"자주 오지 못해서 미안하구나. 오늘은 푸저우 상행의 두 손

470

님들을 모시고 왔으니 나바의 악사도 부르고 다른 아이들도 좀
들어오라구 하여라."

청이 다시 두 상인들께도 인사를 올리고 복도로 나가서 후미
코에게 일렀다.

"세리에게 가만히 이르셔요. 나바와 악사들 데리고 적당히 물
러나오라구요."

술상이 차례로 들어오고 술잔이 몇 잔 돌아가고 나서 세리가
먼저 들어와 문안인사를 올렸다. 나바와 그네의 일행들도 윗목
에 자리잡고 앉아서 연주를 시작했다. 세리가 먼저 류카를 몇
곡 부르고 청이가 수야오를 부르고 있었다. 갑자기 쿵쾅거리는
발소리가 대청을 건너오는 것 같더니 방문의 미닫이가 벌컥 열
렸다. 그는 건너편 상하방에서 술을 마시고 있던 야쿠쇼 사무라
이 중의 한 사람이었는데 술이 어지간히 오른 상태였다. 방 안
의 사람들은 이미 무례를 범한 그자를 말 한마디 없이 쳐다보고
만 있었다.

"너희가 모두 가버려서 취흥이 깨졌다. 우리는 손님이 아닌
가?"

청이 일어나 공손하게 말했다.

"그 동안 즐겁게 노셨으니 이제는 다른 분들께 자리를 양보하
셔야지요."

그러나 그는 다가서며 렌카의 손목을 덥석 잡더니 밖으로 끌
어내려 했다.

"그런 사정은 우리 방에 가서 얘기하란 말야. 모두들 납득을 해야 되니까……"

"네 이놈! 여기가 어떤 자린 줄 알고 행패인가?"

고함을 지른 사람은 아지 아키유시였다. 사무라이는 방 안을 넘겨다보더니 청이의 손목을 놓고 비틀거리며 아랫방 쪽으로 들어왔다.

"네가 뭔데 사츠마의 사무라이에게 큰 소리를 치는 게냐?"

아키유시는 대꾸하지 않고 대번에 발을 휘돌려서 그자의 무릎 정강이를 내질렀다. 사무라이는 대번에 비명을 지르며 앞으로 풀썩 넘어지는데 아키유시가 앞으로 기울어지는 그자의 멱살을 잡아올리면서 그의 얼굴에 바싹 대고 을러댔다.

"면상을 두부 으깨듯 해주고 싶지만 귀한 분이 계셔서 참는다. 조용히 물러가고 다시는 나타나지 말라."

아키유시가 말을 마치고 확 밀쳐버리니 야쿠쇼의 사무라이는 엉덩방아를 찧으며 뒤로 넘어졌다가 절뚝이며 방문 밖으로 나가버렸다. 가즈토시가 가볍게 혀를 차더니 한마디했다.

"귀찮게 되었구나. 저들 중에는 분명 우리를 아는 자들이 있을 텐데……"

화인 중의 한 사람이 당황하여 말했다.

"저들은 성질이 나면 아무에게나 칼을 휘두릅니다. 술 취한 개라고 우리가 피하는 게 어떻겠습니까?"

가즈토시는 손을 쳐들어 누르는 시늉을 하면서 화인들에게 말했다.

"가만, 잠시 지켜나보십시다."

그는 청이와 세리 등에게도 손짓을 하면서 말했다.

"너희들도 안쪽으로 물러나 있거라."

청이가 먼저 손님들의 뒷전으로 가서 앉자, 세리며 나바와 악사들도 모두 방의 안쪽으로 몰려 앉았다. 아니나다를까, 마루를 뛰어오는 여럿의 발소리가 요란하게 들리더니 방문으로 네 사내가 한꺼번에 쏟아져들어왔다. 가즈토시는 부채를 펼쳐 얼굴 아래를 가리고 앉았고 아키유시가 자리에서 일어나 방 한가운데로 나가서 섰다. 먼저 정강이를 차여 절뚝거리게 된 자는 뒷전에 섰고 그의 동료 두 사람이 앞으로 나섰다.

"너희는 뭐 하는 자들인데 요정에서 사람을 치는가?"

"나는 슈리에 사는 사람이다. 저자가 우리 자리에 와서 행패를 부리기로 버릇을 조금 가르쳤을 뿐이다."

"슈리? 무슨 말라죽을 시조쿠(士族)인가?"

앞에 선 자가 그렇게 이죽거리자마자 아키유시는 발을 휘돌려서 그의 가슴팍을 찍어찼다. 그는 숨을 헉 들이키면서 뒤로 벌러덩 자빠지는데 그대로 미닫이 문짝을 부수면서 마루에 나가 뻗어버렸다. 옆에 섰던 자는 놀란 김에 들고 왔던 장검을 빼어들었다. 아키유시가 두 주먹을 엇갈려 쥐고 발을 벌리고 서서 말했다.

"류큐인이 무장하지 않는 걸 잘 알면서 맨손 앞에 칼을 뽑는 게냐?"

그는 말없이 칼을 두 손에 쥐고는 위로 곧추세워들고 옆걸음질로 방 안으로 들어왔다. 그가 두어 걸음 떼었을까 한 번 공중에 휘익 그으면서 달려드는 상대를 아키유시가 허리를 바짝 숙여 피하면서 정권으로 면상의 인중 급소를 내질렀다. 사내는 칼을 놓으며 그대로 맥없이 앞으로 무너져버린다. 뒷전에서 아무말 없이 지켜보던 사내와 먼저 정강이를 맞고 엎어졌던 사내가저희 동료들을 이끌고 밖으로 나갔다. 잠시 후에 끝까지 뒷전에서 지켜보던 사내가 방 앞에 나타나더니 무릎을 꿇고 말했다.

"저희 동료가 술이 과하여 점잖으신 분들께 실례를 범하였습니다."

아키유시는 앉은 채로 태연히 말을 건넸다.

"여기 이분은 우에즈이신 도요미오야 가즈토시 님이고 나는 아지인 도요미오야 아키유시라고 한다. 내일 아침에 내가 몸소 너희 자이반(在番)으로 가서 집정관에게 따질 것이다."

사무라이는 고개를 숙이고 예의를 갖추어 말했다.

"저희가 술이 취한 것은 사실이나 폭행을 한 쪽은 아지 님 측입니다. 서로 없던 일로 하시지요."

잠자코 앉았던 가즈토시가 부채를 내리고 나직하게 한마디했다.

"알았으니, 어서 물러들 가라."

사무라이가 고개를 들어 가즈토시를 힐끗 올려다보고는 그대

474

로 일어나 읍하고 사라졌다. 밖에서 술렁거리는 기척이 들리는 것으로 보아 그들이 요정을 떠나는 모양이었다. 후미코가 들어와 알렸다.

"사무라이들은 모두 가버렸습니다. 제가 문 앞에다 소금을 뿌리구 왔지요."

가즈토시가 방의 천장을 올려다보며 탄식했다.

"우리에게 저러하니 사츠마의 가시(下士) 사무라이들이 일반 백성들을 어떻게 대하겠는가?"

아키유시가 말했다.

"형님, 제가 내일 집정부로 찾아가서 단단히 혼을 낸 다음 망신을 주고 오겠습니다."

가즈토시는 아키유시의 말에 픽 웃었다.

"뻔하지 않느냐. 겉으로는 예의로 대하겠지만 오히려 우리네 망신이라고 생각할 게다. 그만 잊어버려라."

잠시 울적한 분위기로 술자리에 침묵이 흘렀다. 청이가 그런 분위기를 휘저어버리려는 듯이 나바에게 일렀다.

"나바 언니, 연주 부탁해요."

청이는 술상머리에 다가앉아 손님들에게 차례로 술을 따랐다. 세리도 얼른 눈치를 채고 나바의 산신 연주에 따라서 노래를 불렀다. 술이 몇 잔 돌아가자 화인 상인이 아키유시에게 물었다.

"아지 님 놀랐습니다. 그건 어떤 권술인가요?"

아키유시는 어딘지 허탈한 모습으로 피식 웃고는 말을 돌렸다.

"젊은 시절에 세상 모르고 열심히 수련한 적이 있습니다만…… 아무짝에도 쓸모 없는 헛손질이지요."

가즈토시가 머쓱해하는 화인을 위하여 말해주었다.

"우리는 수백 년 전부터 무기를 없애버렸습니다. 전에 섬과 섬끼리 피투성이의 싸움을 했던 탓도 있지만, 무엇보다도 바다 한가운데에 사는 작은 왕국으로서 큰 나라들에게 싸울 뜻이 전혀 없음을 알려야 했지요. 우리가 류큐 가라테의 체계를 잡기 시작한 것은 사츠마 침공 이후의 일입니다. 무엇보다도 우리는 무기는커녕 자위를 위한 무력 비슷한 것도 지녀서는 안 되었으니까요. 그래서 맨손으로 자기를 지키는 수련을 생각해낸 것입니다. 시조쿠들은 주로 슈리테(首里手)를 연마합니다."

사츠마 번의 시마즈 다이묘가 바쿠후(幕府)로부터 류큐 침공 허가를 받은 것은 이백여 년 전이었다. 철포와 장창으로 무장한 병력 삼천 명이 전선 천여 척에 나누어 타고 가고시마의 야마가와 항에서부터 서남쪽으로 연이어진 섬의 길을 따라서 출전했다. 그들은 아마미 제도를 차례로 휩쓸고 출전한 지 한 달도 못 되는 같은 해 사월 초하루에 우치나의 나하에 상륙하여 슈리 성을 점령해버렸다. 류큐에는 궁성을 지키는 군사 수백이 의례에나 쓰는 무장을 하고 있었지만 당시의 쇼네이(尚寧) 왕은 화친을 원하고 있었다. 그들은 류큐 왕과 사족들을 사츠마를 거쳐 에도(江戶)까지 연행해갔다. 왕과 대신들은 에도에서 이 년 반

동안 잡혀 있어야 했고 쇼네이 왕과 중신들 모두가 사츠마 번에 종속되기를 서약한다는 내용의 기청문(起請文)에 서명을 하고서야 풀려나 고국으로 돌아올 수가 있었다.

사츠마 번은 류큐 왕국의 통치 지역이던 아마미 제도를 직할 영지로 선포했고, 우치나를 오키나와로 바꾸고는 남쪽 섬들은 쇼네이 왕의 지배권을 인정한다는 지행목록(知行目錄)을 내려서 마치 번의 다이묘가 토지를 가신에게 내려주는 형식을 취했다. 그리고는 류큐로 하여금 겉으로는 형식적인 왕국을 유지하도록 했다. 그것은 중국과의 조공 무역을 유지시키기 위해서였다.

청이도 가즈토시에게서 류큐의 지난날이며 형편에 대하여 자세히 들은 적이 있었다. 슈리 성 부근에 사는 왕부의 시조쿠들 대부분이 풍악을 즐기고 노상 취해서 산다거나, 도박을 하든가 개중에는 대륙에서처럼 아편 연기에 몽롱한 자들도 있었다. 그들 중에는 민간선인 마아랑센(馬艦船)을 건조하기도 하고 류큐 체류 화인들과 함께 투자하여 푸저우에서 정크선을 사들여 해외 무역에 나서는 이들도 있었다. 가즈토시는 영지를 관리하고 있었지만 아키유시는 형과 함께 투자한 배를 운영하는 데 몰두하고 있었다. 그들은 차라리 이 꼴 저 꼴 보지 않고 남방이나 대륙으로 나가 돌아다니며 살기를 원했다.

가즈토시가 청이에게 청혼을 한 것은 두 사람이 용궁에서 만난 지 거의 일 년이 되어갈 무렵이었다. 가즈토시는 그 무렵에 전보다는 자주 나하 부두에 나와 다녔는데 아우가 뻔질나게 남방으로 배를 띄웠기 때문에 뒷바라지를 해주어야 하는 일거리가 많았던 탓이기도 했다. 그리고 그는 무엇보다도 청이 없이는 아무런 자극도 없고 앞날도 희미하기만 하던 류큐 사족의 삶을 견디지 못했을 것이다.

그날도 화창한 오후였는데 날씨는 제법 무더웠다. 우치나의 건계는 타이완과는 또 달라서 아무리 더운 날에도 그늘에 들어가면 바닷바람이 불어와 서늘했다. 가즈토시가 하인도 거느리지 않고서 혼자 불쑥 출구 쪽에 나타났다. 청이와 후미코가 집의 창을 전부 열어놓고 발도 걷고 앉아서 서늘한 바람을 즐기고 있던 무렵이었다.

"어서 오세요. 오늘도 부두에 나오셨어요?"

"배가 떠난다구 그래서⋯⋯"

"점심 안 드셨지요? 시원한 메밀 소바 말아드릴게요."

가즈토시는 마당에서 그대로 문턱에 걸터앉았다. 후미코가 먼저 나가고 청이도 뒤따라 나가서 부엌으로 들어가 점심을 준비했다. 로쿠와 후미코는 청이를 그냥 내버려두고 뒷전에서 지켜보기만 했다. 작은 다담상에 소바 한 그릇과 나물을 받쳐들고 들어가니 가즈토시는 아예 신을 벗고 시원한 돗자리가 깔린 방 안에 벌렁 드러누워 낮잠이 들어 있었다. 청이는 상을 내려놓고 잠시 망설였다.

"어쩌나, 면이 불 텐데⋯⋯"

그네가 손가락 끝을 세워 우에즈의 옷 위로 살집을 집으니 그는 작은 비명을 지르며 깨어났다.

"그냥 놔둘까 했는데, 그러면 맛이 너무 없잖아요."

가즈토시는 후루룩거리는 소리를 요란하게 내면서 소바 한 그릇을 잠깐 동안에 비웠다. 후미코가 차게 식힌 녹차를 가져왔고, 가즈토시가 그날 따라 미적미적하는 것이 뭔가 할 얘기가 있는 듯했다. 청이는 얼른 눈치를 채고 물었다.

"우리 우에즈 님, 밖에서 뭐 잃어버린 물건이라두 있으신가요?"

가즈토시는 덤덤히 앉았다가 소매 속에서 매끈한 옻칠 갑을 꺼내어 내밀었다. 청이 무심결에 갑의 뚜껑을 열어보니 연푸른 하늘색의 옥가락지 한 쌍이 들어 있었다.

"아아, 예뻐라! 이걸 제게 주시는 거예요?"

청의 말에 가즈토시는 또 아무 말 없이 빙그레 웃고만 앉았다가 불쑥 말을 꺼냈다.

"나하구 같이 살자."

"예에……?"

청이는 대답할 말을 잊고 잠시 그를 바라보는데 가즈토시가 말했다.

"우리 혼인하자는 말이다."

청이는 이제 그의 부인 데이 마키에 대해서 더이상 말을 꺼내지 않았다. 청이는 가즈토시를 너무도 사랑했고 그와 함께라면 일 년 사시사철이 언제나 새로울 것 같았다. 청이는 그의 침착함과 부드러움이며 어딘가 깊은 수심에 어린 눈빛을 보면 언제나 가슴이 두근거리는 것이었다.

"그래두 괜찮으셔요?"

가즈토시는 슬쩍 돌아앉아 마당 쪽을 내다보면서 혼잣말처럼 말했다.

"마키가 인사불성이 된 지 세 해가 지났구나. 슈리 성의 모든 사람들이 알고 있지. 내가 렌카를 만나려고 여태 혼자 있었던 모양이다. 후실이라도 괜찮다면 나와 혼인해다오."

청이는 가즈토시의 손을 잡으며 말했다.

"후실이든 뭐든 난 괜찮아요. 늘 당신과 같이 있고 싶었어요."

미야코 섬의 우에즈인 도요미오야 가즈토시와 요정 용궁의 마마 렌카는 혼인을 하기로 결정했다. 날짜와 장소는 한 달 뒤에 남방 풍속대로 저녁 무렵에 슈리 성 아래에 있는 미륵사(彌勒寺)에서 식을 올릴 예정이었다. 청이 쪽에서는 용궁의 식구들 전원이 일가친척이 되어 참가할 모양이고, 가즈토시 측은 아우 아키유시와 슈리 성의 사족 몇 사람과 왕실에서 임금의 직계 아우 되시는 우에즈(王子) 한 분이 참석할 예정이었다. 보름 전이 되자 가즈토시 측에서 혼수로 쓰라고 예물을 보냈는데 갖가지 색깔과 화려한 무늬의 바쇼후며 조후(上布)며 비단 등속을 보냈고 대륙의 장신구와 칠보며 옥이며 금은붙이의 패물들이 더불어 왔다.

일단 절에서의 혼인식은 꽃과 향을 불단에 바치고 혼례 술을 나누면 되었고, 축하연은 도요미오야 가즈토시의 슈리 저택에서 열릴 예정이었다.

혼인하는 당일이 되어 오후부터 후미코와 세리가 청이를 단장시켜주는 것으로 식의 준비가 시작되었다. 얼굴은 지분과 연지로 곱게 화장하고, 머리에 동백기름을 윤이 나게 발라 뒤로 빗어넘기고는 장식빗이며 비녀와 잠을 꽂았다. 명주 속곳에 미야코 조후의 기모노를 입었다. 용궁의 기녀들과 나바를 비롯한 악사들이며 로쿠 영감까지도 모두들 덕분에 새옷을 얻어입었다. 유자오도 붉은 꽃무늬의 기모노를 입혀놓으니 이제는 제법 여자 꼴이 난다고 후미코가 감탄을 했다. 도요미오야 댁에서 보낸 사인교 가마와 마차가 왔다. 청이는 가마에 오르고 식구들은 마차에 탔다.

미륵사에는 법당 안에 사람들이 둘러앉았고 오른쪽에 슈리 궁정에서 나온 악사들이 화려한 예복을 입고 머리에는 관을 쓰고 두 줄로 앉아서 음악을 연주하고 있었다. 스님들은 장삼에 법의를 걸치고 가운데 자리에 앉았으며 꽃과 향을 꽂은 상이 가운데 놓여 있고 오른편에 가즈토시가 하카마 하의에 나가기 위에다 쇼 왕실 문장이 찍힌 하오리를 걸치고 머리에는 역시 네모난 관을 쓰고 서 있었다. 후미코와 세리가 머리에 비단으로 접은 예식 관을 쓴 청이를 양쪽에서 부축하여 가즈토시의 앞에 가서 섰다.

먼저 신랑 신부의 맞절이 있었고 축주를 서로 권하고 마시는 순서가 있고 두 사람이 다시 맞절하고 나면 스님이 불전에 두 사람의 합일을 알리는 예불을 올리고 하는 순서가 천천히 계속되었다. 혼인 예식은 화려하고 엄숙하게 진행되었는데 초혼은 아닌지라 하객도 그리 많지 않았고 식순도 간편하게 생략한 것이 많아서 조촐해 보였다.

예복으로 성장한 청이는 그야말로 절의 뜰에 활짝 피어난 붉은 모란꽃처럼 성숙한 아름다움이 돋보였다. 가즈토시와 청이 나란히 오른 팔인교 가마가 먼저 슈리 성의 사족 저택으로 출발했고 다른 사람들은 마차를 타거나 걸어서 언덕으로 올랐다. 언덕 왼편으로는 바다에서부터 끌어들인 운하가 계속되어 슈리 성문 바로 아래 골짜기에 파놓은 용담(龍潭)에 이르렀다. 다시 오른편의 언덕에는 아름드리의 소나무와, 데이고 꽃나무, 동백나무, 소철, 산뽕나무, 협죽도 같은 크고 작은 나무들이 울창한 숲이었고, 숲 사이로 판판하고 큰 돌을 박은 길이 이곳 저곳으로 갈라지고 있었다. 숲 사이로 사족들의 저택 담장과 지붕이 드문드문 보였다. 숲에서는 가까이 있는 슈리 성의 성벽이 보이지 않았지만 돌아서면 멀리 슈리 성에서 내다보던 것과 같은 방향으로 옥빛 푸른 바다가 내다보였다.

우에즈의 집 앞에는 하인들이 출구 앞에 질러놓은 통나무 빗장을 활짝 열고 기다렸다. 돌담 가운데 칸막이 벽 대신 안이 들여다보이도록 간살을 짠 가리개가 출구 앞에 서 있었다. 길 좌우로 파놓은 작은 시냇물이 대문 앞으로 하여 돌담가를 지나 끊임없이 흘러내렸다. 오래된 우물과 마차가 드나드는 출구와 마구간이 보였다. 마당 가운데는 괴석이며 모란과 자미화 동백꽃이 어우러진 화원이 있었고 작은 돌을 깐 길을 따라 들어가면 기둥을 세워 처마를 길게 빼고 툇마루를 이어놓은 일자의 집이 나왔다. 집의 정면 좌우에는 눈을 부릅뜨고 입을 벌린 채 쭈그리고 앉아 있는 돌사자 한 쌍이 보였다.

집의 가운데 마루를 오르면 객청이었다. 하인들이 두 줄로 서서 절하며 청이를 맞았다. 일자의 집 네 채가 입 구(口)자 형세로 서 있는데 가운데의 공간은 키 작은 화목과 연못이 있었고 연못 한가운데 뒤채로 건너가는 반월교가 놓였다. 집의 앞쪽과 뒤쪽 둘레에 작은 툇마루가 달려 있고 미닫이를 위로 들어올리도록 되어 있었다. 본채의 후원에 돌담이 보이는데 그 너머에 별채들이 좌우로 있었다.

가운데 객청의 양쪽에 잇달은 방마다 모두 미닫이를 열어놓아 하나로 통한 길다란 강당이 되어버렸다. 바닥은 어디나 끼끗한 다다미였다. 중앙에 연못 쪽을 등지고 큰 상이 놓였고 좌우로 독상들이 줄지어 놓였다. 일가친척들은 모두 가까운 순서대로 중앙 객청에서부터 먼 방에까지 앉았다. 두 부부의 상 앞은 비워두고 악사와 예인들이 연주며 노래와 춤을 보여주었다. 슈리 사람들은 이것이 일상이었겠지만 청이네 식구들은 일반 백성들인지라 이렇게 큰 저택에 들어와본 적도 없었고, 수십 명의 하인들이 들고 나며 시중을 드는 것도 처음 보았다.

잔치는 밤늦게까지 계속되었으나 후원에 등불이 켜지고 붉은 등을 받쳐든 하녀 두 사람이 나타나자 신랑과 신부는 자리에서 일어나 손님들에게 예를 차렸고, 손님들도 일어나서 절했다. 가즈토시와 렌카는 중정(中庭)의 반월교를 건너 뒤채 가운데에 있는 누문(樓門)을 지나 후원으로 사라졌다. 신랑 신부가 첫날밤을 보내러 안으로 사라지자 자리는 이내 파흥이 되어 음악도 끝나고 사람들도 돌아가기 시작했다.

이튿날 두 사람은 보통때보다 조금 늦게 일어났다. 가즈토시와 청이는 하인들이 준비해둔 목욕물로 몸을 씻고는 조상님들의 위패를 모셔둔 불단에 참배를 올리러 갔다. 불단 상청은 본채 건물의 북편 중앙에 있었는데 방바닥에서 허리 높이만큼 되는 곳에 오시이레처럼 미닫이가 달려 있었다. 미닫이를 열면 세 칸으로 나뉘어져 있고 맨 위에 위패가 모셔져 있으며 양옆에는 꽃병이 있었다. 참배를 하기 전에 먼저 꽃을 화병에 꽂아 공양을 올렸다. 중간 칸의 향로에 향을 피우고 좌우에 놓인 잔에 술을 따랐다. 맨 아래칸에는 쌀 한 공기를 올려 제물을 삼았다. 줄지어 세워둔 위패는 작은 칠기 장 속에 들어 있고 은색의 글자로 이름과 직위가 씌어 있었다. 가즈토시는 먼저 손뼉을 치고 나서 일어선 채로 허리만 굽혀 절을 올렸고 청이도 그가 하는 대로 따라했다.

"부처님과 조상님들께 저희 가족의 평안을 기원하고 도요미오야 가즈토시와 도요미오야 렌카의 혼례를 알리려 하옵니다. 저희가 궂은 날이나 맑은 날을 가림없이 화목하고 서로 사랑하여 백년해로하게 도와줍소서. 오랜 병고에 시달리는 아내도 어서 회복되어 저희와 더불어 행복한 가정을 누리도록 하여줍소서……"

그 길로 가즈토시는 청이를 데리고 후원의 왼편 담장 안에 있는 별채로 갔다. 별채는 청이의 기억에 희미하게 남아 있는 난징 첸 대인네 집을 떠올리게 했다. 햇볕이 하얗게 창호 위에 내려앉아 있었지만 그 깨끗한 정적이 어딘가 외롭고 쓸쓸하게 보였다. 주인이 찾아오자 병자와 함께 기거하며 수발을 들어주는 늙은 하녀가 얼른 뛰어나와 마루 아래 내려섰다. 두 사람은 대청을 지나 방 안으로 들어섰다. 다다미 방에는 병풍이 쳐 있고 얇은 홑이불을 목까지 올려덮은 데이 마키 부인이 누워 있었다. 부인은 흰 속곳 바람이었는데 머리는 그냥 풀어내린 채로 머리끈을 이마에 매고 있었다.

"여보, 당신의 아우 렌카를 데려왔소."

가즈토시가 그네의 손을 잡고 나직하게 말했지만 데이 부인은 그냥 눈을 감은 채로 꼼짝도 하지 못했다. 다만 그네가 살아 있다는 것은 가냘프게 내쉬는 숨소리로 겨우 알아챌 수 있을 뿐이었다. 청이는 아무런 의식이 없이 눈을 감고 누워 있는 데이 부인을 향하여 두 손을 이마 위에 얹고 큰절을 올렸다. 청이도 데이 부인의 손을 잡으면서 말했다.

"이제부터 제가 형님을 정성껏 모시겠습니다."

청이는 앙상하여 마른 나무 삭정이 같은 그네의 손가락을 만지작거려보았지만 온기만 있을 뿐 움직이지는 않았다. 청이는 저도 모르게 눈물이 흘러나와 볼을 타고 흘러내렸다.

두 사람은 본채로 나왔다. 그들은 어제 잔치가 벌어졌던 중앙의 객청에 나란히 앉아서 집안 사람들의 인사를 받았다. 제일 먼저 가즈토시와 데이의 자식인 장남 요시히로(義廣)가 앞으로 나와서 인사를 올렸다.

"요시히로, 작은어머님께 인사드립니다."

요시히로는 이미 열다섯 살의 소년으로 슈리 성의 학숙(學塾)에 다니고 있었으며 내년이면 공부를 마칠 예정이었다. 그러고 나면 숙부 아키유시를 따라 류큐 왕부의 부교쇼(奉行所)에서 일을 하든지 대외무역을 배우게 될 것이다. 학숙의 선생들은 구메무라 출신의 화인들이 대부분이었다. 뒤이어 청지기와 하인들이 무리로 나와 인사를 올렸다. 청이는 준비해왔던 작은 선물들을 요시히로는 물론 아랫사람들에게도 일일이 덕담을 해주면서 나누어주었다. 가즈토시는 청이를 집 안 곳곳의 방과 창고로 데리고 다니면서 보여주었다.

원래 사족이 혼례를 올리면 사흘 안으로 임금님께 알현하도록 되어 있어서 가즈토시는 궁성으로 기별을 보냈고, 곧이어 명일 오전에 들어오라는 하달이 내려왔다. 가즈토시와 청이는 중국 옷과 같은 무늬와 복식의 궁중 예복으로 차려입고 가마를 타고 슈리 성으로 올라갔다.

정면 안쪽에 자개 무늬의 용을 아로새긴 기둥이 서 있는 곳에 붉은 옻칠을 입힌 격자창이 보였고 그 아래 무릎쯤의 높이로 좌대가 있었고 왕과 왕비가 나란히 앉아 있는 모습이 보였다. 용상은 원래 이층에 있었으며 제관의 하례를 받는 행사도 어정과 정전의 이층에서 했지만 평상시에는 아래층에서 간략하게 이루어졌다. 도요미오야 가즈토시는 미닫이가 열리자마자 청이를 힐끗 바라보고 나서 얼른 무릎을 꿇고 엎드려 절을 올렸다. 청이도 눈치껏 가즈토시를 따라 같은 자세로 엎드렸다.

"이리 가까이 오라."

느릿느릿하고 어딘가 힘이 없는 것 같은 어조로 쇼네이 왕이 말했다. 가즈토시가 일어나 두 손을 모으고 허리를 굽힌 채로 걸어가 안쪽 미닫이를 지나서 좌대 아래 무릎을 꿇고 엎드렸고 청이도 남편을 따라갔다.

"내 들으니 조카가 오랜 독숙(獨宿)을 면했다지…… 다행스런 일이로다."

"황공합니다."

"후실은 화인이라니 어느 고장에서 왔는고?"

청이는 고개를 더욱 숙이면서 무심결에 중국어로 아뢴다.

"예에…… 난징에서 왔습니다."

"허허, 머나먼 고장에서 왔구나."

가즈토시가 임금의 말에 답변을 미리 생각해두기라도 한 듯이 말했다.

"저희 배가 왕래하던 중에 이 사람이 류큐 구경차 왔다가 저와 만나게 되었습니다."

이번에는 곁에 앉았던 왕비가 말했다.

"두 사람 모두 얼굴을 들고 편히 앉아요."

가즈토시와 청이는 상반신을 펴고 천천히 고개를 들었다. 좌대 위에 다다미가 깔렸고 붉은 팔걸이 안석에 왕과 왕후가 앉아 있었다. 왕은 붉은 비단에 황금색 용을 수놓은 포를 입고, 예식 때 쓰는 옥구슬과 진주로 장식한 면류관 대신에 금색의 사방관을 썼다. 왕비는 노랑색 바탕에 깃과 소매를 붉은색으로 강조한 포의에 머리에 얹는 작은 남색의 관을 쓰고 있었다. 두 사람 모두 가즈토시보다 나이가 십여 년은 더 들어 보였다.

"오, 절색이로구나. 미야코 우에즈는 복두 많지."

왕비가 말했고 왕이 물었다.

"그래 내자는 아직 차도가 없는가?"

"예에 아직도…… 인사불성입니다."

왕이 고개를 끄덕이는데 왕비가 말했다.

"저런…… 얼마나 마음 고생이 많았을꼬. 차라리 영지에 나가 사는 게 낫겠어요."

왕은 묵묵하게 앉았는데 이번에는 왕비가 중국어로 물었다.

"후실의 이름이 무엇인가?"

"렌카라고 합니다."

488

왕비가 중얼거렸다.

"류큐가 물의 나라이니 어울리는 꽃 이름이네."

청이는 아직 서툴지만 류큐어로 대답했다.

"용궁에 와서 용왕님과 왕비 마마를 뵈오니 꿈을 꾸는 듯합니다."

"총명하기도 하여라. 내가 우에즈 부부에게 상을 내릴 테요."

왕이 가즈토시에게 물었다.

"미야코와 야에야마의 백성들이 살기가 점점 어려워진다지?"

가즈토시는 다시 엎드려 아뢰었다.

"사츠마 번과 조세 문제를 다시 조정해야만 합니다. 이대로 두었다가는 백성들이 살아갈 길이 없습니다."

쇼네이 왕은 깊은 한숨을 쉬었다.

"작년에도 가고시마에 갔던 사신이 시마즈 다이묘의 고집을 꺾지 못하고 돌아오지 않았느냐."

"왕부에서 보낸 야쿠닌(役人)들과 지토우(地頭)들이 우리의 말을 듣기보다는 자이반 쪽의 눈치만 보고 있습니다."

왕이 말했다.

"미야코와 야에야마의 우에즈는 영지에 나가서 백성들을 보살피는 게 좋겠다. 사츠마의 집정관에게도 사정을 잘 설명하도록 하라."

왕과 왕비는 그들이 물러나오기 전에 근시를 시켜서 준비해 두었던 선물을 내려주었는데, 비단과 우치나의 유명한 진주와 붉은색 옻칠에 오색의 자개를 박은 칠기 찬합이었다. 그들은 뒷걸음으로 좌대 앞을 물러나 미닫이 바깥으로 나갔고 좌우에서 문이 닫혔다.

10. 검은 배

미야코 섬의 영주 가즈토시는 아내와 측근 하인들만 데리고 배에 오르기로 했는데, 현지에 가면 그의 수하 사람들이 미야코 영지의 구라모토(藏元)를 지키고 있었기 때문이다. 서쪽 노을이 장하게 불타는 저녁 하늘을 보고는 선장이 명일 새벽에 배를 띄운다는 전갈을 보내왔다. 청이는 고향을 떠난 지 오래였던 후미코 이모를 함께 가자고 불렀다.

돛대가 앞과 중앙에 있고 선미 쪽에 판자지붕을 올린 선옥이 있는 얌바루센(山原船)이 나하의 자연 방파제 언덕가에서 출발을 했다. 다른 배들도 몇 척 떠났는데 식구들이며 상관 사람들이 나와서 바다로 길게 뻗어나간 언덕을 따라오며 손을 흔들었다. 부인들이 쓴 유지 양산의 여러 무늬가 언덕 위에 꽃이 피어난 듯했다. 앞 돛을 반쯤 올리고 천천히 나아가던 배가 나하 만 밖으로 나오자 돛을 팽팽하게 펴고 중앙의 큰 돛까지 완전히 올렸다. 배는 바람을 타고 미끄러져나가기 시작했다.

가즈토시 영주의 얌바루센은 니시헨나(西平安) 곶을 돌아서 미야코의 히라라(平良) 항으로 들어갔다. 섬의 뒤쪽인 서남방은 물이 깊고 활처럼 둥글게 패인 만인데다 앞에 아라부 섬이 가로 막고 있어서 물결이 잔잔했다. 해안을 따라서 마을의 집들이 연이었고 그 안쪽 언덕에 구라모토 성벽과 전각의 지붕이 보였다.

배가 부두에 닿아 닻을 내리자 용선들이 노를 저으며 다가왔다. 의관 정제한 관인들이 선두에 타고 왔으며 짐을 부릴 일꾼들은 선미에 쭈그려 앉아 있었다. 가즈토시와 청이는 선실 앞의 선미 갑판에서 미야코 섬 관인들의 문안인사를 받았다.

관인들은 가즈토시 영주 부부에게 문안인사를 올리고 나서 그들 일행을 용선에 모셨다. 히라라 항의 부두는 돌로 축대를 쌓아 바다 가운데로 방파제를 두르고 다시 통나무 기둥과 판자를 잇대어 거룻배들을 대일 수 있게 만들었다. 배터에는 가마가 와서 대기중이었고 호위할 군사들도 나와 있었다. 그들은 평복에다 예식에 쓰는 창을 들었을 뿐이었다. 부두에는 배가 제법 많이 정박해 있었는데 모두 울긋불긋한 깃발을 뱃머리에 매달았다. 청이는 발을 드리운 가마에 올랐고 가즈토시는 덮개가 없는 의자 같은 가마에 올랐다.

앞뒤로 호위하는 군사들이 정렬하자 쌍각과 쌍태평소를 불면서 일행은 출발했다. 길가에 나와 섰던 백성들이 모두 허리를 굽히고 비켜섰다. 히라라의 중앙통을 지나서 언덕 위로 오르니 숲속에 구라모토 성벽이 보였다. 성벽은 삼층으로 이루어졌는데 맨 아래가 가장 넓었고 그 위로 계단과 성문이 보이고 양쪽에 높직한 망루가 서 있었다. 맨 위에 다시 성벽의 돌담이 보이는데 앞으로 둥글게 솟아나온 파수대 사이의 좁은 길을 들어가니 붉은 문이 있었다. 문을 통과하자마자 정면 중앙에 붉은 기와를 얹은 전각이 보였으며 비슷한 집들이 좌우로 배치되어 있었다. 성내의 관인들이 모두 나와서 두 줄로 읍하고 늘어서 있었다. 전각의 규모는 슈리에 있는 도요미오야 가즈토시 저택의 몇 배는 되어 보였다.

사츠마 식 관직명으로 오야코(大屋子)인 가즈토시는 대청 중앙에 앉아서 오메사시(大目差)로부터 그 동안 관내에서 있었던 크고 작은 일들을 보고받았다. 대청은 중국의 객청처럼 입식으로 탁자와 의자가 둥그렇게 놓여 있었다.

청이는 후미코 이모와 함께 하녀의 안내를 받아 안채로 들어갔다. 덧문 달린 격자창이 사방에 있고 미닫이로 분리된 방들이 세 칸이나 연이어졌으며, 바닥은 슈리에서처럼 다다미가 깔려 있었다. 창 밖에는 데이고 꽃나무와 소철과 종려나무며 파초가 집 주위에 돌아가며 자라나 있다. 그녀들 일행은 목욕을 하고 옷을 갈아입고 쉬었다.

사츠마의 파견 관리 다이칸이 뒤늦게 미야코 섬의 오야코인 가즈토시를 방문했다. 그는 슈리의 집정부에 근무하는 하급무사들과 마찬가지로 칼 두 자루를 허리에 차고 다녔다. 다이칸은 현지인들 중에서 야쿠닌들을 따로 뽑아 쓰고 있었는데 대개는 지방 섬들의 지토우 아래 있던 관인들이었다.

섬의 다이칸은 나하에 있는 사츠마 집정부의 자이반에서 파견나온 하급 무사였는데, 성내에 거주하지 않고 히라라 부둣가에 부교쇼를 두고 있었다. 그는 두 사람의 야쿠닌과 더불어 미야코의 영주 가즈토시에게 인사를 올리러 들어왔다. 다이칸은 인사를 올리고 나서 가즈토시의 탁자 옆에 나란히 앉았다. 그가 눈짓을 하자 야쿠닌이 붉은 보자기로 포장한 선물을 올렸다.

"오야코 님께서 혼례를 올렸다고 하시기에 작은 선물을 마련했습니다."

다이칸이 야쿠닌에게서 물건을 받아 탁자 위에 올려놓았지만 가즈토시는 거들떠보지도 않고 말했다.

"이번에 내가 나온 것은 백성들의 곤핍한 형편을 걱정하시는 전하의 명을 받잡고 온 것이오."

다이칸은 처음에는 무슨 말인지 모르겠다는 얼굴이더니 대충 얼버무렸다.

"예에, 백성들이야 언제나 어렵지요. 그래도 본도는 나은 편입니다. 올해 날씨가 좋아서 두 번이 아니라 세 번도 수확을 하게 생겼습니다."

"그거 다행이구려. 우리가 겐지를 한 지 오래되었는데 집정부에서도 따로 공문이 내려오겠지만, 왕부에서는 이번에 새로이 징수의 액수를 조정하려 하오."

다이칸은 그제서야 우에즈의 말뜻을 알아들었다.

"그야 영주이신 오야코 님의 뜻에 달렸지요. 저희도 동행을 하도록 이르겠습니다. 그렇다면 겐시(檢使)는 누굴 보내시렵니까?"

"내가 직접 돌아볼 작정이오."

다이칸은 조금 놀란 모양이었다.

"저도 슈리에서 일 년을 보내고 여기 와서 이제 겨우 열 달이 되었습니다. 이웃인 아라부 섬에만 다녀왔지 어디에 무슨 섬이 있는지 이름만 듣고 가보지는 못했지요. 어찌 도내를 다 둘러보겠습니까?"

가즈토시가 껄껄 웃었다.

"내가 돌아본 뒤에 이의를 올릴지도 모르니 귀관도 파악을 해 두는 것이 좋을 게요."

다이칸은 곧 인사를 올리고 황급히 자리를 떴다. 옆에서 지켜보던 오메사시가 아뢰었다.

"오야코 님, 사츠마 측과 세금을 새로 조정할 생각이십니까?"

가즈토시는 고개를 끄덕였다.

"옛적부터 우리 미야코는 바다의 낙원이라던 곳이다. 섬이면서도 쌀을 이모작 이상 지을 수 있고 보리와 조와 밀에 고구마까지 먹을 것이 흔천이었다. 우리네 조후는 중국에까지 알려진 명산품이다. 그런데도 백성들아 이렇듯 어려운 것은 터무니없는 인두세 제도 때문이 아닌가."

"아마도 슈리의 사츠마 집정부에서는 상관하지 않을 것입니다. 정해진 징수액만을 고집하겠지요."

오메사시의 말에 가즈토시는 단호하게 말했다.

"실정을 들이대면 고칠 수 있을 게다."

안으로 들어가기 전에 가즈토시가 그에게 일렀다.

"나와 내자는 구라모토에서 오래 머물 작정이다."

가즈토시가 안채로 들어가니 청이는 하녀들과 함께 부엌과 찬광도 돌아보고 이부자리며 의복이며 살림할 채비를 갖추고 있었다. 안채에는 새로 족자나 서화를 바꾸어 걸기도 하고 미닫이와 덧문을 활짝 열고 발을 쳤다. 가즈토시가 다이칸에게 말했던 일을 얘기하니 청은 잠시 생각하다가 그에게 물었다.

"관내 섬들에 무엇이 문제인지 알기는 하셔요?"

"글쎄, 그래서 내가 직접 돌아보려는 게요."

청이는 다시 고개를 숙이고 생각해보다가 말했다.

"미리 짐작하고 있으면 더욱 도움이 되겠지요. 잔치를 벌이는 게 어때요?"

가즈토시는 어리둥절해서 그네를 멀뚱히 바라보았다.

"노인잔치요. 원래가 노인들은 자기네 마을의 사정뿐만 아니라 이웃마을의 일들도 자세히 알고 있잖아요."

청이의 말을 듣자 가즈토시가 감탄을 했다.

"그거 참 좋은 생각이오!"

가즈토시는 오메사시를 통하여 노인잔치를 준비하라고 일렀다. 먼 섬에서는 내왕하기도 쉽지 않은 일이니 미야코 본도와 이웃인 아라부 섬의 노인들만을 부르기로 했다. 구라모토의 모든 메사시들이 총동원되어 각 마을의 지토우나 야쿠닌들에게 노인들을 히라라의 구라모토 성내로 모이게 했다.

청이는 후미코 이모와 의논하여 메사시의 아내들과 하녀들을 불러모아 잔치 준비를 했다. 쌀 누룩으로 술을 빚고 떡을 했으며 소와 돼지를 잡았다. 새벽에 미야코 섬의 지부네가 아라부 섬으로 건너가서 노인들을 싣고 왔으며, 본도의 읍내가 있는 구스크베(城辺), 우에노무라(上野村), 시모지무라(下地村), 구리마 섬(來間島)에서 관내 마을의 노인들을 모아서 야쿠닌이 인솔하여 성내로 들어왔다. 성 안의 중정에 차일을 치고 돌바닥에는 멍석을 깔고 긴 판자를 괴어 상을 차려 잔치 자리를 만들었다. 각 차일마다 나무 팻말을 세워 현읍의 이름을 적어놓으니 도착한 노인 일행들을 관인들이 마을별로 구분하여 제자리에 앉혔다.

구라모토 성의 악사들이 차일 가운데 벌어진 놀이판에 나와 앉고 읍내에서 뽑힌 남녀가 나와서 노래도 하고 춤을 추었다. 우에즈 이하 오메사시와 메사시들은 처음에는 따로 상을 받고 앉아 있다가 술자리가 무르익은 다음에 노인들 틈에 끼어 앉기로 했다. 청이와 후미코도 관인의 아내들과 상차림이며 음식이 들고 나는 것을 보살피고 있었다.

허리가 반나마 굽어 지팡이 짚고 한두 걸음 떼고는 한참을 쉬고 다시 두어 걸음 떼고 하늘을 보는 노인부터, 마을 장정의 등에 달랑 업혀 오는 노인, 수염을 배 앞에까지 늘어뜨린 노인, 풍이 걸려 한쪽 다리를 절고 한 손은 곰배가 되어 걸을 적마다 앞뒤로 뿌리치며 오는 노인, 연신 체머리를 아래위로 간들간들 흔들며 걷는 노인, 잔치를 만났다고 지팡이는 앞의 손주에게 치맛자락은 뒷전의 손녀에게 잡혀 끌려오는 노인 등의 남녀 노인들이 몰려들고 있었다.

구라모토의 장정들이 술동이를 지고 와서 차일마다 찾아다니며 내려놓았고 사기잔에 탁주를 한 바가지씩 듬뿍 따랐다. 가즈토시와 청이는 오메사시의 안내로 미리 앉혀놓은 본도 최장수자 할아버지와 할머니 앞으로 가서 인사를 올렸다.

"저는 본도의 오야코입니다. 술 한잔 받으시고 만수무강하십시오."

청이는 할아버지에게 술을 따르고 가즈토시는 할머니에게 각각 술을 따라드렸다. 다른 노인들도 모두 영주 부부가 몸소 나온 일이며 노인을 공대하는 광경에 칭송의 말을 한마디씩 보태었다.

먼저 장수 기원의 장중한 음악이 나가면서 로진 오도리(老人踊)를 추었고 젊은 남녀가 둥글게 원진을 이루어 추는 에이사 춤이 시작되었다. 큰북을 힘차게 울리면서 에이사 에이사, 소리를 목청을 합쳐 부르짖는다. 산신과 북이 어우러졌다. 에이사 춤은 돌아가신 조상님들을 이 자리에 불러 마을 사람들과 만나

498

게 하려는 춤이었다.

술 몇 잔에 신이 오른 남녀 노인 몇몇이 마당 가운데로 나아가 한데 어우러져 춤을 추었다. 노인들은 어깨를 으쓱이고 박수를 치면서 환호했다. 가즈토시는 술자리에서 활달하고 기운도 있어 뵈는 노인들을 점찍어두었다가 안의 객청으로 모시도록 해두었다. 청이도 그런 할머니들을 눈여겨보아두고는 안채로 모시도록 일렀다.

잔치가 중반에 이르러 흥이 올랐을 때에 구라모토의 관인들은 은근히 노인들을 하나둘씩 안으로 들게 했다. 가즈토시는 객청에서 기다리고 있다가 노인들이 들어서자 일어나서 겸손한 태도로 그들을 일일이 자리에 앉도록 부축해주었다. 노인들은 마당에서와는 분위기가 달라져서인지 이내 당황하기 시작했다. 가즈토시가 차를 권하자 밖에서와는 달리 노인들은 안절부절을 못했다. 가즈토시는 관인은 메사시 한 사람만 남게 하고 모두 내보냈다.

"내가 이 자리에 노인들을 모셔온 것은 오야코로서가 아니라, 여러분과 같은 마을 사람으로 돌아가 살림살이의 형편을 듣고자 함이오. 어려운 일이 있으면 서슴지 말고 털어놓아주기 바라오."

그러나 노인들은 서로 얼굴만 쳐다볼 뿐 도무지 말을 꺼낼 눈치가 아니었다. 가즈토시는 할 수 없이 자기의 뜻을 밝혔다.

"임금님께서는 제도 백성들의 살림이 피폐하다는 것을 아시고 내게 인두세액의 감면과 수정을 당부하셨소. 나는 이곳의 영주이면서도 사츠마 번의 조치로 영지에서 거주할 수가 없었지요. 이번에 내가 몸소 겐지를 나가려고 하니 도와주시오. 소문도 좋고 지금 사는 곳의 형편을 말해도 좋소이다."

머리의 상투를 천으로 곱게 싸고 수염이 희며 등이 꼿꼿한 노인이 그에게 물었다.

"정말 오야코 님께서 겐지를 나오시렵니까?"

"그렇소. 내가 여러분을 위한 잔치를 연 것이 바로 그 때문이오."

노인들은 이제 다시 서로의 얼굴을 바라보았고, 처음 입을 뗀 노인이 말했다.

"저는 우에노무라에 삽니다만, 미야코 본도에도 문제가 많으니 다른 데야 말할 나위가 없습니다. 여기 구스크베에서 온 사람은 없지만 내가 그쪽 소문도 좀 말씀 올립지요."

가즈토시는 귀를 기울였고 곁에서 메사시가 필기를 했다.

"내가 살면 얼마나 더 오래 살겠소. 젊은 것들이라도 굶주리지 않고 편히 살아야지. 우에노무라는 관내에서 벼농사가 잘되는 곳이지요. 지금 햇볕 잘 들고 기름진 논은 모두가 지토우들이 차지했소. 이놈들이 부교쇼 다이칸의 야쿠닌들과 짜고 토지대장에서 누락시켜서는 세금을 떼어먹구 있소이다. 그뿐이 아니지요. 지토우 밑에 부역만을 하는 일꾼들이 수백인데 이들은 인두세에서 빠져 있지요. 지토우와 야쿠닌들이 관리하는 땅의 절반은 이미 논이 아니고 돈이 되는 작물만 짓습니다. 그러니 납세를 짊어진 백성들은 그놈들 몫까지 내고 있는 셈이지요. 구스크베의 초닌(町人)들은 야쿠닌들과 짜고 밖에서 들어오는 물건들을 전매하지요. 젊은 부부가 혼인하여 가마솥 하나를 사려면 얼마나 일해야 되는지 모를 겝니다."

노인의 말은 중간에서 탈세를 하거나 토지를 대장에서 누락시키는 자들이 있기 때문에 일반 백성들은 더욱 무거운 세를 부담하게 된다는 얘기였다. 즉 유지와 관인의 내고(內庫)를 몰수하여 그만큼 백성들의 세액을 줄여준다면 살림 형편도 피게 되고 세금도 밀리지 않을 것이다. 빚에 허덕이는 백성들이나 슈리 왕부가 살 수 있는 길이기도 했다. 한 노인이 말을 꺼내자 용기를 얻은 다른 노인들도 저마다 마을의 문제점들을 얘기하기 시작했다.

"제가 들으니 타라마 섬(多良間島)에서 곡식은 조와 밀 보리뿐이더니 야쿠닌들이 찾아와서 모든 밭에 사탕수수를 심게 했답니다. 그래서 인두세도 돈으로 내고 본도에서 식량을 사다 먹게 하는데 사탕값이 점점 떨어져서 이제는 고구마로 끼니를 때우는 가호가 많다고 합니다."

그것 역시 야쿠닌들과 히라라 초닌들의 농간일 것이다. 기본 식량을 댈 수 있는 조나 보리 밭을 남겨두고 나머지 밭으로 특작물을 심어 징세에 응하도록 해야 될 문제였다.

한편 청이도 안채에서 할머니들과 다과를 들면서 얘기꽃을 피우고 있었다. 청이는 미야코 사투리가 나하의 류큐 말과는 또 달라서 거의 알아들을 수가 없었다. 이곳이 고향인 후미코 이모가 곁에 앉아 할머니들의 얘기를 통역해주었다.

"우리가 이렇게 앞니가 모두 없어져버린 것은 빠진 게 아니라 닳아 없어진 거유. 우리 손 좀 보아요. 미야코 아낙네치고 이빨과 손톱이 성한 사람은 아무도 없다오. 바쇼후와 조후를 평생 짜느라고 이렇다우."

바쇼후는 역대 이래로 중국과 사츠마 번에 바치던 주요 공물의 하나였다. 천을 짜서 바치는 일 역시 납세의 한 가지였고 여자가 태어나자마자 인두세로 부과되는 부역이었다. 바쇼후는 무더운 여름에 쓰임새가 많은 천이어서 옷으로도 좋지만 잠자리의 요와 이불 베개의 겉천으로 꼭 알맞았다. 남정네들이 파초 나무를 잘라다가 여자들에게 건네면 천을 짜는 데까지 두 달이나 걸렸다. 류큐 제도의 파초 나무는 열매를 맺는 것에서 꽃이 피는 종류와 섬유만 잔뜩 엉킨 실파초의 세 가지 종류가 있는데, 바쇼후는 실파초로 짜야 했다. 실파초의 줄기에서 기다란 섬유를 벗기고 몇 번이나 물에 씻어서 가마솥에 넣고 삶기를 되풀이한다. 섬유가 연해지면 햇볕에 말려서는 앞니로 뜯어 섬유뭉치를 흐트러뜨리고 손톱으로 가늘게 찢어서 실을 잣는다. 실에다 쪽으로 남색 물을 들여 숯을 넣어 색이 바래지 않도록 몇 번이나 헹구고 드디어 틀에 얹어 짜기 시작한다. 그냥 짜기만 하는 게 아니라 가스리라는 여러 가지 무늬를 넣어가며 짜야 한다.

"게다가 색을 입히는 하나기레(花布)를 하려면 그 정성이야 이루 말할 수가 없지요."

천을 판자 위에다 펼치고 그 위에다 형지를 놓고 풀칠을 한다. 풀이 마르고 나서 형지를 치우고 풀칠이 안 된 부분에 붓으로 곱게 색칠을 한다. 색칠이 끝나면 나무에서 뺀 물에 콩물을 섞어서 착색을 한다. 끝으로 천의 풀을 씻어버리면 흰 부분에 물들였던 무늬만 남는다.

"우리네 미야코 조후는 가볍고 세밀하지만 비단보다 일곱 배나 질기다는 천이우. 한 필을 말아올려봐야 손가락 한 마디밖에는 되지 않아요. 지금 마님께서 입고 계신 그 옷이지요."

미야코 조후는 사츠마 번의 침공 이래로 슈리 왕부의 주요 공물 중의 하나가 되었고 우치나에서 조후 기모노를 입을 수 있는 사람은 상류층의 사족들뿐이었으며 입을 수 있는 허가를 받은 것도 그들뿐이었다.

앞니가 다 빠져버린 할머니가 손으로 입을 연신 가리면서 웃었다.

"우리가 조후를 짤 때에 이나이시(稻石)를 칭송하는 대목을 일부러 욕으로 바꾸어 부르곤 하지요. 이게 모두 남정네들의 출세하려는 욕심 때문에 여성에게 내려진 형벌이랍니다."

오래 전에 중국에 다녀오던 류큐 사절단이 폭풍을 만나 조난당한 것을 미야코 섬의 어부였던 한 사내가 파도를 무릅쓰며 구조해냈다. 류큐 왕은 그를 슈리로 불러 관직을 주고 치하했는데 이때에 그의 아내인 이나이시가 왕에게 감사의 뜻으로 정성스럽게 짠 아름다운 조후를 바쳤다. 모두들 그런 천은 처음 보는 터여서 왕이나 사족들은 다투어 그네에게 해마다 천을 짜서 헌납하도록 일렀고 그 뒤로 미야코 섬 사람들은 조후의 부역을 지게 되었다.

"글쎄 요새두 딸을 낳았다는 집에 가보면 얼마 후에 죽었다구 그러는 거예요. 우리 자랄 적에 두 딸을 낳으면 아버지들이 이불을 밤내 덮어두었다가, 이튿날 보자기루 싸서 갯바위로 나아가 던졌다우. 하여튼지 딸자식이 조금 자라서 두 발로 걷기만 해두 인두세가 나오니까 에미는 두 배 세 배 부역을 지게 되어요. 지금 바쇼후와 조후 과세 때문에 야쿠닌들께 빚을 안 진 집이 거의 없을 게요."

청이는 할머니들의 얘기를 들으며 이렇게 꿈처럼 용궁처럼 아름다운 바다와 섬에 그러한 피땀의 고통이 있을 줄은 아무도 모를 게라고 생각했다. 청이는 후미코 이모를 통하여 미야코의 할머니들에게 말했다.

"제가 오야코 님에게 그런 못된 인두세 악법을 고치도록 꼭 말씀 올리겠습니다. 이런 일이 고쳐지지 않는다면 저희는 우치나로 돌아가지 않을 거예요."

할머니들은 청이에게 일제히 머리를 조아려 절을 올렸다.

"그렇게 되면 미야코 제도의 여자들이 마님을 신으로 모실 겁니다."

"한스럽게 베틀에서 죽은 처녀 귀신들이나 갓난애로 죽은 아기 귀신들이 모두 풀려나 용궁으로 돌아가게 될 겁니다."

잔치가 끝난 뒤에 청이는 자기가 들은 일들을 모두 가즈토시에게 말해주었고 그는 오메사시와 심복의 메사시들만을 불러 겐지(檢地) 나갈 일을 의논했다. 먼저 전래되어오던 낡은 납세 명부와 토지대장을 확인하고 문제가 많은 지역부터 답사를 실시하기로 했다.

이웃인 아라부 섬은 반나절 길이라 하루면 다녀올 수 있었지만 타라마 섬은 하루 낮과 밤이 걸려야 했으므로 이틀을 머무른다 하여도 닷새는 잡아야 할 뱃길이었다. 가즈토시가 몸소 겐지를 나가는 날짜는 부교쇼의 다이칸과 그의 야쿠닌들이 알 수 없도록 측근의 오메사시에게만 알리고 비밀에 부치도록 해두었다.

청이는 가즈토시가 겐지를 나가자 그제서야 뒤늦게 후미코 이모가 태어난 마을에 함께 가보고 싶다는 생각이 들었다. 후미코도 성내와 히라라 부두만 보고도 맺힌 한이 좀 풀렸는지 옛 동네에 가보겠다는 말은 꺼내지 못하고 지내던 참이었다.

"글쎄요, 히라라는 옛날보다 집이 많이 늘어난 것 같은데……
나 살던 동네에 가보면 얼마나 변했을지?"

"이모 살던 데가 어디예요?"

"시모지초(下地町)예요. 구리마 섬(來間島)이 건너다보이는 바닷가 마을이지요."

"시모지초라면 얼마 멀지 않군요. 내일 사람들 안내를 받아 함께 가봐요."

후미코는 주름이 가득한 눈가에 물기가 고이면서 고개를 숙였다.

"아는 분들이 살아남아 있을지 모르겠네요. 부모님 산소는 어디다 모셨는지두 몰라요."

청이는 메사시 한 사람을 불러 시모지초에 가보겠다고 알렸고 가마 두 채가 준비되었다. 청이는 앞가마에 오르고 후미코는 뒷가마에 탔다. 야쿠닌 한 사람이 길라잡이로 따라나섰는데 노중에 먹을 음식을 짊어진 하인과 하녀도 두 사람이나 따라왔다. 성읍에서 우에노무라로 나가는 길로 내려가다가 갈래길에서 오른편으로 접어들면 시모지초가 되었다.

길가 밭에는 보리와 조가 한껏 자라나 누런 이삭을 달고 출렁이고 있었다. 바람은 유순하고 싱그러웠다. 미야코는 섬 전체가 평평하고 너른데다 성읍 근처만 낮은 언덕이고 주위에는 산이 없어서 논밭을 일굴 여지가 아직도 많이 남아 있었다. 한 바퀴를 돈다면 그 둘레가 오륙 일쯤 소요되었다. 들판 가운데 마을들이 나타나고 먼곳에 히라라보다 더 아늑하고 안으로 깊숙하게 굽어들어온 만이 보였다. 만의 가장 후미진 안쪽에 시모지초의 지토우가 있는 기다란 돌벽과 집들이 보였다. 히라라보다는 국면이 좁아 보였지만 제법 큰 읍내였다. 앞서 걷던 야쿠닌이 가마를 멈춰세우고 청이에게 다가와서 아뢰었다.

"마님, 읍내로 들어가시겠습니까?"

"뒤에 가서 이모님에게 옛날 고향이 어느 동네인가 여쭤보세요."

야쿠닌이 뒷전에서 가마에 앉은 후미코와 잠시 얘기하더니 청이에게 되돌아왔다.

"구리마 섬 바로 건너편 동네라면 지금도 작은 배터가 있는 나미무라(波村)입니다."

"그리로 가요."

그들은 다시 밭고랑 사이로 난 길을 따라 들판을 건너고 평지보다 조금 높직한 곳의 숲길을 지나자마자 갑자기 시야가 툭 터지면서 바다가 나타났다. 바다 한가운데 바위와 나무로 가득 찬 섬이 보였다. 높직하게 떠오른 햇빛을 받아 잔잔한 물결이 반짝이고 있었다. 야쿠닌이 다시 가마를 세우고 청이에게 말했다.

"예서 잠시만 기다려주십시오. 머무르실 처소를 마련하라 이르고 오겠습니다."

아무래도 일행들이 점심은 먹어야 할 시각이라 청이는 고개를 끄덕였다. 가마꾼들은 흩어져서 땀을 식히고 앉았고 청이와 후미코는 가마에서 나와 마을의 돌담과 바다와 섬 주변을 내다보았다.

후미코는 십여 세에 아버지와 우치나에 나갔다가 푸저우로 가는 상인들에게 팔려가게 되었다. 푸저우의 류큐 상관에서 어른들의 빨래며 취사를 돕고 살다가 창가에 팔려갔던 터였다. 후미코의 눈가에는 아까부터 물기가 그렁그렁하게 번져 있었다. 그네는 두리번거리며 돌담과 지붕들을 더듬어나갔다. 마을 모퉁이에 서 있는 아름드리의 데이고 나무에는 빨간 꽃이 불붙는 것처럼 피어나 있었다.

"아, 저 데이고 꽃나무 그대로 있네!"

후미코가 나무를 가리키며 외쳤다. 그네는 무엇에 홀린 듯이 앞서서 마을로 들어가는 길로 허청거리며 내려갔다. 청이는 잠자코 서서 후미코가 내려가는 것을 바라보았다. 야쿠닌이 마을의 지야쿠(知役)를 데리고 나타났다. 지야쿠는 턱수염이 희끗한 초로의 사내였는데 일반 농민들과는 달리 무늬가 요란한 유카타를 시원하게 걸치고 있었다. 그가 다가오더니 청이에게 허리를 숙여 인사를 올렸다.

"오야코 마님께서 몸소 저희 마을에 오시다니 광영이올습니다."

청이는 인사를 받고 나서 야쿠닌을 통하여 말했다.

"고향을 찾은 이가 있어 잠시 머물다 갈 것이니 번거롭게 하지 말라 이르시오."

야쿠닌이 그에게 일러주고 나서 청이에게 말했다.

"그러실 줄 알고 조용한 집을 택하여 잡인을 물리치게 해두었습니다."

508

청이 동네까지 걸어서 들어가니 돌담 사이의 골목은 정갈하게 비어 있고 각 집에서마다 베틀이 털거덕거리는 소리만 들려왔다. 인솔자인 야쿠닌과 가마꾼들은 지야쿠의 지시대로 역소로 가서 점심을 먹기로 했고, 청이와 후미코가 안내를 받아 간 곳은 두 여인만 있는 집이었다. 아들은 농사를 지으러 밭에 나가고 어미와 며느리는 미야코 조후를 짜고 있던 중이었다. 이맘때에 부지런히 짜두지 않으면 가을의 조세를 납부할 수 없기 때문이었다. 두 여자는 담 모퉁이에 나와서 공손하게 두 손을 모으고 섰다가 인사를 올렸다. 그들은 활짝 열어놓은 마루로 올라앉기를 권했다. 좌우로 거적을 깐 마룻방 둘이 보였다. 후미코가 청이의 뒤를 따라 들어오다가 늙은 여인을 보더니 손뼉을 치고 놀라서 소리를 질렀다.

"이게 누구야…… 혹시 마이 아니냐?"

"누, 누구시우?"

상대방은 눈을 가늘게 뜨고 후미코의 주름진 얼굴에서 뭔가 발견해내려는 것처럼 마주 보았다. 후미코가 말했다.

"귤나무집에 살던…… 바로 나야. 어려서 떠났지."

그제서야 상대방의 입이 차츰 벌어졌다. 마이라고 불리운 여인은 후미코의 손을 잡으며 반가워했다.

"세상에 네가…… 그래 카이다, 카이가 맞구나. 아잇적 얼굴이 남아 있긴 해."

후미코는 어릴 때의 본명이던 카이로 불리운 것이 못내 신기했던 모양이었다.

"그래 나는 카이였어. 내 어릴적 이름도 까맣게 잊고 있었구나! 너희 엄마는 유타 님이셨지?"

마이가 대답했다.

"지금은 내가 이 마을의 유타란다."

유타는 마을에서 일어나는 공동의 일에서부터 개인의 길흉사에 이르기까지 신과 관계된 굿을 주관하는 무당이다. 보다 큰 일을 맡거나 나라의 행사를 맡는 여성은 가민추(神人)라고 했다.

후미코는 유타네 집이 동네에서도 잘사는 집이었고 동네 여자들이 모두들 마이의 엄마를 어려워하던 기억이 남아 있었다. 나미무라 마을에서 남자로는 지야쿠를 맡은 이가 가장 어려웠고 여자로는 유타를 맡은 이였던 셈이다. 후미코가 그제서야 청이와 함께 온 것이 생각났는지 마루 앞에 다가와 말했다.

"어릴 적의 동무를 만났답니다."

청이는 웃으며 말해주었다.

"아까부터 보고 있었지요. 우린 괜찮으니 두 분이서 따로 지난 얘기도 좀 나누시고 하셔요."

점심은 찬합에 밥과 반찬을 싸왔으므로 따로 이 집에서 지어낼 것은 없고 찻물이나 끓이게 했다. 점심을 마치자 후미코와 마이는 단둘이 건넌방으로 들어가서 한참이나 정담을 나누었다. 후미코는 다시 청이에게 가서 부모님 산소에 다녀오겠다고 말했다. 청이 따라가려 하다가 오히려 그네들을 방해할 것 같아서 그만두고 한 식경쯤 기다리니 눈이 벌겋게 충혈된 후미코가 돌아왔다.

"아무래두 저는 예서 하룻밤을 보내야 할 것 같습니다."

청이 의아하여 말했다.

"성내에서 가까운데 자주 마실을 나오시지요?"

"그런 게 아니라 기도를 하려고 합니다."

청이는 그네의 말을 듣고 곧 돌아가신 부모님들을 위한 굿을 하겠다는 말임을 알아챘다. 사실은 아까부터 청이도 그네들의 만남과 돌아가신 부모님들 얘기를 듣고 앉아 있으려니 가슴이 저려오는 듯했다. 장연 포구의 백사장과 황주 장터의 황톳길이 눈에 삼삼히 떠오른 때문이었다. 청이는 문득 어떤 생각이 떠올라서 말해버렸다.

"그러면 이렇게 하십시다. 굿이란 밤에 벌여야 신통을 할 터이니 새벽까지 끝내고 성으로 돌아가도록 하시지요. 저두 부모님 안부를 묻고 싶어요."

청이는 하녀를 시켜서 야쿠닌을 찾아오도록 일렀다. 점심 반주에 눈자위가 불콰해진 야쿠닌이 얼른 나타났다.

"이모님이 돌아가신 부모님께 치성을 드린다 하니 새벽에 돌아가기로 합시다."

후미코는 유타를 맡은 마이 여인을 따라서 동네의 집집을 다니며 알 만한 사람들을 만나보았다. 그들 가운데 엄마 또래의 할머니들과 아버지를 기억하고 있는 어른들을 찾아냈다.

기도라고 해보아야 작은 모임이라 따로 준비할 것은 없었다. 비용은 돈으로 주기로 했고 향과 초와 종이는 유타의 집에 장만이 되어 있었다. 제물은 기도에 참가할 사람들이 야참으로 먹을 만큼만 있으면 되어서 떡이네 술이네 차리지 않아도 괜찮다고 했다.

해가 저물고 어스름한 땅거미가 내리자 마이는 흰 유카타에 머리에도 흰 띠를 두르고 마당 뒤편에 있는 가미 아사기로 갔다. 가미 아사기란 네 기둥에 초가지붕만 얹은 기도소로서 여기서 우선 유타가 굿에 들어가기 전에 심신을 정화하는 시간을 갖게 되어 있었다. 남자들은 따라오지 못했고 여자들만이 유타를 따라서 가미 아사기 주위에 무릎을 꿇고 앉아 기다렸다.

가미 아사기 안에서 한 식경 동안이나 두 손을 모으고 정화의 기도를 올리던 유타가 나오자 뒷전에서 함께 정성을 드리던 여자들도 그네의 뒤를 따랐다. 유타 마이는 마을의 뒤편에 후미코가 고향의 낯익은 나무로 알아보았던 그 아름드리의 데이고 꽃나무 아래로 찾아갔다. 바로 그곳이 나미무라 마을의 성소인 우타키였다. 그곳에서 다시 기도를 올리던 마이가 드디어 몸에 신을 받았는지 벌떡 일어나서 덩실덩실 춤을 추다가 넘어졌다가는 다시 일어섰다. 그리고 자기 집으로 비틀거리며 걸어오는데 마당에는 유타가 신을 받아 돌아오기를 기다리며 다른 마을 여자들이 제상과 향을 피워놓고 기다리고 있었다.

제상에는 물 한 대접과 깨끗하게 씻어 담은 흰 쌀 한 그릇이 놓이고 촛불 한 쌍이 밝혀져 있었다. 유타가 돌아오자 여자들이 흰 종이를 돌로 눌러놓고 그 위에다 향을 피워놓았다. 둘레에다 그득하게 향을 피워놓으니 안쪽은 자연스럽게 유타가 제 몸에 신을 모신 신의 영역이 되었다. 여자들은 모두 향의 둘레 바깥으로 나가서 두 손을 부비며 둥그렇게 서 있었다. 유타 마이는 안에서 허청거리며 걷다가 후미코의 어릴 적 이름을 불렀다.

"카이야, 우리 카이 어디 갔느냐?"

바깥에 섰던 여인들이 두리번거리다가 후미코의 등을 마당 안쪽으로 밀어넣었다. 후미코는 얼른 가서 예전에 보았던 대로 유타 앞에 무릎을 꿇고 앉았다. 유타가 후미코의 머리를 쓰다듬고 두 볼을 어루만지면서 울었다.

"아, 불쌍한 내 딸 카이가 왔구나. 타관 만리에 팔려가서 고생이 얼마나 많았더냐. 시집도 못 가고 자식도 없이 다 늙어 돌아오다니 이 에미는 너무도 원통하구나. 너 떠나고 나서 아버지도 내 곁으로 오셨단다."

유타가 후미코 어머니의 목소리로 말한다고 어느 노파가 뒷전에서 속삭였다. 정말 그러한지 늙은 딸은 생전의 어머니가 혼령만 실려서 돌아온 줄을 목소리로 알고 서럽게 울기 시작했다.

"내가 죽어 아우시마 다우시마에 돌아가 있더니 네 아버지도 거기 계시고, 저어 타이치 아저씨나 토라 할아범도 계시고, 세이 아줌마 아키 할머니도 모두 아우시마 다우시마에 잘 계시단다. 그러니 모두들 우리 염려는 말아라. 아우시마 다우시마에서는 바쇼후 조후 짜는 부역도 없고 쌀과 고기가 흔천이오 높은 놈 낮은 놈도 없더라. 남정네도 아우시마 다우시마에서는 여편네와 처지가 같아서 욕질도 못 하고 매질도 못 하고 바람피우는 짓도 못 하고 고분고분 말도 잘 듣고 노상 집에도 또박또박 들어오고."

아우시마 다우시마는 죽은 혼이 용궁으로 돌아가기 전에 머무른다는 섬의 이름이었다. 아우 섬과 다우 섬은 해가 떠오르는 동방에 있는데 고기를 잡으러 나갔던 어부가 저어 머나먼 수평선 끝의 아롱거리는 안개 위로 보았다던 쌍둥이 섬이었다. 살아 있는 사람이 다가가면 갈수록 섬은 멀어지고 바다 물 밑으로 사라져버린다고 했다. 유타는 넋두리를 계속했다.

"우리 카이 이젠 어려운 세상이 다 지나갔으니 오야코 마마님 모시고 잘 살아라. 너 이제 돌아가면 못 입고 못 먹다 돌아간 네 에미 애비 생각하여 떡 한 시루 쪄서 올리고 옷 한 벌씩 지어서 태워드려라."

후미코는 옛동무인 마이가 자기 어머니의 목소리로 거듭 당부하자 서럽게 울면서 대답했다.

"예예, 염려 마셔요. 어머니 제가 다 해드리고 산소에도 자주 찾아뵙겠어요."

"이제 다시는 타관에 나가지 말고 고향에서 살거라. 훗날에
아우시마 다우시마에 와서 함께 살자꾸나."

유타는 다시 덩실대며 춤을 추고 돌아갔다. 마당 바깥에서 두
드리는 북소리만 들리는 가운데 유타는 빙빙 돌다가 군중들 틈
에 서 있던 청이의 앞으로 다가섰다. 유타 여인이 청이의 두 팔
을 잡고 서럽게 울음을 터뜨렸다.

"아니 이게 누구냐…… 내 딸, 내 딸이 아니냐?"

청이는 그네의 손에 이끌려 저도 모르게 굿마당 안으로 들어
서며 말했다.

"예 엄마, 저 청이어요."

류큐 말도 중국 말도 아닌 낯선 조선 말이 튀어나왔지만 유타
는 아랑곳없이 미야코 사투리의 류큐 말로 댓거리를 했다.

"내가 먼저 세상을 떠나 저승에 가 있더니 내 딸이 만리타국
우치나에 산다 하여 용왕님의 덕을 빌어 예까지 왔구나. 나 떠
난 뒤에 우리 딸아, 아버지 모시고 어찌 살다가 대륙을 건너 바
다 나라에까지 왔느냐. 서럽고도 서럽구나."

청이도 눈물을 비 오듯이 흘리며 유타의 목을 그러안고 운다.

"인당수 깊은 물에 빠졌다가 건져내어 다른 몸으로 태어나니
저는 이미 청이가 아니라 렌카여요. 어머니 아버지 주신 몸이
아니고 세상 티끌이 모여서 이루어진 다른 몸이니 넋만 엄마 딸
이어요. 오늘 엄마가 저를 찾아와 만났으니 여한이 없지마는 외

로우신 아버지는 뉘를 보고 반기실가."

청이의 낯선 말과 유타 여인의 미야코 사투리가 서로 허공중에서 부딪친다. 유타 여인은 신의 뜻대로 넋두리를 엮어나갔다.

"울지 마라 내 딸아. 내가 너를 낳고 떠나와 저승에서 세상을 잊었으나 우리 딸이 땅길 물길 수십 나라 수백 마을을 헤매고 다니는 것이 서럽고도 서러워서 하루도 잊은 날이 없었구나. 웃는 모양 우는 모양 네 아버지 비슷하고 손길 발길 고운 것이 어찌 그리 나 같으냐. 나 먼저 떠난 후에 네 아버지 널 먹여살리노라 얼마나 고생이 많았을까."

유타는 냉정하게 청이를 뿌리치고 뒷걸음으로 한 발짝씩 물러나며 외쳤다.

"네 이제 귀하게 되었으나, 이곳은 타관이라 오래 머물 곳이 못 되는구나. 아우시마 다우시마로 가면 우치나 사람들만 있을 테고, 네 남편 오야코 님을 따르자면 아우시마 다우시마 용궁 나라에 돌아가야 한다. 태어난 곳 돌아갈 곳이 서로 다르니 이승의 복록이 무슨 소용이냐. 엄마가 가기 전에 내 딸에게 만수축원을 내려주마."

유타가 뒷걸음질로 물러나는데 청이는 다가서며 어머니의 혼이 실린 무녀의 손을 잡으려고 앞으로 두 손을 내뻗는다. 유타가 냉정하게 청이의 손을 뿌리치고 좀더 멀찍이 물러서며 말했다.

"나는 간다 내 딸아. 세상살이는 허망한 일, 네 남편이 천리타

516

국으로 떠날지라도 낙심하지 말거라. 네 남편이 먼저 떠나더라
도 슬퍼하지 말거라. 너는 잘 살다가 고향에 돌아갈 게야. 고향
땅에 묻히게 될 게야."

청이는 유타의 입에서 흘러나오는 말들을 다 알아듣지는 못
했지만 남편이 먼저 떠난다는 말이며 고향에 돌아가게 될 거라
는 말만은 가슴속에 남았다.

가즈토시가 미야코 제도의 겐지에서 돌아오자마자 수확과 납
세의 기간이 곧바로 닥쳤다. 가즈토시는 오야코로서 현지에 가
서 보고 들은 대로 인두세와 징수의 문제점에 관하여 슈리의 왕
부와 사츠마 번 집정부에 건의문을 올리기로 했다. 건의문은 처
음부터 끝까지 사츠마 번의 류큐 통치기구인 집정부를 정면으
로 비판하는 내용이었다.

건의문을 올리고 나서 가즈토시와 청이 부부는 우에노무라
부근의 구라모토 직할지에 나가서 수확에 참례하게 되었다. 류
큐 전체가 논밭 농사를 이모작으로 짓는데 오월과 시월에 두 번
수확을 하고 납세도 상반기와 하반기 두 차례의 기간을 주었다.
슈리에서도 파종과 수확에 왕이 직접 신하들을 거느리고 경작
지에 나아가 백성들과 함께 일도 하고 들밥도 먹는 행사를 가졌
다. 남녀 백성들은 벼를 베어 넘기면서 목청을 합쳐 앞뒤로 후
렴 소리를 받으며 노래했다.

가라 다케 산의
이라 요잇사
뒤에서
또 야옹야옹
히요 호카라 라아욧

어미 고양이가
이라 요잇사
새끼 다섯 마리
낳았대
먹을 게
하도하도
없었더라네
히요 호카라 라아욧

쌀밥을 해줘도
이라 요잇사
생선국을 내줘도
떼어논 새끼들
생각에
먹을 수가 없네요
히요 호카라 라아욧

아이까지 딸렸건만 빚 때문에 야쿠닌의 현지처가 되어버린 어미의 슬픔을 새끼 잃은 고양이에 빗댄 민요였다. 청이는 낯선 섬의 사투리 가사를 후미코에게서 먼저 배웠다. 그네는 밭에서 일하는 사람들의 노래를 먼발치서 흥얼거리며 따라 불렀다.

들에서 낫으로 벼를 베어 단으로 묶어 탈곡장으로 옮겨오면 통나무 앞에 여러 사람이 서서 볏단째로 두드려 털어서 대비로 쓸어모았다. 털린 알곡을 건조장에 펴서 며칠 땡볕에 말리고 짚으로 엮은 섬에 넣어 야쿠쇼에서 한 섬씩 무게를 달아 확인했다. 야쿠쇼에서는 입고되는 대로 토지 대장과 명부를 대조하여 세금을 받아 창고에 입고했다. 수확은 논에서 탐스럽게 익은 벼를 베어내어 논두렁에 집단을 묶어 쌓아놓는 일이 전부였고 영주 가즈토시와 구라모토 관청의 메사시들은 논 한 고랑씩을 맡아 일정량을 베어나가면 되었다.

가즈토시는 오메사시에게 자신이 현지에 나가서 새로 작성한 토지대장과 거주자 명부에 의하여 세금을 받도록 조처했고, 인두세의 납세액이 줄어든 백성들은 칭송이 자자했다. 그러나 사츠마 다이칸과 그 아래에 있는 야쿠닌들과 지방의 지토우들은 여태껏 납세 대상에서 빠져 있다가 느닷없는 세금을 내게 되어 불만이 대단했다. 수확과 세금 징수를 마칠 때까지 슈리 왕부에서는 건의문에 대한 아무런 답변이 없었다. 두번째의 수확기인 그해 시월이 되어서야 슈리 왕부에서 소환령이 내려 가즈토시는 다시 나하로 가게 되었다. 이미 그맘때에는 후미코 이모도 진작에 나하로 돌아간 뒤였다.

청이는 반년 넘어 미야코 섬의 구라모토 성에 머물면서 주변 마을로 나다니며 부녀자들의 형편을 살펴서 남편에게 알려주곤 했다. 낮에는 농사 일을 돕는 한편 아기 기르고 밥 짓고 빨래하며 밤잠을 못 자고 베까지 짜야 하는 부녀자들의 일손을 줄여주어야 한다고 청이는 작심했던 것이다. 상납할 바쇼후와 조후의 양을 절반만 줄여도 여자들이 새벽잠이나마 달게 잘 수가 있을 듯했다.

산시칸(三司官) 고로쿠 로추(小祿良忠), 구치무부교(御物奉行) 마키시 초추(牧志朝忠)와 미야코 제도의 영주인 도요미오야 가즈토시 세 사람은 쇼네이 왕을 알현하러 정전으로 들어갔다.

세 사람이 나란히 앉아 기다리다가 맑은 경석을 치는 소리가 들려와 얼른 일어섰다.

정면에 닫혀 있던 미닫이가 양쪽으로 열리면서 쇼네이 왕이 이층에서 옆계단으로 내려와 우사스카(御差床)에 자리잡고 앉았다. 그의 자리 양옆에 붉은 바탕에 금빛의 용을 야광자개로 입힌 나전칠기의 기둥이 서 있고, 두 단으로 된 평상 위에 왕의 안석이 있었으며, 자리 뒤편에는 붉은 칠과 흰 비단을 바른 격자창이 보였다. 세 사람이 절하고 자리에 앉자 우에즈인 가즈토시가 먼저 아뢰었다.

"지난 봄에 전하께서 이르신 대로 사츠마 번과의 조세 문제를 재조정하기 위하여 겐지를 실시하고 그 결과를 건의문으로 올린 바 있습니다. 저희는 오늘 전하의 하교를 듣고자 왔습니다."

왕은 잠시 침묵하고 있더니 깊은 한숨을 내쉬었다.

"짐은 미야코 영주의 글을 찬찬히 읽어보았노라. 참으로 일반 백성들의 참상이 눈에 보이는 듯하도다. 사실이 그러하나 사츠마 측에서 어찌 나올지 그것이 또한 걱정이다. 전에도 그런 일이 있어 사신이 가고시마까지 갔다 오지 않았느냐?"

산시칸 고로쿠가 아뢰었다.

"예에, 벌써 두 해 전의 일입니다. 다이묘의 하명은 다만 전례대로 시행하라는 간단한 답변뿐이었습니다. 저희들 소견으로는 먼저 겐시를 보내어 제도의 정확한 실정을 파악해오도록 하소서. 다음에 슈리의 사츠마 집정부 자이반과 제도의 부교쇼에서 알아채지 못하게 야쿠닌과 지토우들을 소집하십시오. 그리고 전격적으로 조사하여 실토를 받아서 조서와 직소문을 집정부 자이반과 사츠마 번에 거의 동시에 올리면 책임질 자들은 처벌을 받을 것이며 누구도 앙갚음은 못 할 것입니다."

다시 구치무부교 마키시가 덧붙였다.

"직소문이 올라간 뒤에 사신이 가고시마의 류큐 상관에서 대기했다가 납세 재조정에 관한 건의문을 즉시 올리면, 그 누구도 방해할 수 없을 테고 시마즈(島津) 번주도 생각을 바꿀 것입니다."

가즈토시가 말했다.

"아마미 제도가 이제는 비록 왕부의 통치를 떠나 사츠마에 속해 있다 할지라도 그곳 백성들도 전하의 자식들입니다. 아마미의 형편도 자세히 알아내어 이번에 겐시를 건의하십시오. 그러면 류큐에 대한 조처는 쉽게 바뀌리라 생각되옵니다."

왕은 고개를 끄덕였다.

"잘 알았다. 기왕에 일을 시작하였으니 경들 세 사람이 맡아서 조용히 처리하기 바라노라."

그들은 북전으로 물러나와 야에야마 제도와 우치나 본도의 북읍과 남읍들 그리고 아마미에도 은밀히 보낼 겐시를 선정했다.

하반기 수확이 이미 끝나서 선정된 왕부의 겐시들은 해를 넘겨서야 류큐 각처로 파견되었다. 루손과 바타비아로 무역을 나갔던 가즈토시의 아우 아키유시는 설을 쇠러 슈리 성에 왔다가 형에게서 겐시의 임무를 받게 되었다. 처음에는 불평을 하던 아키유시도 형의 간곡한 당부와 그의 뜻을 알고는 이듬해 벚꽃 필 무렵인 정월 하순에 야에야마 제도로 겐시를 나갔다.

그 동안 가즈토시의 슈리 성 저택에서도 몇 가지 일이 일어났다. 오랫동안 인사불성으로 누워 있던 그의 정처 데이 마키가 운명했다. 보통때처럼 청이가 하녀를 데리고 몸을 씻어주러 방에 들어가니 데이 부인은 눈을 뜬 채로 동공이 멎어 있었다. 수건과 대야를 들고 섰던 하녀가 놀라서 대야를 떨어뜨리는 바람에 온 방 안이 물바다가 되었다. 청이 일러서 하녀들이 들어와 시신의 옷을 벗기고 깨끗이 씻어준 다음 수의를 입혔다. 뒤이어 하인들이 오래 전부터 준비해두었던 데이고 꽃나무로 짠 향기로운 관에 입관했다. 장례는 사흘장이었다.

가즈토시와 청이는 장남 요시히로를 앞세우고 손님을 맞았다. 슈리 성의 사족들이 거의 모두 문상을 왔고 왕후는 향과 비단과 꽃을 보내왔다. 사족들의 장례 법식에 따라 데이 부인을 화장하여 슈리 성의 우타키 부근에 있는 사족 묘지에 납골 항아리를 안치했다. 그리고 삼칠일이 지나 가즈토시와 청이는 집 안 상청에 모셔둔 불단(佛壇)의 조상님들 위패 앞에서 정처가 되었음을 알려드렸다. 또한 가즈토시의 장남 야스히로는 정실이 된 렌카의 아들이 되었고 첫번째 영지 상속권자가 되었다.

야에야마로 겐지를 나갔던 아키유시가 삼월에 나하로 돌아왔는데 그는 임무 외에도 중요한 소식을 탐문해가지고 돌아왔다. 큰바다 건너 동쪽에 아메리카라는 엄청난 땅이 있는데 그들은 포르투갈이나 영국 네덜란드 프랑스보다도 비교할 수 없이 큰 나라라는 것이다. 아메리카 땅에 황금이 쏟아져나오기 시작하여 중국 동부 연안에서 금을 채굴할 일꾼으로 쿠리(苦力)들을 수출하는데 광저우와 푸젠 성의 농민들이 많다고 했다. 아메리카의 선단들은 큰바닷길을 태평양이라고 하며 대륙에서 아메리카로 가는 항로가 류큐 주변으로 지난다는 것이었다.

로버트 바운 호라는 아메리카 배에 타고 있던 중국인 쿠리들이 물과 식량도 제대로 주지 않고 때리기까지 하는 백인 선원들에 반항하여 들고 일어났다. 그들은 선장 이하 간부 몇 사람을 살해하고 생존자를 인질로 잡고는 야에야마 제도의 본도인 이시가키 섬(石垣島)에 기항했다. 그들이 상륙했지만 야에야마 섬의 구라모토와 집정부측 부교쇼에서는 막지 못했다가 돼지를 잡아주고 쌀과 물을 주어 간신히 부둣가에만 머물러 있도록 달랬다. 며칠 후에 섬의 나구라(名藏) 만에 정박한 반란선 로버트 바운 호를 발견한 영국과 미국의 함선이 부두에 포격을 가하여 류큐의 지방 관선 몇 척이 불에 탔고 성곽도 파손되었다. 그뿐만 아니라 붉고 푸른 군복을 입은 수병들이 상륙하여 중국인 반란자들을 체포하는 과정에서 사격하여 류큐인 몇 사람도 함께 희생되었다.

이미 십여 년 전에도 아편전쟁이 끝난 뒤에 프랑스 군함이 나하 항구에 들어와 무역과 그리스도교를 포교할 선교사의 체류를 요구했으나 슈리 왕부가 완강하게 거절한 적이 있었다. 그뒤에도 이미 중국에서 아편전쟁 이후 개항지를 얻어낸 영국과 프랑스 양국의 함선들이 와서 무역과 개항을 요구했으며 프랑스 극동함대의 제독 세실이 나하로 와서 교역을 거듭 촉구한 적이 있었다.

도요미오야 가즈토시는 슈리 왕부 북전으로 올라가 산시칸 고로쿠 로추와 구치무부교인 마키시 초추, 후부교(副奉行) 온가 초코(恩河朝恒), 야에야마 섬의 아지 이헤야 오키(伊平屋沖) 등과 상의했다. 겐시로 파견나갔던 사람들의 보고서가 올라와서 문제 지역의 지토우들과 야쿠닌들 중에서 처벌할 자들을 먼저 골라내어 그들을 소문나지 않게 슈리 성으로 소집하도록 조치했다. 가즈토시는 아우 아키유시에게서 들은 대로 야에야마의 이시가키 섬에서 있었던 영미 군함의 포격 사건에 대해서 얘기를 꺼냈다.

"우리는 어제 그 보고를 받았습니다."

산시칸 고로쿠가 말하자 야에야마 아지인 이혜야가 말했다.

"저도 지부네(地船)가 도착하여 이시가키 섬의 변을 알려주어 알았습니다. 다시 저희 구라모토의 메사시 등에게 자세한 보고를 하라고 하명을 보냈습니다."

구치무부교 마키시 초추가 말했다.

"모두 아시는 바와 같이 작년에 사츠마 번주가 바뀌었습니다. 제가 봉축 사절로 사츠마에 다녀왔지요. 들리는 소문으로는 그는 개방파로 알려져 있습니다. 작년에 화포를 만들 가고시마 제련소를 세웠다고 합니다."

산시칸 고로쿠가 말했다.

"사츠마의 류큐 상관에서 올라온 보고를 보면 시마즈 나리아키라(島津錦齊彬) 번주는 역대 다이묘들 중에서 서양 문물을 가장 좋아한다고 합니다. 그들 선대로부터 시마즈 집안은 네덜란드인들과 친밀했으며 서양 말까지 배웠지요. 그럴수록 우리 류큐의 입장은 유리해집니다. 저들은 우리 도움을 받아야 할 테니까요. 조세에 관한 직소와 병행하여 양인들과의 교역 문제를 함께 올리면 좋은 결과가 나올지도 모릅니다."

가즈토시가 물었다.

"저는 슈리 왕실의 섭정(攝政)이신 자키미 세이후(座喜味盛普) 님이 걱정입니다. 그분께서 반대를 하시지 않겠습니까? 자키미 님은 일찍이 사츠마로부터 허가되었던 양인들과의 교역도 끝까지 반대하여 철회시켰던 분입니다."

후부교 온가 초코가 말했다.

"이제 자키미 님도 연로했으니 은퇴하셔야지요. 전하께 사츠마의 변화된 형편을 자세히 아뢰고 어느 것이 류큐에 이익인가를 간언드려야 합니다."

마키시 초추가 이혜야와 가즈토시 두 사람을 돌아보며 다짐을 주었다.

"두 분은 야에야마 섬과 미야코 섬의 영주이시니 꼭 당부드립니다. 이번 이시가키 섬의 변에 대해서는 우리측 사고는 되도록 자세히 보고할 필요가 없겠으며, 다만 영미 전함의 중국인 반란자 진압에 대해서만 알리도록 하십시다. 그리고 이번 변란을 이용하여 조세의 변혁과 무역 확대의 이점을 들어 시마즈 번주를 설득해보십시다."

왕에게서 허락을 받아낸 뒤로 겐시 파견과 지방관의 슈리 성 소집이 이루어졌고, 이들이 타고 온 지방 공용선이 나하에 도착하자마자 모두 체포되어 왕성의 감옥에 하옥되었다. 사츠마 집정부의 자이반에서도 기미를 알아채고 있었지만 슈리 왕부의 통치를 인정하고 있었으므로 감히 간섭하지는 못했다. 산시칸 이하 제도의 아지들이 돌아가며 참관하는 가운데 국청이 열려 엄중한 심문이 닷새 동안이나 열렸다. 심문은 가혹한 장형의 집 행과 더불어 계속되어 미리 조사되었던 사실들을 확인하는 과 정에 지나지 않았다.

심문이 끝나고 나서 산시(三司)의 평정소에서 징수 제도의 난 맥상과 그 개혁의 필요성을 직소하는 문서를 갖추고 심문 조서 를 첨부하여 왕에게 올리고 동시에 집정부에도 알리는 한편, 류 큐 상관을 통하여 같은 내용의 문서를 사츠마의 다이묘 시마즈 나리아키라에게 올리도록 했다. 그리고 곧 뒤이어 이시가키 섬 의 변란과 서양 함대의 잦은 출몰이며 태평양 항로에 대하여 알 리고 적극적인 교역을 통해서 이익을 얻을 수 있음을 보고했다.

상반기 수확 철이 될 때쯤에 사츠마에서 보통때와는 달리 제 법 빠른 반응이 왔다. 조사관이 파견되고 자이반 집정관이 교체 되었던 것이다. 류큐 왕부에서도 그에 대응하여 원로대신인 섭 정 자키미 세이후에게 책임을 물어 은퇴시켰다. 사츠마의 조사 관은 집정부로 대신들을 불러 전달받은 심문 조서의 내용을 모 두 확인했고 류큐 각 제도로부터 올라온 이양선의 출몰 현황과 남방에 다녀왔던 무역선들의 이방 견문에 대하여 청취했다. 그 들은 중국 대륙의 변란에 대해서도 류큐 사람들만큼 잘 알고 있 었다.

중국이 서양 열강들에게 동쪽 연안의 항구들을 개방하고 나서 현재는 태평천국군이라는 난민이 발생하여 남부지방을 휩쓸고 있다는 소식도 서로 주고받았다. 사츠마 번이 제일 먼저 취한 조치는 중국 푸저우에 열어둔 오랜 류큐의 상관에 사츠마 번의 상인들을 파견하겠다는 것이었다. 그리고 타이완의 지룽에 역시 류큐 상인들을 통하여 중국으로 가는 도중 기항지를 마련한다는 안이었다. 그들은 또한 각 도의 다이칸들 중에서 문제가 가장 많았던 자들을 두 사람 골라서 압송하여 처형했고, 그들이 고용했던 야쿠닌들의 처벌을 왕부에 맡겼다. 물론 하반기 수확철이 오기 직전에 납세액은 새로운 토지대장과 인명대장에 의하여 다시 조정되었다.

가즈토시와 청이는 미야코 섬으로 나아가 구라모토 성읍에서 수확 철을 맞았고 오랜만에 넉넉해진 백성들의 생활을 함께 즐겼다. 잊혀졌던 추수 마츠리(祭)도 열었는데 그중에 가장 성대한 것이 줄싸움이었다. 볏짚으로 암수 고리를 만들고 그 끝에 굵게 꼬은 동아줄을 이어서 군중이 양끝에서 서로 어르며 밀고 당기다가 암수의 고리를 끼우는 것이었다. 일단 줄의 머리가 엉켜서 한 몸이 되면 양쪽으로 편을 가른 군중들이 북소리와 쇳소리에 맞추어 줄을 당겼다. 어이사, 어이사, 하는 소리가 폭풍처럼 벌판에 울렸다. 가즈토시와 청이도 편을 가른 군중들 틈에서 남녀가 한데 섞여 줄을 당겼다. 보름달이 떠올랐고 잔잔한 바다는 달빛을 받아 반짝였다. 청이는 가즈토시와 함께 땀에 젖은 몸을 씻고 달빛이 실내의 반이나 되게 내려앉은 정청에서 수확한 햇곡으로 담근 술을 마셨다. 청이가 산신을 뜯으며 새로 배운 류카를 몇 곡 불렀고 가즈토시도 자기가 아는 노래를 불렀다.

"이런 세상이 오래도록 끝나지 않았으면 해요."

청이가 말하자 가즈토시가 물었다.

"저 바다와 성벽의 돌이 조상님 때부터 그대로인데 왜 그런 말을 하오?"

"저는 알아요. 사람들의 탐욕 때문에 세상은 유월의 바다처럼 바람 잘 날 없고 변덕이 심하지요. 제가 돌아다닌 온 세상이 그러했어요."

그들 부부는 하반기 수확 철이 지나고 나서 이듬해의 설을 쉬러 나하로 돌아갔다. 설에는 특히 정전 이층의 용상이 있는 우사스카 앞에서 산시칸과 구치무부교를 비롯한 오지 아지 등의 사족들이 차례로 왕을 알현했다. 뒤이어 정전의 앞뜰인 어정에서는 음악이 연주되는 가운데 슈리 왕궁의 관인들과 부인들이 참석한 다회(茶會)가 열렸다. 도요미오야 렌카는 이제 우에즈의 정실 부인으로 조후의 옷 위에 학과 화초가 그려진 빈가타 무늬의 붉은 포를 걸치고 남편 도요미오야 가즈토시와 함께 다회에 나갔다.

그해 오월에 가즈토시 부부는 미야코의 영지로 나갈 수 없었

는데 변이 일어났기 때문이다. 나하 항구의 내항에는 민간인이
운영하는 마아랑센이나 얌바루센 몇 척이 정박되어 있었고, 가
까운 바다를 순찰하는 리유센(龍船)도 방파제 언덕가에 대어져
있었다. 수평선 너머로 서양 증기선 두 척과 범선 두 척이 나타
났다. 바닷가에서 이를 본 사람들이 나하의 자이반에 알렸을 무
렵에는 슈리 성에서도 먼바다를 관측할 수 있어서 관인들이 서
쪽 성벽의 전망대로 하얗게 몰려나갔다.

우치나 사람들은 앞뒤의 돛대 가운데 우뚝 솟은 굴뚝에서 연
기가 오르는 화륜선을 전에도 본 적이 있었다. 그런 배는 바람
이 없이도 자유자재로 동서남북을 마음먹은 대로 항해할 수가
있었고 함포의 사격을 위해서도 수시로 방향을 바꿀 수가 있었
다. 가운데에 철갑 화륜선 한 쌍이, 그리고 뒤편에 범선이 따랐
다. 배는 내항으로 들어오지 않고 멀찍이 정지하여 우선 위협
사격을 했다. 내항 가까이 포탄이 날아와 거대한 물기둥을 만들
었다.

그것은 나중에 알려졌지만 아메리카의 해군 준장 페리 제독
이 이끄는 프리깃 함과 병력을 실은 선단이었다. 선단은 홍콩에
서 선단을 편성하고 상하이를 경유하여 곧장 나하로 항해하여
왔던 것이다. 슈리 왕부에서나 사츠마의 집정부에서도 속수무
책이었다. 왕부는 오래 전부터 사츠마에 의하여 무장이 금지되
어 있었고 집정부에도 행정을 돌보는 인원과 사무라이 몇 사람
이 있을 뿐이었다. 부두의 자이반에는 칼을 차고 총을 가진 병

력이 십여 명 정도였다.

포격을 몇 차례 했는데도 항구 쪽에서 아무런 반응이 없자 선단은 유유히 내항으로 들어와 옆구리를 항구 쪽으로 돌리고 보트를 내리기 시작했다. 옆구리를 드러낸 증기선은 칠흑처럼 새까만 철갑이었고 아래 위층에 대포들이 포구를 열고 두 줄로 배치되어 있었다. 부두의 사람들은 모두들 겁에 질려 상점 문을 닫아걸고 집 안 깊숙이 숨어버렸고 바닷가 쪽에는 인적이 끊어졌다. 슈리 성 언덕 위에서는 사족들과 그 가족들이 몰려나와서 바다가 잘 보이는 곳마다 올라가 있었다. 보트 수십 척이 부두에 대어지고 군대가 뭍에 오르자마자 열을 짓기 시작했다.

그들은 푸른색 군복과 군모에 등에는 배낭을 지고 총창을 꽂은 장총을 앞에총 하고는 처음부터 방향이 정해졌다는 것처럼 거침없이 슈리 왕궁으로 행군했다. 그 누구도 막아서거나 어디로 가느냐고 묻지도 못했다.

이때에 구치무부교 마키시 초추는 배에서 보트가 내려질 무렵에 급히 사람을 보내어 구메무라의 중국인 구역에 체류하고 있던 영국인 선교사 베텔하임을 불러오게 했다. 그는 수년 전 영국 함선이 나하에 와서 무역과 포교를 요구했을 때에 두 가지 요구조건을 왕부가 모두 거절했지만, 마키시 초추의 건의로 체류만은 허락하여 중국인들 마을인 구메무라에서 류큐 말로 성서 번역을 하거나 작은 성서 읽기 모임을 열고 있었다. 마키시 초추는 화인이나 류큐인들 중에 홍콩과 싱가포르 등지에서 피진 잉글리시를 배운 서투른 통사들이 있기는 했지만 서양 글을 읽을 수 없으니 충분치 않다고 생각했다. 또한 선교사 베텔하임의 체류 허가는 그의 활동을 최소한으로 통제만 한다면 빈번하게 드나들며 무역과 포교를 강압하는 양인들에게도 일종의 방패막이가 될 것이라고 여겼던 것이다.

일개 중대 병력은 나하의 부두에 겨누어총 자세의 삼렬 횡대로 경계중이었고 이개 중대 병력이 군화 소리도 요란하게 슈리 성 언덕의 돌길을 행군해 올라갔다. 중대와 중대 사이의 가운데에 해군 제독의 모자와 깃을 세운 군복에 별 견장을 어깨에 얹고 금단추 달린 푸른색 더블 상의에 흰 바지를 입은 페리가 걸어갔다. 그의 좌우에는 권총과 사벨을 찬 부관이 호위했다. 각중대의 열 앞과 옆에는 장교가 구령을 붙이면서 걸었다. 마치 기계처럼 절도 있게 움직여오는 병사들의 행군은 뭍으로 밀려오는 파도처럼 불가항력적으로 보였다.

베텔하임이 왕부에서 보내온 가마를 타고 관인과 함께 부랴부랴 슈리 성에 도착했을 때에 미국 군대는 수례문(守礼門)을 향하여 올라오고 있었다. 산시칸 고로쿠 로추는 나오지 않고 일부러 구치무부교인 마키시 초추가 비무장의 예복만 입은 왕성 군사들과 관인들을 인솔하여 문 앞에 나와 서 있었다. 문이라고는 하여도 여기서부터 왕성의 권역이라는 표시일 뿐 실제로 성벽과 돈대가 시작되는 곳은 환회문(歡會門)에서부터였다. 군대

는 잠깐 멈추었다가 상대방이 비무장인 것을 보고는 계속 행군
하여 지척에서 멈추었다. 장교의 구령에 의하여 앞선 중대 병력
이 먼저 삼렬종대에서 횡대로 바꾸었다. 페리는 부관과 함께 열
왼쪽으로 나와 서서 뒤를 돌아보았고 양복을 입은 중국인이 공
손하게 앞으로 나섰다. 페리가 그를 힐끗 보고 나서 저희 말로
말하자 중국인이 통역했다.

"아메리카 해군 제독이신 페리 장군께서는 대통령의 명령을
받고 류큐 국왕에게 통상을 요청하러 왔습니다. 우리를 왕에게
안내하시오."

마키시 초추는 베텔하임과 함께 수례문 앞에서 서양인들의
지척에까지 가까이 내려갔다. 마키시가 허리를 굽혀 인사를 했
고 곁에 섰던 베텔하임이 말했다.

"저는 영국 선교사 베텔하임입니다. 이 사람은 서양식으로 말
하자면 내무대신 정도의 사람입니다. 이들은 무기가 없으니 안
심하십시오."

페리는 베텔하임의 출현에 매우 만족해서 통사를 젖혀두고
스스로 말하기 시작했다.

"이곳 국왕에게 우리의 문서를 받도록 해야겠소."

베텔하임이 류큐 말로 마키시에게 말했고 그가 대답했다.

"무장한 군대는 여기에 머물고 장군과 수하 사람 몇 명만 입
궁하실 수 있습니다."

페리는 주위의 장교들과 의논하고 나서 부관과 장교들 두 사

람을 데리고 왕궁에 들어가기로 했다. 그들은 마키시 초추와 류큐 관인들의 안내를 받아 간카이몬을 지나서 성내로 들어갔다. 다시 문 두 개를 통과하여 어정으로 들어섰을 때 그들은 남전의 반쇼 앞에 칼을 차고 섰는 몇 명의 사츠마 사무라이들을 보았다. 그러나 무장 병력이란 그들뿐이었고 류큐의 관인들은 모두들 예복 차림으로 서 있을 뿐 무기란 아무것도 지니지 않았다. 페리 일행은 산시칸이 정무를 보고 중국 책봉사의 접대를 하는 북전으로 안내되었다. 커다란 회의실에는 가운데에 산시칸 고로쿠 로추가 앉았고 좌우로 후부교 온가 초코, 그리고 도요미오야 가즈토시, 이헤야 오키 등의 우에즈 아지 등이 앉아서 기다리고 있었다. 그들은 페리 일행이 들어서자 모두 일어나서 허리를 굽혀 절하여 예의를 갖추었다. 베텔하임의 권유로 그들에게는 접었다 폈다 하는 교의를 가져다주었다. 모두 자리를 잡고 앉자 산시칸 고로쿠 로추가 말했다.

"우리 류큐 왕국은 중국과 일본 사이에 호혜평등한 관계로 형제와 같은 우의를 나누고 있으며 서양 제국들과도 평화로운 교역을 계속해왔는데 이렇듯 무장 함선과 군대를 이끌고 상륙한 것은 무슨 까닭입니까?"

페리가 말했다.

"나는 우리 대통령의 명령을 받들어 귀국과 정식으로 통상을 하자는 문서를 전달하고자 왔소. 그리고 이번에 우리는 에도로 가서 바쿠후에 개국을 요청하려 하오."

534

"우리 왕부에서는 아무런 준비가 없었고, 너무 갑작스런 일이라 논의를 하려면 시간이 필요합니다. 그리고 바쿠후에 개국을 요청하는 일은 우리도 귀국과 똑같은 외국이어서 소식은 전하겠지만 아무런 도움도 드리지 못하겠습니다."

산시칸 고로쿠의 말에 페리가 대답했다.

"이틀 동안의 여유를 드리겠소."

첫번째 접촉은 이렇게 간단히 끝났다. 페리가 일방적으로 통고한 뒤 다시 왔던 길을 따라서 수례문 앞을 나오자 군대는 부두를 향하여 행군해 내려갔다.

북전에서는 류큐의 중추 관원들이 모여앉아 논의를 했고, 왕궁 반쇼의 연락을 받은 사츠마 측의 집정관도 들어와 회의에 참석했다. 사츠마 측은 저들의 다이묘 시마즈 나리아키라가 서양에 개방적인 번주여서 류큐의 통상을 반대하지는 않았다. 더구나 고로쿠 로추와 마키시 초추는 그들이 사츠마 번에 서양과의 무역을 요청하면서 납세 문제를 해결했기 때문에 이번의 일을 적극적으로 활용할 필요가 있었다. 그들은 결론을 내리고 정전에 들어가 쇼네이 왕에게 의논한 바를 보고했고 왕은 한편으로는 걱정을 하면서도 대신들의 제안에 따르기로 했다. 이튿날 고로쿠 로추, 마키시 초추, 온가 초코 등의 세 사람은 부두로 나아가 거룻배를 타고 내항 멀찍이 정박한 페리의 배로 가서 미국측의 제안을 부분적으로 수락한다는 통보를 했다.

이튿날 페리는 수행원들과 함께 슈리로 와서 다시 류큐 왕부

측과 회의를 갖고, 근해를 지나는 미국 선박의 식수와 식량의 조달과 땔감을 공급받기 위한 합의를 이루었다. 페리의 함대는 다시 돌아올 것을 약정하고 며칠 만에 곧 나하 항구를 떠나서 일본으로 향했다. 류큐 왕부에서는 저간의 이양선의 내항과 통상 요구에 대한 보고서를 갖추어 사신을 가고시마의 사츠마 번에 보냈다.

한편 나가사키의 부교쇼에서는 지난해에 이미 네덜란드의 상관이 있던 데지마(出島)로부터 바타비아에 나와 있는 동인도 총독의 서한을 받은 적이 있었다. 이 서한에는 일종의 정보보고서인 풍설서(風說書)가 첨부되어 있었는데, 내년에 미국 사절이 통상을 요구하러 일본에 올 것이라는 내용과 그때에 미국이 일본에 요구할 사항이 적혀 있었다. 사실 이것은 서양인들이 일본 조정의 충격을 줄이고 개국을 유도하기 위한 통보였던 셈이다. 그러나 바쿠후에서는 통상 체결의 요구는 묵살하고 풍설서에 대해서도 로주(老中)와 해안 방어 담당 이외에는 일부 다이묘에게만 보이고는 극비에 붙였다.

페리의 동인도 함대는 오키나와를 방문한 뒤인 유월에 일본 서남쪽 근해에 이르렀고 해안을 따라 시위를 하면서 칠월 팔일에 우라가(浦賀)에 입항했다. 페리는 우라가 부교를 통하여 미국 대통령 필모어가 일본의 쇼군(將軍) 앞으로 보낸 통상 요구의 국서를 바쿠후 고관에게 전하겠노라고 알렸다. 페리는 또한 국서를 거부당하면 무력 행사를 할 수밖에 없다고 위협했다. 바쿠후 회의가 긴급히 열렸지만 해안 방어가 불충분한 상태에서 전쟁이 벌어진다면 승산이 없다는 것이었다. 일본측은 우선 국서를 받아놓고 나서 정면충돌을 피하면서 다시 방책을 강구하자는 어정쩡한 결론을 내렸다. 바쿠후는 일단 구리하마(久里浜)에서 페리의 국서를 받았다. 페리의 함대는 에도 만을 측량하고는 일본측의 회답을 기다린다며 다음해에 다시 올 것을 통보하고 떠났다. 당시에 아시아에 진출해 있던 영국 프랑스 러시아가 모두 크리미아 전쟁에 참전해 있었고 중국 대륙은 태평천국의 난리중이었다. 따라서 미국은 혼자서 외교 절충을 통하여 일본의 개항을 이끌어낼 기회를 갖게 되었다.

바쿠후에서는 사츠마 번의 시마즈 나리아키라가 건의했던 대로 그 동안 류큐에 대하여 통교와 무역은 허용하되 포교는 막으라는 뜻을 하명했었다. 류큐 왕부에서는 공식적으로 상관이 있는 중국 대륙에서 서양인들과 교역을 했고 민간 무역선들은 루손과 바타비아 싱가포르며 안남 등지에서 자유롭게 서양 상인들을 접촉한 지 수백 년이 지나고 있었다. 사실 바쿠후는 류큐에 소우리칸(總理官)이라는 직책을 주어 일본을 대신하는 가공의 정부가 있는 것처럼 전면에 내세워 서양 외세에 대응하도록 해왔다.

이듬해 이월이 되자 페리가 이번에는 아홉 척의 전함을 거느리고 다시 가나가와(神奈川) 앞바다에 나타나 작년의 답서를 요구했다. 바쿠후 측은 국서에 대한 회답을 주지 않을 방침이었지만 결국은 무장 함대의 위압에 못 이겨 삼월 말에 화친조약의 조인을 받아들이고 말았다. 일본측은 중국이 이미 오래 전에 아편전쟁을 통하여 연안의 모든 항구를 내줄 수밖에 없었던 것은 기술적으로 막강한 무장 전함의 위력 때문이었음을 잘 알고 있었던 것이다.

페리는 조약을 성사시키고 돌아가는 길에 류큐의 나하에 다시 상륙했다. 류큐 왕부에서도 사츠마 번을 통하여 돌아가는 상황을 자세히 듣고 있어서 이번에는 쇼네이 왕 이하 모든 사족들이 페리 일행을 환영하기로 했다.

부두에는 산시칸 고로쿠 로추를 비롯하여 이번 일에 중심이 되어 히초누시도리(日帳主取)를 맡게 된 마키시 초추, 온가 초코, 이혜야 오키, 도요미오야 가즈토시 등의 대신들이 관인들을 거느리고 페리 일행의 마중을 나왔다. 왕부측에서는 특별히 페리를 위하여 그의 통역으로 선교사 베텔하임을 배석시키고 있었다. 예식용 창과 기치를 받쳐든 군사들이 호위하는 가운데 보트에서 페리 일행이 내리자 열 채의 가마가 대령하고 있다가 서양인들을 태웠고, 일반 군인들은 슈리 성의 군영으로 안내될 예정이었다. 앞에서 음악을 연주하면서 행렬은 궁성으로 올라갔다. 그들은 북전의 중국 사신이 머물던 곳에서 차를 마시며 화기애애한 가운데 류큐 수호조약에 조인했다.

페리와 장교들은 산시칸과 히초누시도리들의 안내로 다른 중신들과 함께 정전에 들어 약식 접견실이 아닌 용상이 있는 이층의 우사스카에서 쇼네이 왕을 알현했다. 정면에는 붉은 바탕에 금색 글씨로 중산세토(中山世土)라고 쓴 청나라 강희황제가 하사한 편액이 걸려 있었다. 좌우에 아름다운 용 기둥이 떠받친 가운데 흑단의 난간을 두른 평상 위로 다시 황금 용두가 서 있고 그 가운데에 야광 자개를 박고 붉은 나전칠기로 장식한 용상이 있었다. 쇼네이 왕은 황금색 우칸(御冠)을 쓰고 황룡 무늬가 박힌 붉은색 도포를 걸치고 있었다. 페리가 먼저 모자를 벗어 옆구리에 끼고 장화 뒷굽을 부딪치며 고개를 숙이는 군례로서 왕에게 인사했다. 왕은 웃는 얼굴로 고개를 끄덕여 답례를 해주었다. 다음과 같은 인사말이 오고갔다.

"먼 나라까지 오느라고 장군이 수고가 많소."

"화친조약을 맺게 된 것을 기뻐하는 바입니다."

왕은 페리 일행에게 준비했던 선사품인 류큐 칠기와 도자기 그리고 비단을 하사했다. 페리는 금으로 장식한 구식 피스톨 한 쌍과 해군용 망원경을 답례품으로 올렸다. 쇼네이 왕은 일행에게 다과를 대접하고 나서 아메리카의 문물에 대하여 몇 가지를 묻고는 간략하고 정중한 절차를 끝냈다.

이어서 보다 자유롭고 친밀한 교류를 위하여 왕궁 밖에서 환영 연회가 벌어졌는데, 장소는 섭정이자 산시칸인 고로쿠 로추의 저택으로 정해졌다.

페리의 함대가 내항에 들어와 하룻밤을 보내고 조인식에 나서기 전날부터 잔치 준비가 진행되었다. 청이는 함께 초청된 다른 중신들의 부인들과 선물이며 진기한 토산 음식거리를 하인들에게 짊어지워서 고로쿠의 집으로 갔다. 고로쿠의 노부인은 사족 부인들에게 치하를 하며 고마워했고 그네들은 맡은 바 일을 서로 나누어 하인들을 독려하고 거들었다. 페리는 나중에 그날 밤 만찬에서의 음식 이야기를 자세히 적고 있는 것으로 보아 대단한 감명을 받았던 것 같다.

우리들 미국 손님들을 위하여 정중한 환대 준비를 했던 것은 틀림없으리라. 가운데의 너른 방에 식탁이 넷이나 놓였고 좌우의 곁방에도 각각 세 개의 식탁이 이어져 모든 식탁에 요리가 푸짐하게 놓여 있었다. 각 식탁의 귀퉁이에는 사람 수대로 젓가락이 놓였으며 식탁 중앙에는 술이 가득 찬 단지가 놓였고, 식탁마다 모양과 크기가 다른 요리가 스무 가지 이상이나 나와 있었다. 달걀에 빨간 물감을 들여서 얇게 썬 것, 생선살을 말아서 기름에 튀긴 것, 생선구이를 식힌 것, 돼지 내장을 썬 것, 당과, 오이, 무의 소금절임, 얇게 썰어놓은 돼지고기 수육과 튀김 등등 너무 가짓수가 많았다. 찻잔이 먼저 차례 차례로 돌아가고 이어서 아주 작은 잔에 와인 맛이 나는 사케라는 술, 그 다음에 나온 일곱 가지 요리에는 수프도 들어 있었다. 그 밖의 네 접시에는 새앙이 들어 있는 빵, 녹두와 파의 순으로 된 샐러드, 검붉은 과일로 보였지만 사실은 단 과일의 살을 밀가루 반죽 껍질로 싼 둥근 공 모양의 과자, 달갈을 풀어 향기롭고 가늘고 하얀 뿌리 야채와 섞은 부드럽고 맛있는 요리, 이러한 환대는 쌍방에게 더이상 없는 좋은 분위기 속에서 끝났다.

그후 일본은 걷잡을 수 없는 개국의 길로 들어섰고 바쿠후의 영향력은 눈에 띌 정도로 약화되었으며, 공의(公儀)의 상징에 지나지 않았던 교토의 조정은 기회를 노리는 각처의 영주들에게는 좋은 대의명분의 대상이 되었다. 즉 조정이 바쿠후에 위임했던 것은 외교권이 아니라 구체적인 외교조치였다는 것이 칙서에 의하여 밝혀지자, 바쿠후 측은 실추된 권위를 유지하기 위하여 정책을 결정하기 전에 조정의 의사를 받는 형식을 취할 수밖에 없었다. 어쨌든 중국은 태평천국의 난에 휩쓸리면서 엎친 데 덮친 격으로 애로 호 사건의 빌미를 잡은 영국과 프랑스의 연합군에 의하여 북경까지 함락되는 수모를 겪고 있었다. 중국은 아편전쟁 이래로 그나마 간신히 버티어오던 대륙 전체를 서구의 시장에 내어주는 협약을 통하여 이미 완전무결하게 발가벗겨졌다.

사츠마 번주 시마즈 나리아키라가 서양에 대하여 개방적인 영주였다는 것은 다른 의미로 보면 바쿠후를 중심으로 한 국가의 이익보다는 자신의 번을 강화시키려는 야망을 갖고 있었다는 뜻이었다. 시마즈 나리아키라는 페리가 다녀간 뒤 바쿠후 측의 수동적이고 소극적인 대외정책과는 달리 사츠마 번의 독자적인 대외교역을 추진하기 시작했다. 그런 의미에서 류큐는 대외교역의 훌륭한 발판이 될 것이라고 그는 생각했다. 먼저 아마미 큰섬(奄美大島)을 네덜란드와의 통상 중심지로 만드는 구상을 했고, 류큐를 통하여 프랑스와 전면적인 무역을 개시할 준비를 했다. 프랑스로부터 무기를 구입하고 나아가 군함까지도 사들일 작정이었다.

심청과 가즈토시 부부는 페리의 함대가 류큐를 다녀간 뒤 다섯 해 동안 미야코 영지와 슈리 성의 저택을 오가면서 평온한 생활을 보냈다. 대외무역이 활발해지면서 나하 항구에는 서양 각국의 배들이 드나들었고 가즈토시의 동생 아키유시는 히초누시도리 직을 맡은 마키시 초추 밑에서 무역 일을 전담하고 있었다. 미야코 제도에도 근해를 지나는 서양 상선이나 포경선들이 자주 정박했다. 도요미오야 형제는 사츠마 번주의 요구대로 서양 군함을 사들이려는 교섭을 진행하고 있었다. 중간에 다리를 놓은 것은 영국인 선교사 베텔하임이 페리 함대가 돌아갈 때 승선하여 류큐를 떠난 이래로 새로 머물게 된 프랑스인 선교사 토마 신부였다. 토마가 인도차이나의 프랑스 측에 연결했고 무역상은 홍콩에서 타이완 기항지를 거쳐서 류큐에 도착했다. 프랑스 상인과 해군 장교는 나하에 머물며 가즈토시 측과 교섭을 진행했다. 그 무렵에는 후미코와 로쿠 부부가 운영하고 있는 요정 용궁에서 상담이 계속되었는데 군함의 종류와 가격과 지불 방법 등에 대한 안건이 어느 정도 타협점을 이루어가고 있었다.

어느 날 가즈토시는 프랑스 손님들을 슈리 성의 저택으로 초대
했다.

상인 두 사람과 해군 장교와 토마 신부의 일행이 가마를 타고
도착했다. 하인들이 그들을 정청으로 안내했다. 정청은 대륙식
으로 의자와 탁자를 둥그렇게 늘어놓아 서양 손님들에게도 익
숙한 자리가 되었다. 토마 신부가 손님들을 차례로 가즈토시 부
부에게 소개했다. 그들이 자기네 말로 인사를 하자 청이는 저도
모르게 영어로 말했다.

"만나서 반갑습니다."

상인 중의 하나가 깜짝 놀라며 얼른 영어로 말했다.

"오, 영어를 하시는군요. 어디서 배우셨습니까?"

곁에 앉은 토마 신부가 중국어로 속삭였다.

"아마도 마이판들에게서 배웠겠지요."

청이는 다시 중국어로 토마 신부에게 말했다.

"류큐인들은 일본인과 달라서 바깥세상을 잘 안답니다."

홍콩의 지사에서 온 듯한 그 프랑스 상인은 그제서야 토마 신
부에게 핀잔을 주었다.

"신부님 우리가 사과를 해야겠습니다. 부인께서는 보통 분이
아니시군요."

청이도 부채로 웃음을 가리면서 영어로 말했다.

"괜찮습니다. 우리가 당신들 같은 서양인이 아니라면 누구에
게서 배웠겠습니까? 조각배를 탄 어부가 먼바다의 구름을 살펴

는 것과도 같겠지요. 우리 같은 작은 나라는 늘 그렇게 먼 곳을 내다보며 살아왔습니다."

가즈토시는 중국어만 알 뿐이어서 그저 미소만 머금고 묵묵히 앉아 있었다. 토마 신부가 자기 일행을 돌아보고 나서 청이에게 중국어로 물었다.

"저는 지금 통사로 따라왔는데요…… 부인, 어느 나라 말로 하시겠습니까?"

"저희 우에즈 님께서는 중국어를 하십니다. 그쪽 분들을 두 분께서 도와주시면 식사하는 데 불편이 없겠군요."

잔잔하게 웃음이 일어났고 이들 프랑스 신사들은 자연스럽게 예의를 갖추게 되었다. 차가 나오자 토마가 먼저 류큐의 풍속에 대하여 얘기를 꺼냈고 가즈토시가 알기 쉽게 설명을 해주었다. 그것은 문 앞에 마주 보고 섰는 돌사자 상에 대한 얘기라든가 지붕의 용마루 끝에 장식해놓은 붉은 테라코타의 도깨비에 관한 얘기 등이었다. 마당의 정원이 내다보이는 방으로 옮겨앉아 저녁식사가 계속되었다. 서양인들은 포도주와 비슷한 정도의 사케와 독한 소주를 모두 좋아했다. 식사중에는 데운 사케가 나왔다. 대화는 중국어로 진행되었고 홍콩 지사에서 나온 상인과 토마 신부가 오고가는 말을 각자 저희 곁의 일행에게 되풀이해 주었다.

"증기선이 빠르고 강하긴 하지만 기술을 배운 기관사가 없으면 기계가 고장날 경우에 아무 소용이 없습니다. 일본 사정으로 보아 오히려 범선이 운용에 더욱 효율적일 것입니다."

"프랑스에서는 아직도 범선을 군함으로 쓰고 있나요?"

"물론이지요. 상갑판과 포문에 철판을 두른 프리깃 함이 아직도 널리 쓰입니다. 아직도 근해에서는 범선이 더욱 편리합니다. 물론 함대의 기함들은 증기선으로 교체하고 있습니다."

"저희 다이묘께서는 증기선을 원하시지만 듣고 보니 조선술과 증기기관에 관한 기술이 없으면 쓸 수가 없겠군요."

"바로 그렇습니다. 먼저 서양식 범선을 구입하여 무장을 갖추고 해전과 포술에 관한 군사적 훈련도 받아야 할 것입니다. 한편으로는 우리에게 유학생들을 보내어 기술을 습득하게 하십시오. 준비를 충분히 갖춘 뒤에 화륜 증기선을 구입하면 되는 것입니다."

남자들의 대화가 계속되는 동안 청이는 조용히 하인들이 날라오는 음식을 접시에 나누어 담아주기도 하고, 식은 술을 데워오라고 눈짓하기도 하며, 대화에는 끼어들지 않았다. 가즈토시가 말했다.

"살림살이라는 것이 어느 부분만 갑자기 나아지는 것이 아니겠지요. 전체가 다 바뀌지 않는다면⋯⋯"

그때에 하인이 데워온 술주전자를 들어 남편의 빈 잔에 따르면서 청이 말했다.

"글쎄요⋯⋯ 세상은 정말 살기 좋게 변해가는 걸까요?"

남자들은 모두 대답 없이 서로를 바라보았다. 홍콩에서 온 상인이 말했다.

"대금은 무엇으로 치를 것입니까?"

"관은은 되도록 지출하지 못하도록 바쿠후에서 규제하고 있습니다. 구리도 일정량 이상은 한꺼번에 내갈 수 없습니다. 또 사츠마 번과 부분적으로 재정 책임을 질 저희 류큐에서는 그렇게 막대한 금액을 한꺼번에 지불할 능력도 없습니다."

"그 점은 염려마십시오. 다이묘의 수결이 된 신용어음을 써주신다면 몇 년 동안 나누어서 내셔도 됩니다. 우리가 이곳에 체류하는 동안 마키시 초추 님이나 사츠마 집정관님과 계약을 성사시키기 전에 금액은 재조정할 수가 있을 것입니다. 분납하는 조건이라면 적어도 절반은 은이나 구리로 나머지는 현물로 갚아나갈 수 있겠지요."

"현물이라면 무엇을 원하십니까?"

"중국에서는 차와 생사를 우리가 많이 사들입니다. 무엇보다도 특히 인도 산 아편이 대금으로 신용 있는 품목입니다만……"

"이번에 바쿠후와 네덜란드 간의 조약에도 아편은 쌍방이 모두 취급할 수 없다고 못 박았지요. 우리나라는 백성들의 흡연이 금지되어 있을 뿐만 아니라, 어느 곳에서도 양귀비를 경작하지 않습니다. 설탕과 차도 좋고 유황이 대량으로 나오는 광산도 있습니다."

"무엇이 서로에게 이로운지는 다시 토론을 해보기로 하지요."

그들은 만찬을 마치고 다시 중앙의 객청으로 나왔고 청이가 안으로 들어가서 손수 커피를 끓여 내왔다. 물론 서양 손님들이 즐거워했다. 류큐와 가고시마 나가사키에서는 그맘때에 커피에 설탕을 넣어 마시는 서양식 다회가 퍼지고 있었다. 화제는 다시 세상 돌아가는 얘기로 바뀌었다. 그들은 영국이 동인도회사를 폐지하고 인도를 아예 직접 통치하기로 했다든가, 얼마 전에 중국과 서양 제국들 사이에 이루어진 톈진조약이나, 이번의 아메리카와 일본의 수호통상조약에 대해서도 의견을 나누었다. 가즈토시가 쓸쓸하게 말을 꺼냈다.

"우리는 대륙과 사츠마 사이에 끼어 있는 작은 나라입니다. 다만 우리를 보호하고 있는 사츠마 번이 일본에서 가장 강대한 고장이 되기를 기대하고 있지요."

토마 신부가 말했다.

"기독교를 받아들이도록 전하께 권유하십시오. 그러면 서양의 강대국들이 류큐를 보호해줄 것입니다."

"일본도 그렇지만 우리 류큐 사람들은 조상님을 받들어 모십니다. 그리고 부처님을 믿어온 지 천년이 넘었습니다. 종교 문제를 교역에 끼어들이면 수구파에게 명분을 주게 되지요."

가즈토시가 말했고 청이도 한마디했다.

"왜 그렇게 서양인들은 그리스도를 믿으라고 자꾸 권하는지 모르겠어요. 물건을 사고팔면서도 늘 그 생각만 해요."

토마 신부가 끈질기게 물고 늘어졌다.

"마음이 통하면 발전하는 데도 훨씬 도움이 되니까요."

가즈토시가 말했다.

"천천히…… 물건이 오고 나면 마음도 바뀌겠지요."

프랑스 측과 사츠마를 대신한 슈리 성의 히초누시도리 측의 상담은 계속되어 일단 가계약이 이루어졌다. 사츠마 다이묘의 수결이 된 어음과 계약금의 일부가 푸저우의 류큐 상관을 통하여 입금되면 군함을 나하에까지 끌어다놓기로 했던 것이다.

구월 중순경에 사츠마에서 급보가 들어왔다. 사츠마 번주 시마즈 나리아키라가 오십일 세의 나이로 팔월 이십사일에 급사했다는 소식이었다. 며칠 간격을 두어 가고시마의 류큐 상관에서도 같은 소식이 왕부로 전해졌다. 류큐는 외방이라 이미 끝나버린 번주의 장례식에는 참석할 수 없었지만 조문사절을 파견했다.

번주가 바뀌었다 할지라도 정국은 이제 실권을 가진 자 중심으로 변하게 마련이었다. 이복동생인 히사미츠가 실직적인 후계자가 되자 급사한 선친의 신하들은 모두 사퇴했고 아버지 나리아키라가 추진했던 모든 정책들도 중단되었다. 사츠마 번은 나리아키라 파를 지방에 이르기까지 일소하려 했다.

류큐에도 새 집정관이 부임해왔으며 겐시가 파견되었다. 집정관은 쇼네이 왕에게 이러한 사츠마 번의 변화를 알리고 모종의 조치를 취하도록 압력을 넣었다. 쇼네이 왕은 새 번주의 지시에 따를 수밖에 없었다. 산시칸 이하 중요 직책은 전에 퇴임을 당했던 자키미 세이후(座喜味盛普) 파로 모두 임명되었고, 사츠마에서 온 겐시는 나리아키라의 정책을 충실히 따르던 산 시칸 고로쿠 로추와 후부교 온가 초코를 먼저 북전의 집무 현장 에서 체포하여 집정부에 끌어갔다. 이어서 히초누시도리를 맡 았던 마키시 초추를 집에서 연행했고 이혜야 오키, 도요미오야 가즈토시 등에게도 반쇼의 사무라이들을 보냈다. 가즈토시의 아우 아키유시는 외방에 나가 있었고 형제를 모두 구속하지 않 는다는 이유 때문에 모면할 수 있었다.

청이와 가즈토시 부부는 점심 무렵까지 궁성에서 무슨 일이 있었는지도 모르고 있었다. 무장한 사무라이들은 슈리 왕부의 관리를 앞세우고 가즈토시의 저택으로 몰려왔다. 관리가 정청 앞 뜰에 서서 외쳤다.

"미야코 영주 도요미오야 가즈토시는 나와서 어명을 받으라!"

청이와 집안 사람들이 지켜보는 가운데 가즈토시는 의관 정 제하고 마당에 나가서 꿇어앉았다. 관리는 도요미오야 가즈토 시를 대외교섭과 세금 징수에 관한 위법 사실을 들어 체포 조사 한다는 서류를 읽어주고 나서, 반쇼의 사무라이들이 그를 붉은 포승줄로 묶었다. 청이 과감하게 달려들어 남편을 가로막으며 사무라이들에게 외쳤다.

"이놈들! 너희들은 사츠마의 관인이거늘 어찌 류큐의 우에즈 님을 함부로 잡아갈 수 있단 말이냐?"

상급자인 듯한 사무라이가 말했다.

"이미 쇼네이 왕의 어명을 읽어드렸소. 비키지 않으면 공무의 집행을 방해하는 죄로 다스리겠소."

청이의 울부짖는 모습을 보고 장남 요시히로가 나와 뒤에서 끌어안았다.

"어머니, 무슨 오해가 있겠지요. 나중에 전하께 탄원하도록 하시지요."

가즈토시도 아내에게 말했다.

"별일이 있겠는가. 내 다녀오리다."

그들은 포박한 가즈토시를 죄인이 타는 검은 가마에 오르게 했다. 가족들이 망연히 바라보는 앞에서 체포된 가즈토시의 가마를 사무라이들이 에워싸고 슈리 외성에 있는 감옥으로 향했다. 이때에 요시히로는 이미 이십오 세의 어른으로 진작에 혼인을 하여 딸을 둘이나 낳은 가장이 되어 있었다. 그는 미야코 제도의 영주를 물려받을 첫번째 상속자였다. 유자오 또한 열다섯 살의 처녀로 자라나 이제 한두 해 안에 시집을 보내야 할 형편이었다. 청이를 비롯한 온 가족들은 슈리 성의 다른 사족들에게서 소문을 들으며 정국이 어떻게 돌아가는지 알아보려고 애썼다. 한편으로는 남방으로 떠나는 배편을 통하여 아키유시에게 소식을 알리도록 하고 되도록 급히 나하로 돌아오라고 전했다.

이제 류큐 조정의 섭정은 자키미 세이후의 장자인 자키미 겐지(座喜味玄次)가 되었고 자키미 집안은 산시칸에서 구치무부교와 일반 야쿠닌에 이르기까지 모두 자기네 사람들로 채웠다. 고로쿠 로추 이하 모든 구속된 중신들의 가족들이 연명하여 쇼네이 왕에게 탄원서를 올렸지만 북전의 중추부에서 차단되고 말았다. 늙은 고로쿠 로추와 온가 초코는 감옥에서 형장을 당해내지 못하고 숨을 거두었다. 중추부에서 나온 관리들이 피투성이로 숨을 거둔 두 중신들의 시신을 수례문 앞에 내다놓고 가족들이 거두어가도록 했다. 그러나 가족을 제외한 공적인 장의 절차는 엄금하도록 지시가 내려져 청이나 다른 사족들은 그들 댁을 방문조차도 할 수 없었다.

한 달이 지나서 형국은 결안이 되었는데 고로쿠 로추와 온가 초코는 사약을 내리게 되었으나 이미 사망했고, 히초누시도리였던 마키시 초추와 도요미오야 가즈토시와 이혜야 오키 등은 사츠마 번으로 압송하라는 명이 떨어졌다.

청이는 어느 날 남정네들의 출청이 지난 늦은 아침녘에 자키미 가로 찾아갔다. 그네는 은퇴한 자키미 세이후의 노부인을 궁성 다회에서 만난 적이 있었고, 쪽빛 물을 들인 미야코 조후를 바치면서 몇 번 그 댁을 방문하기도 했었다. 문지기에게 노부인을 만나러 왔다고 알리자 하인이 들어가 집사에게 알리고, 그는 다시 밖으로 나와 청이에게 무슨 용건이냐고 묻더니 안으로 사라졌다. 한참이나 기다려서야 노부인에게서 안으로 들어오라는 전갈이 내렸다. 청이는 집사의 안내로 후원으로 안내되었다. 집사가 문을 열어주었고 다다미가 깔린 객청 안에 작은 다탁을 놓고 노부인이 혼자 앉아 있었다. 청은 미닫이 앞에 무릎을 꿇고 엎드려 문안인사를 올렸다.

"우에즈 님 부인께서 어쩐 일이시오?"

청이는 고개를 숙인 채 노부인에게 말했다.

"제 남편이 가고시마로 압송되기 전에 마지막으로 얼굴이라도 뵈었으면 하여 노부인께 청원을 드리러 왔습니다."

자키미 노부인은 한숨을 내쉬더니 가볍게 손뼉을 쳤고 하인이 얼굴을 내밀자 우에즈 부인께 차를 내라고 일렀다. 차가 나올 때까지 부인은 아무 말이 없더니 청이 차를 한 모금 마시자 입을 떼었다.

"나라에서 하는 일을 아녀자가 어찌 알겠소. 하지만 너무 원망은 마시오. 사츠마의 번주가 바뀔 때마다 작은 나라 류큐에서는 크고 작은 바람이 그칠 때가 없었다오."

"이제 가시면 언제 살아 돌아오시게 될지 기약조차 없는 이별입니다. 그래도 도요미오야 가즈토시 님은 전하와 친척인 분이십니다. 단 한 번만이라도 가족과 접견할 기회를 만들어주십시오."

청이의 애원하는 말에 노부인은 고개를 끄덕였다.

"아무리 번의 정국이 바뀌었다지만 전하께서는 얼마나 마음이 아프시겠소? 내가 섭정에게 잘 말해둘 터이나 너무 기대는 하지 마오."

청이는 다시 한번 노부인께 머리를 조아리며 신신당부를 올리고는 자키미 가를 나왔다. 그로부터 다시 사나흘이 지나서야 자키미 댁의 하인이 그날 밤으로 옥에 들어가 남편을 만나보라는 전갈이 왔다. 렌카는 찬푸루며 돼지고기의 라후테와 쑥을 갈아 만든 죽인 후치바주시 같은 음식들과 찹쌀로 만든 타우치차오 떡을 장만하여 맏아들 요시히로만 데리고 외성 북편에 있는 감옥으로 갔다. 돌담 안에 전각이 있고 그 입구에는 창을 든 파수 두 사람이 서 있었다. 요시히로가 군사에게 말을 걸었다.

"나는 도요미오야 요시히로다. 아버님을 만나러 왔는데 알고 있는가?"

그들은 저희끼리 수군거리더니 한 사람이 안으로 들어가 옥 사장을 데리고 나왔다. 그가 요시히로와 청이를 확인하고 나서 나지막하게 속삭였다.

"조용히 안으로 드십시오. 사츠마 것들이 보면 귀찮게 할 테니까."

그는 컴컴한 전각 안을 사방등으로 비춰 보이면서 오른쪽 통로를 가리켰다.

"우에즈 님이 계신 곳은 저쪽 맨 끝칸입니다."

어두운 통로의 좌우로 통나무 간살이 쳐진 옥방이 연이었는데 비어 있는 칸도 있었고 누워 있는 사람의 희끄무레한 형체가 보이는 방도 있었다. 두 사람은 끝방에 이르러 사방등을 위로 쳐들었다. 불빛 아래 벽을 향하여 쪼그리고 누워 자는 사내의 몸집이 보였다. 렌카가 소리를 죽여 불렀다.

"우에즈 님, 여보…… 제가 왔어요."

그가 돌아눕더니 일어나 앉았다. 그는 간살 앞으로 다가앉으며 손을 내밀었고 청이 그 손을 꼭 쥐었다. 마른 나뭇가지처럼 살과 윤기가 빠진 남편의 손을 쥐고 나서 청이는 울음을 삼켰다.

"렌카, 미안하오. 이번에 아무래도 가고시마까지 끌려가야 할 모양이오. 죄가 없으니 별일은 없겠지."

가즈토시가 말했고 맏아들 요시히로가 청이의 뒷전에서 나타나며 울음 섞인 목소리로 말했다.

"아버님, 작은아버지는 루손에서 아직 안 돌아오셨습니다. 소식은 벌써 알렸으니 며칠 뒤면 돌아오실 거예요."

"아니, 오히려 잠잠해진 뒤에 나타나는게 좋을 게다. 그가 히초누시도리 아래서 대외 교섭의 일을 보았으니 괜한 불똥이 튈 수도 있다."

가즈토시는 잠시 두 사람을 바라보더니 아들에게 말했다.

"아마도 이번의 내 출타가 길어질지도 모르겠구나. 너는 아키유시와 집안 일을 상의하여 미야코 영주의 직임을 잘 수행하도록 해라. 그리고 어머니를 정성으로 모셔드리고……"

청이가 가즈토시에게 물었다.

"언제 떠나게 된대요?"

"글쎄…… 사츠마의 와센(和船)이 나하에 닿으면 곧 출발하게 되겠지."

554

"어쨌든 기운을 차리셔야 해요. 당신은 백성을 위해서 납세를 조정해준 일과 나리아키라 번주의 지시에 따라서 배를 사려고 했던 일밖에 아무것도 한 일이 없어요. 죄가 없으니 왕과 백성들 앞에 떳떳하세요."

청이는 음식들을 꺼내어 간살 사이로 들여밀어주었다. 가즈토시가 음식을 급하게 집어먹기 시작했고 청이와 요시히로는 안쓰러워서 돌아앉아 눈물을 훔쳤다.

가즈토시를 접견하고 돌아온 지 열흘이 못 되어 사츠마 번의 관선이 나하 항구에 들어왔다. 슈리 왕부의 중추부를 바꾸려던 목적으로 내도한 겐시는 일을 끝내고 죄인들을 압송하여 가고시마로 돌아가게 된 것이다. 집정부에서는 칼을 찬 사무라이들이 호위하는 가운데 목에는 두꺼운 판자의 칼을 쓰고 발과 손목에 차꼬를 두른 죄인들을 지붕 없는 가마에 태우고 외성의 언덕길로 내려갔다. 앞에서는 슈리 왕부의 하급 관인들이 길을 비키라고 호통을 치면서 걸어갔다. 그들은 사츠마 번의 위세를 시위라도 하려는 듯 일부러 사족들의 저택이 있는 슈리 성 중앙통의 돌길을 따라서 내려갔고, 그들을 마지막으로 먼발치서라도 보기 위하여 가족들과 친지들이 몰려나와 행렬을 따라갔다.

접근할 수는 없었지만 청이는 군중들 틈에서 남편이 마키시 초추의 바로 다음 가마에 칼을 쓰고 머리는 풀어헤친 채 지나가는 것을 보았다. 맨 끝에 이혜야 오키가 탄 가마가 지나갔다. 그때에 웬 사족 차림의 부인네가 이헤야의 가마 옆으로 내달으며 외쳤다.

"여보 같이 가요!"

가마 곁을 따르던 사무라이가 재빠르게 부인을 밀쳐내자 그네는 뒤로 넘어졌다가 다시 외치며 가마 쪽으로 달려들었다.

"이놈들아 차라리 우리를 이 자리에서 죽여라!"

사무라이는 비켜나면서 한 동작에 칼을 뽑더니 가차없이 허공에서 아래로 내리그었다. 목덜미에 칼을 맞은 여자가 땅바닥에 엎어져서는 꼼짝도 하지 않았다. 앞에서 말을 타고 가던 겐시가 되돌아와서 부하에게 물었다.

"웬 소란인가?"

"예, 행렬을 방해하여 칼등으로 내리쳤습니다."

가마 위의 죄수들이나 구경꾼들도 사무라이의 그러한 대답에 그제서야 마음을 놓았다. 겐시가 말 머리를 돌리면서 말했다.

"다시 달려드는 자가 있거든 이번에는 사정없이 베어버려라!"

그 다음부터는 아무도 가마 곁에 다가서는 자가 없었다. 청의 곁에는 요시히로와 유자오며 하인들 그리고 용궁의 후미코 로쿠 나바 세리 등등까지 몰려나와 행렬을 따라서 부둣가로 내려갔다.

죄수와 관인들은 운하의 다리를 건너 좁고 길게 들어온 나하의 안쪽 부두에 이르러 거룻배로 옮겨 탔고, 가족들은 평소에 원방으로 떠나는 배를 배웅하던 만 오른쪽의 언덕으로 가서 출항하는 배를 따라 빠른 걸음으로 땅의 끝까지 나아갔다. 주저앉아버리는 사람, 손에 쥐고 있던 기다란 천을 바람에 나부끼도록 흔드는 사람, 두 손을 입에 대고 이름을 불러보는 사람들 틈에서 청이는 두 손바닥을 모으고 고개를 숙여 기도를 올렸다. 기도가 끝나고 고개를 들어보니 배는 이미 만을 벗어나 돛을 한껏 올리고 멀어져가는 중이었다.

"저는 당신을 따라갈 거예요."

렌카는 수평선을 내다보며 중얼거렸다.

사츠마의 관선이 떠나고 나서 슈리 성 일대는 다시 아무 일도 없었던 것처럼 사족들의 가마가 오르내리고 화사한 옷차림의 남녀가 서로 초대받은 다회나 만찬에 참석하러 숲속의 돌길을 오고갔다.

청이는 혼자 내실에 처박혀 가끔씩 요시히로 내외의 문안인사나 받으며 꼼짝도 않고 지냈다. 배가 떠난 지 한 달이 되었을 즈음 어느 날 데이 마키 때부터의 늙은 하녀가 오후의 다담상을 들여놓더니 돌아앉아서 눈가를 닦는 것이었다.

"무슨 일이라도 있느냐?"

청이 물으니 하녀는 도리질을 하면서 얼버무렸다.

"아무것두 아닙니다. 제가 공연히……"

"무슨 일인지 숨김없이 말하래두. 그러잖아도 내가 아범에게 가고시마의 소식을 물으면 아무 일 없다고 날마다 같은 말만

하는데, 이거야 속이 터질 듯이 답답하여 사람이 살 수가 있겠느냐?"

하녀는 고개를 숙인 채로 기어들어가는 목소리로 중얼거렸다.

"저에게 들었다는 말씀은 마십시오. 그랬다가는 저는 서방님께 경을 칠 겝니다."

"그래 알겠다, 무슨 일이냐?"

청이는 벌써 놀라운 일인 줄을 느끼고는 한 손으로 두근대는 가슴께를 지그시 누르면서 재촉했다. 하녀가 더듬거리며 말했다.

"아랫집 하녀들이 수군거리기를…… 이혜야 댁의 부인이 목을 맸다 하옵니다."

야에야마 영주이며 아지인 이혜야 오키의 아내 얘기였다. 그네는 중신들이 압송당하던 날 가마에 달려들었다가 칼등에 맞아 기절했던 그 여자가 분명했다.

"이혜야 부인이 왜?"

청이의 물음에 하녀가 오히려 되물었다.

"못 들으셨습니까?"

"무엇을……?"

하녀는 다시 눈물을 흘리더니 손수건으로 연신 볼을 닦았다.

"며칠 전부터 소문이 돌았습니다. 이혜야 오키 님은 끌려가던 뱃전에서 바다로 투신하여 자살했답니다."

청이는 아무 대답도 하지 않았지만 저절로 눈물이 흘러나와 찻상 위에 떨어졌다. 그네는 열린 창문 밖으로 늘어져 바람에 흔들리는 종려나무를 물끄러미 내다보았다.

"마님, 너무…… 상심 마십시오. 오지 님은 무사하시답니다."

하녀가 다가앉으며 말했지만 청이는 멍하니 앉았다가 숨을 크게 한번 들이마시고는 그네에게 일렀다.

"초와 향을 이헤야 댁에 보내거라."

"형벌을 받은 댁의 경조사에는 나라의 허락이 없으면 가지 못합니다."

청이는 눈을 부릅뜨고 하녀에게 말했다.

"그래서 조의만 표하려는 게다. 어서 물러가 시행해라!"

청이는 남편의 아우 도요미오야 아키유시가 돌아오기만 기다리고 있었고, 그는 미야코 섬에 머물고 있다가 돌아와도 이제는 별일이 없을 거라는 친구들의 전갈을 받고서야 나하에 도착했다.

아키유시는 먼저 슈리 성의 사족들을 만나 수소문을 하고 나서 형의 집을 방문했다. 청이는 그 동안 누구에게도 속내를 보이지 않고 의연하게 버티었지만 시동생을 보자 일시에 힘이 빠진 듯 그의 팔을 잡고 흔들며 물었다.

"도대체 내 남편이 살았는지 죽었는지 제발 속 시원하게 말이나 해주어요."

"형수님, 이럴 때일수록 용기를 잃지 말아야 합니다. 가즈토시 형님은 옥중이지만 잘 계시답니다. 아마도 올해가 가기 전에 처분이 이루어질 것입니다. 중죄인은 마키시 님이고 죄인들 중에 겨우 두 분이 살아남으셨으니 틀림없이 사면이 될 듯합니다."

그러나 청이는 아키유시의 굳고 침울한 얼굴에서 그의 말이 사실이 아니라는 느낌을 읽을 수 있었다.

"이헤야 님이 압송하던 관선에서 투신했다는 소문을 들었어요. 그리고 그 부인이 자결했지요. 이번 사건의 죄인은 정국의 희생물임을 아녀자인 저도 알아요."

아키유시는 그제사 아무 말 없이 굳어진 얼굴 그대로 무릎을 꿇고는 형수의 말을 들었다.

"마키시 님은 이미 연로하셨으니 아마도 올해를 넘기지 못하실 거예요. 우에즈 님이 옥중에서 살아남는다 할지라도 사건을 깨끗이 종결하기 위해서 사츠마 번에서는 흔적을 남겨두려 하지 않을 겁니다."

듣고 있던 아키유시는 고개를 번쩍 쳐들었고 청이 계속 자기 생각을 이야기했다.

"유배형도 아닐 겁니다. 남편은 외방인이기 때문에 구태여 가신들의 논란을 피하고 자시고 할 것도 없기 때문이어요. 아마 하라키리(割腹) 아니면 사약을 받으시게 될 거예요."

청이는 한 달여 동안 내실에 틀어박혀서 골똘하게 생각했던 바를 그대로 말했다. 아키유시는 여전히 말이 없었다.

"저는 가고시마로 남편을 따라가겠어요. 거기서 남편을 마지막으로 보게 될 테니까요. 그리고 거기서 그이가 돌아가시면……"

청이 잠시 말을 잇지 못하다가 단호하게 잘라서 말했다.

"저는 다시는 류큐로 돌아오지 않을 거예요. 어차피 저에게는 그곳이나 여기나 타국이니까요."

아키유시가 말했다.

"형수님은 도요미오야 가의 대부인이십니다. 요시히로가 미야코의 영주가 되겠지만 아직 미숙한 점이 많으니 형수님께서 가문을 이끄셔야 합니다."

"아닙니다. 시숙께서 잘 아시다시피 저는 유녀 출신입니다. 정처이신 데이 마키 님께서 돌아가신 뒤에 이 몸이 정처로 된 것은 우에즈 님의 신분 때문에 받아들였던 것이지 제가 원하던 바가 아니었어요. 제가 우에즈 님을 남편으로 평생 모시고자 하였으나 운수가 기박해서 그리 되지를 못하였군요. 저는 남편을 뒤따라 떠나기로 했습니다. 제가 시숙님께 몇 가지 부탁이 있는데 들어주시겠지요?"

"말씀해보십시오."

"우에즈 님이 돌아가시게 되면 아마도 왕부에서는 머지않아 명분과 동정론으로 뒤처리 겸하여 무마를 하게 될 것입니다. 그러면 두 가지를 해주셔야 합니다. 제가 어찌되었든 사츠마의 류큐 상관을 통하여 지부네를 세내어 운구하도록 조처할 것이니 성대한 장의와 좋은 장지를 부탁드립니다. 그리고 벼슬의 복권과 동시에 장자 요시히로의 우에즈 신분과 미야코 영주권의 계승을 왕 전하에게 상계해주셔요."

아키유시가 두 손을 방바닥에 짚고 고개를 숙이며 형수에게

맹세했다.

"당연히 제가 할 일입니다. 형수님은 염려 마십시오."

"다른 부탁이 또 있습니다. 유자오가 내년이면 열여섯이니 혼례를 치러야 합니다. 저의 친딸은 아니지만 그 어미가 죽을 때 제가 행복하게 길러주기로 굳은 약속을 했었지요. 시숙께서 조카딸로 여기시고 요시히로와도 의논하여 좋은 혼처를 알아보아 시집을 보내주셔요. 저는 남편을 옥바라지할 은자나 조금 가지고 떠나겠습니다."

"아닙니다. 형수님은 형님께서 남기신 전 재산을 가질 권리가 있습니다. 요시히로는 영주 직과 영지를 물려받으면 되는 것이구요."

청이는 잠시 생각해보고 나서 말했다.

"제가 우에즈 님과 혼인하여 이제 팔 년이 되었습니다. 그간에 영지에서 들어온 수입이 꽤 되지만 모두는 필요 없습니다. 그러나 제가 우치나로 올 적에도 모아놓은 재물이 약간 있어서 용궁도 차리고 궁핍은 면할 수가 있었지요. 집에 있는 은자는 제가 가고시마로 가서 우에즈 님을 뒷바라지하는 데 쓰겠습니다. 그리고 시숙님께서는 요시히로와 의논하여 가고시마의 류큐 상관에서 내어쓸 수 있는 어음을 준비해주셨으면 합니다. 저도 이제는 나이가 삼십대 중반이 되었으며 류큐의 시조쿠 부인으로 살았으니 험하게는 살지 않겠지만, 그렇다고 영화를 바랄 사람도 아닙니다."

아키유시가 눈물을 흘리며 말했다.

"슈리 성에서 형수님의 처신을 모를 사람이 누가 있겠습니까. 떠나시기 전에 제가 배편이며 가고시마에서의 모든 채비를 해놓겠습니다. 그저 다시는 돌아오지 않겠다는 말씀만 하지 마십시오."

청이는 긴 한숨을 내쉬고는 열어놓은 사창 너머로 펼쳐진 푸른 하늘을 한참이나 멍하니 올려다보았다.

태풍의 철을 보내고 마아랑센이 떠나게 되어 청이는 늦가을이 되어서야 가고시마로 가는 배를 탔다. 그네는 야스히로와 며느리에게는 아주 떠난다는 말은 안 했지만 언제 돌아오겠다는 말도 하지 않았다. 다만 모든 일은 아키유시 숙부에게 맡겨두었으니 가속과 집안 단속을 잘 하며 근신하고 있으라는 당부만 해두었다. 용궁으로 가서 후미코와 로쿠 부부를 비롯하여 세리 나바와도 작별인사를 나누었다. 그네는 후미코에게 특별히 유자오의 뒷일을 부탁했고 로쿠 영감에게는 동행을 부탁했다. 가고시마에서 혼자 처리할 수 없는 일이 생길지도 모르기 때문이었다. 청이는 시동생 아키유시가 직접 동행해주는 것이 더욱 마음이 놓였겠지만, 그렇지 않아도 겨우 공모죄를 모면한 불안한 처지의 그가 사츠마 관원들의 눈에 띄는 것은 위험하다고 생각했던 것이다. 후미코와 로쿠 부부는 평소부터 청이를 지옥에서 만난 관음처럼 은인으로 생각해오던 터여서 그네의 제의에 오히려 고마워했다. 후미코는 로쿠 노인에게 우에즈 님의 관송이 모두 결판날 때까지 가고시마에서 돌아올 생각일랑 하지 말고 그네의 곁을 지켜주라고 신신당부했다. 아키유시는 형인 가즈토시가 죽게 되면 돌아오지 않겠다던 형수의 속마음을 혼자서만 알고 있었는지라 각별한 여행 채비를 해주었다.

아키유시는 마아랑센의 선장은 물론이요 가고시마의 류큐 상관을 왕래하는 무역상에게 형수의 일을 도와줄 것을 부탁해두었다. 청이는 야스히로와 유자오에게 아버지를 뵙고 오겠다고만 해두고는 남의 눈에 띄어서는 안 되니 부두에는 절대로 나오지 못하도록 일렀다. 가마에 올라 흔들려 가면서 그네는 마지막으로 도요미오야 저택의 돌담 앞에 서서 배웅을 하는 유자오와 야스히로를 돌아보았다. 눈시울이 뜨거워졌지만 그네는 얼른 앞을 향하여 몸을 돌렸다. 부두에는 후미코와 아키유시가 나와 있었고 그들은 두 사람 모두 이것이 렌카와의 영 이별이라는 것을 잘 알고 있었다.

청이는 떠나는 뱃전에서 항구에 다닥다닥 붙은 게딱지 같은 작은 집들과 숲이 무성한 언덕 위로 보이는 슈리 성벽이며 그 위에 우뚝 솟은 붉은 지붕을 바라보았다. 그네는 어느 곳이든 한번 떠나면 다시는 돌아갈 수 없었던 지난 여정을 생각했다. 그것은 어제 또는 그제와 같이 이제는 자취도 없어져버린 꿈처럼 느껴졌다. 청이는 배가 나아가고 있는 동북방의 먼 수평선으로 고개를 돌렸는데 떠오른 아침 해가 수평선의 중간을 하얗게 지워버리고 있었다. 가까운 물결 위로 햇살이 반짝이며 부서지

고 있는 모양을 보노라니 청은 어쩐지 가슴이 두근거렸다. 새로
운 땅을 향하여 다시 출발하는 것이다.

11. 마마 상

배가 나하를 떠난 지 닷새 만에 사츠마 반도의 입구인 가고시
마 만에 이르렀다. 마아랑셴은 파도가 거친 연안의 바위섬들 사
이로 천천히 진입하여 이부스키(指宿)에 들렀다가 한나절 뱃길
인 가고시마를 향하여 만 깊숙이 들어갔다. 만의 오른편에 우뚝
솟은 사쿠라지마의 정상에서는 활화산이 거대한 증기선의 굴뚝
처럼 흰 연기를 뿜어올리고 있었다. 만으로 깊숙이 들어갈수록
서양의 범선과 화륜선들이 여러 척 항해하고 있거나 연안에 정
박해 있는 게 보였다.

배가 항구로 들어가자 관선이 다가와 국내선이 모이는 부두
로 안내했다. 나하 항과는 달리 가고시마의 부두는 배가 육지에
직접 닿을 수 있도록 목조로 육교와 접안시설을 건조해놓았다.
배가 대이자 밧줄을 나무기둥에 얽고 가교를 잇대어 승선했던
사람과 짐을 내리도록 했다. 청이는 선장과 무역상의 배려로 상

갑판의 선실에서 기다리고 있었는데 류큐 상관에서 마중을 나온 사람이 찾아 올라왔다. 그는 인사를 하고 나서 무역상의 눈치를 보며 뭔가 주저하는 듯한 태도를 보였다. 청이는 차마 묻지를 못했고 상인이 물었다.

"뭐야, 새소식이라도 있나?"

"예, 저어…… 마키시 초추 어른이 옥중에서…… 운명하셨습니다."

청이는 아무 말도 묻지 않았다. 다시 상인이 물었다.

"도요미오야 님은 어떠하신가?"

류큐 상관의 야쿠닌은 청이 쪽을 힐끗 보고는 말했다.

"얼마 전에 미국측 통사가 번의 사무라이에게 살해당한 사건이 생겨서 분위기가 몹시 살벌합니다. 지금 번의 하급 무사들은 천황폐하의 조칙도 있으니 모두들 양인을 몰아내야 한다며 명분론이 들끓고 있습니다. 저희 상관에서 줄을 대는 이들이 접견도 시켜주고 옥내 소식도 알려주었는데 지금은 접근도 못 하게 합니다. 얼마 지나면 상황은 좀 나아지리라 믿습니다만……"

"마님, 일단 숙소에 가서 기다리시지요. 저희가 우에즈 님을 꼭 찾아뵐 수 있도록 손을 써놓겠습니다."

나하의 무역상이 말했고 청이와 로쿠는 류큐 상관의 야쿠닌이 안내하는 대로 가고시마 항의 부두로 내려갔다. 역시 사츠마번이 있는 곳이라 거리는 대처답게 널찍하고 깨끗했다. 모두 기와를 올린 목조의 이층집이 줄을 지어 시정을 이루었고 가로와 골목은 바둑판처럼 반듯하게 구획되어 있었다. 이층은 난간을 둘렀고 길가의 아래층은 거의가 점포들이었다. 판자 담장이나 돌담이나 회벽에 고운 무늬를 그려넣은 담장을 두른 주택들은 대로의 뒷길에 있었다.

류큐 상관은 항구에서 얼마 멀지 않은 곳에 지붕이 높다란 창고 몇 채와 함께 앞쪽에는 점포를 열었으며 뒤에 정원을 사이에 두고 객사가 따로 있었다. 청이와 로쿠는 맨 뒤채로 안내되었다. 역시 나무가 울창한 마당이 있고 난간이 달린 이층집이었다. 청이는 이층의 가장 큰 방을 쓰게 되었다. 방 안은 풀냄새가 날 정도의 새로 깐 다다미에 오시이레(挿入)와 방 위편에 토코노마(床間)가 있었으며, 움푹 들어간 안쪽 벽에 바람에 불려 잎을 날리고 섰는 대나무 몇 그루가 그려진 족자가 걸렸다. 토코노마의 선반 위에는 이 고장에서 유명짜한 분청 항아리 하나가 올라앉았다. 잇달린 창호지의 격자 창문을 열면 난간 아래로 정원과 판자 담장 가운데 붉은 칠을 한 뒷문이 보였다.

"제가 이곳을 맡은 나카이(仲居)입니다."

미닫이를 열고 꿇어앉으며 한 중년 여인이 인사를 올렸다. 그네는 차를 준비해가지고 올라온 것이다. 청이는 나카이가 차를 따르는 것을 바라보다가 물었다.

"류큐인이오?"

나카이 여인이 말했다.

"부모님 고향은 아마미 섬(奄美大島)입니다."

청이 물었다.

"그곳은 원래 류큐였지요?"

여인은 눈을 동그랗게 뜨고 목소리를 낮추어 말했다.

"그런 말씀을 하시면 큰일납니다. 어디서 도신(同心)이라도 들으면 당장 반쇼에 끌려가서 장형을 받습지요. 저는 이부스키에서 태어났는걸요."

청이는 나카이 여인과 한담을 나누는 중에 그네의 남편이 하급 포리(捕吏)로 산세이(參政) 관아에 드나든다는 사실을 알았다. 아니 이것은 오히려 그 여자가 청의 처지를 얻어듣고 일부러 흘린 말이었는지도 모른다.

"옥에 갇힌 사람에게 소식을 전할 수도 있겠구먼?"

반색을 하며 청이 말하자 나카이가 웃으면서 대답했다.

"그럼은요, 옥리와 포리는 술친구니까요. 요것이 좀 들겠지만도."

하면서 여자는 손가락으로 동그라미를 만들어 보였다.

"비용은 염려 말아요. 언제쯤 되겠소?"

"편지는 들통이 나면 양쪽이 다 크게 다치니까 절대 안 됩니다. 다만 말씀 전하시는 거야 내일이라도 당장 할 수 있습지요."

여인은 다른 나카이 여인과 교대하여 내일은 집에 간다며 남편을 통하여 꼭 말씀을 전하겠노라고 장담을 했다. 렌카는 여인에게 수고하라며 한냥짜리 금화인 코반(小判) 한 닢을 내주었다.

이튿날 아침에 나카이 여인이 교대하고 집으로 돌아갈 즈음에 청이는 그네의 남편을 만나기 위해 로쿠와 함께 상관의 객사를 나섰다. 여인의 집은 상관에서 제법 멀었는데 중앙통에서 샛길로 빠져 후미진 골목을 지나니 나가야(長屋)들이 길게 늘어선 동네가 나왔다. 아예 골목을 향하여 집을 잇달아 빈틈없이 길게 붙여서 짓고 칸칸을 나누어 주점이나 점포나 주거로 쓰는 서민들의 거리였다. 판자문을 열고 집 안으로 들어서니 현관은 덧문을 닫아 컴컴한데 가운데가 마룻방이고 다다미 석 장짜리의 방두 칸이 붙어 있다. 안쪽 방에서 미닫이를 열어둔 채로 한 사내가 코를 드높이 골며 자고 있었다. 여인은 난처한 듯이 로쿠와 청이 쪽을 돌아보며 낮게 속삭였다.

"야밤에 번을 돌고 저렇게 곤하게 잡니다. 우리 부부는 밤낮을 거꾸로 사는 직업이니까요. 기다리다보면 인기척 땜에 저절로 깰 거예요."

그들은 건넌방에 앉아서 기다렸고 로쿠는 일부러 헛기침을 몇 번 크게 했다. 사내가 끄응 하면서 돌아눕다가 부스스한 얼굴을 들어 그들 쪽을 돌아보더니 상반신을 천천히 일으켰다.

"웬 사람들이우?"

"손님 오셨어요."

두 사람은 말이 없고 여인이 사내에게 물 한 사발을 떠다 내밀었다. 사내가 물을 벌컥이며 들이마시고 나서 트림을 하고는 그제사 흐트러진 옷매무새를 고쳤다. 나카이 여인이 이분은 류큐 사족의 부인이며 옥에 갇힌 남편에게 소식을 전하려 한다는 것을 장황하게 설명했다. 포리 사내는 머리를 긁적이고 앉았더니 로쿠 노인을 향하여 물었다.

"얼마 전에 류큐에서 잡혀온 시조쿠 한 분이 돌아가셨는데요. 그분 가족들 되십니까?"

"그분은 마키시 님이고 우리가 소식을 전하려는 이는 도요미오야 가즈토시 님이오."

여인이 소매 속에서 받아두었던 금화 한 닢을 꺼내어 남편에게 내밀었다.

"옥리들 중에 당신 친구들이 한둘이 아니잖아요. 좀 전해주시구려."

포리 사내가 다시 물었다.

"무슨 말씀을 전하려구 그러시우?"

로쿠 노인이 말했다.

"류큐에서 렌카 부인이 우에즈 님을 만나러 왔다구 전해주오. 그리고 가능하면 일간 옥방으로 찾아가 뵙겠다구 전하시오. 그분께서 하시는 말씀도 우리에게 전해주면 다시 사례하리다."

포리 사내는 선선히 응락을 했다.

"거야 뭐 어렵지 않은 일입니다. 하지만 편지나 물건을 주고받는 일은 절대로 안 됩니다."

청이 남편에게 줄을 대는 일은 그렇게 시작되었다. 물론 상관의 야쿠닌들도 따로 시마즈 가의 코요닌(公用人)을 통하여 옥내 접견의 기회를 만들려고 애쓰고 있었다. 사흘이 지나서 객사의 나카이 여인이 제 남편을 데리고 청의 방으로 찾아왔다.

"어젯밤에 제 친구 되는 옥리가 우에즈 님에게 말씀을 전했답니다. 부인께서 류큐에서 이곳까지 오셨다구요."

벌써 청이는 앞으로 다가앉으며 눈물을 흘리기 시작했다.

"그래 뭐라시던가요…… 몸은 건강하시대요? 결안은 언제 나신대요?"

"마님, 좀 고정하십시오. 제가 한 가지씩밖에 말씀드릴 수가 없지 않습니까?"

포리 사내는 청이 진정되기를 기다렸다가 말했다.

"부인께서 이곳에 오셨다고 하니까 그분이 옥리의 손을 잡고 놓지를 않더랍니다. 그리고 소리를 내어 우시는 바람에 상관이 들을까봐 매우 조마조마했답니다. 형국을 받았기 때문에 몸이 전보다 많이 쇠약해지셨다고 합디다. 제 친구의 말로는 아마 결안이 곧 내려질 겁니다."

청은 손수건으로 입을 막고 울음을 참고 있었으며 로쿠도 소매로 얼굴을 가리고 돌아앉아 울었다.

"잡수시는 건 어때요?"

청이 묻자 남편 대신 나카이 여인이 말했다.

"상관에서 사식을 넣어드렸어요. 하루에 두 번 도시락을 들여갑니다."

그로부터 거의 사흘이 멀다 하고 감옥과 상관 사이에 말이 오고갔다. 가즈토시가 몸이 더욱 나빠져서 죽을 먹는다는 소식이

오더니 드디어 접견의 기회가 왔다. 무역상이 야쿠닌과 함께 청이의 방으로 찾아왔던 것이다. 그들은 시마즈 가의 코요닌을 통하여 옥사장에게 가족의 접견을 허가해주도록 손을 써놓았던 것이다.

저녁시간이 지난 늦은 밤에 청이는 로쿠 노인과 상관의 야쿠닌을 데리고 산세이 관아의 감옥으로 찾아갔다. 샛문을 지나 후미진 북편의 돌담길로 들어가니 따로 지어진 기다란 나가야 집채가 어둠 속에 나타났고 입구에는 옥리 한 쌍이 칼 차고 집창을 하고 서 있었다. 야쿠닌이 말하자 옥사장이 안에서 기다리고 있다가 그들을 들여주었다. 옥사장은 그들을 안내하기 전에 다짐을 두었다.

"마키시 님이 옥사했다는 말을 남편에게 하지 마시오."

옥사는 이층이었고 가즈토시의 방은 맨 안쪽의 후미진 방이었다. 복도에 기름 남포가 몇 개 걸려 있어서 네모난 쇠창살로 가려진 옥방이 제법 환하게 들여다보였다. 옥사장은 손가락으로 방을 가리켜주고는 층계 입구에서 상관의 야쿠닌과 함께 기다리고 있었다. 로쿠 노인도 머뭇거리다가 그들과 함께 뒷전에 남았고 청이 혼자 부리나케 옥방 앞으로 달려갔다.

"여보 저 왔어요!"

가즈토시는 미리 알고 있었던 듯 창살 앞에 나와 앉아 기다리고 있었다. 청이는 가즈토시의 변한 몰골을 보자 기가 막혀서 말이 제대로 나오지를 않았다. 머리는 다 풀어헤쳐 어깨를 덮었고 수염도 웃자라 입술과 턱이 보이지 않을 정도였다. 눈은 푹 꺼졌고 마른 볼 때문에 광대뼈가 솟아나 보였으며 창살 사이로 내민 손가락들은 가늘고 길어 보였다. 청이 가즈토시의 두 손을 마주 잡았지만 전혀 힘이 느껴지질 않았다.

"나 때문에 고생이 많소. 다들 잘 있겠지?"

"그럼요. 요시히로도 유자오도 잘 있고 온 가족이 당신 걱정만 하구 있지요. 아키유시 시숙이 저를 이리로 보내는 모든 주선을 해주셨어요. 함께 오고 싶어했지만 주위에서 아직 위험하다고 말려서……"

"그래 잘했소. 이따 나가다가 저 아래층에 계시는 마키시 님도 뵙고 가구려."

"예, 염려 마셔요. 이제 결안이 된다니 곧 끝나게 되겠지요."

가즈토시는 맥없이 피식 웃음을 터뜨렸다.

"조정의 분위기가 바뀌었다고 제 아비가 하던 일을 아들이 모르겠다니 우스운 세상이오. 힘없는 류큐에 모든 허물을 뒤집어 씌우니 어찌하겠소. 우리는 아마 처형을 당할 거요."

청이는 서로 뻔히 아는 일이면서도 거짓말을 했다.

"여보, 마음 약한 말씀을 하지 마셔요. 슈리 왕부에서도 집정부를 통하여 감형을 탄원해줄 거예요."

가즈토시는 담담하게 말했다.

"이헤야 오키 군이 배에서 투신했을 적에 마키시 님과 나는 구명을 이미 포기해버린 지 오래요. 오늘 이렇게 당신을 보게

574

되어 꿈만 같소. 내가 죽거든 이곳 절에서 화장하여 유골이나마 슈리에 묻도록 하오. 그리고 집안 일은 아키유시와 상의하여 당신이 잘 해나가리라 믿고 있소. 나는 당신과 살던 십 년도 못 되는 지난날이 좋았어요. 류큐에 살다가 고향에 돌아가고 싶으면 언제든지 갔다가는 내 곁으로 돌아오오."

청이는 가즈토시의 두 손에 얼굴을 묻고 흐느꼈다.

"뒷일은 모두 아키유시 시숙이 잘 해나갈 거예요. 아무것도 염려하지 말아요."

가즈토시가 청이의 숙인 머리를 어루만지며 말했다.

"나는 저 작은 섬을 천하로 알고 모진 고생을 참으며 살아가던 미야코의 백성들을 늘 생각하고 있소. 미야코 사람이 죽어서 간다는 아우시마 다우시마에서 우리 다시 만납시다. 그곳에는 큰 나라도 작은 나라도 없고 전쟁도 없어, 힘세건 약하건 모두 어울려 산다 하지 않소?"

"아우시마 다우시마에서 꼭 만나게 되겠지요."

두 사람의 만남은 그렇게 말 몇 마디로 지나갔다.

접견한 지 불과 이틀 만에 결안이 되었고 집행이 이루어졌다. 원래는 조시(上士)의 명예로운 죽음을 위하여 하라키리(割腹) 의식이 주어져 있었고 산세이 관아에서 류큐 상관으로 조력자를 보내라는 전갈이 왔다. 그것은 사족의 측근 무사가 참관하여 뒤에 섰다가 목을 쳐주는 카이샤쿠(介錯) 역할이 필요했기 때문이다. 그러나 마지막 판결을 했던 감찰관인 메츠케(目付)가 죄인이 스스로 하라키리를 집행할 만한 기력이 다하여 사약을 내리는 것이 마땅하다고 아뢰었다. 집정부의 카로(家老)는 가즈토시의 처결에 대하여 지시를 내렸다.

"비록 선주 나리아키라 님께서 양이와 교역하셨으나 본뜻은 서양의 발달된 기술을 받아들여 자강을 꾀하고 그 힘을 길러 양이를 구축하고자 함이었다. 죄인들은 서양인과의 무단 교역을 엄금한 조정의 조칙을 어기고 방자하게 범금을 어겼다. 선친의 유지를 물리치는 것이 히사미츠 다이묘 님의 뜻은 아니나, 외국과의 번다한 조약체결 이래로 정국의 변환이 다급한 만큼, 각 번과 시조쿠들에게 경각심을 주고 엄정한 기강을 세우기 위하여 일벌백계로 다스린다. 류큐의 시조쿠 도요미오야 가즈토시를 사사(賜死)하나 구로부네(黑船) 측과 밀통하던 자들이 모두 죽고 혼자 남았다가 처형되니 가엾은 감이 없지 않다. 번에서는 그의 장례절차를 후하게 도와주어 류큐로 하여금 여한이 없도록 조처하라."

관아의 퇴청 시각을 넘겨서 시신을 수습해가라는 기별이 왔고 청이는 로쿠 노인과 수의를 마련하여 상관에서 일꾼들과 수레를 마련하여 옥문 앞으로 갔다.

싯세이(執政)의 지시가 있었던 탓인지 하얀 조후로 싸맨 시신이 나왔고 야쿠닌은 수속을 하고는 가즈토시의 주검을 넘겨주었다. 시신은 류큐 상관의 객사 아래층 큰방에 들였는데 입관하기 전에 염꾼이 왔지만 청이는 로쿠 노인과 함께 아무도 들이지 못하게 하고 준비해왔던 수의를 꺼내어 몸소 염을 했다. 천을 벗겨내자 제일 먼저 얼굴이 나왔다. 청이는 숨을 크게 들이마셨다가 꿀꺽 삼켜 스스로를 진정시켰다. 비소의 독으로 가즈토시의 마른 얼굴은 검푸르게 변했고 목 아래에서 가슴팍으로 푸른 반점들이 보였다. 입가에는 피가 말라붙어 검은색으로 변해 있었다. 로쿠가 그의 굳은 몸을 들어주거나 다리를 들기도 하여 청이는 시신의 남루한 옷을 모두 벗겼다. 그네는 준비했던 사케를 수건에 적셔 남편의 얼굴에서부터 온몸을 깨끗이 닦았다. 옷을 갈아입히고 입 안에 쌀을 한 움큼 넣어주고 남편의 손가락에는 자기가 끼고 있던 옥가락지를 빼어서 끼워주었다. 시신의 벌거숭이 발에다 버선까지 새로 신긴 청은 이마에 송송 돋은 땀을 훔치면서 그제사 로쿠에게 말했다.

"이모부, 잠깐 저희들만 있게 해주셔요."

로쿠는 짐작이 가는지 아무 대답 없이 슬그머니 미닫이를 열고 나갔다. 청이는 잠시 남편의 굳은 시신 곁에 누워서 그를 향하여 모로 누웠다. 가즈토시는 앓다가 방금 잠든 사람 같았다. 청이 가만히 속삭였다.

"여보, 헤어지기 전에 내가 류카 하나 불러드릴게요."

청이는 아주 작은 목소리로 온나의 노래를 불렀다.

온나 마을 소나무 밑에

금지 팻말이 서 있어도
사랑하는 것까지야
금하는 건 아니겠지

청이는 같은 소절을 느리게 세 번이나 되풀이해서 불렀다. 그
네는 잠시 누웠다가 일어나 앉아 가즈토시의 두 손을 몸 앞에
모아주고는 백포를 덮어놓고 나왔다. 밖에서 기다리던 로쿠와
염꾼들이 그제사 들어가 입관을 시켰다. 류큐 상관에는 따로이
사츠마 번에서 보내온 장의금과 조의품들이 왔고 예식을 치를
사찰의 스님도 보내주었다. 오후 내내 관음사의 뒤뜰에서 높이
쌓아올린 장작불에 화장으로 장례를 치렀다. 불길이 잦아진 뒤
에 남은 뼈는 한 줌도 못 되었다.

청이는 부두로 나아가 나하에서 온 지부네를 타고 떠나는 로
쿠 노인에게 유골함을 들려 보냈다.

청이는 나가사키로 떠나는 날 아침에 류큐 상관의 상인에게
서 서신과 아키유시가 맡겼던 어음을 교환한 은자를 받았다. 청
은 또한 무역상에게 나가사키에 가서 도움을 청할 만한 사람을
소개해달라고 부탁했다. 상인은 기꺼이 일봉 서신을 그네에게
써주었고 상관에서 일하는 야쿠닌 한 사람을 나가사키까지 동
행하도록 해주었다.

가고시마에서 나가사키까지는 배로 하룻길이었다. 만의 어
구에는 섬들이 울타리처럼 줄지어 떠 있고 양쪽으로 높은 산

이 뻗어나와 두 팔을 벌린 듯이 방파제를 이루고 있었으며 바다는 차츰 좁아져서 호수처럼 잔잔한 내항의 끝에서 다시 강과 만났다.

나가사키는 옛적부터 바쿠후의 직할지였고, 오래 전부터 대외무역의 중심지여서 가고시마보다 훨씬 큰 대처였다. 항구에는 증기선 여러 척과 범선들이 돛을 모두 내리고 열을 지어 정박해 있었다. 작은 거룻배들이 짐을 나르느라고 큰 배의 주위에 개미처럼 달라붙어 있고 말로만 듣던 데지마는 육지 앞에 배처럼 떠 있었다. 개항 이후로 그곳은 네덜란드 영사관이었으나 이제 외국인들은 부두 안쪽의 외국인 거류지로 옮겨갔다. 당인촌은 숭복사(崇福寺)가 있는 시가지의 중심가 왼쪽 산비탈 위에 있었다. 그들은 대개가 푸젠 성 사람들로 푸저우 사람들이 많았다.

바쿠후 측은 양인들에게는 인공 섬을 만들어 출입을 엄격하게 제한했지만 중국인들에게는 항구 안에 그들의 마을을 이루어 사는 것을 수백 년 전부터 허용하고 있었다. 그것은 기독교의 포교를 두려워한 때문이었다. 나가사키는 좁다란 평지를 빼놓고는 거의가 언덕 위에 이루어진 대처였다. 그래서 만을 중심으로 둥글게 형성된 항구 거리는 사람도 많고 골목도 복잡하게 얽혀 있었다. 청이는 야쿠닌에게 짐을 들려서 따라오게 하고 인력거를 타고 갔다. 인력거꾼은 주소를 대자 정확하게 당인촌의 어느 집 앞으로 안내를 했다.

집 주인은 약재와 차를 취급하는 상인이었다. 집은 보통의 일본 집처럼 이층 목조가옥이었지만 부두에는 큼직한 창고와 상점이 있었다. 하인에게 서신을 전하자 주인이 직접 나와서 렌카를 보더니 두 손을 올려 마주잡고 인사를 했다.

"내가 린(林)입니다. 타카라 님의 편지를 잘 읽었습니다."

올바로 찾아온 것이 확인되자 가고시마에서 따라왔던 야쿠닌은 청이에게 인사를 올리고 가버렸다. 린 씨가 안내하여 안으로 들어가니 청이 타이완에서 낯익은 집안 구조가 보였다. 가운데 원탁을 놓고 의자를 벽 쪽으로 배치하여 손님들 곁에 작은 다탁을 끼워놓은 객청이 있었고 물론 바닥은 신발을 신도록 전돌이었다. 린 영감은 머리가 하얗게 세었지만 얼굴도 붉고 몸집과 목소리가 큼직해서 매우 건강해 보였다. 그는 청이에게 손을 들어 차를 마시라고 권했다. 청은 중국어로 말했다.

"어른을 뵈오니 이제야 마음이 놓입니다."

린 영감은 잠시 어리둥절해 있더니 반색을 하며 자기네 말로 물었다.

"류큐의 시조쿠 부인이시라더니 대륙인입니까?"

"조선인입니다만 난징에서 살았습니다."

린 영감은 이제는 완전히 마음을 놓았다는 듯이 말했다.

"허어 그렇다면 우리는 이미 사촌지간이오. 류큐 상인들은 가고시마와 푸저우를 왕래하지만 우리들과도 푸저우에서 자주 만납니다. 나는 여기서 삼대를 이어온 화교입니다. 물론 이곳 대류인들은 거의가 푸젠(福建) 사람들입니다. 편지에는 부인이 고향으로 돌아가기까지 여러 편의를 부탁한다고 했는데 어쩔 생각이시온지요?"

청이는 그냥 이렇게 말해두었다.

"저는 기구한 우여곡절을 겪으며 살아왔습니다. 부친의 장삿길에 따라나섰다가 조난당하여 홀로 살아남아 남방에까지 갔지요. 거기서 류큐의 시조쿠를 만나 아내가 되었습니다. 남편이 무단 교역했다는 죄를 짓고 사츠마 번에 끌려와 사사당했답니다. 이제 와서 무턱대고 조선으로 돌아가보아야 찾을 사람도 없을뿐더러, 언젠가는 돌아가야겠지만 지금은 때가 아닙니다. 저는 아녀자로서 교역을 하고 상행을 경영할 처지는 아니지만 한때 예기(藝妓) 노릇을 한 적이 있어 물장사라면 조금 아는 바가 있지요. 제가 여기서 자리를 잡을 수 있도록 대인께서 도와주십사 하는 것입니다."

린 영감은 호쾌하게 껄껄 웃었다.

"좋습니다. 원래가 장사꾼들은 그렇게 막바로 털어놓아야 서로를 신뢰하게 되지요. 여기 사정은 잘 모르시겠지만 서양인들은 여태껏 해안에 떠 있는 배 모양의 인공 섬인 데지마에 갇혀 지내다가 조약 이후 부두로 풀려나오게 되었지요. 그들의 구역은 동남 야마노테초(山手町)의 오우라(大浦)에 정해졌고 우리 시장은 수백 년 동안 중국 내항선의 부두였던 도진야시키(唐人屋敷)였습니다. 여기에 다시 해안을 매립하여 신치(新地)에 창고와 점포를 새로 지어 중화가를 넓혀나가고 있는 중이지요. 나는 신치를 조성한 이래로 대를 물려온 서른여섯 명의 대상행 구라누시(藏主)의 한 사람입니다. 부인은 너무 성급하게 사업을 벌이려 하지 말고 여기서 지내시면서 천천히 둘러보십시오. 내 집을 그저 친척의 집이려니 여기시오. 우선 이곳에는 몇 군데에 수백 년 된 유곽들이 있는데, 에도나 교토 못지않게 유명한 곳입니다. 내가 도진야시키를 드나들던 다유(太夫)를 몇 사람 아니까 부인에게 인사를 시키겠소."

청이가 조심스럽게 린 영감에게 물었다.

"다유란 무슨 직임의 사람인가요?"

"그건 뭐 별다른 직책이 아닙니다. 우리 시속으로는 기방에서 제일가는 링지아(領家)쯤 되는 유녀를 말합니다."

구라누시 린 대인은 청이를 자기 집의 별채에 들도록 해주었다. 청이는 그의 처첩과도 인사했는데 정처는 중국인이었고 첩은 일본 여자였다. 정처는 옛날 풍습대로 전족을 하여 아장거리며 걷는 노부인이었고 일본 여자는 목소리가 걸걸한 아마쿠사 출신의 대범한 여자였다. 린 대인의 가족들은 청이 중국어를 잘할 뿐만 아니라 류큐 왕자의 부인이었다는 것을 알고는 늙은 하녀까지 보내어 시중을 들게 해주었다. 어느 날 린 대인이 신치 점포로 출근하는 길에 두 대의 인력거를 세워놓고 청이에게 함께 나가자고 청했다.

나가사키는 바다로 연이어진 만과 우라카미 강(浦上川)을 따라 남북으로 길게 형성된 도시였다. 만의 건너편 서쪽에 이나사야마(稻佐山)가 가파르게 솟아 있고 도시의 뒤편인 동쪽 역시 제법 높은 구릉이 울타리처럼 막아서고 있었다. 도시의 중앙통은 나카지마 강(中島川)이 바다로 흘러들고 있어서 여러 곳에 가로를 잇는 다리가 놓였다. 개천의 북쪽을 건너면 바쿠후의 부교쇼와 야쿠쇼 등의 관청이 있는 거리였고 남쪽으로 부두와 술집과 외국인들의 거리가 나왔다. 신치에는 중국인 점포와 창고와 시장이 있었으며 전에 대륙과의 교역처로 쓰이던 도진야시키는 바닷가로 조금 더 내려간 이웃 거리에 있었다. 전에는 당인들의 상행에서 발행한 몬칸(門鑑)이 있어야 지정 상인에 한해서 출입이 가능했지만 이제는 폐지되었다.

구천사백여 평에 중국 상인 오천 명이 상주했고 문이 두 개에 부교쇼에서 파견 나온 반쇼가 있었다. 이곳의 당관(唐館)에는 일본인 장사꾼들 이외에 일본인 야쿠닌들과 유녀들의 출입이 허용되었으며 면적은 조금 작았지만 데지마의 네덜란드 상관과 비슷한 처지였다. 그러나 신치의 매립과 개시 허가는 중국인에게는 바쿠후 측의 정책이 비교적 너그러웠다는 것을 알 수 있다. 조약과 개항 이후 서양인들을 위한 거류지를 오우라에 개방적으로 지정해준 것과 함께 신치와 도진야시키의 구별은 없어지고 말았다. 이제 중국인들은 도진야시키를 구저자, 신치를 말 그대로 신저자라고 부르고 있었다.

도진야시키에는 처음에는 데지마처럼 유녀들이 하룻밤밖에

묵어갈 수 없더니 차츰 금령도 흐지부지하게 되어 거주하는 유
녀들이 늘어났다. 당관에 오는 유녀는 데지마의 양관에 가는 유
녀보다 훨씬 상급의 여자들이 모이게 되었다. 관내에는 바다로
향한 수문이 네 군데나 있어 배를 대는 목조 선착장과 판자 울
타리가 있었다. 도진야시키는 나가사키의 어느 가로보다 길도
넓고 집들도 모두 이층집에 중국인들이 좋아하는 수양버들과
대나무와 녹나무들로 담장 안의 곳곳을 꾸며놓았다. 그리고 교
역처는 길게 일본식으로 붙여 지은 나가야들이 줄지어 있었다.
대륙에서 보던 낯익은 찻집과 요릿집들도 몇 군데 보였다. 린
대인과 청이는 찻집으로 들어가 칸막이가 된 별실에 앉았다.

"쇼코 상이 아직 오지 않았나?"

구라누시인 린 대인이 얼른 뒤를 따라 별실로 찾아온 디안토
우(店頭)에게 묻자 그는 정중하게 대답했다.

"지금 저 아래층에서 잠깐 손님을 만나시는 중입니다. 구라누
시께서 오셨다고 알리겠습니다."

시중꾼이 차를 들고 들어오는데 분홍색과 노랑색 그리고 남
색의 조각 천이 화려하게 어우러진 기모노를 입은 여인이 들어
왔다. 틀어올린 머리에 하얀 분을 목덜미에까지 바르고 입술은
개화식으로 붉게 연지를 칠한 고운 여인이었다. 청이는 첫눈에
그네가 기녀임을 알아보았다. 여인이 두 손을 앞에 모으고 깊숙
이 절을 했다.

"대인께서 저를 찾으셨다구요?"

"이리 앉게나. 어떻게…… 장사는 잘되는가?"

여인은 원탁에 다가와 앉으며 청이를 힐끗 보았다.

"마루야마(丸山)는 요즈음 그야말로 무인지경이구요. 요리아이(寄合)는 더 말할 필요도 없습니다."

그네는 나가사키의 가장 오래된 두 유곽을 말했고 린 대인이 고개를 끄덕였다.

"지금이 여러 가지로 환절기가 아닌가? 이제 막 개항이 되었으니 주춤한 게야. 아마 내년 봄부터는 경기가 불같이 일어날 걸세."

대꾸를 해주고 나서 그는 곁에 앉았던 청이를 돌아보고는 기녀에게 말했다.

"인사를 드리게나. 류큐에서 오신 귀한 분일세."

기녀가 일어서서 다시 두 손을 모으고 깊숙이 절하며 말했다.

"쇼코(彰子)라고 합니다. 잘 부탁드립니다."

청이 대꾸했다.

"도요미오야입니다."

린 대인이 말했다.

"부인께서는 자네와 의논할 일이 있으시다네. 나는 또 볼일이 있어서 자리를 비켜줄 터이니 아는 대로 상세히 말씀 올리게."

그가 자리를 뜨자 쇼코는 부채를 펼쳐 뺨에 가까이 대고 활활 부치면서 청이를 향하여 생긋 웃어 보였다. 청이도 그네의 영리한 눈빛이 마음에 들어서 마주 웃어주고는 말했다.

"지금 어느 곳에 나가나요?"

쇼코가 잠깐 어리둥절했다가 얼른 알아듣고는 대답했다.

"전에는 마루야마에서 다유까지 지냈지만 이제는 따로 나와서 아이들 관리만 합니다."

"내가 여기서 물장사를 좀 해보려구 하는데 어떻게 하는 게 좋겠어요?"

청이의 곧장 질러들어가는 말에도 쇼코는 놀라지 않고 생긋 웃어 보였다.

"역시 그런 줄 알았죠."

청이도 웃는 얼굴이 되어 그네에게 되물었다.

"뭘 알았는데?"

"구라누시 대인께서 저와 의논해보라고 하셨는데요……"

쇼코는 머뭇머뭇하다가 말해버린다.

"아무래도…… 우리는 그냥 알거든요. 처음 보자마자 마마 상 같은 느낌이 들었어요."

청이 말했다.

"내 이름 렌카예요. 지금 몇살?"

"스물다섯이요."

기녀로서 쇼코는 군인으로 치면 제대할 나이였다. 그러나 아직도 무르익은 아름다움이 있었다. 청이는 마음을 놓고 말했다.

"잘 보았어요. 전에 대륙에서 예기를 했던 시절이 있어요."

쇼코가 눈을 반짝이며 물었다.

"소리? 아니면 춤?"

"여기 식으로 한다면…… 샤미센이에요."

쇼코가 고개를 갸우뚱했다가 청이에게 다시 물었다.

"그런데 재가(在家)로 들어앉으셨다가 왜 낯선 곳에 와서 다시 나오시려는 거예요?"

"응, 남편이 돌아가셨거든."

"자식두 없어요?"

"자식 있으면 불편하잖아."

두 여자는 차가 식을 만한 때에 이르러 마음이 통했다. 쇼코가 청이에게 물었다.

"영업자는 몇명이나 필요하세요?"

"쇼코 같은 급으로 서너 명이면 되겠지?"

쇼코는 약간 새침한 얼굴이 되었다.

"요즈음은 아무나 다유를 자처하지만, 저를 모두들 고젠(御前)이라 불러줍니다. 제가 혼자서 관리를 해나갈 수 있어요. 견습을 하는 가무로 아이들은 데리고 있어봤자 오히려 서툴러서 거추장스럽고 적어도 마가키(籬) 정도는 되어야 저희들이 알아서 할 줄 알지요. 한 자리에 세 명은 되어야 하니까 적어도 두 자리 이상의 아이들은 확보해야 됩니다."

"그러면 여섯은 있어야 되겠군?"

쇼코가 말했다.

"그 정도면 충분하겠지요. 기예가 뛰어난 아이들로 여섯이면

충분하겠지요. 그리고 손님이 많아지면 마루야마나 요리아이에서 겐반(檢番)을 통하여 출장을 오도록 하면 됩니다."

청이는 한숨을 내쉬고는 말했다.

"내가 어쩔 수 없이 장사를 시작하면서도 한 가지 걱정이 있네. 손님을 받아 술과 재예를 파는 일쯤이야 기루의 일상사이니 하는 수 없겠지만, 우리집에서 몸을 팔게 하는 일을 어찌 감당해야 할지 모르겠네."

"마마 상, 그건 너무 걱정하지 마셔요. 마루야마 유곽에서도 술자리와 잠자리는 구별한답니다. 요리아이 유곽에는 겸업을 하는 곳도 있고, 저 맞은편 만을 건너 이나사(稻佐) 같은 데서는 오로지 몸만 팔지요. 손님의 격도 구역마다 모두 다르답니다."

쇼코의 설명에 의하면 마루야마 유곽은 바쿠후의 부교쇼에서 직접 허가를 내주고 관리하는 곳이라서 일급의 기녀들과 요릿집이 모여 있는 곳이었다. 드나드는 손님들도 대개는 일본인 상인들과 조시 급의 사무라이들이었다. 마루야마의 유녀들은 수백 년 전부터 서양 상관이나 당인 상관에 무시로 출입할 수 있는 허가가 나와 있었고, 요리아이 유곽의 유녀들과 더불어 그들의 특권이기도 했다. 요리아이는 마루야마에 비해서 격이 조금 떨어지지만 시골에서 팔려온 어린 신참들이 많아서 가시 급의 사무라이들이나 초닌들이 드나들지만 제법 논다는 상급 무사들도 요리아이에 놀러 다녔다. 나가사키의 중심을 벗어난 만 건너편의 이나사야마(稻佐山) 산비탈에 다닥다닥 붙은 유곽은 그야

말로 맨 밑바닥 창녀촌으로 내외의 뱃사람들이나 상점의 요닌(用人)들이 드나들었다.

"그렇다면 적어도 마루야마에는 들어가야 하지 않겠나?"

청이의 말에 쇼코는 고개를 저었다.

"공연히 번거롭게 그러실 필요가 없습니다. 전 같으면 모르지만 개항이 이루어진 지금은 데지마나 도진야시키 같은 제한구역이 없어졌잖아요. 전에도 마루야마와 도진야시키의 요릿집은 격이 같았어요. 아니 오히려 이쪽 당인촌 구역이 더욱 번성했지요. 신치는 어쩐지 가볍고 도진야시키 구역 내에 맞춤한 집을 한 채 얻으시지요. 그리고 마마 상은 류큐의 시조쿠 부인이 아니라 대륙에서 온 링지아라고 소문을 내는 거예요. 그리고 또하나 예약을 받되 격이 낮은 손님이면 처음부터 거절하시는 겁니다. 제일 중요한 것은 주방장과 기예가 뛰어난 기녀들을 고용하는 일입니다."

"기녀를 뽑는 것은 자네가 천거를 하고 내가 직접 접견을 해보는 식이면 되겠어. 그보다는 뛰어난 주방장을 어디서 구할 수 있을까?"

"그것두 염려 마셔요. 구라누시 님이 뒤를 보아주시니 그분에게 부탁하면 사흘 안에 최고의 숙수를 찾아낼 겁니다."

쇼코는 야마구치(山口)가 고향이었다. 그네는 시골 마을에서 딸 많은 소작농의 둘째로 태어났다. 열두 살에 남의 집 애보기로 고향을 떠났고 어느 날 초슈 번이 있는 나가토(長門)에 갔다

가 밥은 실컷 먹을 수 있을 듯해서 여숙의 하녀로 들어갔다. 보통때에는 부엌에서 불 때고 그릇을 씻고 하다가 손님이 원하면 욕실에 등을 밀어주러 들어갔다가 함께 잠자리에 들기도 했다. 그것이 메시모리온나(飯盛り女)라는 걸 나중에야 알았다. 쇼코는 살결이 백자처럼 희고 매끄러웠고 가슴과 궁둥이가 일찍부터 발달하여 소녀로 보이지 않을 정도였다. 못된 여행자가 쇼코를 품어보고는 대처에 데려다가 팔아먹으면 제법 큰돈을 받을 수 있으리라 여기고는 잔꾀를 생각해냈다. 그자는 쇼코에게 천황이 사는 교토가 얼마나 화려하고 큰 도시인지, 그곳에서는 돈냥이 길바닥에 즐비하여 얼마나 쉽게 돈을 벌 수 있는지를 밤새껏 얘기해주었다. 쇼코는 보퉁이를 꾸려서 그를 따라나섰고, 교토에 도착하자마자 시마바라(島原) 유곽에 팔렸다.

통상 유곽의 계약금은 칠 년 동안 구속되는 조건으로 팔십냥의 거금이었다. 유곽의 초자(長者)는 물론 사내가 소녀를 꾀어다 파는 사정을 잘 아는지라, 이런 정도의 촌 계집아이는 색시들의 시중이나 드는 가무로나 하녀 겸 창녀인 데고나(手兒名)로도 못 쓰겠다고 값을 후려쳤다. 못된 나그네는 겨우 삼십냥을 받고 줄행랑을 쳤다. 포주인 초자는 쇼코 본인에게는 관례대로 팔십냥의 몸값을 치렀다고 을러댔다. 견습 유녀인 가무로에서 마가키로 올라가는 데도 몇 년이나 걸렸다. 빚은 점점 늘어났지만 쇼코는 열여덟 살이 되자 몸도 완전히 성숙해졌고 시마바라에서 열 손가락에 들 정도로 단골이 많은 유녀가 되었다.

쇼코는 춤을 배웠고 나가토의 여숙 시절에 부엌에서 흥얼거리던 대로 노래를 잘 불렀다. 그네는 곧 요정주들의 눈에 띄게 되었다. 술자리에 불려나가 재예를 흉내내면서 쉴새없는 몸팔기 노역에서는 어느 정도 놓여나게 되었다. 숫처녀 견습 기녀가 정식의 기녀로 되기 위해서는 머리를 얹어줄 서방을 만나야 하는데 대개는 초닌 중에서 돈을 많이 내고 하룻밤 데리고 자는 것이었다. 그런 형식을 미즈아게(水揚)라고 하는데, 쇼코는 이미 어린 소녀 시절에 순결을 잃은 터였지만 초닌들 사이에서는 그네의 머리를 서로 얹겠다고 다투었다. 그건 오입쟁이들의 화려한 경력이 되는 셈이고 술자리의 자랑거리이기도 했다. '아, 쇼코? 그년은 내가 진작에 머리를 얹어주었다구' 하고 큰소리를 치고 싶은 것이다.

그네가 다유가 된 것은 성병 때문이었다. 교토에서는 젊은 남녀 열 사람에 하나는 당창(唐瘡) 보균자라는 말이 공공연하게 나돌았는데, 워낙에 교대 근무를 하러 올라온 각 번의 무사들이 혈기방자한 나이에 모두 단신으로 부임한지라 여러 층의 매매춘을 겪으며 성병이 퍼졌기 때문이다. 당창은 점잖게 부르는 명칭이고 그것은 매독이었다. 쇼코는 붉은 반점이 보이다가 머리털이 빠지는 일을 겪었고 요정에도 못 나가게 되었으며 유곽에서도 맨 뒷방에 들여놓고 간신히 두 끼니 밥만 날라다주었다. 그래도 기녀들끼리는 의리가 있어서 전래해내려오는 한방의 세척제와 서양 박래품인 소독수도 갖다주었다. 어쨌든 간신히 맹

독이 퍼지는 단계가 그치고 나서 쇼코는 다시 머리털이 돋고 통증도 사라졌다. 당창을 앓고 나서 회복이 된 창녀는 면역성이 생긴 도야데(鳥玉出)라고 하여 몸값이 비싸지고 다유나 오이란(花魁)으로 성큼 뛰어올랐다.

쇼코는 스스로 구속비를 물어내고 오이란이 되어 당시에 경기가 좋아지기 시작한 나가사키의 마루야마 유곽으로 자리를 옮겼다. 그네는 겐반에 적을 올리고 처음에는 마루야마의 요정에 나가다가 훨씬 벌이가 좋은 데지마(出島)와 도진야시키에 출장을 나갔다. 지금은 수하에 영업을 하는 요넌을 두고 기녀 세 명을 데리고 독립하여 출장만을 다니고 있었다. 청이는 쇼코에게 다짐을 두기 위하여 물었다.

"쇼코 상 나와 함께 일해볼 생각이 있는지?"

그네는 생글생글 웃는 얼굴로 고개를 까딱이며 잠깐 생각해보다가 말했다.

"계약금을 많이 주시구요…… 제가 단골을 끌어들이면 머릿수대로 배당을 주신다면요."

청이도 선선히 대꾸했다.

"오이란을 데려오는데 그 정도는 해줘야겠지. 이제 요정을 차리면 쇼코 상이 주인이나 마찬가지야."

"아니에요. 초자는 어디까지나 마마 상입니다. 이제 차차 아시겠지만 마마 상이 하실 일이 많답니다."

구라누시 린 대인은 청이의 부탁을 받고는 좋은 집이 두어 채 나왔다며 그네를 도진야시키로 데려갔다. 도진야시키는 가운데에 저자가 열리는 육백여 평의 광장이 있었고 큰길이 가로로 세 군데나 연이었으며 그 사이로는 수레가 서로 엇갈려 지날 만큼의 샛골목이 나가야라든가 이층집 사이사이에 뚫려 있었다.

린 대인이 보여준 집은 광장에 면한 오래된 이층의 목조가옥이었는데, 일본식과 대륙식이 절충된 모양이었다. 툭 터진 노대에 난간이 달린 모양은 대륙식이며 옆으로 격자창이 잇닿은 툇마루 복도가 있는 것은 일본식이었다. 청이는 그 집이 무역상의 집으로는 좋겠지만 요정으로는 어울리지 않는다고 보았다. 무엇보다도 광장을 정면으로 바라보고 있는 위치가 마음에 들지 않았다. 술 먹고 여자들하고 놀러 오려면 어딘가 아늑하고 남의 눈에 띄지 않으면서도 음침해서는 안 되었다.

두번째로 가본 집은 동남쪽 모퉁이의 관음당(觀音堂) 옆에 있는 집으로 단층과 이층집 두 채가 남쪽과 동쪽을 향하여 마당을 가운데 두고 낫처럼 꺾인 채 붙어 있었다. 집 모퉁이에 둥치 굵은 녹나무가 섰고 마당에는 붉은 꽃이 활짝 피어난 데이고 꽃나무가 서 있었다. 무엇보다도 청의 마음을 설레게 했던 것은 키 작은 몇 그루의 연분홍 철쭉나무가 이층집으로 들어가는 문 옆 바위 좌우에 심겨 있는 것이었다. 아, 얼마 만인가. 고향의 야산에 나물 캐러 갔다가 꺾어오던 진달래며 철쭉을 그네는 잊지 않고 있었다. 빨래를 하다가 무심코 물 속을 들여다보면 시냇가에

피어난 봄꽃들이 물그림자가 되어 물살에 씻기는 흰 옷가지들
위에 붉게 번져가던 것이다. 창틀이 부서지고 문짝이 떨어져나
간 곳도 있는 낡은 집이었지만 마당에 내려앉은 햇빛이 밝아서
명랑한 느낌이 드는 집이었다.

"이 집으로 정하겠어요."

청이의 말에 린 대인은 고개를 갸우뚱했다.

"글쎄요, 광장 앞에 있던 아까 그 집이 낫지 않을까? 좀 후미
진데다 집이 매우 낡았군요."

청이는 철쭉의 가지를 잡아당겨 코를 대어보면서 중얼거렸다.

"마당이 마음에 들었어요. 집이야 창틀과 문짝을 갈고 무너진
마루의 판자를 새로 갈면 쓸 만하겠어요. 술집 대문은 한눈에
바라뵈는 큰길가에 있어서는 장사가 되질 않는답니다."

"듣고 보니 일리가 있는 것 같소."

린 대인이 도진야시키에서 일을 다니는 대목과 요닌 한 구미
(組)를 구하여 집 수리를 맡겼다. 열흘 만에 집은 깨끗하게 수리
가 끝났고 각 방에 다다미도 새것으로 깔았다. 청이는 쇼코와
그네가 데리고 있는 마가키 기녀들을 데리고 빈집으로 가서 입
주하기 전에 대청소를 했다. 마루에 켜로 앉은 먼지의 때를 벗
기기 위해서는 먼저 물을 부어 나무를 불려놓고 몇 번이고 삼밧
줄 뭉치로 밀어내고는 마른 걸레로 문질렀다. 맨 나중에 들기름
을 묻힌 걸레로 마루를 닦았다. 새로 도배를 했고 격자 창틀을
떼어내다 하얀 창호지를 정성스럽게 발랐다. 이틀이나 걸려서

대청소를 해놓으니 집 전체가 마치 사족의 살림집처럼 번듯해 보였다.

옥호는 렌카야(蓮花屋)로 정했는데 대문 앞에 작은 간판을 내다걸고 요정 현관 머리에도 큼직한 판각을 걸기로 했다. 글씨는 도진야시키의 구라누시인 린 대인이 직접 썼다. 껍질이 붙어 있는 채로 둥글게 켜진 향나무 판자에 글자를 새기고 바탕은 검정색에 글자는 붉은색으로 돋을새김을 했다. 그리고 대문 바로 옆에는 저녁마다 불을 켜둘 석등을 놓았다.

기녀는 고젠인 쇼코를 포함하여 여섯 명으로 정해졌지만 그네는 진작부터 제 식구를 거느리고 있었다. 요닌인 아라이는 열여덟 살의 몸집이 작고 얼굴도 작은 쥐처럼 생긴 소년이었는데 눈은 재빠르게 움직이며 반짝였다. 그리고 기녀는 하나코(花子)와 기쿠(菊)였다. 하나코는 열아홉, 기쿠는 스물하나였고 그네들은 모두 가무로에서부터 시작한 고참들이었다.

유곽의 나카마(仲間)들은 농촌 산간이나 해안 어촌으로 나다니면서 가난한 촌민들에게서 어린 계집아이를 사들였다. 이르면 대여섯에서 늦어도 보통은 열 살에서 열두세 살까지이고 열다섯 이상은 드문 편이었다. 가무로에서 마가키로 오르기도 쉽지 않았다. 계집아이를 데려왔을 때 열 살 미만이면 대개는 오이란이나 고젠이 딸처럼 기르며 심부름을 시키다가 열 살이 되면 그때부터 가무로로서 수업을 받도록 했다. 글을 가르치고, 가부키나 와카의 가곡과 춤과 샤미센을 연습시켰다.

조숙한 소녀는 열두어 살이면 연회 자리에 나아가 춤도 추고 노래도 했으며 손님이 원하면 일찌감치 미즈아게를 치르고 머리를 올려 기녀의 적을 올리게 했다. 그렇다고 대번에 마가키가 되는 것은 아니었고 가무로의 견습 기간을 삼 년은 넘겨야 했다. 마가키는 대개 열여섯쯤이면 올라갈 수가 있고 다시 기예에 소질이 있고 예쁜 기녀라면 스무 살이 넘어서 다유가 될 수도 있었다. 줄잡아 한 유곽에 삼백여 명의 유녀가 있으면 다유는 열대여섯 명이 있었으니 거기까지 오르기도 쉬운 노릇은 아니다. 다유들 중에서 뛰어난 재간과 수완을 가진 자가 오이란이나 고젠 소리를 들었으니 쇼코가 일급의 기녀들을 거느릴 만했다.

청이는 쇼코와 함께 나머지 기녀 세 사람을 더 뽑았다. 쇼코의 제안에 의하여 마루야마와 요리아이 유곽에 소속된 유녀들은 처음부터 제외하기로 했다. 마가키 정도의 아이들은 여기서 오랫동안 장사를 했으니 새로운 맛이 없고, 쇼코의 아랫급이긴 했지만 다유 소리를 듣는 기녀들은 전속금도 만만치 않으려니와 자칫하면 다른 초자들과 말썽이 일어날 수도 있었기 때문이다. 마루야마와 요리아이 유곽에는 초자들이 수십 명이나 있었는데 그중에 나가사키 부교쇼의 지시를 받는 구미가시라(組頭) 격인 나누시(名主)가 있었다. 나누시와 부교쇼의 관리가 겐반을 운영하고 있었다. 겐반에서는 유녀들의 기적(妓籍)을 관리하고 성병의 유무도 검진하며, 기적은 있지만 유녀옥(遊女屋)에 소속되어 있지 않고 자유롭게 출장을 다니는 기녀들도 관리했다. 쇼코 정도의 기녀들은 직접 아라이 같은 요닌을 두어 꽃명함도 돌리고 영업을 추진했지만, 그럴 수 없는 여자들은 초저녁에 겐반에 나가 앉아 있다가 요정에서 부르면 영업을 하러 가곤 했다. 그런 경우에 기녀는 겐반 측에 일당의 일부를 떼어주어야 했다.

미루야마와 요리아이 유곽은 바쿠후가 대외무역을 허가한 유일한 직할지인 나가사키에서 수백 년 동안 번성해왔다. 두 유곽을 합쳐서 기적에 오른 유녀가 팔백여 명이었고 유녀옥은 칠십여 집이 넘었는데, 그중에 요정의 형식을 갖추어 연회만 하고 동침은 지정된 여숙에 출장을 내보내는 집은 스무 집이 채 못되었다.

기적을 갖지 못한 산쇼(散娼)들도 많아서 외국 배가 많이 들어오지 않는 불경기철에는 유곽의 초자들이 연명하여 부교쇼에 탄원서를 내곤 했다. 산쇼들을 단속해달라는 것이었다. 기적이 없는 창녀들은 세금도 내지 않으려니와 성병도 퍼뜨리고 범죄의 온상이 된다는 것이 이유였다. 부교쇼에서는 무엇보다도 일본인과 외국 뱃사람들과의 접촉을 파악해두어야 하는 의무가 있었고 범죄로 저지른 돈의 쓰임새와 흐름을 알아야 했다. 사건이 생겼을 때 겐반을 통하여 유곽의 손님을 알아내고 어떤 자들이 무슨 돈을 썼는지를 탐문할 수가 있었지만, 그런 범위 밖에서 벌어지는 매매춘은 알아낼 도리가 없었기 때문이다.

구역도 기적도 없는 산쇼의 종류는 여러 가지였다. 유나(湯

女)라고 하여 대중목욕탕에서 청소도 하고 손님들 등도 밀어주는 여자들이 있었고, 밥집에서 하녀 노릇을 하다가 손님을 받는 메시모리온나들도 있었다. 이들은 그래도 일정한 영업집에 묶여 있어서 초닌들의 관할 아래 있었기 때문에 어느 정도는 묵인이 되었다. 이런 경우에도 발각이 되면 처벌 대상이었는데 대부분 유곽의 초자들이 요닌들을 시켜서 단속을 했다. 문제는 어느 영업집에도 소속되지 않은 그야말로 떠돌이 창녀들이었다. 요타카(夜鷹)라고 하여 돗자리나 침구를 가지고 으슥한 해변이나 언덕에서 장사를 하는 창녀들이 있었다. 이들은 간단히 술을 데울 화로나 술병을 들고 다녔는데 밤중에 거룻배가 지나가면 등불을 들어 휘저으며 손님을 끌었다. 후나만주(船饅頭)는 아예 거룻배를 세내어 배 위에서 몸을 팔았다. 이들은 지붕을 얹은 야거리배에 등불을 달고 부두를 누비고 다니며 장사를 했는데 사공과 동업이어서 단속을 받으면 부부로 행세를 했다.

산쇼는 이들 외에도 다비게이조(旅藝女)라고 하여 도시마다 떠돌아다니며 예능을 파는 기녀들이 있었다. 부교쇼에서는 이들 게이조(藝女)들이 교토나 오사카 같은 대처에서 발급받은 흥행 허가서를 지니고 있어서 함부로 단속하기가 곤란했다. 역시 유곽의 초자들이 탄원서를 내면 일단 중재하여 백 일 동안의 체류를 허가한다든가 다시 탄원이 심해지면 그 절반인 오십 일로 체류 날짜를 줄여준다든가 하는 일이 빈번했다. 다비게이조들 가운데 흥행사에게서 떨어져나와 재예가 뛰어난 아이들 몇몇이 요닌을 고용하여 다니는 일행도 있게 마련이었는데 쇼코가 청이에게 추천한 것은 이런 부류였다. 모두 유녀들처럼 어려서부터 연예단에 들어가 단련을 받아 십칠팔 세가 되면 최고의 기량을 지니게 되었다. 청이는 쇼코가 데려온 아이들을 만나서 이야기도 나누어보고 재간도 몇 가지씩 시켜보고 결정했다.

그리고 한편으로는 린 대인을 앞세우고 쇼코와 함께 부교쇼와 겐반에 출두하여 요정 업소의 허가 청원서를 제출했다. 먼저 쇼코가 겐반의 참여자인 마루야마와 요리아이의 구미가시라(租頭)인 나누시를 만나서 선물을 주며 허가를 내는 데 협조해줄 것을 약속받았다. 린 대인은 당인 구역의 구라누시로서 부교쇼의 관리들에게 손을 써두었다. 개항 전 같으면 후부교가 바쿠후측의 직접 허가를 들먹이며 오래 끌어야 할 일이었지만, 이미 오우라와 신치 등의 자유 구역이 생겨난 이후라 도진야시키 구역에서의 요정은 별로 힘들이지 않고 허가장이 나왔다.

린 대인이 주방장을 데려오고 쇼코는 부엌에서 일할 하녀들 몇 사람을 구해왔다. 중국과 일본의 요리를 합성한 나가사키 특유의 후차(普茶)와 싯포쿠(卓袱) 요리에 능한 난룽(南龍) 씨가 왔는데 그는 오랫동안 닝보와 나가사키를 왕래하던 무역선에서 주방장을 해왔다. 쇼코가 아줌마 두 사람을 데려왔는데 매우 난처한 기색을 보였다.

"난룽 아저씨를 도울 아줌마들인데 하나는 보내야 할지 어떨

지 저는 모르겠어요."

청이는 사람 쓰는 일도 쇼코에게 믿고 맡겨왔기 때문에 그냥 대수롭지 않게 말했다.

"자네가 마땅치 않으면 돌려보내지 뭐."

"글쎄, 혹이 붙어 있지 뭐예요?"

청이는 아직도 쇼코의 말을 알아듣지 못하고 그냥 빤히 바라보았다.

"딸을 데리구 다닌대요."

쇼코의 말에 청이는 의아해서 되물었다.

"아들이라면 몰라도 딸은 일손에 도움도 될 텐데…… 자네가 알아서 하지 그래?"

"사실은요 마마 상, 다 아시잖아요. 저런 경우는 친딸이 아니라 어릴 적부터 맡아 기른 아이랍니다. 남의 일 같지 않아서……"

청이는 류큐에 두고 온 유자오 생각이 퍼뜩 떠올랐다.

"자네는 이들 모녀가 가엾으니 우리집에 두자는 게 속마음이로구먼."

"어머나 족집게이십니다! 그게 저어…… 딸아이가 아이노코거든요."

청이는 그 말도 금방 알아들었다. 키룽과 단수이 그리고 싱가포르에서 짜중(雜種)이라고 하는 혼혈아들을 많이 보았기 때문이다.

"그애가 지금 몇살인데?"

"열 살이라는군요."

청이는 쇼코에게 그들 모녀를 데려오라고 일렀다. 아줌마는 청이 또래의 삼십대 중반으로 보였는데 눈가의 거뭇한 그늘이나 나긋나긋한 몸매에서 그네가 유녀 출신임을 알아볼 수가 있었다. 그네를 따라온 계집아이는 코가 오똑하고 흰 피부에 머리카락은 다행히 검정색이었다. 유카타를 입고 얌전하게 다다미에 꿇어앉은 계집아이는 마마 상 청이를 똑바로 쳐다보았다.

"전에 어디 있었어요?"

청이의 물음에 아줌마가 곁에 앉은 쇼코를 힐끗 보고 나서 말했다.

"요리아이에서 주방 일을 했습니다. 그곳 출신이지요."

유녀는 스물다섯이 되어 퇴출당하면 구속금이 남아 있을 경우에 그 집에 남아서 세탁이나 취사 등 집안일을 돌보며 빚을 갚게 마련이었다. 사생아를 출산한 유녀들이 이런 여자들에게 유모 역을 맡기고 다달이 급료를 지불했던 것이다.

"아이 엄마는……?"

청이 묻자 아줌마 대신 쇼코가 대답했다.

"삼 년 전에 폐병으로 죽었답니다."

"기른 정이 있어서 이것을 제가 데리고 있습니다. 등록도 했고 이제 열 살이 되었으나 바쿠후에서 새로운 훈령이 내려온다고 하여 기다리던 중입니다. 이것이 눈치도 빠르고 영리하여 심부름을 곧잘 하지요."

렌카는 아이의 따뜻한 갈색 눈을 들여다보며 물었다.

"그래 네 이름이 뭐지?"

"기리(霧)예요."

곁에 앉았던 유모가 끼어들었다.

"그 이름을 대지 말라구 했지? 애는 우메코라구 불러주세요. 참, 그리고 저는 오바시(大橋)라구 합니다."

청이는 아이에게 웃어 보이며 말했다.

"기리? 그 이름 너에게 잘 어울리는 예쁜 이름이구나. 넌 기리가 우메코보다 좋은 모양이지?"

계집아이는 고개를 끄덕이고는 다시 참지 못하고 말했다.

"아버지가 지어주신 이름이니까요."

청이는 일부러 냉정하게 물었다.

"네 엄마는 죽었고…… 아버지는 어디 갔니?"

기리가 더듬지도 않고 말했다.

"바다 건너요."

"그곳에 가고 싶니?"

기리가 이번에는 고개를 거세게 흔들었다.

"그건 다행이로구나. 너 샤미센을 배우지 않겠니?"

청이의 물음에 기리는 다시 고개를 끄덕였다. 이제 렌카야 요정의 식구들이 모두 정해졌다. 마마 상 렌카, 오이란 쇼코, 기녀들인 하나코, 기쿠, 츠네사쿠(常笑), 지넨(知念), 와카마츠(若

松), 그리고 주방장 난롱, 야리테(遺手) 아줌마들로 고우라(小浦), 오바시, 끝으로 가무로로 받아들인 오바시의 혼혈 양녀 기리였다.

개업식은 도진야시키의 중국인 구라누시들과 겐반의 나누시와 마루야마초와 요리아이초의 이름난 요정 초자들 몇 사람만을 초청하여 연회를 벌이는 일로 시작했다. 구라누시들 중의 한 사람인 린 대인이 마마 상 청이를 초대객들 앞에 소개했다. 청이는 수수한 기모노 차림에 화장기도 없이 나와서 공손히 인사를 올리고는 먼저 중국어와 그 다음에 류큐 사투리가 조금 섞인 일본어로 간단한 인사말을 했다. 요정 렌카야와 그 주인인 초자에 관해서는 진작부터 소문이 나돌고 있었다. 원래는 대륙에서 링지아(領家)를 했던 이름난 예기였다가 류큐의 사족 부인으로 들어앉았는데, 남편이 비명에 돌아가고 나서 다시 홍등가로 나오게 되었다는 엇비슷한 이야기가 린 대인이나 쇼코를 통하여 퍼졌던 것이다. 류큐 사족 부인이었다는 사실이 알려지는 것을 청이는 극구 반대했지만 린 씨나 쇼코의 생각은 달랐다. 나가사키가 아무리 이국인들이 무시로 드나드는 개방적인 도시라고는 하여도 역시 터를 잡고 요정을 하려면 생판 중국 사람이라고 알려지는 것은 텃세에 시달릴 수도 있고 좋을 게 없다는 거였다. 그래도 류큐 사람은 가고시마와 나가사키에도 많이 드나들고 절반 일본인이라는 통념들이 있어서 사투리만 고친다면 이방인 취급은 받지 않는 형편이었다. 사투리라면 규슈 사투리도 대단해서 교토나 에도로 나가면 웃음거리가 될 만했다. 나가사키에서 웬만한 유녀 기녀들은 네덜란드어나 영어 몇 마디에 중국어 말레이어까지 지껄이는 여자들이 제법 많았다.

요정 렌카야는 마루야마초와 요리아이초에서 따로 떨어져 옛날 중국인들의 구저자인 도진야시키에 자리잡고 있었는데도 곧 유명해졌다. 렌카야는 처음부터 연회 중심으로 기녀들이 자리에 들어오면 재예를 보여주고 담소를 나누다가 손님을 돌려보냈다. 그러나 기녀들이 손님과 저희끼리 눈이 맞아 외출할 때에는 묵인하는 정도였다. 쇼코는 오이란으로서 기녀들의 잦은 외출은 절대로 허용하지 않았다. 원래 요정의 규정으로는 손님이 처음 오면 점잖게 춤과 노래를 구경하고 술만 마시고 돌아가게 했다. 두번째로 와서 요정 전체를 독점 예약하면 그때에 외출과 동침이 허락되었다. 세번째에 다시 와서야 단골 손님의 대우를 받을 수가 있었다.

마루야마초에서는 이렇게 인연이 맺어진 단골 손님이 다른 집으로 가서 사귀게 된 유녀와 동침하면 여럿이 떼지어 현장으로 쳐들어가서 남자를 혼내주었다. 의관을 빼앗아 찢어버리기도 했고 골목 밖으로 끌고 나와 커다란 나무 목욕통을 엎어서 씌워놓기도 했다. 십대의 요닌들이 눈을 부라리고 지키고 섰으니 의리를 잃은 사내는 훈도시 바람으로 통 속에 갇혀 있어야 했다. 사내의 친구들이 찾아와 사과를 하고 위로금을 내면 그제서야 방면이 되었다.

이런 거리의 규칙들은 나누시의 승인 아래 유곽 안에서 풍속 죄처럼 다스려졌다. 유녀들 중에 손버릇이 나빠서 동료의 물건이나 금품을 훔친다거나, 남의 사내를 꾄다거나, 유녀옥에서 벌어진 집안 일을 관에 밀고한다든가 하는 의리 없는 짓을 한 여자들은 대개 동료들이 머리를 깎아서 혼을 냈다.

새벽녘에야 잠자리에 들었던 기녀들이 깨어나는 시각은 대개 열두시쯤이었다. 이때에는 항구 쪽에서 오포 쏘는 소리가 들려왔다. 그러면 요정으로 쓰는 이층집 계단을 발을 구르며 내려오는 소리가 들려왔다. 남향인 이층집과 낫처럼 꺾여서 동쪽을 바라보고 앉은 단층집이 마당 가녁으로 있었는데 청이는 그곳에서 기리의 시중을 받으며 혼자 지냈다.

창 아래 자잘한 청죽 몇 그루를 심어서 창호지 밖으로 햇빛이나 달빛이 비치면 대 그림자가 찍히도록 해두었다. 동향이라 아침 일찍부터 햇빛이 밝게 들었다가 대문과 담장의 그늘로 대 그림자는 이내 사라졌다. 청이는 외부 손님이 찾아오면 이 방에서 기다리게 하거나 차를 내오게 하여 맞고는 했다. 거의가 구라누시 상인들이라든가 점잖은 나가사키의 초닌들이었다.

내방객이 없을 때에는 청이는 기리를 위하여 쇼코나 츠네사쿠를 오라고 하여 방에서 춤과 샤미센을 가르치도록 했다. 청은 방 한쪽에 아무 말도 없이 엄격한 모습으로 앉아서 이들의 연습을 지켜보곤 했다. 몇 번 가르쳐도 기리가 자꾸 틀리면 쇼코는 낡은 호궁 활대를 쳐들며 호령했다.

"어서 종아리를 걷어. 너 같은 바보는 매일 맞아야 줄 고르는 걸 틀리지 않을 게다."

기리는 울상이 되어 기모노 자락을 헤치고 속바지를 끌어올리곤 했다. 그러면 쇼코는 때리기 전에 뭔가 한마디씩은 꼭 욕설을 늘어놓았다.

"이년 봐라! 버선에 때가 잔뜩 끼었어. 우리는 유조(遊女)가 아니라 게이샤라구. 부지런히 빨아 신지두 못하는 주제에 가무로를 한다구? 얼른 냉큼 버선 벗지 못해?"

기리는 쪼그리고 앉아서 엄지발가락이 갈라진 납작하고 앙징맞은 버선을 벗었다. 쇼코는 바닥이 새카만 버선짝을 쳐들어 기리의 얼굴 앞에다 대고 흔들었다.

"옥같이 하얀 버선은 게이샤의 자랑이다. 길거리에 나가봐라. 재간 없이 몸 파는 년들은 버선두 신지 못해 맨발이야. 이걸 당장 입에다 물어."

기리가 억지로 버선짝을 입에 무는데 온 얼굴이 눈물범벅이었다. 쇼코는 사정없이 참새 다리 같은 기리의 종아리를 때렸다. 기리는 물고 있는 버선이 떨어지지 않도록 입을 앙다물고 속으로 울음을 삼켰다. 열 대를 넘어서자 기리가 견디지 못하고 두 다리를 감싸며 옆으로 넘어졌다. 쇼코가 다시 아이를 끄집어 올리자 청이 나섰다.

"내 잘못두 있다. 이젠 그 정도로 해두지."

쇼코는 마마 상 청이에게 눈을 흘기면서 입 모양으로 가만 있으라는 시늉을 해 보였다. 츠네사쿠가 기리의 등을 밀어내며 말했다.

"얼른 냉큼 나가지 못해? 네 빨랫감이 어딨는지 다 내와."

쇼코는 못 이기는 체 매를 놓았고 츠네사쿠가 기리를 데리고 밖으로 나가버렸다. 청이 쇼코에게 말했다.

"너무 다그치는 게 아닐까?"

"아니에요, 마마 상. 지금 시작해두 늦었어요. 열세 살이 되면 자리에 나가야 합니다. 여염집과 달라서 여기선 초경이 빨라요. 아무리 개항이 되었다지만 마마 상두 보셨죠? 저애 같은 아이노코들은 길러준 유모들이 늙구 나면, 꽃이나 팔러 다니다가 유나라든가 요타카로 떨어지기 십상이라구요. 자기 재간 없으면 몸이나 헐하게 팔았지 별수 없어요."

청이는 쇼코가 자신이 겪은 과거를 생각하여 몸서리치는 것을 잘 알고 있었다.

"기리는 계집애가 눈이 깊숙하고 코가 오똑하여 나이가 차면 홍모(紅毛) 여자 좋아하는 초닌들 애꺼나 태울 거예요. 스물다섯이 되도록 재가하지 못하는 나처럼 되지 말아야지. 스무 살이 넘자마자 기둥서방 묶어서 들어앉혀야 해."

청은 쇼코가 한 집에 사는 인연으로 기리를 아낀다는 것도 잘 알았다. 쇼코는 요정 렌카야에 들어오면서 요닌으로 영업을 시키던 소년 아라이를 자립시켜 보냈다. 그네는 계약금에서 한몫을 떼어 아라이에게 장사 밑천을 대주었다. 그는 시안(思案) 다릿목에 꼬치집을 냈다. 한켠에 다코야키 판을 들여놓고 문어 풀빵을 만들고, 닭고기며 내장을 꼬치에 끼워 숯불에 구워내면서 잔술을 팔았다. 거리 쪽에서 서서 먹도록 휘장 아래 나무판을 내놓고 안쪽에 비좁게 탁자 두 자리를 두었다. 가끔 마루야마초와 요리아이초로 들어가던 사내들이 두셋씩 무리를 지어 여기쯤에서 한잔하면서 유곽으로 들어갈지 말지를 고민하는 장소인 셈이다. 그래서 오죽하면 '생각의 다리(思案橋)'라고 했을까. 거기서 도진야시키가 멀지 않건만 아라이는 쇼코에게 문안인사를 올 틈도 없는 모양이었다.

"자네가 어때서…… 꽃의 여왕인 겨울 매화 오이란이 아닌가?"

청이의 추어주는 말에 쇼코는 소매 속에서 양궐련 한 대를 뽑아물더니 당성냥까지 꺼내어 득 긋고는 불을 붙였다. 허공으로 푹 뱉어내고는 콧소리를 낸다.

"흥, 올해가 꽉 찬 만기랍니다. 손님들은 모르지만 겐반에서야 기적이 있으니 짐작은 하겠지요. 마마 상 대륙에서는 오이란을 뭐라구 합니까?"

"글쎄 링지아라구 하던가…… 그중에 제일 호걸녀를 예라이샹(夜來香)이라구 하지."

청이의 말에 쇼코가 웃어댔다.

"예라이샹 감이야 인물이 마마 상쯤은 되어야지 뭐. 쇼코는 오이란두 지긋지긋하답니다."

"그런데 오늘 예약 손님들은 어떤 분들이시던가?"

"상하이 선주님들이 오실 겁니다. 나가사키 회소(會所) 분들
도 함께 오시구요."

청이 말했다.

"당인들은 호궁과 샤미센 음률을 좋아하니 오늘은 연주를 많
이 해야 되겠구먼."

"연주와 가부키 몇 대목을 보여드리기 전에 상담을 나누는 시
간이 될 거예요. 그때에 잠깐 마마 상두 나오셔서 담소를 나누고
들어가시지요. 그뒤에는 술자리도 질펀한 놀이판이 될 거예요."

"그 자리밖엔 없는가?"

"아, 신경 쓰지 않아도 되십니다. 영어전습소의 선생과 젊은
야쿠닌 몇 사람이 올 텐데요. 그런 정도의 자리는 츠네사쿠가
다 알아서 할 겝니다."

저녁이 되자 대문 앞의 석등에 불이 켜지고 손님을 모신 인력
거들이 당도했다. 인력거를 타고 온 사람들은 거의가 일본 상인
이었고 중국에서 온 사람들은 도진야시키에 정해놓은 숙소가
있어 걸어왔다. 손님들이 도착하자 쇼코는 마당에 나아가 그들
을 영접하여 아래층 중앙의 가장 큰 방으로 모셔들였다. 교자상
두 개가 연이어 놓인 방 한가운데에 손님들이 자리를 잡았고 공
연장처럼 아랫방 미닫이가 열리면서 기녀들이 인사를 올렸다.
요리가 들어오기 시작했다. 기녀들은 잔잔하게 연주를 하면서

술자리에는 아직 끼어들지 않았다.

나가사키 회소에서는 일본 상인 두 사람이 왔고 통사가 따라 왔다. 상하이 선주들은 예전의 전통적인 상행 사람들이 아니라 외국회사의 위임을 받은 마이판과 해운회사 상인들이었다. 그들은 교역이 진행중이거나 끝낸 상태였으므로 상담은 길지 않았다. 대신에 요정에서의 연회 자리는 앞으로의 관계를 다지는 자리가 대부분이었다. 술잔이 몇 차례 돌고 간단한 안주가 나온 자리였는데 당인 통사를 오래 해온 스즈키 상이 쇼코에게 청했다.

"이 댁의 초자가 나오셔야겠는걸. 구라누시 님들과 우리 회소에서는 이 댁 마마 상 때문에 렌카야를 단골로 하고 있거든."

상하이 대선주 탕(唐)은 오십대의 몸집이 큰 사내였는데 다른 마이판들과 함께 상하이 나가사키의 정기적인 자유 무역을 추진중이었다.

"나도 엊그제 이곳 구라누시 님들에게서 처음 들었소. 좀 뵙자고 하시오."

쇼코가 말했다.

"원래 저희 마마 상께서는 술자리에 나오실 분이 아닙니다. 하오나 워낙 점잖은 분들이 오셨으니 잠깐 자리에 오셔서 인사는 올릴 거예요."

회소의 일본 상인이 말했다.

"일전에 나두 잠깐 봤습니다. 아주 기품이 있으시고 특히 샤미센 연주에 감명을 받았어요."

쇼코가 뒷전에서 샤미센 연주를 하고 있던 치녠에게 눈짓을
했고 그녜는 얼른 뒷걸음으로 물러나 방을 나갔다. 잠시 후에
다시 미닫이가 열리며 치녠을 앞세우고 마마 상 청이 들어섰다.
청이는 화장기 없는 얼굴에 다른 기녀들이 앞머리에 꽂는 벳코
(珉瑁甲) 빗이며 비녀 치장을 하지도 않고 나사로 지은 수수한
색의 기모노 차림이었다. 그것은 집 안에서 다소곳하게 살림이
나 하는 부인의 모습이었다. 청이는 조용히 앉으면서 고개만 끄
덕여 인사를 하고는 중국어로 말했다.

"저희 집을 찾아주신 손님들께 인사드립니다. 이 집의 초자
렌카라고 합니다."

상인들은 정중하게 마주 인사를 했다. 스즈키 통사가 말했다.

"이리 내려 앉으시지요. 술 한잔 권하려 합니다."

탕 선주도 말했다.

"이 집의 초자라니 합석하여 한잔 나누십시다."

청이는 잠시 생각해보는 듯하다가 무릎걸음으로 상머리로 다
가앉았다. 탕이 술잔을 잡고 권하자 청은 잔을 받고서는 뒤를
돌아보며 말했다.

"오이란, 내게 한잔 따라보아라."

쇼코는 얼른 렌카의 곁에 앉아 주전자를 들고 술을 따랐다.
그리고는 눈치 빠르게 손님들에게도 차례로 따랐다. 청이 채워
진 술잔을 들고 사내들에게 권했다.

"자아, 함께 한잔 드시지요."

모두들 술잔을 치켜들었다가 한 번에 마신다. 청이는 탕에게 빈 술잔을 되돌려주며 말했다.

"저도 난징에 살던 일이 있어 고향 사람을 뵙는 듯합니다."

탕은 쇼코가 잔을 쳐주는 것도 잊고 청이에게 물었다.

"허어, 언제 떠났소?"

"진장에 영국 함대의 포격이 있던 때입니다."

"그건 옛날 아편 문제로 터졌던 첫번째 전쟁이 아닌가?"

"아마 그럴 겝니다."

청이 고개를 끄덕이자 탕은 희미하게 미소를 지었다.

"세상사란 참…… 다 나쁜 법은 없더란 말이오. 나라가 아예 결딴나는 줄 알았더니 반쯤 망하고 우리네 장사치들은 살 판이 났소그려."

스즈키 통사가 회소 상인들에게 그들의 대화를 연신 전해주고 있었다.

"지난번 톈진조약에서 이번 북경조약에 이르기까지 중국은 모든 것을 내준 셈입니다. 우리야 홍콩처럼 영토를 내준 것은 아니니 그나마 다행이지요."

회소의 상인이 말하자 다른 일본 상인이 받았다.

"중국에서 공행이 폐지된 것처럼 우리 회소도 곧 없어질 것입니다. 쌍방 나라 사람들이 물품을 매매하는 일에 장애가 전혀 없고, 지불 방법에 대해서는 일본 관리가 이에 관여하지 않는다고 되어 있지요."

탕이 스즈키의 통역과 질문에 대하여 대답했다.

"개화는 비상처럼 어떤 때엔 독이고 또다른 때에는 약이 되기도 합니다. 어쨌든 자유 무역은 천지개벽입니다."

"천지개벽에 무너지고 쓰러진 것들은 어떻게 하나요?"

청이 조용히 묻자 탕이 말했다.

"남은 것들을 추리든가 아니면 다 버리고 새로 짓게 되겠지요. 하여튼 이러한 때에 힘들게 살아갈 필요가 없습니다. 우리네 같은 방법으로 해나가는 것도 길게 보면 도움이 될 테니까……"

청이 쇼코에게 말했다.

"오이란, 손님들께 술을 따라드려라."

쇼코가 술을 따르는데 탕이 청이에게 물었다.

"내 듣기로 초자는 류큐의 개화 시조쿠의 부인이었다는데, 이런 변화가 마음에 들질 않소?"

"강한 자들은 잘살아나가지만, 난세에는 안쓰러운 것들이 많습니다."

청이 인사를 하고 자리를 물러나와 복도로 나서는데 안에서는 샤미센과 노랫소리가 들리기 시작했다. 현관으로 나오자 이층으로 오르는 계단 위에 남포 불빛이 훤했고, 여럿이 춤이라도 추는지 다다미를 깐 이층 마루 판자가 쿵쿵 울리며 사내들의 박자를 맞추는 요이요이 소리가 떠들썩했다. 청이는 게다를 신고 현관문을 열고 마당으로 나섰다. 그네는 마당 가운데 석등 불빛을 배경으로 섰는 거뭇한 사람 형체를 보고는 가슴이 덜컹 내려앉을 듯이 놀랐다.

"누⋯⋯누구요?"

"놀라지 마십시오."

상대가 영어로 그렇게 말해오자 청이는 오히려 무서움이 가셨다. 귀신 따위가 이방의 말을 할 리가 없었기 때문이다. 청은 잠깐 그 자리에 서 있었다.

"저는 이층에 놀러 온 네덜란드 사람입니다."

그는 이번에는 서투른 발음의 일본어로 말했다. 청이 영어로 말했다.

"조금 놀랐습니다. 저는 이 집의 주인인 렌카라고 합니다."

석등의 불빛에 살펴보니 그는 해군의 흰 상의에 검정색 바지를 입고 있었다.

"저는 네덜란드 해군 중위인 헨드릭 헬스라데입니다. 나가사키 영어전습소의 선생으로 있습니다."

마루야마나 요리아이에 가면 네덜란드어 또는 영어를 몇 마디씩 지껄이는 유녀들이 많아서 그는 별로 놀라지는 않은 것 같았지만 반가워하는 기색이 역력했다. 청이 물었다.

"어디 불편하세요, 왜 밖에 나와 있어요?"

"술을 좀 급히 마셨더니 두통이 와서⋯⋯ 바람을 쐬는 중이었습니다."

"여기 젊은이들은 처음 세 잔을 급히 마시고 시작한답니다."

청이는 고개를 숙여 보이고 그를 지나쳐 마당을 건너왔다. 방에 들어가 풍로의 남은 불에 숯덩이를 조금 얹어 찻주전자의 물을 데웠다. 건넌방에서 기리가 잠꼬대를 하는지 뭐라고 칭얼거리는 소리가 미닫이를 통해서 들려왔다. 차를 마시고 자리에 눕기까지 이층의 소란은 계속되었다. 그네는 잠결에 손님들이 마당으로 나가고 기녀들이 배웅하는 소리를 들었다.

청이는 아침에 일어나면 주방의 야리테 아줌마들인 고우라 오바시 등과 함께 아침을 먹었다. 기리는 그네들보다 먼저 일찍 일어났다. 청이 혼자 독상을 받고 기리와 아줌마들 셋이서 함께 먹었고, 난롱은 보통 주방에서 반주를 곁들이며 혼자 먹든가 아줌마들이 함께 먹자고 아우성을 치면 못 이기는 체하고 들어와 끼어앉았다. 그맘때쯤이면 간밤의 술자리를 지켰던 기녀들은 모두들 꿈나라로 갔다가 정오 무렵에야 일어났고, 제각기 나무 목욕통을 옆구리에 끼고 인근 노천 온천으로 몰려갔다.

기녀들이 하얀 지분을 닦아 온천의 닭똥 냄새 나는 유황물이 향긋해지면서 물빛은 오히려 밀가루를 뿌린 것 같다고 했다. 높은 대나무 울타리를 두르고 돌을 쌓아 칸막이를 해놓았는데 청이도 인적이 드문 저녁나절에 가본 적이 있었다. 요정과 유곽에는 집집마다 욕실을 지었어도 기녀들은 답답하다고 대중탕이나 온천에 무리를 지어 다니기를 좋아했다. 청이 두리번거리며 물었다.

"다들 자나?"

"쇼코 선생님이랑 기쿠 언니가 없대요."

기리가 노래하는 것처럼 마마 상에게 고자질을 했다. 고우라와 오바시 아줌마는 찔끔한 표정이 되었다가 기리에게 눈을 험하게 흘겼다.

"외박했어요?"

청이 묻자 오바시는 아직도 제 수양딸에게 흘기던 눈을 거두지 못하다가 말했다.

"저어…… 온천에 간 모양입니다."

이렇게 일찍…… 하려다가 청이는 그만둔다. 아침식사가 끝나고 일어나면서 청이 오바시에게 일렀다.

"쇼코와 기쿠가 돌아오면 내 방에 좀 오라구 해요."

정오가 넘어서 다른 기녀들이 이층에서 몰려내려올 무렵이 되었는데 쇼코와 기쿠가 화장기 없는 얼굴에 유카타 차림으로 아래채로 찾아왔다. 쇼코는 현관문을 열고 고개만 삐죽이 들이밀고는 명랑한 목소리로 말했다.

"마마 상, 우리 찾았어요?"

"좀 들어와봐."

청이는 여기 와서 배운 메구리 카드를 펼쳐놓고 일수를 보던 중이었다. 왕이 나와서 용을 옆으로 제끼다가 청은 맞은편에 와서 조심스럽게 꿇어앉는 쇼코와 기쿠를 노려보았다. 쇼코는 생글거리는 얼굴로 말했다.

"마마 상, 화 나셨어요?"

616

"너희들 외박 나갔다 왔지?"

"아니 그냥…… 잠깐 외출이오. 자정이 넘어서 나갔으니까."

쇼코가 혀를 내밀었다가 목을 움츠리는 시늉을 해 보이며 말했다.

"너희들 잘 알아서 하겠지만 함부로 몸을 굴려서는 안 된다고 내가 몇 번이나 말했어. 상대가 누구야?"

청이의 엄한 질문에 쇼코가 말했다.

"탕 대인이오. 제가 마루야마의 히케타야(引田屋)에 있을 적부터 단골이셨어요. 그때는 그이가 닝보 상행 일을 보았거든요."

"저는 언니가 오란다인을 한번 모시라구 해서 이번이 처음이었어요."

기쿠도 그렇게 말하자 청이는 알 만하다고 고개를 끄덕였다. 쇼코가 말했다.

"탕 대인은 저와 십 년 가까이 알아온 분이에요. 스무 살 적에는 부교쇼와 겐반에 신고하고 반년씩 이곳 도진야시키에서 살기도 했어요. 어제 말씀드리려고 와보니 일찍 주무시길래…… 그러고 내가 기쿠에게 오란다 해군 장교를 한번 모시라고 한 것은 그가 데지마의 영사관 직원이고 지금 영어전습소 선생으로 있으니까요. 그를 단골로 두면 여러 가지로 우리집에 유리하거든요."

청이는 더이상 꾸짖지 않기로 속으로 마음먹었다.

"그래, 쇼코는 그렇다 치고, 다음부터는 새로 온 손님에게 그날로 잠자리를 허락해서는 절대로 안 된다."

쇼코가 여전히 생글거리며 말했다.

"영어전습소의 학생들은 거의가 나가사키 지야쿠닌(地役人)의 자제들이거나 젊은 사무라이들인데 돈 쓰고 놀기 좋아하는 애들입니다. 선생을 잘 사귀어두면 그들이 우리집 단골이 되잖아요. 너무 걱정 마셔요."

청이는 나중에 알았지만 쇼코는 탕의 아이를 낳은 적이 있었다. 당시는 아직 개항 전이라 부교쇼에 출생 신고와 거주 허가를 받아야 했다. 그래도 당인 혼혈은 서양인 혼혈에 비해서는 수월한 편이었다. 탕은 점잖은 체면이 훼손되는 것을 무릅쓰고 부교쇼에 정문(訂文) 두 통을 제출하고, 쇼코와 함께 출두하여 자신의 자식이라는 것을 밝혔으며 아기의 나가사키 거주를 청원했다. 소정의 과태료를 물었고 정기적으로 지불할 양육비 액수도 신고했다. 흔한 일은 아니었지만 당인들도 사람 나름이라 어떤 자는 유녀나 기녀가 아이를 배었다고 하면 자기 자식이 아니라고 시치미를 떼는 일도 있었다. 그러면 즉시 아비 없는 자식으로 신고되어 포주와 유녀가 함께 처벌을 받았다. 처벌은 일정 기간의 영업 정지와 벌금이었는데 모든 손해는 유녀의 빚이 되었다. 대개는 손해를 감수하고 어렵게 살면서 아기를 기르기도 하고 더욱 열심히 일하면서 유모에게 일정 기간을 맡기거나 시골 친정으로 보내는 여자도 있었다. 탕은 쇼코와의 사이에서 나온 아이를 사랑하여 반년에 한 번씩은 꼭 들러서 도진야시키의 여숙에서 함께 지내다 가곤 했다. 아기는 두 해를 채우지 못하고 죽었다.

렌카는 그런 사정을 아는지라 쇼코가 밤에 자리를 비우거나 외박하여 하루 이틀 다른 데서 자고 오는 것을 모른 척 눈감아주었다. 탕 대인은 한 달여를 머물다가 상하이로 떠났다.

하루는 저녁 먹을 때쯤이었는데 오바시 아줌마가 아래채로 청이를 찾아왔다.

"마마 상, 기리를 어디 심부름 보냈습니까?"

"아니 그런 일 없는데…… 왜, 기리가 집에 없소?"

"글쎄 저 아래 공터에 인형극단이 들어왔다고 잠깐 구경하구 온다구 나갔대요. 시간이 꽤 오래되었는데 밤이 되어도 오질 않아서요."

청이는 일어났다.

"그걸 어찌 인제사 얘기하오?"

"어두워지면 배가 고파서라도 집에 오겠거니 여겼죠."

청이는 위채로 가서 쇼코에게 일렀다.

"모두 나설 건 없고 자네가 한번 나가서 수소문해봐."

"고놈의 기집애 늘 말썽이야."

영업을 하려고 성장하고 머리 장식까지 했던 쇼코는 옷을 평상복으로 갈아입고 밖으로 나갔다. 삼십 분이 채 안 되어 쇼코가 돌아왔다.

"오늘 풍기 단속이 있었다네요. 아무래도 거기 걸려든 게 아
닐까?"

쇼코의 설명에 의하면 요즈음 개항이 되고 나서 다른 지방에
서 산쇼들이 많이 흘러들어왔는데 러시아 영사관에서 자기네
배가 들어오는 것을 계기로 휴양소 설치를 건의했다고 한다. 네
덜란드 영사관 측은 오래 전부터의 경험으로 전에는 데지마에
서 의사가 체류하면서 드나드는 기녀들의 검진을 해왔고 최근
에는 의사를 마루야마 겐반에 정기적으로 보내어 검진했다. 마
루야마와 요리아이 측 초자들은 연명하여 산쇼는 믿을 수가 없
으며 기적에도 없으니 단속하여 줄 것을 부교쇼에 청원했던 것
이다. 그렇지 않아도 풍기 단속은 한 해에 두어 번씩 정기적으
로 있는 일이었다.

"기적이 없는 것들, 계산 끝낸 것들, 그리고 유나에서 가무로
마기레온나들에 이르기까지 거리에 보이는 여자들 중에 여염집
여자가 아닌 애들은 모조리 쓸어갔다는군요."

러시아의 해군 제독 릴리레프가 나가사키 부교쇼의 허가를
얻어 이나사야마(稻佐山)의 민가를 숙소로 빌렸다. 나가사키 항
구의 건너편 산자락인 이나사야마에는 진작부터 언덕을 따라
유녀들의 사창가들이 다닥다닥 붙어 있었다. 그곳은 나가사키
의 맨 하급 유녀들이 있는 곳이었고, 손님들도 하급 요닌들이나
뱃사람들이었다. 러시아 해군 장교 세 명이 마루야마의 겐반으
로 찾아와 유녀들의 검매(檢梅)를 신청했으나 나누시를 비롯한

초자들이 냉소하면서 거절했다.

그런 일이 있고 나서 나가사키 부교쇼는 유녀의 외출을 신고
제로 하기로 규칙을 강화하고, 은매녀(隱賣女)와 산쇼의 단속을
대대적으로 실시했다. 부교쇼는 이나사야마에 러시아 마토로스
휴양소를 열어도 좋다는 공식적인 허가를 내주었다. 러시아 측
은 휴양소의 사용 인원과 선원의 상륙 입항에 관한 보고서류를
나가사키 부교쇼에 제출하기로 했다. 휴양소는 러시아 군함의
입항과 함께 열리고 출범 동안 폐쇄되었다. 러시아 측은 유녀들
의 검매를 끈질기게 요구하여 이나사야마로 출장을 가는 유녀
에 한하여만 검진을 받도록 했다. 릴리레프의 요구는 일정한 장
소를 마토로스 휴양소로 지정하여 이나사야마 일대의 풍기를
단속한다는 것과 휴양소에 여성을 부르면 그 여성에게 반드시
검진을 받게 한다는 취지였다.

이러한 사정이 바로 기적에 오르지 않은 유녀들의 풍기 단속
을 실시하게 된 원인이었다. 겐반과 영업집의 초자들은 유녀들
의 명부를 재확인하고 각 집에 소속된 심부름 소녀, 다비게이
조, 야리테 아줌마들의 신원을 확인하는 데 협조하기로 했던 것
이다.

렌카야에서는 마루야마나 요리아이와는 달리 뒤늦게 이런 사
실을 알게 되어서 도진야시키의 구라누시 린 대인에게 연락했
다. 쇼코를 앞세우고 청이와 린 대인은 우선 부교쇼의 니시야쿠
쇼(西役所)를 찾아갔다. 니시야쿠쇼는 시안 다리를 건너 마루야

마 경내를 지나 나카지마 강(中島川)을 끼고 있었다. 그곳은 부두와 유녀가를 함께 통괄할 수 있는 지점이기도 했다.

높은 돌담이 서 있고 정문 앞에는 부교쇼의 번군(番軍)이 지키고 있었다. 그들이 사정을 말하자 젊은 병졸은 턱짓으로 안쪽을 가리켰다. 안으로 들어가니 공회당처럼 너른 공간에 여자들이 줄지어 앉아 있었다. 앞에는 줄을 쳐서 넘어가지 못하게 했는데 그네들을 잡아온 도신들이 짓테(十手) 막대기를 들고 줄 사이로 서성거리며 지키고 있었다. 야쿠닌들은 여자들을 찾아온 식구나 주인들을 상대하고 있었다. 찾아온 사람들도 많아서 야쿠닌의 책상 앞에 긴 줄을 이루고 있었다. 청이와 린 대인은 뒷전에 서 있었고 쇼코가 새치기를 하여 앞으로 나아갔다.

"이름?"

야쿠닌은 고개를 쳐들지도 않고 물었다.

"쇼코라구 해요."

어, 하는 표정으로 야쿠닌이 고개를 들었다.

"자네가 여긴 웬일이야?"

역시 오이란이라 그네를 모르는 야쿠닌이 있을 리가 없었다.

"우리집 가무로 하나가 단속된 것 같은데……"

"이름이 뭐야?"

"기리."

야쿠닌은 연행자 명부에 손가락을 얹고 짚어나가기 시작했다. 몇 장을 들추고 나서 그의 손가락이 멎었다.

"음, 여기 있군. 그런데 왜 여태 신고를 하지 않았나?"

"아니, 이제 겨우 열한 살이 된 가무로 아이를 신고하는 데가 어딨어요?"

야쿠닌은 그렇지 않아도 일거리가 몰려 짜증이 나던 판이라 평소의 안면 따위는 소용이 없다는 듯 외쳤다.

"부교쇼에서 보낸 공문도 못 봤나? 요정이나 유곽에 거주하는 모든 여자는 나이를 불문하고 신고하는 데 협조한다고 겐반 측도 수락을 했다. 저 뒤로 물러나. 지금 바쁘니까."

쇼코는 얼른 두 손을 모아 비는 시늉을 하며 애교를 부렸다.

"정말 죄송해요. 저희 요정은 도진야시키에 있어서 미처 연락을 못 받았어요. 그럼 이제 저희는 어떻게 해야 되나요?"

"신고에서 누락된 사람이 몇 명이야?"

"연행된 아이까지 합해서 모두 여섯 명이랍니다."

야쿠닌은 어이가 없는지 고개를 흔들었다.

"이건 벌과금이 아니라, 영업 취소 감이야. 내 권한이 아니라구. 주인이 직접 출두해야 될 거야."

쇼코가 울상을 지으며 사정을 했다.

"나으리, 제발 어떻게 해야 할지 좀 알려주세요."

야쿠닌은 한참이나 말없이 앉았다가 목소리를 낮추어 소곤거렸다.

"먼저 겐반을 찾아가 나누시에게 벌과금을 내고 명부에 올리고 나서, 마치부교(町奉行) 님께 탄원하면 무슨 방법이 나오겠지."

쇼코가 야쿠닌과 논의를 하던 사이에 청이는 금줄 앞으로 바짝 다가서서 쪼그려앉은 여자들 틈에 기리가 어디에 있나 찾아보았다. 여러 줄로 무리를 이룬 여자들은 도신들의 눈을 피하여 제각기 찾아온 식구들이나 포주들에게 자기를 알리려고 손짓도 해보이고 제법 목소리를 높여 이름을 부르기도 했다.

"얻어터지기 전에 조용해!"

도신들은 눈을 부라리고 짓테 막대기로 손바닥을 연신 두드리며 소리나는 방향으로 재빨리 걸어가곤 했다. 청이는 줄을 따라 걷다가 맨 오른쪽에 아이들이 몰려앉은 줄을 발견했다. 그네는 눈으로 앞에서부터 뒤로 선을 그으며 차례로 살펴갔다. 기리가 손을 쳐들고 흔들었다. 청이는 입으로만 기리야, 하면서 손가락질을 했다. 기리는 금방 울음이 터지는 걸 참느라고 입을 앙다물었다. 청이 살펴보니 그들의 절반 이상이 혼혈 아이들이었다. 기리는 그래도 큰 축이었고 대여섯 살에서 일고여덟 살로 뵈는 계집아이들이 많았다. 아마 그 나이부터 가무로로 성장을 해나갈 것이다. 청이는 저도 모르게 가슴이 저려오면서 눈물이 조금 나왔다. 조금 나왔다는 것은 눈망울에 고인 물기가 속눈썹을 적시는 정도였다는 말이다. 쇼코가 옆에 와서 청이의 소매를 당겼고 그네는 손가락으로 기리가 있는 곳을 가리켰다. 쇼코도 기리를 발견했다.

"밥은 얻어먹었나 몰라."

청이 눈물을 글썽이자 쇼코가 말했다.

"된장국에 주먹밥 한 덩이씩 준대요."

"벤또라두 준비해오지 그랬어?"

청이의 말에 쇼코는 코웃음을 날렸다.

"아유, 그냥 놔둬요. 단속 때마다 늘 있는 일이라구요. 오늘 하룻밤만 더 자면 나올 거예요."

쇼코 혼자 마루야마초의 겐반을 찾아가 벌과금을 내고 오면 린 대인이 마치부교를 찾아가기로 했다. 두 사람은 쇼코를 보내고 일단 도진야시키로 돌아왔다. 청이 린 대인에게 말했다.

"제가 대인께 드릴 말씀이 있습니다. 아까 니시야쿠쇼에서 붙잡힌 아이들을 보니까 가엾어서 볼 수가 없었어요. 아마 제 어미나 유모들에게서 버림받은 모양인데 제가 돌보아주고 싶어서요."

"허허 그건 보통 일이 아닙니다. 그 애들만 해도 계집아이들이고 이담에 유조(遊女)로 쓸 만하니까 가무로 감으로 각 집에서 맡아 키우고 있지요. 마치에서 오갈 데 없이 흘러다니는 아이들도 많습니다. 사실 이곳은 바쿠후의 직할지라서 더욱 형편이 나쁜 셈이지요. 사츠마나 초슈 번의 영지였다면 그래두 다이묘가 직접 책임을 졌을 겁니다. 부유한 초닌들이 돈을 걷어서라도 이런 아이들 문제는 해결을 해야 합니다. 부인 혼자 나서서 될 일이 아니지요."

"마치부교를 만나면 저희 영업 문제뿐 아니라 버려진 아이들을 제가 돌보겠으니 도와달라는 부탁도 해주십시오."

린 대인은 렌카의 간곡한 말투에 조금 놀란 모양이었다.

"우선 다비게이조를 체류 허가나 기적 없이 고용했으니 영업이 취소될 수 있습니다. 그 문제부터 풀도록 하지요. 아마도 위반한 기녀들과 영업주인 부인이 출두하여 서약서를 써야 할 것입니다. 기아 보호에 관한 일은 그 다음에 청원하도록 하시지요."

쇼코가 마루야마초의 겐반에 다녀와서 간신히 영업 허가 취소는 면했으나 여섯 사람에 대한 벌과금과 한 달 동안의 영업 정지가 나왔다며 투덜댔다. 그래도 그만하기가 다행이었다. 기적에서 빠져 있던 츠네사쿠, 치넨, 와카마츠를 기적에 올렸고 야리테를 하는 고우라, 오바시 아줌마와 가무로인 기리를 종업원 명단에 올렸다고 했다. 쇼코가 청이에게 연신 절하며 말했다.

"마마 상, 제가 잘못했어요. 애초부터 허가와 신고를 빈틈없이 했어야 하는데 그만 건성으로 넘어가버렸네요. 전에는 이렇게 까다롭지 않았어요. 개항이 되고 나서 외국인들이 시내를 마음대로 나돌아다니게 되니까 부교쇼에서 까다롭게 구는 거겠지요."

"그래도 다행이구나. 어서 가서 기리를 데려와야지."

린 대인도 마치부교를 접견하여 탄원을 했는데, 수백 년 동안 나가사키를 왕래하였으며 지금은 외국 회사들의 무역을 대행하고 있는 무역선과 당인들이 더욱 늘어났으니 그들에게도 휴식소가 필요한 실정을 호소했다는 것이었다. 마치부교는 나가사키 부교의 명을 받들어 은매녀를 단속하는 자신의 입장을 말하고 나서 이미 위법하여 처벌은 받았으니 다시는 그런 일이 없도록 서약서를 써내라는 처분을 내렸다. 영업 정지 처분을 받고 렌카야의 식구들은 돈은 벌지 못했지만 모처럼 만의 휴가를 즐길 수가 있었다. 기예가 뛰어난 츠네사쿠와 치넨은 쇼코 밑의 마가키였던 하나코와 기쿠에게 악기 연주와 춤을 가르치며 보냈고, 기리도 함께 배웠다.

청이는 린 대인과 함께 마치부교를 만나러 갔다. 마치부교의 집무실은 니시야쿠쇼의 맨 안쪽 건물에 있었다. 두 사람이 뒤뜰을 지나 중문으로 들어서니 현관에서 그를 보좌하는 야쿠닌이 나와 그들을 안내했다. 마치부교는 조시(上士) 사무라이답게 눈매가 날카롭고 체구가 건장한 사내로 등을 꼿꼿이 펴고 앉아 있었다. 린 대인이 미리 접견 사유를 밝혔기 때문에 그는 두 사람에 관하여 보고를 받고 있었다. 청이와 린 씨는 차례로 절을 올렸다. 마치부교도 정중하게 고개를 숙여 보였다.

"구라누시께서 올린 문서를 읽고서 마치의 사정을 잘 알 수가 있었습니다. 과연 시급히 시행해야 할 일이더군요. 부교쇼에서도 기아(棄兒)와 혼혈아 문제로 속을 썩은 것이 어제 오늘의 일이 아닙니다. 부인은 대륙인입니까?"

청이는 미소를 지으며 앉았고 린 대인이 대신 말했다.

"난징이 고향이랍니다. 류큐에서 살다 오셨지요."

"저도 들었습니다. 류큐 시조쿠의 부인이셨다는데……?"

청이는 그제사 자기 신분을 밝혔다.

"주인은 류큐 슈리 왕부의 우에즈이며, 미야코 섬의 영주이신 도요미오야 가즈토시 님입니다."

마치부교는 얼른 고개를 숙이며 다시 한번 예의를 갖추어 보였다.

"호오, 그런데 이 고장에는 어찌하여……"

"나리아키라 다이묘께서 작고하시고…… 류큐 시조쿠들 여러 분이 압송되어 처벌을 받으셨습니다."

마치부교가 고개를 끄덕였다.

"사츠마 전 번주 때라면 마키시 온가 사건이로군. 바쿠후 조정에서도 안타깝게 여기는 이들이 많습니다. 그래서 부인은 나가사키로 오셨군요."

"예, 고향에 돌아가려다가……"

그는 측근 야쿠닌에게 일렀다.

"부인의 하시고자 하는 일에 차질이 없도록 야쿠쇼에서 모든 뒷바라지를 해드려라. 그리고 겐반에도 연락하여 나누시와 초자들이 성금을 내어 기아보호소를 여는 데 도움을 드리도록 하라. 위로 부교께도 내가 말씀을 드리도록 하겠습니다."

마치부교의 시원시원한 말에 린 대인도 자기 뜻을 밝혔다.

"저희 중국 상행 구라누시들도 이번 일을 도울 작정입니다."

이렇게 일이 쉽게 풀릴 줄은 청이나 린 대인이나 예측을 못했다. 며칠 안 가서 구라누시들이 도진야시키에 모여서 회합을 가졌고 겐반에서도 초자들에게 통지하여 기아보호소를 설립할 뜻을 밝혔다. 특히 구라누시들은 대륙인들이 나가사키에 정착하면서 세웠던 숭복사(崇福寺) 근처에 보호소를 열기로 했다. 기녀들의 신사나 절 출입은 관에서도 권장하던 일이고, 역시 시정이나 부두 거리에 그런 보호시설을 둘 수는 없었기 때문이다. 숭복사는 산비탈에 있었는데, 아래쪽에 공터가 많아서 땅을 고르고 축대를 세운 뒤에 새로 집을 짓기로 했다.

청이는 린 대인과 공사장에 나가보기도 하고, 니시야쿠쇼와 겐반에 들러 시정에 떠돌아다니는 아이들이며 유녀들이 맡아 기르는 어린것들에 대한 실정을 파악하러 다녔다.

그날도 외출을 하려는데 기쿠가 아래채로 건너왔다.

"마마 상, 어디 나가셔요?"

"응, 야쿠쇼에 가보려구⋯⋯"

"저어, 손님이 오셨는데요."

렌카는 현관 밖에서 서성이는 발자국 소리를 들었다.

"누가 왔는데⋯⋯?"

기쿠가 뒤를 돌아보자 열린 현관문 안으로 키 큰 서양 사내가 들어섰다. 그는 지난번처럼 흰 사관복을 입지는 않았지만 검정 상의에 청색 바지를 입고 있었다. 그는 머리가 천장에 닿기라도 할 것처럼 구부정한 자세로 들어서며 고개를 숙여 보였다.

"마담, 안녕하십니까?"

청이는 기쿠가 처음 외박했던 일을 기억하고 있어서 그를 알아보았다. 데지마의 네덜란드 영사관에 있으며 지금은 영어전습소의 선생인 해군 중위 헨드릭 헬스라데였다. 청이는 싫은 내색은 하지 않았지만 나가려던 길이라 들어오라는 말없이 건성으로 인사를 받고는 기쿠에게 표정으로 물었다.

"저두 몰라요. 요즈음 영업을 안 한다니까 그래두 뵙고 가겠다구……"

청이는 방석을 내고 자기도 다시 자리에 앉으며 그에게 말했다.

"들어와요."

그때에 헨드릭 중위가 우물쭈물하다가 말했다.

"저어, 소개할 분이 함께 왔는데요, 만나보시겠습니까?"

"아, 손님이 또 계시다구요? 들어오시라구 하세요."

헨드릭이 현관에 선 채로 밖을 향하여 말했다.

"센신님!"

그때에 청이는 현관으로 들어서는 사내를 자세히 살펴볼 수가 없었다. 좁은 현관에는 키가 큰 헨드릭과 기쿠가 가로막고 서 있었기 때문이다.

"넌 거기 섰지 말구……"

기쿠가 황급히 내빼자 헨드릭이 먼저 방으로 들어왔고 뒤이어 센신이라는 사람이 들어섰다. 그가 신발을 벗고 안으로 들어섰을 때에 청이는 조금 놀랐다. 머리를 깎고 승복을 입었지만 마르고 창백한 볼이며 젖은 듯한 눈이며가 가즈토시를 그대로 빼닮았기 때문이다. 나이도 그와 비슷한 사십대 중반쯤으로 보였다. 사내는 내준 방석에 앉자 머리를 숙여 인사했다.

"처음 뵙겠습니다. 센신(洗心)이라고 합니다."

"렌카입니다."

인사를 나누고 나서도 청이는 그들이 왜 찾아왔는지 영문을 모르니 할말이 없었다. 헨드릭이 말했다.

"센신 님은 란가쿠(蘭學)를 연구한 학자이십니다."

센신은 빙긋이 웃으며 헨드릭을 돌아보았다.

"학자는 무슨…… 떠돌이 무주쿠(無宿) 중일 뿐이오."

청이는 그의 어딘가 자조하는 것 같은 말투마저 가즈토시와 비슷하다고 느꼈다.

"그런데 여기는 어떻게…… 지금 영업 정지 처분을 받고 있습니다만."

청이의 떨떠름한 질문에 중이 전혀 구애받지 않은 듯 시원스럽게 말했다.

"차나 한잔 얻어마시려고 왔소이다. 류큐의 도요미오야 가즈토시 님을 제가 조금 압니다."

"예에? 저희 주인을 아신다구요?"

청이 놀라서 묻자 센신이 말했다.

"도요미오야 님은 바쿠후의 표리부동한 정책에 희생되셨지요."

"돌아가신 제 남편을 만나보신 적이 있으세요?"

청이 반가워서 다급하게 묻자 그는 고개를 저었다.

"사츠마 번주 시마즈 나리아키라가 죽고 나서 류큐의 시조쿠들이 가고시마로 끌려와 억울하게 죽은 일을 잘 알고 있습니다. 새 다이묘인 시마즈 히사미츠의 가신들은 바쿠후 측과의 관계 개선을 위하여 류큐의 시조쿠들을 희생시키기로 결정했지요. 마지막까지 투옥되어 있던 도요미오야 가즈토시 님이 사사(賜死)된 소문을 들었습니다."

청이는 이미 잊으려고 애썼던 기억들이 되살아와서 그만 저도 모르게 눈물을 다다미 위에 떨구고 말았다.

"바쿠후는 뒤늦게 내정개혁을 하고 외세에 대응한다고는 하지만 백성들의 삶에는 아무런 관심이 없지요. 밑에서부터 바로잡지 않으면 또다시 죄 없는 사람들이 희생될 겁니다."

헨드릭이 물었다.

"기아보호소를 짓고 있다지요?"

헨드릭이 물었고 청이는 되물었다.

"어디서 들었어요?"

헨드릭이 센신 쪽을 돌아보자 그가 말했다.

"제가 기식하고 있는 데가 바로 쇼후쿠지(崇福寺)입니다. 그 아래 빈터에서 공사를 하고 있더군요."

센신이 차를 내는 청이에게 물었다.

"왜 나가사키에 머물기로 했습니까?"

청이는 어쩐지 그에게는 빈말을 하기가 싫어져서 곧이곧대로 말해버렸다.

"도요미오야 님과의 혼인은 제겐 과분한 것이었어요. 오히려 가장 낯익은 곳이 이런 고장인 셈이에요. 타이완 수야오(俗謠)의 한 구절이 생각나네요. 가거라, 왔던 길로 다시는 돌아오지 말고……"

센신이 중얼거렸다.

"그건 꼭 내 얘기를 하는 듯하군."

청이는 창가로 가서 창문을 열고는 가볍게 손뼉을 두드렸다. 잠시 후에 쇼코의 화장기 없는 얼굴이 툇마루 앞에 나타났다.

"술상 좀 내와. 자네두 좀 건너오구."

쇼코는 어리둥절해서 잠깐 아래채 쪽을 바라보다가 사라졌다. 헨드릭이 센신에게 웃으면서 말했다.

"나그네를 잘 대접하라고 예수가 말했지요."

"잔치를 벌이려거든 차라리 가난한 자들과 장애자들을 청하라, 그러면 저희가 갚을 것이 없는 고로 네게 복이 되리니…… 하는 말도 있네."

청은 두 사람이 주고받는 얘기를 듣고 웃으며 끼어들었다.

"두 분은 기리시탄인가요?"

센신은 너털웃음을 웃으면서 대답했다.

"모양은 이렇소만 나는 부처님도 믿지 않소. 이 사람은 서양인이니 기리시탄이겠지요. 기리시탄의 선의는 저희끼리만 통용되고 일본이나 중국이나 안남 인도 등지에서는 모두 등쳐먹는 수단일 뿐이외다."

마마 상 렌카가 스스로 자신의 방에 손님을 들어오게 하고 술 상을 내오라는 것은 요정을 개업하고 처음 있는 일이어서 쇼코도 어리둥절했다. 장사를 폐하고 메구리 카드 놀이를 하던 고우라와 오바시 아줌마는 부엌으로 내려가 일을 하면서도 연신 서로 눈짓을 하며 키득거렸다.

"우리 마마 상이 미즈아게(水揚)를 올리려나?"

"글쎄 말이야, 영업 정지를 먹고 술 권할 서방님을 찾은 모양일세."

난롱 아저씨가 화덕에서 몸을 돌리더니 휘젓고 있던 나무주걱을 쳐들어 야리테 아줌마들에게 삿대질을 하며 혀를 찼다.

"초자 상에게 그게 무슨 말버르장머리야. 그러니 자네들이 재가를 못 하고 야리테로 주저앉은 게지."

쇼코도 부엌 방에서 내다보며 난롱을 거들었다.

"그러게요. 미즈아게란 무슨 수작이람!"

미즈아게는 기녀가 처음으로 손님을 받는 것을 이르는데, 이들 첫 손님은 기녀의 머리를 올려 벳코의 장식빗을 꽂아주었다. 고우라 오바시 아줌마는 난롱 아저씨의 질책에 찔끔해서 서로 혀를 내밀어 보이고는 찍소리도 내지 못했다. 농담이 지나치기는 했지만 쇼코도 내심 조금은 놀라고 있었다. 네덜란드인 헨드릭 헬스라데가 영어전습소의 선생 노릇을 하고는 있었지만 재력가나 권세가 있는 인물도 아니고, 고작해야 젊은 야쿠닌들이나 몇 사람 끌고 올 평범한 단골감이었던 것이다. 그와 함께 왔다는 중 차림의 사내는 더욱 형편없어 보여서 요정 출입은커녕 세끼 밥을 걱정해야 될 행색이었다.

그러나 쇼코는 자신의 주인 렌카가 당인들 말대로 호걸녀 예라이샹이라는 것은 굳게 믿고 있었다. 쇼코는 그녀가 헤치고 나온 불구덩이 물구덩이가 얼마나 깊은지 자기의 과거에 빗대어 가늠해볼 수도 있었다. 그네는 기쿠를 불렀다. 얼마 전 외박에 기쿠가 헨드릭과 동침했던 것을 기억했기 때문이다. 마마 상을 편하게 해드려야 한다고 쇼코는 다짐했다. 쇼코와 기쿠는 난롱이 간단한 야채로 만든 후차(普茶) 안주를 차린 상을 받쳐들고 마당을 건너갔다. 상을 들여놓고 쇼코가 먼저 손님들께 문안인사를 올렸다.

"쇼코라고 합니다."

방 안쪽에 앉았던 청이 거들었다.

"나가사키의 몇 안 되는 오이란입니다."

기쿠가 무릎을 꿇고 인사를 올린다.

"인사드립니다. 기쿠입니다."

이번에는 쇼코가 자기 식구를 추켜주었다.

"아직은 마가키(籬)이지만 마루야마 같으면 다유 감입니다."

"어서 손님들 술잔을 채워라."

청이 자기 잔을 잡으며 말했고 쇼코와 기쿠가 도쿠리를 들어 손님들의 잔을 채웠다. 청은 그들의 잔이 채워지자 자기의 잔을 눈 높이로 쳐들어 보였다가 함께 비웠다. 청이는 쇼코에게도 한

잔 따라주며 물었다.

"내가 이렇게 대낮부터 차를 물리치고 술을 마시는 이유를 너희는 모르겠지?"

쇼코가 채워진 술잔을 앞에 놓고 눈을 깜박이고 앉았다가 말했다.

"오늘도 나가사키엔 비가 내린다지요. 잔뜩 흐려 있으니 어쩌면 조금 있다가 아니면 밤중에 비가 또 내리면…… 오늘도 술 마시기 좋은 날이니까요."

"센신 스님이 이 렌카와 벗이 되고자 찾아오셨으니 어찌 안 마실 수 있을까."

청이의 말에 센신은 약간 멋쩍은 얼굴이 되어 고개를 숙여 보인다.

"나 같은 무주쿠(無宿)가 어찌 감히 부인께 벗을 청하겠소. 다만 도요미오야 님을 만나뵙지는 못했으나 마음의 지기라 생각하고 있습니다. 구라누시 린 대인에게서 부인의 얘기를 들었지요."

"저는 처음에 센신 님에게서 일본어를 배웠습니다."

헨드릭 중위는 말했고, 청이 센신에게 직접 물었다.

"선생은 고향이 어디셔요?"

"오사카입니다. 떠난 지 오래되었소."

청이 쇼코에게 말했다.

"쇼코, 고향 노래 한 소절 불러주렴."

"그러시다면 고우타(小唄) 조로 하이쿠 한 곡 읊지요."

쇼코가 꿇어앉은 채로 샤미센을 무릎 위에 올려놓고 발목으로 긁어서 연주를 시작했다. 그 소리는 류큐의 산신과 비슷했지만 더욱 가늘고 섬세하게 들렸다.

나그네라고
이름을 불러주오
초겨울 가랑비

고향집이여
탯줄을 보고 우는
섣달 그믐날

쇼코가 노래를 마치자 잠시 조용했다. 바람이 바뀌었는지 둥근 월창 밖을 긁어대는 대나무 가지가 거칠게 흔들리고 있었다. 청이 손을 술상 위로 내밀어 손가락으로 달라는 시늉을 하자 쇼코가 얼른 샤미센과 발목을 그네에게 넘겨주었다. 렌카는 몇 번 긁어보고 나서 류카(琉歌)를 부르기 시작했다.

미워라 히자바시
무정한 사람이
너를 여기에 만들었지

나를 건너 보내려고

구바 잎이 산들산들
시골 산천 조용하네
밧줄에 묶인 소의
울음소리 들리는 고향

그것은 나하의 유곽에 팔려온 섬처녀 요시야 치루의 노래였
고, 용궁 시절에 청이 기녀 세리에게서 배웠던 노래였다. 경쾌
한 듯하면서도 음조가 끝절에 가서 높게 올라가거나 아래로 떨
어지는 애조 띤 노래는 와카(和歌)하고는 매우 달랐다. 기쿠는
이즈모노류의 가부키 춤을 추었고 쇼코가 반주를 해주었다.

그들은 노래도 하고 때로는 아무 말 없이 술만 마시기도 하다
가 누군가 불쑥 혼잣말을 하기도 했다.

"오시오 선생이시여, 만 사람에게 흩어준 금주(金朱) 한 닢은
모두 어디로 갔던가?"

그건 센신의 목소리였다.

"쇼코, 날 어두워지겠다. 손님들께 지우산 내드리고 석등에
불 켜라."

지붕에 떨어지기 시작한 빗소리를 들으며 청이 꺼낸 말이었
다. 청이는 옆방 미닫이를 열고 들어가버렸고 술에 취한 헨드릭
은 기쿠가 부축하고 센신은 쇼코가 팔짱을 끼어 현관으로 데려

갔다. 아직 저녁이 되려면 멀었지만 벌써 하늘은 검은 구름으로 뒤덮여 어둑어둑했다.

청이 린 대인을 비롯한 당인 구라누시들의 도움을 받아 짓기 시작한 기아보호소가 완공되었다. 겐반과 니시야쿠쇼(西役所)에서는 실정을 조사하여, 유모들에게 맡기거나 또는 영업집에서 스스로 어린 아기를 기르고 있는 유녀들의 의사를 물어 최소한의 양육비를 내고 아이를 맡기도록 권유했다. 야쿠쇼의 도신들은 저잣거리로 나가 구걸하는 아이들이나 꽃 파는 여자아이들을 단속하듯이 잡아왔는데 거의 절반 이상이 혼혈아들이었다. 이들은 렌카야의 기리처럼 가무로 노릇을 하다가 창가 거리에서 달아난 아이들이 대부분이었다.

열 살이 넘은 아이는 겐반의 도움으로 각 업소에 심부름 아이로 취직을 시키고 서너 살짜리부터 받았는데 기아보호소의 아이들은 육십여 명이나 되었다. 개중에는 한두 살짜리 갓난애도 있어서 어미가 있는 경우에는 유모를 정하여 기르게 하고 나가사키 회소와 도진야시키 등에서 모금을 하여 돕도록 했다. 네 살 이하의 어린아이들과 그 이상 되는 아이들을 나누어 보모들이 돌보게 했는데, 그네들은 미리 모집을 해두었다.

마루야마초와 요리아이초에 기식하는 유모들 중에 지원자를 받았고 요정의 야리테 아줌마들 가운데서도 사람을 뽑았다. 이렇게 일이 진행되자 회소나 구라누시 모임은 물론 각 영사관에서도 기금을 보탰고 유녀와 기녀들도 십시일반으로 수입 중에 얼마씩 떼어서 겐반에 냈다. 청이는 이런 일로 홍등가의 구미가 시라들 가운데서 대표적인 나가사키의 마마 상이 되어버렸다.

보모는 우선 여섯 명을 뽑고 겐반의 도움으로 요정의 기녀들 가운데 차례로 봉사할 여자들을 정하기로 했다. 그것은 렌카가 싱가포르에서 이미 저질러보고 경험을 했던 방법이었다. 직접 사생아를 낳아보거나 아기와 생이별을 겪어본 기녀와 유녀를 참여시켜야만 열성도 내고 보조금도 내게 마련이었다. 유녀들 이란 대개들 낮시간에는 목욕 갔다 와서 카드 놀이나 잡담으로 시간을 보내다가 저녁때가 되면 화장과 머리 단장으로 다시 여 러 시간을 허비하기 때문에 오후시간은 많았다. 모든 기녀와 유 녀들이 성의를 가지고 찾아 돕는 것은 아니었다. 처음에 며칠 은 열심인 척하더니 날이 갈수록 요 핑계 조 핑계로 자기 당번 을 빼먹는 여자들도 있었다.

한 달의 준비기간을 거쳐서 나가사키 회소의 초닌들과 도진 야시키의 중국인 상인들이며 관아의 야쿠닌들과 마치부교까지 와서 기아보호소의 개소식을 가지기로 했다. 바로 지척이 숭복 사라 보호소로 지은 건물에서는 그 많은 손님들을 접대하기도 곤란했고 변변히 대화를 나누는 모임도 가질 수가 없었다. 무엇 보다도 수용해놓은 아기들이 고생일 터였다. 그래서 생각다 못 해 린 대인에게 청하여 숭복사의 주지 스님에게 사찰 경내를 모 임 장소로 쓰게 해달라고 부탁했고 절에서는 오히려 우리가 할 일이었다며 반색을 해주었다.

청이네 기아보호소에서 뒤를 돌아보면 좌우로 나무가 울창한 언덕인데 가파른 계단 위에 금빛 단청을 올린 기와지붕을 얹은 붉은 대문이 절의 제일문이었다. 문에 들어서면 너른 절마당은 남북으로 갈렸는데 바깥쪽에 관음과 지장을 모시고 한켠으로 관운장을 모신 전각이 있고 마당 안쪽에 부처를 모신 대웅보전이 보였다. 절의 안쪽 짙은 숲그늘에 가려진 요사채의 흰 회벽이 보이고 그 끝에는 돌담이 뒤를 막고 있었다. 청이 섬돌을 딛고 돌아 들어가는데 누군가 저 맞은편 작은 방에서 헛기침을 했다. 방문은 열려 있었지만 그 위로 발이 걸쳐져 있으니 안이 들여다보이질 않았다.

"여긴 어쩐 일이시오?"

발 안에서 낯익은 음성이 들려왔다. 청이는 대답 없이 툇마루 앞에 서서 기웃거렸다. 발을 걷으면서 방에서 센신이 고개를 내밀었다.

"아, 여기가 선생님 거처였군요."

청이 인사를 하자 센신은 발을 걷어버리면서 말했다.

"누추하지만 좀 들어오시지요."

"글쎄요, 총무 스님을 만나러 왔는데……"

"그는 잠깐 출타중인 모양이오. 아마 멀리는 안 갔을 겝니다."

청이는 조리를 벗고 툇마루로 올라섰다.

"그럼 선생님이 끓여주는 차라도 한잔 얻어마실까요?"

방 안에는 작은 책상을 벽에 붙여놓았고 그 위에 책 몇 권이 보이는데 다담상과 다구가 놓여 있었다. 센신이 화로에 숯을 넣고 불을 붙였다. 주전자를 올려놓고 나서 그는 청에게 말했다.

　"버려진 아이들을 돌보신다니 나가사키에선 없던 일이오. 어째서 그런 생각을 하셨소?"

　"저도 같은 처지였거든요."

　그네는 덧붙여 말했다.

　"지상에는 아무것도 모르고 짓밟히는 가엾은 미물들이 많지요. 저는 열다섯 살에 조선에서 난징으로 팔려갔어요. 여러 나라를 거쳐서 류큐까지 갔다가 슈리 시조쿠의 아내가 되었지만요. 전에 싱가포르에서도 살았어요. 거기서 양인 첩들이 버린 아이들을 모아 보호소를 해본 적이 있습니다."

　"나도 바타비아와 싱가포르 루손 등지를 돌아다니며 수많은 막일꾼들과 여자들이 팔려가 있는 걸 봤어요. 이제 온 세상이 서양의 저자가 될 테지요."

　센신은 차를 달여서 청에게 권했다. 그가 차를 마시다가 문득 말을 꺼냈다.

　"나는 하시모토 게이스케가 본명이지만 친한 사람들만 알고 있습니다. 남들 있는 데서는 모두들 센신 스님이라고 불러주지요. 차차 아시게 되겠지만 게이스케는 오래 전부터 바쿠후 측에서 찾고 있는 이름이니까……"

　청이는 조심스럽게 물었다.

"무슨 죄를 지으셨나요?"

"마마 상처럼 가엾은 것들을 보살핀 죄입니다."

마당에서 인기척이 들리더니 총무 스님이 발 너머로 나타났다. 청이는 찻잔을 놓고 일어서기 전에 센신에게 말했다.

"아무 때에나 밤에 한번 오시지요. 제 방에서 조촐하게 술 한잔 대접해올리겠습니다."

센신이 합장을 하며 대답했다.

"요즘은 바쁘실 테니 보호소 개소가 끝나면 한번 찾아뵙지요."

개소식에는 겐반을 통하여 각 유곽의 구미가시라들과 기아보호소에서 봉사를 자원한 유녀들이며 나가사키 상인 회소와 도진야시키의 구라누시들과 부교의 야쿠닌 그리고 니시야쿠쇼의 마치부교 등이 참석을 했다. 유녀들은 절의 행사에 나갈 때에도 봄 꽃놀이나 가을의 단풍놀이에 가는 것처럼 기분이 들떠서 요란하게 꾸미고 나서기 때문에 미리 니시야쿠쇼에서 겐반으로 공문이 내려왔다. 기녀와 유녀들이 식에 참석하더라도 마츠리(祝祭) 기분을 내어서는 안 된다는 경고였다. 음주가무를 금하고, 명절 옷이나 영업할 때에 입는 화려한 기모노를 입지 말고 시중 여자들처럼 무늬가 요란하지 않은 단색의 옷을 입을 것과, 봉사에 참가할 유녀에 한할 것과, 초닌으로서 미전(米錢)을 기부할 자는 미리 납부하고 유녀들과 현장에서 음주하지 말 것 등이 공문의 내용이었다. 데지마 시절부터 오랫동안 나가사키 부교와 협조해온 네덜란드 영사관에서도 상관장이 참석을 했다.

숭복사의 마당에 식장을 마련하여 관계자들이 돌아가며 인사를
하고 나서 아래로 내려가 새로 지은 보호소의 내부와 아이들을
둘러보고 숭복사의 마당에 차려놓은 연회 자리에서 국밥과 찹
쌀떡을 나누어 먹는 정도로 식은 간소하게 끝났다.

여름의 막바지이던 팔월 말에 나가사키 인근에는 부교의 명
으로 외국인들의 시내 출입이 금지되었고 영사관 직원들은 일
단 데지마로 들어가서 나오지 않는 일이 일어났다. 초슈 번에서
인근 해안을 지나던 이국선에 먼저 포격을 가하여 영국 미국 프
랑스 네덜란드의 연합함대가 시모노세키 포대를 포격하는 사건
이 발생했기 때문이었다.

따라서 바쿠후의 직할지였던 나가사키의 경기는 한꺼번에 얼
어붙어 일시에 위축되었고 정국이 어떻게 될지 몰라서 민심도
뒤숭숭해졌다. 야쿠쇼와 부교쇼에는 총과 칼로 무장한 테이반
병이 경비를 섰으며 메츠케들이 풀려나와 사츠마와 초슈 번에
서 온 사람들로 나가사키에 체류하고 있는 사람들을 감시했다.
이와 같은 여러 사건은 겉으로는 외세에 대한 존왕양이 세력들
의 의분에 의한 것이라고 알려졌지만 실상은 차츰 통치력을 잃
어가는 바쿠후를 타도하는 운동으로 변모해갔기 때문이었다.
그러나 이들 근왕파들도 서양의 막강한 무력을 경험하면서 스
스로 개화 자강하여 바쿠후를 몰아내는 것과 동시에 부국강병
을 이루어내야 한다는 쪽으로 방향이 바뀌게 된다.

그 무렵의 어느 날 늦은 밤에 렌카야의 영업도 모두 끝나고 대문 옆의 석등도 꺼진 뒤였다. 방금 자리에 누워 까무룩하게 얕은 잠에 빠져들었던 청이는 대문 두드리는 소리에 깨어났다. 바람이 거세게 불어와 월창가에 대나무 잎새가 스치는 소리가 들리는데 문짝이 바람에 흔들려 덜컹대는 소리와는 달랐다. 그 것은 누군가 대문을 두드리는 소리였다. 그쳤다가는 다시 두드 리는 소리가 들려왔다. 청이는 유카타 차림으로 일어나 아래채 의 현관을 열고 밖으로 나섰다. 가는 비가 거센 태풍에 흩뿌려 지고 있었다.

"누가…… 왔어요?"

청이 조심스럽게 중얼거리자 밖에서 역시 낮은 목소리가 들 려왔다.

"나 센신입니다."

청이는 얼른 대문을 열었다. 대문이 열리자마자 그가 앞으로 넘어지듯이 쏟아져들어왔다. 센신의 옷은 온통 젖어 있었고 한 쪽 팔을 손으로 감싸쥐고 있었다. 청이는 그가 어딘가 다쳤다는 것을 알 수 있었다. 그는 연신 뒤를 돌아보았다. 그네는 대문을 닫아 빗장을 지르고는 그를 부축하여 집 안으로 들였다. 촛불을 켜고 센신을 살피니 왼쪽 팔이 온통 피투성이였다. 그는 다다미 위에 주저앉으며 말했다.

"그래도 운이 좋았소."

청은 먼저 센신의 피에 젖은 옷자락을 찢고 팔뚝의 상처를 살펴보았다. 칼에 베인 상처였는데 별로 깊지는 않아 보였다. 그네는 옆방에서 자던 기리를 깨워 주방에 가서 소주를 가져오게 했다. 소주를 상처 위에 붓자 센신은 이를 악물고 미간을 찌푸리며 참아냈다. 날이 밝으면 린 대인을 통하여 중국인 의원에게 보이기로 하고 청이는 그의 상처를 깨끗한 무명 천으로 감싸주었다. 그네가 오시이레에서 유카타 한 벌을 내주어 센신은 돌아앉아서 젖은 옷을 갈아입었다. 청이 다시 기리에게 야리테 아줌마들을 깨우지 말고 술상을 보아오라고 일렀다.

"이게 다 무슨 일이에요?"

청이 침착하게 물었고 센신은 한숨을 길게 내쉬었다.

"누군가 나를 노리는 자가 있는 모양이오."

술상이 들어오고 따끈하게 데운 사케 석 잔을 연거푸 마시고서야 센신은 정신이 들었는지 더듬거리며 얘기를 꺼냈다.

그는 헨드릭 헬스라데와 영어전습소의 교원 몇 사람과 함께 신치(新地) 당인 거리에서 저녁을 겸하여 술을 마셨다. 술자리에서의 화제는 공교롭게도 요즈음 바쿠후 측의 하급무사들 사이에 결사가 생겨나 난학자들이나 존왕양이파를 가리지 않고 습격하는 사건들에 대한 이야기들이 오고갔다. 센신이 술집에서 나와 그들과 헤어진 것은 밤 열시쯤이었다. 신치에서 시안 다리를 건너 숙소인 숭복사로 올라오는 삼거리에 이르렀는데 비바람이 불고 늦은 밤이라 인적이 끊겨 있었다. 그가 길을 건너자 뒷전에서 누군가가 같이 길을 건너왔다. 그래서 센신은 뒤를 돌아보았다. 어쩐지 불안한 예감이 들어 걸음을 빨리하자 그를 따르던 자가 모습을 보이지 않았다. 자기가 잘못 넘겨짚은 줄 알고 센신은 다시 평소의 걸음걸이로 숭복사 아래편 주택가 골목으로 들어섰는데 검은 그림자가 정면에 나타났다. 센신은 상대방에게 누구냐고 물었지만 그는 대꾸도 없이 칼을 빼어 내려쳤다. 센신은 승려 차림이라 아무런 무기도 지니지 않았다. 그는 본능적으로 옆으로 몸을 굽혀 재빨리 피하고는 골목으로 들어서서 뛰었다. 어두웠지만 평소에 잘 알던 길이어서 그는 어느 만큼 뛰다가 아무 집으로나 들어갔고, 곧장 달려가 담을 넘고 대숲에 들어가 숨었다. 추격자가 숨을 헐떡이며 주변을 살피다가 사라졌다.

센신은 한참이나 숨어 있다가 다른 길로 접어들어 마루야마초를 돌아서 렌카야까지 달려왔던 것이다. 그는 여기까지 오면서 자신을 노리는 상대가 누구일까를 생각해보았다. 그날 저녁에 전습소 친구들과 얘기를 나누었던 대로 무조건 서양 세력을 배척하겠다는 바쿠후 측의 하급 무사일 수도 있었다. 보다 확실하게 그의 숙소인 숭복사에서 기다렸다가 습격하지 않은 것을 보면 자객은 이 지방 사람이 아닌 듯했다. 외부에서 파견된 결사의 일원일 수도 있었다. 또는 그가 옛날 오시오 헤이하치로의 제자로 민란에 참가한 이래로 지명수배를 당해온 하시모토 게이스케라는 것을 아는 자일지도 몰랐다. 그럴 가능성도 있는 것이 그가 존경한 선배 난학자 다카노 조에이도 수년 동안을 삼파

쿠란 변성명을 하고 떠돌아다녔지만 정탐 메츠케의 은밀하고 끈질긴 추적을 면치 못하고 포위되어 자살했던 것이다. 이제는 그가 나가사키를 떠날 시기가 온 것이다. 그날 밤 청이는 하시모토 게이스케의 과거에 대한 자세한 얘기를 들었고 그의 무주쿠(無宿)로서의 삶에 관해서도 알게 되었다.

"당분간 여기서 숨어 계셔야 되겠군요. 제가 선생님을 돌봐드리겠어요."

청이는 센신을 보면서 마치 남편 도요미오야 가즈토시가 옥중에서 도망쳐나온 것 같은 생각이 들었고 그를 꼭 지켜내리라고 다짐했다.

그날 청이는 기리의 방에 가서 잤고 이튿날 날이 밝자 식구들에게도 입단속을 시키고 린 대인을 불러오도록 일렀다. 린 대인은 전갈을 받자 중국인 의원을 데리고 곧장 달려왔다. 상처를 살펴본 의원은 상처를 꿰매면 더욱 빨리 낫기는 하겠지만 고약을 붙이고 정양해도 보름쯤 지나면 상처도 아물고 덧날 염려도 없게 되리라고 말했다. 의원이 돌아간 뒤에 린 대인이 말했다.

"이제 쇼후쿠지에는 다시 돌아갈 생각을 마시오. 지금 번과 바쿠후의 사무라이들이 각기 파당을 지어 서로 잡아먹지 못해 으르렁거리는 판이라오."

"그래요. 당분간 저희 집에 계시면서 바깥이 잠잠해질 때까지 여행도 하셔서는 안 됩니다."

센신은 어느 결에 하시모토 게이스케로 돌아가 있었다.

"이젠 규슈를 떠나 간사이(關西)로 돌아갈 때가 된 것 같군. 바쿠후 타도파들과 백성들이 힘을 합쳐야 될 텐데……"

"차라리 우리 배로 밀항을 하여 잠시 상하이나 바타비아에 나가 있는 건 어떻겠소?"

린 대인의 말에 센신은 고개를 흔들었다.

"지금은 그렇게 한가한 때가 아닙니다."

린 대인이 바깥소식을 알아보는 일과 적당한 때에 그를 나가사키 경내 바깥으로 내보내는 일을 맡기로 하고 돌아갔다.

그로부터 하시모토 게이스케는 처음 예정과는 달리 한 달이 넘도록 요정 렌카야의 별채에 머물러 있었다. 청이는 자식도 낳지 못한 채 이제 서른아홉이 되었지만 아직도 남들이 보면 이십대 중반쯤으로나 보였다. 다만 언제부터인가 눈가에 그늘이 생겨서 발랄한 생기는 사라져버린 대신에 사려 깊은 중년 여인의 표정이 엿보였다. 하시모토 게이스케는 갓 오십이 되었다. 옛말에 오십은 하늘의 뜻을 알게 되는 나이라고 하였건만 그만큼 새로운 일을 다시 시작하기는 늦은 나이였다. 하시모토 자신은 청년 시절에 그가 오시오 선생을 따라 이루려 했던 꿈을 마무리지을 때가 왔다고 느끼고 있었다. 청이는 처음에 센신이라고 소개된 그를 만났을 때 어딘가 비명에 죽은 류큐 사족 도요미오야 가즈토시와 분위기가 닮아서 마음이 끌렸던 것이 사실이었다.

그의 상처가 아물고 이제는 식구들도 으레껏 별채에 마마 상 렌카의 손님이 머물고 있다는 것을 일상으로 받아들이고 있던 무렵이었다. 그가 청이의 방을 쓴 지도 벌써 이십여 일이 넘었다. 그날은 안채에 손님도 오지 않았고 기녀들도 일찌감치 화려한 기모노를 벗고 화장도 지웠다. 나가사키에는 그날도 비가 내렸는데 바람은 거세게 불지 않고 오다 말다 하는 가랑비가 처마 끝에서 물방울을 떨어뜨리며 추적추적 내렸다. 청이는 하시모토를 위하여 작은 술상을 보아다가 둘이서 서로 권커니 자커니 했고, 밤이 깊어가자 어지간히 취해버렸다. 하시모토가 청이의 잔에 술을 따라주며 말했다.

"새벽에 깨어난 잠자리가 더욱 차다는 하이쿠의 구절이 생각나오."

"비록 추워도 둘이서 자는 밤은 든든하여라, 하는 구절도 있지요."

청이는 그의 눈길을 피하여 고개를 숙이면서 다시 말했다.

"여인과 함께 자리에 든 지가 오래되셨지요?"

하시모토 게이스케는 술잔을 내려다보며 중얼거렸다.

"글쎄…… 젊은 시절에 오사카에서 한 두어 번…… 그리고 몇 년 전 고슈 가도의 여숙에서 술이 취하여……"

그는 청이를 새삼스럽게 정면으로 쏘아보다가 다시 얼굴을 돌리고는 어쩐지 씁쓸하게 픽 웃었다.

"참으로 이상한 노릇이지. 여인과 잠자리를 같이하고 나면 날이 밝을 때까지 잠이 오질 않는 거요. 불길에 휩싸인 오사카 센

바 거리가 보이고 불길 속에서 두 팔을 휘젓고 있는 오시오 선생님이 떠오르고…… 다카노 조에이 선배가 자신의 목을 찌르는 광경도 생각나고…… 그래서는 곁에 잠든 여자를 두고 도망치듯 혼자 빠져나가곤 했소."

청이는 이부자리를 들치고 요 위로 자리를 옮겨 앉으면서 하시모토의 손을 잡아 이끌었다.

"당신은 센신 스님이잖아요. 과거의 업장에 매일 필요가 없지요. 목숨 가진 모든 것들은 오늘을 살고 있는 거랍니다."

하시모토는 뻣뻣하게 굳어버린 통나무처럼 청이의 옆에 몸을 눕혔다. 청이 그의 옆으로 몸을 돌리자 하시모토는 움츠러들면서 등을 움직여 조금 비켜났다. 그러나 청이는 그의 유카타 자락 안으로 제 다리를 넣어 휘감았다. 그리고는 손을 그의 맨가슴으로 집어넣어 가슬가슬한 가슴의 털을 어루만졌다. 하시모토가 옆으로 돌아누으면서 팔을 내밀어 청이의 머리 뒤로 돌리고 다른 한 손으로는 그네의 젖가슴을 어루만졌다. 청이는 실로 몇 년 만에 사내와 함께 자리에 들어서인지 저절로 속이 떨리고 숨이 차올랐다. 그러나 하시모토는 동작을 하지 않고 그대로 가만히 엎드려 있을 뿐이었다. 청이 아래에서 꼼지락대며 움직였지만 하시모토는 몇 번 거세게 움직여보다가 제풀에 식으면서 옆으로 몸을 굴려 누워버렸다. 청이는 그의 팔 위에 머리를 얹고 잠시 기다렸다. 그의 가슴에서 퉁탕거리는 심장의 박동이 너무도 또렷하게 들려왔다.

"낯설어요?"

청이 말했지만 하시모토는 잠자코 누워서 천장만 올려다보았다. 처마에서 쉴새없이 떨어지는 낙숫물 소리가 고즈넉하게 들려왔다.

"어떻게 하는 건지 다 잊어버린 모양이오."

하시모토가 혼잣말처럼 중얼거렸다. 청이는 그가 자기 몸을 절실하게 원하고 있다는 걸 잘 알고 있었다. 하시모토 게이스케는 다시 청이를 안고 몸을 뒤집었다. 그는 그네의 몸 속으로 들어갔고 마치 어둠 속에서 걸음을 내딛는 것처럼 조심스럽게 움직였다. 청이는 그가 서두르지 않도록 목덜미와 등에서부터 허리에 이르기까지 가만히 쓸어내렸다.

식구들 중에 쇼코는 마마 상에게 변화가 일어난 것을 눈치챘다. 청이 몸소 하시모토에게 내어갈 된장국의 간을 보러 안채의 식당방에 갔을 때 늦게 일어난 쇼코 혼자서 죽을 먹고 있었다. 그네가 머리를 조금 숙여 인사를 해 보이고는 말했다.

"마마 상 여기서 아침 드시게요?"

청이는 대꾸 없이 부엌에 대고 말했다.

"미소시루 아직 안 끓였으면 그냥 놔둬요. 내가 끓일 테니……"

난롱 아저씨는 부엌 옆 찬방에서 궐련을 태우고 앉았고 부엌에 있던 고우라와 오바시 아줌마들은 서로 눈짓을 보내면서 킥하고 웃음을 삼켰다. 그네들은 청이 부엌으로 내려가 된장을 뜨고 국물을 낸다 간을 본다 하는 것들을 음식이 드나드는 쪽문으로 내다보았다. 쇼코가 야리테 아줌마들과 눈이 마주치자 그들은 서로 웃음을 참지못해 입을 막고는 돌아섰다. 쇼코가 드디어 한마디했다.

"마마 상, 고이비토(戀人)가 생겼다구 아줌마들이 시샘을 한대요."

청이는 의외로 빙긋 웃으며 쇼코에게 대꾸했다.

"너는 그래두 오이란이니 마른 가지에 핀 매화를 알겠구나."

청이는 상을 보라고 이르고 마루를 지나 현관을 나갔다. 난롱이 담배를 부벼 끄고는 아줌마들이 정갈하게 차린 소반을 넘겨다보았다.

"우리 초자께서 눈자위가 밝아졌으니 좋은 일이 아니냐."

쇼코는 이층에 올라가 뭔가 꺼내가지고 내려왔다. 오바시는 그네가 갖고 온 네모난 붉은 갑으로 손을 내밀었다.

"뭐야, 지분이라면 나두 좀 줘봐요. 발라본 지 오래되었거든."

"손 저리 치워요. 이따가 마마 상에게 줄 거야."

오바시는 입술을 비죽거리며 투덜거렸다.

"흥, 구경이라두 하자니까 사람 괄시하기는 원."

고우라가 힐끗 보고는 알은체를 했다.

"그건 향갑인 모양인데…… 마마 상 잠자리에 피우라는 게로구먼."

기녀들이 모두 일어나 아침을 먹고 목욕 가기 전에 잡담을 하

며 게으름을 피우고 앉았는데 청이 소반을 기리에게 들려 안채
로 건너왔다. 청이는 기녀들에게 눈인사를 하고는 오바시 아줌
마에게 별채의 목욕물을 데우라고 일렀다. 그녀가 현관으로 나
가려는데 쇼코가 뒷전에 다가와서 은근히 속삭였다.

"마마 상, 이거 갖다 쓰셔요."

청은 쇼코가 내미는 붉은 향갑을 잠시 물끄러미 내려다보았다.

"사향이랍니다. 이건 좋은 사람이 오셨을 때에 피우는 향이에
요. 머리맡에 피워놓으면 심신이 편안해지고 힘이 나지요."

청이는 웃으면서 향갑을 쇼코의 손에 도로 쥐어주었다.

"이건 탕 대인이 오면 네나 써라. 우린 차나 마시면 된다. 센
신 님은 무주쿠이니 곧 떠나실 게야."

며칠 후에 린 대인이 바깥 소식을 알아가지고 찾아왔다.

"대륙에서는 태평천국의 난이 완전히 평정되었답니다. 바쿠
후에서는 적대적인 초슈 번을 정벌하려 하고 초슈에서는 양총
과 대포로 무장한 신식군대가 창설되어 맞선답니다. 바쿠후의
신센구미(新撰組)라는 사무라이들이 바쿠후 타도파건 개화 지
식인이건 가리지 않고 습격을 한다는 뒤숭숭한 소문입니다."

하시모토가 말했다.

"바쿠후는 이제 만인의 적이 되겠군요."

"아직은 누가 센신 스님을 노렸는지 알 수가 없소. 바쿠후 측
이나 아니면 단순한 존왕양이파인지도 모릅니다. 여기서 빠져
나가려면 육로는 위험하니 배를 타고 가고시마로 가셔서 뱃길

을 통하여 오사카로 가는 쪽을 택하시지요."

린 대인의 말에 하시모토는 고개를 끄덕였다. 린 대인이 배편을 알아가지고 오겠다며 돌아갔고 하시모토는 렌카야의 별채에서 닷새를 더 묵었다. 마지막 날은 두 사람이 한 잠도 자지 않고 하이쿠도 읊조리고 술잔도 나누면서 밤을 새웠다. 새벽녘에 린 대인이 인력거를 불러 타고 찾아왔다. 청이는 하시모토의 길양식과 입을 옷가지를 챙겨 커다란 바랑을 만들어두었다. 바랑을 한쪽 어깨에 짊어지고 별채의 현관을 나서는 하시모토의 등 뒤로 청이는 조용히 따라나왔다. 하시모토가 대문 앞에서 돌아섰다.

"고마웠소. 언젠가는 꼭 고향에 돌아가시오."

"몸조심하세요."

청이는 대문을 연 채로 비스듬히 기대어 서 있었다. 린 대인이 먼저 인력거에 올랐고 뒤편의 인력거에 오르려던 하시모토가 돌아와 청이에게 말했다.

"살아 있게 되면 다시 만납시다."

"어서 가셔요."

그가 오르자 인력거꾼은 잽싸게 걸음을 옮기기 시작했다. 어둠 속으로 인력거들의 자취가 사라진 뒤에도 멀리서까지 그들의 발자국 소리가 들려왔다가 희미해지고 드디어는 고요해졌다.

이듬해 사츠마와 초슈, 두 번이 동맹을 맺고 바쿠후의 정벌에 맞서 내란으로 이어지게 되는데, 이 무렵부터 왕정복고가 이루어질 때까지 몇 해 동안 일반 백성들의 세상을 바로잡자는 요나오시 민란이 전국적으로 일어났다. 나가사키는 그뒤로 바쿠후 직할지에서 사츠마의 세력권이 되었다가 바쿠후 타도파들의 거점이 되었다. 그러나 바쿠후 타도파들도 백성들의 아래로부터의 저항은 용납하지 않았으니 공화주의는 일부 개화 지식인의 토론거리에 불과했던 셈이다.

하시모토가 나가사키를 다시 찾은 것은 메이지 천황이 즉위하던 무렵이었다. 하시모토 게이스케는 각처에서 옛 동지들과 함께 돗토리(頭取)를 내세워 수천여 마을을 봉기에 참가시켰다. 물론 일어나는 자가 있으면 잠자는 자가 있게 마련이었지만 평화적인 소(訴)에는 남녀노소가 모두 나섰다. 그러나 소가 좌절되고 나자 백성들은 요나오시 민란에 합세했다.

초슈 정벌로 시작된 내전을 통하여 사족과 호농층이 서양식으로 훈련시킨 군대는 농병이었고 이들은 사족들의 하수인으로 같은 농민들을 무자비하게 토벌했다. 바쿠후 측과 존왕양이파는 서로 적대하면서도 민란에 대해서는 국가를 해치는 제일의 위험 요소라고 보는 데 일치했다. 두번째의 봉기에서 패배한 뒤에 하시모토 게이스케는 근기(近畿) 지방에서 탈출했다.

오랫동안 하시모토 게이스케의 행방을 쫓던 메츠케들은 민란이 휩쓸고 지나간 뒤에 그의 정체와 용모를 정확히 파악하게 되었고, 특히 초슈와 사츠마 번의 관할 지역에 그가 은신할 것이라는 첩보를 가지고 있었다.

청이는 그날도 기아보호소의 마당에서 아이들과 모처럼 해바라기를 하고 있었다. 큰 아이들은 사방치기를 하면서 떠들썩하게 마당을 뛰어다녔고, 보모 아줌마들과 청이는 작은 아이들이 뒤뚱거리며 걸음마하는 모습을 보며 즐거워하고 있었다. 그때에 린 대인의 머리가 울타리 너머로 나타났다. 그는 잠깐 청이를 향하여 고개를 끄덕여 보이고는 사라졌다. 청은 얼른 마당을 돌아서 정문으로 나가 골목을 기웃거렸다. 린 대인은 숭복사로 통하는 비탈길을 천천히 내려가고 있었다. 청이 따라가며 말했다.

"오셨으면 들어오실 것이지 어딜 가세요?"

"걸으면서 얘기합시다. 센신 스님이 돌아왔어요."

"뭐라구요…… 언제요?"

"어젯밤에…… 내가 고후쿠지(興福寺)의 암자에 모셔다놨습니다."

홍복사는 나카지마 개천을 따라서 한참이나 올라간 가장 후미진 곳에 있는 절이었고 암자는 여섯 곳이나 있었다.

"저희 집으로 모시겠어요."

청이의 말에 린 대인은 나직하지만 다급하게 말했다.

"지금은 그럴 때가 아니오. 센신 스님이 하시모토 게이스케라는 것을 온 세상이 다 알게 되었소. 그분은 요나오시 민란의 주동자요. 바쿠후 측이며 번의 사족들 모두가 민란의 주동자는 결코 용서하지 않습니다. 더구나 며칠 전에는 내 집과 쇼후쿠지에 메츠케 정탐들로 보이는 자들이 찾아왔었습니다."

청이는 아, 하면서 그 자리에서 걸음을 멈추었다. 그가 이토록 위험한 나가사키로 찾아든 이유를 알 것 같아서였다. 그네는 린 대인이 일부러 자기에게 찾아와 알려주는 속마음도 짐작할 수가 있었다.

"지금은 안 되겠지만 이따가 밤이 깊으면 내가 마마 상을 모시러 가겠소."

린 대인의 말에 청이는 되물었다.

"제가 찾아가면 그분에게 해가 되지 않겠어요?"

"마마 상을 못 만나면 그는 여길 떠나지 않을 게요. 내일이라도 당장 그를 설득해서 상하이나 홍콩으로 나가는 배를 태울 작정이오."

청이는 린 대인과 헤어져 집에 돌아온 뒤에 은자와 옷가지를 챙기고 난롱 아저씨에게 부탁하여 떡을 찌도록 해두었다. 저녁에 손님이 몇 자리 들어서 오히려 다행이었다. 식구들도 영업하느라 분주하여 청이 마마 상을 돌아볼 겨를이 없었던 것이다.

자정이 다 되어 린 대인이 찾아왔고 청이는 장만해둔 보퉁이를 옆에 끼고 일부러 중심가의 번화한 곳을 피해서 돌아갔다. 린 대인이 앞장서고 청이는 좀 떨어져서 뒤를 따라갔다. 남의 눈을 피하기 위해서는 인력거도 탈 수 없어서 걸어갔는데 도진 야시키에서 홍복사까지는 제법 먼 거리였다. 홍복사 앞에 이르니 경내에는 벌써 석등까지도 불이 모두 꺼져서 캄캄했다. 대웅보전의 이층 지붕은 어둠 속에서 더욱 거대하게 보였다.

두 사람은 절의 뒷산인 헤이토잔(平頭山)으로 올라갔다. 숲 사이로 작은 오솔길이 나왔는데 제법 가파른 비탈길이었다. 그들이 암자 가까이 올라갔는데 비탈길은 구부러져서 바로 머리 위에 있었다. 막 돌을 쌓아 만든 계단을 오르려다가 린 대인이 먼저 걸음을 멈추었고 청이도 뒷전에서 숨을 고르고 섰다. 그때에 그들은 위쪽 길모퉁이에서 누군가 내려오고 있는 듯한 발소리를 들었다. 린 대인이 청이의 팔을 잡아끌더니 계단 아래 풀숲으로 내려가 엎드렸다. 검은 그림자 둘이 모퉁이에 나타났고 그들은 거친 숨을 내뿜으며 오솔길을 돌아서 내려왔다. 그들이 쿵쿵거리며 뛰어내려가는 두 다리가 지척에 숨어 있던 청이와 린 대인의 머리 위로 지나갔다.

두 사람은 그들의 발소리가 아주 멀어져서 안 들리게 될 때까지 그냥 쭈그리고 앉아 있었다. 누가 먼저랄 것도 없이 그들은 벌떡 일어났고 청이가 먼저 앞장서서 위로 올라갔다. 모퉁이를 돌자마자 암자의 작은 마당이었다. 일자로 지은 작은 정전의 문은 활짝 열어젖혀져 있었고 그 옆에 있는 요사채의 방문도 모두 열려 있었다. 청이는 덜덜 떨며 두 손을 쥐고 마당에 주저앉았다. 뒤따라온 린 대인이 두리번거리더니 툇마루로 올라갔고 성냥을 꺼내어 불을 밝혔다. 왼쪽 방 문턱에 쓰러진 승복의 몸집이 나타났다가 사라졌다. 린 대인은 그를 건너뛰어 방에 들어가

불을 붙인 촛대를 들고 마루 가운데로 다시 나왔다. 청이는 가까스로 일어나 툇마루 쪽으로 다가갔다.

린 대인이 문턱에 쓰러진 승려의 몸을 젖히자 암주인 듯싶은 젊은 중의 얼굴이 나타났다. 등을 베였는지 주검을 움직이니 피가 방바닥과 다다미에 흘러 번지고 있었다. 린 대인이 다시 마루를 건너가 옆방으로 갔다. 청이는 툇마루로 올라 그 방으로 들어갔다. 거기 하시모토 게이스케가 눈을 뜬 채로 누워 있었다. 가슴을 찔렸는지 승복의 왼쪽 자락이 붉게 젖어 있었다. 린 대인이 하시모토의 뜬 눈을 쓸어내렸다. 청이는 그의 머리를 자기 무릎 위에 얹고 앉아서 조용히 울었다.

청이는 그뒤에도 오랫동안 하시모토의 시신을 두고 돌아나온 순간을 잊지 못했다. 절에서는 야쿠쇼에 두 사람의 죽음을 신고하고 스님들끼리 단출하게 화장을 했다는 후문이 들려왔다.

하시모토가 죽어간 이듬해에 사츠마 초슈의 동맹군은 바쿠후를 타도하고 천황제 정부 수립을 선포했다. 정변은 마침 고베, 오사카, 교토, 나고야, 에도, 요코하마 등지에서 일어났던 백성들의 폭동으로 바쿠후의 행정력이 마비된 틈을 이용했기 때문에 쉽게 성공할 수 있었다. 쇼군 요시노부가 영지 몰수에 반발하여 거병하자 내란으로 번져갔다. 이후 일 년 반 동안 계속된 싸움에서 천황군은 백성들의 봉기를 이용하여 바쿠후 군을 무너뜨렸지만 공의(公議)가 다시 다이묘, 사족과 무사 계급의 것임을 선포함으로써 백성들을 배신했다.

　나가사키에는 태풍과 비가 가끔씩 지나가기는 했지만 그후
늘 평온했다.

12. 미소

그날 겨울 들어 눈이 가장 많이 내렸다.

조선의 겨울은 대륙으로부터 북서풍이 매섭게 불어와 다른 계절은 없는 것처럼 길고도 지루했다. 기리는 남방이나 다름없는 나가사키에 살다가 와서 더욱 그랬는지 하루 종일 꼼짝도 않고 화로를 껴안고 살다시피 했다.

바닷바람은 언제나 편서풍이었는데 눈보라를 몰고 와서는 서쪽의 막막한 갯벌에서부터 인천항 부두까지 하얗게 덮어버렸다. 초저녁이 되자 집집마다 석유 남포에 불을 밝혔고 눈이 두텁게 쌓인 길에는 일찌감치 인적이 끊겨버렸다. 기리네 기쿠야(菊屋) 여관에는 장기 투숙하는 손님들만 빼고는 그날 따라 한양에서 출장 오는 손님도 없었다. 하지만 기리는 경인 기차의 막차가 들어올 때까지만 문을 열어두고 있었다.

기리는 나가사키 시절에 맨손의 행상으로 시작하여 작은 잡화점을 내었던 아라이와 혼인을 했다. 아라이는 어려서 쇼코의 요닌 노릇을 하다가 그네가 마마 상 렌카를 만나게 되었을 때에 행상으로 독립을 시켜주었다. 기리는 가무로 노릇을 하던 어릴 적부터 아라이를 오빠라고 부르며 따랐다. 메이지 초년에 유녀 개방령이 있고 나서 기리는 정식 기녀가 되어 마가키까지는 올라갈 수가 있었다. 기리가 어려서는 오바시 아줌마를 엄마로 알고 자라다가 요정 렌카야에 들어가 렌카를 마마 상으로 모시고 살면서 그이가 얼마나 생각과 정이 깊은 사람인가를 느끼게 되었다. 렌카 마마 상은 요정 렌카야를 십여 년 동안 운영했다. 그네는 예순 살이 되자 요정을 쇼코에게 넘겼다. 그맘때에는 처음 함께 시작했던 이들도 죽거나 전업을 하거나 떠나고 그랬는데, 마지막까지 곁에 남아 있던 쇼코가 요정의 새 주인이 되었던 것이다. 마마 상은 나가사키 회소와 현청에서도 모두들 존경을 했고 마루야마초의 겐반에서도 운영에 대한 의견을 물어올 정도였다. 마마 상 렌카는 기아보호소를 나중에 들어온 양인 교회측에 넘기고는 신치에 작은 집을 사서 조용히 단조롭게 살았다. 그네는 기리가 스무 살이 넘게 되자 기적에서 빼어 아라이와 결혼을 시켰던 것이다. 기리는 혼혈이었지만 머리가 검고 눈이 좀 크달 뿐 이국적인 남방 처녀로 보였다. 철이 없던 기리는 다유까지는 올라가보고 싶다면서 아직은 혼인하지 않겠다고 버티었다가 마마 상에게서 하루 종일 욕만 얻어먹었다.

아라이와 기리 부부가 조선으로 온 것은 인천이 일본에 의해 개항을 당한 지 두 해나 지나서였다. 그때 아라이는 애써서 장만했던 잡화점을 다 망해먹은 뒤였다. 친구의 꾐에 빠져 어묵공장을 인수했다가 빚더미에 올라앉았던 것이다. 실의에 빠져 있던 아라이가 어디서 들었는지 조선에 나가면 신천지에서 돈을 많이 벌 수 있다며 가재도구를 몽땅 팔아 떠나자고 기리를 못살게 굴었다. 기리가 엄마와 다름없는 렌카를 찾아가서 남편의 성화로 조선에 간다니까 그네는 대뜸 눈물을 흘리기 시작했다. 기리는 렌카 엄마가 류큐에 시집을 갔던 조선 여자인 줄은 알고 있었지만 건성으로 듣고 흘려버렸는데, 그렇게 고향에 돌아가고 싶어하는 줄은 몰랐었다.

"기리야, 나도 여기 것들을 모두 정리할 테니 함께 떠나자꾸나."

마마 상이 하던 말을 기리가 알려주었더니 아라이도 그네를 엄마처럼 생각하고 있어서 퍽이나 든든하게 여겼다. 시모노세키에서 인천까지는 열흘에 한 번씩 운항하는 민간 연락선도 있었고 한 달에 두 번씩 물자를 실어 나르는 군함 편도 있었다. 개항 전에는 제물포라고 했다는데 도착해보니 일본인은 맨 처음에는 삼백여 명이다가 이미 오백여 명으로 늘어나 있었다. 몇 년 만에 인천은 일본인, 중국인, 서양인, 그리고 조선 각처에서 몰려든 장사치와 일꾼들로 나가사키에 버금가는 수만 명이 사는 도회지가 되어버렸다.

아라이와 기리 부부가 인천에 도착해보니 여기서 판잣집을 짓고 살기 시작한 일본인들은 거의 규슈 지방 사람들이었다. 그들은 낯익은 나가사키 사람들도 많이 만났는데 후쿠오카, 구마모토, 사가, 그리고 야마구치와 히로시마에서도 많은 일본인들이 왔다. 인천이 개항된 뒤로 일본인 지계와, 청인 지계, 양인 지계, 그리고 조선인 지계로 나뉘어서 서로 별 말썽 없이 부지런히 먹고들 살았다. 아라이네 식구는 가자마자 일본 지계에 큼직한 목조건물을 지어 여관을 열었다. 기리의 욕심 같아서는 나가사키의 기적에서 빠진 애들을 데려다가 요정을 내고 싶었지만 마마 상은 조용한 말년을 보내고 싶어했다. 나중에 인천이 번화해지면서 여관이며 호텔이 많이 생겼는데 그때에는 깨끗한 여관이 두어 집이나 될까 말까 했다. 어느 해인가 렌카 마마 상이 고향 황주의 복숭아골에 가보겠다고 하여 아라이가 조선 보부상협회 인천 지부에 가서 안내할 일꾼을 주선해왔다. 인천서 배를 타고 해주까지 가는 길은 잠깐이었는데, 그네는 달포나 지나서 얼굴이 햇볕에 검게 그을려서 돌아왔다. 마마 상은 부모님 묘소도 없어지고 고향 마을에는 아는 이들도 남아 있지 않더라고 하면서 작은 나무쪽 한 개를 가져왔다며 기리에게 보여주었다. 그것은 절의 지장전(地藏殿)에 올리는 죽은 사람의 위패였다. 심청(沈淸)이라고 씌어 있어서 기리는 그제사 렌카 엄마의 본성이 심가인 줄 알았다. 심청 할머니는 바깥출입도 별로 하지 않고 기쿠야 여관의 안채 내실에서 기리네 아이들과 소일하면서 지냈다.

아라이의 사업은 청일전쟁이 있던 해부터 영업이 잘되어 가산이 불 번지듯 했다. 항구에는 군함과 화물선이 끊임없이 드나들었고 부두의 술집마다 군인들이 넘쳐났다. 청인 지계의 대상들은 그 무렵에 큰 상권을 모두 일본인에게 넘기고 떠났고 작은 장사치들만 남게 되었다.

심청 할머니가 일흔이 되었을 때, 그네가 간곡히 원하여 아라이는 조선 목수들을 불러다가 문학산 남쪽 골짜기에 암자 한 채를 짓고 연화암(蓮花庵)이란 현판을 달아주었다. 얌전한 조선 할머니 한 분이 자매처럼 돌봐주며 함께 살았다. 나중에 스님을 들인다더니 인근 강화에서 나이 지긋한 만각(晚覺) 스님이 오게되어 법당을 지키고 있었다. 인근의 조선 마을 사람들은 모두들 심청 할머니를 '연화보살'이라고 불렀다.

조선은 이제 일본이 되어버렸고 인천은 나가사키나 요코하마와 똑같은 모양의 항구가 되었다. 작년에 러시아 군함 두 척이 일본 소함정의 포격에 맞아 불에 타서 가라앉는 모양을 구경하며 일본 지계의 남녀노소가 모두 언덕에 올라 만세를 불렀다. 일본은 중국의 여순에서도 러시아에 이기고, 동해 바다에서는 일본 연합 함대가 러시아의 발틱 함대를 모조리 침몰시켰다. 청관의 청국 영사관 순포청의 병졸도 힘을 잃고 얼빠진 듯이 쓸데도 없는 넓적한 칼을 꼬리처럼 늘어뜨리고 서 있었다. 아라이는 그 무렵에 다시 몇 채의 집을 더 사서 여관도 넓히고 다른 곳에 요릿집까지 개장했다. 기리는 자기네가 이렇게 부자가 된 것은 엄마가 안 계셨다면 어림도 없는 일이라고 생각했다. 기리는 열흘이 멀다 하고 연화암에 올라갔고 남편 아라이도 아무리 사업이 바빠도 두어 달에 한 번씩은 맛있는 음식을 구해가지고 찾아가 뵈었다.

기리는 그날 여관의 내실에서 화로를 끼고 앉아 졸고 있었다. 여관의 나카이를 보는 아줌마가 미닫이를 열더니 연화암에서 스님이 오셨다고 알렸다. 기리는 어쩐지 가슴이 철렁했다. 그렇지 않아도 엄마가 팔순이 된데다 요즘 들어 자주 잔병치레를 했기에 그이에게 무슨 일이 생겼다는 직감이 들어서였다. 현관에 나가보니 눈을 어깨에 하얗게 뒤집어쓴 만각 스님이 서 있었다.

"혹시 어머님께 무슨 일이라도……"

기리가 물었더니 스님은 말없이 고개만 숙여 보였다. 기리는 스님을 데리고 일본 지계에 있는 제중의원(濟衆醫院)으로 가서 의사의 왕진을 청했다. 이런 날씨에 다른 사람이 청했더라면 아마 의사는 이런 저런 핑계를 대며 꼼짝하지 않았을 것이다. 그래도 기리가 지계의 유지인 아라이 부인이라는 것을 아는 의사는 차마 거절하지 못했다.

연화암에 당도한 것은 밤 아홉시가 넘어서였다. 아직도 함박눈이 펑펑 내리고 있었다. 그들은 몇 번이나 눈에 미끄러지고 넘어지면서 암자로 오르는 오솔길을 올라갔다.

심청은 곤하게 잠든 사람처럼 눈을 살풋이 감고 있었는데 그들이 들어서자 찬바람이 느껴졌는지 눈을 뜨고 고개를 돌렸다.

그네는 절로 나와서는 여기 식으로 머리를 빗어내려 뒤에 쪽을 지고 비녀를 꽂았는데, 헝클어지지 말라고 그랬는지 아줌마가 흰 머리끈을 동여주었다.

"기리 왔구나!"

청이 반가운 듯이 그렇게 한마디했다. 의사가 청진기를 짚어보고 맥박과 체온을 재보고 하더니 주사 한 대를 놓아주었다. 기리가 밖으로 나가는 의사를 따라나가 물었더니 그는 고개를 갸웃거리며 말했다.

"워낙 노환이라 딱히 병명을 말하기가 곤란합니다. 너무 쇠약해지셨어요."

양의를 모르는 사람들은 귀한 약이 든 주사를 맞으면 기적처럼 벌떡 일어나리라고 여기겠지만, 의사는 아마 그냥 돌아서기가 서운해서 한 대 놓아주었던 모양이다. 정신이 조금 돌아오는 강심제라는 약이라고 했다. 기리가 다시 방으로 돌아가니 청은 잠깐 정신이 맑아졌는지 차를 한잔 달라고 말했다. 기리가 손수 차를 달여 숟가락으로 떠넣어주자 그네는 달게 마셨다.

"예전 어느 강변 마을에 아름다운 여인 하나가 나타났더란다. 나는 부모형제가 없는 사람으로 재물도 영화도 원치 않으나 내가 가진 경전을 외우는 이에게 시집을 가련다구 그랬다지. 여러 사내들이 다투어 그네와 정분을 나누었으나 마지막에 마씨 댁 총각이 경전을 외워 장가를 들게 되었구나. 혼인을 하자마자 몸이 아프다며 방에 들어가 쉬던 여인이 죽더니 삽시간에 육신이 재처럼 흩어져 금색 뼛가루가 되고 말았다더라. 며칠 후에 한 선승이 지나다가 보고 그이는 관음의 화신이었다고 그러더란 다. 정분의 허망함과 살림의 덧없음을 깨우치려고 잠깐 보이셨 다는구나."

청이 한참씩 쉬었다가 다시 말하려고 애쓰는 게 안쓰러워서 기리가 그만 쉬시라고 하자, 다시 또 이렇게 말했다.

"참 길은 멀기두 하다. 남들 해치지 말구 살거라."

그네는 품속에서 뭔가 꺼내어 기리에게 내밀었다. 그건 오래 전에 그네가 고향 황주에 갔다가 절에서 찾아온 자신의 위패였 다. 아직도 흐릿하게 심청지신위(沈淸之神位)라는 글씨가 보였 다. 청은 간신히 속삭였다.

"나 가거든 화장하여 바다에 뿌려다우. 그것도 함께 태워버리 고……"

심청은 눈을 감고는 한번 빙긋이 웃었다. 오물조물한 입이 조 금 움직였을 뿐, 실컷 울고 난 사람의 웃음처럼 그건 아주 희미 했다. ■

모성의 시간, 혹은 모더니티의 거울

류보선 | 문학평론가, 군산대 국문과 교수

1. 『심청전』 다시 쓰기의 연속성과 비연속성

황석영이 심청전을 새로 썼다. 바로 『심청』이다. 황석영을 아는 사람이라면 우선 고개를 갸우뚱할 일이다. 『심청』이라니. 황석영 하면 떠오르는 말들이 있다. 비극적 영웅주의, 민중적 전망주의, 민중적 상상력, 엄정한 리얼리스트 등등. 물론 최근에 들어서 황석영 소설의 위대함의 원천으로 이전의 권위주의적 담론 외에 또다른 미적 특질이 주목되기 시작하면서, 황석영 소설은 서로 양립하기 힘든 것들이 서로 길항하는 대단히 생동적인 장이라는 점이 새롭게 부각되고 있으며, 그만큼 황석영의 소설세계가 다양하고 다층적이라는 사실이 속속 밝혀지고 있는 것이 사실이다. 그러나 황석영 소설의 그 다층적인 성격에도 불구하고 황석영의 소설세계를 지목하는 말로 변함없이 사용되는 표현이 남성적 의지라는 것이다. 황석영 소설은 그가 도달하고자 하는 세계와 지금의 현실 사이의 낙차를 항상 남성적인 의지를 통해 극복하고자 했으며, 그 때문에 '여성성의 거부─남성적 힘에 대한 추구'(진형준, 「어느 리얼리스트의 상상체계」; 남진우, 「돌의 정원─황석영 소설과 알레고리적 상상력」)는 황석영 소설의 일관된 요소로 읽혀왔던 것이다. 그런 황석영이 "가난과 출세, 피지배자와 지배자의 양극을 공유하면서 선하게 중화시켜주는 완벽한 여성"(최래옥, 「심청전의 총체적 분석」)을 그린 여성영웅담 심청전을 다시 쓴 것이다. 우리가 황석영의 『심청』 앞에서 일단 머뭇거릴 수밖에 없는 까닭이다.

하지만 돌이켜 생각해보면 우리가 『심청』 앞에서 갖는 이 느낌, 그러니까 앞선 그의 작품과 전혀 다른 작품을 보는 듯한 이 물감은 황석영의 거의 모든 소설에서 익히 경험했던 바이기도 하다. 등단작인 「입석 부근」에서부터 평판작들인 「탑」 「객지」 「삼포 가는 길」 「한씨연대기」 「돼지꿈」 「섬섬옥수」 「장사의 꿈」, 『장길산』 『무기의 그늘』 『오래된 정원』 『손님』에 이르기까지 황석영의 소설은 어느 것 하나 기존의 규범성, 혹은 보편성을 충실하게 따른 경우가 없다. 황석영은 항상 이제까지 어느 누구도 불러주지 않았고 그래서 말을 할 수 없었던 존재들을 호명하고 그들의 말을 들어주고자 했으며, 하여, 황석영의 소설은 항상 낯설었고 이전과는 다른 어떤 소설이라는 느낌을 주었던 것이다. 그러므로 문학사의 정전들이나 동시대의 작품들과 분명한 차이를 확보하는 것은 물론 매번 작가 자신의 소설에 흐르는 일관성과 법칙성마저도 거스르는 이 영원한 생동성이야말로 황석영 소설의 핵심적인 원천이며, 때문에 우리가 『심청』 앞에서 느끼는 이질감은 오히려 자신의 모든 작품을 예외적인 것으로 만들고자 하는 황석영 소설 특유의 생명력이 여전히 살아 꿈틀거리고 있다는 증좌이며 동시에 황석영 소설이 오랜 모색 끝에 이전의 안정감 있는 세계를 파기하고 또다른 세계의 문을 열고 들어서는 중임을 알려주는 증거라 할 수 있다.

『심청』은 그것이 비록 자신이 확보해낸 보편성이라 하더라도 어떤 보편적인 규범성에 직접적으로 부응하는 바로 그 순간 이미 예술작품으로서의 자격을 상실한다는 것을 누구보다도 잘 아는 작가의 소설로 손색이 없다. 아니, 그 이상이다. 『심청』은 황석영이 이제까지 행한 '차이와 반복'의 과정이 집대성되고 있을 뿐만 아니라 또한 그러한 양적 축적의 과정 끝에 또 한번의 도약이 이루어지고 있다. 즉 『심청』은 이전 황석영 소설의 장처를 계승하면서 그 안에서 의미 있는 차이를 만들어내고 있는 소설인 것이다. 그리고 『심청』이 지니는 획시기성은 단지 황석영 개인의 문학세계에 한정되지 않을 듯하다. 『심청』과 더불어 한국문학사 전반은 이제 새로운 단계로 진입하게 된 것이다.

『심청』은 제목이 암시하듯 우리의 잘 알려진 고전인 심청전을 다시 쓴 것이다. 황석영은 판소리계 소설 중에서도 유난히 신화적이고 초월적인 질서의 영향력이 강하게 남아 있는 심청전을 다시 쓰면서 그것을 치밀하게 현대적인 맥락 속에 위치시 킨다. 물론 심청전을 다시 쓴 것은 황석영이 처음은 아니다. 멀 게는 이해조부터 가깝게는 이청준까지 여러 사람이 심청전을 다시 쓴 바 있다. 하지만 기존의 심청전을 완전히 해체하여 현 대적인 감각으로 재구성한 경우는 아마도 채만식과 최인훈일 것이다. 채만식은 심청전을 세 번이나 다시 썼을 정도로 심청전 의 모티프에 큰 의미를 부여했는바, 채만식은 자신의 몸과 인격 을 상품화해야 했던 심청의 삶에서 여성들의 상품화를 노골적 으로 강요하는 모더니티의 악마성을 발견한다. 그런데 채만식 이 다시 쓴 심청전, 그러니까 「심봉사」는 인간마저도 상품화하 는 현실 속에서 다만 딸이 팔려나가는 것을 지켜볼 수밖에 없는 심봉사의 회한과 분노에 초점을 맞추고 있으며, 이것은 「레디메 이드 인생」 「탁류」 등에서 자신을 상품화해야 했던 여성들을 바 라보는 채만식의 우울한 시선과 정확하게 일치하는 것이기도 하다. 반면 최인훈이 다시 쓴 심청전인 「달아 달아 밝은 달아」는 심청의 용궁 체험을 청루에서의 매춘 체험으로 다시 설정한다. 그리고 심청의 삶을 '민족의 수난' 혹은 '여성의 수난'으로 치 환하며, 그 심청의 수난사를 통해 심청을 그곳으로 몰고 간 전 근대적 모럴의 허위의식 전반을 비판한다.

이처럼 심청은 무력하고 무책임할 뿐만 아니라 허위의식으로 가득 찬 남근주의적 사회의 희생양으로 다시 전유된 바 있거니 와, 황석영의 『심청』은 이러한 심청의 이미지를 한편으로는 계승하면서도 다른 한편으로는 전혀 다른 맥락 속에 위치시킨다. 『심청』이 심청전에 가한 변화는 크게 세 가지이다. 하나는 심청 전의 무시간성의 공간에 시간성을 부여한 것, 그것도 그 시기를 전근대와 근대의 이행기로 설정한 것. 다른 하나는 심청의 활동 공간을 중국, 대만, 싱가포르, 일본 등 동아시아 지역으로 확대 한 것. 그리고 마지막은 심청의 삶에 탈향과 귀향, 전락과 정화, 타락과 승화, 성장과 해탈의 인생역정 드라마를 부여하고 있다 는 점이다. 종합하자면 황석영의 『심청』은 심청이라는 여성의 성장과 해탈을 통하여 서구적인 것, 근대적인 것, 자본주의적인 것과 충돌하며 극심한 혼란의 양상으로 전개된 동아시아 근대 화 과정을 재현하고 그를 통해 한계에 직면한 모더니티의 어떤 가능성을 탐색하고자 한 소설이라 할 수 있다.

이렇듯 황석영의 『심청』은 단순한 심청전의 반복이 아니다. 또한 다시 씌어진 이전의 심청전들과도 다르다. 『심청』은 작가 자신의 분명한 의도하에 전면적으로 재구성된 심청전이며, 이 렇게 본다면 『심청』은 황석영이 오랫동안 준비해온 그래서 그야 말로 황석영의 모든 적공이 고스란히 투사된 소설이다. 작가 황 석영이 동아시아의 타의적인 근대화 과정과 그것이 가져온 비 극성에 주목하기 시작한 것은 하루 이틀의 일이 아니다. 그것은 거의 등단 시기로 거슬러올라간다. 작가 황석영은 「탑」「낙타누 깔」『무기의 그늘』등 월남전을 다룬 소설에서부터 이미 서구적 인 것과 비서구적인 것, 보편적 내러티브와 토속적 내러티브,

오리엔탈리즘과 옥시덴탈리즘, 중심부와 주변부, 근대와 전근대, 탈마법화의 논리와 마성적 세계 사이의 화해하기 힘든 갈등이 존재하며, 또한 그런 갈등이 변증법적으로 지양되는 것이 아니라 하나가 어느 하나를 폭력적으로 지배하는 것으로 귀결되면서 바로 동아시아의 비극이 시작된다는 사실을 주목한 바 있다. 하지만 우리를 포함한 동아시아는 이런 일방적인 지배에 저항해 의미 있는 역사지리지를 구축하는 대신에 오히려 서구 중심의 현란한 내러티브를 내면화하기에 바빴으며 그 결과 동아시아에서는 서로 이질적인 손님들에게 영혼을 내맡긴 채 자기 민족끼리 싸우는 처절한 비극이 자주 발생하니, 『손님』에서 말하고자 하는 바가 바로 이것이다. 이제 필요한 것은 서구적인 것의 일방적이고도 폭력적인 질주가 가져온 불행들을 지목해내고 그 안에서도 여전히 살아 숨쉬는 인간적인 가치를 찾아나서서 그것을 맥락화하는 것이니, 작가 황석영은 『오래된 정원』에서는 그 인간적 가치의 한 가능성으로 모성의 시간을 지목한 바 있다. 그러니까 『심청』은 초기작부터 하나하나 축적되었던 의미 있는 지표들이 드디어 하나로 모아져 이전의 황석영 소설은 물론 우리 문학사 전체에서도 볼 수 없었던 풍부하고도 무시무시한 현존들을 포착해낸 소설인 것이다.

"위험이 있는 곳엔 구원의 힘도 함께 자란다"는 휠덜린의 말이 아니더라도 참담한 고통 속에서 생겨난 지표만이 인간 전체를 의미 있는 방향으로 이끌어간다. 이제 심청의 파란만장한 삶

과 그 위험 속에서 자라나는 구원의 힘을 구체적으로 확인할 차
례다.

2. 상품화된 인간과 모더니티의 역설

『심청』은 심청의 수난의 역사이자 성장의 서사며 동시에 고
도의 정신적 각성에 대한 기록이다. 이중 보다 핵심적인 서사는
바로 심청의 수난사이며, 『심청』은 심청이 겪는 수난의 과정을
무엇보다 치밀하게 묘사한다. 심청의 수난의 역사가 어느 날 갑
자기 자신의 의지와 상관없이 시작된다는 점은 특기할 만하다.
심청은 어느 날 열다섯 살까지 살아오던 자신의 자족적이고 통
일적인 세계로부터 이탈한다. 심청의 자아와 자족적인 통일성
의 세계 사이의 균열 때문에 심청 스스로 길을 나선 것이 아니
라 자신이 몸담고 있던 터전으로부터 강제적으로 추방당한다.
심봉사와 뺑덕어멈이 자신들의 고생을 덜기 위해 심청을 중국
선상들에게 팔아넘긴 것. 이렇게 심청은 자신의 의지와 상관없
이 강제적으로 세상의 거센 파도에 휩쓸리게 된다. 그것도 심청
자신의 인격이나 자신만의 역사지리지를 지닌 채 세파에 들어
서는 것이 아니다. 비록 형식적으로 이루어진 굿과 제사의 제물
이지만 심청은 상징적으로나마 죽음을 경과하며 그리고 다시
태어난다. 소설『심청』의 표현에 따르자면 환생한다. 하지만 어

느 누구도 심청의 고유성이나 심청만의 역사, 기억 등을 인정해주지 않는다. 예전의 심청은 죽고 이제 이전과는 근본적으로 단절된 새로운 형식의 삶을 살아야 하는 것이다. 환생해서 심청이 처음 듣는 정언명령은 "명심해라. 네 이름은 지금부터 심청이가 아니니라"(10쪽)라는 것. 즉 자신의 이전의 삶 전체와 그를 통해 형성된 고유한 역사지리지 모두를 버리고 살아가야 하는 상황에 직면한 것이다. 물론 심청이는 "내가 심청이 아니라면 그럼 나는 누구야"(11쪽)라고 묻는다. 하지만 심청 자신은 답하지 못한다. 새로 태어난 심청에게 이름을 붙여주는 것은 심청 자신이 아니라 새로운 세계의 아비들이기 때문이다. 그렇게 심청은 거듭 태어나며 또다른 곳으로 옮겨갈 때마다 그곳의 아비들에게 새로운 이름을 부여받는다. 심청이 살게 될 그곳은 심청의 자의식을 인정하지 않을뿐더러 또한 자의식을 유지할 경우 살아갈 수도 없는 어떤 곳이며, 이전의 나를 버리고 다시 태어나야 할 정도로 이전과는 완전히 단절된 시·공간인 것이다. 심청에게 모더니티 그것은 이처럼 심청의 삶을 근본적으로 뒤바꿔놓는 계기, 그러니까 이전의 심청은 죽고 새로운 심청이 태어나는 것과 같은 계기가 된다.

날이 새자 먼 바다의 수평선 너머로 부옇게 안개가 긴 듯하고 허공에 산봉우리들이 떠 있는 게 보였다. 크고 작은 돛배가 지나가는 것도 눈에 띄었는데 갑자기 빠른 속도로 엄청나게 큰 배가

선수 쪽을 가로질러 지나갔다. 그 배는 여러 조각으로 나뉜 돛을
달고 날개를 활짝 펼친 새처럼 보였고 높다란 뱃전에는 대포의
포구가 수십 개 뚫려 있었다. 선수에는 여신의 상체가 새겨져 있
고 높다란 돛대 위에는 여러 색깔의 깃발이 펄럭였다. 그 배가 서
양 나라의 상선이라고 누군가 말했지만 청이는 무슨 소리인지 머
릿속에 담아두지는 않았다.(31쪽)

더이상 이전의 자기 모습으로는 살아갈 수 없는 심청의 앞에
놓인 세상은 이처럼 모더니티의 높은 파고이다. 심청은 '서양
나라의 상선'으로 표상되는 근대 풍경에 대해 우선 무감하다.
그것이 어떤 위력을 지니고 있는지, 혹은 그것이 자신의 삶을
어떻게 바꾸어놓을지 알 수 없기 때문이다.
　하지만 "높다란 뱃전에는 대포의 포구가 수십 개 뚫려 있"
(31쪽)는 서양 상선은 심청의 삶 깊숙이 진입하여 그녀의 운명
을 결정짓는 요인으로 작동하기 시작한다. 심청은 '청'이란 이
름을 버리고 '렌화'라고 명명되어 '첸 대인'의 시첩으로 살아간
다. '첸 대인'의 양생술을 돕는 '노인의 보약' 노릇을 했던 것이
며 또한 그를 위해 '자기의 몸과 잠자리를 팔았'던 것. 하지만
'첸 대인'이 죽자 심청은 '첸 대인'의 막내 '구앙'을 따라 세상
속으로 나온다. 이 바깥세상에서 심청은 모더니티의 거대한 파
고를 만나게 되며, 이후 그녀의 운명은 이 모더니티라는 높은
파고에 의해 결정된다. 때로는 그 파고에 휩쓸려 광기와 공포의

경험을 하기도 하고, 또 때로는 그 파고를 가까스로 거슬러 자신의 목적지로 가는가 하면, 또다시 휩쓸려 깊은 나락으로 떨어지기도 한다. 『심청』에서 심청이 세상과 조우하는 시기는 아편전쟁 때이다. 말하자면 세계의 중심을 자처하던 아시아의 맹주가 산업혁명으로 급부상한 서구의 자본주의 국가와 충돌하던 시기인 것이다. 서구적인 것들이 욱일승천의 기세로 떠밀려오던 때이며, 월러스틴의 용어를 빌리자면 '하나의 전체로서의 세계체제'의 구축을 숙명으로 하는 전지구적 자본주의 시스템이 동아시아 쪽으로 운동방향을 돌린 시기인 것이다. 선진자본주의국가는 자본주의의 단 하나의 원리인 이윤 추구를 위해 나름의 고유한 시스템을 지니고 있는 주변부를 끊임없이 자본주의적 체계로 편입시키는바, 이 과정에서 서구적인 것과 동양적인 것, 근대적인 것과 전근대적인 것, 탈마법화의 세계와 마성적 세계의 갈등과 대립이 첨예하게 나타나는 것은 당연하다. 하지만 이 쟁투는 서구적인 것이 동양적인 것을 압도하는 것으로 끝난다. 자본주의가 최소한의 투자를 통하여 최대한의 이윤을 얻는 것이라면 무엇이든 행하기 때문이다. 영국은 최대한의 이윤을 위해 중국을 흔히 '신의 독약'이라 비유되는 아편을 투입하여 결국은 거대한 중국을 아편의 왕국으로 만들어버리며, 그 끝에 승리를 얻어내고 중국 전체를 자본주의적 시스템으로 재편하고자 한다.

이렇듯 갑작스럽고 강제적인 자본주의화로 인해 발생하는 비

인간적인 메커니즘은 특히 그 사회의 여성들에게 아무런 매개도 없이 직접적으로 작동한다. 자본제적 생산관계는 잘 알려져 있듯 그곳의 모든 인간을 상품의 구매자이면서도 동시에 상품 자체인 존재로 전락시킨다. 그런데 강제적이고 기형적으로 자본주의 체제에 편입할 경우, 이러한 근대화의 모순은 여성, 혹은 여성의 상품화에 집중적으로 관철된다. 어느 날 갑자기 강제적으로 자본주의 시스템에 편입될 경우 그 사회 구성원들에게 요구되는 가장 큰 일은 공동체적인 감각이나 인륜성 따위를 벗어던지고 자신을 상품화하는 것이다. 그러나 자본주의적 시스템에 필요한 인간이 되기 위해서는 상품으로서 가치 혹은 자질을 갖추어야 한다. 그런데 인간 자신이 상품성을 구비하는 데는 오랜 시간이 걸린다. 상대적으로 비교적 오랜 훈련이나 전문성 없이도 자신을 상품화시킬 수 있는 것이 바로 여성이다. 그렇게 그들은 여공으로, 매춘부로 살아가게 되며 아직도 자본주의적 상품으로서의 가치를 지니지 못한 다른 가족 구성원들을 부양하게 된다. 그러므로 가족을 위해 자신의 몸과 인격을 상품화하는 여성은 주변부 모더니티의 가장 큰 희생양이자 그것이 만들어낸 가장 큰 위험이다.

심청 또한 자신의 몸과 인격을 상품화하기에 이르니 이렇게 심청의 운명은 모더니티의 거센 파고에 휩쓸린다. 심청은 불안정한 가운데서도 대단히 강렬한 용기와 결단으로 자신의 삶을 자율적으로 조절하고자 한다. 그래서 자발적으로 매춘에 나서

기도 하고, 또 숨막히는 순결한 사랑을 꿈꾸기도 한다. 하지만 모더니티의 위력은 절대적이어서 한 개인의, 그것도 한 여성의 자율적인 조절 의지를 용납하지 않는다. 여성들에게 특히 잔혹한 모더니티의 파고를 거슬러올라 이제 개인적인 행복을 누리는가 하면 모더니티의 파고는 예외 없이 심청을 원래의 그 자리로, 또 때로는 원래보다 더 깊은 심연으로 끌어내린다. 심청은 부침을 거듭하며 험난한 인생을 살아간다. 그렇게 심청은 중국 난징에서 진장, 대만, 싱가포르, 일본의 류큐, 나가사키로 옮겨가며, 또한 '렌화' '로터스' '렌카' 등 여러 이름들을 거느리게 된다. 이 부침의 과정을 통해서 심청은 주변부 모더니티의 악마적 성격을 발견하며 그것을 지탱하는 이데올로기들의 허구성을 하나하나 확인해나간다.

집 안 곳곳마다 램프에 불이 켜지고 요리사와 아마가 아래편 오두막으로 내려간 뒤에 마지막으로 시쓰가 노대로 나왔다. 제임스가 그에게 말했다.

"모기가 없겠지?"

"모두 잡았다. 모기장 쳤다."

제임스는 다시 청이의 손목을 잡고 거실을 지나 오른쪽의 문을 밀고 들어가 침실로 갔다. (……) 제임스가 두리번거리더니 준비해둔 듯한 큼직한 스테인리스 병의 물을 대야에 부었다. 그러고는 불그스레한 액체가 들어 있는 작은 병을 기울여 소독약을 물 속에 떨구었다. 제임스가 말했다.

"이걸로 씻구 잔다."

(……)

아, 이 사내는 병을 겁내고 있구나. 아직 나를 믿지 못하는 거
야. 제임스가 다시 중얼거렸다.

"메이두, 메이두, 무섭다!"

청이는 자기가 다시 지룽의 사창가로 돌아온 느낌이 들었다.
그네는 쪼그려앉아서 가운 자락을 젖히고 아랫도리를 소독수로
씻어냈다. 제임스는 벌써 벌거벗고 모기장을 내려뜨린 침대 안으
로 기어들어가 있었다. 소독약을 탄 물이 닿자 연약한 질 속이 따
갑고 쓰라렸다.(362~364쪽)

아퉁이 오늘 장사를 기대하고 있는 것은 서양인 선원들이 상
륙할 예정이기 때문이었다. 대륙에서는 난징조약 이후에 개항장
이 열리고 영국 군대가 지키는 조차지도 생겼지만, 타이완은 오
래 전부터 포르투갈과 스페인과 네덜란드가 차례로 점령했던 적
이 있어서 아직 개항이 허락되지 않고 있었다. 그러나 지룽과 단
수이에서는 충돌을 피하기도 하고 상업적 이익이 있는 만큼 외항
에서 거룻배를 이용한 무역은 허용하고 있었다. 짐을 싣고 내리
는 동안에 선원들은 밤에만 상륙이 허락되었고 그것은 순검서 동
지의 재량권에 속한 일이기도 했다. 서양인들은 뭍에 올라 창가
에 오면 긴밤 화대로 열 배의 돈을 냈다.(285~286쪽)

"그럴 줄 알구 부엌에다 술과 안주를 준비해두었다. 지릉 사람들에게는 창가에서 술을 파는 건 금지되어 있지만 양인들에게야 누가 뭐랄 사람이 있나."

청이는 돌아서서 안으로 들어가려다가 아퉁에게 약을 올리는 투로 말했다.

"돈두 좋지만, 마마한테까지 장사를 시켜요?"

아퉁은 청이를 힐끗 바라보고는 간단히 대답했다.

"그게 이 바닥 법도야. 네 걱정이나 해라." (288쪽)

위에서 볼 수 있듯 심청이 그 지난한 고난의 역정을 통하여 확인하는 것은, '하나의 전체로서의 세계체제'를 꿈꾸는 전지구적 자본주의 시스템 자체에 숨겨져 있는 지독한 아이러니에 관한 것이다. 『심청』은 이윤의 극대화를 위해 한 나라 전체에 아편을 풀어넣는 것은 물론 주변부 국가가 그토록 오랜 기간 동안축적해온 기술이나 자연의 상태를 한순간에 수탈하면서도 그것에 대해서는 말하지 않고 말라리아나 매독의 위험에 대해서는 역사적 발전과정을 들이대는 이 지독한 역설이 바로 모더니티의 속성임을 설득력 있게 제시한다. 그러나 『심청』은 주변부에서 근대를 경험한 동아시아의 살풍경을 단지 모더니티의 악마성이나 그들 특유의 오만과 편견, 그러니까 그들의 오리엔탈리즘에서만 찾지는 않는다. 『심청』은 주변부 모더니티의 지옥도와 같은 풍경의 한 원인으로 주변부의 지식인, 혹은 남성들에게서 찾는다. 자본주의는 한편으로는 끊임없이 욕망의 모델을 구축하면서 다른 한편으로는 이 모델을 자신이 착취하는 대중에게 내면화시키는 방식으로 생존하는바, 주변부의 지식인, 혹은 남성들은 이 상상적 거울을 깨고 실재계를 보기는커녕 이 모더니티가 구축한 욕망의 모델을 아무런 반성 없이 그대로 내면화하고 그 모델을 그대로 더 낮은 계층이나 여성들에게 강요한다는 것이다. 전지구적 자본주의 시스템이 인간 사회 전반에 가져온 살풍경과 아이러니에 대한 가히 놀라운 성찰이라 할 만하다.

3. 근대성의 타자, 혹은 모성의 경험

『심청』은 이처럼 우선 동아시아를 종횡하는 심청의 처절한 수난사를 통해 주변부 특히 동아시아의 모더니티의 살풍경과 모더니티 전체의 아이러니와 광기를 밀도 있게 그려낸다. 하지만 이것이 다는 아니다. 『심청』에는 또하나의 중요한 원리가 작동하고 있다. 바로 심청의 정신적 성장과 고도의 정신적 각성과 정이다. 주인공 심청은 광기의 모더니티가 만들어놓은 욕망 모델을 그대로 내면화하지 않는다. 심청이는 하나하나 지옥과 같은 경험을 할 때마다, 그러면서도 떳떳한 선진자본주의국가의 남성과 주변부의 남성들을 볼 때마다, 자본주의가 만들어놓은 욕망 모델이 사실은 인간 자체의 자존과 위엄을 근본적으로 부정하는 것임을 깨닫고 그것의 허구성을 끊임없이 자기화한다. 그리고 그러한 욕망 모델에서 벗어나 진정으로 인간적인 가치가 무엇인가를 모색하며, 아주 오랜 고통 끝에 그것을 찾아낸다. 미리 앞질러 말하자면 그것은 바로 모성의 경험이며, 모성의 경험에서 우러나오는 더 낮고, 더 소외되고, 그래서 아무도 호명해주고 말을 들어주지 않는 존재들에 대한 관심이다.

물론 이러한 정신적 성장과 각성이 한순간에 이루어지는 것은 아니다. 그것은 아주 차근차근, 한 계단 한 계단 이루어진다. 모더니티의 세계 속에 진입하는 순간 심청에게 들려온 정언명령은 앞서 이야기했듯 "명심해라. 네 이름은 지금부터 심청이가 아니니라"라는 것이다. 모더니티의 시·공간은 심청에게 더이상 기억을 지니고 있지 말기를, 그리고 정체성을 지니지 않기를, 그저 그냥 불러주는 대로 살기를 강요한다. 하지만 심청은 거듭 거듭 묻는다. "내가 심청이 아니라면 그럼 나는 누구야?" 하지만 이 질문이 심청을 마냥 행복하게 하는 것은 아니다. 그 기억속에는 심청 자신이 "지금 세상에 남녀상열지사가 심히 어지로우매 그것 또한 보살인 너의 죄이니라. 너는 가서 여자로 현신하여 세간을 깨우치라"(15쪽)는 명을 받고 천상에서 내려온 남해관음이라는 소중한 것이 없는 것은 아니나 동시에 아버지로부터 버림받은 공포의 순간도 있는 것이다. 또한 모더니티 그것이 호명해주는 대로 사는 것은 타자가 만들어놓은 규범을 지키

기만 하면 되는 것이니만큼 어떠한 내적 분열을 경험하지 않아
도 되는 안정성 있는 삶이기도 한 것이다.

하지만 심청은 내내 타자가 불러주는 그 명명대로 살기를 거부
한다. 대신 그 분열을, 그 분열 때문에 생기는 고통을 감내한다.

그때 심청은 어깨 높이의 가리개 너머로 사람의 얼굴을 얼핏
보고는 소스라쳤다.

넌 누구야?

넌 누구야, 라고 바로 면전의 얼굴이 되물었다. 청이가 가리개
를 밀치고 벽에 다가서자 그네는 선명하고 빛나는 물체에 부딪칠
뻔했다. 청이는 양거울을 처음 보았다. 거울은 작은 상만한 크기
였는데 그 속에 낯익은 얼굴이 떠올라 있었다. 물동이 속에서, 하
늘거리는 냇물의 수면 위에서, 반질반질 닦은 놋뚜껑의 앞면 뒷
면에서, 똑바로, 일그러지게, 길쭘하게, 넓적하게 보이던 바로 그
얼굴은 자기였다. 청이는 두 손으로 볼을 감싸안았다. 맞은편의
렌화도 볼을 감싸안는다.

아, 그래 내가 원래 청이었지……

심청은 멀뚱히 렌화를 바라보다 허리띠를 풀고 비단 홑옷을
벗어 발 아래 떨구었다. 그네는 태어나서 처음으로 자신의 벌거
벗은 몸을 남의 것처럼 바라보았다. 거울 속의 렌화가 말했다.

너는 내가 아니야.(41~42쪽)

청이는 상품으로 전락한 상태로부터 벗어나서 원래의 자기 자리, 자연상태로 돌아가기를 열망한다. 하지만 이미 전지구적 자본주의 시스템 속에 자기 자신을 상품으로 내놓은 경우, 그것도 심청의 경우처럼 매매를 통해서 상품이 되는 경우, 그러한 존재가 그 순수한 자연상태로 돌아가는 것은 불가능하다. 이율배반에 빠지는 것이다. 자신의 목적을 달성하기 위해서는, 그러니까 뭔가 훼손되지 않았던 그 자연의 상태로 돌아가기 위해서는 자신에게 덧씌워진 빚을 대속해야 하는바, 그러기 위해서는 상품의 역할에 더욱 충실해야 하는 악무한적인 상황에 빠지게 되는 것이다. 그러나 심청이는 이 상황에 대해 매우 낙관적이다. "나는 힘이 좋아. 힘을 가지고 싶어요. (……) 힘 있는 것을 꾀어서 가지면 되잖아요. (……) 나는 유혹할 거예요. 그러다가 내 맘대루 그만두면 지들이 어쩔 거야"(112쪽)라는 말에서 볼 수 있듯 모더니티의 대행자들의 권위를 조절하면 얼마든지 모더니티의 질서 바깥으로 나갈 수 있을 것으로 판단한다.

그리고 아주 쉽게 이 악무한적인 연쇄의 고리로부터 탈출을 감행하기도 한다. 인격 대 인격의 만남이 불가능한 그곳에서 청은 동유를 만나고는 곧 미래를 약속한다. 그리고 짧은 기간 안에 자신의 상품적 가치를 최고로 높여 돈을 어느 정도 확보하고는 이곳과 다른 삶을 도모한다. 하여, 동유와 혼인을 하고 그곳으로부터 탈출하기에 이른다. 하지만 견고한 모더니티의 세계는 그 모험을 인정하지 않는다. 오히려 더 질기고 야만적인 연쇄에 걸려든다. 매매조직에 걸려든 것이다. 결국 둘은 헤어진다. 그리고 그야말로 극한 상황 속에 빠져든다. 복락루에서는 구앙이라는 모더니티의 대행자가 있어 청이에게 어느 정도의 자율적인 의지가 허용되었던 것인데, 이제 그것은 불가능하다.

자기 자신의 의지와도 상관없는 빚이 저주처럼 들씌어진 채 청이는 대만으로 끌려간다. 이제 청이에게 인간을 상품으로 묶어두는 모더니티 체제는 극도의 공포 그 자체이다. 수많은 인간 존재들과 오로지 돈을 매개로 해서만 만나야 할 뿐만 아니라 그것도 그 존재의 전 서사가 아니라 부분과만 접촉해야 하고, 더 나아가 결코 어떤 변화도 없이 반복되는 노동은 부조리 그 자체이다. 이러한 상황 속에서 청이가 택하는 것은 두 가지이다. 연극적 자아가 되는 것. 개인적 동일성을 더 많이 더 철저하게 도려내어 자신에게 주어진 직분을 다만 기계적으로 수행하는 것이다. "영업할 제는 잡극 노는 광대처럼 겉으로만 하는 거야" (132쪽)라는 키우의 충고에 청이가 뒤늦게 "이제부터 너를 반쯤 죽여놓을 거야. 나는 절대로 달아오르지 않을 테다. 그렇지만 겉으로는 얼이 나간 것처럼 꾸며야겠지"(246쪽)라고 동의하기 시작했다고나 할까. 다른 하나의 길은 이곳으로부터 벗어나기 위해 모든 수단과 방법을 동원하는 것. 즉 자신의 꿈과 지금 현실과의 낙차를 강인한 의지로 극복하는 것이다. "청이는 힘 있는 자가 아니면 절대로 정인을 삼지 않으리라 벌써부터 작정하고 있었다. 아니 오히려 자기 쪽에서 지룽 사창가 포주들의 엄

격한 관리를 벗어나게 해줄 수 있는 상대를 찾아야만 한다고 생각했다."(272쪽)

하지만 청이를 이 극한 상황에서 구원해주는 힘은 단지 연극적 자아의 연기력 탓만도 아니고 하여간 벗어나야 한다는 강한 목적의식 때문도 아니다. 청이의 구원은 "기녀의 품격을 지키는 것이 생존에 도움이 되리라는 걸 알았다"(270쪽)는 각성이 덧붙여지면서 서서히 가시화되기 시작하더니, 여기에 모성의 경험을 적극적으로 수용하면서 완성된다. 청이는 링링이 낳다 죽은 유자오를 맡아 키우기 시작하면서 더욱 강인한 자아가 된다. 청이는 자기 자식이 아님에도 불구하고 청이 자신에게 젖을 먹여주었던 수많은 어머니들을 떠올리고는 그들의 충실한 후계자가 되기로 한다. 하여, 자기 자신만의 개인적인 구복을 꿈꾸는 것이 아니라 자기 주변의 공동운명체에게로 시선을 돌리기 시작하며 자기보다 더 낮은 곳에 있는 존재들의 고통을 자기화하는 단계로 나아간다. 이러한 청이의 이타성은 또다른 이타성을 불러 주변인들의 도움을 받기 시작하고 그러면서 청이는 인간에게 상품을 강요하는 모더니티의 악무한적인 연쇄를 끊어내고 자유로이 부동하는 존재가 된다.

청이는 이렇게 이타성을 실현하면서 얻게 된 자유의 상태에 만족하지 않고 더 큰 이타성으로 승화시킨다. 청이는 특히 모더니티가 안고 있는 모순을 가장 적극적으로 실천하는 존재인 백인들과 그 모더니티의 가장 커다란 희생자이면서 동시에 그 모더니티를 끊임없이 재생산하는 존재인 매춘부들 사이에서 태어난 혼혈아에 대한 지대한 관심과 애정을 표현한다. 또한 자유롭게 부동하는 상태에서 청이의 과거와 현재까지를 모두 자기의 서사 속에 편입시키려는 가즈토시를 만나 결혼에 이른다. 청이는 왕후가 되어서도 특히 사회로부터 소외받은 자들에 대한 관심을 잃지 않고 세제의 개편을 건의하는 것은 물론 노인들에 대한 배려도 잊지 않는다. 남편이 죽은 후 혼자 되어서도 혼혈아들과 소외된 자들에 대한 관심을 지속적으로 실천에 옮기며, 나중에는 애정을 가지고 살피던 혼혈아인 기리 내외를 데리고 조선으로 돌아와서 그야말로 평화로운 임종을 맞는다. "심청은 눈을 감고는 한번 빙긋이 웃었다. 오물조물한 입이 조금 움직였을 뿐, 실컷 울고 난 사람의 웃음처럼 그건 아주 희미했다."(669쪽)

이처럼 『심청』은 인간 자신을 철저하게 상품화하는 모더니티에 심청의 '실컷 울고 난 사람의 사람의 희미한 웃음'을 맞세운다. 동아시아 전체를 살풍경으로 몰아넣은 자본주의 시스템과 그것이 만들어낸 욕망 모델을 무비판적으로 수용한 주변부 지식인들의 허위의식을 넘어설 수 있는 가치로 『심청』은 그 양자가 빚어낸 최고의 희생자들을 껴안는 모성의 경험을 제시하고 있는 셈이다. 『심청』에서 이 모성의 경험은 대단히 웅숭깊어 보인다. 그것은 이타성을 전제로 하기에 자기만을 배려하는 모더니티와 근본적으로 대립하고 있을 뿐만 아니라 또한 이 모성의 경험을 통해 동아시아의 근대화 과정에서 가장 소외된 존재들을, 그러니까 동아시아 근대화 과정의 허구성을 가장 적실하게 비판할 수 있는 존재들을 발굴해내는 원천으로 작용했기 때문이다. 심청전에서 심청을 길러낸 수많은 어머니들의 이타성이 이처럼 모더니티 전반을 가장 선명하게 비추는 거울로 다시 살아난 셈이니, 이것 하나만으로도 황석영의 『심청』은 한국문학사에 의미 있는 새로운 전통을 일궈낸 일종의 문학사적 사건이라 할 만하다.

4. 전통의 현대적 계승과 그 의미

황석영의 소설은 어느 것이나 하나의 개념을 순식간에 의미 없는 것으로 전락시키는 생동감으로 가득 차 있다. 하여, 황석영의 소설을 몇몇 개념어로 획정하는 일은 황석영의 소설을 질서화한다기보다는 언어의 감옥에 가두는 것과 마찬가지이다. 『심청』 또한 예외는 아니다. 아니, 오히려 이전의 작품보다 더 생동감이 넘쳐서 몇몇 단어만으로 온전하게 설명할 수 없을 정도로 다양하고 중층적이다. 특히 동아시아 근대사에 대한 폭넓은 이해와 해박한 지식, 인간의 정신과 육체에 대한 그 미묘한 성찰 등은 놀라울 정도이거니와, 이것은 『심청』을 풍부하게 한 중요한 원천들임에 틀림없다.

이런 여러가지 요인 중에서도 『심청』을 위대하게 만든 핵심적인 요인 중의 하나는 심청전의 풍부한 재해석과 심청전 내러 티브의 적극적인 활용이다. 어떻게 보면 『심청』은, 심청전이라는 내러티브가 바탕에 깔려 있지 않았을 경우, 한 여인의 인생 역정으로 포괄하기엔 너무 많은 역사와 시기를 포괄하고 있는 것이 사실이다. 한 평범한 여성 화자나 실존 인물을 전면에 내세워 동아시아의 근대화 과정 전체를 횡단했을 경우 그것은 현저하게 개연성도 밀도도 떨어졌을 것이며 무리한 구성이 되었을 가능성이 높다. 하지만 『심청』은, 심청전이라는 다소 비현실적이고 환상적인 텍스트를 적극 활용함으로써 오히려 실재와 환상, 역사와 허구 등을 자유자재로 넘나들며 그 풍부한 내용들을 한 작품 속에 대단히 밀도 있게 포괄해낼 수 있었던 것으로 보인다.

『심청』은 이처럼 전통적인 내러티브의 적극적인 활용을 통해 이전에 볼 수 없었던 새로운 소설 문법을 만들어낸 경우에 해당하며 이는 충분히 주목할 필요가 있다. 특히 더욱 반가운 것은 이번 시도가 다분히 의식적이고 의도적이라는 사실이다. 지난 작품인 『손님』이 진오귀굿을 활용한 경우에 해당한다면, 이번의 『심청』은 심청전이라는 토착적 내러티브를 적극적으로 현대화하고 계승한 경우에 해당한다. 프랑코 모레티가 세계문학사를 서술하면서 세계문학사의 발전이 보편적 내러티브와 토착적 내러티브의 갈등과 길항 속에서 이루어졌음을 강조한 대목을 상기할 경우 이러한 작업이 얼마나 의미 있는 것인가를 쉽게 확인할 수 있다. 이제까지 우리의 소설은 지나치게 보편적인 내러티브들에만 집착하고 관심을 가져온 것이 사실이다. 이러한 마당에 『심청』이 보인 이러한 전통적 내러티브의 계승은 그 자체만으로도 충분히 의미 있다고 할 수 있으며, 향후 문학의 흐름에 좋은 길잡이 역할을 할 것으로 보인다.

작가 황석영의 소설에는 항상 기존의 문학사를 다시 뒤돌아보게 하는 어떤 힘이 있다. 아마도 그것은 자신의 소설까지를 포함한 기존의 소설 문법에 안주하지 않으려는 열정 때문이리라. 하여, 황석영의 소설에서는 항상 청춘의 욕동이 느껴지며 『심청』 또한 마찬가지이다. 환갑을 맞이한 나이에 쓴 소설에서도 청춘의 힘이 느껴지는 것은 황석영 자신에게도 미덕이지만 우리 독자들에게는 일종의 축복이다. 황석영의 다음 소설이 또 기다려지는 이유이기도 하다.

개정판을 내면서

아마 책도 운명이라는 것이 있나보다.

『심청, 연꽃의 길』은 출발부터 필자와는 다른 의견대로 '연꽃의 길'이 빠진 채 달랑 '심청'으로 나가서 어떤 독자들 의견에 의하면 『심청』은 다 아는 얘기려니 하여 뒤늦게야 읽고 전혀 다른 줄거리임을 알았다고 한다. 이번에 제목도 원상복구하고 표지도 바꿔서 새로 낸다고 하니 새 책을 내는 바나 다름없다.

이 작품을 시작하기 전에 두 달에 걸쳐서 중국과 타이완 오키나와 나가사키를 차례로 답사하며 취재를 했는데, 중국에서는 베이징 대학 박사과정중인 첸 씨, 그리고 타이완에서는 시인이며 출판사 대표인 초안민 씨, 오키나와에서는 시인 카타라 벤 씨, 그리고 일본에서는 평론가 이토 나리히코 교수의 도움을 받았다. 나가사키에서 조선소 노동자 출신 작가의 도움을 받았는데, 특히 그의 선친이 유곽에 화장지를 납품하던 터여서 유년 시절에 기녀들에 대한 많은 추억을 간직하고 있었다. 하여튼 일본을 떠나기 전에 신주쿠 부근 호텔에서 머물렀는데, 아침 산책을 나갔다가 신주쿠 공원을 끼고 있는 한적한 산책로 모퉁이에 있는 헌책방을 들르게 되었다. 나는 『장길산』을 쓸 때에도 몇 번이나 비슷한 경험을 했지만 '자료'를 찾아내는 이상한 감이 있었다. 어쩐지 서점의 왼쪽 구석진 통로에 뭔가 있을 것 같다는 예감이 들었고, 내가 그리로 다가서자 책꽂이에서 무슨 빛 같은 게 보인 듯했다. 역시! 그 안쪽에서 나는 오키나와 그리고 나가사키의 풍속, 여속, 기녀, 개항사 등의 아주 귀한 자료들을 건져냈던 것이다. 이들은 이름도 별로 알려지지 않은 지방 사학자나 단체들이 자비로 또는 지역 출판사에서 찍어낸 한정판들이었다.

자료가 많으면 이야깃감이 풍부해져서 좋을 것 같지만 작가에게는 흔히 또다른 족쇄로 작용할 확률이 커진다. 그것은 상상력을 제한받게 되는 흠이 생기기도 하기 때문이다. 역시 후반부로 가면서 자료에 눌린 감이 없지 않았다.

문학동네 강태형 사장과 늘 그에 관해 얘기하면서 오히려 한 권짜리로 압축해볼 수 없을까 궁리하게 되었다. 그래서 영국 체류 시절부터 틈틈이 이곳저곳을 빼고 잘라내면서 다이어트를 해보았지만 기본적인 서사의 틀이 있어서 파격적으로 줄이기는 아무래도 한계가 있어 보였다. 그래도 이만큼 압축해놓고 보니 좀더 깔끔해 보이기는 한다.

　채만식 선생이『심학규전』을 새로 썼을 때의 시각과 내가『심
청』을 다시 쓴 계기와 시각은 각자 당대의 현실 인식에 근거한
것이리라.
　사람 사는 얘기란 예나 지금이나 물량만 커졌을 뿐 별로 달라
진 게 없는데, 이것은 요즈음의 내가 다시 확인하게 되는 세계
의 모습이다.

2007년 봄, 파리에서

황석영

초판 작가의 말

　　몇 년 전 『손님』을 쓰고 있던 무렵이었다. 거의 마무리를 해가던 때여서 다음에는 무슨 작품을 쓸까 생각하고 있었는데, 나는 오래 전부터 계획했던 대로 철도원 삼대의 얘기를 쓰리라 작정하고 있었다. 그러나 마음 한구석으로는 그 작품의 시대적 배경이 일제 때부터 6·25 전쟁까지에 이르는 도시 노동자의 얘기라 이번에도 또다시 독자들에게 정색을 하고 써야 하는 게 부담이 되었다. 언젠가는 영등포 유년 시절의 추억을 곁들여 철도공작창 노동자들의 얘기를 쓰리라 작정하고 있었으면서도 뒤로 미루지 않으면 안 되는 일이 벌어지고야 말았다. 또 한편으로는 우리 근대화의 총체라고 할 강남 형성사에 관해서도 다른 작품을 구상하고 있었지만 이것 또한 훨씬 뒤로 밀려나게 되었다.

　　충청도의 덕산에 집필실을 마련하고 서울에 볼 일이 있으면 일산에서 며칠 머물다가 내려가곤 하던 때였다. 마침 환절기였는데 오전에 서울로 나갈 일이 생겨서 택시를 타고 자유로를 달리고 있었다. 안개인지 황사인지 가시거리가 거의 몇 미터밖에 되지 않아 모든 차들이 엉금엉금 기어가고 있었다. 보통때 같았으면 삼십 분에 도달할 수 있는 거리를 한 시간이 넘게 서행하자니 지루했고 달리 할 일도 없으니 공상이나 할 수밖에 없었다. 무엇인가 저쪽 희붐한 안개 속에서 너울너울 움직이는 것이 보였다. 차창 밖으로 가까이 스쳐지나가는 것들은 오리였다. 오리 몇 마리는 아마도 행렬에서 떨어졌는지 강변도로 옆으로 바삐 날아가 안개 속에 파묻혀버렸다.

저 오리들은 어디로 날아가지?

강을 건너 황해 바다로 날아갈 테지.

가만있어, 황해는 동아시아의 지중해라는 말을 들은 것 같은데.

서양 지중해에서는 무슨 일이 있었지?

그래, 사내들이 전쟁하러 다녔지.

나는 머릿속으로 주고받으며 호메로스의 서사시 『오디세이아』를 생각했다. 오디세우스의 이름은 떠도는 방랑자나 여로의 대명사가 되곤 한다.

그러면 동양 지중해에선 무슨 얘기가 있음직한가?

여자가 몸 팔러 돌아다닐 수 있겠지, 하다가 나는 소스라쳤다. 이를테면 매춘의 오디세이아인 것이다. 여기서 나는 판소리뿐만 아니라 무속 굿에 원형 전설로 나오는 '심청굿'에 대하여 생각하기 시작했다.

판소리 〈심청가〉에서 청이는 맹인 홀아비 아버지의 눈을 뜨게 해드리려고 공양미 삼백 석을 받고 중국 난징 상인들에게 팔려간다. 그리고는 항해의 안전을 위하여 인신공양물로 제물이 되어 인당수에 빠져 죽는다. 나는 여기서 당시 사회제도를 떠받치고 있던 충효에 대한 미담을 걷어내기로 했다. 그것은 봉건체제를 유지하기 위한 장치에 불과하며, 묘령의 소녀들을 이국 해변가에서 거액의 재물로 사간 장사치들이 어떻게 처분했을지는 예나 지금이나 이윤을 다투는 세상사로 미루어 짐작할 수가 있다.

집으로 돌아가 이것저것 자료들을 찾아보다가 심청의 원형설화가 황해도 황주뿐만 아니라 예산 당진 지방에도 다른 이름으로 남아 있고 전라도 부안 무안이나 심지어는 섬진강 어구의 하동 광양 포구에도 흔적이 보인다는 걸 알아냈다. 그러니까 해안을 거쳐서 나라 밖으로 나가는 길목의 고장에는 바다 멀리 팔려간 소녀들의 뒷얘기가 남아 있는 셈이다. 그리고 대개는 그들의 이름이 구전과 더불어 절집의 위패로 남아 있었다. 소녀들은 다시는 고향에 돌아오지 못했다. 나는 이들이 칠십년대의 근대화 시기에 서울 공장으로 취직하러 올라가서 집에 소식을 전하지 못하고 도시 속으로 묻혀간 소녀들이나 같다고 생각했다. 아마도 기다리던 부모님들이나 동생들은 송금이 끊긴 훨씬 뒤에도 돌아오지 않는 딸과 누이의 이름을 절에 올렸을 것이다.

나는 근대의 동아시아 주변을 떠올렸다. 한국 중국 일본 세

나라에서 필리핀 인도네시아 베트남 인도로까지 관심은 확장되었고 19세기는 이들 지역에 의미심장한 변화가 일어난 중요한 때라고 보았다. 그리고 여러 자료를 접하면서 이른바 동양사가 서양의 편에서 동쪽을 바라본 편견에 의하여 기술되었다는 것과, 이러한 세계관은 서구가 제패한 세계시장 속에 이 지역을 편입하려는 집요한 의지의 표현이기도 했다는 점을 새삼 발견했다.

동아시아에서 근대의 표상은 자유무역과 저자의 확보로 표현된다. 근대적인 도시며 거리가 형성되었고 모든 나라의 노동상품은 새로운 형태로 변해갔는데, 임금 노동과 매춘이었다. 고장마다 전통적 형태의 매춘이 없었던 것은 아니지만 성을 직접 파는 시장으로서의 환락가나 매춘가가 생겨난 것은 서구에 의한 무역시장체제의 출현 이후부터였다.

그렇다고 하여 나는 『심청』에서 이같은 흐름을 역사적 맥락으로 짚어가기보다는 한 여자의 몸과 마음이 변전하는 과정에 집중하기로 했다. 이는 마치 연꽃 한 송이가 봉오리에서 새벽 이슬을 맞고 개화를 시작하고 햇볕과 비바람에 시달리며 지나는 행인을 만나고 보내기도 하며 밤낮을 거쳐 계절을 보내는 과정과도 같이 썼다. 그러므로 아편전쟁이나 태평천국, 또는 인도와 베트남과 동인도회사, 오키나와의 멸망, 일본의 메이지 유신과 민란, 동학과 청일전쟁 노일전쟁과 조선의 식민지화 등의 과정을 멀리서 스쳐지나가는 작은 우레 소리처럼 다루었다. 내가 힘을 기울이고 섭렵했던 자료들 거의가 이 시대 백성들의 일상을 다룬 것들이었고, 매춘과 남녀상열지사야말로 시정 잡배들 삶의 자상한 기록인 셈이다.

'심청'이 떠났던 자리로 돌아올 즈음에야 과거에 무엇이 잘못되었던가 하는 것들이 어렴풋한 어둠 속에서 차츰 명료해진다. 서구 열강이 눈 부릅뜨고 먹이를 찾아 동진하고 있었을 때에 동아시아의 봉건왕조들은 썩어서 붕괴 직전에 있었고, 이를 무너뜨리고 새로운 질서를 만들고자 한 위와 아래의 움직임은 어디서나 있었다. 그러나 아래로부터의 개혁의지는 하나같이 실패했고, 동아시아는 아직도 사회 실험의 와중에 있다.

내가 마지막 장면에 후일담처럼 '심청'의 임종을 그리면서 이 멀고먼 길을 희미한 웃음으로 끝낸 것은, 이 지역 사람들의 삶이 헛수고가 아니었음을 말하고 싶었을 것이다. 아니 헛일이었다면 또 어쩌랴, 다시 시작하는 수밖에……

황석영

1943년 만주 장춘에서 태어나 동국대 철학과를 졸업했다. 고교 재학중 단편 「입석 부근」으로 『사상계』 신인문학상을 수상했다. 주요 작품으로 『객지』 『가객』 『삼포 가는 길』 『한씨연대기』 『무기의 그늘』 『장길산』 『오래된 정원』 『손님』 『모랫말 아이들』 『심청, 연꽃의 길』 『바리데기』 『개밥바라기별』 『강남몽』 『낯익은 세상』 『여울물 소리』 『해질 무렵』 『철도원 삼대』 등이 있다. 또한 지난 100년간 발표된 한국 소설문학 작품들 가운데 빼어난 단편 101편을 직접 가려 뽑고 해설을 붙인 『황석영의 한국 명단편 101』(전10권)을 펴냈다. 그의 작품들은 프랑스, 미국, 독일, 이탈리아, 스페인, 일본, 스웨덴 등 세계 각지에서 번역 출간되고 있다. 만해문학상, 단재상, 이산문학상, 대산문학상, 심훈문학대상을 수상했다.

문학동네 장편소설

심청, 연꽃의 길
ⓒ 황석영 2007

1판 1쇄	2003년 12월 3일 ('심청'이라는 제목으로 발행)
1판 2쇄	2003년 12월 10일
2판 1쇄	2007년 6월 29일
2판 4쇄	2024년 3월 15일

지은이 황석영

펴낸곳 (주)문학동네 | 펴낸이 김소영
출판등록 1993년 10월 22일 제2003-000045호
주소 10881 경기도 파주시 회동길 210
전자우편 editor@munhak.com | 대표전화 031)955-8888 | 팩스 031)955-8855
문의전화 031) 955-2696(마케팅) 031) 955-2653(편집)
문학동네카페 http://cafe.naver.com/mhdn
인스타그램 @munhakdongne | 트위터 @munhakdongne
북클럽문학동네 http://bookclubmunhak.com

ISBN 978-89-546-0331-7 03810

www.munhak.com